«Da draußen aber gibt es unerforschte Wunder – Wunder, die darauf warten, daß der rechte Mann alles aufs Spiel setzt, sie zu entdecken.»

ZU DIESEM BUCH

T. C. Boyle erzählt von den zwei Westafrika-Expeditionen des schottischen Entdeckers Mungo Park, der sich um 1800 auf die Suche nach dem Niger machte, beide Male in Begleitung eines ehemaligen Sklaven und Butlers. Verwoben in die Geschichte ist das Schicksal eines Londoner Trunkenbolds und Trickbetrügers namens Ned Rise. Eine weitere Parallelhandlung spielt in Schottland, wo Parks Geliebte und spätere Frau Ailie Anderson auf die Rückkehr des Weltenbummlers wartet.

Boyle stützt sich auf Mungo Parks Reiseberichte, etwa «Travels in the Interior of Africa» (1803), die sich unterhaltsam lesen und für damalige Zeiten eine enorme Menge von ethnologischem Material auf unvoreingenommene Weise präsentieren. In einer knappen Vorbemerkung («Apologie») stellt Boyle jedoch fest: «Ich habe den historischen Hintergrund aus der Freude und Faszination genutzt, die er mir bereitete, keinesfalls aber in dem Wunsch, die darin festgehaltenen Ereignisse genauestens zu rekonstruieren oder für einen Roman zu bearbeiten.»

«Wassermusik» besteht aus kurzen Kapiteln, in denen die Hauptfiguren in ihren unterschiedlichen Existenzen und im Rahmen der historischen Ereignisse ihrer Zeit dargestellt werden. Daneben stehen immer wieder exkursartig andere Personen, bis der Autor seinen Faden wieder aufnimmt. Der Erzählstil von T. C. Boyle hat viel irisches Ungestüm in sich, ist dabei aber in hohem Maße ins Detail verliebt. Gänzlich unterschiedliche Sprachebenen werden vermischt und säuberlich wieder getrennt, und nahezu jeder Satz trägt zu dem Gesamteindruck von treffendem Humor bei.

«Einen intelligenten, gewitzten, spannenden Schmöker wie diesem findet man so schnell nicht an allen und schon gar nicht in heutigen Tagen.» («Frankfurter Rundschau»)

Tom Coraghessan Boyle, geboren 1938 in Peekshill/N.Y., promovierte an der Universität Iowa. Er lehrt Creative Writing an der Universität von Southern California. Boyle lebt in Los Angeles.

rororo

T. CORAGHESSAN BOYLE

WASSERMUSIK

Deutsch von Werner Richter

ROMAN

ROWOHLT TASCHENBUCH VERLAG

Umschlaggestaltung Barbara Hanke / Cordula Schmidt
Abbildung Ausschnitt aus dem Gemälde «Der Kuß» von Gustav Klimt,
Archiv für Kunst und Geschichte / Berlin
Fotonachweis von Seite 1: Holger André

Einmalige Sonderausgabe September 1998

Veröffentlicht im Rowohlt Taschenbuch Verlag GmbH,
Reinbek bei Hamburg, Juli 1990
Die Originalausgabe erschien unter dem Titel WATER MUSIC
bei Little, Brown and Company, Boston

Typografie Daniel Sauthoff
Satz DTL Fleischmann PostScript (PageOne)
Gesamtherstellung Clausen & Bosse, Leck
Printed in Germany
ISBN 3 499 22505 0

Dieses Buch ist in aller Freundschaft den Mitgliedern des RACONTEURS' CLUB gewidmet: Alan Arkawy, Gordon Baptiste, Neal Friedman, Scott Friedman, Rob Jordan, Russel Timothy Miller und David Needelman.
Außerdem ist es für Dich, K. K.

Listen natives of a dry place
from the harpist's fingers rain

W. S. MERWIN

«The Old Boast»

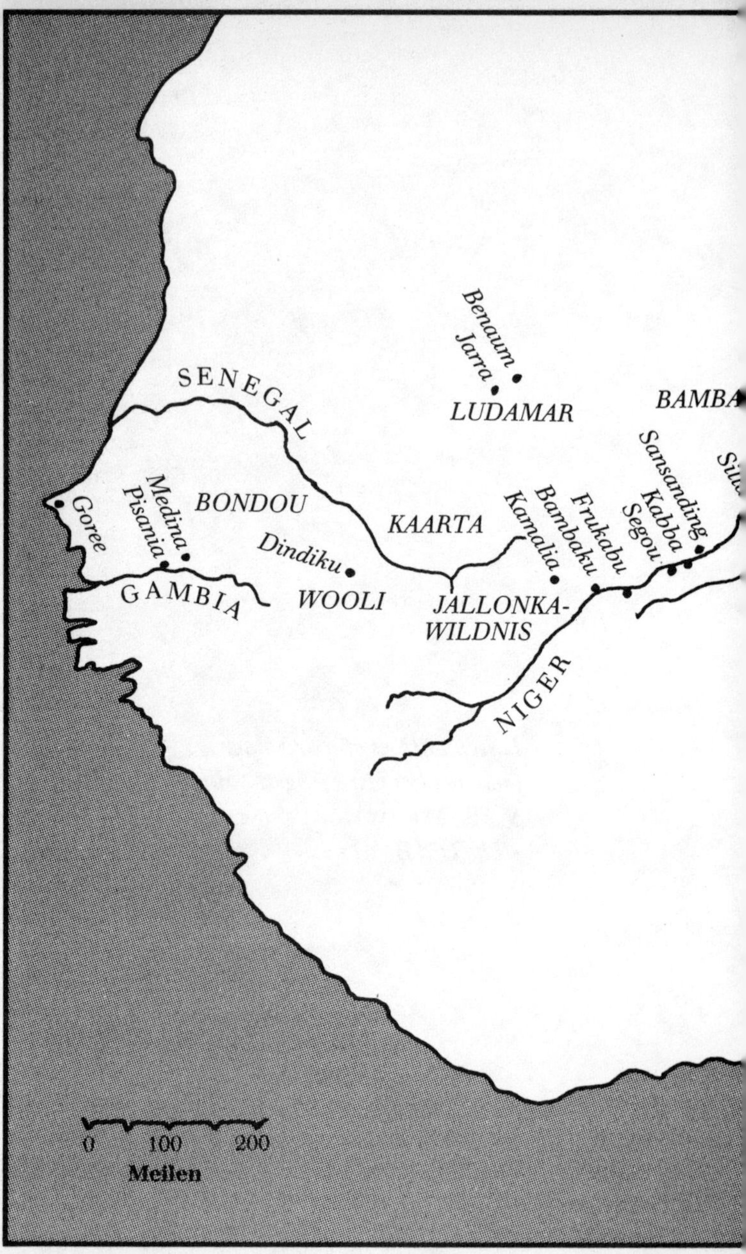

SENEGAL
Benaum
Jarra
LUDAMAR
Goree
Medina
Pisania
BONDOU
Dindiku
KAARTA
Kamalia
Bambaku
Frukabu
Segou
Kabba
Sansanding
GAMBIA
WOOLI
JALLONKA-
WILDNIS
NIGER
0
100
200
Meilen

Mungo Parks

Reisen im Innern von Afrika 1795 – 1806

Apologie

Da der Anstoß zur *Wassermusik* in erster Linie der Ästhetik, nicht der Gelehrsamkeit entsprang, habe ich den historischen Hintergrund aus der Freude und Faszination genutzt, die er mir bereitete, keinesfalls aber in dem Wunsch, die darin festgehaltenen Ereignisse genauestens zu rekonstruieren oder für einen Roman zu bearbeiten. Ich pflege hier absichtlich Anachronismen, erfinde Sprachen und Terminologien, und die Originalquellen dienen mir als Material für Abschweifungen und Ausschmükkungen. Wo immer die historischen Tatsachen den Bedürfnissen meiner Phantasie Barrieren bauten, habe ich sie, in vollem Wissen und mit reinem Gewissen, in einer Weise umgestaltet, die meinen Absichten entsprach.

Erster Teil
Der Niger

Na, faith ye yet! ye'll no be right
Till ye've got on it –
The vera tapmost, tow'ring height
O' Miss's bonnet.

Robert Burns
«To a Louse»

Ein zarter weisser Unterleib

Während die meisten jungen Schotten seines Alters Röcke lüpften, Furchen pflügten und die Saat aussäten, stellte Mungo Park dem Emir von Ludamar, Al-Hadsch' Ali Ibn Fatoudi, seine bloßen Hinterbacken zur Schau. Man schrieb das Jahr 1795. Georg III. beschmierte in Schloß Windsor mit seiner Spucke die Wände, in Frankreich verpatzte das *Directoire* so ziemlich alles. Goya war taub, Thomas De Quincey ein verdorbener präpubertärer Bursche. George Bryan «Beau» Brummell strich gerade seinen ersten gestärkten Kragen zurecht, der junge Ludwig van Beethoven, ein Vierundzwanzigjähriger mit buschigen Augenbrauen, machte in Wien mit seinem Zweiten Klavierkonzert Furore, und Ned Rise saß mit Nan Punt und Sally Sebum vor einer Flasche Wacholderfluch in der «Sauf & Syph-Taverne» auf Maiden Lane.

Ali war Maure. Er saß mit gekreuzten Beinen auf einem Damastkissen und begutachtete den blassen, pickligen Glutaeus maximus mit der Miene eines Gourmets, der soeben eine Fliege in seiner Vichyssoise Glacée entdeckt hat. Mit sandiger Stimme befahl er: «Umdrehen!» Mungo war Schotte. Er hockte auf einer Bastmatte, die Hosen bis zu den Knien hinuntergezogen und warf über die Schulter einen Blick auf Ali. Er war auf der Suche nach dem Niger. «Umdrehen!» sagte Ali noch einmal.

Zwar war der Entdeckungsreisende von freundlichem und entgegenkommendem Naturell, doch wiesen seine Kenntnisse des Arabischen gewisse Lücken auf. Als er auch beim zweitenmal keine Reaktion zeigte, trat Dassoud vor – Alis Scherge und menschlicher Schakal in der Hand eine Peitsche aus einem halben Dutzend Caudalfortsätzen des Weißschwanzgnus. Die buschigen Schweife durchschnitten die Luft mit einem hohen Ton wie Engelsflügel. Außerhalb von Alis Zelt betrug die Temperatur 53 °C. Das Zelt war aus Garn gewebt, das aus Ziegenhaar gesponnen war. Im Innern herrschten 45 °C. Die Peitsche sauste herab. Mungo drehte sich um.

Auch hier war er weiß – weiß wie ein Bettlaken. weiß wie ein Schneesturm. All und seine Entourage staunten wie beim erstenmal. «Sicher hat ihn seine Mutter in Milch getaucht», sagte jemand. «Zählt seine Finger und Zehen!» rief ein anderer. Frauen und Kinder drängten sich im Zelteingang, Ziegen meckerten, Kamele bellten und paarten sich, irgend jemand bot Feigen feil. Hunderte von Stimmen vermengten sich wie ein Gewirr aus Trampelpfaden, Feldwegen, Schotterstraßen und Alleen – welche Richtung nehmen? –, und alle sprachen arabisch, rätselhaft, schnell, abgehackt, die Sprache des Propheten. «La-la-la-la-la!» kreischte eine Frau. Andere nahmen den Ruf auf, in markerschütterndem Falsett. «La-la-la-lala!» Mungos Penis, ebenfalls weiß, schrumpelte und zog sich ins Körperinnere zurück.

Jenseits der kahlen Zeltwand befand sich das Lager von Benaum, Alis Winterresidenz. Dreihundert sengende und blasige Meilen dahinter lag das Nordufer des Niger, jenes Flusses, den noch niemals das Auge eines Europäers erblickt hatte. Nicht daß die Europäer am Niger kein Interesse gehabt hätten. Sein Verlauf gab Herodot schon fünf Jahrhunderte vor Christi Geburt Stoff zum Grübeln. Groß, so schlußfolgerte er. Aber doch bloß Nebenfluß des Nil. Der arabische Geograph Idrisi bevölkerte seine Ufer mit seltsamen mythischen Kreaturen – da gab es den wurmförmigen Bundfüßler, der eher kroch denn lief und sich der

Sprache der Schlangen bediente; die Sphinx und die Harpyie; den Manticor mit Löwenkörper, Skorpionstachel und einer unangenehmen Vorliebe für Menschenfleisch. Plinius der Ältere malte den Niger in goldenen Farben und taufte ihn auf einen schwarzen Namen, und die Späher Alexanders des Großen wühlten ihren Feldherrn mit Berichten über den Fluß aller Flüsse auf, wo Edelmänner und Edelfrauen in Lotosgärten saßen und aus Bechern von gehämmertem Gold tranken. Und nun, am Ende des Zeitalters der Aufklärung und zu Beginn jenes der Profitmaximierung, wollte Frankreich den Niger haben, England wollte ihn, und Holland, Portugal und Dänemark wollten ihn auch. Nach den aktuellsten und zuverlässigsten Angaben – zu finden in der *Geographia* des Ptolemäus – verlief der Niger zwischen Nigritia, dem Land der Schwarzen, und der Großen Wüste. Wie sich herausstellen sollte, lag Ptolemäus genau richtig. Nur hatte es noch niemand geschafft, den sengenden Samum der Sahara oder den stinkenden Fiebergürtel des Gambia zu überleben, um ihm recht geben zu können.

Doch dann, im Jahre 1788, fand sich eine Gruppe von berühmten Geographen, Botanikern, Kamasutrikern und sonstigen Strebern nach Wahrheit in der Taverne «St. Alban's» auf der Pall Mall ein, um die Afrika-Gesellschaft zu gründen. Das Ziel dieser Vereinigung war es, Afrika der Erforschung zu öffnen. Nordafrika bot hier kein Problem. Bereits 1790 hatten sie es abgesteckt, kartographiert, etikettiert, seziert und verteilt. Westafrika jedoch blieb weiterhin ein Geheimnis, und in seinem geheimnisvollsten Inneren floß der Niger. Im Gründungsjahr setzte die Gesellschaft eine Expedition unter Führung von John Ledyard in Marsch. Er sollte in Ägypten anfangen, die Sahara durchqueren und dann den Niger entdecken. Ledyard war Amerikaner. Er spielte Geige und schielte stark. Vorher hatte er mit James Cook den Pazifik überquert, er hatte die Anden erwandert, er war zu Fuß durch Sibirien bis Jakutsk gekommen. Ich habe die ganze Welt unter den Füßen gehabt, sagte er, die Furcht verlacht und Gefahren verhöhnt. Horden von Wilden, glühendheiße Wüsten, den eiskalten Norden, das ewige Eis und die tobende See habe ich unbeschadet überstanden. So gut ist mein Gott zu mir! Zwei Wochen nach der Landung in Kairo starb er an Amöbenruhr. Simon Lucas, Dolmetscher für orientalische Sprachen am königlichen Hof von St. James's, war der nächste. Er ging in Tripolis an Land, marschierte hundert Meilen weit in die Wüste und litt bald unter Blasen an den Füßen, Durst und Angstneurosen, so daß er wieder heimkehrte, ohne mehr zuwege gebracht zu haben als Spesen in Höhe von 1250 Pfund Sterling. Und dann war da noch Major Daniel Houghton. Er war Ire, zweiundfünfzig Jahre alt und bankrott. Von Afrika wußte er überhaupt nichts, aber er war billig zu haben. Ich mach's für dreihunnert Funt, sagte er. Und dazu 'ne Kiste schottischen Whisky. Houghton besorgte sich einen Einbaum und paddelte den Gambia stromaufwärts. Er trank aus fauligen Teichen und fraß Affenfleisch, und dank seiner eisernen Konstitution und dem pausenlosen Rauschzustand überlebte er Typhus, Malaria, Loa-Loa, Lepra und Gelbfieber. Leider fiel er den Mauren von Ludamar in die Hände, die ihn nackt auszogen und auf dem obersten Kamm einer Düne anpflockten. Wo er dann starb.

Mungo stand auf, um sich die Hosen hochzuziehen. Dassoud schlug ihn nieder. Das Geheul der Frauen entflammte die Menge bis zur Ekstase. «Friß Schwein, du Christ!» riefen sie. «Friß Schwein!» Ihre Einstellung gefiel Mungo gar nicht. Außerdem schätzte er es nicht, seinen Hintern vor gemischtem Publikum zu entblößen. Aber dagegen war nichts zu machen: beim leisesten Widerstand hätten sie ihm die Kehle durchgeschnitten und seine Knochen zum Bleichen ausgelegt.

Plötzlich hielt Dassoud einen Dolch in der Hand: schmal wie ein Eispickel, dunkel wie Blut. «Ungläubiger Hund!» kreischte er, und sein Hals stellte ein Venenrelief zur Schau. Ali hüllte sich in seine Burnusfalten und sah zu, düster und unbewegt. Die Temperatur im Zelt kletterte auf 50 °C. Die Menge hielt den Atem an. Dann richtete Dassoud die Klinge auf den Entdeckungsreisenden, während er drauflos schnatterte wie ein tollwütiger Anatom, der über Abartigkeiten der menschlichen Körperform referiert. Die Dolchspitze kam näher. Ali spuckte in den Sand. Dassoud peitschte die Menge weiter auf, Mungo erstarrte. Dann piekte ihn die Spitze – sehr sachte zunächst – ganz unten, wo er am weichsten war, und am weißesten. Dassoud gluckste wie ein eingetrockneter Bach. Die Menge johlte und pfiff. In diesem Moment brach plötzlich ein ergrauter *bushrin*, der Stroh im Bart und eine leere Augenhöhle hatte, durch das Gedränge und stieß Dassoud beiseite. «Die Augen!» kreischte er. «Seht euch doch die Augen dieses Teufels an!»

Dassoud sah sie sich an. Das sadistische Grinsen wich einem erschrockenen, empörten Blick. «Die Augen einer Katze», zischte er. «Wir müssen sie auslöschen.»

Aufwärts!

Rise erwacht mit Kopfschmerzen. Er hat Gin getrunken – alias Zieht-dir-die-Hosen-aus, Blauer Ruin, Wacholderfluch – Entkräfter und Endstation der niederen Klassen, klar wie Säuferurin und beißend wie der Saft des Wacholders. Er hat Gin getrunken, und er ist nicht ganz sicher, wo er jetzt ist. Mit einiger Bestimmtheit erkennt er jedoch die Halbstiefel mit den löchrigen Sohlen, die behaarten Knöchel und das zinnoberrote Cape, die ihm als erstes ins Auge fallen. Ja, dieses Cape, diese Knöchel und diese Stiefel, der Riß in der Hose dort: sie sind ihm bekannt. Sogar vertraut. Ja, so schließt er, sie gehören zu Ned

Rise, und folglich stehen der zersplitterte Schädel und die verschwiemelten Augen, die diese Phänomene – wenn auch unzulänglich – wahrnehmen, auf irgendeine Weise mit ihm in Beziehung.

Er setzt sich auf, lange Pause, dann erhebt er sich. Offenbar hat er in verschossenem Stroh gelegen. Auf seinem Hut. Er bückt sich, um ihn aufzuheben, torkelt vorwärts und findet mit einem definitiven Rülpser sein Gleichgewicht wieder. Der Hut ist hin. Er bleibt einen Augenblick stehen, nimmt eine meditative Grundstellung ein, irgend etwas pocht in seinem Hinterkopf. Dann mustert er das Zimmer durch halbgeschlossene Lider, wobei er sich ein bißchen wie ein Entdeckungsreisender auf einem neuen Kontinent vorkommt.

Er ist in einem Keller, gar keine Frage. Da ist der gestampfte Erdboden, ein Schrubber im Eimer, Wände aus unbehauenem Stein. An der hinteren Wand eine Doppelreihe verplombter Fässer: Madeira, Portwein, Dão, Claret, Rheinweißer. In der Ecke ein paar Schaufeln Kohlen. Ob es wohl die Niederungen der «Sauf & Syph-Taverne» sind? In diesem Moment entdeckt Ned, daß er nicht allein ist. Andere Gestalten, möglicherweise menschliche, belegen Strohmatten, die hier und da auf dem Boden liegen. Man hört Schnarchen, Stöhnen und ein Gurgeln wie Regen in der Rinne. Begleitgerüche nach Urin und Erbrochenem hängen schwer in der Luft.

«Aha, biste schon auf, ja?» Eine fast kahlköpfige Alte, ihr Gesicht ein Memento mori, spricht ihn an; sie sitzt hinter einer über zwei Oxhoftfässer gelegten Planke. Ein schmaler Goldring hängt an ihrer Unterlippe wie eine Speichelblase. «Naja. Guten Morgen, der Herr», sagt sie. «Ha-haaa! Gut geruht, will ich hoffen. Wie wär's mit'm kleinen Schlückchen, damit der Tag gleich richtig anfangen tut?» Zwei Zinnmaße so groß wie Eierbecher und ein Terrakotta-Krug stehen als Stilleben auf der Planke. Ein

Schwein liegt unter der provisorischen Theke auf der Seite, seine wulstige Kieferpartie von einem umgekippten Nachttopf verdeckt. Hogarth hätte das Motiv großartig gefunden. Ned will bloß wissen, was vergangene Nacht passiert ist.

Plötzlich quietscht die alte Vettel auf, als hätte man sie erdolcht, ein langes, kratziges Einatmen: «Iiiiiih!» Das Pochen in Neds Hinterkopf wird zu einer ganzen Serie von Schlegelwirbeln, zum Donnergrollen, zum Dröhnen einer riesigen Baßtrommel. Aber Moment mal. Die Alte kriegt gar keinen Schlaganfall: sie lacht nur. Jetzt hustet sie, krächzt und klatscht auf die Planke, bis ihr ein langer gelber Sehleimstreifen aus dem Mundwinkel hängt und zähflüssig auf das Holz trieft. «Hast dir ...» keucht sie «... hast dir wohl die Zunge verschluckt, Firsichgesicht?»

Hinter ihr hängt ein Schild an der Wand, die Buchstaben in spastischer Handschrift hingekrakelt:

Betrunken fürn Penny
Sturzbesoffen für zwei
Sauberes Stroh gratis

Ned schneidet ihr eine Grimasse. «Scheiß auf dich und deine Mutter und deine wassersüchtige Hexenbrut, du skrofulöse Nutte mit Fußballtitten!» ruft er und fühlt sich schon viel besser.

«Iiiiiiih!» kreischt sie. «Kein Sinn für Mutter Genevers Lixir, was? Gestern abend hat's dir noch ganz gut gefallen ... Na los, laß Mama mal deine Männlichkeit sehn – vielleicht tut's doch noch Heilung geben für dich.» Lüstern hebt sie die Röcke hoch, spindeldürre Beine und ein vergilbter Busch Haare wie die Auflösung in einem Schauerroman.

Linker Hand führt eine Treppe mit morschen Stufen hinauf zu einer Tür nach draußen, durch deren Ritzen Ned das kalte Licht der Morgendämmerung erkennt. Er flucht, weil er seinen Atem auf die verrückte Hexe verschwendet hat – schließlich hat er noch was vor heute nachmittag –, und er geht die schwankenden Stufen zur Tür hinauf.

«Iiiiiih!» kreischt die Alte. «Gib acht, was du anziehst, Tuntenkönigin!»

Ned macht noch eine obszöne Geste zu ihr rüber, rafft den zinnoberroten Umhang eng um sich und stößt die Tür zur Maiden Lane und zum Tageslicht auf. Hinter ihm, aus der Tiefe, kommt noch ein gebrochenes Kreischen wie eine verstimmte Bratsche: «Nimm dich in acht, nimm dich in acht, vor des Henkers Krawatt'!»

BEVOR MEIN LICHT ERSTIRBT Die Maschine zum Auslöschen des Augenlichts besteht aus zwei Messingbändern und sieht aus wie eine Art umgekehrter Keuschheitsgürtel. Das eine Band führt in Augenhöhe um den Kopf, das andere schmiegt sich eng an die Scheitellinie. Zwei Schrauben gehören dazu; jede mit einer konvexen Scheibe vorne dran. Ursprünglich war das Gerät im 9. Jahrhundert für Al-Kaid Hassan Ibn Mohammed angefertigt worden, den blinden Pascha von Tripolis. Verunsichert durch seine Behinderung, verordnete der Pascha, jeder seiner Besucher müsse sich zuvor die Augen ausdrücken lassen. Er war ein sehr einsamer Mensch.

Die Maschine funktioniert nach dem Prinzip des Schraubstocks. Man dreht die Schrauben so lange, bis sie die Augenoberfläche berühren, dann zieht man sie, Umdrehung für Umdrehung, weiter fest, bis die Hornhaut platzt. Einfach, unerbittlich, endgültig.

Stille hat sich über die Menge gelegt. Eben noch waren sie hart an der Grenze zur Hysterie, brüllten Spottgesänge und Kauderwelsch durcheinander wie der Pöbel beim Stierhetzen oder auf einer Krüppel-Schau. Jetzt aber:

Schweigen. Fliegen sägen an der heißen, stillen Luft herum, und das Geräusch der in den Sand plätschernden Pisse einer Ziege oder eines Kamels klingt wie ein tosender Wasserfall. Sandalen scharren, ein Mann kratzt sich am Bart. Viele haben sich Lumpen über den Kopf gezogen, als wollten sie den verunreinigenden Blick des Entdeckungsreisenden meiden. Dassoud und der Einäugige, der sich eingemischt hat, starren ihn mit ernstem Gesicht an, die Arme in die Hüften gestützt.

Mungo hat wesentliche Aspekte der neuen Entwicklung nicht ganz mitbekommen. Mit einiger Bestimmtheit glaubt er, zumindest ein Wort identifiziert zu haben – das Wort für Auge, *unya* –, an das er sich aus *Ouzel's Arabisch-Grammatik* erinnert («Wir heben unsere *unyas* zum Himmel, wo droben thront Allah»). Aber was in aller Welt gab es über Augen groß zu debattieren? Und dann die plötzliche Stille – das macht ihm ebenfalls Sorgen. Aber es ist heiß, tierisch heiß, und er kann kaum einen klaren Gedanken fassen. Tatsächlich ist es so heiß, wie er es noch nie erlebt hat, mit der eventuellen Ausnahme des Schwedischen Bades am Grosvenor Square. Sir Joseph Banks, der Schatzmeister und Präsident der Afrika-Gesellschaft, hatte ihn eines Nachmittags in dieses Bad geführt, um ein paar Einzelheiten von Mungos Marsch zum Niger zu klären. Dort war man den Ausdünstungen gebrannter Steine ausgesetzt, die wie flüssige Lava glühten – jedenfalls war es ihm so vorgekommen. Ein Bademeister hatte mit Birkenruten auf sie eingeprügelt und ihre Nieren und Rückenwirbel mit seinen harten Handkanten zerrüttet. Sir Joseph hatte die ganze Prozedur offenbar als roborierend empfunden; der Entdeckungsreisende war fast ohnmächtig geworden. In diesem Moment beginnt er übrigens ein ganz ähnliches Schwindelgefühl zu verspüren. Ist ja auch kein Wunder, wenn man bedenkt, daß er nicht nur gegen Sonne, Sandflöhe, Ruhr und Fieber, sondern auch noch gegen den Kräfteschwund ankämpft. Die Mauren haben seine Vorräte konfisziert, ihm Pferd und Dolmetscher genommen und anscheinend beschlossen, ihn auf strengste Diät zu setzen. Allzu streng für seine Begriffe: Seit zwei Tagen hat er nichts Eßbares mehr gesehen.

Trotz der kritischen Lage und der vielen fremden, feindseligen Gesichter ringsum wird Mungo allmählich schwindlig – beinahe als hätte er zuviel Rotwein oder Faßbier getrunken. Er späht um sich, sieht verstohlene Blicke und hochgezogene Brauen, Bärte und Burnusse, Prophetengewänder und Pilgersandalen, und plötzlich verschmelzen all diese harten, drohenden Gesichter, verlieren ihre Konturen, sinken ins Vage wie Wachsfiguren. Das Ganze ist ja nur Zirkus, ist doch so, oder? Dassoud und Einauge sind Akrobaten oder Feuerschlucker, und der gute Ali ist bloß Grimaldi – Grimaldi, der Clown. Doch jetzt ziehen sie ihm auf einmal etwas über den Kopf ... einen Helm? Erwarten die, daß er für sie in die Schlacht zieht? Oder sind sie endlich zur Vernunft gekommen und haben sich entschieden, bei ihm für eine Krone Maß zu nehmen?

Der Entdeckungsreisende grinst dümmlich unter seiner schimmernden Haube. Seine Augen sind grau. Grau wie die prüfenden Eisfinger, die sich an einem frostigen Morgen über die Untiefen des Yarrow ausstrecken. Ailie hat sie einmal mit dem Liebesbrunnen in Galashiels verglichen, und dann schüttelte sie ein paar Pennies aus ihrer Börse und schob sie ihm zwischen die Augenlider, während er sich ins Heidekraut sinken ließ. Die Augen des Earl of Gloucester, so sagt man, waren grau. Ödipus hatte Augen so schwarz wie Oliven. Und Milton – Miltons Augen waren wie Blauspechte beim Scharren im Schnee. Dassoud hat keine Ahnung von Shakespeare, Sophokles oder Milton. Seine derben Finger drehen an den Schrauben. Der Entdeckungsreisende grinst. Er merkt nichts. Die Zuschauer sind erschreckt über seine wahnsinnige Gelassenheit und wenden sich in Panik ab. Er kann sie davonrennen hören, das Klatschen ihrer Sandalen auf der versengten Erde ... doch was ist das? – er hat irgendwas im Auge ...

Korrektive Chirurgie

«Halt!»

Mungo kann überhaupt nichts sehen (die Haube scheint ein Visier zu haben, aber sobald er es anheben will, packt ihn jedesmal eine Hand am Gelenk), dennoch erkennt er die Stimme sofort. Es ist Johnson. Der gute alte Johnson, sein Führer und Dolmetscher, der ihm zur Rettung kommt.

«Halt!» wiederholt Johnsons Stimme, bevor er sich kopfüber in eine Flut aus arabischen Knack- und Reibelauten stürzt. Dassoud antwortet ihm, dann steuert Einauge in höchsten Tönen eine Kette von Grunz- und Bekräftigungsklängen bei. Johnson widerspricht. Und dann dröhnt Alis Stimme aus der Ecke, scharf und kratzig. Man hört einen Schlag, und Johnson fliegt auf die Matte neben den Entdeckungsreisenden.

«Mr. Park», flüstert Johnson, «was machen Sie bloß mit diesem Ding auf dem Kopf? Wissen Sie denn nicht, wozu das da ist?»

«Johnson, guter alter Johnson. Wie schön, deine Stimme zu hören.»

«Die wollen Ihnen die Augen ausstechen, Mr. Park.»

«Wie bitte?»

«Der Oberschakal hier findet, Sie haben die Augen einer Katze – und anscheinend kommt das hierzulande nicht so gut an, deswegen sind die jetzt dabei, sie Ihnen auszudrücken. Wenn ich nicht per Zufall interveniert hätte, möchte ich wetten, daß Sie jetzt schon blind wie'n Bettler dastehn würden.»

Mungos Gedanken klären sich wie ein nebliger Morgen am späten Vormittag. Während dies geschieht, wird er zusehends erregter, bis er schließlich aufspringt, an der Messingkappe herumzerrt und wie ein verirrtes Kalb brüllt. Dassoud schlägt ihn zu Boden. Läßt die Weißschwanzgnu-Peitsche ein- bis zweimal knallen und verlangt dann auf arabisch nach einem weiteren Folterinstrument. Man hört das Trappeln von Füßen, das Klatschen der Zeltbahn und dann, sehr nahe, den Schrei eines Menschen in Todesangst. Der Schrei scheint von Johnson zu kommen. Der Entdeckungsreisende ist beunruhigt und reißt mit neuen Kräften an seiner Haube, wobei er sich so ähnlich fühlt wie ein Zehnjähriger, der mit dem Kopf in einem Eisengeländer eingeklemmt ist. «Johnson», keucht er «... was machen sie mit dir?»

«Bis jetzt noch nichts. Aber eben haben sie einen zweischneidigen Bilbo holen lassen.»

Endlich löst sich die Klemme, und die Haube hüpft vom Kopf des Entdeckungsreisenden wie der Korken aus einer Flasche Spumante. Er sieht sich blinzelnd um. Ali, Dassoud und Einauge hocken in der anderen Ecke, reden wild gestikulierend aufeinander ein. Der Pöbel ist weg, und der Zelteingang ist zugeklappt. Ein massiger Schwarzer mit Turban und gestreiftem Umhang blockiert ihn, die Arme vor der Brust verschränkt. «Einen Bilbo? Was heißt das?» flüstert Mungo.

«Heißt, daß wir zwei weise Affen spielen sollen – sieh nichts Böses, und sprich auch keins. Sie finden, ich hätte die Zunge eines Neuntöters. Also wird sie mir rausgeschnitten.»

Alias Katunga Oyo

Was Johnson angeht: Er gehört zum Stamm der Mandingo, der die Quellgebiete des Gambia und des Senegal bewohnt, außerdem große Teile des Nigertals, bis hinunter zur Stadt der Legende: Timbuktu. Seine

Mutter gab ihm nicht den Namen Johnson. Sie nannte ihn Katunga – Katunga Oyo – nach seinem Großvater väterlicherseits. Mit dreizehn wurde Johnson von Hirten aus dem Volk der Fulah gekidnappt, als er gerade in einem Kornfeld nicht weit von seinem Geburtsdorf Dindiku mit einer zarten jungen Nymphe deren Beginn der Geschlechtsreife feierte. Die Nymphe hieß Neali. Aber danach fragten die Fulah nicht. Ihr Häuptling, der sich von Nealis tätowiertem Gesicht und einigen anderen ihrer körperlichen Attribute einnehmen ließ, behielt sie als seine persönliche Konkubine. Johnson wurde an einen *slati* verkauft, einen umherreisenden schwarzen Sklavenhändler, der ihn in Beinschellen legte und zusammen mit zweiundsechzig Leidensgenossen zur Küste trieb. Neunundvierzig schafften es. Dort wurde er einem amerikanischen Sklavenschiffer verkauft, der ihn im Laderaum seines nach South Carolina auslaufenden Schoners ankettete. Der Junge neben ihm, ein Bobo aus Djenné, war schon sechs Tage tot, als das Schiff in Charleston anlegte.

Zwölf Jahre lang arbeitete Johnson auf der Plantage von Sir Reginald Durfeys, einem englischen Baronet. Dann wurde er zum Hausdiener befördert. Drei Jahre später sah Sir Reginald selbst einmal in Carolina nach dem Rechten, fand Gefallen an Johnson und nahm ihn als Kammerdiener nach London mit. Das war im Jahre 1771. Die Kolonie hatte noch nicht revoltiert, in England war die Sklaverei noch erlaubt, in den Adern von Georg III. zirkulierten bereits die zerstörerischen Porphyrine, die ihn den Verstand kosten würden, und Napoleon erstürmte gerade die Palisaden seines Laufställchens.

In der Bibliothek von Piltdown, dem Landsitz der Durfeys', begann sich Johnson – wie ihn Sir Reginald taufte – zu bilden. Er lernte Griechisch und Latein. Er las die Klassiker. Er las die Modernen. Er las Smollett, Ben Johnson, Molière, Swift. Er sprach vom Papst, als würde er ihn persönlich kennen, machte ätzende Bemerkungen über die kindischen Romane von Samuel Richardson, begeisterte sich dafür aber so am Stil Henry Fieldings, daß er sogar versuchte, dessen *Amelia* ins Mandingo zu übersetzen.

Durfeys war fasziniert von ihm. Nicht nur von seinen Kenntnissen in Sprache und Literatur, ebenso sehr von seinen Erinnerungen an den Schwarzen Kontinent. Das ging so weit, daß der Baronet abends nicht mehr einschlafen konnte ohne eine Tasse heiße Milch mit Knoblauch und Johnsons beruhigenden *basso profondo*, der ihm Geschichten von strohgedeckten Hütten, von Leoparden und Hyänen erzählte, von Vulkanen, die Feuer in den Himmel spien, und von Schenkeln und Hinterteilen, die vor Schweiß glänzten und so schwarz waren wie ein Traum vom Inneren der Gebärmutter. Sir Reginald gewährte ihm einen recht ordentlichen Lohn, und nach seiner Freilassung im Jahre 1772 bot er ihm eine stattliche Rente, wenn er als Kammerdiener bei ihm bliebe. Johnson überlegte sich den Vorschlag bei einem Glas Sherry in Sir Reginalds Schreibzimmer. Dann grinste er und ging den Baronet erstmal um eine Gehaltserhöhung an.

Während der Legislaturperiode des Parlaments verlegte Sir Reginald, begleitet von Johnson und zwei livrierten Lakaien, seinen Haushalt immer nach London. London war eine reife Tomate. Johnson war eine Makkaroni. In illustrer Gesellschaft flanierte er über die Bond Street; Zylinder, knapp taillierter Gehrock und Kniehosen aus Seide. Bald frequentierte er die Cafés, bewies Schlagfertigkeit und Witz und lernte, aus dem Stegreif hintersinnige Epigramme zu formulieren. Eines Nachmittags trat ein rotgesichtiger Gentleman mit Backenbart auf ihn zu, nannte ihn einen «verdammten Hottentotten-Nigger» und forderte ihn zum Duell auf Leben und Tod. Am nächsten Tag, bei Morgengrauen und in Gegenwart von Sekundanten, setzte Johnson dem Gentleman eine Kugel ins rechte Auge. Der

Gentleman war auf der Stelle tot, und Johnson kam in den Kerker. Bald darauf erging das Urteil: Tod durch den Strang. Sir Reginald ließ seine Beziehungen spielen. Die Strafe wurde in Deportation umgewandelt.

Und so bekam Johnson, im Januar 1790, wieder einmal Beinschellen angelegt, was ihm die Strümpfe ziemlich ruinierte. Man brachte ihn an Bord der *H.M.S. Feckless*, die ihn auf Goree absetzte, einer Insel dicht vor der Westküste Afrikas, wo er als Gemeiner in der Armee dienen sollte. Als er an Land ging, durchfuhr ihn ein uralter Schauer. Er war zu Hause. Zwei Wochen später, während er Nachtwache hatte, requirierte Johnson ein Kanu, paddelte zum Festland hinüber und verschmolz mit dem schwarzen Dikkicht des Dschungels. Sein Weg führte ihn zurück nach Dindiku, wo er Nealis kleine Schwester heiratete und sich daran machte, das Dorf von neuem zu bevölkern.

Er war siebenundvierzig. Graue Strähnen durchsetzten sein Haar. Die Bäume wuchsen bis in den Himmel, und die Morgendämmerung kam heran wie eine Welle aus Blumen. Des Nachts ertönte der Schrei des Klippschliefers und das Bellen des Leopards, tagsüber das träge Summen der Honigbiene. Seine Mutter war inzwischen eine alte Frau, das Gesicht voller Furchen und eingetrocknet wie die mumifizierten Leichname, die er in der Wüste hatte liegen sehen – die Leichen von Sklaven, die nicht hatten mithalten können. Sie drückte ihn an ihre knochige Brust und schnalzte mit der Zunge. Es regnete. Die Felder gediehen, die Ziegen wurden fett. Er lebte in einer Hütte, ging barfuß und wikkelte sich ein Stück feines Kammgarn um Lenden und Oberkörper, das er dann eine Toga nannte. Er widmete sich völlig dem Sinnlichen.

Schon nach fünf Jahren war Johnson der Ernährer von drei Frauen und elf Kindern – vierzehn Mündern –, dazu kamen noch diverse Hunde, zahme Affen, Erdhörnchen und Sandskinks. Dennoch arbeitete er sich keineswegs tot

– nein, er nutzte lieber seinen Ruf als Mann von Bildung. Mit einer Kalebasse voll Bier oder einer Kudulende kamen die Dorfbewohner zu ihm und baten dafür um ein paar gekritzelte Worte. Jeder im Dorf trug um den Hals oder am Handgelenk einen *saphi* – einen Lederbeutel von Brieftaschengröße. Diese *saphis* waren Behältnisse für Fetische und Talismane gegen allerlei Unheil: ein gepökelter Ringfinger galt als wirksamer Schutz vor dem Biß der Puffotter; ein Haarbüschel garantierte unversehrte Heimkehr aus dem Schlachtgetümmel, die Duftdrüse der Zibetkatze verhütete Lepra und die Himbeerseuche. Doch der stärkste Zauber war Logos. Das geschriebene Wort verlieh Weisheit, Potenz, Überfluß in Zeiten der Not. Es konnte ausgefallene Haare zurückbringen, Krebs heilen, Frauen betören und Heuschrecken töten. Johnson wurde sich rasch des Marktpotentials seiner Schreibkunst bewußt. Für ein paar flüchtig hingeworfene Knittelverse gab es drei Pfund Honig oder einen Monatsvorrat Korn. Oder er zitierte Pope und erkaufte sich damit ein Paar goldene Fußringe für seine jüngste Braut:

Drei Pfiffe sein der Preis,
Den zu bestechen, der kreischend spricht der Affenhorde Hohn:
Und sein jene Trommel, die da mit dumpfem heroischem Ton
Erstickt das schrille Clairon gar des Eselschreis.

Sie war fünfzehn und bewies ihre Dankbarkeit sehr demonstrativ. Johnson machte es sich bequem und genoß, das Ganze war süß wie ein Märchen. *Wiedereroberteres Paradies*, dachte er.

Dann kam eines Nachmittags ein Kurier aus Pisania, der britischen Handelsniederlassung am Gambia. Er brachte einen Brief aus England, dessen Siegel das Wappen der Durfeys (eine wiederkäuende Ziege) trug. England – die Clubs, die Theater, Covent Garden und die Pall Mali, der geschwungene Lauf der Themse, die Struktur des Lichtes am Spätnachmittag in der Bibliothek von Piltdown – all das strömte wieder auf ihn ein. Er riß den Umschlag auf.

Piltdown, den 21. Mai 1795

Lieber Johnson:
Falls Dich dieses Schreiben erreicht, so hoffe ich, daß Du es bei bester Gesundheit liest. Ich muß gestehen, daß die Nachricht von Deiner Flucht aus Goree uns alle mächtig gefreut hat. Ich habe die starke Vermutung, Du bist inzwischen wieder zum «Eingeborenen» geworden, neben Dir ein paar von diesen Sirenen mit dem Honig-Teint, von dem Du immer so geschwärmt hast, hab ich recht?

Aber nun zum Geschäftlichen. Mit diesem Brief möchte ich Dir einen gewissen Mungo Park ans Herz legen, einen jungen Schotten, den wir beauftragt haben, ins Innere Deines Landes vorzudringen und den Verlauf des Nigers zu bestimmen. Wenn du einverstanden bist, als Führer und Dolmetscher für Mr. Park zu fungieren, nenne ihm Deinen Preis.
In geographischer Leidenschaft,

Sir Reginald Durfeys, Bart.
Gründungsmitglied der
Afrika-Gesellschaft

Johnsons Preis waren die Gesammelten Werke Shakespeares, alle Bände im Quartformat, wie sie auf den Regalen in Sir Reginalds Bibliothek gestanden hatten. Er packte eine Reisetasche, gelangte zu Fuß nach Pisania, fand den Forschungsreisenden und setzte ein Abkommen über die Bedingungen für seine Dienste auf. Der Reisende war vierundzwanzig. Sein Haar hatte die Farbe von Weizenseide.

Er war einen Meter zweiundachtzig groß und ging, als hätte man ihm einen Stock auf den Rücken geschnallt. Er ergriff Johnsons Hand mit seiner breiten, butterweichen Pranke. «Johnson», sagte er, «ich freue mich aufrichtig, deine Bekanntschaft zu machen.» Johnson war einszweiundsechzig und wog fünfundneunzig Kilo. Sein Haar war ein Staubbesen, seine Füße waren nackt, im rechten Nasenflügel trug er eine lange goldene Nadel. «Die Freude ist ganz meinerseits», sagte er.

Sie brachen zu Fuß auf. Flußaufwärts, in Frukabu, machte der Entdeckungsreisende Halt, um ein Pferd zu erstehen. Der Besitzer war ein Mandingo-Salzhändler. «Wirklich ein Spottpreis», sagte er, «für so ein rassiges Füllen.» Sie fanden das Tier hinter einer Rutenhütte am anderen Ende des Dorfes angepflockt. Es stand inmitten einer Hühnerschar, knabberte Disteln und glotzte sie blöde an. «Prächtige Zähne», sagte der Salzhändler. Das Pferd war kaum größer als ein Shetlandpony, auf einem Auge blind und so ausgemergelt, wie es steinalte Greise manchmal sind. Offene Geschwüre, grün vor Schmeißfliegen, übersäten die rechte Flanke, und eine gelbliche Flüssigkeit wie dünner Haferbrei tropfte ihm aus der Nase. Am allerschlimmsten war aber wohl, daß das Tier zu senilen Fürzen neigte – gewaltige Gasausbrüche, die die Sonne vom Himmel wischten und die ganze Umwelt zur Senkgrube machten. «Rosinante!» scherzte Johnson. Der Entdeckungsreisende verstand die Anspielung nicht. Er kaufte das Pferd.

Mungo ritt, Johnson lief. Ohne Zwischenfall passierten sie die Königreiche von Woulli und Bondu, doch als sie nach Kaarta kamen, erfuhren sie, daß der König dieses Landes, Tiggitty Sego, mit dem Nachbarstaat Bambarra Krieg führte. Der Entdeckungsreisende schlug einen Umweg in nördlicher Richtung, durch Ludamar vor. Zwei Tage nach dem Überschreiten der Grenze wurden sie von dreißig berittenen Mauren aufgehalten. Die Mauren sahen aus, als hätten sie soeben ihre Mütter gekocht und verzehrt. Sie trugen Musketen, Dolche und Krummsäbel – Krummsäbel so kalt und grausam wie der Halbmond, eine Waffe eher zum Abhacken als zum Stechen: Ein einziger Schlag konnte Arm oder Bein amputieren, Schultern abtrennen, Köpfe spalten. Ihr Anführer, ein Riese mit Kapuzenumhang und einer feingestrichelten Narbe über dem Nasenbein, trottete auf sie zu und spuckte in den Sand. «Ihr kommt mit uns zu Alis Lager nach Benaun», verkündete er. Johnson zerrte den Entdeckungsreisenden an den Gamaschen und flüsterte ihm etwas ins Ohr. Die Pferde scharrten und stampften. Mungo sah zu den grimmigen Gesichtern auf, lächelte und erklärte auf englisch, er nehme die Einladung mit Vergnügen an.

Fatima

Ein Junge kommt ins Zelt gestürmt, in der Hand den zweischneidigen Bilbo. Dassoud rollt mit den Augen, Johnson erschauert. Mungo steht mit Mühe auf, zieht sich die Hosen hoch und legt sich den Gürtel um. «Ich würde nur gern wissen, welches Verbrechen wir eigentlich ...», beginnt er. Dassoud schlägt ihn nieder. In diesem Augenblick kommt ein zweiter Junge ins Zelt, der eine Botschaft für Ali bringt. Dassoud wendet sich an seine Gefährten, und ein heftiges Streitgespräch entbrennt. Man reckt den Zeigefinger, fuchtelt mit den Armen, zupft sich am Bart. Von all dem versteht der Entdeckungsreisende nur ein einziges Wort, das wieder und wieder ausgesprochen wird, als wäre es ein Zauberspruch: Fatima, Fatima, Fatima. Während er die Konferenz genau im Auge behält, schlängelt sich seine Hand zu Johnson und zupft ihn an der Toga. «Johnson», flüstert er, «was ist hier los?»

Johnson macht große Augen. «Psst!» sagt er.

Gleich darauf erhebt sich Ali. Einauge trägt ihm das Damastkissen nach, Dassoud wirft den Bilbo mürrisch in die

Ecke, und alle drei schreiten aus dem Zelt. Der Entdekkungsreisende und sein Führer sind allein mit dem nubischen Wachtposten. Und den Sandflöhen.

«Ssst, Johnson!» flüstert Mungo. «Was ist denn bloß dieses Fatima, von dem sie die ganze Zeit schnattern?»

«Krieg ich auch nicht ganz zusammen. Aber egal was es ist, es raubt einem jedenfalls nicht die Sinne.»

Der Teig geht auf

Ned Rise kommt aus der Tür der Ginkneipe geschlendert, bürstet sich die Kleider ab, klopft den eingedellten Hut am Oberschenkel zurecht, als ihn plötzlich ein Schlag auf die Nase flach zu Boden gehen läßt. Als er wie ein geplatzter Luftballon aufs Pflaster sinkt, ist seine Wahrnehmung von Angst, Schmerz und Verwirrung getrübt. Sobald er jedoch einmal unten liegt, bemerkt er den tiefen Mahagoniglanz der Reitstiefel, die sich mit choreographischer Präzision heben und senken, um eine rasche Folge von Tritten in seine besten Körperteile abzugeben. Dann keucht er. Würgt. Kotzt. Die Stiefel gehören zu den flinken Füßen von Daniel Mendoza, Faustkämpfer, Jude, Ex-Boxchampion von London, Freund und Gefährte von George Bryan «Beau» Brummell. Mendoza ist aufs feinste herausgeputzt: gestärkter Leinenkragen, scharlachrote Weste, gestreifte Hosen und Stiefel aus Saffianleder. Ein dandyhafter junger Schnösel von zwölf oder dreizehn Jahren steht neben ihm, über dem Unterarm das blaue Samtjackett wie ein Chefkellner die Serviette.

Mendozas Gesicht ist rot angelaufen. «Soso!» schreit er. «Chinesische Seide, häh?»

Unten auf dem Kopfsteinpflaster murmelt Ned eine kombinierte Entschuldigung, Ableugnung und Bitte um Gnade.

«Holländische Glanzwolle, zwölf Pence der Meter!» schreit Mendoza. «Und du stinkender Abschaum nimmst

Beau sechs Eier dafür ab, für 'ne *Krawatte aus feinste chinesische Seide von orreginal unverfälschter Qualität, direkt von die Webstühle des Orients in Peking*, hast du gesagt gehabt. Na? Was is?»

In Erwartung des Tritts spannt Ned sich an. Er erhält ihn direkt unter die linke Achselhöhle.

Mendoza beugt sich nun über ihn, das Messer in der Hand. Sein Begleiter wirkt wie ein Engel Gottes. Es beginnt zu schneien. «Will dich nur eben von dieser Kleinigkeit hier entlasten», sagt Mendoza, indem er die Schnur von Neds Geldbeutel durchtrennt, «als teilweise Entschädigung für den Kummer, wo mein Freund erleiden mußte.» Mendozas Stiefelspitze. sucht Neds Milz – ein Organ, von dem er gar nicht wußte, daß er es besaß – dreimal in rascher Folge auf. «Und daß mir das nich nochmal vorkommt, Arschloch. Sonst schlag ich dich zum Krüppel wie damals Turk Nasmyth in der zweiten Runde auf der Bartholomew Fair. Klar?» Man hört das Gleiten von Batist auf Samt, dann das Stakkato sich entfernender Schritte, zwei Paar. Der Schnee fällt herab wie Knochenmehl, und die Luft ist scharf wie die Lanzette eines Aderlassers.

Ned rappelt sich auf und wischt sich mit dem Handrükken über den Mund. Er grinst. Ihm ist noch vom Gin übel, Nase, Niere, Milz und Achsel tun ihm höllisch weh, er war Opfer eines Raubüberfalls mit tätlichem Angriff, aber er grinst. Bei dem Gedanken an Mendozas Gesichtsausdruck, wenn er den Geldbeutel öffnet und feststellt, daß er ein Viertelkilo Flußsand, zwei Kupferknöpfe und einen Schweinezahn enthält. Er greift sich zwischen die Beine, und sein Grinsen wird noch breiter: die Beute ist sicher. Um seine Genitalien ist ein Streifen Musselinstoff gewikkelt, dessen Enden mit Tannenleim an Bauch und Hinterteil festgeklebt sind. Wie in einem Nest liegen dort, warm und kuschelig im weichen Fleisch seiner Eier, zweiundzwanzig goldene Guineas, die Früchte von einer Woche

Lug und Trug. Ned plant, sie gut anzulegen und ihnen bei der Vermehrung zuzusehen.

In der «Wühlmaus» bestellt sich Ned gebratenen Speck, Lammkoteletts, Weizenpfannkuchen, gekochte Eier, Zunge, Schinken, Toast, Taubenpastete und Orangenmarmelade – «und ein großes Bier zum Runterspülen.» Dann schickt er einen Jungen hinaus zu einem der Pfandleiher gegenüber von «White's Spielsalon», um ihm einen Anzug zu besorgen, «wie er einem Gentleman anstünde», samt Halbschuhen, Krawatte und Zylinder. Der Junge trägt die Füße in Lumpen gewickelt, ihm triefen Augen, Nase und Mund, und der Skorbut hat ihm alle Zähne ausfallen lassen. Ned schenkt ihm eine halbe Crown für seine Mühe.

Der Wirt der «Wühlmaus» ist ein gewisser Nelson Smirke. Smirke ist ein großer Kerl, er hat Krätze und an den Seiten seines Kopfs ist er kahl, am Scheitel ragt dafür ein verrückter, elektrischer Schopf in die Höhe. Insgesamt hat man den Eindruck von Gemüse: am ehesten erinnert er an eine kolossale Runkelrübe. «Ah, Smirke», begrüßt ihn Ned, den Mund voll Taubenpastete. «Hol dir einen Stuhl, mein Freund – ich habe dir einen Vorschlag zu machen.» Smirke setzt sich hin und legt die massigen Hände gefaltet auf den Tisch. «Laß mich gleich zur Sache kommen», sagt Ned. «Ich möchte heute abend das Zockerzimmer mieten, so von acht bis etwa drei oder vier Uhr früh. Ich zahl dir zwei Guineas, wenn du keine Fragen stellst.»

«Was'n los, 'ne Party oder so?»

«Stimmt genau. Eine Party.»

«Nich daß mir wieder alle Kissen zerfetzt werden und einer aufs Porzellan pinkelt so wie letztesmal, verstehste?»

«Smirke, Smirke, Smirke», sagte Ned und schnalzt mit der Zunge. «Vertraust du mir etwa nicht? Wir reden hier von einer Zusammenkunft echter Herren.» Ein Wildschweinkopf hängt neben ihm an der Wand. Kohlen glühen auf dem Rost. Ned legt die Gabel beiseite und rammt sich eine Hand in die Hose, schürft dort nach Gold. Er holt einmal tief Luft, reißt sich den Klebstoff (samt Haaren) vom Bauch und wühlt in seinem Schatz.

«Echte Herrn, daß ich nicht kicher», sagt Smirke. «Ich weiß genau, was für'n Abschaum von Kanaken und Perfersen dich zum Freund haben tut, Ned Rise.»

Zwei Guinea-Stücke fallen klirrend auf den Tisch, ein süßer Klang. Smirke bedeckt sie mit seiner fetten Faust. Ned sieht dem Wirt in die Augen, dann stopft er sich einen Pfannkuchen in den Mund und kaut darauf herum wie ein ausgehungerter Flüchtling. Er rollt eine Scheibe Schinken zusammen und schiebt sie hinterher, dann würgt er noch ein gekochtes Ei hinunter. «Drei», sagte Smirke, «und die Sache geht klar.» Ned hustet kurz, hat irgendwas in die Luftröhre bekommen, dann schnippt er eine dritte Münze über den Tisch. Smirke erhebt sich. Richtet einen dicken Finger zwischen die Augen des Veranstalters und knurrt: «Kein Ärger in mei'm Haus, sonst reiß ich dir die Leber raus, ich schwör's bei Gott.»

Neunzehn Uhr dreißig. Ned steht an der Tür zum Zockerzimmer, ausstaffiert wie ein kleiner Lord. Von weitem, und im Schummerlicht des Korridors, könnte man ihn fast für einen anständigen Mitbürger halten. Aus der Nähe betrachtet, verpufft die Illusion. Zunächst einmal ist da sein Gesicht. Ganz egal, wie man es betrachtet, aus jedem Winkel, im Licht oder im Schatten, angespannt oder ausgeruht, es ist letzten Endes doch immer das Gesicht eines Klugscheißers. Das Gesicht des jungen Lümmels, der in der Schule die Stiefel auf den Tisch legt, alte Damen in Brand steckt und Tintenfässer austrinkt. Das Gesicht des ziellos bummelnden, herumlungernden Halbstarken, der den Mann am Obststand terrorisiert, Opium raucht, in Gin badet und die Welt zu seiner Pinkelrinne macht. Das Gesicht eines Ganoven, der irgend etwas Unanständiges, ja Ordinäres in Gang setzt und jetzt vor der Tür des Zockerzimmers der «Wühlmaus» im Herzen Londons steht. Dazu kommt noch seine Kleidung. Die Nadelstreifenhosen und das taillierte Jackett sind ausgebeulte Alpträume jedes Schneiders, der Stehkragen ist so voller Flecken von Sherry, Brühe, Ketchup und Worcestershiresoße, daß er an die Haut einer brüllenden Kreatur aus dem Dschungel erinnert, und hängt außerdem schlaff herab wie ein nasses Handtuch. Die goldene Uhrkette? Poliertes Kupfer. Der Wulst in seiner Westentasche? Ein als Taschenuhr getarnter Stein. Die Strümpfe sind aus mehreren Wollsocken zusammengeflickt, und die Blume im Knopfloch ist ein Stück Buntpapier. Doch all das ist gar nichts gegen das Cape, weiße Sternchen auf zinnoberrotem Grund, das von den Schultern des Impresarios flattert wie ein ganzes Zigeunerlager.

Nichtsdestotrotz gehen Neds Geschäfte recht flott. Vornehme Herren drängen sich zu zweit, zu dritt oder auch allein den schmalen Gang entlang, drücken ihm goldene Guineas und silberne Sovereigns in die Hand und treten dann durch die Tür ins Zockerzimmer ein. Ned legt diese Münzen in seiner Hosenbeutelbank an. Und grinst wie ein Großbürger. Von drinnen kommt der Lärm eines Gelages: Gläserklirren, Stühlequietschen, Har-hars und Ho-hos. Das Stichwort für Smirke. Er erscheint am hinteren Ende des Gangs, seine fleischige Hand balanciert ein Tablett mit Drinks, vor ihm huschen zwei Schankmädchen wie Schaum auf dem Wellenkamm eines schweren Brechers. «Jetzt schiebt schon eure Nuttenärsche da rein, und daß mir ja die Gläser immer voll sind, sonst reißen die mir noch die Deckenbalken raus, der Deibel verhüt's!» brüllt er sie an. Die Mädchen kichern sich an Ned vorbei in den Raum, wo sie ein Schwall von Applaus, Buhrufen und lauten Pfiffen empfängt. Smirke bleibt an der Tür stehen.

«Eins muß ich dir lassen, Ned – ganz schön trinkfreudige Herren haste da rangeschafft. Ein halbes Faß Scots-Whisky und dreiundfünfzig Pullen Wein ham die schon leergemacht.»

Neds Grinsen ist aalglatt und sehr breit. «Wie versprochen, Smirke, oder? Überlaß es nur dem guten Neddy. Du wirst noch reich werden heute.»

Von drinnen dröhnt die Stentorstimme eines Temperamentvulkans: «Zu trinken! Gottverdammt und verflucht sei die Jungfrau vor der Hure, wo bleiben die Getränke?» «Los, ex!» brüllt ein anderer. «Jaaaah!» Die Rufe wirken wie heiße Drähte, die man in Smirkes Rückgrat einführt. Er erschauert, reißt sich zusammen, verfällt in Zuckungen, seine Muskeln geraten in klonische Krämpfe, die Gläser zittern am Rand des Tabletts. Dann stößt er die Tür auf wie ein Soldat und bekommt die volle Kraft eines Schirokkos ins Gesicht, in dem sich Schweiß, Sperma, verschüttetes Bier und Urin mischen. Seine Augen sind klein wie Erbsen. «Bei Gott, Ned Rise, wenn diese Show kein Erfolg wird, dann –»

«Reißt du mir die Leber raus?»

«Zum Frikassee», schreit er und taucht in das Tohuwabohu ein.

Ned knallt die Tür zu und nimmt einen Schluck aus der Flasche. Ein verflucht anstrengender Tag war das. Erst der Ärger mit den Zimmerleuten für die Bühne. Dann die Reklame. In Ermangelung von Hilfskräften hatte er die Plakate für die Sandwich-Männer selbst gemalt

FÜR DAS BLUT, DAS GELANGWEILT
VOR LAUTER GEDULT
Eine Neue Unterhaltung
In der «Wühlmaus». Heute abend 20.00 Uhr.
EIN KITZLIGES VERGNÜGEN
In der «Wühlmaus». Heute abend.

Kommt alle zum Ball der Vojöre
In der «Wühlmaus». Heute abend 20.00 Uhr.

Dann hatte er Billy Boyles und zwei anderen Taugenichtsen einen Shilling pro Kopf zahlen müssen, damit sie damit vor den Spielsalons und Herrengeschäften auf und abgingen. Anfragen sollten sie *sotto voce* beantworten und Einzelheiten so zurückhaltend wie möglich preisgeben. Doch so wie er Billy Boyles kannte, würde dieser versoffene Idiot es überall ausquatschen, bis auch der letzte Bulle und Stadtbeamte Wind davon bekommen hatte. Sorgen über Sorgen. Aber das war erst der Anfang gewesen. Den ganzen Nachmittag hindurch, während er Smirke beruhigte und die Zimmerleute antrieb, hatte er Nan und Sally auf der richtigen Stufe von Trunkenheit halten müssen – angetütert genug, um schön vergnügt zu bleiben, aber auch wieder nicht so hinüber, daß sie nicht auftreten konnten. Am meisten Kopfzerbrechen hatte es ihm beschert, Jutta Jim, den pechschwarzen Neger aus dem Kongo, von dessen Herrn/Dienstgeber Lord Twit anzumieten. Twit hatte drei Guineas verlangt, dazu die feste Zusicherung, daß sein so wertvoller Diener vor dem nächsten Morgen zurückgebracht würde, «mit all seinen süßen Energien intakt». Scheiße. Die ganze Sache – der Ärger, die Anspannung, die langen Stunden des erzwungenen Nüchternbleibens – hat ihn fast kaputtgemacht. Sein Kopf ist eine eiternde Blase, Gin die einzige Medizin.

Und so steht er dort in dem schummrigen Korridor, nuckelt an der Flasche, träumt und streichelt den wertvollen Wulst zwischen seinen Beinen (zweiunddreißig neue Guineas bis jetzt) ... als er plötzlich gegen die Holzverkleidung gerammt wird. Unter seinem Kinn liegt eine Faust, eiserne Finger schließen sich um seinen Hals. Der Duft von Lavendel, der Ärmel eines Rüschenhemdes. Mendoza.

«Die Vorstellung hier muß schon verdammt stimillierend sein, Arschloch, sonst brech ich dir Arme und Beine, als ob's Zündhölzer wären. Ich hab nämlich den lieben Beau mitgebracht, weißte, und wehe, der Gute kriegt von dem, was er hier sieht, keine gute Laune und Erbauung, verstanden?» Die Finger lockern ihren Griff, und das Kinn des Impresarios – im Einvernehmen mit der Schwerkraft des Planeten – kehrt in seine übliche Lage zurück. Ned blinzelt und sieht vorbei an dem Boxchampion, wo ein junger Dandy von siebzehn oder achtzehn ihn spöttisch anstarrt. Der Dandy hat Locken wie ein ondulierter Pudel, seine Augen sind honigfarben. Er trägt so reines Linnen, daß es schimmert. «Laß doch den armen Kacker in Ruhe, Danny», sagt er mit seinem näselnden Winseln. Er hält inne, um eine juwelenbesetzte Schnupfdose aus der Tasche zu zaubern und sich eine Prise auf den Handrücken zu schütten, die er mit einem eleganten Schwung des Kopfes inhaliert. Als er wieder aufsieht, durchschneiden seine Blicke Ned wie Schaschlikspieße. «Für Freunde kostet's ja wohl keinen Eintritt, oder, Ned?»

Ned lächelt, bis ihm das Zahnfleisch weh tut. «Nein» sagt er, «kein Eintritt, ist doch klar.»

Mendoza stößt die Tür auf, und Beau schreitet in den Raum wie ein Schwan, der auf einem Gebirgssee landet. «Schwanzlutscher», murmelt Ned, so leise und soweit hinten in der Kehle, daß er es selbst nicht mal richtig hört. Die Tür knallt wieder zu. Ned zieht den Stein aus der Tasche und sieht darauf. Der Stein ist flach, glatt, fünf Zentimeter im Durchmesser. Auf die Vorderseite ist ein Zifferblatt gemalt. Acht Uhr ist es darauf. Zeit für die Show.

Sally Sebum und Jutta Jim sind auf der Bühne, mitten im Auftritt. Nan Punt steht in einem wollenen Schlafrock neben Ned und wartet auf ihr Stichwort. «Hm-mm-mm-hm», macht Sally. «Uh-aah, Aaah! A-Aaaaah!» Jutta Jim erhebt sich von ihr, blanker Arsch, pechschwarz und splitternackt, sein Glied steif und glänzend im Licht der Öllampen. Ausgebleichte Knochenspieße ragen ihm aus den Nasenflügeln, die Ohrläppchen sind von Federkielen durchbohrt, verschnörkelte Narben schlingen sich über seinen Oberkörper wie eine Reliefkarte des Mondes. Im Publikum herrscht ehrfürchtige Stille. Er wendet sich der Menge zu, ganz langsam, schweigend, methodisch, und fängt dann an, sich auf das riesige Faß seines Brustkorbes zu trommeln. «Das is mein Stichwort», flüstert Nan, die nun aus dem Schlafrock schlüpft und geziert auf die Bühne hinaustrippelt, voll wie eine Haubitze. Nachdem sie ein bißchen herumstolziert ist und ihre Brüste fürs Publikum aneinandergerieben hat, nimmt sie Jims Schwanz in den Mund. Die Zuschauer – dieselben, die eben noch stampfend und pfeifend mit Socken, Hüten, Tischtüchern und Besteck geworfen hatten – verstummen abrupt. Inzwischen schält sich Sally hinter der einzigen Requisite auf der Bühne hervor – einem Confidant aus grünem Samt – und taumelt auf die Seitentür zu. Ned hält ihr den Umhang auf. «Puuh», keucht sie, «der schwarze Kannerbale da hätt mich wohl am liebsten totgevögelt.» Sie trieft vor Schweiß, ihr Make-up ist ein Sumpf, die vollen schwarzen Locken kleben ihr an Hals und Wangen. Ihre Brüste sind rot-weiß gefleckt. Sie pressen sich gegen den Umhang wie Gemüse in einem Sack. «Und dem sein Atem! Wie'n vollgepißter Nachttopp. Aber sein Gerät is nich von schlechten Eltern – das muß ich dieser Bestie lassen.»

«Schön, daß es dir Spaß gemacht hat, Sal.»

«Spaß?» Voller Empörung, Hände auf die Hüften gestützt. «Glaubste etwa, das macht Spaß, wenn so'n Nigger-Babarer, der aus'm Mund stinkt, auf mir rumsabbert und dabei grunzt?» Aber dann zwinkert sie. «Die leichtesten vier Eier, wo ich je verdient hab, seit Lord Dalhousie damals vom Milch-Punsch so knülle war, daß er mir seine ganze Geldbörse ins Dekolltee von mei'm Wollsatängkleid gesteckt hat.»

Ned lacht. «Das ist erst der Anfang, Sal. Ich hab schon die nächste Show für Donnerstag hier angesetzt, und dann noch eine am Samstag im «Sauf & Syph». Und jetzt sag ich dir was: Wenn du nochmal da rausgehst und dein ganzes dramatisches Talent spielen läßt, kriegst du noch zwei Crowns extra.»

Sie will gerade erzählen, wie ihre Mammi schon immer gesagt hat, sie soll eine Bühnenkarriere einschlagen, da späht sie zum Publikum hinaus und fängt an zu kichern. «Ned», flüstert sie. «Jetzt guck dir das mal an.» Ned guckt. Alle Zuschauer – Lords und Hosenbandorden, Marineoffiziere, Kaufleute, Straßenräuber und Geistliche, sogar Smirke selber – sind wie in Trance, der Mund steht ihnen weit offen, Kinn und Bart naßglänzend vor Sabber. Jim liegt jetzt ausgestreckt auf dem Rücken, vorn auf der Bühne, und Nan reitet ihn wie ein Jockey, nimmt die Wälle, Zäune und Wassergräben des Orgasmus wie im Flug, die ganze Zeit über keuchend und stöhnend. Nicht einmal ein Flüstern kommt von den Gästen, kein Husten und kein Schniefen, kein Juchzer und kein Jubel – sie hätten nicht mal aufgeblickt, wenn der Halleysche Komet der Bude das Dach weggefetzt hätte. Manchen zuckt es im Gesicht oder in den Gliedern, andere umklammern ihre Hüte und Spazierstöcke, als wollten sie sich am Rande eines Abgrundes an dünnen Zweigen festhalten. Da und dort betupft ein Taschentuch eine Stirn, rastlose Zahnreihen knabbern an Stuhllehnen, Füße klopfen im Takt und Knie knacken. «Juchhuuh!» ruft Nan auf dem Gipfel eines rasanten Galopps aus, und der arme Smirke knallt in einem Taifun aus knirschendem Glas vornüber zu Boden. Niemand bemerkt es.

Sally bedient sich an Neds Flasche. Dann lacht sie los. Lacht, bis sie sich vor Seitenstechen an die Rippen greift.

«Was ist denn so lustig?» fragt Ned.

«Also», bringt sie prustend hervor, «entweder sind diese Schamkapseln von anno dunnemals auf einmal wieder Mode, oder irgendwer hat denen da drinne Hefe in die Hosen gekippt.»

Der Sahel

Die Sahelzone ist ein Streifen semi-arides Land, das Westafrika wie ein Hosenbund gürtet und sich von der Atlantikküste im Westen bis zum Tschadsee im Osten erstreckt. Darüber liegt die Große Wüste; darunter die Regenwälder des tropischen Afrika. Die nördlichsten Randgebiete machen der dürren, ausgebleichten Steppe Platz, dann folgen die Dünen und Ergs der Sahara selbst. Im Süden wird der Sahel zur Savanne, einem üppigen Meer aus blaugrünem Gras von Juni bis Oktober, den Monaten des Monsuns. Während dieser Zeit zieht Al-Hadsch' Ali Ibn Fatoudi mit seinen Ziegen- und Rinderherden, seinen Leuten, Zelten, Ehefrauen und milchgenährten Pferden nach Norden, bis hart an die Grenze des grünen Landes. Von November bis Juni zieht er wieder südwärts; dann pfeift der ungestüme Harmattan mit Krallen aus stiebendem Sand von der Wüste her und saugt alle Feuchtigkeit aus der Luft, dem Gestrüpp und den Augen und Kehlen seiner Herden und Stammesleute. Die traurige Wahrheit ist, daß Alis Herden den nördlichen Sahel langsam kahl weiden. Seine Kühe rupfen das Gras ab, bevor es eine Chance hat, richtig zu keimen, seine Ziegen reißen es mit der Wurzel heraus. Jedes Jahr kommt Ali weiter nach Süden, eine Meile hier, eine Meile dort. In zweihundert Jahren wird Benaun Wüstenland sein. Die großen Ergs, Igidi und Sehesh, fließen und treiben mit dem Wind, strecken Zungen, Finger und Arme aus, locken und belagern.

Es ist kein Picknick, das Leben im Sahel, machen wir uns nichts vor. Kargheit und Not, Launen der Natur: alles ständige Gäste hier. Da gibt es Jahre, in denen die Regenfälle nicht kommen wollen und die sanft blökenden Herden sich zu Knochenmonumenten bis zur Sonne auftürmen. Oder ein Brunnen, der zu Salzwasser wird; Sand-Stürme, die einem die Koteletten von der Backe rasieren. Dann sind da die Hyänen – reißen des Nachts Kinder und Ziegen, weiden sie aus und lassen die angepißten Überbleibsel den Geiern und Schakalen zum Fraß liegen. Und auch der Zug nach Süden birgt Gefahren: je weiter man kommt, desto größer das Risiko eines Hinterhalts durch die Fulah oder Serawoulli. Das wäre eine schöne Bescherung. Das eigene Volk in Ketten, Vieh geschlachtet, Pferde geschändet, Kuskus verputzt. Zwangsläufig ist das Leben karg. Und transportabel. Das gesamte Lager von Benaum – alle dreihundert Zelte – könnten in einer Stunde fort sein, Fata Morgana.

Da er immer auf dem Sprung ist, legt Ali seine Reichtümer in beweglichem Besitz an, in Besitztümern mit Beinen – Kamelen, Pferden, Ochsen, Sklaven. Sichtet man seine materielle Habe, so ist er praktisch ein Bettler. Der Emir von Ludamar, Gebieter über Tausende, Herrscher über ein Reich so groß wie Wales, Mann des Korans und Nachkomme des Propheten, besitzt im Grunde weniger als ein Hausmädchen aus Chelsea. Ein Zelt aus Ziegenhaar, eine frische *jubbah* zum Wechseln, einen Topf, ein Stövchen, zwei Musketen, eine lecke Wasserpfeife und einen Säbel mit stumpfer Schneide, der einmal Major Houghton gehört hat – das ist es dann schon. Tja, aber seine Pferde – milchweiß wie der Mond, Muskeln wie Marmor, Schweife so rot wie eine offene Vene (er läßt sie färben). Und dann seine Frauen! Wenn Ali zu beneiden ist, dann um seine Frauen. Jede seiner vier Gattinnen könnte eine Flotte von tausend Schiffen ins Meer jagen – aber sie kannten das Meer nicht einmal.

Die Königin unter ihnen – an Einfluß wie an Schönheit

– ist Fatima von Jafnu, die Tochter von Bu Khalum, dem Scherif des Stammes der Al-Mu'ta. Fatimas erotische Reize beruhen nur auf einer einzigen Eigenschaft: ihrer Körperfülle. Was wäre in einer knochendürren Gesellschaft ein angemesseneres Ideal menschlicher Vollkommenheit? Fatima wiegt hundertdreiundsiebzig Kilo. Um von einer Ecke des Zelts in die andere zu gelangen, braucht sie den Beistand von zwei Sklaven. Auf dem Neunzig-Kilometer-Ritt nach Dihna im Norden brachte sie einmal zwei Kamele und einen Zugochsen zur totalen Erschöpfung, und schließlich mußte sie auf einer Sänfte von sechs Rindern gezogen werden. Ali kommt von der Wüste heim, Blut und Sand in den Augenwinkeln, und taucht mitten hinein in die feuchte Fruchtbarkeit ihres Fleisches. Sie ist ein Brunnen, eine Quelle, eine Oase. Sie ist überfließende Milch, ein bewegliches Festmahl, eine saftiggrüne Weide, eine Rinderhälfte. Sie ist Gold. Sie ist Regen.

Fatima war nicht immer Schönheitskönigin. Als kleines Mädchen war sie die reinste Bohnenstange – schwere Knochen und ein enormes Potential, das ja – aber doch nur ein schlankes, dunkeläugiges häßliches Entlein. Bu Khalum nahm sich ihrer an. Eines Abends trat er mit einer Binsenmatte und einem Kissen ins Zelt. Er breitete die Matte in einer Ecke aus, legte das Kissen darauf und befahl seiner Tochter, Platz zu nehmen. Dann lief er Kamelmilch und Kuskus holen. Fatima war verwirrt: Die Reste des Abendessens – hölzerne Schalen voller schwarzer Fliegen, ein umgekippter Krug – lagen noch in der Ecke. Plötzlich bemerkte sie die Schatten, die auf der Zeltbahn spielten, als würden draußen mehrere Leute umhergehen. Sie fragte ihren Vater, ob er ein Treffen mit seinen Ratgebern plane. Er sagte ihr, sie solle das Maul halten. Auf einmal wurde die Zeltklappe zurückgeschlagen, und ein Mann kam herein. Es war Mohammed Bello, dreiundsechzig Jahre alt, ihres Vaters engster Freund und Berater. Er war nackt. Fatima war gedemütigt. Nie zuvor hatte sie die Beine eines Mannes gesehen, geschweige denn diese runzligen Fleischlappen, die dem Alten zwischen den Beinen baumelten wie eine gräßliche Verwachsung. Ihr kam das wirbellose Gewürm in den Sinn, das im Morast austrocknender Wasserlöcher quirlte. Sie war elf Jahre alt. Sie brach in Tränen aus.

Mohammed Bello war nicht allein. Die Zeltklappe raschelte, und acht weitere Männer, nackt wie neugeborene Babies, kamen schweigend herein. Unter ihnen war Zib Sahman, ihr Patenonkel. Und Akbar Al-Akbar, der Stammesälteste. Als alle versammelt waren, brachte ein Sklave eine Schüssel im Waschzuberformat herbei. Die Schüssel enthielt Kamelmilch, mindestens eine Wochenration. Nach ihm kam ein zweiter Sklave, der eine noch größere Schüssel voll Kuskus trug. Die Schüsseln wurden vor ihr aufgestellt. Kamelmilch schmeckt süß und ist voller Nährstoffe. Kuskus, eine Art Brei aus gekochtem Weizenschrot, ist das Hauptgericht auf maurischen Speisezetteln. Er ist beileibe nicht ungenießbar, aber alles hat ja seine Grenzen. «Iß!» sagte Bu Khalum.

Anfangs begriff sie nicht ganz. Das viele Essen war gewiß für die Gäste ihres Vaters gedacht. Erwartete er, daß sie ihnen servierte? Doch dann fiel ihr ein, daß sie ja alle nackt waren, und sie begann von neuem zu flennen.

Ihr Vater wurde laut. «Iß, hab ich gesagt!» brüllte er. «Verstehst du nicht arabisch? Bist du taub geworden? Iß!»

Sie blickte zu den acht Honoratioren auf. Sie saßen im Halbkreis und beobachteten sie. Immer noch waren sie nackt. Und dann kam der allergrößte Schock: Ihr Vater stieg aus seiner *jubbah*! Ihr ganzes Leben lang – beim Essen, zur Schlafenszeit, auf Reisen – hatte sie nie mehr von ihm erblickt als Gesicht, Hände und Zehen. Jetzt stand er plötzlich vor ihr – nackt, und bestückt mit den gleichen gummiartigen Fleischlappen wie die anderen. Sie war zu Tode erschrocken. «Iß!» wiederholte er. Ein Schwindel packte sie.

In diesem Moment kam die Gerte in seiner Hand zum Vorschein. Er schlug ihr damit zweimal ins Gesicht. Sie schrie auf. Er schlug sie noch einmal. Und noch einmal. «Iß!» sagte er.

Sie setzte die Lippen an die Milch und trank unter Schluchzen. Sie nahm eine Handvoll Kuskus und stopfte sie sich in den Mund. Aber sie war gar nicht hungrig. Sie hatte gerade gegessen – und zwar mehr als sonst. Ihre Mutter war wieder am Nörgeln gewesen wegen ihrer spitzen Knochen, ihrer Derbheit, daß kein Mann sie je würde haben wollen, ein Mädchen, das aussah wie ein Wüstenstrauß. Also hatte sie sich gezwungen, mehr zu essen. Jetzt war sie satt: Noch ein Bissen, und sie würde kotzen. Der Brei blieb ihr im Hals stecken.

Bu Khalum war außer sich. Er brüllte und peitschte drauflos, bis ihm der Hals weh tat und der Arm lahm wurde. «Jetzt wird nicht mehr Seilhüpfen mit den andren Mädchen gespielt, keine Lektionen mehr, kein Körbeflechten – gar nichts. Du wirst hier sitzen bleiben, auf diesem Kissen, und nur noch essen, bis du volljährig bist. Du wirst essen, und du wirst wachsen. Du wirst schön sein. Hörst du? Schön!» Mohammed Bello und die anderen sahen zu. Von Zeit zu Zeit nickte einer von ihnen beifällig. Fatima aß. Weinte und aß. «Und wenn du volljährig bist, wirst du weiter essen – Tag und Nacht. Das ist deine Pflicht. Vor deinem Vater und vor deinem Mann. Er wird auch eine Gerte haben!» schrie ihr Vater. «Eine Gerte, so wie die hier. Und er wird dich prügeln, wie ich dich jetzt prügle, und ich werde dich morgen prügeln, und übermorgen und den Tag danach!» Plötzlich waren die Honoratioren auf den Beinen, als wäre dies eine Art Stichwort gewesen. Fatima sah auf, die Backen prall mit Brei, und schluckte: Eine gräßliche, unnatürliche Veränderung war mit ihnen vorgegangen. Wo sie vorher schlaff gewesen, waren sie jetzt steif. Die verschrumpelten alten Truthähne hatten plötzlich geschwollene Schwänze, und sie kamen ihr immer näher. «Prügeln!» kreischte ihr Vater, und sie begannen zu wichsen, klatschig und matschig ihre Ruten zu melken, die Gesichter angestrengt und fern, beinahe entrückt. Fatima fühlte sich wie aus Wachs. Ihr Kopf schwebte davon. Sie fiel hinab, taumelte durch Äonen, Abgründe der Erde, hinein in die bodenlose Tiefe. Dann spürte sie die ersten paar Tropfen, wie Regen, niederfallen.

Nach dieser Nacht der Wunden und der Traumata aß sie. Sie aß ungeheure Mengen, aß wie rasend, konnte gar nicht genug kriegen. Zuckerdatteln, Lammfleisch, Joghurt, löffelweise Salz, Kuskus mit Dörrfisch, Kuskus mit Nüssen, Kuskus mit Kuskus. Im Süden gab es Obst – Tamarinden, Maniok, Wassermelonen –, flache Brotlaibe, Töpfe mit wildem Honig, Yamwurzeln, Mais, Butter und Milch, Milch, immer wieder Milch. Ziegenmilch, Kuhmilch, Kamelmilch – sie nuckelte sogar wie ein Säugling am Busen einer stillenden Sklavin. Sie war unersättlich. Sie aß aus Angst, sie aß aus Rache. Sie aß für die Schönheit.

Tantalus

Er kommt langsam um, quält sich durch endlose Tunnel des Verfalls und des Todes, einer letzten Ruhe im Staub vergangener Generationen entgegen. Er kommt um, und zwar ganz einfach vor Durst. Vor Hunger auch – aber der Durst ist unmittelbarer. Abends geben ihm die Mauren, falls sie daran denken, eine Handvoll Kuskus und eine halbe Tasse mit einer gelblichen Lorke. Heute haben sie es vergessen. Sein Magen zieht sich zusammen, auf Luftdiät gesetzt, Zellen gehen ein und sterben ab wie auf den Strand geschleuderte Quallen. Dann fällt die Temperatur, und er liegt in seine Jacke gerollt, zitternd und schwitzend, sein Fieber ein inneres Wetterventil, an und aus, Sonne und Hagelsturm. Draußen, außerhalb des Kreises der Zelte, erklingt Schakalgeheul wie ein Messer im Herzen, und Hyänen rotten sich zusammen, um den Mond einzuschüchtern. Viel Geschrei und Gejammer und Zähnefletschen wird es geben, denkt er. Dann schließt er die Augen.

Augenblicklich hat der Entdeckungsreisende einen lebhaften Traum. Er steht in der größten Mittagshitze draußen in der Großen Wüste, die Sonne eine Fackel, den Mund hat er voller Sand. Hinter ihm schleppen sich Männer dahin, fremde Männer – verbrannte Gesichter, Bärte, zerschlissene Kleider. Bis zum Horizont reicht ihr Zug, wie die Ameisen. In der Hand hat er einen gegabelten Stecken. An seiner Seite steht Zander – der gute alte Zander – Allies Bruder. Früher haben sie oft gemeinsam geangelt. «Wo ist sie, wenn wir sie brauchen?» fragt Mungo. «Zu Hause», erwidert Zander. «Sie wartet.» Ein Mann hustet und fällt vornüber. Der Entdeckungsreisende dreht ihn auf den Rükken und zuckt zurück: Die Augenhöhlen sind leer, das Zahnfleisch weit von den Zähnen zurückgewichen, die Haut krustig wie glasierter Schinken. In diesem Moment erscheint eine zinnerne Schöpfkelle am Himmel, deren Wölbung mit Tauperlen überzogen ist – dann noch eine, und noch eine – eine ganze Prozession von Zinnkellen voll Wasser schwebt über ihnen wie Möwen im Aufwind. Ein leises Hurra steigt von den Männern auf. Sie strecken die Arme empor und schmatzen mit den verklebten Lippen – doch die Kellen hängen zu hoch, gerade außer Reichweite. Panisch klettern sie einander auf die Schultern, scharren mit den Fingern am Himmel. Die Schöpfkellen sind scheu, sie zappeln und tänzeln, flirten mit den ausgestreckten Fingern; aber sie wollen keinen Tropfen hergeben. Die Männer verzweifeln, rammen die Köpfe gegen Steine, Dornbüsche und Felsvorsprünge. «Tu doch was!» flehen sie ihn an. «Hilf uns!» Im selben Augenblick beginnt die Gabelrute auszuschlagen. Mungo lauscht in den Wind. Er hört etwas: ganz schwach und fern, ein lyrisches Trällern. Ein nasses Getröpfel von Tönen wie von einer Flöte oder Harfe. Kann es wahr sein? Er ist rasch, bestimmt, entschlossen. «Folgt mir!» ruft er und läuft los, hin zu dem anschwellenden Tosen, Brüllen, Zischen, zu den saßen Synkopen des Wassers, das über ein Bett aus Steinen braust. Wie betäubt rappeln sich die Männer auf und hinken ihm hinterher. Über eine Ebene, einen Abhang hinauf, und da, da ist er! Der Niger, klar und kühl wie ein Oktobermorgen, geometrische Wiesen, an den Flußrändern sauber gestutzt, über die gekräuselte Wasserfläche gleiten Kähne, Bläßhühner und große, schweigende Schwäne, Lachse springen, frische Farne und laubreiche Ulmen säumen das Ufer. Er springt kopfüber hinein, die jubelnden Männer dicht auf seinen Fersen, ekstatisch, erlöst, lebendig. Doch als er sich umdreht, sind sie verschwunden. Wellen klatschen, Schwäne nicken mit dem Kopf: er ist allein mit seinem Triumph. Aber das ist egal, er hat einen Riesenspaß, wühlt die Wellen auf, bläst blubbernde Luftblasen und schluckt, gurgelt, schlingt das weiche, an den Zähnen eiskalte Wasser des Stroms in sich hinein, bis er nicht mehr kann.

Er erwacht mit einem Klumpen in der Kehle. Seine Zunge ist trocken. Sein Gaumen ist trocken. Sein Zäpfchen. Er braucht unbedingt etwas zu trinken. Wasser. Eis. Blut. Tasse Tee. Glas Milch. Krug Bier. Auf Zehenspitzen geht er zum Zelteingang und späht hinaus. Die drei Wachen schlafen, mümmeln an ihren Bärten und schnarchen wie besoffene Lords. Aber jetzt kommt der Haken: Sie liegen quer vor dem Eingang ausgestreckt, Schulter an Schulter, der erste direkt an der Zeltklappe. Er müßte einen Weitsprung über alle drei Männer machen, um freizukommen – und selbst wenn ihm dies gelänge, hätte er immer noch das Problem des dumpfen Aufpralls. Beim leisesten Geräusch wären die doch wie ausgehungerte Wölfe auf den Beinen, Flüche auf den Lippen und die Faust am Dolch. Er zögert.

Doch dann, Wunder über Wunder, rollt sich der mittlere herum und legt mehrere Zentimeter Boden frei. Jetzt oder nie. Der Entdeckungsreisende schlüpft aus den Stiefeln, holt tief Atem und steigt über den ersten Mann. Die Luft ist unbewegt. Irgendwo schreit ein Vogel. Doch der Wächter schläft röchelnd weiter, schmatzt mit den Lippen, zuckt mit den Lidern. Mungo verlagert das Gewicht auf den vorderen Fuß und schwingt gerade das linke Bein nach vorn, als ihm plötzlich leicht schwindlig wird, und plötzlich sieht er aus unerfindlichen Gründen das Bild des Hochseilartisten auf der Bartholomew Fair vor sich. Das war vor vielen Jahren. Als kleiner Junge stand der Entdekkungsreisende damals in der Menge, im Arm einen Teddybären, und sah zu, wie der Mann sich in sechzig Meter Höhe den Draht entlangtastete. Der Seiltänzer balancierte gerade in der einen Hand eine lange Stange und jonglierte mit der anderen ein halbes Dutzend Äpfel, als eine Taube sich auf der Spitze der Stange niederließ. Der Mann stürzte ab.

Mungo blinzelt und stellt fest, daß er nun auf dem Brustkasten des ersten Wächters sitzt. Der knurrt, zäh wie Sirup, etwas auf arabisch und fängt an, die Hand des Entdeckungsreisenden an seiner stoppligen Wange zu reiben. Das Gefühl ist, in Anbetracht der Umstände, keineswegs unangenehm. *«Yummah»*, stöhnt der Wächter, leidenschaftlich wie ein Liebhaber, *«yibbah!»* Doch schließlich läßt er die Hand wieder los und dämmert in einen röchelnden Schlaf hinüber, während Mungo sich in die Nacht davonstiehlt.

Seit über einem Monat ist der Entdeckungsreisende nun Gefangener der Mauren. Man hat ihm Einzelhaft verordnet. Sein Pferd und sein Gepäck wurden eingezogen. Eines Verbrechens wird er nicht angeklagt. Die Frage, ob man ihm die Augen ausstechen sollte, ist Allah sei Dank einstweilen aufgeschoben. Offenbar hat Fatima, Alis Hauptfrau, aus Dihna wissen lassen, sie wolle die Mißgeburt intakt begutachten – samt bösem Blick und allem. (In London strömt das Volk zusammen, um die menschliche Raupe und den Mann mit drei Nasen zu sehen; in Ludamar sind es Albino-Mutanten.) Trotzdem ist das Leben für den Entdeckungsreisenden keineswegs idyllisch. Er wird gegen seinen Willen festgehalten, als Ungläubiger belästigt, mit Tod und Verstümmelung bedroht, ausgehungert, gepiesackt, gequält, gelangweilt, und man verweigert ihm Gespräch, intellektuelle Anregung und Wasser. Und seinen Dolmetscher hat er seit einer Woche nicht zu Gesicht bekommen. Beim letztenmal hatte Johnson seine Zunge – scharf wie immer – noch im Mund. Ali empfand den Lappen aus Muskel und Fettgewebe nämlich als Conditio sine qua non, wenn er den Entdeckungsreisenden über die Mysterien seiner Kleidung und Habseligkeiten ausfragte: Schuhe und Strümpfe, die Knöpfe an Rock und Hose, Kompaß, Uhr und Rasiermesser. «Wie funktioniert das hier? Und das?» wollte Ali wissen, wobei er seine Fragen an Johnson richtete, seine verdrossenen dunklen Augen jedoch Mungos Gesicht fixierten. Schließlich ließ er den Entdeckungsreisenden seine Kleider siebenunddreißigmal aus- und wieder anziehen, so daß immer neue Schaulustige deren sinnreiche Konstruktionen bestaunen konnten. Nach der siebenunddreißigsten Demonstration drückte Ali erstmals seine Neugierde darüber aus, was Mungo überhaupt in den Sahel getrieben habe: wenn er kein Händler sei, müsse er wohl ein Spion sein. «Ich suche den Nigerfluß», erklärte ihm Mungo. Ali musterte eine Zeitlang seinen großen Zeh und blickte dann auf. «Aha, in deinem Land gibt's also keine Flüsse?»

Am Fuß eines sanften Abhangs – kaum dreihundert Meter vom Lager entfernt – liegen die Brunnen. Mungo hört die

Rinder brüllen, die sich für die nächtliche Kehlenspülung um die Tröge drängen. Beim Näherkommen kann er allmählich die runden Hinterteile und die wilden Spieße der Hörner ausmachen, die wie ein wogender Wald gen Himmel stoßen. Die Kühe – eher übergewichtige Gazellen als Rindfleisch auf Hufen – stampfen und stoßen und blöken nach Wasser. Er könnte glatt mitblöken. Er könnte jammern und schreien und alle Dämonen der Hölle überbrüllen, so durstig ist er. Aber was ist das? Etwas bewegt sich unter den Akazien dort vorn. Der Entdeckungsreisende pirscht sich heran, um besser zu sehen.

Sechs oder sieben Sklaven, eingehüllt in ihre Bumusse, lümmeln sich rund um ein Lagerfeuer, lassen eine Pfeife herumgehen und lachen. Ab und zu taucht einer von ihnen einen Kübel in den Brunnen ein und schüttet den Inhalt in einen Trog, wo die Rinder schnaubend und stoßend um einen Platz kämpfen. Mungo tritt aus dem Schatten vor und fällt vor ihnen auf die Knie. «Wasser», bittet er. «Gebt mir Wasser!» Und dann auf englisch: «Einen Tropfen, einen Schluck, einen Löffelvoll!»

Anfangs sind sie verschreckt. Doch dann sehen sie auf den armen, ausgezehrten Teufel herab, der sich da vor ihnen im Kuhmist wälzt, und sie fangen an zu lachen. Ihre Augen glänzen und sind mit roten Venen durchzogen. Sie torkeln, prusten, halten sich die Rippen, ihr Lachen schallt durch die Nacht – «Yii-ha-ha-ha-haa!» – ein Lachen wie das Erdrosseln von Vögeln. Dann tritt einer von ihnen vor, die Pfeife in der Hand. Er hat winzige Augen, Schweinsäuglein, und seine Augenbrauen wölben sich über dem Gesicht wie eine erodierte Uferböschung. «Wasser!» ruft Mungo. Der Mann bückt sich, zieht an der Pfeife und bläst dem Entdeckungsreisenden eine Qualmwolke ins Gesicht. Der Duft ist kräftig, aromatisch, klebrig: Paffen die etwa Räucherkerzen? Mungo hustet. Dann dreht sich der Mann mit einer wiegenden Bewegung um und ruft zu seinen Gefährten hinüber: «Der *Nazarini* will Wasser?» Sie lachen. «Dann gib ihm doch Wasser, Sidi!»

Sidi wendet sich wieder an den Entdeckungsreisenden und zischt: *«La illah el allah, Mahomet rassul Allahi.»* Mungo erkennt den Spruch: Es gibt nur einen Gott, und Mohammed ist sein Prophet. Sie lassen ihn diesen Satz hundertmal am Tag aufsagen. «Okay», sagt er. «Okay», und murmelt rasch ein Vaterunser, in dem er auf mildernde Umstände plädiert. Sidi gibt ihm einen Tritt. *«La illah el allah, Mahomet rassul Allahi»*, sagt Mungo. «Wasser!» brüllen die anderen. «Gib dem *Nazarini* Wasser, Sidi. Gib ihm heiliges Wasser!»

Die Haxen der Rinder gehen auf und nieder. Staub legt sich auf den Entdeckungsreisenden wie grauer Pulverschnee. Er steigt ihm in die Nase, sickert ihm in die Kehle. Er kann sie hören, die blöden Viecher, wie sie in hirnloser Zufriedenheit über den Trögen sabbern, wie die wertvollen, seidigen Tropfen von ihren Mäulern triefen und wie Juwelen an den Spitzen ihrer Barthaare hängenbleiben. «Du willst Wasser?» fragt Sidi. Mungo nickt. Und dann, ganz plötzlich, ohne Vorwarnung, schlägt der Sklave seine *jubbah* zurück und pinkelt ihn an – scharf und salzig läuft ihm der heiße Urin in den Kragen, durch die Finger, dringt tief in den Stoff seiner Weste ein. Der Entdeckungsreisende springt voller Zorn auf, verzweifelt und mordgierig, doch Sidi hat sich lachend ein Stück entfernt, und jetzt bücken sich die anderen nach Steinen und Holzstücken. Geschwächt und stinkend steht Mungo da, als die Hirten anfangen, ihn zu bewerfen. «Trink Pisse, Christ!» johlen sie. Er wendet sich ab und trottet in die Nacht davon.

Es ist ganz still. Die Sterne strömen über das Himmelszelt wie vergossene Milch; Moskitos greinen in den Bäumen. Auch bei den nächsten drei Brunnen wird er abgewiesen, mit Fäusten und Stöcken geprügelt. Am letzten Brunnen, einem etwas abgelegenen alten Brackwasserloch, stehen ein betagter Sklave und sein Sohn, ein Junge von acht oder neun Jahren, und tränken bei Fackelschein die Herde ihres Herrn. Mungo bittet sie um Wasser. Einen Moment lang mustert ihn der Alte mißtrauisch, dann nimmt er einen Eimer aus dem Brunnen. *«Salaam, salaam, salaam»*, stößt Mungo hervor und will danach greifen, als der Junge seinen Vater am Ärmel zupft. *«Nazarini»*, sagt der Junge. Der alte Mann zögert, blickt zuerst auf den Eimer, dann auf den Brunnen. Er sorgt sich über Verunreinigungen, Flüche, plötzlich des Nachts versiegende Brunnen. «Bitte», sagt der Entdeckungsreisende, «ich flehe euch an.» Der Alte schlurft zum Trog, leert dort den Eimer und deutet mit seinem wettergegerbten Finger hinein. Mungo läßt sich nicht zweimal bitten. Er stürzt vorwärts, stößt den Kopf wie einen Keil zwischen die großen, gehörnten Schädel zweier Färsen.

Der Trog sieht aus wie ein Rinnstein bei Regenwetter, das Wasser wie aus dem Gully, Zweige und Stroh und Dreckbrocken treiben auf der Oberfläche. Der Entdekkungsreisende taucht das ganze Gesicht ein und trinkt, aber die Konkurrenz ist erbittert, schon wird der Strom zur Pfütze, die Rinder geifern, und ihre großen rosa Zungen schlabbern die letzten Tropfen weg. Er dreht sich zu dem Alten um. «Mehr!» ruft er. «Mehr!» Eine gescheckte Kuh mit Augen so groß wie Taschenuhren walzt ihn um. Und dann knallt plötzlich ein Schuß, laut wie ein Donnerschlag. Dann noch einer. Die Kühe weichen zurück, sind ganz durcheinander, rammen Schultern, Schnauzen und Flanken gegeneinander, geraten in Panik, rennen blind davon. *Ka-bomm, ka-bomm, ka-bomm*, trampeln sie hinaus in die Nacht.

Als der Staub sich legt, stehen drei Reiter vor Mungo. Dassoud ist dabei, seine gestrichelte Narbe glitzert im Licht der Fackeln. In der Hand hat er eine Pistole. Er zügelt sein Pferd, hebt die Waffe, zielt auf den Kopf des Entdekkungsreisenden und drückt ab. Nichts passiert. Mungo sitzt im Staub und der Kuhscheiße, sein Herzschlag setzt aus, die Nerven versagen, und er überlegt fieberhaft, wie sich dieser Wahnsinnige mit der Pistole versöhnen ließe. *«La illah el allah, Mahomet rassul Allahi»*, probiert er aufs Geratewohl. Dassoud schüttet eine frische Pulverladung auf die Pfanne und knurrt dabei die ganze Zeit wie ein Hund am Hosenbein eines Eindringlings. Die Pferde stampfen und wiehern, der alte Mann und sein Sohn ducken sich. Dann hebt Dassoud die Pistole erneut, schreit etwas auf arabisch und drückt wieder ab. Ein Lichtblitz, ein Zischen wie heiße Kohlen, die in eine Badewanne fallen. Die Waffe hat versagt. «Was hab ich denn getan?» fleht der Entdeckungsreisende und rutscht vorsichtig zur Seite. Dassoud flucht, schleudert die Pistole weg und verlangt nach einer anderen. «Hoa!» ruft der Mann hinter ihm und wirft ihm eine neue Waffe zu. Dassoud fängt sie im Flug auf, spannt den Hahn und zielt auf eine Sommersprossenkonstellation knapp links neben der Nase des Entdekkungsreisenden.

«Mr. Park!» Johnson kommt mit wehendem Gewand in den erleuchteten Kreis gestürzt wie eine Figur aus der Commedia dell'arte. Er atmet keuchend, und der Schweiß rinnt ihm übers Gesicht. «Mr. Park, sind Sie verrückt geworden? Stehen Sie auf und machen Sie sich im Eiltempo auf den Rückweg zum Zelt, bevor die hier Sie auf der Stelle abknallen. Sie haben das ganze Lager in Aufruhr gebracht. Die glauben, Sie wollen türmen.»

Mungo blickt auf. Feuer lodern oben auf der Anhöhe. Reiter durchstreifen mit Fackeln die Nacht. Man hört Rufe und Flüche, gelegentlich auch Schüsse. Mungo erhebt sich. Dassoud läßt die Pistole sinken.

Badenixe Draußen, hinter Spitzengardinen und bleigefaßten Scheiben, legt sich träger, schwerflockiger Schnee über die Bäume und Gärten von Selkirk. Er rundet Kanten ab, verwischt Unterschiede, überflutet die Meilensteine an der Straße nach Edinburgh. Es gibt keine Fußwege, keine Blumenbeete, keinen Rasen mehr; die Azaleen beugen sich nieder, und die immergrünen Hecken ducken sich am Wiesenrand. Seit zwei Tagen schneit es jetzt. Schneewehen verdunkeln die unteren Fensterscheiben und drücken gegen die Tür, die Kutschen verlieren ihr Skelett in der Weichzeichnung, die Reitpferde vermissen die tägliche Bewegung. Der Brunnen steht voll Eis. Oben auf dem Dach dreht sich die Wetterfahne knirschend um ihre Achse.

Hier in der Küche ist eine andere Welt. Dick und schwül die dampfende Atmosphäre, wie eine Insel im Pazifik. Die Fenster schwitzen und tropfen, der Handspiegel beschlägt, Handtücher werden schwer vor Feuchtigkeit. Im Ofen: ein Festtagsfeuer. Berge von glühenden Kohlen, gekreuzte Eichenholzscheite und das leise, schlürfende Ächzen der Flammen. Zwei große geschwärzte Kessel hängen über dem Feuer, baumeln an Haken, die vor einem Jahrhundert in den Stein getrieben wurden. Dunst quillt über ihre Ränder, dicht wie der Nebel über dem Moor. Die Blätter eines dunklen, fleischigen Farn auf dem Tisch glänzen vor Nässe, und hinter dem feuchten Glas des Aquariums flitzen Plötzen und Weißfische auf Brotkrumen zu. In der Ecke, irgendwo hinter den aufsteigenden Dampfschichten, ahmen die Turteltauben eine Flöte nach, die in der unteren Lage hängengeblieben ist.

Es ist der zweite Februar, der Jahrestag ihrer Verlobung mit Mungo Park. Ailie Anderson feiert das Jubiläum mit einem Bad – seltener Luxus in diesen knappen Zeiten. Sie huscht durchs Zimmer, legt sich alles zurecht, summt dabei und facht hin und wieder mit dem Blasebalg das Feuer neu an. «Dr. Philbys Grüne Seife» liegt auf dem Tisch bereit, daneben ihr Kamm und die Schildpattbürste; mit den Fingerspitzen hält sie ein «Bain des Fleurs». Luxus oder nicht, sie wird heute ihr Bad nehmen. Sie wird sich in der dunsterfüllten Küche zurücklehnen, umgeben von ihrer Menagerie und den Tönen und Düften der Natur, und von Mungo träumen, wie er sich durch die tropfenden Dschungel des Schwarzen Kontinents kämpft. Ihr Vater erlaubt ihr nur ein Bad pro Monat. «Ich brauch das Hartholz und die Kohlen noch», sagt er. Piepegal. Sie wird heute baden und bis zum März eben stinken. Schließlich geht es hier nicht einfach um Scheuern und Schrubben, es dient der rituellen Reinigung.

Ailie ist zweiundzwanzig und geduldig wie Penelope. Sie war vierzehn, als sie Mungo Park kennenlernte. Er war als Famulus ihres Vaters bei ihnen eingezogen. Vor acht Jahren. Als er auf die Universität ging, bat er sie, auf ihn zu warten. Die Bäume verloren gerade ihr Laub. Sie weinte vor Freude und Verwirrung. Nach zwei Jahren Edinburgh küßte er ihr die Stirn und heuerte als Schiffsarzt auf einem Gewürzfrachter nach Djakarta an. Sie wartete. Als er zurückkehrte, war er mürrisch und ruhelos. Sie hätten eigentlich heiraten sollen. Doch dann kam, wie aus dem Nichts, ein Brief von Mungos Schwager aus London. Ob er den Auftrag der Afrika-Gesellschaft annehmen wolle, eine Forschungsreise durch Westafrika zu unternehmen, deren Ziel die Entdeckung des Nigers sei? Die Antwort konnte sie ihm von den Augen ablesen. Zwei Wochen später hatte er seine Taschen gepackt und stand an der Tür der Kutsche nach London. «Ich werde mir einen Namen in der Welt machen, Allie», sagte er. «Wartest du auf mich?»

Seitdem wartet sie.

Natürlich kann ihm kein Mann im Grenzgebiet von Südschottland das Wasser reichen. Ein Haufen Bauernlümmel oder Stutzer, die ungefähr soviel Abenteuerlust im Blut haben wie ein kranker Haushund. Zum Beispiel Gleg – der jetzige Famulus ihres Vaters –, der ist doch nur eine Kaulquappe gegen Mungo. Der würde das Abenteuer nicht mal erkennen, wenn es ihn bei seinen großen Segelohren packte und ordentlich zubisse. Ailie seufzt, stellt das Badeöl neben die Haarbürste und ruft dann zu ihrem Bruder hinaus: «Zander! Hilfst du mir mal die Wanne vorziehen?»

Alexander Anderson sitzt im Wohnzimmer, erstarrt abwechselnd auf *Joan of Arc* von Robert Southey, das aufgeschlagen in seinem Schoß liegt, und hinaus auf die trägen Federflocken, die am Fenster vorbeitreiben. Er genießt das Unwetter und die Ruhe, ist dankbar für die Atempause zwischen dem Hin und Her der Medizin. Dankbar auch für Glegs Gegenwart. Seit dem letzten Frühling, als er mit der Universität fertig war, hat sein Vater ihn unentwegt auf Hausbesuche mitgeschleppt, ihm Knochenschienen und Skalpelle in die Hand gedrückt, ihm mal wütend, mal gutmütig zugeredet, sich endlich wie ein richtiger Landarzt zu benehmen. «Was ist bloß mit dir los, Jung», sagte der Alte dann mit dröhnender Stimme. «Willst du am Ende immer nur rumsitzen und dir den Rest deiner Tage den Allerwertesten blankscheuern, wie wenn du nichts wie'n Schaf auf der Weide wärst? Oder wann wirst du endlich gottesfürchtiges Werk tun nach all dem Müßiggang, wie sich's gehört für einen Mann und für einen Anderson? Häh? Sprich laut, Jung – ich kann dich sonst nicht hören bei all dem Ärgern und Grübeln, das mir die Gehirnwindungen schon ganz zermartert hat.»

Aber Zander hegt keinerlei Wunsch, sich als Landarzt niederzulassen. Es ekelt ihn beim Geruch der Krankenzimmer, bei den schwarzblauen Lippen und dem stinkenden Atem. Ein Mann, von einem Pferdewagen überrollt, die Rippen ragen wie rosa Spieße aus seiner Brust; ein neugeborenes Mädchen hustet in der Nacht, Blut rinnt ihr aus dem Mund; Knochen brechen, Gefäße bersten, Herzen trifft der Schlag. Er will damit nichts zu tun haben. Die Sterblichkeit der Menschen ist ein Krebsgeschwür, eine eitrige Wunde – muß er ihr unbedingt zehnmal täglich ins Gesicht starren? Betrunkene Männer, schwangere Frauen und dreckige Kinder mit all ihren Hernien und Furunkeln, ihren Pocken und Pestbeulen – sie flößen ihm Schrecken ein, kein Mitleid. Er will keine Wunden waschen oder Adern aufstechen oder Breiumschläge auf Geschwülste und Läsionen legen – er will sich am liebsten übergeben, wegrennen will er.

Dem Himmel sei Dank für Gleg. Auch wenn er zwei linke Hände und zwei Gesichter hat, schlaksig und ungraziös ist, ein fremder und aufdringlicher Gast in ihrem Haus, wenigstens lebt und atmet er, geht auf zwei Beinen und bietet eine deutliche und unverfehlbare Zielscheibe für den Enthusiasmus des Alten. Seit Gleg da ist, gibt es keinen Druck mehr. Sind irgendwo Pferde anzukoppeln, Knochen zu schienen, Kräuter zu sammeln und zu zerstampfen, immer wird Gleg gerufen. Gibt es irgendwelche Moralpredigten anzuhören oder Meckereien über die Preise, das Wetter, Haarpuder oder den «blöden Deitschen-König», immer muß Gleg gesenkten Kopfes dasitzen und Aufmerksamkeit heucheln. Das heißt zwar noch lange nicht, daß der gute Doktor seinen einzigen Sohn jetzt vernachlässigt – keineswegs. Das Schelten und Redenschwingen geht weiter, er schimpft immer noch über seine träumerische Art, seinen Mangel an Ehrgeiz, seine Kleider und Haare und Ansichten, und gelegentlich zerrt er ihn auch noch hinaus in den schneidenden Wind, um den einen oder anderen Hausbesuch zu machen. Nein, das wird sich nie ändern – solange Zander unter seines Vaters Dach lebt. Aber immerhin lenkt Gleg den Alten einstweilen recht gut ab. Zander kann Atem schöpfen. Er kann sich zurücklehnen und vor dem Kaminfeuer Sherry schlürfen. Patiencen legen, Gedichte lesen. Oder sich einen Schal um den Hals schlingen, über die öden Hügel wandern und sich fragen, was in Gottes Namen er mit seinem Leben anfangen soll.

«Zander!» Ailie steht in der Tür, ein Badetuch in der Hand. «Hilfst du mir mal mit der Wanne?»

Zander sieht von seinem Buch auf. Draußen sind die Flocken zu Schneeregen geworden. «Baden?» sagt er. «Bei dem Wetter?»

Die Badewanne ist ein Erbstück. Dunkel und massiv, ein Duft von Meer, ranziger Seife, nassem Haar und Schimmel und Alter. Euan Anderson, Ailies Großvater, hat nach der Schlacht von Culloden gegen die Engländer in ihr gebadet. Ihre Urgroßmutter Emma Oronsay hat eine Menge Schaum darin geschlagen, während Händel auf einem Galaboot die Themse hinabfuhr, und Godfrey Anderson, ihren Großonkel väterlicherseits, fand man tot in ihr liegen, das Wasser tiefrot, die Handgelenke bis auf den Knochen zerschnitten. Geister und Echos. Ailies letzte Erinnerung an ihre Mutter war mit dem Gefühl und dem Geruch dieser Wanne verbunden. Warmes Kerzenlicht, singende Kessel, sie und Zander beim Plantschen und Spritzen, und diese Frau mit den traurigen, trostlosen Augen, mit Haaren wie ein blühendes Kornfeld, diese Frau, ihre Mutter, tauchte die weichen Hände ein, um ihnen Rücken und Ohren und die Stellen zwischen ihren Schenkeln abzurubbeln. Eines Tages verschwand sie. Fuhr übers Wochenende nach Glasgow und kam nie mehr zurück.

Euphemia Anderson, geborene St. Onge, war begeisterte Anhängerin der Astrologie. Sie kartierte den Himmel, sprach von Sternen in Aszendenz und von Planeten in Konjunktion. «Investiere in den Getreidemarkt, James», riet sie ihrem Mann, «die Zeit ist jetzt reif dafür.» Oder: «Die Mähre wird heute fohlen. Es wird ein brauner Hengst werden, der auf dem linken Hinterfuß lahmt.» Ihr Sternzeichen war Zwillinge. «Mein Pendant ist eine arabische Prinzessin», sagte sie. «Draußen in der weiten Welt. Ich werde sie niemals kennenlernen.»

Ihre Tochter wurde im Juni geboren, neuneinhalb Minuten vor ihrem Sohn. Alice und Alexander. Zwillinge. Sie zog sie genau gleich an, mal in kurzen Hosen, mal in Rökken. Auf der Straße hielt sie Leute an und stellte ihnen heute ihre herzigen kleinen Töchter vor, morgen ihre frechen kleinen Söhne. Ganz besessen von der Zwillings-Idee doppelte Körper, doppelte Gedanken, doppelte Finger und Zehen und Ohren und Augen-, gingen ihr schon relativ belanglose Dinge wie Muttermale oder runzlige Hautläppchen, kaum größer als ihr Daumennagel, als schwerwiegende und verzerrende Abweichungen gegen den Strich. Es widerstrebte ihrem Sinn für das Ebenmaß. Als sie in Glasgow verschwand, nahm Dr. Anderson die Zwillinge in die Hand. Zander wurde auf ein Internat geschickt, und Ailie fiel einer Gouvernante in den Schoß.

Sie war sechs, als Mrs. Alloway ins Haus kam. Mrs. Alloway erklärte ihr, Damen seien für Reifröcke und Eleganz geschaffen, für Fertigkeiten in Dichtung und Musik und anderen dahinplätschernden Künsten. Zuvörderst seien Damen allzeit Damen, Pelzbesatz und Federkleid der Gesellschaft. Ailie schnitt sich aus Protest die Haare in Schulterhöhe ab. Seit jener Zeit trägt sie es so kurz.

Doch inzwischen ist ihre Mutter nur Erinnerung, unscharf, an den Rändern verschwommen, und auch Mrs. Alloway ist zur Unbedeutsamkeit reduziert, eine alte Frau, der das Fleisch auf den Knochen schwabbelt, eine Pensionärin des Todes in einer feuchten Hütte. Es gibt immer alte Reverenzen zu erweisen in dieser betagten Wanne, Erinnerungen fangen sich in einem Geruch oder beim Anfassen des aufgerauhten Holzes, aber heute gilt es, das Leben zu feiern, und sie kneift die Augen zu und ruft sich Mungo vor Augen, sein Gesicht wabert in tausend Masken, er lächelt und zwinkert, kräuselt die Oberlippe am Anfang einer lustigen Geschichte, schaut verblüfft drein, weil er in einen Scheuereimer tritt oder vom Pferd fällt. Das Wasser ist heiß, tröstlich und sinnlich. Es rötet ihre Haut. Sie ist in Island, in Norwegen. Eine heiße Quelle, Schneeflocken schmelzen auf dem Wasser und eine Gestalt taucht im Nebel auf, nackt und athletisch, ihren Namen auf den Lippen – aber verflucht, sie hat den Waschlappen vergessen. Da krümmt er sich vertrocknet auf dem Tisch, ganz knapp außer Reichweite.

Das Wasser schwappt zurück, als sie sich erhebt, ihre Brüste knabenhaft und straff, ihr Körper glänzt vor Nässe, der dunkle Haarbusch ist wie ein Loch in ihrer Mitte. In diesem Augenblick fliegt die Tür auf, und ihr Vater stürmt ins Zimmer, dicht auf den Fersen folgt ihm Georgie Gleg, sein Famulus. Sie erstarrt für eine Sekunde, dann läßt sie sich ins Wasser plumpsen wie ein Stein. Einige Nachwellen brechen sich am Wannenrand und schwappen auf die Dielenbretter.

«Kinner!» ruft ihr Vater laut, um seine Verlegenheit zu kaschieren. «Kinner, Kinner, Kinner! Ausgerechnet mitten im Schneesturm müssen die aus'm Mutterleib rauskriechen!» Schon ist er am Schrank, wirft sich die Regenjacke über und fährt in die Stiefel. «Zum drittenmal heute! Drei Stück! Zwei Monate hab ich kein Kind mehr entbunden, und jetzt hat der Beelzebub selber das Wetter gemacht, und auf einmal kommt's ganze Land gleichzeitig nieder!»

Sie steckt bis zum Hals im heißen Wasser. Ihre Ohren sind knallrot. Gleg, schlaksig und salbungsvoll, zwei Jahre jünger als sie, Zähne wie ein Pferd, starrt glotzäugig auf eine Stelle knapp über der Wanne, als hätte er eben ganz kurz den brennenden Dornbusch geschaut, oder eine Leiter, die sich vom Himmel herabsenkt. Sein Mund steht weit offen, seine Nasenflügel beben.

«Gleg!» brüllt ihr Vater. «Hör auf, wie eine Hyäne zu

glotzen, und zieh dir den Rock über, Jung! Wir müssen einen Hausbesuch machen!»

Gleg wirft sich auf den Schrank, als stürze er sich einen Abgrund, ringt mit dem schweren Überzieher und beginnt seinen Kampf mit der Klinke. Ungeduldig stößt Dr. Anderson die Tür auf und schiebt ihn hindurch. Die Tür knallt zu. Sie hört das Geräusch scharrender Füße auf der Veranda, das Quietschen der Außentür, und dann sind sie weg.

Die Fische huschen im Aquarium herum. Die Turteltauben putzen sich die Flügelfedern. Und Ailie läßt sich von der durchdringenden Wärme des Bades tragen, fängt an, sich mit dem Waschlappen über die Beine zu fahren, ihr Kopf ist ganz leer, sie schrubbt und scheuert, geht völlig auf in ihrem Reinigungsritual.

Weder Twist noch Copperfield, nicht mal Fagin

Weder Oliver Twist noch David Copperfield, nicht mal der alte Hehler Fagin, Twists Lehrmeister, hatten eine Kindheit gehabt, die an die von Ned Rise herankam: ungewaschen, ungeschult, ungeliebt, geschlagen, mißbraucht, gequält, ausgeschlossen, ausgehungert, verstümmelt und verwaist, ein Opfer von Armut, Unwissenheit, Pech, Klassenvorurteilen, Chancenlosigkeit, feindseligem Schicksal und Gin. Seine Kindheit war derartig verwahrlost, daß selbst ein Zola bei der Vorstellung erschauert wäre.

Er wurde im Freien hinter einer armseligen Pofklitsche geboren, die bei Spaßvögeln «Das Heilige Land» hieß – strohgefüllte Pferche, für die man einen Penny pro Nacht löhnte. Es war 1771 im Monat Februar. Seine Mutter hatte nicht das Geld für ein Bett, also verkroch sie sich in dem offenen Schuppen; die Wehen kamen wie Tritte in den Unterleib, und ihre Faust packte eine Flasche klaren weißen

Hau-mich-um. Das Stroh war dreckig. Tauben ließen ihren Kot von den Dachsparren fallen. Es war so kalt, daß selbst die Läuse langsamer als sonst liefen. Sie wählte einen Pferch ganz hinten, weil sie dort den Pferden und dem bißchen Wärme näher war, das sie verströmten. Dann machte sie es sich mit ihrer Pulle bequem.

Sie war eine Säuferin, Neds Mutter. Angehörige der großen Schwesternschaft des Jammers. Zu dieser Zeit in der britischen Geschichte stand die Schwesternschaft des Gins – ebenso wie die dazugehörige Bruderschaft – in voller Blüte. Als Gin gegen Ende des 17. Jahrhunderts erstmals in England bekannt wurde (manche behaupten, William III. hätte ihn aus Holland mitgebracht, andere sagen, der Teufel selbst hätte ihn aus Knochen und Mark destilliert), wurde er über Nacht zum Schlager bei den unteren Schichten. Billig wie Pisse, stark wie ein Schlag auf den Schädel: alle waren ganz verrückt danach. Wozu den ganzen Abend lang Bier in sich reinkippen, wenn man schon in einer halben Stunde voll im Öl sein konnte – für einen Penny? Schon 1710 waren die Straßen von Besoffenen übersät, manche splitternackt ausgezogen, andere steif wie Grabsteine. Als Sir Joseph Jekyll, Vorsteher des Londoner Staatsarchivs, ein Gesetz zur Eindämmung des verderblichen Einflusses des Gins durch Konzessionierung und Besteuerung einbrachte, rotteten die Menschen sich zusammen, um sein Haus mit Steinen zu bewerfen und die Räder seiner Kutsche abzunagen. Es war unaufhaltsam. Gin war ein Mittel zur Linderung von harten Zeiten, er war Schlaf und Poesie, er war das Leben selbst. Aqua vitae. Neds Mutter war eine Gindrossel der zweiten Generation. Ihr Vater war Gerber. Er trank einen Liter am Tag und zog Häute ab. Er verkaufte sie mit neun als Dienstmädchen, mit dreizehn saß sie auf der Straße, mit vierzehn wurde sie Mutter. Sie starb an Leberzirrhose, Gehirnfieber, Schwindsucht und Chlorose, bevor sie zwanzig war.

Drei weitere Schlafgäste hatte das «Heilige Land» in dieser düst'ren Winternacht. Der erste war ein Patriarch ohne Anhang, dessen Husten wie Würfel im Becher klang; er starb, bevor es hell wurde. Der Wirt entdeckte ihn am Morgen: gefrorene Blutklumpen klebten ihm an Lippen und Hals und waren tief im welken weißen Nest seines Bartes vergraben. Der zweite war ein Steinmetz – Granitmonumente und Meilensteine – am Schluß einer dreitägigen Sauftour. Er kotzte ins Stroh und legte sich dann zum Schlafen hinein. Schließlich war da eine alte Frau, wie eine Schneiderpuppe in zerschlissene Röcke gewickelt, die nach Mitternacht hereinwackelte und sich kopfüber in den Pferch neben dem schwangeren Mädchen fallen ließ. Dort lag sie, die Alte, ihr Atem ging wie das Reiben rostiger Zahnräder, und sie lauschte dem Stöhnen von Neds Mutter. Stöhnen. Das war nichts Besonderes. Sie schloß die Augen. Doch dann kam ein Schrei, und dann noch einer. Die Alte setzte sich auf. Im Nebenpferch lag eine Dreizehn- oder Vierzehnjährige. Ihre Stirn war schweißnaß. Ein Flaschenhals ragte aus ihrer Jacke hervor. Sie lag in dem Wehen.

Die alte Vettel kroch näher heran, packte die Flasche und nahm einen Schluck. «Hee, du!» krähte sie. «Haste Probleme, kleines Bleichgesicht? Tust wohl'n Baby kriegen, was?»

Das Mädchen blickte auf, zu Tode erschrocken.

«Iih-hiiih!» kreischte die Alte, womit sie die Tauben aus den Dachsparren verscheuchte. «Ich kenn das gut, oh ja. Hat 'ne Zeit gegeben, wo die Kinner aus dem alten Schoß hier rausgepurzelt sind wie Äppel vom Baum.» Ihr Gesicht war abgeworfene Schlangenhaut, alterslos. Wer konnte sagen, wieviel Fleisch in ihr gewachsen war? Oder die Jahre zählen, die sie in türkischen Serails oder Berberhütten geschmachtet hatte? Wer konnte erraten, auf welchen krummen Wegen und dunklen Pfaden sie gegangen war, oder was sie gedacht hatte, als man ihr diesen Ring aus gehämmertem Gold durch die Lippe trieb?

«Helfense mir», flüsterte das Mädchen.

Es war eine Steißgeburt. Zuerst die schrumpligen Beine und das Hinterteil, dann die Schultern, das Kinn, die glatte, glänzende Kuppel des Kopfes. Die Stunde des Wolfs kam und ging, und die Alte riß Ned aus dem Leib seiner Mutter. Ihre Finger waren trocken und knotig. Sie band die Nabelschnur ab und gab ihm einen Klaps. Er wimmerte. Dann wischte sie ihm mit dem Rocksaum Blut und Schleim von seinem Körper und steckte ihn sich unter den Mantel. Sie sah sich rasch um, dann flitzte sie auf die Tür zu. Babyklau!

Neds Mutter stützte sich auf einen Ellenbogen und tastete um sich, erst nach dem Kind, dann nach der Flasche. Beide waren weg. Ihr Blick wurde klar und folgte den dürren Schultern der alten Frau, die im Schummerlicht am Ende der Scheune verschwand. Da begann sie zu brüllen, brüllte wie alle Sandstürme der Wüste, wie der Untergang des Universums. Das alte Weib hastete zur Tür, im Rücken die Schreie des Mädchens, im Verschlag neben sich blind um sich tretende Pferde. Der bärtige Patriarch wachte nicht auf. Wohl aber der Steinmetz. Er war Mitte zwanzig. Tagein, tagaus jonglierte er mit Granitplatten, als wären es Zeitungen. «Halt sie auf!» rief das Mädchen. «Sie hat mein Baby!»

Er flankte über die Seitenwand und setzte mit langen Schritten durch den Stall, als die Alte sich gerade durch die Tür zwängte. Sie wirbelte zu ihm herum, eine rostige Schere in der Hand. «Bleib weg!» zischte sie. Der Schlag kam wie ein Infarkt, heimtückisch und brutal. Er traf sie an der Schulter, und sie brach zusammen wie ein Bündel Reisig. Unter ihr ertönte das Klirren von Glas. Und das Wehgeschrei eines Säuglings.

Der Steinmetz hieß Edward Pin. Alle nannten ihn kurz Ned. Er nahm die Kleine und ihr Kind mit in seine Bude an den Docks von Wapping. In seinem Kopf wütete ein fürchterlicher Kater. Sie hatte ihn in ihren Tränen gebadet, und er hatte sich wie ein Held gefühlt, wie sehr sein Schädel auch dröhnte. Der Säugling hatte anscheinend einen Schnitt quer über die Brust abgekriegt, als die Flasche zerbrach. Pin machte ein Feuer aus etwas Holz und einer Handvoll Kohlen. Die Haare des Mädchens hingen offen herab, während es sich über das Baby beugte, um seine Wunden zu versorgen. Ihr Name war Sarah Colquhoun. Sie war betrunken. «Ich werd'n Ned nennen», nuschelte sie. «Nach seim Retter.» Pin strahlte. Doch dann veränderte sich seine Miene, und er packte sie an den Haaren. «Nenn ihn ja nich Pin, du Hure. Von mir is der nich.»

«Rise wer' ich'n nennen!» brüllte sie zurück. «Ned Rise, du Dreckskerl.» Es war der metaphorische Ausdruck einer Hoffnung. «Willste wissen warum? ... Weil der wird sich nämlich erheben über diese ganze Scheiße, die seine Mutter mitmachen muß, seitse noch kaum ihr'n eigenen Namen sagen konnt.»

«Ha!» sagte er höhnisch. «In Blut getauft. Und Gin. Und mit 'ner Schnapsdrossel von Nuttenmutter. Da hab ich aber ziemlich große Zweifel.»

Neds Erinnerung an seine Mutter ist lückenhaft. Ein verhärmtes Gesicht, nur Backenknochen und Augenbrauen, die Haut straff gespannt wie Leder auf dem Schusterleisten. Hartnäckiges Husten die ganze Nacht hindurch. Tuberkulöse Blässe. Zuviel Grün im Gesicht. Sie war tot, als er noch nicht mal sechs war. Pin war von Natur aus ein gewalttätiger Trinker mit dem Temperament einer Katze, der man das Fell angezündet hat. Wenn er von der Arbeit heimkam, war er weiß vom Steinstaub, die Augen blutunterlaufen vom Alkohol. Den Feierabend verbrachte er damit, den Jungen zu quälen, nur weil es ihm Spaß machte, wie ein Zehnjähriger mit einem Frosch oder einer Ratte. Er schnürte Ned die Füße zusammen und hängte ihn im dritten Stock aus dem Fenster wie ein Paar nasse Hosen. Er klemmte Ned die Ohren im Nachttopf ein, zog das Rasiermesser auf Neds Rücken ab, tauchte Neds Kopf sechzig Sekunden lang in eine Wanne mit Wasser. «Ersäufen wie ’ne Ratte werd ich dich!» knurrte er dabei.

Als der Junge sieben war, fand der Steinmetz, es sei nun an der Zeit, daß Ned sich seinen Unterhalt verdiene. Eines Abends stand er mit einem Knäuel Paketschnur in der Tür, packte den Jungen im Genick, drückte ihn nach unten, knickte ihm das Bein am Knie ein und zurrte es in dieser Haltung so fest. Dann schnitt er Neds Hose in Schienbeinhöhe ab, machte ihm aus einem Besenstiel eine Krücke und schickte ihn zum Betteln auf die Straße. Es ging ein kalter Wind, und die Verschnürung schnitt schmerzhaft ins Fleisch des Jungen. Egal. Sieben Jahre alt, mit eingefallenem Bauch und verschmiertem Gesicht, torkelte er wie ein betrunkener Storch herum und erbettelte sich Bares auf Russell Square, Drury Lane, Covent Garden. Aber der Bettelstand war ein beliebter Beruf in jenen Tagen, und es herrschte harte Konkurrenz. Armeen von Amputierten, Aussätzigen, Schwachsinnigen, Paralytikern, Brabbelköppen, Sabbermäulern und Jammerlappen säumten die Straßen Schulter an Schulter. Da war der Mann ohne Beine, der im Nachttopf hockte und auf den Fingerknöcheln herumhoppelte wie ein Affe; die Frau ohne Gliedmaßen, die den Leuten mit der Zunge die Stiefel polierte; der Hundemensch mit kurzem Schwanz und gelben Fangzähnen, die ihm über die Lippe ragten. Ned hatte keine Chance.

Ein Pfund hatte zwanzig Shillings, ein Shilling zwölf Pence, ein Penny vier Farthings. Als Ned am ersten Tag mit zwei Farthings nach Hause kam, verprügelte ihn Pin.

Am nächsten Tag, nach sechzehn Stunden inständigem Flehen, Bitten und Beschwören, konnte Ned nichts weiter vorweisen als ein Stück Schnur, drei Haselnüsse und einen Messingknopf. Pin verbleute ihn von neuem, wobei er sich diesmal ganz besonders Nase, Mund und Oberkiefer widmete. Infolgedessen ähnelte Neds Gesicht danach in Farbe und Konsistenz einer überreifen Pflaume. Diese Veränderung zog eine leichte Verbesserung der Einnahmen nach sich, doch erforderte dies nun jeden Tag frische Schläge. Nach einem Monat zerrte sich Pin einen Muskel in seinem Prügelarm. Es mußte doch auch einfacher gehen, dachte er sich. Dann kam ihm die Idee. «Ned», rief er. «Komm doch mal her!»

Pin saß am Tisch, vor sich ein Glas Gin. Der Boden war knöcheltief übersät mit Plunder und Papier, mit Schweine- und Hühnerknochen, Holzspänen, Glassplittern, Tonscherben, Federn. Ned kauerte in der Ecke und gab vor, unsichtbar zu sein. Der Steinmetz warf den Kopf herum. «Komm her, hab ich gesagt!» Ned kam. Ein Fleischermesser lag auf dem Tisch, kalt und fleckig. Als Ned es sah, fing er an zu wimmern. «Halt die Klappe!» brüllte Pin und zog die rechte Hand des Jungen auf die Tischplatte. Seine eigene schmutzige Faust begrub sie wie eine Kapuze. Zitternd und verletzlich lagen die Finger des Jungen auf dem Klotz, blaß wie Opferlämmer. Unter den Nägeln waren schwarze Halbmonde. Das Messer sauste herab.

Mit dem Arm in der Schlinge, um die verstümmelte Hand gut zur Schau zu stellen (Pin hatte an jedem Finger, einschließlich des Daumens, das Vordergelenk amputiert), besserte sich Neds Umsatz. In ein paar Monaten kam er auf sieben oder acht Shillings pro Tag: ein kleines Vermögen. Pin gab den Steineklopferberuf auf, hockte die langen Nachmittage hindurch in Kneipen und Kaffeehäusern, stopfte sich mit Ente in Orangensauce voll, schüttete Wein in sich hinein und betatschte mit seinen breiten, schwieligen Händen die Busen und Hintern von Freudenmädchen. Ned fror sich dafür auf der Straße den Arsch ab, würgte Brotrinde und Kohlsuppe hinunter, und der Verlust seiner Fingerspitzen war ein ständiger Schrecken für ihn, ein Alptraum im Wachen. Er wollte wegrennen. Er wollte sterben. Aber Pin hielt ihn sich gefügig, mit Schlägen auf den Hinterkopf und mit der Androhung weiterer Verstümmelungen. «Soll'ch dir den Rest von die Greiferchen auch noch abhacken? Oder vielleicht die Hand dazu? Wie wär's denn gleich mit'm ganzen Arm, häh?» Dann lachte er immer.

Eines grimmigen Nachmittags, als der Ex-Steinmetz gerade aus dem «Lieblingsast der Elster» über die Straße getaumelt kam, um die Taschen seines Mündels zu inspizieren, riß ihn ein von vier prächtigen rotbraunen Pferden gezogener Landauer zu Boden. Er verhedderte sich im hinteren Federmechanismus der Kutsche und wurde etwa hundert Meter weit übers Pflaster mitgeschleift. Eine Frau schrie auf. Er war tot.

Die nächsten paar Jahre lebte Ned auf der Straße: bettelte, klaute, fraß Küchenabfälle, hin und wieder fand er Unterschlupf bei Bekloppten, Päderasten oder Hackebeil-Mördern. Es war ein hartes Leben. Keine Hand spendete Trost, keine Stimme erhob sich zum Lob. Er wuchs auf wie ein Wilder.

Doch dann, mit zwölf, wendete sich sein Glück. Es war eines Morgens in den Vauxhall Gardens, er räumte ein paar Taschen aus und riß Rinde von den Parkbäumen, als ihn plötzlich ein zitternder Ton in der warmen, unbewegten Luft aufhorchen ließ, ein überirdisches Flöten wie aus den Tiefen des Traums. Es schien hinter dem Springbrunnen herzukommen, von den Blumenrabatten. Als er dort ankam, sah er eine bunte Menge von Spaziergängern – Lebemänner und Kavaliere, Damen und Dirnen, Kindermädchen mit Säuglingen, Stutzer, Beutelschneider, fahrende Hausierer –, die alle um einen Mann versammelt waren, der auf einem Holzblasinstrument spielte. Der Mann war kahlköpfig, Gesicht und Glatze knallrot wie roher Schinken, mit kugelrunden Backen. Dicke Fleischlappen hingen ihm über den Kragen und zitterten in sympathetischer Resonanz zum klagenden Vibrato des Instruments. Gekleidet war er wie ein Gentleman.

Ned sah zu, wie die sauberen, athletischen Finger die Klappen hinauf- und hinunterhuschten, sich da rasch niederließen, dort kurz verharrten, hopsten und wieselten wie junge Tiere beim Spiel. Stiefmütterchen und Narzissen blühten. Vergißmeinnicht und Pfingstrosen. Er setzte sich ins Gras und lauschte der Musik, die so schwirrend und süß war, wie Vögel, die mit Honig gurgelten. Der Fuß des Mannes wippte beim Spielen im Takt. Einige der Zuhörer begannen mitzuwippen, die Schnallenpumps und Slipper und Holzpantinen hoben und senkten sich unisono, als würden sie an einer Schnur gezogen. Eine Frau schwang den Kopf in einem weichen, schimmernden Bogen, fast unmerklich, und die Sonne entzündete einen Glorienschein aus Löckchen rund um ihr Gesicht. Neds Fuß begann zu wippen. Er konnte sich keines glücklicheren Augenblicks entsinnen.

Als der Musiker eine Pause machte, zerstreute sich die Menge. Ned verweilte noch, um ihn zu betrachten. Der Mann drehte das Mundstück aus seinem Instrument, holte das Rohrblatt heraus und balancierte es wie eine Hostie auf der Zungenspitze. Aus einem Lederkoffer nahm er eine Bürste, mit der er erst das Mundstück, dann den Hohlkörper des Instruments auswischte. Die Klappen blitzten in der Sonne. «Du findest das alles aufregend, was?» sagte der Mann. Er sprach mit Ned.

Ned saß im Gras und kaute auf einem Halm herum, er war struppig wie eine ungemähte Wiese. Er hatte sein Leben lang im Morast der Straße gelebt, in die Themse gepißt, seine Kleider kamen aus Mülltonnen, von Schnapsleichen im Koma oder von den echten, stocksteifen Leichen, die sich wie Feuerholz unter den Brücken stapelten. Er hätte nicht viel wilder und dreckiger sein können, wenn er unter Wölfen aufgewachsen wäre. «Na, und wenn schon?» stieß er hervor.

Der Mann zog das Blatt aus dem Mund, sah es prüfend an und schob es sich dann wieder zwischen die Lippen. Potthäßliche Waisenkinder wie dieses gab es Zehntausende auf den Straßen. Sie hingen an seinen Ellenbogen, wohin er auch ging, drängelten sich heran, boten ihre Münder und Körper an, jammerten nach Kupfermünzen, Brot und Bier. Doch etwas an diesem hier rührte ihn: was es war, konnte er gar nicht sagen. Er unternahm einen Vorstoß: «Ich weiß nicht – es kam mir nur so vor, als ob dir mein kleines Divertimento gefallen hat ... die Musik, meine ich.»

Ned wurde weicher. «Ja, sehr», gab er zu.

Der Mann hielt das Instrument in die Höhe. «Weißt du, was das ist?»

«'ne Querpfeife?»

«Klarinette», sagte der Mann.

Ned wollte wissen, wie die Töne darauf erzeugt werden. Der Mann zeigte es ihm. Ob er wohl spielen lernen könne? fragte Ned. Der Mann starrte auf Neds Hand hinunter, dann fragte er ihn, ob er Hunger habe.

Prentiss Barrenboyne besaß einen Häuserblock in Mayfair. Er war Mitte fünfzig. Er hatte nie geheiratet. Seine Mutter, eine eingefleischte Anhängerin des Kurpfuschertums, mit der er das ganze Leben lang zusammengelebt hatte, war einen Monat zuvor gestorben. Er nahm den Jungen an diesem Abend mit nach Hause und ließ ihn im Kohlenkeller schlafen. Am nächsten Morgen instruierte er seine Haushälterin, ihn zu waschen und essen zu lassen. Das war ein Fuß im Türspalt. Bis zum Ende der Woche war Ned Rise zur Gewohnheit geworden. Offiziell war sein Status der eines Dieners, aber bald behandelte ihn Barrenboyne, der vom naiven, wißbegierigen Enthusiasmus des Burschen für die Klarinette eingenommen war, eher als Familienmitglied. Er kleidete ihn ein, tischte ihm Milch und Koteletts und Bratensoße auf, brachte ihm Lesen bei und wie man eine Teetasse auf den Knien balancierte. Es gab Ausflüge ins Konzerthaus, ins Theater, zu den Werften und in den Zoo. Ein Hauslehrer wurde eingestellt. Ned erwarb sich die Anfangsgründe der Orthographie, Geometrie, Fischkunde, ein bis zwei französische Redewendungen sowie einen tiefen Abscheu vor den Klassikern. Eine Eliza Doolittle war er nicht. Seine Fortschritte – falls das Memorieren eines Datums oder Rechenergebnisses alle zwei Wochen diese Bezeichnung verdiente – waren so gemächlich wie das Driften der Kontinente. Der Hauslehrer war außer sich. Er blickte Ned ins Gesicht und sah das Gesicht eines Klugscheißers. Er beschuldigte ihn, ständig die Tinte zu trinken, und er verbleute ihm den Hintern, so wie er ihm die Aufgaben einbleute. Ned ertrug es mit Gelassenheit und Demut. Es gab keine Szenen, keine Wutausbrüche, keine Weinkrämpfe. Er tat, was man von ihm erwartete, sang Hosiannas auf seinen Erlöser und hätschelte seine Erfolgsaussichten. Was eine gute Chance war, mußte man ihm nicht zweimal sagen.

Sieben Jahre verstrichen. In Frankreich versandte man Einladungen zum Köpferollen, jenseits des Atlantik schlug man Wälder nieder und auf Indianer ein, im East End faßte man endlich den Weiberhasser, der als das «Monster» bekannt war und seit zwei Jahren Frauen auf der Straße den Hintern aufgeschlitzt hatte, und in Mayfair aß Ned Rise dreimal täglich, schlief in einem Bett, badete mindestens zweimal im Monat und legte jeden Morgen frische Unterwäsche an. Sieben Jahre. Die Erinnerungen an die Straße hatten zu verblassen begonnen. Er hatte nie wieder Abfall gefressen, Perversionen, Diebstahl, Brandstiftung oder Schlimmeres mitgemacht, nie mehr über Aschenhaufen gehockt, mit Eiskrusten in den Wimpern und einer kalten Faust, die ihm die Lungen zuschnürte – nicht Ned Rise, der Stolz der Barrenboynes.

Im Laufe der Jahre waren sich Ned und sein Vormund so nahe gekommen wie Mund und Mundstück, vereinigt durch die Liebe zur Musik. Eine Woche nachdem der Alte ihn aufgenommen hatte, fing der Musikunterricht an. Vor Eifer waren sein Gesicht und die Glatze gerötet, der silberne Backenbart stellte sich auf. Eines Abends kam er grinsend ins Zimmer, in der Hand ein hölzernes Futteral. Darin lag eine uralte C-Klarinette, auf der er als Jugendlicher gespielt hatte. Er reichte sie Ned. Schon nach einem Jahr konnte Ned trotz seines Handicaps leidlich darauf blasen, im nächsten Sommer spielte er praktisch alles vom Blatt, und nach fünf Jahren hatte er Übung genug, um den Mentor zu seinem Debüt vor Publikum in den Park zu begleiten. Sie setzten sich auf eben jene Bank, wo Ned den Alten zum erstenmal gesehen hatte, er mit seiner C-Klarinette, Barrenboyne mit seiner in B, und gaben Melodien aus Estienne Rogers' Liederbuch zum Besten. Die Menschen kamen herbei, wippten mit den Füßen, wiegten sich im Takt, während in Wien gerade Mozart im Sterben sein großes Requiem komponierte. Ned machte dem Anlaß alle Ehre.

Eines Nachts, kurz vor Morgengrauen, kam Barrenboyne in Neds Zimmer und rüttelte ihn an der Schulter. «Steh auf, Ned», sagte er leise, «ich brauche dich.» Seine Stimme bebte. Seine Wangen waren röter, als Ned sie je gesehen hatte, rot wie Tomaten, wie Fahnen, wie die Jacken der königlichen Husaren. Ned war neunzehn. «Was ist denn los?» fragte er. Keine Antwort. Vor dem Fenster begannen die

Vögel zu singen. Der alte Mann schnaufte wie eine Lokomotive. «Zieh dich an, wir treffen uns draußen», sagte er.

Barrenboyne wartete am Tor. Er trug den Anzug, den er beim Begräbnis seiner Mutter angehabt hatte, den Zylinder aus Filz, einen seidenen Überzieher. Unter dem Arm ein Lederetui aus der gekräuselten Haut eines exotischen Reptils. Eine neue Klarinette? dachte Ned. Er hatte sie noch nie gesehen. Sie gingen raschen Schrittes: über den Grosvenor Square, durch die Brook Street, die Park Lane hinunter, und dann traten sie ein in die weiche grüne Domäne des Hyde Park. Die Gegend war menschenleer. Nebel hing wie Milch aus einem Zerstäuber tief über dem nassen Gras. Eine Krähe lachte aus einem Baumwipfel. «Weißt du, was ein Sekundant ist?» sagte Barrenboyne.

Es war wie ein Schlag ins Gesicht. «Ein Sekundant? Sie werden doch nicht ...?»

Der alte Mann packte ihn am Ärmel. «Ganz ruhig jetzt», sagte er. «Du bist erwachsen, Ned Rise. Nun beweise es auch.»

Zwei Männer – Gestalten im Zwielicht – warteten am Rand des Serpentine-Teichs auf sie. Einer von ihnen war ein Mohr, klein und fett wie eine Sau. Er trug eine Feder im Hut, Kniehosen aus Rehleder, Florstrumpfe und eine schillernde Weste. Ein echter Rammler. Barrenboyne schritt auf sie zu, verbeugte sich und präsentierte ihnen das Lederetui. Es waren mindestens zwanzig Grad, dennoch fröstelte der Neger. Sein Sekundant, der andauernd Schnupftabak aus einem Emailledöschen inhalierte und in sein Taschentuch nieste, nahm das Lederetui entgegen und öffnete es zwischen Niesanfällen für den Neger. Der Neger wählte eine Pistole. Sein Atem roch nach Alkohol. Dann hielt der Nieser das Etui Barrenboyne hin. Der Alte nahm die Waffe behutsam aus dem Futteral, als packte er seine Klarinette für ein flottes Rasenkonzert aus. Es begann zu nieseln.

Der Nieser schnupfte seine Prisen in krampfhafter Nervosität, schnippte die Dose auf, kniff ein Nasenloch zu, keuchte und prustete in sein Taschentuch, zuckte am ganzen Körper und schüttelte sich wie ein Epileptiker. Dem Neger fiel die Pistole herunter. Das Nieseln verstärkte sich zum Regen. Barrenboynes Doppelkinn begann zu vibrieren, als erforsche er die oberen Lagen der Klarinette, und Ned bemerkte, daß er in einer Art Sympathieschwingung mitzitterte. Endlich schaffte es der Nieser, zwanzig Schritte abzuschreiten und die Duellanten auf ihre Plätze zu dirigieren. «Fertig!» brüllte er. Zwei harte, metallische Klicktöne hallten über die Wiese, einer den anderen imitierend. «Legt an!» Barrenboyne und der Neger hoben langsam den Arm, als salutierten sie oder nahmen an der Eröffnung eines revolutionären neuen Tanzes teil. Ned stellte sich vor, daß sie ein Jeté über den Rasen vollführten, um einander in die Arme zu fallen. «Ffff–!» kam nun das unvollendete Kommando, das in einem scheidewandzerfetzenden Niesen auslief. Es gab einen Blitz und einen Knall. Am anderen Ende der Wiese kreischten Vögel auf. Die Pistole des Negers rauchte, seine Augen waren immer noch in der Ellenbogenbeuge vergraben. Barrenboyne lag am Boden. Tot wie ein Pharao.

Karten auf den Tisch

Morgengrauen. Die Sonne bricht über den Sahel herein wie ein aufgeschlagenes Ei, fängt dort wieder an, wo sie tags zuvor aufgehört hat – beim Verbrennen, Versengen, Einäschern von allem Lebendigen in ihrer Reichweite. Aasschnüffler und nächtens aktive Reptilien kriechen in ihre Höhlen zurück, und die zerzausten großen nubischen Geier kreisen über der Ebene und sichten die Überbleibsel. Felsen dehnen sich langsam aus, verkümmerte Büsche graben sich noch tiefer in die Erde ein, Mimosen falten ihre Blätter zusammen wie Sonnenschirme. Ab acht Uhr morgens flimmert der Horizont.

Mungo Park liegt reglos auf dem Rücken und sieht einem Tausendfüßler zu, der eine Serie von blinden Kreisen auf dem Zeltdach zieht. Seit seinem «Fluchtversuch» wird ihm das Leben sauer gemacht. Jetzt dösen jede Nacht sechs Männer vor seinem Zelt, Essens- und Wasserrationen sind ihm halbiert worden. Langsam kommt ihm der Gedanke, daß er es doch nicht schaffen könnte, daß er womöglich einfach hier liegenbleibt und allmählich verreckt als unverzagter Erforscher der Innenwände eines Maurenzelts. Er wird Ledyard, Lucas und Houghton in den Reihen der schmachvoll Gescheiterten Gesellschaft leisten. Weder wird er Ailie je wieder zu Gesicht bekommen, noch seine Mutter, noch die wirbelnden Wasser des Yarrow. Seine Knochen werden trocknen und bersten und zu Staub zerfallen unter der fremden Sonne und den seltsam verschobenen, kolossalen Konstellationen, die sich hier über den Himmel wälzen. Er beginnt zu verzagen.

Auf einmal teilen sich die Eingangsklappen, und Johnson duckt sich ins Zelt. In der Hand hält er einen Wasserbeutel aus Ziegenleder, in diesen Gegenden *guerba* genannt. Der Entdeckungsreisende liegt flach, vom Fieber geschüttelt, von Würmern zerfressen, mit zusammengeschrumpftem Magen und weit geöffnetem Schließmuskel, und kann kaum die Lider heben. Er ist schwach und stinkt, hinfällig bis an den hintersten Rand der Hoffnung. Johnson kniet nieder und steckt ihm den Ledersauger in den Mund. Mungos Lippen packen zögernd zu, sein Puls beschleunigt sich. Es ist Wasser, kalt und klar, geschöpft aus den sich verschiebenden, porösen Tiefen der Erde. Es regt seine Haarwurzeln an, härtet seine Zehennägel, Musik für seine brüchigen Knochen. «Ich bin gerettet!» stößt er hervor, dann übergibt er sich.

«Alles in Ordnung, Mr. Park. Sie haben's geschafft.»

«Wa-?» Die Augen des Entdeckungsreisenden sind gelb verkrustet, die Wangen eingefallen, sein Bart eine Spielwiese für Zecken, Flöhe, Läuse und Maden.

«Richtig verstanden. Der Oberschakal hier, der meinte eben, ich soll zu Ihnen rein und Ihnen den Wasserbeutel bringen, und nachher einen Tiegel Kuskus und Milch.»

«Kuskus? Milch?» Ebenso gut hätte Johnson ihm Highland-Hammelklein, geräucherten Schellfisch und Schafskopf-Brühe ankündigen können. Mungo fällt in einen peristaltischen Schock, dann schnellt er hoch, umklammert die *guerba* und durchwühlt das Zelt mit Blicken. «Wo?» keucht er, indem er mühsam auf die Beine kommt. «Wo? Jetzt sag schon, um Himmels willen!»

In diesem Moment tritt ein Junge mit einer hölzernen Schale ein. Kuskus mit Milch. Er will sie dem Entdeckungsreisenden zu Füßen legen, doch Mungo reißt sie ihm aus der Hand; er begräbt das Gesicht tief in die dicke, zähe Paste, mit der ganzen Verzweiflung eines Mannes, der vierzig Tage und vierzig Nächte lang der Wüste ausgesetzt war. Und genau das war er ja auch.

Danach streicht er sich über seinen Bauch. «Johnson», sagt er. «Ohho, Johnson, Johnson, wie ich das gebraucht habe ...» Aber Moment mal! Was hat er getan? Die Schüssel ist völlig leergekratzt, und hier verschmachtet der treue Führer und Dolmetscher vor seinen Augen! «Johnson», stammelt er und schlägt den Blick zu Boden kannst du mir – kannst du mir je verzeihen? Ich habe mich da wohl eben ein wenig hinreißen lassen ... Ich – ich hab überhaupt nicht an dich gedacht.»

Johnson winkt ab. «Ach, die haben mich doch durchgefüttert, machen Sie sich da mal keine Sorgen. Mußten sie ja. Sonst hätt ich mir bestimmt nicht so den Arsch für sie aufgerissen. Hol dies, flick das. Scheuer mal den Topf hier, melk die Ziegen da, dann noch Akbars Sandalen einfetten und 'n bißchen Rahm von der Milch schöpfen für die

Pferde. Scheiße. Wie wenn ich wieder auf der Plantage wär. Manchmal wünsch ich mir, einfach nur hier zu liegen und zusammen mit Ihnen zu schmachten.»

Mungo streicht sich die klitschigen Klumpen aus dem Bart und leckt sich systematisch die Körner von den Fingern, dann nimmt er einen langen Zug aus dem Wasserbeutel. In seine Wangen sickert etwas Farbe zurück. «Also, was ist eigentlich los?» fragt er. «Wieso sind diese blöden Kameltreiber plötzlich so barmherzig?»

«Fatima.»

Fatima. Die Silben fließen wie Wind auf dem Wasser. Erst hat sie ihm die Augen gerettet, und jetzt den Rest. Hoffnung schimmert. «Sie will mich sehen?»

Johnson nickt. «Ali sagt, Sie müssen etwas essen und gewaschen werden, damit Sie präsentabel sind. Er will ja nicht, daß seine Frau einen ungewaschenen Christen ansehen muß. Und das hier hat er mir auch mitgegeben.» Er reicht dem Entdeckungsreisenden ein blasses, gefaltetes Gewand.

«Was ist das?»

«Eine *jubbah*. Ali meint, Sie sollen Ihre Beine damit bedecken – Ihre Hosen findet er anstößig, erstklassiger Nankingstoff oder nicht.» Johnson lacht. «Wenn Sie je nach London zurückkommen, können Sie all die gelackten Beaus und Schönlinge stehenlassen und einen neuen Schrei kreieren: Der Gentleman trägt Röckchen.»

Mungo lacht mit, trunken von Essen und Wasser. Die beiden kichern und prusten, wischen sich die Tränen aus den Augen. Dann blickt Johnson auf, plötzlich sehr ernst. «Sie kommt morgen abend», sagt er. «Versauen Sie's bloß nicht.»

Das Lied der Plantage

An diesem Abend in der Sub-Sahara, der von fahlem Licht und spitzen Schatten durchflutet ist, kommt Mungo Park erstmals seit fast drei Monaten aus dem Zelt heraus und sitzt wieder im Sattel. Man hat ihm sein Pferd zurückerstattet (kachektisch wie ehedem, wie einer der ausgeweideten Gäule, die die Druiden zur Dekoration zu pfählen pflegten), er hat sich Bart, Locken und Lenden gereinigt und eingerieben und seine Lumpen gegen eine prächtige weiße *jubbah* eingetauscht. Auf dem Kopf sitzt sein ramponierter Zylinder; über seinen Schultern hängt das blaue Samtjackett, das er bei seiner Ansprache vor der Afrika-Gesellschaft in «St. Alban's Tavern» auf der Pall Mall getragen hat. Ali und Dassoud flankieren ihn auf ihren Schlachtrössern. Alis Pferd ist weiß, Dassouds ist so absolut schwarz, daß es ein Loch in den Horizont schneidet (eine Illusion, die er noch dadurch verstärkt, daß er dem Tier Hufe und Anus schwärzt und die Zähne dunkel färbt). Johnson bildet die Nachhut auf einem Somali-Wildesel.

Ihr Ziel ist Fatimas Zelt am anderen Ende des Lagers, eine Entfernung von etwa siebenhundert Metern. Ali und Dassoud reiten schweigend, während Mungo mit gedämpfter Stimme ein paar Sätze aus seiner Arabisch-Grammatik übt: «Ich bin geschmeichelt, mich in Ihrer Gegenwart zu sonnen.» «Erlauben Sie mir, Ihren Fußsohlen zu huldigen.» «Ganz schön heiß heute, was?» Ais sie das Zentrum des Lagers durchqueren, hecheln Hunde hervor, um an den Steigbügeln des Christen zu kläffen, Kinder versammeln sich, um ihn mit Klumpen von Kamelmist zu bombardieren, Erwachsene treten aus den Zelten, starren ihn verkniffen an und äußern sich abfällig über seine Rasse, Hautfarbe und Religion. «Ich pisse ins Loch deiner Mutter!» brüllt einer. Doch dann hebt Ali den Arm, und die Stimmen verstummen, die Hunde verschwinden, die Kinder laufen zu ihren Müttern zurück. «Danke», sagt Mungo. Alis Gesicht bleibt unbewegt. Seine Geste hatte ganz und gar nichts mit Mitleid oder Verständnis zu tun – er will bloß nicht, daß seine Frau den Christen in einer *jubbah* voller Scheiße inspiziert, das ist alles.

Fatimas Zelt ist zwei- oder dreimal so groß wie alle anderen des Lagers und sticht durch breite farbige Bänder hervor: grau, beige und indigo. Mungo erkennt den riesigen Nubier davor. Der Nubier ist voller Wachsamkeit und läßt die schwarzen Muskelklumpen zwischen Ellenbogen und Schulter spielen. Weiter rechts hockt eine Frau im Staub und ist fleißig dabei, ein paar Ziegen zu melken. Der Entdeckungsreisende mustert die hellen Sohlen ihrer Füße, die gelben Torpedos der Ziegenzitzen. Eine Fliege landet auf seiner Nase. Die Sonne berührt den Horizont.

«Absteigen!» ruft Ali, und er und Dassoud springen von ihren Rössern wie zwei russische Akrobaten. Johnson, der auf seinem Esel gerade heranschaukelt, gibt das Kommando an seinen Arbeitgeber weiter, während der Nubier vortritt, um die Tiere zu versorgen.

Es muß wohl erwähnt werden, daß das Gehirn des Entdeckungsreisenden an dieser Stelle unter sisyphusartigem Streß leidet: Er ist aufgedreht, nervös, zittert vor Besorgnis und Zweifeln. Der Erfolg seiner Mission – tja, sogar sein Leben – können von dem Eindruck abhängen, den er in seiner bevorstehenden Unterredung bei der Königin macht. Mit der gleichen Mischung aus Brechreiz und einem Tritt in die Niere wie damals in der Schule immer kurz vor den Semesterexamen rutscht ihm der Magen in die Hose. Bammel nannten sie es damals. Lampenfieber. Tatterich. Kloß im Hals.

Daher schwitzt er wie ein Marathonläufer, als er vom Sattel rutscht, mit dem linken Fuß im Steigbügel hängenbleibt und in einem Orkan aus Staub und Ziegenhaar dumpf auf dem Boden aufschlägt. Er bleibt einen Moment liegen und denkt: Christus im Himmel, was hab ich jetzt wieder gemacht, während Dassoud und Ali Blicke tauschen und Johnson ihm zu Hilfe eilt. Nachdem er das Pferd beruhigt, den Steigbügel gelockert und schließlich den Stiefel befreit hat, gelingt es Johnson, ihn zu erlösen. Doch dies ist nur der Anfang. Der Boden hier, so scheint es, ist ein Mekka für alle Sahel-Bewohner mit Verstopfung, eine einladende Latrine für Mutter Natur und all ihre Schöpfungen, ob gefiedert, bepelzt oder geschuppt. Hier liegen Ziegenköttel Seite an Seite mit Hyänendreck; körnige Pakete Kamelmist, Hundescheiße, Kuhscheiße und Schafscheiße ringeln sich um die verdorrten, fadenförmigen Losungen von Ottern und Eidechsen; sogar vereinzelte Steinbockexkremente liegen herum. Mungo erhebt sich aus dem Morast, wischt sich die *jubbah* ab und klopft seinen Hut aus. «Tut mir leid», sagt er. Ali zuckt die Achseln. Dann bedeutet er ihm zu folgen, verschwindet durch die wehenden, einander berührenden Eingangsklappen von Fatimas Zelt und taucht in das Mysterium dahinter ein. Mungo stinkt nun wie ein ganzer Zoo, sein Rücken ist eine abstrakte, in Malven-, Siena- und Dunkelgelbtönen gehaltene Collage. Als Vertreter von König Georg III. und ganz England folgt er dem Emir von Ludamar ins Heiligtum der Königin.

Drinnen ist es dunkel, zwei Öllampen brennen angestrengt. Er sieht Wandteppiche, Matten, Urnen, eine Sitzstange, auf der zwei Raubvögel – Würgfalken – in aller Ruhe eine Wüstenspringmaus ausweiden. Der Entdekkungsreisende sieht sie in dem Moment, als der eine gerade ein langes Stück Darm erwischt hat und daran zu zerren beginnt wie ein Rotkehlchen an einem Wurm. «Salaam aleikhem», sagt Ali, und da sitzt sie, auf einem Kissen so groß wie ein Doppelbett. Der Entdeckungsreisende ist wie vom

Donner gerührt. Mit einer dicken Frau hatte er gerechnet, aber das hier ... das ist unmöglich! Sie ist gargantuesk, elephantoid, ihr großer gebundener Turban und die schimmernde *jubbah* wie zwei Zirkuszelte, ihr Schatten tanzt und wogt in dem unruhigen Licht, bis er den gesamten Raum erfüllt. Ihre Dienerinnen – zwei Mädchen in wehenden Pluderhosen und eine uralte Frau – sitzen ihr zu Füßen wie Oliven, die in einem surrealistischen Stilleben um eine Melone gruppiert sind.

Mungo kann ihr Gesicht nicht erkennen, das hinter dem *yashmak* – dem Schleier aus doppelt gelegtem Haartuch, das Moslemfrauen in der Öffentlichkeit tragen – verborgen bleibt, doch ihre Füße und Hände beeindrücken ihn sofort. Klein und zierlich schwimmen sie an den Enden der aufgedunsenen Extremitäten wie Enten auf einem Teich. Er ist fasziniert. Ihre Finger und Zehen sind mit Ringen geschmückt, und aus irgendeinem Grund – vielleicht um die Aufmerksamkeit auf ihren Liebreiz zu lenken – sind sowohl Hände wie Füße safrangelb gefärbt. Der Effekt ist verblüffend. Als sie ihm endlich den Kopf zuwendet, schnappt sie nach Luft und stößt ein leises Quietschen aus. Ali stürzt zu ihr, quasselt etwas auf arabisch. Als sie ihm antwortet, klingt ihre Stimme sanft und sinnlich wie ein milder Regen im Sonnenschein.

Mungo stupst seinen Dolmetscher an.

«Sie sagt, daß sie Angst hat», flüstert Johnson.

«Angst? Ich bin's doch, der hier womöglich zu Frikassee gemacht wird.»

«Sie sind Christ. Für sie ist das sowas wie ein Kannibale oder ein Werwolf oder so.»

«Und was ist mit dir?»

«Halt mich da raus, Bruder – ich bin Animist. Psst ... jetzt meckert sie über den Gestank ... ‹Riechen die alle so?›»

Plötzlich bellt Ali einen barschen Befehl. «Er will uns

auf den Knien sehen», übersetzt Johnson, läßt sich niedersinken und berührt mit der Stirn den Sand. Der Entdekkungsreisende tut es ihm nach. In dieser Pose verharren sie längere Zeit («Langsam fühl ich mich wie ein Vogel Strauß», witzelt Johnson), bis eine spitze Näselstimme anfängt, die Abendgebete zu jodeln. Es ist der *muezzin*, der irgendwo draußen vor dem Zelt stationiert ist. Nun werfen sich auch Ali und Dassoud auf die Knie, und Fatima rutscht von ihrem Thron wie eine Gewitterwolke, die sich einen Berghang herabwälzt. Als sie die Stirn nach vorne neigt, spürt der Entdeckungsreisende den Blick ihrer schweren schwarzen Augen auf sich.

Als die Gebete endlich zu Ende sind, schleppt sich Fatima auf ihr Kissen zurück, setzt sich etwas geziert zurecht und schickt dann Dassoud und ihren Gatten dezent hinaus. Nun wendet sie sich an Mungo und seinen Dolmetscher und bittet sie, Platz zu nehmen. Hinter ihnen ist klammheimlich der Nubier hereingekommen, den Krummsäbel in der Hand. Lange Zeit bleibt es ganz still. Fatima und ihre Dienerinnen geben sich dem Augenschmaus der blonden Erscheinung im blauen Samtjackett hin. Schließlich richtet die Königin das Wort an ihn, einen einzigen Satz, bei dem ihre Stimme sich hebt, wie auf dem Scheitelpunkt einer Frage.

Mungo sieht Johnson an.

«Sie sollen aufstehen und Ihr Jackett ausziehen.»

Mungo erfüllt den Wunsch, und eins der Mädchen kommt herübergehuscht, um ihm das Stück abzunehmen und der Königin zu überbringen. Fatima betrachtet die Jacke schweigend, fährt mit der Hand über die Rückseite des Stoffs und knabbert prüfend an einem der Messingknöpfe. Der Entdeckungsreisende steht in seiner *jubbah* da wie ein Kind im Nachthemd. «Schenken Sie's ihr», flüstert Johnson.

Der Entdeckungsreisende räuspert sich und bietet ihr in

seinem besten Arabisch das Jackett zum Geschenk dar. Sie sieht ihn an und lehnt höflich ab, konfisziert aber immerhin zwei der Messingknöpfe. «Für Ohrringe», erklärt sie und hält sie an die Falten des *yashmak*. Im Schatten krächzt einer der Falken: ka-ka! ka-ha! Fatima befeuchtet sich die Lippen. «Mag er ein wenig Schweinefleisch?» fragt sie.

«Sagen Sie nein», rät Johnson.

In diesem Moment kommt Einauge mit einem angeleinten Pinselschwein herein. Das Tier hat eine längliche Schnauze, die da und dort von Höckern und Wülsten entstellt ist, gelbliche Hauer und einen heimtückischen Blick. Voller Gehässigkeit bietet Einauge Mungo das Schwein an. «Snork-snork», macht das Schwein.

«Spielen Sie den Angewiderten», instruiert ihn Johnson.

Der Entdeckungsreisende gibt sich Mühe, Ekel und Entsetzen auszudrücken, da er ja weiß, wie tief die Mauren Schweinefleisch verabscheuen. Mit zitternden Knien weicht er zurück, schlägt sich auf die Stirn und zerrt an seiner Unterlippe, während das Pinselschwein, das nun wie eine Ziehharmonika quietscht, stampfend und scharrend an der Leine reißt. Die kleine Vorstellung scheint Fatima zu besänftigen, also wirbelt Mungo noch wilder im Kreis herum – trägt ziemlich dick auf dabei –, bis er versehentlich in die Sitzstange der Falken stolpert. Dies ist, wie ihm unverzüglich klar wird, ein schwerer Fehler. Bei der Berührung seines Ellenbogens gehen die Vögel hoch und kreischen ihm ins Gesicht, Schnäbel und Klauen scharf wie Scheren, Flügel knallen ihm um die Ohren. Dann hüpft ihm der größere der beiden auf die Schulter. Er bekommt es mit der Angst. In dem panischen Versuch, das Tier loszuwerden, duckt er sich direkt zu dem Pinselschwein hinunter, das auf diese Gelegenheit nur gewartet hat. Blitzschnell schießt es vor und versetzt ihm in rascher Folge mehrere brutale Bisse. Im Verlauf des folgenden Durcheinanders gelingt es Mungo irgendwie, das halbe Zelt einzureißen und schließlich quer über dem voluminösen Königinnenschoß zu landen. Der nubische Eunuch tritt vor, um das Schwein mit einem Hieb seines Krummsäbels zu köpfen, während Einauge und die Pluderhosenmädchen sich abmühen, den dreckverschmierten und blutenden Entdeckungsreisenden vom Leib der Königin zu entfernen. Durch all das erklingt eine Melodie, denn Johnson hat seine Stimme zum Gesang erhoben – es klingt wie eine Klageweise, düster und niedergeschlagen, einer dieser alten Plantagengesänge, die Johnson immer gerne als «Blues» bezeichnet.

«Jetzt haben Sie's versaut», singt er. «Völlig versaut. Herr im Himmel allmächtig, er hat es versaut.»

Oh dieses Gefühl so flau

Februar 1796. Wordsworth kennt Frankreich und Annette Vallon von innen und außen, Bonaparte hat Babeuf ausgebootet und hämmert jetzt energisch an Joséphinens Tür, Goethe lebt in Sünde mit Christiane Vulpius, Robert Burns liegt im Sterben. In Edinburgh kämpft Walter Scott eine verlorene Schlacht um die Hand von Williamina Belches, während in Manchester ein rotznäsiger De Quincey durch die Straßen zieht und sich fragt, was eine Hure ist. In Moskau schneit's. In Paris stopft man Schlaglöcher mit Assignaten, weil sie sonst ohnehin zu nichts gut sind. Und in Soho, in der «Wühlmaus», wird gelutscht und gevögelt. Live auf der Bühne.

Ned könnte nicht zufriedener sein. Jutta Jim legt sich seit einer guten Stunde mächtig ins Zeug (abgesehen von zwei kurzen Pausen, in denen er Stammeslieder intoniert und einen halben Liter Hühnerblut geschlürft hat, um in Stimmung zu bleiben), Nan und Sally haben ihre Rollen in bewundernswerter Weise breitgewalzt, und das Publikum ist viel zu gefesselt, um Krach zu schlagen oder auf den

Teppich zu pissen. Dazu kommt noch, daß Neds Kehle, Gliedmaßen, Leber und Augenlicht seit über einer Stunde nicht mehr bedroht worden sind (Smirke läuft die ganze Zeit mit einem Ständer herum und verscheuert Drinks wie ein Oasenbesitzer in der Wüste, und Mendoza sagt keinen Piep mehr, seit Jim auf die Bühne stolziert ist), und daß seine Bruttoeinnahmen die rosigsten Schätzungen weit übertreffen (fast dreiundsechzig Pfund, bei Auslagen in Höhe von dreiundzwanzig und zwei Shillings, wobei der neue Anzug, Trinkgelder und Erfrischungen für sich selbst und sein Ensemble schon inbegriffen sind. Und alles liegt warm und sicher verwahrt in der Hosenbeutelbank.

Also wozu diese Unruhe? Er hat schon anderthalb Flaschen Gin und drei Pfeifen intus, und er ist zweiundzwanzigmal im Zimmer auf und abgelaufen, aber immer noch ist er so fickerig, als läge er im Rattenbißfieber. Er begreift es selbst nicht. Jetzt bekommt er sogar ein Jucken im fehlenden Gelenk des kleinen Fingers. Tief im Innersten weiß er die Antwort natürlich schon – es läuft einfach alles zu gut. Und das heißt, er sollte besser abhauen, verduften und flitzen, denn immer wenn die Dinge mal anfangen, zu gut zu laufen, kommt der Moment, wo die Höheren Mächte auf einen herabstürzen wie ein Dutzend Tornados, und am Ende liegt man unter einer halben Tonne Treibgut und Schutt begraben.

Das Ganze erinnert ihn an den Abend auf der Bartholomew Fair, als er und Billy Boyles am Spieltisch einfach jedesmal gewannen, als sie gratis zum Vögeln mit zwei Schnepfen kamen und zum Schluß noch irgendwo einen Champion von Kampfhahn mitgehen ließen, der leicht seine fünfzig Eier wert war. Und gerade als sie mit ihrer Beute vom Rummelplatz schlichen, da sah er es: das sternenübersäte Cape von Zeppo dem eleusinischen Magier – es hing da einfach zum Trocknen auf der Leine wie ein Geschenk der Götter. Boyles bog in eine unbeleuchtete Gasse ein, und natürlich passierte es: Zwei Banditen lauerten ihnen auf. «Stehenbleiben und her damit!» knurrte eine Stimme, und Ned stellte fest, daß ein Pistolenlauf in seinem Ohr steckte. «Ich nehm dir nur eben das viele schwere Kleingeld ab», krächzte die Stimme, «und inzwischen schröpft mein Komplize da deinen Kumpel.»

Der Komplize war ein Zwerg, kaum einen Meter groß, mit einer karottenroten Tolle, die ihm wie ein Buschfeuer um Wangen und Scheitel loderte. Ned gab seinen Geldbeutel ab und sah zu, wie der Zwerg aus dem Schatten herbeihinkte, Boyles auf der Straße Platz nehmen ließ und seine Lumpen mit der Spitze eines Dolches zu untersuchen begann. «Na hallo!» rief der Zwerg aus. «Was haben wir denn hier?» Es war der Kampfhahn, der an Boyles Brust nistete, Krallen und Schnabel mit blauem Band umwunden. Der Zwerg zerrte den Vogel aus dem Versteck, erdrosselte ihn mit einer Drehung seiner knotigen Hände und hielt ihn hoch, damit der Pistolero ihn bewundern konnte. «Da hätten wir schon mal was für den Kochtopf, was, Will?»

«Gut gegeben, Ginger», knurrte der Pistolero. «Jetzt zieh dem Bettler die Hosen runter und kuck nach, ob er vielleicht noch ein paar Moneten drin hat.» Runter mit der Hose, rauf mit dem Hemd: innerhalb von zehn Sekunden war Billy Boyles pudelnackt. «Und jetzt du, schöner Mann», befahl der Pistolero.

Ned appellierte an Mitgefühl und Sportsgeist des Wegelagerers. «Aber ich habe euch ja schon meine Börse gegeben» greinte er, «habt doch ein Herz mit mir, bitte.»

«Ha!» lachte der Pistolero. «Denkste, ich weiß nich, wie sich'n Beutel Sand anfassen tut? Für was hältste mich denn, für'n verkorksten Pavian? Runter mit der Unterhose, Blödmann!»

Das Spiel war aus. Ned ließ die Hosen runter, und da war er, glänzte im Mondlicht wie eine fluoreszierende Windel – der Streifen Musselin, vollgestopft mit der Tagesausbeute. Der Zwerg riß ihm den Stoff vom Bauch, und die Münzen prasselten auf die Erde. «Ohho!» jubelte er. «Diesmal ham wir wohl'n Hauptgewinn gemacht, was, Will?»

Gerade als der Zwerg die letzten Münzen einsammelte, kam ein Vierspänner um die Ecke gerumpelt. Die Gauner rannten davon. Boyles kauerte im Adamskostüm an der Mauer, Ned dagegen wickelte sich schnell das Cape des Zauberers um die nackten Beine und winkte dem Wagen zu halten. «Ho!» rief der Kutscher. Quietschend und knarrend kam der Wagen zum Stehen. «Wir sind beraubt worden!» schrie Ned. Die Tür flog auf. In der Kutsche saß Sir Euston Filigree, Gerichtsbeamter und Züchter von Kampfhähnen. Daneben ein Polizist mit schußbereiter Pistole. «Na, so ein Zufall», sagte Sir Euston. «Ich bin ebenfalls beraubt worden.»

«Einsteigen!» sagte der Polizist.

«Drei Monate Zwangsarbeit», sagte der Richter.

Man kann sich drauf verlassen: Sobald die Dinge einmal anfangen, gut zu laufen, sobald die Phantasie sich zumindest zur Möglichkeit verdichtet, mischt sich sofort die Hand des Schicksals ein und holt einen schlagartig in die Realität zurück. Schrecklich. Genug, um davon Paranoia zu kriegen. Ned nimmt noch einen Zug aus der Bong und blickt sich um wie ein Lamm auf einer Versammlung von Wölfen. Oben auf der Bühne nähern sich Jim, Sally und Nan langsam dem finalen Höhepunkt – eine unglaubliche, vielgliedrige, sehnenzerrende Glanzleistung der Sexualakrobatik, bei der Köpfe, Zungen und Hüften immer schneller durcheinanderwogen, *allegro di molto* –, die Zuschauer reißt es von den Stühlen, sie werfen Tische um und keuchen wie eine ganze Hundeschau Mitte Juli. Die Zeit bleibt hier stehen, tickt leise weiter am Rande der Erlösung, in herrlicher Harmonie mit den Funktionen des Körpers und der Bahn des Planeten – da fliegt plötzlich die Tür auf und die Stimme der Obrigkeit donnert durch den Raum: «Haltet ein end lasst ab im Namen des Allmächtigen und im Namen der Sittlichkeit!»

Der ondulierte Jüngling reagiert als erster. «Verdammte Scheiße! Die Gendarmerie!»

«Eine Razzia!» schreit jemand, und ein Chaos bricht aus. Regimentskommandanten stolpern über ihre Säbel, Barone und Ladenbesitzer kollidieren, Geistliche krachen zu Boden, während Lebemänner, Gauner, Gecken, Stutzer, Beaus und Dandys dem Hinterausgang zustürzen, Ned Rise allen eine Länge voraus. Auf der Bühne zieht sich Jim aus Sally zurück, und Sally rutscht von Nan herunter, die ihrerseits Jim freigibt und nach ihrem Gin mit Wasser langt. «Nehmt den Besitzer fest!» schnarrt ein Polizist, und Ned, der sich am Ausgang noch einmal umdreht, sieht den armen Smirke im festen Griff von zwei stämmigen Bullen. «Der da war's!» brüllt Smirke und richtet einen Wurstfinger auf den Veranstalter, als der sich gerade durch die Tür zwängt. «Der Clown mit dem Cape!»

«Ihm nach, Leute!» dröhnt der Einsatzleiter.

Ned ist schon auf der Straße, schnellt davon wie ein Fuchs beim ersten fernen Hundegebell, überholt Gecken und Stutzer, als stünden sie auf der Stelle still, der Gin macht ihn federleicht, seine Füße fliegen, das Cape flattert von seinen Schultern wie die Schwingen der Furien. Da sie in ihren hochhackigen Pumps nicht fliehen können, sind die Gecken und Stutzer leichte Beute für die verfolgenden Polizisten – die gefürchteten Sprinter vom Revier Bow Street – und bedenken Neds kleiner werdenden Rücken mit Flüchen: «Du schleimige Kakerlake, Rise – dafür wirst du bezahlen!»

«An den Galgen kommst du!»

«Den Arsch reißen wir dir auf!»

Ned schenkt ihnen keine Beachtung. Er geht völlig auf in der wahnsinnigen, puren Ekstase der Flucht, der erstaunlichen Koordination von Herz, Lunge, Gelenken und Füßen, in jenem furchteinflößenden Schwung, der vom Alkohol gespeist und von der Panik angetrieben wird. Die Straße hier links hinunter, über die Pflastersteine – nur nebelhafte Flecken – und hinein in die dunkle Gasse auf der anderen Seite. Die Schreie und Flüche werden jetzt leiser, fast in Sicherheit. Aber was ist das? Schnelle Schritte hinter ihm, regelmäßig wie ein Schlagzeugrhythmus. Er sieht sich um, und ein eisiger Dolch fährt ihm in die Rippen: zwei verbissene, athletische Läufer biegen gerade in die Gasse ein, kaum außer Atem sind sie, verfolgen ihr Ziel selbstsicher im leichten Trott der Marathonläufer. Gütiger Gott, er hat keinerlei Chance. Diese Bow-Street-Sprinter sind unerbittlich, unermüdlich. Angeblich holen sie sogar berittene Männer ein.

Er gibt sein Letztes, steuert auf den Fluß zu. Sein Brustkorb platzt fast, in seinen Lungen brennt Feuer, die schweren Münzen bohren sich ihm in den Schritt. «STEHENBLEIBEN IM NAMEN DES GESETZES!» Niemals. Das Gesetz ist ein Witz, und nur Verlierer lassen sich erwischen. Seine Füße klatschen aufs Pflaster. Jetzt nimmt er die Kurve und ist in der Villiers Street – und da ist der Fluß! Wenn er nur die Deckung der Docks erreichen und auf eines der Schiffe springen kann ... aber sie kommen näher, die verfluchten Sportskanonen, und *kling-ling* fallen die ersten zwei Münzen heraus. Er beißt die Zähne zusammen. Legt noch einen Zahn zu. Und dann hört er plötzlich die Bretter von Charing Cross Pier unter seinen Füßen, kein Ausweg mehr, die Sportskanonen dicht auf seinen Fersen – eine Hand packt ihn am Kragen – und dann ist er frei, segelt durch die feuchte Nachtluft. Eine Eisschicht empfängt ihn, die Münzen sind wie ein Bleigürtel, das Wasser eine eisige Keule. PLATSCH! Und weg ist er.

Die Sprinter stehen am Rand des Hafenbeckens und sondieren die Schatten. Das Eis ist schwarz wie Schiefer, das Wasser dunkel. Nichts rührt sich. «Tja, Nick, das war's dann wohl», sagt der härtere der beiden.

«Hast recht, Dick», kommt die Antwort. «Fall erledigt.»

Neue Kontinente, uralte Flüsse

Doch er hatte es nicht versaut. Absolut nicht. Tatsächlich stellte sich heraus, daß die Königin keineswegs abgeneigt war, einen schweinefleischfressenden Albino im Schoß zu haben – auf unerfindliche Weise war er ihr dort wohl sogar willkommen. Die erste Vorahnung davon bekam der Entdeckungsreisende fast im selben Moment. Als er so dalag, betäubt und blutend, gebettet im bebenden, flüssigen Strom ihres Schoßes, wie ein Schiff, das den Heimathafen angelaufen hat, kam es ihm vor, als spürte er eine Regung tief in ihrem Innern. Ein Wogen, eine Dünung. Ein Kräuseln so leicht und unvermeidlich wie die Ringe, die sich auf einem Teich ausbreiten, wenn ein Stein seine Oberfläche gestört hat. Lachte sie? Kicherte sie etwa tief im Zentrum dieser wunderbaren Fleischesfülle? Hatte er trotz allem bei ihr landen können? Leider bekam er keine Gelegenheit, es herauszufinden, denn schon schlug draußen Dassoud, Mordgier im Blick, wie wild auf die eingesturzte Zeltbahn ein. Mungo nabelte sich rasch von der Königin ab und folgte Johnsons Beispiel, indem er die Stirn auf den Boden knallte. *«La illah el allah»*, intonierte er als Geste der Wiedergutmachung. *«Mahomet rassul Allahi.»*

Man hörte das Sirren von reißendem Ziegenhaar – *sst! ssp! sswt!* – und Dassoud kam ins Zelt gefegt, wutentbrannt bei dem Gedanken, die Königin sei in Gefahr, und lechzend nach einem Vorwand, rasch und rächerisch Vergeltung zu leisten. «Aaaarrr!» brüllte er und schwang sein entsetzliches schnelles Schwert – doch dann blieb er abrupt stehen.

Was ging hier eigentlich vor? Die Dienerinnen waren total hysterisch, die Zeltstangen eingestürzt, überall Blut verspritzt und im ganzen Zelt Federn verstreut ... aber trotzdem saß Fatima genauso da wie vorher, während der *Nazarini* und sein Sklave zitternd am Boden lagen und Einauge und der Nubier über ihnen standen wie Scharfrichter. «Was im Namen Allahs ist hier los?» wollte er wissen.

Der Nubier, der in seinem ganzen Leben noch kein Wort gesprochen hatte, schwieg weiter.

Das Schwein streckte, immer noch bebend, in einer Ecke alle viere von sich, und Ströme von Blut ergossen sich aus seiner durchschnittenen Kehle. Sein Kopf lag zu Füßen des Nubiers.

«Herr erbarme dich unser!» wimmerte Johnson in den Sand.

Schließlich schraubten die Dienerinnen ihr Wehklagen auf ein leichtes, von Schluchzern durchsetztes Gejammer herab, und Einauge begann einen Stakkatovortrag über die unseligen Ereignisse, wobei er seine eigene Beteiligung so gut wie möglich herunterspielte und dafür das rücksichtslose und unverantwortliche Verhalten des *Nazarini* und seines Sklaven betonte. Dassoud hörte ungeduldig zu, wiegte sich in den Knien und drehte ruhelos den Säbel in der Hand, bis er schließlich die Geschichte unterbrach und nachdrücklich feststellte, die Übeltäter seien in die Dünen zu führen, wo ihnen der Bauch aufgeschlitzt werden müsse. In diesem Moment räusperte sich Fatima. Dassoud verstummte. Ihre Stimme war fest, die Wortwahl kurz und bündig. Den Inhalt ihres Einwurfs bekam der Entdeckungsreisende nicht allzu genau mit, doch der Endeffekt war, daß er und Johnson zu ihrem Zelt zurückgebracht wurden, wo man einen siebenten Schergen mit schweren Lidern zum Aufstocken der Wache anforderte; die sechs bewährten und zuverlässigen Männer schlummerten bereits vor dem Eingang.

Eine Stunde später durchsetzte ein ungewohnter Duft die Luft. Mild und dabei pikant, voller Assoziationen an Herde und Bratensoße und Gewürze. Das Aroma von gebratenem Fleisch. Der Entdeckungsreisende schluckte zweimal. «Johnson – riechst du, was ich rieche?»

«Roastbeef. Würd ich überall erkennen.»

Im selben Augenblick teilten sich die Eingangsklappen, und die saftige, wohlriechende Aura erfüllte das Zelt. Es war eines der Pluderhosenmädchen. In der Hand trug sie eine Antilopenlende, die gerade frisch und zischend vom Bratspieß kam. Sie gab sie dem Entdeckungsreisenden. «Für dich», sagte sie. «Von Fatima.» Dann zwinkerte sie ihm zu und verschwand in der Nacht.

Mungo riß mit den Zähnen ein großes Stück herunter und gab die Keule an seinen Dolmetscher weiter. «Jetzt sind wir wohl auf der Zielgeraden, Alter – anscheinend hab ich doch das Richtige gemacht.»

«Vielleicht steht sie auf Slapstick», bemerkte Johnson.

«Wer weiß? Aber eins ist sicher: sie ist ein Engel. Zuerst die *guerba*, dann Kuskus mit Milch – und jetzt das hier!»

«Echt», sagte Johnson mit vollem Mund. «Das war wirklich nobel von ihr.»

Am nächsten Morgen sandte sie ihm eine Schüssel Joghurt und bittersüße Hûna-Beeren; am Abend war es Hirn mit Reis. Er war erstaunt. Nach zwei Monaten Wasser und Schleim gab es auf einmal etwas zum Beißen. Und das war ja nur der Anfang. An den folgenden Tagen brachte ihm Fatimas Dienerin Schafsleber, Kamelrücken (geschmort), Kichererbseneintopf mit Kalbsbries, Buttermilchpudding, drei Dutzend frikassierte Trappen und ein ganzes geröstetes Zicklein. «Soul-Menü», nannte es Johnson. «Die steht voll auf den Mann in Ihnen – mit Ihrem unansehnlichen und vollgeschissenen Äußeren hat das überhaupt nichts zu tun.» Innerer Mann, äußerer Mann, was machte das schon für einen Unterschied? Beide ernährten sich von rotem Fleisch. Auf jeden Fall hatte er gute fünfundzwanzig Kilo verloren, seit er in Portsmouth in See gestochen war. Er sah hinunter auf seine gelb verfärbten Zehen, auf die schmalen Fußknöchel, auf die dünnen Oberärmchen: viel mehr als dreiundsechzig wog er bestimmt nicht mehr. Doch dann grinste er und murmelte ein kurzes Gebet. Wenn es so weiterging wie bisher, dann würde er das im Nu wieder ansetzen. Und dann – wer weiß – wäre er vielleicht auch bald kräftig genug, um einen kleinen Reißaus zu wagen.

Auch hatte sich einiges verändert: Er durfte nun frei im Lager umherwandern (beschattet von den sieben Aufpassern natürlich), konnte beliebig viel Zeit mit Johnson verbringen und sich außerdem aus erster Hand über die Mauren und ihre Sitten und Gebräuche informieren. Vor allem letzteres hob seine Stimmung ungemein. Komme, was wolle, er war schließlich *Forscher* – und nun kam er doch noch zum Forschen. Er wohnte zwei Beschneidungen bei, einem Begräbnis und dem Tod eines Hundes, der an Alis Zelt das Bein gehoben hatte. Er sah den Sklaven zu, wie sie Hirse stampften, Häute gerbten, in einer zwischen zwei Stöcken aufgehängten *guerba* Butter machten; er war Zeuge, wie sie Gebete rezitierten, den Darm entleerten, Gefäße töpferten, Wurzeln kauten, Kinder und Hunde tätowierten. Alles hochinteressante, aber auch sehr vergängliche Eindrücke. Er konnte kaum einen Tag vom nächsten auseinanderhalten.

Als er dann eines Morgens einen Sklaven beobachtete, der einer Kamelkuh die Zitzen abschnürte, damit das Kalb nicht in der größten Mittagshitze trank, kam ihm die Idee wie ein Schlag auf den Hinterkopf: Er würde ein Buch schreiben! Ein Buch schreiben und damit berühmt werden wie Marco Polo oder Gulliver oder Richard Jobson. Warum nicht? Er war ja mittendrin, sah und roch und schmeckte, was sich kein Weißer jemals zu erträumen gewagt hatte – es wäre doch ein Verbrechen, die Chance, das alles zu dokumentieren, zu vertun. Er marschierte zurück ins Zelt, riß einige Blätter aus seiner Taschenbibel und begann zu schreiben, füllte Seite um Seite mit seinen Impressionen über Klima, Flora und Fauna, geologische Formationen, Tracht und Physiognomie der schwarzen Mauren, der Mandingo, der Serawoulli und der Fulah. Er beschrieb Alis Bart, Dassouds bösen Blick, die Hitze zur Mittagszeit, die Einsamkeit unter dem Affenbrotbaum. Erzählte von Fatimas Großmut, vom Nachgeschmack der Hûna-Beere, vom Duft des Holzfeuers in der Nachtluft. Er schrieb an jenem Tag dreißig Seiten voll, die er im Innenfutter seines Hutes versteckte.

Eines Abends war er bei einer Hochzeit zugegen. Sie besaß verblüffend viele Ähnlichkeiten mit dem Begräbnis, das er gesehen hatte: Klageweiber, heulende Hunde, eine feierliche Prozession. Die Braut war ein wandelnder Schleier, von Kopf bis Fuß verhüllt, selbst ihre Augen waren unsichtbar. Er fragte sich, wie sie überhaupt sah, wo sie hintrat. Klageweiber folgten ihr gemessenen Schrittes zum Klang einer *tabala*: Der Bräutigam trug Schnabelschuhe. Er wurde von einer ganzen Kohorte Muslims in bestickten Burnussen und einem Trupp Sklaven begleitet, die Ziegen und Ochsen führten, und er schleppte ein Zelt mit. An einer bestimmten Stelle wurde das Zelt aufgeschlagen, Ziegen und Ochsen geschlachtet und in einer Erdmulde ein Feuer entfacht. Dann gab es ein Festmahl. Rind und Hammel, Singvögel, geröstete Maden und andere Delikatessen. Es wurde getanzt, Lieder wurden gesungen und Geschichten erzählt. Zum Schluß kam die *pièce de résistance*: ein ganzes gebackenes Kamel.

GEBACKENES KAMEL (MIT FÜLLUNG)

Für ca. 400 Personen: *4 Trappen, gereinigt und gerupft*

500 Datteln	*2 Schafe*
200 Regenpfeifereier	*1 großes Kamel*
20 Karpfen (Zweipfünder)	*div. Gewürze*

Man grabe ein Feuerloch. Flammenmeer auf eine ca. 1 m tiefe Lage glühender Kohlen hinunterbrennen lassen. Die Eier separat hartkochen. Die geschuppten Karpfen sodann mit geschälten Eiern und den Datteln füllen. Die fein gewürzten Trappen mit den gefüllten Karpfen füllen. Schafe mit den gefüllten Trappen füllen, sodann Kamel mit den gefüllten Schafen füllen. Das Kamel kurz ansengen, dann mit Doumpalmenblättern umwikkeln und in der Glut vergraben. Zwei Tage lang backen. Als Beilage Reis servieren.

Ein regelmäßiger Termin in dieser Zeit des Übermaßes waren die täglichen Treffen des Entdeckungsreisenden mit der Königin. Jeden Nachmittag – gleich nach dem *dhuhur* oder Mittagsgebet – wurde er auf ein weiteres Frage-und-Antwort-Quiz zu Fatimas Zelt bestellt. Sie fragte, er antwortete. Unersättlich war sie, niemals müde, ihn auszufragen. Sie war Ethnologin, Soziologin, Studentin der komparativen Anatomie. Sezieren und begreifen wollte sie all seine Gebräuche, Gedanken und Überzeugungen; sie wollte sein Essen probieren, seine Kleider anziehen, in seiner Loge im Theater sitzen. England, Europa, die weiten und unsteten Ozeane – sie wollte sie mit Worten befestigt haben, geschmeidigen und beschwörenden Worten, mit Worten, die sich ihrer Phantasie eingraben sollten. Sie wollte Visionen. Sie wollte die Erinnerungen hinter seinem Auge. Sie wollte ihn regelrecht verdauen. Warum war er nach Ludamar gekommen? Wie kam sein Vater ohne ihn mit den Herden klar? Wieso trug er so eine blödsinnige (*jalab*) Kopfbedeckung? Hatten alle Christen Katzenaugen? Wie fühlte man sich auf dem Meer? War er je gekreuzigt worden? Der Entdeckungsreisende grinste wie ein Affe, versuchte schlecht und recht, Witz und Charme auszustrahlen, und dabei ihre Fragen so vollständig und geduldig zu beantworten, wie er konnte.

Eines Nachmittags fragte sie, ob die *Nazarini* die Beschneidung praktizierten. «Selbstverständlich», erwiderte Mungo. Sie wollte sich überzeugen. Der Entdeckungsreisende warf Johnson einen verzweifelten Blick zu. «Was mach ich jetzt?» flüsterte er.

«Sagen Sie ihr, Sie seien mehr als glücklich, es ihr zu demonstrieren – aber es müsse unter vier Augen sein. Dann zwinkern Sie ihr ein paarmal zu.»

Mungo sagte es ihr. Er zwinkerte. Einen Moment lang war es im Zelt still wie auf der finsteren Seite des Mondes. Die schwarzen Augen der Königin blitzten über dem Rand ihres *yashmak*. Dann klatschte sie sich auf die Schenkel und kicherte.

Am diesem Abend aß der Entdeckungsreisende Lammkeule.

Es ist Morgen, dreieinhalb Wochen nach seinem ersten Zusammentreffen mit Fatima, und der Entdeckungsreisende schreibt im Schatten einer Akazie in sein Notizbuch. *Die maurischen Frauen*, schreibt er, *tragen ihr Haar in neun Zöpfen, die sie auf die folgende Art theilen zwei links und rechts des Gesichtes, sechs dünnere geflochtene Strähnen über dem Scheitel und ein dicker Zopf am Halsansatze. Ihr Haar wird einmal im Monat gewaschen und eingeoelt, gelegt und geflochten jedoch allwöchentlich. Aus sanitairen Gründen, und weil es zudem die Haare ein wenig bleicht, machen die Frauen gerne eine Spülung mit Kameelharn, der zu diesem Zwecke gesammelt wird. (Zu allen Zeiten sieht man Sclaven mit Tassen in der Hand ein urinierendes Kamel querein durch das Lager verfolgen.) Der Harn ist ein starkes Adstringens und tötet Würmer und anderes Geziefer ab. Ich selbst hatte sogar Gelegenheit, seine Wirksamkeit zu prüfen, da meine Scham-, Achsel-, Bakkenbart- und Haupt-Haare von Läusen und Wüstenmilben befallen waren Ich fand es erfrischend, wenn auch von recht bestialischem Gestanke ...*

Die Wangen des Entdeckungsreisenden sind von rosiger Frische. Seine Augen glasklar. Würmer, Grippe, Krätze, Fieber, der rasselnde Husten – alles Vergangenheit. Böse Erinnerungen. Er ist jetzt Fleischfresser, ein Mann von Blut und Brühe, wie es einem Schotten ansteht, und jeden Tag wird er kräftiger. Die Hitze macht ihn natürlich fertig, und er leidet immer noch gelegentlich unter Sinnverwirrung – aber alles in allem haben ihn der geänderte Speisezettel und die frische Luft ein ganzes Stück aufleben lassen. Und Ruhe und Frieden taten auch ihr Teil. Noch vor einem Monat hätte er niemals hier sitzen können: Schon sein Anblick verursachte beim durchschnittlichen Moslem einen Anfall. In wenigen Sekunden wäre er von einem stinkenden, spuckesprühenden Mob islamischer Eiferer umringt gewesen. Jetzt ist das anders. Sie wissen, er steht unter Fatimas Schutz, und abgesehen von vereinzelten Vorkommnissen (vor kaum zwanzig Minuten hat ihm ein unerkannter Gegner mit einem Schweinepimmel eins über die Rübe gezogen) läßt man ihn in Ruhe.

Die Männer der Mauren dagegen baden nie. Sie haben jedoch zweimal im Jahr eine Ceremonie namens asíla má, *während derer sie sich kurz vor Sonnenuntergang drei Viertelstunden oder länger im Sande eingraben. Danach werden sie wieder ausgegraben und mit dem Schweiße einer brünstigen Stute und mit dünnen Gerten des* seríf-*Busches abgeklopft. Wie man mir sagte, sei wohl diese Behandlung langem Leben und sexueller Spannkraft zuträglich.*

Als der Entdeckungsreisende aufblickt, um seine Feder

zu befeuchten, stellt er überrascht fest, daß er nicht allein ist. Vor ihm steht das plumpere der Pluderhosenmädchen und folgt mit ihren schokoladenbraunen Augen der mal eintauchenden, mal dahinfliegenden Feder. «Was ist denn?» sagt er.

«Fatima sagt, du mußt sofort zu ihr kommen.»

Zu ihr kommen? Abends um zehn? Was sie bloß um diese Zeit mit ihm vorhat? «Na gut», sagt er und erhebt dich. «Ich hole gleich Johnson.»

«Nein», sagt das Mädchen, «Fatima meint, er wird nicht nötig sein.»

Der Entdeckungsreisende zuckt die Achseln. «Geh du voran», bittet er sie.

Sobald er sich durch die Zeltklappe schiebt, umfängt ihn Dunkelheit. Blaue Kringel pulsieren ihm vor den Augen, riesige gelbe Ringe schweben in den Raum davon. Er sieht nichts. Da sind die vertrauten Gerüche von Räucherkerzen und Kamelharn, das Rascheln der Würgfalken, die an ihren Flügeln knabbern. Aber warum hat sie keine Lampe angemacht? Und wohin ist das Mädchen verschwunden, verdammt? Naja, egal. Treiben wir mit dem Strom. *«Salaam aleikhem»*, sagt er in den Schatten hinein.

«Aleikhem as salaam», kommt die Antwort, weich wie der Schlag eines Mottenflügels.

Er fährt zusammen. Sie sitzt direkt neben ihm – er hätte über sie stolpern können ... verflucht, ist das dunkel hier! Am besten sich nicht viel bewegen, sonst fällt noch irgendwas um. «Krraaak», macht einer der Falken. Vielleicht sollte er sie bitten, eine Kerze anzuzünden – aber um Himmels willen, wie sagte man gleich für «Kerze»? So begnügt er sich mit *«Kaif halkum»* – Wie geht's?

«Bishára», erwidert sie, was er als ‹kann nicht klagen› interpretiert.

Schweigen.

Er scharrt mit den Füßen, bohrt sich im Ohr, läßt die Fingergelenke knacken und überlegt, ob er sich einfach hinsetzen soll. Nach zehn bis zwanzig Sekunden Ohrenbohren versucht er sich ein wenig in Konversation, er hofft auszudrücken, wie nett er es findet, sie wiederzusehen – obwohl er sie kaum erkennen kann. Was er tatsächlich herausbringt, ist leider: «Mein Blick ist voll tollwütiger Freude.»

Fatima kichert.

Mit neuem Mut redet er weiter, wobei er seine Worte an die unförmige Gestalt im Schatten richtet. Aus dem Kampf mit Kasusendungen, Syntaxregeln, Zeitformen und einem etwas dürftigen Vokabular geht der Entdeckungsreisende beredt wie Antonius, Demosthenes und der Sprecher des Unterhauses zugleich hervor und läßt sie wissen, wie sehr er ihre Aufmerksamkeiten geschätzt hat, ganz zu schweigen von den Kalbsfüßen in Aspik und dem Mungbohnen-Purée. In diesem Moment allerdings kommt die alte Dienerin mit einer Kerze herein, wobei der Entdeckungsreisende bemerkt, daß er die ganze Zeit mit einem Webstuhl gesprochen hat. Die Königin dagegen sitzt am anderen Ende des Zelts und erhebt sich nun aus ihrem gigantischen Sitzkissen wie ein alpiner Gipfel von seinem Vorgebirge. Der Entdeckungsreisende ist verwirrt. «Komm her zu mir», sagt sie.

Beim Klang von Fatimas Stimme zuckt die Alte zusammen, kehrt dann aber rasch an ihre Arbeit zurück. Sie setzt eine neue Kerze in die geöffnete Handfläche einer Elfenbeinstatuette, rafft ihre Röcke und huscht mit lüsternem Blick an dem Entdeckungsreisenden vorbei. Mungo macht einen Schritt vorwärts, doch dann zögert er. Irgend etwas stimmt hier nicht – aber was? Auf einmal wird es ihm klar: Fatimas Kopf ist unbedeckt, die schweren Zöpfe sprießen von ihrem Kopf wie Ableger einer Pflanze. Bis jetzt hat er von ihr nicht ein einziges Haar gesehen – die Augenbrauen vielleicht ausgenommen. «Komm her», sagt sie noch einmal.

Der Entdeckungsreisende geht zu ihr, macht eine Verbeugung und überlegt sich krampfhaft eine kluge Bemerkung. Sie klopft auf das Kissen. «Hierher!» winkt sie ihm. Mungo zuckt die Achseln. Dann erklimmt er das Kissen und versinkt in seiner Massigkeit. Die Alte ist nicht mehr zu sehen. Auch von den Pluderhosenmädchen keine Spur. Ihm fällt auf, daß er noch nie zuvor mit der Königin allein gewesen ist. Doch jetzt beginnt das Kissen zu beben, es schwankt über die ganze Länge wie das Meer im Wind. Er blickt auf. Die Königin zieht sich die *jubbah* über den Kopf, grunzt dabei leise, während sie sich mit den herumfliegenden Stoffbahnen abmüht. Unter der *jubbah*: nacktes Fleisch. Der Entdeckungsreisende begreift langsam.

«Hilf mir», stöhnt sie, weil ihr Umhang an Kopf und Oberkörper verhakt ist. Mungo beugt sich vor und packt das obere Ende des gewaltigen Kleidungsstücks, er denkt an Bettlaken und Fahnentücher und Zirkuszelte. Er zerrt und keucht. Seine Arme bewegen sich unter dem Stoff wie Katzen im Sack, sie holt Luft, und dann purzeln plötzlich ihre Brüste hervor, sie wackeln mächtig von der Erschütterung, kolossale Kugeln, himmlische Hemisphären. Sie bleiben über den vielfachen Falten ihres Bauches liegen wie die Zwillingsmonde des Mars. Der Entdeckungsreisende wird plötzlich von Eile und Drang gepackt. Mit aller Fleischfresser-Energie, die er aufbringen kann, reißt er an dem widerspenstigen Tuch, atmet geräuschvoll und heftig dabei, bis endlich die ganze *jubbah* nachgibt wie ein Stück Papier. Er taumelt nach hinten, und da ist sie – die Königin – nackt und unausweichlich wie die große weite unergründliche See. *«Yudhkul»*, wispert sie. *«Yudhkul alaiha»*.

Er wirft die Stiefel von sich, fummelt an Knöpfen, reißt sich die *jubbah* vom Leib. Feucht und massig erwartet sie ihn mit glänzenden Augen und dem heruntergezogenen

Schleier, ihre Haut schwelt wie der Vesuv. Er keucht vor Hast und Erwartung. Es ist ein Traum, ein Fieberanfall; kein gewöhnlicher Sterblicher könnte diesem gewaltigen Gefühl nahekommen! Er erklimmt sie, sucht mit den Füßen nach Halt – soviel Terrain zum Erforschen: Gebirge, Täler und Spalten, neue Kontinente, uralte Flüsse.

Gleg überall Sie ist eine belagerte Festung, genau das ist sie. Brustwehr bemannt, siedend heißes Pech bereitgestellt, fest verrammelt die Tore. Seit jenem Tag, da er sie in der Badewanne erwischt hat, bleibt ihr kein Moment Ruhe mehr. Seitdem ist Gleg zur Linken, Gleg zur Rechten, Gleg am Fenster, Gleg an der Tür, Gleg in der Kammer, wenn sie nach ihrem Umhang greift, Gleg im Garten, wenn sie spazierengeht. Er ist unausweichlich, unerbittlich. Morgens bringt er ihr Blumen – große Bündel Knabenkraut und Bleiwurz, und wartet auf der Treppe, während sie sich ankleidet. Beim Frühstück findet sie Liebesgedichte zwischen den Haferkuchen oder in den Falten ihrer Serviette:

Wie wahre Lieb wohl dar sich stellt?
Sei mein Gefühl auch noch von solcher Größe,
Daß deine Gegenwart allein mir Freud' einflöße,
So haß ich doch abgründlich diese Welt;
Ich sollt sie lieben, denn nur hier entfaltet
Sich deine Schönheit und ist so wohl gestaltet,
Daß rein nichts mehr mich hält!

Sie kann kein Ei mehr aufschlagen, ohne daß sie etwas über die «Morgenröt'» ihrer Wangen oder die «schäumenden Wogen» ihrer Brüste zu hören bekommt. Liebeskranke Blicke begleiten jeden Schluck aus der Teetasse, und das Schaben des Buttermessers auf ihrem Toast, so klagt er, ist wie eine kratzende Feile an den Kanten seines Herzens. Wenn die Stühle quietschend zurückgeschoben werden und Zander und ihr Vater aus dem Zimmer schlurfen, beugt sich Gleg zu ihr und flüstert: «Hätten wir Zeit nur und wären reich / käm deine Sprödheit keinem Verbrechen gleich.» Und dann fügt er augenzwinkernd hinzu. «Aber wir haben keine. Und es ist eins.»

Gleg, Gleg, sie ist eingegleggt bis über die Kiemen. Er ist allgegenwärtig, nicht abzuschütteln, wie ein Floh im Gewand, wie eine Fliege im Honig. Abends hockt er unter ihrem Fenster und sabbert abwechselnd in eine Flöte oder heult die Baumwipfel an wie ein liebestoller Kater. Zwischen seinen «Melodeien» deklamiert er Gedichte und wirft Steinchen gegen die Scheibe. Eines Morgens kommt sie aus dem Zimmer und ertappt ihn schmachtend vor ihrem Nachttopf, den sie in den Flur gestellt hat. Ein anderes Mai erwischt sie ihn, wie er sich die Taschen mit Fettresten und Knorpeln vollstopft, in der Hoffnung, sich bei Douce Davie, ihrem Border-Terrier, einzuschmeicheln. Bei ihr biß er auf Granit. Mit dem Hund hatte er leichtes Spiel.

Heute aber kann sie die Zugbrücke runterlassen und die Festung auslüften – bis zum Abendessen ist sie ihn los. Gleich nach dem Frühstück sind er und Zander mit ihrem Vater abgezogen, um in der Gegend herumzufahren und Eiterbeulen aufzustechen, Adern zu lassen und Blutegel an Kröpfe und Schwellungen und gelbliche Quetschwunden anzusetzen. Sie hat ihnen nachgesehen, wie sie davonritten, Zander in rhythmischer, graziöser Haltung, Gleg so linkisch wie eine Gottesanbeterin, die auf einem Käfer hockt. Am Ende des Weges drehte er sich um und winkte ihr mit dem Taschentuch. Dieser Blödmann. Eigentlich wollte sie ihm den Vogel zeigen, aber er wirkte so schonungslos absurd, daß sie plötzlich grinsen mußte. Was ihn nur um so mehr ermutigte. Das Taschentuch flatterte wie ein Außenklüver im Seitenwind. Er war der strahlende

Star, sie die scheue Schönheit. Kein Zweifel, es würde wieder Lyrik zum Abendbrot geben – «Mein Herz ist eine off'ne rote Schwäre, / Voll Eiter, bis deiner Liebe süßes Messer / Ihm endlich Stillung und Trost gewähre» –, aber diesen Preis war es wert, ihn einen ganzen Nachmittag lang loszusein.

Als erstes macht sie die Fenster weit auf. Draußen ist das gelbe Gras wieder grün geworden, Vogelfedern blinken in den Bäumen, und der schwere, urtümliche Duft der aufgeweichten Ackerscholle hängt in der Luft. «Tschiep-tschiep» beschimpfen einander die Singdrosseln, Buchfinken und Rotkehlchen von Dächern und Hecken. Eine frische Brise bläht die Vorhänge, und die Sonne malt Rautenmuster auf den Fußboden. Hinter ihr schwänzeln die Fische im Aquarium. Ein rastloses Gefühl erfaßt sie. Sie füttert ihre Tauben und Plötzen, gießt die Blumen. Fängt ein Buch an, führt den Hund aus, zieht den Skizzenblock hervor. Macht sich ein Sandwich mit Zunge, bäckt ein paar Kekse zum Tee. Setzt sich ans Spinett und jagt durch eine Vivace-Version von «Edom O'Gordon». Starrt auf die Uhr. Schließlich geht sie an den Schreibtisch, schließt eine Schublade auf, zieht einen Brief heraus und schiebt ihn sich unters Kleid. Schleicht dann aus dem Zimmer wie ein Dieb. In die Vorhalle, die Vordertreppe hinab, über den schlammigen Gartenweg und in den Wald dahinter.

Farne säumen den Pfad wie Wachtposten, die Schatten sammeln sich unter den Büschen zu Klumpen. Die Luft ist eine Infusion. Vom Teich her klingen die Falsett-Triller der Laubfrösche, die im Wasser qua-qua-quaken. Oft hat sie sie beobachtet, die Glubschaugen und Glibberglieder, wie sie ihre schleimige Spur hinter sich herziehen und übereinander krabbeln, das Geschäume, Gebrodel, Gerammel. Ihre Füße trotten vorbei an kopulierenden Regenwürmern, sprießenden Keimen, der Saum ihres Kleides zaust Storchschnabel, Steinbrech, Leinkraut und Wiesenraute, sammelt Blütenstaub ein und verstreut ihn in der Gegend. Der Brief ist von Mungo. Sein letzter. Sie hat ihn schon dutzendemale gelesen, und sie wird ihn nochmals lesen, auf einer Böschung über dem Yarrow, während ihr zu Füßen die Schnecken und Schnaken schnackseln, die zwitschernden Lerchen es in der Luft über ihr treiben und überhaupt die ganze Welt voll bei der Sache ist, im mählichen, beharrlichen Trott von pochendem Blut und durstendem Gewebe.

Pisania am Gambia
14. Juli 1795

MEIN LEBEN!
Ein leichtes Fieber, ein paar Würmer, ein wenig ausgezehrt, etwas Haarausfall – nichts weiter Schlimmes. Ich bin gesund und munter, was die äußere Erscheinung anlangt. Doch ach, wie sehr schmerzt mein Herz! Blutegel, Schmeißfliegen, Hundefraß – all das ertrage ich gern für die allerflüchtigste Erinnerung an Dich. Du, die Du hier an diesem Ort der Hitze und Fäulnis meine Träume versüßest, die Du mir den Mut zum Vorandringen schenkst, die Du mir der Grund bist, dort zu überleben, wo es niemand anderem bisher gelang. Ailie: Ich werde rasch den Niger aufspüren und bis zum Frühling wieder da sein. Wirst Du auf mich warten?

Wenn ich ganz unten bin, wenn es scheint, als wollte der Regen niemals mehr aufhören, als müßte ich auf ewig in diesem Loch vermodern, dann denk ich an Dich. Und mein Herz ist gerührt, und ich denke an da Gama, wie er das Kap umschiffte, an Balboa, wie er auf die Südsee blickte, und dann weiß ich, daß dies das Leben ist!

Ich bleibe Dein getreuer und Dich liebender Erklimmer von Gipfeln, Durchquerer von Flüssen und Ergründer des Ungewissen,

Mungo

P.S.: Habe Johnson getroffen und angeheuert, einen braven und beherzten Burschen, intelligent und beredt, eine Ehre für die negroide Rasse. Seiner Überzeugung nach werden wir auf kein echtes Hindernis stoßen, solange wir das maurische Königreich Ludamar meiden.

Die Sonne lastet schwer. Sie schließt die Augen. Mungo ist siebzehn, sein Haar wie verstreute Gerste, die Muskeln in seine Schultern gehämmert, der Famulus ihres Vaters. Beim Essen grinst sie ihn über den Tisch an. Er hebt den Kopf vom Suppenteller und grinst zurück. Sie haben ein Geheimnis. Sie ist vierzehn. Ihre Brust ist flach wie bei einem Kind. Auf den Feldern hebt sie für ihn die Bluse.

Als sie aufwacht, ist es fast dunkel. Ein Kaninchen kauert auf einem Grasflecken, die Ohren eng angelegt, und beobachtet sie. Sie setzt sich auf, faltet den Brief mit der Ehrfurcht einer Klosterschwester zusammen, die das Turiner Grabtuch zusammenlegt, und steckt ihn wieder ein. Zu Hause wartet man schon aufs Abendessen. Bei Fleischpastete, Geflügel und Erbsensuppe mit Klopsen blinzelt ihr Gleg in einem fort zu, während ihr Vater über die anerkannte Methode, brandige Gliedmaßen zu amputieren, doziert. Später nimmt der Alte sie beiseite. «Bist jetzt eine erwachsene Frau von zweiundzwanzig», sagt er, «und solltest dir bald einen Mann suchen. Gleg ist nicht der Schlechteste, will mir scheinen, auch wenn er ein bißchen viel Scheiß im Hirn hat.»

«Du weißt doch, daß ich auf Mungo warte», antwortet sie.

Der Alte starrt lange Zeit auf den Boden, und die Furchen seines Gesichts ordnen sich allmählich zu dem frommen, ernsten, erbarmungslosen Ausdruck, den er immer aufsetzt, wenn er seinen Patienten schlechte Neuigkeiten bringt. Es ist leider Krebs. Gehirnfieber. Gallensteine. Seine Augenbrauen kräuseln sich, bis er beinahe aussieht wie Gottes Onkel. «So ungern ich das sag», raunt er, «aber ich fürchte, du kannst nicht mehr allzu sehr darauf rechnen, daß der Jung wiederkommt.»

In dieser Nacht findet sie ein Medaillon auf ihrem Kopfkissen. Golden, herzförmig, umrandet von Amorfiguren in Relief. Sie klappt es auf. Innen ist ein Porträt. Sie erkennt sich selbst, nackt bis zur Hüfte. Neben ihr, den Arm in einer Geste beschützerhaften Schamgefühls vor ihre Brust gestreckt, steht Gleg. Wer sonst?

Elementarstes

Mitten in der Nacht kommen sie ihn holen, wie Dämonen oder Erscheinungen. Sie sind zu dritt. Dolche, Säbel, Krummschwerter, Musketen. «Aufstehn, Sklave!» Die Stimme klingt kehlig, unbarmherzig. Eben noch hat er von Schottland geträumt von smaragdenen Hängen und eiszeitlichen Bergseen, von silbrigen Lachsen, die die Stromschnellen hinauftänzeln, wo der Gala sich donnernd in den Tweed ergießt. Und nun, da er aus dem Schlaf gerissen wird wie ein Kind aus dem Mutterleib, packt ihn eine jähe, tiefe Urangst und pocht gegen seine Rippen. Fatima, denkt er. Das Spielchen ist aus. Augenblicklich bekommt er Schweißausbrüche, Magengrimmen, Blähungen, Schuldgefühle und Fracksausen. Werden sie ihn auf dem Scheiterhaufen schmoren? Ihm das Zeichen des Ehebrechers auf die Brust brennen? Nein, natürlich nicht. Hier herrscht ja noch das finstere Zeitalter. Recht und Rache sind synonym, sowas geht hier schnell und plötzlich vor sich. Keine Zeit für Kleinigkeiten wie Erziehung durch Gruppendruck, kein Platz im System für Rehabilitation. Dem Lügner schneiden sie die Zunge raus, dem Dieb hacken sie dies Hand ab ... und dem Ehebrecher?

Hände packen ihn unter den Achseln. Er wird roh hochgerissen und aus dem Zelt hinausgestoßen, wobei ihn der

Schwung über die ausgestreckten Gestalten der sieben sedierten Wächter vor dem Eingang befördert. *«Wallah!»* rufen sie aus. *«Shaitan!»* «Hundesohn!» Die Nachtluft ist trocken wie Haferkuchen, außerdem erstaunlich kalt. Er beginnt zu zittern. Hinter ihm macht seine Eskorte leise Witze, die Füße zischen im Sand, die Waffen klirren und klappern wie eine ganze Rüstkammer in voller Bewegung. Sollte er davonrennen? Oder sich zusammenreißen und dem Donnerwetter stellen? Mit acht Jahren hatte er zusammen mit seinem Bruder den Hühnerstall angezündet. Adam hatte alles abgestritten. Mungo hatte sich dem Donnerwetter gestellt – und eine Tracht Prügel dafür bekommen, bei der Eisen geschmolzen und Steine erweicht worden wären. Noch heute bebt in seinen Oberschenkeln und Hinterbacken die Erinnerung an diese Schläge, sie sind tief in die Nervenfasern und knotigen Muskelstränge eingepflanzt, eine Erinnerung jenseits aller Worte, jenseits jeder Vernunft. Auf einmal schießt es ihm durch den Kopf: Er will lieber davonrennen.

Leider gehören die Männer auf seinen Fersen aber zu Alis Elite-Kavallerie, bekannt für Mut, Entschlossenheit und rasche Reflexe. Bevor er auch nur aus der Reihe tanzen kann, wird ihm eine Muskete zwischen die Beine geschoben, und er liegt mit dem Gesicht im Sand. Wieder packen die Hände seine Achselhöhlen, hieven ihn hoch wie einen Betrunkenen oder einen Einjährigen, der gerade laufen lernt, und lotsen ihn durch das totenstille, schweigende Lager – vorbei an angeleinten Pferden, schlafenden Hunden und gespenstischen Formen aus Zeltleinwand – bis direkt vor das Feuer, das vor Alis' Zelt schmurgelt.

Ali ist von Ratgebern und Höflingen umringt. Dassoud ist auch da. Einauge. Und der Nubier. Ali hockt neben dem Feuer, den Dolch in der Hand, und toastet sich ein paar Fleischstücke. Das grelle, tanzende Licht spielt auf seiner Hakennase, verschmälert seine Backenknochen und verengt seine tödlichen Augen. Wie er so vor dem Feuer kauert, unwirsch und wachsam, und gierig seine Beute verschlingt, erinnert er an einen kolossalen Raubvogel, an irgendein schreckliches, ledriges Wesen, das aus der Zeit der Saurier übriggeblieben ist. Der Entdeckungsreisende rechnet mit dem Schlimmsten.

Ali pustet auf einen heißen Fleischbrocken, nimmt einen Schluck Hûna-Tee. Dann fletscht er die Zähne und steckt sich den Happen in den Mund. Er fuchtelt mit der Messerspitze in die Richtung des Entdeckungsreisenden. «Sattel –», beginnt er, bricht aber ab, um auf einem Knorpel herumzukauen. «Sattel dein ..., Pferd.» Würgend und grunzend schluckt er den Bissen, dann wendet er sich mit dem nächsten Stück Fleisch wieder dem Feuer zu. «Wir brechen in einer Stunde nach Dscharra auf.»

Mungo ist wie vom Donner gerührt. Nach Dscharra! Aber das liegt ja an die siebzig Meilen südlich! Seit Wochen, in denen die Zeit des Monsuns und Alis Rückzug nach Norden immer näher rücken, fleht der Entdeckungsreisende Fatima an, ein gutes Wort für ihn einzulegen – seine Freilassung zu erbitten, oder zumindest die Erlaubnis, daß er kurze Ausflüge von Benaum aus machen dürfe. Ihm schaudert kurz bei dem Gedanken daran, was man mit ihm gemacht hätte, falls er immer noch Gefangener gewesen wäre, wenn Ali seine Herden und Zelte und Pferde für die allsommerliche Wanderung an die Ränder der Großen Wüste bereit machte. Sie hätten ihn abgehäutet und ausgeweidet. Ihm die Kehle durchgeschnitten. Ihn draußen auf den Dünen gepfählt, damit er eintrocknete wie eine Dörrfeige. Seine Knochen würden in der Sonne bleichen wie die traurigen Überbleibsel der Sklaven, von denen Johnson erzählte, wie Houghtons Knochen, die im Laufe der Jahre zerfallen waren, nicht mehr irisch, keltisch, kaukasisch – nur noch Knochen, die Knochen eines Menschen, oder auch eines Tieres. Ganz kurz hat er das Bild seines eigenen

Schädels vor Augen, blankgeputzt vom Wind, halb im Sand vergraben, und eine Tüpfelhyäne schleicht sich verstohlen heran, mit ausdruckslosem dummem Glotzen, hebt gemächlich das Bein, um in die leere Augenhöhle zu pissen. Der Entdeckungsreisende blinzelt, schüttelt den Kopf, wie um sich von dem Bild zu lösen – und dann wird ihm klar, daß ihn alle beobachten. Dscharra! Er grabscht nach dem Saum von Alis Burnus, will ihn eigentlich küssen, aber Dassoud schlägt seine Hand weg. *«An' am Allah' alaik»*, bringt Mungo hervor und dankt dem Emir überschwenglich in einem Schwall von Knicksen und Dienern. Ali sitzt reglos wie ein Stein, starrt ins Feuer und kaut.

Man sagt, wenn ein Sahel-Maure stirbt und sich inmitten der sengenden Flammen der Hölle wiederfindet, dann kehrt sein Geist unweigerlich auf die Erde zurück – um sich eine warme Decke zu holen. Mungo kann das nachvollziehen. Sie sind jetzt knapp acht Stunden unterwegs, und die Sonne steht direkt über ihnen. Es sind mindestens sechzig Grad im Schatten – wenn es irgendwo Schatten gäbe. Die Kreaturen, die hier leben – der Goldmull und die weiße Walzenspinne, diverse Käfer, beißendes und stechendes Geziefer, Skorpione, Eidechsen und Maulwurfsratten –, haben sich natürlich tief in den Sand eingegraben. Mungo dagegen, mit seinem Filz-Zylinder, den Hosen aus Nankingseide und dem blauen Gehrock, ist draußen in der Sonne, auf der Reise, und die dicken Bündel seiner wiedererstatteten Tauschwaren klappern auf seinem Rücken. Sein Weg ist begrenzt von Gestrüpp und Kakteen, Nachtschatten- und Wolfsmilchgewächsen, eine Landschaft von allerzartestem Grün und Tausenden von Braunschattierungen, von khaki über ekrü bis rostrot. Die Hügel sind fahl und kahlgefegt, geriffelt wie Überreste vorsintflutlicher Bestien, die sich bis zum Horizont erstrecken. Es gibt Paviane in diesen Hügeln, mit Purpurärschen und Kurzhaarschnitt, kurzen Brauen und langen Zähnen. «Jiik-a-jiik-a-jiik!» kreischen sie. «Tschip-tschip-tschip!»

In einem Monat wird hier alles ergrünen. Es wird Flüsse, Teiche und Pfützen geben. Tödliche Kobras werden das Gras teilen, Seit an Seit mit Puffottern und Haubenechsen, die man hier «Morgen-kommt-nimmer-mehr» nennt. Steppenducker werden auftauchen und von Schatten zu Schatten huschen, Schuppentiere, Buschböcke, Wüstenluchse und Gürtelschweife. Nimmersatt-Störche, hager wie Flüchtlinge, Sekretäre mit ihren zausigen Schöpfen und Habichtsbeinen und der Vorliebe für einen kaltblütigen Lunch. Mendesantilope, Wasserbock, Elen und Oribi. Mähnenschafe, Gazellen, Mhorrs und Mambas. Hartebeest. Wildesel. Ratten so groß wie Ferkel ...

Doch einstweilen ist es noch reichlich leer. Und trokken. So trocken, daß das Sattelleder stöhnend platzt, Haare wie Blätter fallen, Urinströme mitten im Bogen verdunsten. Bei sowas wird die Arbeit des Entdeckens auf die elementarste Stufe runtergeschraubt.

Als er am Ende des großen Mahagoni-Tisches im «St. Alban's» saß und in die leidenschaftlich geröteten, schnurrbärtigen Gesichter der Afrika-Gesellschaft starrte, hätte der Entdeckungsreisende sich nie träumen lassen, daß es je so werden würde – so verworren, so entwürdigend. Und so heiß. Er hatte sich auf einem prächtigen Rappen vorgestellt, mit frisch gebügeltem Rock und schneeweißem Linnen, an der Spitze eines Trupps einheimischer Kanaken und Halbintelligenzler und Könige, die er zu den grünenden Ufern des legendären Stroms fuhren würde. Doch nun ist er da, nicht an der Spitze, sondern irgendwo am hinteren Ende der Schlange, die sich auf ihrem Weg durch all diese Dürre windet, ein Gefangener in jedweder Hinsicht, sein Pferd keucht und furzt die ganze Zeit, die Unterwäsche klebt ihm wie angebacken zwischen den Beinen. Gibt es denn keinen Sinn für Proportionen mehr auf der Welt?

Eine halbe Meile voraus ein schwarzer und ein weißer Fleck, wo Ali und Dassoud auf ihren Streitrössern über die Ebene gleiten. Die zweihundert Elite-Kavalleristen, die auf wahren Panthern und Löwen von Pferden sitzen, schwärmen meilenweit hinter der Kolonne aus. Die jüngeren und enthusiastischeren Reiter machen Vorstöße ins Gestrüpp, um den einen oder anderen Waran oder Sandskink aufzustöbern, hier einen Busch und dort eine Sukkulente abzuhacken. Für die anderen ist das Ganze trotz der Hitze nichts weiter als eine Party zu Pferde. Dauernd reichen sie Pfeifen und *guerbas* herum, erzählen sich dreckige Witze über Kamele und Schleier und Jungfrauen, lassen die würdevollen Hügel von explosionsartigem Gelächter erzittern.

Der Entdeckungsreisende dreht den Kopf, um die Szene hinter sich zu begutachten, wobei er sich fragt, ob er einer Militärexpedition oder einer Fuchsjagd beiwohnt, als plötzlich ein Blinken in weiter Ferne seine Aufmerksamkeit erregt. Es ist Johnson auf dem Rücken seines traurigen Wildesels (das Tier fällt besonders durch die kummervolle Länge von Schnauze und Ohren auf), der gerade seinen Weg über den Rand des Horizonts nimmt. Der Entdekkungsreisende hebt den Arm und winkt. Und da! – die Ferne und die sich kräuselnden Wellen der heißen Luft verlocken zu der Bewegung – Johnson winkt zurück!

Äolisches Intermezzo

Der Ort Dscharra besteht aus tausend Rutenhütten, es können auch ein paar mehr oder weniger sein. Er liegt knapp südlich des Sahel, an der Grenze von Ludamar, Kaarta und Bambarra. Man nähert sich ihm durch eine Reihe von sanften, hefigen Hügeln, die sich aus der Steppe erheben wie Blasen im Rührteig. Zu dieser Jahreszeit sind die Hügel mit den Pockennarben von geschwärzten Stümpfen übersät, die Konsequenz der Philosophie von Niederbrennen-und-Wiederbeackern der Dorfbewohner. Vor einem Monat loderten hier überall Feuer. Flammenstreifen blitzten aus dem dunklen Erdboden empor, aufgewühlte Qualmwolken verdüsterten den Himmel. Für die Ratten war es besonders hart. Wie wandernde Lemminge schwärmten Legionen von ihnen vor dem Holocaust davon und kamen dabei dem gesamten versammelten Dorf in die Quere. Die Dscharraner schwangen Harken und Hacken und Knüttel und zermalmten die Ratten wie feuchten Ton. Sie ernteten Blut.

Dies sind die Weidegründe, da und dort von dichten Gehölzen durchsetzt – Schihbutterbaum, Kapioka, Doumpalme, Akazie und der Nittabaum mit seinen keulenförmigen Blüten. Dahinter erstrecken sich bebaute Felder rund um die Dorfmauern wie die offenen Handflächen schlafender Riesen, beackert und gefurcht liegen sie geduldig da und warten darauf, die ersten zagen Tropfen aus dem Himmel aufzusaugen. Auch einen Fluß gibt es – den Wubah, der jetzt aber nur aus einer Kette von Pfützen besteht, in denen Schwänze und Schuppen brodeln. Er taucht verschämt aus dem Wald hervor, schlängelt sich durch das Dorf wie ein Trunkenbold und verschwindet dann im Weideland dahinter. Der Rest entspricht den Erwartungen. Staubige Straßen, ausgemergeltes Vieh, Frauen mit gehetztem Blick und Kinder mit aufgedunsenen Bäuchen und vor Hunger gebleichtem Haar. Dies sind die härtesten Zeiten, die langen Tage vor dem Regen, die sich dahinziehen. Die Euter trocken, die Kornvorräte verdorben – sogar die schalen Nitta-Schoten gehen langsam zur Neige.

Ali und sein Gefolge donnern auf die Bühne wie ein weißes Staubgewitter, mit grimmigen Gesichtern und schwarzen Bärten, wild und sehr von sich eingenommen. Dörfer wie dieses sind Freiwild für die Mauren – denn hier leben Kaffern, Ungläubige, und erstens ist es die heilige

Pflicht aller guten Muselmanen, Allahs Wort zu verbreiten, zweitens sind die Kaffern bekanntermaßen schwach in Selbstverteidigung. Daher also Freiwild. Die schwarzen Analphabeten von Dscharra – größtenteils Mandingos – passen gut in die Kaffern-Kategorie, obwohl fast alle inoffiziell die Lehrsätze des Islam angenommen haben. Die Mauren blicken hinab auf die Gebetsteppiche, Sandalen und *jubbahs*, dann mustern sie die flachen schwarzen Gesichter. Ihnen kann man nichts vormachen. Für sie sind die Dscharraner eine inferiore Unterart, im Grunde kaum menschlich, eine Rasse, die Allah dazu geschaffen hat, dem Auserwählten Volk, mithin ihnen selbst, die Ziegen zu melken und die Butter aufs Brot zu schmieren. Daher gelten Vieh, Kinder, Weiber, Korn, Schmuck, Hütten der Kaffern, ja sogar die Kleider, die sie tragen, als rechtmäßiges Eigentum der Mauren. Wenn Alis Jungs in die Stadt einreiten, kann man sicher sein, daß sie nicht bloß die Sehenswürdigkeiten bewundern wollen.

An diesem Tag jedoch stehen Raub und Plünderei nicht obenan auf Alis Terminplan. Er hat seit langem ein System der Erpressung mit Dscharra und anderen Kaffernsiedlungen in seinem Machtbereich vereinbart. Er verkauft ihnen Schutz und fordert dafür so und so viel Feldfrüchte und eine bestimmte Anzahl von Tuchballen als Gegenleistung. Wenn er bekommt, was er verlangt, läßt er sie in Ruhe. Wenn nicht, hackt er die halbe Einwohnerschaft in Stücke und nimmt sich das Doppelte. Der Grund seines Besuches ist diesmal nicht, die Dscharraner vor ihm selbst zu beschützen, sondern vor den Kaartanern. Ein elementares Beispiel von Machtpolitik. Yambo II., der Häuptling von Dscharra, hatte sich in dem derzeitigen Konflikt zwischen Tiggitty Sego von Kaarta und Mansong von Bambarra ursprünglich auf die Seite Bambarras geschlagen. Zunächst schien dies ein schlauer Schachzug: Mansong machte seine Feinde der Reihe nach zu Hackfleisch, erschlug sie und erstach sie zur Rechten wie zur Linken. Doch seither hatte sich das Schlachtglück mehrfach gewendet – die Bambarraner waren zurückgeworfen worden, und Tiggitty Sego, voller Muttermordgier und Wut über den Treuebruch von Dscharra, marschierte jetzt auf die Stadt, um sie zu strafen. Deshalb hatte Yambo, zum Preis von dreihundert Stück Vieh und neunzehn Jungfrauen unter zwölf Jahren, Ali angeheuert, damit der ihm aus der Patsche half.

Der Staub hat sich längst gelegt, da hält der Entdeckungsreisende seinen großen Einzug in die Stadt. Zu Fuß. Er hinkt ein wenig und führt sein Pferd am Zügel. Während des Ritts ist dem Tier die ganze Zeit der Geifer aus dem Maul geronnen, es hat aus dem Anus geblutet und sich erbrochen, ist zweimal vornüber in den Dreck gestürzt und lahmt jetzt auf dreien seiner vier Beine. Infolgedessen war der Entdeckungsreisende für die letzten zwanzig Meilen auf die eigenen Treter angewiesen. Als er in den Ort gehumpelt kommt, ist ganz Dscharra auf der Straße und mustert ihn prüfend. Ein farbenfrohes Völkchen: Gesichter wie Lakritze, große reifenförmige Ohrgehänge, Perlenschnüre und Kaurimuscheln blitzen in den Haaren, Röcke und Schärpen pulsieren in Rot, Gelb und Orange wie tausend flatternde Fahnen. Farbenfroh, aber schweigsam. Keine Regung ist in der Menge zu sehen, kein Geflüster, kein Grinsen. In der Meditationskammer eines Kartäuserklosters herrschte wohl mehr Lärm als hier. Der Entdekkungsreisende vermutet, die Leute seien eingeschüchtert von ihm, und strengt sich an, möglichst harmlos und bescheiden auszusehen. An seiner Seite schaukelt Johnson auf dem Wildesel daher, dick und gemütlich wie ein Potentat. Von Zeit zu Zeit hebt er die fette Hand, um eine der Sirenen in der Menge zu grüßen oder eine Fliege zu erschlagen. Die Nachhut bildet Dassoud, hoch zu Roß wie ein Denkmal im Stadtpark. Damit er alles im Auge behält.

Die Bedürfnisse des Entdeckungsreisenden sind vorerst ziemlich elementar: ein Schluck Wasser, ein Teller Brei, eine Matte, auf die er die müden Knochen betten kann. Unter gewöhnlichen Umständen hätte man ihm all dies und noch mehr zur Verfügung gestellt. Denn die Mandingos von Dscharra sind ein zuvorkommendes, gastfreundliches Volk – Alis donnernde Herde haben sie schon getränkt und gestriegelt, dazu acht Ochsen für sein Abendbrot geschlachtet. Doch gerade als Mungo die Siedlung betritt, kommt ein ordentlicher Wind auf. Ein ganz gewaltiger Wind sogar. Die Rockschöße wehen ihm um den Kopf, sein Hut hebt senkrecht ab wie ein Falke im Aufwind, und seine Ohren fangen auf einmal an zu sausen, als hätte ihm jemand Muscheln davorgeklemmt. Hinter ihm wiehert und furzt sein Pferd, dem ebenfalls die Mähne um die Ohren fliegt. Mit einem Seufzer fällt neben ihm eine Mauer ein, und ein Strohdach steigt in die Höhe wie ein aufgescheuchter Geierschwarm von der Beute. Das ist mal ein Lüftchen!

«Mann!» ruft er aus und dreht sich zu Johnson um. Aber genau wie Dassoud und jeder andere in Sichtweite stürmt Johnson in die Gegenrichtung davon. Mungo ist leicht verwirrt. «Wozu die Eile?» schreit er ihm nach. «Ist doch bloß eine steife Brise.» Der Wind heult. Der Himmel verdunkelt sich. Eine Hütte kommt vorbeigesaust. Und dann hört er es – ein scharfes Zischen, ein spuckendes, stetiges Auslassen von Luft, als wären ganz Edinburgh und Glasgow samt Grenzländern angetreten, um einen melodramatischen Schurken auszupfeifen. Auf einmal packt ihn die Angst. Er macht sich davon – aber zu spät! RUMMS! Das Pferd hat's umgehauen. Und dann wird er selbst zu Boden geworfen, er geht in die Knie, und plötzlich sticht es ihn in jede Pore seines Körpers, als wäre er aus Versehen in einen Bienenschwarm geraten. Sand! Es ist ein Sandsturm!

Er rappelt sich auf, die Jacke flattert ihm um den Kopf wie die Schwingen des Teufels und all seiner höllischen Legionen. Sand klebt ihm in den Augen, in den Ohren, oben in der Nase, tief drin in der Kehle. Unvermutet kracht ihm eine fliegende Ziege zwischen die Schulterblätter, und wieder geht er zu Boden. Er kämpft sich hoch, schwankt etwas, eine leere Kalebasse prallt von seinem Kopf ab wie ein Asteroid, und dann knallt ihm – ZACK! – ein Perlhuhn mitten ins Gesicht, und er läßt sich von neuem auszählen. Und wieder auf, und wieder nieder. Langsam wird es ernst. «Hilfe!» brüllt er. Ssssssssssss! zischt der Sand. Er kann nicht mehr atmen, seine Lungen sind voll mit dem Zeug; er ist halb blind, krabbelt über herumgeschleuderte Trümmer, Mini-Dünen, Kessel und Löffel, zerfetzte Decken, Leichen von Ziegen und Milchkühen. Wohin gehen? Ist dies das Ende? Doch dann spürt er einen Zug im Nacken, da ist eine Hand, ein Arm. Er packt die Hand und folgt ihr über den Boden, kriecht wie ein Nagetier, in den Ohren das Heulen, Objekte donnern ihm an den Kopf, und der Wind schnürt ihm die Lunge zu wie eine glühendheiße Feuerzange ...

«Hey, Mr. Park», brummt Johnsons Stimme, «sinse so blöd, dasse sich nichmal unterstelln, wenn Sandsturm is?»

Der Entdeckungsreisende ringt noch nach Atem und antwortet nicht Seine Augen sind total verkrustet, irgendwer hat Sandburgen in seinen Ohren gebaut. Er hat keine Ahnung, wo er ist.

«Da draußen hätt's Ihnen die Haut vom Leib gefetzt, wissense das? Ich mein, so'n Sandsturm is nix zum Witzedrübermachen.»

Der Entdeckungsreisende ist groggy. Er weiß nicht, wo er ist oder wie er hergekommen ist, sehen kann er überhaupt nichts. Ist es schon Nacht? Da ist das Heulen des Windes, das Zischen des Sandes. «Johnson», sagt er «bist du das?»

Statt ihm zu antworten, verfällt Johnson ins Mandingo,

und der Entdeckungsreisende zuckt zusammen, als rings umher in der Finsternis plötzlich Gelächter aufkommt. «Was ist denn hier los? Johnson?»

«Obo wibo dschalla 'imsta, kutatamballa», sagt Johnson, und das Lachen geht von neuem los. Und dann: «Ruhig Blut, Mr. Park – wir sind in guten Händen.»

«Aber wo sind wir? Und wie sind wir hierhergekommen?»

«Rübenkeller. Ich zu Fuß, Sie hamse reingeschleift.»

So ist das also. Anscheinend war er längere Zeit bewußtlos. Aber wessen Stimmen sind das, und warum diese undurchdringliche, gottverdammte Dunkelheit? irgendwo dicht neben sich hört er Geflüster, dem ein Kichern folgt. Und rasend macht ihn das Plätschern und Schwappen von Flüssigkeit in einem Krug. «Johnson», ruft er, «wie wäre es denn mit etwas mehr Licht hier?»

«Ich denke, das läßt sich machen», gibt Johnson zurück, dessen Stimme nun abrupt die Richtung wechselt und mit sonoren, heiteren Lauten durch ein Gewirr von Ms und Ks und langen, weichen, gedehnten Us der Mandingosprache watet. Andere Stimmen – eigentlich Grunztöne – antworten aus dem Nichts. Kurz darauf bemerkt der Entdekkungsreisende ein leises, kaum hörbares Geräusch vom anderen Ende des Raums: ein Murmeln, ein Rascheln, das sanfte Ächzen von Zweigen, die im Wind aneinanderscheuern. Anfangs rätselt er, dann aber wird es ihm klar: Holzstäbe, die jemand reibt. Ein Feuerbohrer! Sekunden später sprühen Funken, dann lodert eine hungrige Flamme aus einer Handvoll Spänen und erhellt den Raum.

Was er dort sieht: fünf Männer, knorrige schwarze Typen, lehnen gegen eine Wand aus gestampfter Erde und lassen eine Kalebasse herumgehen. Einer von ihnen ist Johnson. Die übrigen sind Mandingos aus Dscharra, mit Plattfüßen, spitzen Knien und Nasen, die wie nach oben ins Gesicht gequetscht wirken. Alle tragen pilzförmige weiße Barette auf dem Scheitel und buntgescheckte Schärpen, die sich von der Schulter zwischen den Beinen hindurch und wieder zurück schlingen. Ihre Fußsohlen haben die Farbe von geräuchertem Lachs. Der Gentleman, der dem Entdeckungsreisenden am nächsten sitzt, ein zahnloses Relikt mit konkavem Brustkorb, bietet ihm die Kalebasse an. Dankbar nimmt Mungo sie ihm ab. Beim ersten Schluck geht das Feuer aus – macht aber gar nichts, einstweilen ist er viel zu beschäftigt, um in jede Ecke zu lugen. Er schlürft und schlabbert, schwemmt sich den Sand aus Mund- und Zähnen. Er spült es hinunter, gurgelt damit, trinkt in tiefen Zügen, die Dunkelheit behaglich um sich, sein Durst grenzenlos, alle Gedanken, Empfindungen, Reflexe in Schach gehalten von dieser ganz einseitigen Ekstase, diesem Gießen von Flüssigem in die Mundhöhle und den Oesophagus hinab. Doch dann tippt ihn eine wettergegerbte Hand an, und er muß die Kalebasse leider weiterreichen. «Verdammt guter Stoff, Johnson», murmelt er in die Finsternis hinein, die Silben vom Schluckauf zerstückelt. «Erinnert mich an gutes irisches Dunkles.»

Aus der Ecke kommt Johnsons Stimme, etwas verschwommen: «So ssiemich das Beste, was die Kartoffelsammler hier je vorgebracht ham. 's Allerbeste. Das is *sulu*-Bier, wasse da trinken, Mr. Park, *sulu*-Bier. Schwarz geröstetes Malz der Mohrenhirse und reinstes Quellwasser, vergoren und gewürzt genau nach 'nem uralten, wohlgehüteten Stammesrezept. Hey, Mann – das is die Wiege der Ssivilisation hier, Mr. Park. Was glaubense denn, wer zuerst auf diesem Planeten war – wir oder diese ausgebleichten Kelten? Das is ein Spitzenbier, Bruder!»

Johnsons Erklärung hat einen fremdartigen Beiklang. Die Worte kommen schwerfällig und wie zerkaut heraus, sein Ton ist streitlustig. Und seine Stimme ist tiefer denn je – sie klingt wie etwas, das man in einer Sommernacht am Teichufer erwarten würde. Könnte es sein, daß er ein paar

Schluck zuviel aus der Kalebasse genommen hat? «Bist du betrunken, Johnson?»

«Betrunken?» wiederholt er, wobei sein Baß am Boden des Kehldeckels kratzt. «Na sicher, Mann. Voll wie'n Emir.»

In diesem Augenblick rüttelt eine besonders niederträchtige Bö an der Lehm-Rohr-Decke über ihnen, und eine Sandwolke fetzt ihnen ins Gesicht wie Schrotkugeln.

«Blast los, ihr Winde, daß euch die Backen platzen!» krächzt Johnson. «Wütet! Tobt!»

Eben noch formte sich ein Gedanke im Kopf des Entdeckungsreisenden – er hatte damit zu tun, daß er zum erstenmal seit beinahe –

sechs Monaten ohne Bewachung ist. Aber der plötzliche Windstoß und Johnsons Ausruf haben ihn glatt wieder verdrängt. Außerdem reicht ihm gerade jemand die Kalebasse.

Ein guter Mann ist nicht unterzukriegen

Als sie ihn fanden, dachten sie, er sei schon tagelang tot. Hände und Kinn waren an einer Eisscholle festgefroren, die Augäpfel waren ganz trübe. Er dümpelte auf und nieder wie ein Stück Treibholz, und das schwarze Wasser der Themse schwappte ihm über Schulter und Ohren.

«Was is'n das da, Liam?»

«Keinen blassen Dunst, Shem. Aussehn tut's wie'n Toter, und ersoffen dazu.»

Shem Leggotty und Liam McClure waren Fischer. Sechs Tage in der Woche legten sie ihre Stellnetze aus, um Lachse und Störe zu fangen, die mit der Flut flußaufwärts kamen. Die Fische schwammen in die Netze, verfingen sich mit den Kiemen in den acht Zentimeter breiten Maschen, schlugen ein bißchen um sich und erstickten dann. Manchmal schlugen sie auch um sich und entkamen wieder. Beides war Schicksal. Als die Männer an diesem Abend das Netz einholten, fühlte es sich irgendwie anders an, merkwürdig. Es war nicht das Gewicht – ein guter Stör konnte auch seine drei Meter und vierhundertfünfzig Pfund haben –, es war einfach ein anderes Gefühl. Ein bitterkalter Wind fuhr ihnen in die Kehle. Ihre Hände waren rauh. War es eine Eisscholle? Ein Baumstamm? Shem zündete die Laterne an, um es sich näher anzusehen, und da lag er, trieb halb im Wasser wie einer, der drei Tage tot ist.

«Also 'n Ersoffner isses. Und erfroren isser auch.»

«Scheint so.»

«Na los, tun wir das arme Schwein rausschneiden und lassen's gut sein. Geht uns ja weiter nix an.»

Sie zerrten am Netz. Als der Ertrunkene sich dem Bug des Bootes näherte, schlug sein Kopf mit einem Krachen von Holz auf Holz gegen die Planken. «Ik», sagte er.

«Was war'n das jetz eben, Liam?»

«Hab nix gesacht, Shem.»

Der Ertrunkene schaukelte zu ihren Füßen, während sie ihn aus dem Netzwerk entwirrten. Sein gefrorener Mund stand weit offen, die Zunge war an die Zähne geschweißt. «Ik», sagte er.

«Meine Güte, der Kerl tut ja noch leben! Komm, hilf mal, daß ich ihn ins Boot wuchte, Shem.» Liams Atem hing in Klumpen in der Luft. Er war ein Monument aus Muskeln und Sehnen, hartgesotten vom jahrelangen Netzeeinholen und den Prügeleien auf den Docks. Er beugte den Rücken zu dem Ertrunkenen hinab und hievte ihn in das Skiff hinein, samt Eisscholle und allem. Der Ertrunkene war von der Hüfte abwärts nackt und in ein patschnasses Cape eingewickelt.

«Leg'm paar Decken um, Shem. Und gib den Usquebaugh rüber.»

«Den Usquebaugh? Da kann er aber genausogut abnippeln wie aufwachen von.»

Der Whiskey war selbstgebrannt und stark wie Feuer. Liam goß ihn dem Mann in den Schlund, während Shem ihm die Finger und das Kinn vom Eis löste. Die Wirkung trat fast augenblicklich ein – der Tote hob den Kopf, erbrach sich und fiel in Ohnmacht. «Ik-ik», sagte er noch.

Tschitschikoffs Auslese

Fischgestank. Seit drei Monaten stinkt's nach Fisch, Tag und Nacht. Der üble, ölige Geruch nach Aalen aus dem grünlichen Wasser an der Pier, die salzigen Ausdünstungen toter Rochen und Makrelen, der kalte, schlammige Muff von Weisen, Barschen und Karpfen. Er hat sie alle geschnuppert – Schleie und Brasse und Makrelenhecht, den Ling mit seinen Bartfäden, den gichtigen Kugelfisch, Alse, Seehecht und Schellfisch. Hat ihnen die Eingeweide rausgerissen, die Köpfe abgeschlagen, mit ihren blitzenden, durchscheinenden Schuppen die Luft zum Leuchten gebracht. Es ist ein ekliger, stinkender, undankbarer Job.

Aber ein sicherer. Und Sicherheit ist alles. Das und Unsichtbarsein. In jener verhängnisvollen Nacht hat Ned sich eine Menge Feinde gemacht – Smirke, der Geldstrafe zahlen und dazu noch drei Stunden am Pranger stehen mußte; Mendoza, Brummell und die anderen, deren Namen am nächsten Tag in der Zeitung standen; Nan und Sal, die man ins Bridewell-Arbeitshaus steckte, bis der Gnaden-Fonds für Gestrauchelte Frauen ihre Freilassung erwirkte; und Lord Twit, der öffentlich getadelt wurde, weil er der Entsittlichung seines Negerdieners zugestimmt hatte. Eine Menge Feinde – aber keiner von ihnen ahnte, daß er von den Toten auferstanden war. Und Ned Rise hatte nicht vor, sie eines Besseren zu belehren.

Da steht er also im Fischladen der Gebrüder Leggotty in Southwark, atmet den öligen Gestank in einem Morast aus dümmlich glotzenden Augen ein und schnipselt an kaltem, blutleerem Fleisch herum. Sie haben ihn aus dem Fluß gezogen, Shem und McClure, zu drei Vierteln tot, und ihn eine Woche lang gepäppelt, bis er wieder auf dem Damm war. Er besaß keinen Penny mehr, da er Beinkleid, Stiefel und Hosenbeutelbank in dem verzweifelten Versuch, über Wasser zu bleiben, als Ballast abgeworfen hatte. Sie boten ihm Arbeit und einen Schlafplatz. Zweimal am Tag Fischsuppe und Schwarzbrot. Liam lieh ihm ein Paar Hosen. «Abgemacht», sagte Ned.

Es ist keine Undankbarkeit – er ist nur einfach nicht zum Fischer geboren. Das Netz rutscht ihm aus den Händen, die Ruderdollen haben ihren eigenen Kopf, er fürchtet sich vor dem Wasser, vor Booten, Riemen und Docks, der Fischgeruch dreht ihm den Magen um. Er kann kaum richtig schwimmen. Zu alledem hat er allmählich genug von ihrem stumpfsinnigen Gerede und ihrem noch stumpfsinnigeren Leben («Tscha», sagt Liam und saugt an seiner Pfeife wie ein Weiser, «der Sturm nimmt's oder bringt's»), und er sehnt sich nach den Spieltischen, den Cafés, der «Sauf & Syph-Taverne» und der «Wühlmaus». Southwark ist nichts weiter als ein fauliger Slum, der Arsch der Welt. Wie soll Ned Rise in der Welt aufsteigen, wenn er in einem Fischladen in Southwark festsitzt? Er hackt auf Fischköpfe und Flossen ein. Die Mutlosigkeit ergreift ihn.

Dann, eines Nachmittags, als er einem kurzschnäuzigen Stör die Knochenschilde und die Haut abzieht, kommt ihm eine Idee. Eine durchaus bescheidene Idee, die aber Unsichtbarkeit mit Profit kombiniert. Er sucht jemanden, dem er sie erzählen kann. Shem und Liam hocken draußen auf der Gasse, teilen sich einen Krug Schnaps und spucken in den Dreck.

«Weißte, was die da unten in Afrika ham, Liam?»

«Kopraschlangen?»

«Nee. Da gib's Flußbarsche, sechshunnert Funt schwer.»

«Nich doch.»

«Stimmt aber. Ned hat's aus die *Evenin' Post* vorgelesen.»

«Sechshunnert Funt?»

«Im Niggerfluß. Da unten is so'n junger Schotte verschwunden, der hat einen mitbringen wolln.»

«Und weiter?»

Ned wischt sich das Fischblut und den Schleim von den Händen und tritt aus der Tür. «Ich hab 'ne Idee», sagt er.

Liam winkt ihm mit dem Krug zu. «Na denn, Junge, tu dir erstmal was von Mutters Bestem hinter die Binde gießen und erzähl uns alten Graubärten alles von deine Idee.»

Ned nimmt einen Schluck, klopft sich aufs Brustbein und fragt, ob sie schon jemals etwas von Kaviar gehört hätten.

«Is Lateinisch, wie?» sagt Liam.

«Ich spreche von Fischrogen – den Eiern vom Stör. Da schmeißen wir das Zeug hier haufenweise weg, wo die ganzen feinen Pinkel drüben im West End den Russen drei Pfund pro Glas dafür zahlen.»

«Drei Funt pro Glas? Für Gedärme und Abfall?»

«Das is nich Abfall, Liam – die Schweden essen's auch.»

«Pah, diese unintellegenten Plattköppe. Die fressen doch auch eingelegte Heringe, oder etwa nich?»

«Überlaßt alles mir», sagt Ned. «Ich kümmere mich selbst um das Abseihen und Salzen, dann unterbiete ich die Zarin um die Hälfte und verhökere den Stoff von Tür zu Tür, von Tottenham Court bis Mayfair. Paßt auf: in einem Monat sind wir reich.»

Einen Monat später spaziert Ned Rise über die Westminster Bridge, mit falscher Nase und Brille, weißer Perücke, seidenen Beinkleidern und Brokatweste, ein reicher Mann. Relativ gesehen jedenfalls. «Tschitschikoffs Auslese» (benannt nach einem alten Walfängerkumpel von Shems Bruder Japheth) verkauft sich wie Limonade beim Langstrekkenlauf. Herrenclubs, Cafés, Tavernen, Kneipen und selbst Privathäuser kaufen Neds Kaviar so schnell auf, wie er ihn abfüllen kann. «Feinster russischer Kaviar», deklamiert er, wobei seine Stimme die Zischlaute und das letzte rollende *r* auskostet, «– und zum halben Preis.» Alle lassen sich beschwatzen. Ob Stubenmädchen, Kantinenkoch oder ein weißbehaubter Küchenchef bei «Brooke's» oder «White's». Er sagt sein Sprüchlein auf, sie kaufen's ihm ab. Innerhalb von zwei Wochen schmiert sich die halbe *haute volée* «Tschitschikoffs Auslese» auf die Salzcracker.

Das Schönste dabei ist, sinniert Ned, während er mit einem Korb voller Rogen unterm Arm dahinschlendert, daß ihn das Zeug praktisch überhaupt nichts kostet. Als ob man Luft auf Flaschen zieht und dann für ein Pfund zehn pro Stück verkauft. Sicher, ein paar Auslagen hat er schon – aus reiner Dankbarkeit gibt er Liam und Shem zwei Shillings pro Fisch, dann zahlt er einen Penny für jedes Dutzend Terrakotta-Töpfchen und Etiketten, und Sixpence pro Tag an zwei Straßenlümmel, die den Stoff für ihn abseihen und salzen. Aber das ist gar nichts. Ein guter Fisch enthält neun bis fünfzehn Kilo Rogen – für Spesen von ein paar Shillings hier und da sahnt er also an die dreißig, vierzig Pfund Sterling ab. Natürlich wird es nicht ewig so weitergehen – das weiß er. Einmal laichen Störe nur zwei Monate im Jahr – April und Mai –, also wird sein Rogenvorrat bald zur Neige gehen. Außerdem dürften auch Shem und Liam irgendwann was spitzkriegen und einen größeren Anteil fordern ... Einstweilen aber ist Ned Rise im Aufwind: Die Hosenbeutelbank ist wieder liquide, und unter dem Bett seiner neuen Behausung in der Bear Lane wird eine alte Eisentruhe langsam zu Silber.

An diesem Morgen – einem Morgen voll Sonnenschein und Vogelgezwitscher und Blumenpracht – will Ned sein Glück in der Gegend von Soho und Berkeley Square versuchen. Sowie er das düstere Gebälk der Brücke überquert, beginnt er, energisch zu pfeifen und seinen Gehstock durch die Luft zu wirbeln. Der Wind vom Fluß zaust ihm die Perücke. Eine Möwe gleitet über ihn hinweg. «Aah! Ist doch herrlich, das Leben!» denkt er und schreitet aus wie ein junger Lord auf dem Weg zu einem Spielchen Crocket am Nachmittag. Doch als er das Ende der Brücke erreicht, durchläuft er eine abrupte Verwandlung. Es ist, also hätte der Gott der Spastiker ihn mit seinem Krüppelstab berührt: Die Glieder verrenken sich, die Zunge hängt ihm schief aus dem Mund, der Kopf fällt zur Seite. Plötzlich sinken die Schultern herab, er wird ganz krumm, zieht ein Bein nach, als wäre es ein Stück Fallholz – jetzt kommt noch ein Tic im linken Auge dazu, und auf dem Rücken wölbt sich ein Buckel. Ist es ein Anfall? Hat er Konvulsionen? Nervöse Zuckungen? Ned grinst zufrieden, als Passanten beunruhigt einen großen Bogen um ihn machen. «Gah», sagt er zu ihnen, kaut dabei auf seiner Zunge und streckt seine verstümmelte Hand wie einen Ausweis hin. «Gah», sagt er und humpelt die Straße hinauf wie ein Hund mit gebrochenem Rückgrat. All das ist natürlich Teil eines Plans, der seine Entlarvung verhindern soll – er betrachtet diese Prozedur gern als das «Aufsetzen der Tarnkappe». Die falsche Nase, die Brille, die altmodischen Kleider, die Krämpfe und Zuckungen, der zittrige Gang der Schüttellähmung – so ist er nichts als ein hasenschartiger Krüppel, der Fischeier auf der Straße verhökert. Selbst der liebe Gott hätte ihn beim Jüngsten Gericht in diesem Aufzug nicht erkannt.

Er schleppt sich die Great George Street entlang, durch den St. James's Park und über die Mall, hinkt und torkelt wie ein Syphilitiker im Endstadium, als er plötzlich eine

Stimme hinter sich hört: «Ned! Ned Rise! Warte doch mal 'ne Sekunde!»

Es ist Boyles, der Esel, ganz rot im Gesicht vom Schnaps und vom Rennen.

«Ned!» keucht er beim Näherkommen. «Wir ham alle gedacht, du bist tot. Im Fluß ersoffen. Echt, wie du eben um die Ecke gekommen bist, hab ich kaum meine Augen traun wolln.»

Ned verkriecht sich in seine Jacke und zieht den Dreispitz tief in die Stirn. Kopf und Gliedmaßen flattern wie Wäsche im Wind. Eine ganze Salve von Zuckungen geht über sein Gesicht.

Boyles packt ihn am Ärmel. «Aber zu was soll'n das antequitätische Kostüm gut sein? Und all das Gehinke und Rumgezucke? Haste dir'n Fieber eingefangen, oder spielste bloß 'n bißchen Kohmöddje?»

Die Welt bricht zusammen und fliegt ihm um die Ohren, ein Stück Himmel ist herabgefallen und hat ihn am Hinterkopf getroffen. Er kann nicht mehr klar denken. Seine Hände zittern. Twit, Smirke, Mendoza – sie werden ihn wie Bluthunde jagen.

«Ach sooo – jetz kapier ich. Hast dir verkleidet, wie? Hab ich recht? Häh, Ned? Hab ich recht? Machst einen auf Tarnung, stimmt's?»

Ned blickt rasch um sich, ergreift Boyles' Arm und zieht ihn in eine Seitengasse. Ein toter Hund liegt im Schmutz neben einem kaputten Sonnenschirm. Draußen auf der Mall klappern elegante Leute in Kutschen vorüber. «Woran hast du gemerkt, daß ich es bin, Billy?»

«Soll das'n Witz sein? Dir würd ich meilenweit erkennen, Ned Rise. Das bißchen Hinkefuß und die Pappnase nützt gar nix. Ich hab doch glasklar gesehen, wer du bist.»

Soviel also zur Tarnkappe. «Hör zu, Billy. Du darfst auf keinen Fall sagen, daß du mich getroffen hast. Wenn Mendoza und Smirke und die andren das rausfinden ...»

«Die würden dir lebendich abhäuten, Neddy. Mendoza hat'n ganzen nächsten Tag nach dir gesucht, und Smirke hat dir 'ne Woche lang an die Fefferküste verwünscht, nach seine öffentliche Demütigung. Hah! Da hätteste dabei sein sollen, Ned – wie Smirke am Pranger war. Ich hab's ihm tüchtich besorgt, mit'm halben Dutzend faule Runkelrüben und 'ner toten Katze. Juchhu, das hat vielleicht Laune gemacht.»

Aber Ned hört gar nicht zu. Er wendet sich geschäftig ab und fummelt tief in seinen Kniehosen herum, sucht nach Crown und Shilling, fischt nach Schweigegeld.

«Eins muß man ihm allerdings lassen», Boyles fängt an zu husten und rotzt einen Klumpen blutige Spucke in ein zerfetztes Taschentuch, «er war schwer bedripst wegen sei'm Gefluche über dich, wie er rausgekriegt hat, daß du ersoffen bist. Hat allen 'ne Runde ausgegeben für dich, Ned – dreimal! Und Nan und Sal – die hätteste erst sehn sollen. Die beiden sind los und ham paar schwarze Häubchen mit Schleier und so mitgehn lassen, wo se ganz trauervoll ausgesehn ham, und dann hamse noch sträußeweise Geranien in'n Fluß geschmissen, zum Angedenken an dir ... nee, nee, unbetrauert biste nich ins Grab gegangen, kannste sicher sein, Neddy.»

Ned dreht sich wieder um und hält eine Münze in der Hand. «Für dich, Billy», sagt er. «Für deine Diskretion. Du hast mich niemals gesehen, klar? Ich bin tot und vergessen, klar?»

«Kannst dir auf mir verlassen, Ned. Ich werd kein Sterbenswörtchen nich ausplaudern.»

FLUCHT! Mungo erwacht mit Kopfschmerzen. Er hat *sulu*-Bier getrunken – auch bekannt als *bobutu daas* – Verdreher von Gliedern und Sinnen. Er hat *sulu*-Bier getrunken und ist jetzt nicht ganz sicher, wo er sich befindet. Ein

Keller, eindeutig. Er erkennt die gelben Erdmauern, die Wurzeln und Rhizome, die Decke aus Rohrgeflecht, die Leiter. Ja. Absolut kein Zweifel. Ein Keller. Ermattet stützt er sich auf die Ellenbogen und entdeckt eine leere Kalebasse zwischen seinen Beinen und einen wolligen Kopf quer über seinem Fuß. Der Kopf gehört zu Johnson, der mit den übrigen Zechkumpanen in einem Tohuwabohu aus Armen und Beinen flach auf dem Boden liegt, sein gewaltiger Bauch hebt und senkt sich wie ein elementares Naturschauspiel. Alle fünf schnarchen ruhig vor sich hin, lassen die Zähne pfeifen, die Lippen vibrieren, die Gaumensegel in der Brise flattern.

Es muß wohl Tag sein, denn die Finsternis, die ihm zuvor zu schaffen gemacht hat, ist einem zähflüssigen, schummrigen Licht gewichen, wie man es in Krypten, Weinkellern und an anderen feuchten, ungesunden Orten erwartet. Er kratzt sich den Nacken, wo ihn über Nacht irgend etwas gebissen hat, und betrachtet einen schwarzglänzenden Skarabäus, der mühsam eine Kotkugel von der Größe eines Apfels über den Boden schiebt. So sitzt er eine Weile da, beobachtet den Käfer und wartet geduldig darauf, daß sein Kopf klarer wird, als der erste Ruf von oben ertönt. Eigentlich ist es eher ein Keuchen, ein überraschtes Einatmen, dem fast augenblicklich ein langgezogenes Heulen folgt, wehklagend und verzweifelt. Dann ein heftiger Meinungsstreit – Einsilber fliegen hin und her wie Tennisbälle – und der Klang hastiger Schritte auf dem Bambusboden über ihm, dann ist es still. Der Entdeckungsreisende legt den Kopf schief und nimmt allmählich ein ganzes Spektrum von Hintergrundgeräuschen wahr, die von weiter draußen, von der Straße her kommen. Ein Summen, das zum Donner anschwillt – es scheint, als erbebte die ganze Erde davon. Er staunt. Ein Erdbeben? Eine Massenflucht? Noch ein Sandsturm?

Neugierig wie immer steht der Entdeckungsreisende

auf und geht zur Leiter hinüber, wodurch Johnsons Kopf hinter ihm mit dumpfem Ton zu Boden kracht. Gerade als er die erste Sprosse erklimmt, öffnet sich jedoch eine Klappe in der Decke, und er sieht sich einem knochigen Gesäß und einem Paar abwärts steigender nackter Fußsohlen konfrontiert. Der Entdeckungsreisende weicht zurück, als ein verschrumpelter kleiner Mann bedächtig und blind für jedes Hindernis die Leiter hinabkommt, in der Luft hängt wie eine arthritische Spinne. Unten angelangt, setzt der kleine Mann die Füße auf die Erde, wendet sich um und schreckt beim Anblick des Entdeckungsreisenden gewaltig zusammen.

Alt ist er, dieser kleine Mann – uralt, vorsintflutlich. Sein Haar ist weiß und wellig, sein Gesicht zerfurcht wie ein Flußdelta. Er ist kaum größer als einsfünfzig, wiegt höchstens dreiundvierzig Kilo, sieht aus wie aus einem Stück Schatten geschnitzt. Ein erdrosseltes Huhn, in Totenstarre verkrampft, baumelt an einer Schnur um seinen Hals. Es entsteht ein peinlicher Augenblick, als der Entdeckungsreisende und der Gnom sich Zehe an Zehe gegenüberstehen, der Kleine richtet die großen, bedächtig rollenden Augen auf den Entdeckungsreisenden, dann blickt er wieder weg, wobei sich ein Ausdruck irgendwo zwischen Verwunderung und Empörung im Spinnennetz seines Gesichts fängt. Noch einmal blickt er auf, wendet sich dann endgültig ab, als sollte die Erscheinung nun aber verschwinden. Er beugt sich zu einem der schlafenden Männer hinunter und piepst ihm etwas ins Ohr. *«M'bolo rita Sego!»* jammert er. *«M'bolo bolo Sego!»*

Die Wirkung folgt auf dem Fuß: Johnson und seine Kumpane fahren gleichzeitig hoch, zerren sich an den Brusthaaren und bekommen Stielaugen, während der Alte in die Hände klatscht und eine schrille Endzeitgeschichte vorträgt (ohne Linguist zu sein, kriegt Mungo doch mehrfach wiederholte Wendungen wie «Kannibale», «Kinder ausweiden» und «Tiggitty Sego» mit). Im nächsten Moment ringen die fünf Biertrinker entsetzt die Hände, stoßen einander nieder und kämpfen um die Leiter.

In panischer Flucht rennt Johnson am Entdeckungsreisenden vorbei, der die Gelegenheit nutzt, ihn am Arm zu packen. «Was ist denn los, Johnson? Geht es um Sego?»

«Schnell weg hier!» schreit Johnson, indem er wie ein tollwütiges Tier davonstürmt und über den alten Mann hinwegklettert. «Er will ganz Dscharra abfackeln!» Johnson zögert oben auf der Leiter. «Keine Gefangenen», flüstert er noch.

Draußen erinnert die Szenerie an Milton oder Dante: Weinen und Wehklagen, Flagellantentum, zielloses Gerenne, Panik, verlorener Glaube. Mütter laufen kinderlos, Kinder mutterlos umher. Rauch und Staub hängen in der Luft, ein Tosen von Blut. Ein alter Mann steht auf der Straße und peitscht seine noch ältere Milchkuh aus, weil sie nicht mehr auf die Beine kommt unter der Last der Körbe, die er ihr auf den Buckel geladen hat. Ein anderer schleppt seine Frau, die ihren Hund schleppt, der ein Stück Stoff im Maul mitschleppt. Überall rennen und brüllen Menschen durcheinander, die Atmosphäre ist von wahnwitzigem Drängen erfüllt, sie trampeln durch den Treibsand und die Trümmer, die der Sturm hinterlassen hat, tragen Säcke voll Korn zusammen, treiben Vieh vor sich her: Sie flüchten aus dem kleinen Dorf am Wubah mit seinen Erdwällen, aus dem Dorf, in dem sie geboren sind.

Der Entdeckungsreisende, wie immer etwas schwer von Begriff (irgendwas Genetisches), steht inmitten von all diesem Leid und Durcheinander und überlegt, was zu tun sei. Sich einfach dem Exodus anschließen kann er nicht, weil sein Pferd und sein Gepäck (das ihm auf Fatimas Drängen zurückerstattet wurde) im Sandsturm verloren gegangen sind – und zu Fuß, wie weit würde er da schon kommen? Außerdem ist Johnson weg, und die Mauren würden ihn doch bestimmt ... aber Moment mal – wo sind überhaupt die Mauren? Plötzlich fällt ihm auf, daß er seit mindestens zwölf Stunden keinen Moslem zu Gesicht bekommen hat ... und dann, noch plötzlicher, beginnt ein hinterlistiger Gedanke am Rande seines Bewußtseins zu nagen – eben jener Gedanke, der letzte Nacht gerade aus den Kulissen treten und seinen Auftritt machen wollte, als ihm eine wettergegerbte Hand die Kalebasse hinhielt: Hier war endlich die langersehnte Chance!

Was sich in Dscharra ereignet hat, ist ein im Grunde ganz elementarer Vorgang in den Gesetzen der Kriegsführung. Irgendwann im Laufe der Nacht hatte Ali einen Widerspruch gewisser Prioritäten festgestellt: Seine eigenen Interessen deckten sich nämlich nicht mehr mit jenen der Dscharraner, die letzten Endes ja bloß Kaffern für ihn waren. Der Abend zuvor war mit Gelagen und fröhlichem Vergewaltigen und Piesacken der Einheimischen vergangen, und danach hatte er zehn seiner Leute beauftragt, aus den Herden von Dscharra die dreihundert fettesten Rinder auszusuchen und sie zum Schutz vor dem Sandsturm in den Wald zu treiben. Er fand, dies sei in seinem besten Interesse – er sicherte ja damit bloß seine Investitionen. Die Dscharraner meinten ebenfalls, Alis Maßnahme sei letzten Endes auch in ihrem Interesse – schließlich hatte er damit ihre Vorauszahlung für seine Dienste angenommen. Dreihundert Rinder sind zwar ein schwerer Verlust, aber nicht, wenn man die Alternative bedenkt – also die ganze Herde zu verlieren, ganz zu schweigen von Ziegen, Ernte, Hütten und Töchtern, die dem tobenden, wahnsinnigen Tiggitty Sego anheimfallen würden, weithin bekannt für sein blutrünstiges und rachsüchtiges Naturell.

Später in der Nacht jedoch, nachdem der Sturm abgeflaut war, trat ein weiterer Faktor zu der Gleichung hinzu:

Ali erfuhr, daß Segos Truppen im Schutze des Unwetters bis dicht vor Dscharra marschiert waren und von dort einen Angriff bei Tagesanbruch planten. Diese Nachricht verstärkte Alis Prioritätenkonflikt noch. Da er Jungfrauen und Vieh schon abkassiert hatte, betrachtete er sich als zufriedengestellt – und er fand, ein Kampf mit der Armee von Kaarta würde ihm kaum zusätzliche Befriedigung verschaffen, ja er liefe dabei sogar Gefahr, zu verlieren, was er bereits gewonnen hatte. Allzu lange quälte er sich nicht mit dem Entschluß. In wenigen Minuten waren die Zelte abgerissen, die Männer aufgesessen. Sie ritten die ganze Nacht, neunzehn Ex-Jungfrauen unter die Arme geklemmt, und trieben das Vieh vor sich her. Am nächsten Abend würden sie zurück in Benaum sein.

«Endlich frei!» jubiliert der Entdeckungsreisende mitten in einem Sumpf der Verzweiflung. Eine Frau hastet an ihm vorüber, ihr ganzes Leben schaukelt in dem Tonkrug auf ihrem Kopf. Mungo möchte mit ihr tanzen, ein Lied der Erlösung singen, brüllen wie ein Löwe, der seinen Käfig gesprengt hat. «Hihi», lacht er und wirft seinen Hut in die Luft, während ein paar wachstumsgestörte Kinder vorbeihuschen, rasch, dunkel und verstohlen wie Ratten. Er schlenkert die Beine, beginnt zu pfeifen: «Wo bist du nur gewesen, mein Täubchen allerliebst?» und geht an einem alten Weib vorbei, das sich schluchzend und jammernd an der Tür ihrer Hütte festkrallt, während zwei Männer an ihren Armen reißen. Mit dümmlichem Grinsen läßt er sich vom Strom der Menge treiben, in der Kinder nach Müttern brüllen, Krüppel im Staub herumwühlen und Frauen wie wild Proviant für den Marsch einsammeln. Sein Plan ist es, Pferd hin, Pferd her, zusammen mit den Flüchtlingen ostwärts zu ziehen – nach Bambarra. Und zum Niger.

Am Dorfende holt ihn sein Gewissen ein, und plötzlich ist er vollauf beschäftigt, Kinder zu schleppen, Tragen vollzupacken, Korn aufzuladen, Ziegen zu schubsen. Die Dscharraner sind viel zu hektisch und durcheinander, um lange zu überlegen, akzeptieren seine helfende Hand und Schulter und blicken dann zu ihm auf, als wäre er durchsichtig. Hier eine Kuh, dort ein vermißtes Kind, Frauen und Männer auf der Straße vereint, so setzt sich der Zug in Bewegung – passiert das Osttor, durchwatet den Wubah, kämpft sich zum Kamm des fernen Hügels empor, während die Siedlung entvölkert hinter ihnen zurückbleibt. Gerade ordnet sich alles ein wenig, die Nachzügler schließen auf, die Klageweiber und Schreihälse kommen endlich außer Atem, als plötzlich ein furchteinflößendes Gerücht aufkommt und sich rapide fortpflanzt: Gleich ist Sego da! Sego! Alle verstummen, sind wie gelähmt, während sich ein dralles Weiblein mit Kopftuch durch die Menge schiebt und Neuigkeiten verkündet: «Letzte Nacht hat er Wassibu niedergebrannt! Kinder gegrillt! Blut geschlürft!»

Diese Information läßt Gestöhne und erstickte Schreie aufkommen, die in einem langen, gellenden kollektiven Quieken münden, wie bei Schweinen, die den Schlachtklotz riechen. Dann rennen sie los wie beim Startschuß für ein Marathon: Füße und Hufe fliegen nur so, Staubwolken wirbeln auf, daß sich die Sonne verfinstert. «Das ist also Massenhysterie», denkt Mungo leicht distanziert, bis es ihn schlagartig, als führe er aus einem Fall-Traum hoch, ebenfalls packt. Seine Pupillen weiten sich, der Atem kommt in kurzen Stößen. Und auf einmal rennt auch er, stürmt davon wie ein verschreckter Gaul, reißt die Lahmen und die Kranken beiseite, stößt Tiere aus dem Weg, kämpft verbissen um eine bessere Position. Als ihm einfällt, sich umzublicken, liegt das Hauptfeld längst hinter ihm, und er keucht den Hügel hinauf, vorbei an den flinkesten Teenagern, an leichtfüßigen Dauerläufern und Speerträgern; er rennt um sein Leben, er rennt um seine Freiheit, er rennt, was er kann.

Aber dann kommt er um eine Kurve und bleibt wie vom Donner gerührt stehen – wie ein Koloß sitzt dort auf seinem Hengst Dassoud, das Pferd des Entdeckungsreisenden am Zügel neben sich. Hinter ihm hockt Johnson mit kummervoller Miene auf seinem kummervollen Wildesel und zuckt die Achseln.

Dassoud deutet auf den wartenden Sattel, dann zieht er den Krummsäbel aus dem Gürtel und zeigt damit nach Norden – in Richtung Benaum.

«Besser, Sie klettern an Bord», sagt Johnson.

Der Entdeckungsreisende zögert, wie niedergeschmettert. Rings herum gellen die Schreie der Flüchtlinge; sein Atem beruhigt sich gar nicht mehr.

«Ich sag's Ihnen, Mr. Park, der meint es absolut ernst.»

Wie auf dies Stichwort teilt Dassoud mit einem titanischen Sausen des Schwerts die Luft. Etwas wie ein Grinsen kräuselt seine Lippen.

Mungo steigt auf.

Eine Stunde später, meilenweit von der Straße nach Bambarra entfernt, tasten die drei Reiter sich gerade einen felsigen Abhang hinab, der mit Gerippen von Oryxantilopen und Buschböcken übersät ist, als Johnson plötzlich in seine Toga greift, eine silberne Duellpistole hervorzieht und Dassouds Rappen eine Kugel ins linke Auge setzt. Das Pferd bäumt sich auf, schlenkert den Kopf nach rechts und links, als wollte es Ohrenschmalz herausschütteln, und bricht dann über dem Oberschakal zusammen. «Los, machen wir uns auf die Socken!» ruft Johnson und peitscht wie ein Wahnsinniger auf seinen Esel ein, während Dassoud schwerfällig unter dem toten Pferd hervorkriecht. Der Entdeckungsreisende läßt sich das nicht zweimal sagen. Er bohrt die Fersen tief in Rosinantes Flanken, und das Tier fällt in einen halbherzigen Galopp, wobei es keucht und gurgelt wie ein Blasebalg voll Wasser. Inzwischen legt Dassoud Sandalen und *jubbah* ab, macht ein paar Rumpfbeugen und rennt ihnen dann nach, den Krummsäbel zwischen die Zähne geklemmt.

Johnson holpert auf dem störrischen Esel über die Felsbrocken dahin, Mungo treibt seinen stolpernden Gaul immer wieder an. Vor ihnen liegt eine endlose Ebene mit vereinzelten Büschen. Hinter ihnen setzt Dassoud wie ein Panther über alle Hindernisse. «We-wenn wir es bi-bis auf die Ebene schaffen, ha-haben wir ihn ab-abgeschüttelt», schreit Johnson. Mungo hält sich fest und betet. Dassoud ist nicht mehr als sieben Meter hinter ihnen, er rennt wie ein Ladendieb. Noch vier – noch zwei Meter – doch jetzt dröhnt glatter, fester Boden unter den Hufen, und der Abstand vergrößert sich allmählich wieder. Dassoud fällt auf zehn Meter zurück, dann auf fünfzehn, und Mungo bricht in Jubel aus. Johnson wirkt besorgt. «Warum so miesepetrig?» ruft ihm der Entdeckungsreisende zu.

«Haben Sie gesehen, wie dieser Kerl rennt?»

Mungo wirft einen Blick über die Schulter. Dassoud ist jetzt schon fast hundert Meter zurückgefallen. Sein Gesicht ist starr, sein Blick glitzert bohrend. Ein nackter Mann mit Muskeln wie eine Statue, der gegen sein Herz und seine Lunge, gegen die Sonne und die weite Ebene anrennt. «Na und?»

«Der wird uns einholen, ganz einfach.»

Das Pferd des Entdeckungsreisenden schaltet von Kantergalopp auf Trab zurück, es stolpert von einem lahmen Bein aufs andere, die Satteltaschen klappern wie Rumbakugeln. Der Esel dreht den Kopf und schnappt nach Johnsons Knie. Mungo ist auf einmal äußerst beunruhigt. «Mach dich nicht lächerlich», sagt er. «Wir sind doch beritten.»

Schweigend trotten sie dahin. Dassoud Arme sind wie Pleuelstangen. Er hält jetzt konstant die hundert Meter Abstand. Die Sonne brennt erwartungsgemäß wie ein frisch angeheizter Schmelzofen.

Mit traurigem, leidvollem Blick blinzelt Johnson zu Mungo hinüber. «Wollen Sie damit sagen, daß Sie die Geschichten über diesen Irren noch nie gehört haben?»

«Achhhh», macht das Pferd und verlangsamt zu einem zügigen Paßgang. Der Esel schwankt nebenher, die Ohren wackeln. Klappaklapp, klappa-klapp, klapp.

«Nein», antwortet Mungo, dem irgend etwas den Unterleib zusammenschnürt. «Hab ich noch nicht gehört.»

Dassouds Geschichte

Geboren wurde er in As-Sawiya, an der libyschen Mittelmeerküste, als dritter Sohn eines Berbersultans. Mit sechs geriet er in eine Stampede. Eine Viertelstunde lang trampelten die scharfen schwarzen Hufe auf ihm herum. Er bekam nicht einmal blaue Flecke davon. Im Alter von vierzehn begleitete er seinen Vater auf eine Strafexpedition gegen die Debbab-Araber. Die Araber lagerten in der Oase Al-Asisiya, ihre Feuer flackerten überall auf der Ebene wie ein abgestürztes Sternbild. Dassoud war mit vierzehn schon über einsdreiundachtzig groß. Der Feuerschein war gespenstisch, dann gellten die Schreie der Frauen. Einer ging mit dem Spieß auf ihn los. Er trennte dem Mann mit einem Krummsäbelhieb das Bein vom Körper, zerschmetterte ihm dann das Schlüsselbein und schlug ihm den Kopf ab. Zur Vergeltung spritzte ihm sein Gegner Blut ins Gesicht. Dassoud machte einen Satz nach hinten, ganz schockiert und benommen, sein Puls pochte, der scharfe, salzige Geschmack von Blut lag auf seinen Lippen ... dann wollte er mehr davon. Zwei Tage später wurde sein Vater getötet. Sechzehn abtrünnige Debbab ritten über die Wüste zu der kahlen Hochebene Al-Hammada Al-Hamra davon. Dassoud verfolgte sie. Einer nach dem anderen starben sie in jener Nacht.

Als er zwanzig war, führte er eine Karawane durch die

Große Wüste. Ihr Ziel war Timbuktu am Niger, sechzehnhundert Meilen weiter südlich. Es war eine schwierige Unternehmung. Sandstürme verschluckten sie, Kamele verdursteten, Brunnen trockneten aus. Als sie Ghad erreichten, waren sie fast um die Hälfte dezimiert. Die Sonne ließ den Horizont wabern, Dünen rollten in den Himmel hinein wie Wogen auf einem eisernen Meer. Als die Brunnen von Tamanrasset ihnen die Labung versagten, fielen sie übereinander her. Dassoud war einsdreiundneunzig groß und wog hundertsieben Kilo. Er gehörte zu denen, die es überlebten. Die anderen zwölf scharten sich um ihn. «Wir versuchen, bis nach Taoudenni im Norden von Ludamar zu kommen», sagte er. «Das ist unsere einzige Chance.»

Die Oase von Taoudenni lag in einer Senke zwischen Basalthügeln, die sich aus dem Sand erhoben wie die Backenzähne eines halbverschütteten Riesen. Seit den Tagen des Propheten war es die wichtigste Wasserstelle auf dem Weg von Tamanrasset nach Dscharra. Die Quellen galten als unerschöpflich. Als die Karawane in Sichtweite der Oase kam, hatten sie seit drei Tagen nichts mehr zu trinken gehabt, ihre Lider waren geschwollen, die Kehlen wund. Ihre Handelswaren – persische Teppiche, Salz, Musketen, Kif – lagen weit hinter ihnen in den Dünen verstreut noch immer auf den verwesenden Packtieren festgeschnallt. Als sie sich den Quellen näherten, stolperte das letzte Kamel und fiel zu Boden, wobei es mit den Beinen in der Luft ruderte. Einer der Männer stieß einen Schrei aus: Aufgespießt auf dem Vorderbein des Tiers steckte der abgenagte Brustkorb eines Menschen. Die Knochen klapperten und rasselten, Würfel im Knobelbecher. Die Händler sahen sich um. Der Sand formte kleine Hügelchen – Hunderte von ihnen –, aus denen hier eine Hand ragte, da eine Schädelplatte aufblitzte. Taoudenni war trocken.

Dassoud forderte das Kamel. Zwei Männer stellten sich ihm entgegen. Beide brachte er um. Dann ließ er das Tier zur Ader, trank in tiefen Zügen aus der klaffenden Arterie und sammelte den Rest in einer *guerba*. Er aß die inneren Organe, die Magenwand, alles feucht und roh. Als er die anderen zum letztenmal sah, kauerten sie vor einer Felsspalte, die früher einmal Wasser gespendet hatte.

Nachts lief er, tagsüber grub er Insektenlarven, Skorpione und Käfer aus der Erde. Er zerquetschte sie wie Nüsse und ließ den Blick dabei über die vom Wind gefurchten Dünen gleiten, er war leicht überdreht, sein Leben am Ende des dünnen Fadens angelangt. Es amüsierte ihn. Je aussichtsloser die Lage wurde, desto stärker fühlte er sich. Eines Nachts, er saugte gerade den Panzer eines Skorpions aus, allein im Universum und hoffnungslos verirrt, die *guerba* leer, da merkte er, daß es ihm Spaß machte. Die Wüste war hart. Er war härter. Wenn es ihm in den Sinn gekommen wäre, hätte er auch umdrehen und nach Libyen zurückschlendern können.

Zwei Wochen nach seinem Abgang aus Taoudenni stolperte Dassoud zufällig in die Oase Tarra. Er tauchte die *guerba* in den tiefen Brunnen ein und trank, bis er kotzte. Während er kotzte, bemerkte er einen Schatten über sich, einen Schatten, den drei von Alis Elite-Reitern warfen. Er kniete im Sand; sie richteten ihre Musketen auf ihn. Wasserdiebstahl war unter den Mauren ein ebenso schändliches Verbrechen wie Kidnapping oder Geschlechtsverkehr mit dem Vieh des Nachbarn. Die Strafe war der Tod. Dassoud lauschte dem Klicken der Hähne. Er war verhungert, ausgetrocknet, erschöpft, unbewaffnet. Der erste schoß ihn durch den Ellenbogen, der zweite zog ihm den Krummsäbel quer übers Gesicht, der dritte war kein Problem. Als sie erledigt waren, riß er einem der Pferde ein Bein aus, schlang es hinunter und legte sich schlafen. Am nächsten Morgen ritt er in Benaum ein, donnerte bis vor Alis Zelt und bot dort seine Dienste als Scherge und menschlicher Schakal feil.

Flucht! (Forts.) «Jesus Christus, Maria, Joseph und Alle Heiligen», flucht Mungo und sieht über die Schulter, «hättest du nicht ein bißchen höher zielen können?»

«Wär gegen meine Grundsätze.» Johnson joggt nun neben seinem Esel her, seine Toga ist schweißdurchnäßt. «Hab mal», keucht er, «einen erschossen ... damals in London. Das hat 'nem kleinen Jungen das Herz gebrochen, pff-pff, hab mir das ... nie verzeihen können.»

«Grundsätze?» echot der Entdeckungsreisende und fragt sich, wie weit Grundsätze beim Abwenden eines frühen Todes wohl reichen können.

Dassoud hinter ihnen zeigt keine Spur von schwindenden Kräften. Im Gegenteil belegt er seit etwa einer Stunde den Rücken dem Entdeckungsreisenden mit Kraftausdrücken. Dabei blitzt die fuchtelnde Klinge im Sonnenlicht auf, wie um seine Worte zu unterstreichen. «Unbeschnittener!» gröhlt er. «Schweinefresser!»

Mungo zieht den Hut über die Augen und hat eine Vision der Küche in Selkirk: frisch gepflückte Blumen, kalte Schinkenplatte, Ailie lächelt zu ihm auf. «Ist dir schon aufgefallen, daß der Bursche da hinten irgendwas gegen mich persönlich hat?»

«Ha!» sagt Johnson im Weitertorkeln. «Der haßt Sie. Haßt Sie genau wie ein ... Bart das ... Rasiermesser oder ein Luftballon die ... Stecknadel. Ist doch klar. Sie ... betreten hier die Szene mit Ihrem ... Weizenhaar und Ihren Katzenaugen, ein Monstrum und Wunder», keucht er und ringt nach Luft. «Was, glauben Sie denn, war er vorher? Ebenso gut können Sie ... erwarten, daß sich ein Straßenköter mit 'nem Schoßhündchen anfreundet.»

«Oh», sagt Mungo.

Der Tag neigt sich, Johnson ist mürrisch und schweigsam, dem Pferd des Entdeckungsreisenden rinnt Blut aus den

Nüstern, und Dassoud verfolgt seine Beute mit der eisernen Entschlossenheit eines Wolfs. Der Gaul wird zum Problem. Der Entdeckungsreisende hat ihn soweit geschont wie möglich, indem er immer mal wieder abgestiegen und ein bis zwei Meilen zu Fuß gesprintet ist, doch trotz all seiner Bemühungen steht das Vieh schon den halben Nachmittag hart am Rande des Kollapses – einmal hat er ihm den Schwanz in Brand setzen müssen, damit es weiterging. Johnsons Esel hält sich nicht viel besser, täuscht Lahmheit vor, bockt und beißt, schreit wie eine Dampforgel. Kein Zweifel – es ist nur eine Frage der Zeit, bevor eines der Tiere aufgibt und Dassoud sie einholt. Und dann: adieu Niger, adieu Afrika, gehabt euch wohl, ihr irdischen Plagen.

Aber gerade als die Lage am düstersten ist, juchzt Johnson auf wie ein schiffbrüchiger Matrose, der einen Mast am Horizont erspäht. «Sehen Sie doch!» jubelt er. «Da vorne, hinter den Bäumen!» Der Entdeckungsreisende folgt seinem Blick. Wie ein nachlässigvernähter Saum schlängelt sich da über den bewaldeten Hügel vor ihnen die Straße nach Bambarra. Doch was ist das? Eine Rauchsäule scheint auf der Straße entlangzutreiben, ihr spitz zulaufendes Ende bewegt sich schon weiter vorn. Anfangs denkt der Entdeckungsreisende an Straßenkehrer – Tausende von Straßenkehrern, die dort die Piste fegen, aber dann kommt es ihm wie eine Erleuchtung: die Flüchtlinge aus Dscharra! Sie sind im Kreis geritten! «Johnson!» ruft er aus. «Du bist ein Genie!»

Die neue Entwicklung ist allerdings auch Dassoud nicht entgangen. Der Oberschakal legt noch einen guten Zahn zu, stürzt vorwärts wie ein Sprinter knapp vor dem Zielband. Der Abstand verkürzt sich auf fünfzig Meter, dann auf vierzig, Johnson prügelt seinen Esel, Mungo peitscht auf das Pferd ein, der Abstand verkürzt sich auf dreißig Meter. Dann tut Johnson etwas Merkwürdiges. «Alter Mandingo-Trick», schreit er, stopft sich das rechte Eselsohr in den Mund und schlägt die Zähne hinein, als bisse er in ein gut durchgebratenes Kotelett. Der Esel kreischt auf, bockt zweimal und rast dann davon wie eine dreijährige Stute beim Steeplechase. Mungo macht es ihm nach, das Ohr des Pferdes fühlt sich an wie ein Filzband auf der Zunge, und er beißt zu, bis er Blut schmeckt. Und tatsächlich, der alte Gaul erwacht wieder zum Leben, galvanisiert seine letzten Reserven zu einem wilden Gewirbel von Fesseln und Hufen.

Johnson und Mungo, Esel und Gaul zischen wie Raketen über den Felsboden, durch ein paar Bäume und auf die Straße hinauf, wo Johnson den gespenstischen Figuren, die sich da aus dem Staub schälen, auf Mandingo etwas zubrüllt. Dann wirft sich der Esel in die Menge, Nacken an Nacken mit dem Pferd des Entdeckungsreisenden. Müde Flüchtlinge hüpfen beiseite, die Hufe donnern auf die Straße, Kinder fliegen durch die Luft. Im nächsten Moment kommen die Reiter auf der anderen Seite des Zuges heraus und galoppieren nun parallel zur Straße weiter. Johnson tritt auf den Esel ein, seine Ellenbogen rudern, als wollte er gleich abheben, die Bäume verschwimmen, und der Entdeckungsreisende versucht verzweifelt, Schritt zu halten. «Jetzt!» brüllt Johnson, und wieder tauchen sie in die Talkumwolke ein. Diesmal werfen sie eine Sänfte um und rempeln einen Dorfältesten nieder, der einen geschnitzten Götzen unter den Arm geklemmt hält. Die ganze Zeit über quasselt Johnson auf die verdutzten Leute ein: «Haltet ihn auf! Laßt den Mauren nicht durch!» Noch zwei weitere Male queren sie in halsbrecherischem Tempo von einer Seite zur anderen, hinter sich wirbelnde Kiesel und eine aufgedröselte Staubwolke, bis Johnson von der Straße abbiegt und in den Wald eintaucht, der Entdekkungsreisende dicht auf seinen Fersen.

«Pssst!» warnt Johnson, während er in einem Gewirr aus Kletten und glänzenden schwarzen Dornen absteigt.

Dem Entdeckungsreisenden schlägt das Herz gegen die Rippen. Er klettert von dem schnaufenden Gaul und kauert sich in die Vegetation. «Haben wir ihn abgehängt?» flüstert er.

Oben auf der Straße rumpelt die langsame, verhangene Prozession vorbei. Der Entdeckungsreisende kann hier ein Bein, dort einen Kopf ausmachen, ein Hinterteil von Schaf oder Ziege. Stetiger Lärm dringt herüber, dann und wann von Flüchen und Schreien durchsetzt. Von Dassoud keine Spur. Doch urplötzlich – wie der Schwarze Mann sich auf das schlafende Kind hechtet – ist er da! Unermüdlich und total fixiert trabt er neben der Karawane her und späht in die Staubwolke hinein, die Augen vor Zorn so verschwiemelt, daß sie aussehen wie hartgekochte Eier. Seine Schienbeine sind voller Kratzer und blauer Flecken, von den Waden rinnt ihm das Blut. Er dreht sich nicht einmal in ihre Richtung um.

Tief in den Büschen streckt Johnson die Arme aus, die Handflächen nach oben.

Der Entdeckungsreisende starrt ihm in die Augen, ein blödes, euphorisches Grinsen legt sich über sein Gesicht, und er läßt auf die ihm entgegengehaltenen Handflächen die eigenen klatschend niederfallen.

Die Strassen von London

Zu jener Zeit waren die Straßen Londons verpestet, verkotet und mit Krankheitserregern verseucht wie eine endlose Serie von Misthaufen, doppelt so gefährlich wie ein Schlachtfeld und ebenso unregelmäßig gepflegt wie die tiefsten Verliese des Narrenkerkers. Es war ziemlich wüst. Betrunkene lagen quer über den Fußwegen, manche tot und stinkend und von Krähen bedeckt. Ganze Familien kauerten an den Ecken und bettelten um Brot. In den Seitengassen wurden Morde verübt. Vergilbte

Zeitungen klebten an den Laternenmasten, Steingut- und Flaschenscherben knirschten beim Gehen unter den Füßen, Gemüsereste und Geflügelknochen verwesten an den Mauerrändern. Schweinescheiße überall. Schlamm, Kohlenstaub, Asche, tote Katzen, Hunde, Ratten, mit Exkrementen verschmierte Lumpen, und das Schlimmste waren die offenen Kloakenkanäle. «Sir, wir leben wie in einer Hottentotten-Kolonie», klagte Lord Tyrconnel in einer Rede vor dem Oberhaus. «Unsere Straßen quellen über von derartigen Dreckbergen, daß selbst ein Wilder staunend davorstünde.» Andere pflichteten ihm bei. Eine Gesellschaft für Öffentliche Reinlichkeit wurde gebildet, eine Sozietät für Saubere Luft. Man veranstaltete regelmäßige Treffen, hielt sich an die *Richtlinien Parlamentarischer Prozedur von* Bledsoe, rügte Mängel und erreichte rein gar nichts.

Immerhin gab es ein paar private Mistsammler und eine Handvoll Straßenfeger. Doch die Mistsammler trugen den Kot nur zu bestialisch stinkenden Haufen in ihren Hinterhöfen zusammen, und die Straßenfeger schufen lediglich dampfende Dreckberge. Doch der überwiegenden Mehrheit der Einwohner blieb gar keine andere Möglichkeit der Abwässerbeseitigung als ihre eigenen Hinterhöfe und die überlaufenden Gullyrinnen, die die Verkehrswege zerteilten wie langgezogene Wunden. Verbissen stapften Geschäftsinhaber hinaus auf die Straße, um ihre Nachttöpfe auszukippen, Wirte kalkten die Außenwände der Kneipen, um den Uringestank abzutöten, Haushälterinnen schmissen den nächtlichen Mist eimerweise aus den Fenstern des zweiten und dritten Stocks. «Vooor-sicht Schiete!» rief das Dienstmädchen, und gleich darauf flog ein dunkler Brocken im hohen Bogen über den Bürgersteig und landete klatschend auf der Straße, von wo er dann zentimeterweise auf die faulige Kloakenrinne zurutschte. Dies war natürlich recht lästig für den zufälligen Passanten, der meist ohnehin schon hinkte und seine Kleider abputzte, da er soeben in einen offenen Kellerverschlag gefallen war oder es mit einem der mehreren tausend tollwütigen Hunde zu tun bekommen hatte, die nach Belieben in der Stadt umherstreiften. Und als wäre all das nicht genug, waren die Gullys für gewöhnlich randvoll mit Pferdedung, Schweineohren und anderen Schlachtabfällen verstopft, so daß sich die Abwässer in dunklen Bächen und dampfenden Sümpfen stauten – der Fußgänger stand nicht nur bis zu den Knöcheln im menschlichen Kot, er mußte außerdem noch den herumfliegenden Klumpen ausweichen, die von vorbeifahrenden Kutschen aufgewirbelt wurden.

Da die Straßen dermaßen unerfreulich waren, pflegten die bemittelten Stände per Kutsche oder Sänfte von einem Ort zum anderen zu gelangen. Die Sänfte war besonders gut an Zeit und Ort angepaßt, bot sie doch den Privilegierten Bequemlichkeit und Sicherheit, außerdem einigen wenigen der hungernden Massen eine Verdienstmöglichkeit Sie bestand aus einem geschlossenen Abteil, an dem seitlich parallele Stangen befestigt waren. Diese Stangen wuchteten sich die Sänftenträger auf die Schultern, einer vorne, einer hinten. Die Träger, verarmte Produkte der Inzucht mit Hasenscharten und deformierten Köpfen, verdienten ein paar Pennies; die Dame, die zum Tee ausging, kam dort an, ohne daß ihr Petticoat mit Scheiße beschmiert wurde. Vorteile auf allen Seiten also. Doch es gab einen weiteren Pluspunkt der Sänfte: einmal drinnen, war man unsichtbar. Man zog einfach die Vorhänge zu und spähte durch die Spalten. Sehen, aber ungesehen bleiben.

Gäbe es ein besseres Beförderungsmittel für einen Unsichtbaren?

Die Ballade von Jack Hall

Mit einer gewissen Mutlosigkeit sieht Ned zu, wie Boyles' magere Schultern und der abgeplattete Kopf in der Menge verschwinden. Er blickt sich verstohlen um, fühlt sich nackt und verletzlich, ein Krebs ohne Panzer. Weiter vorn auf der Straße steht eine Reihe Sänften. Ned humpelt auf die erste zu, drückt dem Träger eine Münze in die Hand und verschwindet im Innern. Die Vorhänge sind zu. Es ist dunkel wie im Mutterleib. In Neds Kopf jagen einander die Listen und Finten und Gegenlisten. Er ist von der eigenen Stimme überrascht. «Monmouth Street», ruft er. «Zu Trödel-Rose.»

«Trödel-Rose» ist ein auf Damenbekleidung spezialisierter Second-Hand-Shop, der von Sally Sebum immer wärmstens empfohlen wurde («Die hat echt die besten Angebote inner ganzen Stadt, diese Rose»). Er gehört zu einer Reihe von Gebrauchtwarenläden, die alle auf zwei Häuserblocks konzentriert sind und deren Kunden Bedienstete aus reichen Häusern (Verkäufer), Frauen von sparsamen Kleinbürgern (Käufer) und arme Leute (nur mal anschauen) sind. Die schlierigen Erkerfenster zur Straße hin zeigen die Formationen vergangener Moden: Reifröcke, Hüte und Fischbein-Korsetts; Petticoats, Sonnenschirme, Hüte, Häubchen und Tournüren. Über der Tür baumelt schief ein Schild:

> Hier wern alle Gewender
> Gereinicht bevor dem Verkauf

Neds Sänfte setzt mit einem Scharren vor dem Laden auf. «Monmouth Street», verkündet der Träger und reißt die Tür auf.

Während er im Dunkeln durch die belebten Straßen geschaukelt wurde, hat Ned sich ein paar Gedanken gemacht. Boyles, das wurde ihm klar, ist restlos unzuverlässig. Sobald der ein paar Schluck intus hat, wird er alles ausposaunen: *Ned Rise is am Leben! Ich hab doch mit ihm geredet! Richtich angefaßt hab ich'n*! Das Gerücht wird sich wie Tinte in Wasser verbreiten, die Runde durch die Bars machen, mit der Suppe serviert werden, bis es schließlich im Flüsterton die Ohren von Mendoza, Smirke, Twit und den übrigen erreicht. Zwei Wochen. Mehr braucht er gar nicht. Wenn er noch zwei Wochen durchhält, kann er fünfhundert Pfund von «Tschitschikoffs Auslese» loswerden und sich ganz aus der Stadt absetzen. Vielleicht sein Glück auf dem Kontinent versuchen. Paris, Den Haag, Livorno.

«Monmouth Street», wiederholt der Sänftenträger.

Ned rückt sich die Perücke zurecht und kommt hinkend hinaus. Er reicht dem Träger eine halbe Krone. «Warte hier», sagt er, «und hab ein Auge auf den Korb mit Fischeiern da, in Ordnung?»

Eine anämische Glocke bimmelt über der Tür, als Ned den Laden betritt. Er befindet sich in einem übelriechenden Raum; nur wenige Lichtbalken dringen durch die Lawinen von Damengarderobe, die sich vor den Fenstern auftürmen. Es riecht nach Kleidern, die jahrelang ungewaschen auf Körpern klebten, zwischen den Beinen und unter den Achseln gekniffen haben und sämtliche dem Menschen bekannte Parasiten und Krankheiten beherbergen. Er sieht sich nach der Besitzerin um. «Bedienung!» ruft er. Der Laden scheint verlassen.

Doch dann hebt sich, ganz hinten in einer Ecke, ein Lumpenbündel von dem allgemeinen Chaos hervor und schlurft auf ihn zu. Das Lumpenbündel entpuppt sich als ein altes Weib, das in eine mottenzerfressene Kutte gehüllt ist. Sie sieht aus, als ob sie sich ausschließlich von tausend Jahre alten Eiern ernährt. «Ja?» krächzt sie mit rostiger

Stimme. «Was woll'n wir denn? Kaufen oder bloß glotzen?»

«Frauenkleider», sagt Ned. «Von oben bis unten: vom Rock bis zu den Handschuhen und Schulterstücken, dazu ein Käppchen mit Band unterm Kinn und die größte Haube, die du hast.»

«Iiih-hiiih», kichert die Ladeninhaberin. «Bißchen was zum Rausputzen für die junge Dame, wie?» Sie pufft ihm den Ellenbogen in die Rippen und zwinkert.

Ned hat plötzlich ein schwindelerregendes Déjà-vu.

«Hast se wohl nackig in irgend 'ner Dachstube sitzen, was? Die Klamotten in Fetzen vom Leib gerissen haste ihr, hab ich recht, du Tier, du gräßliches? Iiih-hiiih!» lacht sie und pufft ihn noch einmal.

Ned weicht zurück. Das Gesicht der Frau ist völlig fleischlos, die Haut spannt über den Knochen. Sie ist zur Hälfte kahl. Etwas glitzert auf ihrer Unterlippe.

«Wie wär's denn hiermit?» schnauft sie, indem sie ein Bündel geblümter Röcke vom Boden aufhebt. «Und mit dem da?» Sie langt nach einem Trumm von Schleierhaube, auf der sich Obstimitationen und goldglänzende Verzierungen türmen.

«G-gut», stottert Ned, in dessen Armen sich immer mehr Baumwolle, Musselin, Wolle und Chintz stapelt. Die Situation ist ihm völlig entglitten, die alte Kupplerin macht ihn einfach sprachlos, und er kämpft innerlich mit dem Gefühl, daß er all das schon mal erlebt hat.

«Petticoats?» Die Alte schielt ihn lüstern an. «Unterzeug?»

Ned häuft die Sachen auf den provisorischen Ladentisch – ein über zwei Fässer gelegtes Brett. Die Trödlerin zieht einen verschmierten Zettel und einen Bleistift hervor und fängt an, Zahlen auf das Papier zu krakeln. Sie summt etwas. Nein: sie singt. Er erkennt die Melodie. Die «Ballade von Jack Hall».

«Ach, es baumelt der Strick, und ich scheide dahin, scheide dahin», jammert sie und eiert durch die Oktaven wie eine Säge durch ein nasses Stück Holz. «Es baumelt der Strick, und ich schei-heide dahin.» Dann rollt sie mit den Augen. «Vier Shillings zwei Pence, du Wüstling», gackert sie. «Iiih-hiiih!»

«Gibt's hier ein Hinterzimmer?» will Ned wissen.

«Hinterzimmer? Kannste nich warten, bisde in deiner eigenen jämmerlichen Bude bist? Was biste überhaupt für einer? Wohl so'ne perferse Type, wo sich in Weiberklamotten ein' abwichsen tut wie 'n geiler Kater? Oder was? Häh? Biste so einer, du Firsichgesicht?»

Ned legt einen Shiling dazu. «Zeig's mir einfach, wo es ist, klar?»

Die Alte deutet nach hinten und fängt dann an, ihr Geld zu zählen. «Komische Typen gibt's. Iiih-hiiih!»

Zehn Minuten später kommt er wieder aus dem Hinterzimmer, schön und verschämt. Die Röcke sind verdreckt und stinken ein wenig, aber von weiter weg merkte man es sicher nicht. Er hat sich das Käppchen unter dem Kinn festgebunden, das Haar straff nach hinten gekämmt und über das Ganze die gigantische Haube gestülpt.

Die Alte hockt auf einem Schemel hinter dem Ladentisch, vor sich einen Zinnbecher und einen Krug. Als sie gerade den Becher in sich hineinkippt, erblickt sie ihn und stößt ein sonderbares, gurgelndes Lachen aus. «Daß wir Fasching ham, haste mir aber nich gesagt», prustet sie, klatscht auf das Holzbrett und gackert. «Oder willste am Ende zum Tuntenball gehn? Hääh? Iiih-hiih-hiiih!»

Ned lüpft die Rockschöße und raschelt an ihr vorbei, fühlt sich zu unbehaglich, um ihr Kontra zu geben. Etwas an dieser alten Vettel stöbert in ihm ganz frühe Erinnerungen wach, versetzt ihm Stiche wie ein Alptraum im Uterus. Beim Verlassen des Ladens schaudert ihm, und in seinen Ohren klingt die splittrige alte Stimme nach:

Ach, es baumelt der Strick, und ich scheide dahin, scheide dahin,
Es baumelt der Strick, und ich schei-heide dahin;
Hängen muß ich, bis mir bricht das Genick, bricht das Genick,
Hängen muß ich, bis mir bricht das Geni-hi-hick;
Bis mir bricht das Genick, denn getötet hab ich einen Mann,
Und da er lag da auf der kalten, kalten Erd'

INZUCHT

«Zum Soho Square», sagt Ned.

Der Sänftenträger beäugt Haube, Röcke, Volants. Er ist ein großer, selten häßlicher Kerl, dessen Kopf kahlgeschoren und viel zu klein für den Körper ist. Aus den Ohren wächst ihm das Haar in Büscheln. «Villmals Vazeihung, Madamchen, aber die Fuhre hier is schon bestellt», erklärt er.

«Blöder Hund», knurrt Ned. «Siehst du nicht, wer ich bin?»

Der Mann packt Ned am Arm und hindert ihn am Einsteigen. «Na, wer denn?»

«Na, ich. Der Herr, dem die Fischeier da drin auf dem Sitz gehören.»

Der Träger mustert Neds Brustweite, das gekräuselte Bändchen unter seinem Kinn, die Locken, die aus der Haube herabhängen. Er blickt auf den Korb mit Fischeiern, dann wieder auf Ned. Er ist verwirrt. «Ey, Bob», ruft er, und der zweite Träger steckt den Kopf hinter der Sänfte hervor. «Das war doch'n Mannsbild, wo wa von St. James's hergekarrt ham, oder wer ich jetz schon ganz varückt?»

Bob ist klein und hat ein Mondgesicht, spitze Ohren und einen Flaum von grellroten Haaren, was ihm das Aussehen eines kastrierten Katers verleiht. «Nee, stimmt schon», sagt er. «So'n ältrer Herr, somit Hinkefuß. Mächtich rausgeputzt mit Dreispitzhut un Parücke un so – wiese inne Zeit von mein Großvadda alle aufgehabt ham.»

«Sehnse?» sagt der Kahlkopf. «Genau wie'ch Ihn gesacht hab, Madam – die Fuhre hier is anderweitich bestellt.»

Eine Kutsche rasselt vorbei und bespritzt die eine Seite der Sänfte mit Kot. Zwei Blocks weiter fällt ein Baby aus dem Fenster.

«Aber das versuche ich euch doch zu erklären!» schreit Ned. «Dieser Herr von eben, der bin ich!»

Bob schaut mißtrauisch drein, Kahlkopf ist verwirrt.

«Ich hab mich da im Laden umgezogen, merkt ihr das nicht?»

Keine Antwort.

«Hört mal, ihr müßt das so betrachten: Ein Mann wird zu einem Kostümfest eingeladen. Er nimmt sich eine Sänfte –»

«Ja», sagt Kahlkopf und nickt heftig.

«– und zwar auf St. James's Square, und fährt damit zur Monmouth Street-zu ‹Trödel-Rose›, genauer gesagt. Er gibt dem Träger eine halbe Crown, damit der auf seinen Korb aufpaßt, geht in den Laden, erwirbt dort Damenkleider, die er sich gleich anzieht, und setzt sich wieder in die Sänfte, um schnurstracks zu dem Kostümfest zu fahren – verkleidet als Frau.»

«Bekloppt!» sagt Bob verächtlich.

«Genau», setzt Kahlkopf hinzu. «Wer würd'n sowas machen?»

«Ach, macht's euch doch selber, alle beide», knurrt Ned, fuchtelt mit dem Sonnenschirm herum und hüpft in die Sänfte.

«Aber Missus», jammert der Kahlkopf. «Ich muß an Ihnen Ihre Anständichkeit applenieren. Wir ham von ei'm Herrn 'ne halbe Crown gekricht, das wa auf sein Korb mit Eier gut aufpassen tun. Und wie solln wa jetze den Herrn das klarmachen, wenn der aus den Laden kommt und mitkricht, daß Sie seine Eier un noch das Fahrgestell dazu sich übereichnet ham?»

Ned winkt den Mann heran, faßt ihn am Ellenbogen und flüstert ihm ins Ohr: «Gut, ich sag dir die Wahrheit – das Ganze ist nämlich äußerst kompromittierend. Sieh mal, ich bin die Geliebte von dem Herrn eben, und wir möchten nicht miteinander gesehen werden, weil seine Frau keinesfalls davon erfahren darf. Also: Er hat diese Fischeier hier als kleines Geschenk für mich dagelassen und ist zur Hintertür rausgeschlüpft, und jetzt werden wir uns in seiner Wohnung treffen, für ein kleines Tête-à-tête, wie es in Frankreich heißt.»

Der Mann kratzt sich am Kopf.

«Hier sagt man dazu ‹den Pimmel reinstecken›.»

Der Mann beginnt zu grinsen. «Wieso hamse das nich gleich gesacht? ... Ey, Bob – die sacht, dasse ne Kongkubiene is.»

Bobs Stimme dringt schwach von irgendwo am hinteren Ende der Sänfte herüber. «Na, dann wird's schon seine Richtichkeit ham.»

«Jaja», sagt Kahlkopf. «Wird schon seine Richtichkeit ham.»

«Zum Soho Square», sagt Ned.

Das Herz der Finsternis

Der Urwald. Dunkel und dicht. Zwei Gestalten kauern um ein schwächliches Flämmchen und braten Fleisch am Spieß. Löwen brüllen, Blitze zucken über den Horizont wie aufflackernde Ideen.

«Sagen Sie mal, Mr. Park, falls das nicht zu persönlich ist, aber was bringt Ihnen denn eigentlich das ganze Herumgeforsche? Ich meine, Sie lassen sich aushungern und beschimpfen, sterben fast an Fieber und Schüttelfrost, Ihre Kleider hängen in Fetzen, Ihr halbes Hab und Gut ist geklaut, und Ihr Pferd liegt da drüben in den Büschen, wie wenn's nie wieder aufstehen würde.»

«Schön, daß du mich danach fragst, Johnson. Weißt du – mmm meine Herren, riecht das gut! Was ist das noch schnell?»

«Tatzenballen vom Schakal. Das einzige, was die Geier nicht anrühren.»

«Hmmp. Man lernt eben nie aus ... Naja, also, ich bin das achte Kind von dreizehn. Weißt du, was das heißt?»

Johnson blickt von seinem Fleischspieß auf. «Daß Sie ein beinahe dämonisches Verlangen verzehrt, sich zu bestätigen?»

«Genau.»

«Und alle herkömmlichen Wege sind Ihnen versperrt – weil Sie Schotte sind und Ihr Vater bloß Kleinbauer. Also können Sie weder Politiker noch Offizier werden, und mit der Elite in den Salons und Clubzimmern rumhocken ist auch nicht angesagt –»

«Tja.»

«Was bleibt also noch? Sie vertrauen auf Ihren Mut und Ihre Ausdauer, ziehen los, um unbekannte Länder zu erforschen, und kehren dann als Held zurück. Stimmt's?»

«Schon – aber das ist nicht alles. Ich will das Unerfahrbare erfahren, nie Gesehenes sehen, Berge erklimmen und hinter die Sterne blicken. Ich will die weißen Flecken der Landkarten ausfüllen, den Geographen eine Lektion erteilen, denen von der Akademie ein Licht aufgehen lassen. Der Niger ... denk doch mal, Johnson: Kein Weißer hat ihn je zu Gesicht bekommen. Ich werde gesehen haben was keiner von ihnen gesehen hat – der Gutsherr von Dumfries nicht, Charles Fox nicht, ja nicht mal der König selbst.»

«Alles schön und gut», brüllt Johnson über die Protestbekundungen eines nahen Löwen hinweg. «Aber erstmal müssen Sie ja hinkommen, und dann noch den ganzen langen Weg wieder zurück – samt allen Notizen und ohne Schaden an Ihrem Denkvermögen, ganz zu schweigen vom Geh- und Sehvermögen.»

Doch Moment mal: Was ist das für ein Lärm da im Gebüsch? So vertieft waren sie in die Debatte, daß sie alles ringsum vergessen hatten – jetzt aber, da sie darauf achten, wird ihnen klar daß seit einiger Zeit tatsächlich dauernd Zweige wackeln und Blätter rascheln. Diese Erkenntnis packt sie wie ein Krampfanfall: Die Worte bleiben ihnen im Hals stecken, ihre Glieder werden schwer, die Ohren stellen sich auf. Ein Ast knackt, das Laub rauscht, und abrupt sind Entdeckungsreisender und Dolmetscher auf den Beinen, der eine umklammert einen dornigen Knüttel, der andere schwenkt eine Duellpistole mit Silbergravuren. Einen Moment lang herrscht Stille, dann fängt das Rumoren wieder an – und zwar kommt es unzweifelhaft direkt auf sie zu. Leopard, Löwe oder Wolf, denken sie. Oder schlimmer noch: Dassoud! «Komm raus da!» ruft Mungo. «Ob Mensch oder Hyäne!»

Ein Blitz zuckt am Himmel, Donner rollt über die Hügel. Johnson schluckt heftig und versucht, die Pistole ruhig zu halten. Mit dramatischem Wedeln teilen sich die Büsche – und hervor tritt gebückt der verhutzelte Wahrsager aus Dscharra. Das tote Perlhuhn hängt immer noch um seinen Hals, halb gerupft, schlaff und stinkend. *«Wamba ribo jekenek»*, grüßt er, und seine Tränensäcke und Falten versuchen eine Art Lächeln. *«Bobo kiimbo.»*

Im nächsten Augenblick hockt der Alte zwischen Entdeckungsreisendem und Dolmetscher, knochige Knie und aufgesprungene Fußsohlen, beschnüffelt den Spieß und plappert wie ein Affe, der gerade vom Baum gehüpft ist «Was für eine Nacht! Die Löwen sind auf der Jagd nach dem Mond. Hört ihr den da? Ziemlich nahe, wie? Hihi. Mmh, riecht aber gut hier. Ich weiß, wie man Fleisch brät, könnt ihr drauf wetten. Früher mal jedenfalls. Jetzt bin ich einsam und ohne Freunde, gräßliches Mißgeschick. Wußtet ihr das? Geht ihr zufällig in meine Richtung?»

«Was denn für'n Mißgeschick?» fragt Johnson. Der

Alte hat nur auf das Stichwort gewartet und startet eine langatmige Schilderung, ausgeschmückt mit geriatrischen Gebärden und untermalt vom Knirschen der rostigen Gelenke. Er heißt offenbar Aba Ebo – oder Eba Abo – der Entdeckungsreisende kommt da zu keinem endgültigen Schluß. Bei einem Scharmützel mit Mansongs Armee war er von den übrigen Flüchtlingen getrennt worden. Als Mansong erfuhr, daß die fliehenden Dscharraner die Grenze von Bambarra überquert hatten und bei ihm Asyl verlangten, hatte er anscheinend gemeint, die Zeit sei reif, dafür einen kleinen Tribut zu fordern – eine Art Kurtaxe. Hinter einer Straßenbiegung war er plötzlich aufgetaucht, eine enorme Erscheinung auf dem Rücken eines Elefantenbabys, umringt von etwa hundert spitzbäuchigen Kriegern in Leopardenfellen und Straußenfedern. Ihm voran ging ein *jilli kea*, ein Sänger, der seinen Forderungen gellend Gehör verschaffte. Die lange Schlange der Flüchtlinge kam zum Stillstand. Yambo, der Häuptling von Dscharra, bahnte sich den Weg nach vorn und protestierte, sein Volk sei zu Mansong während des Krieges mit Tiggitty Sego immer loyal gewesen und der Verlust ihres Dorfes und all ihrer Habseligkeiten sei ja wohl des Unglücks genug. In diesem Sinne liefere er sein Volk der Gnade des weisen und wohltätigen Herrschers von Bambarra aus.

Mansongs Zepter war von einem Menschenschädel gekrönt. Er schob seinen stolzen fetten Bauch zurecht und wiederholte seine Forderung. An diesem Punkt hatte sich der Wahrsager eingemischt. (Hier wird der Alte überaus lebhaft, rudert mit den dünnen Ärmchen herum und trommelt sich auf die Brust.) Wütend zwängte er sich durch die Menge und humpelte an Yambos Seite. Dann hob er die Fäuste und ließ salvenweise Schmähungen gegen den König von Bambarra los. Sego mochte ein Tyrann sein, hatte der Alte gekrächzt, aber Mansong sei dagegen ein Menschenfresser, der von Schwulen und Schakalen gezeugt sein dürfte. Mansong suhle sich im Kot und lutsche seinen Kriegern den Samen raus. Ein Dieb und eine Frau sei er – zum Beweis sehe man nur seine großen Hängetitten an. Für kurze Zeit waren beide Parteien stumm vor Verblüffung. Dann aber fiel Mansongs Armee mit einem Schrei über die wehrlosen Dscharaner her. Zweihundert wurden getötet, zumeist Frauen und Kinder. Den Rest führte man in Ketten ab.

«Und wie hast du entkommen können?» fragt der Entdeckungsreisende mit seinem stockenden Akzent.

Der Alte sieht auf, seine Züge sind von einem Grinsen verwischt. Lautloses Gelächter schüttelt die Knochen seines Brustkorbs. *«Mojo»* sagt er.

Der Entdeckungsreisende blickt fragend zu Johnson.

«Er meint, er hat sein *mojo* abgezogen», erklärt Johnson und versetzt dem Fleischspieß eine Drehung. «Sie wissen schon: Magie, schwarze Künste, Voodoo und Zauberei. Mit einem Medizinmann legt sich keiner gerne an.»

«Medizinmann?»

«Natürlich – was denken Sie denn, weswegen der immer mit dem Huhn da unterm Kinn rumläuft?»

Der Entdeckungsreisende springt auf. «Kann er – kann er die Zukunft weissagen?»

Johnsons Lider hängen schwer wie die eines Krokodils herab. Seufzend sieht er den Entdeckungsreisenden an. «Naja, ein Zigeuner ist er nicht, wenn Sie das meinen ... Aber überlegen Sie mal, möchten Sie denn wirklich, daß einer mit Ihren Omen und Vorzeichen Hexerei macht, Mr. Park? Hier und jetzt? Ich meine, wenn einem 'ne weiße Oma mal was aus dem Kaffeesatz plaudert, in irgend 'nem Wohnzimmer in London oder Edinburgh oder sonstwo, na gut – aber hey, das hier ist *Afrika*, Mann. Das Auge des Sturms, Gefilde der Geheimnisse, Herz der Finsternis. Und dieser alte nackte schwarze Mann hier mit den verschorften Füßen, dem sein Penis im Dreck baumelt – der albert nicht bloß rum!»

«Erzähl keinen Unsinn, Johnson. Ich hab das Glück der Schotten auf meiner Seite. Mir steht eine ruhmreiche Zukunft bevor, das weiß ich. Ein Lorbeerkranz, und ein Buch. Und Ailie. Machst du Witze: Ich werde vorm Kamin sterben, mit einer Katze auf dem Schoß.»

«Na gut. Sagen Sie nicht, ich hätte Sie nicht gewarnt.»

Über ihnen malen die Blitzstrahlen Mosaikmuster auf den Himmel, bis er glüht wie die Leuchtkarte eines astralen Stroms und seiner Nebenflüsse. In der Ferne hört man das abgehackte, verstimmte Grummeln des Donners. Johnson wendet sich an den alten Mann und murmelt etwas auf Mandingo. Die Reaktion von Ebo (oder Abo) kommt augenblicklich. Das Grinsen verfliegt, Krähenfüße breiten sich von den Augenhöhlen und Mundwinkeln her aus, Furchen graben sich ein, und tiefe Falten lassen Wange und Kinn hervortreten, bis er verwandelt ist, nicht wiederzuerkennen, ein großer trauriger Bluthund, eine Wachskugel, ein ungeformter Tontopf. Zitternd erhebt er sich und packt des Entdeckungsreisenden Hand, mustert sie prüfend, wie eine Schrift oder ein Gemälde. Die ledrigen alten Finger huschen über Knöchel und Gelenke, ein wilder Blitz leuchtet am Himmel, der Donner poltert herab wie ein Riese, der über die Erde schreitet. Der Wahrsager spuckt in Mungos Handfläche und murmelt irgendeine vorsintflutliche Zauberformel immer wieder vor sich hin, *mojomojomojo*, die Augen fest zugekniffen, der Donner dabei wie Stammestrommeln. Endlich blickt er in die mächtige weiße Hand, und seine Augen weiten sich. Ein Zucken, wie ein Schlag. Er stößt den Schrei eines waidwunden Tiers aus und faßt sich an die Brust.

Eine Hyäne lacht in der Nacht. Der Wind schmeckt nach Sand. Mungo hat Angst. «Und?» fragt er, seine Stimme ist ein gepreßtes Vibrato. «Was siehst du darin?»

Aber der Alte antwortet nicht. Schon rückt er von dem Entdeckungsreisenden ab, hält sich die Hände vors Gesicht, seine gebückte schwarze Gestalt ein Schatten unter Schatten. ZACK! Ein Blitz taucht die Lichtung in gleißendes Weiß, und der Alte ist ein Gespenst. ZACK! Johnson ist bleich wie Milch. *«Obi-lo-bojóto»*, intoniert der Seher. *«Obi-lo-bojóto.»*

«Johnson! Was sagt er da?»

Johnson starrt ins Feuer.

«Johnson!»

Der Dolmetscher dreht langsam den Kopf, bedächtig wie eine Pflanze, die der Sonne folgt. Alles Getier der Ebene heult im Unisono, und der Himmel ist hell erleuchtet wie ein Ballsaal. «Er sagt, Sie hätten hübsche Hände.»

«Hübsche Hände!? Was zum –»

Frage oder Ausruf, es bleibt für immer unvollendet. Denn in diesem Moment öffnen sich die Schleusen des Himmels, die ersten fetten Tropfen stürzen herab wie Steinbrocken, knallen auf die versengte Erde und die welken Bäume.

Die Regenzeit hat begonnen.

HEUREKA!

Vier Tage später stapfen Entdeckungsreisender, Dolmetscher und Wahrsager – dicht gefolgt von Pferd und Esel – im Nieseln und Pieseln periodischer Regenschauer die Straße nach Segou entlang, der Hauptstadt von Bambarra. Ihr eigentliches Ziel ist Segou Korro, die westlichste der vier Siedlungen, aus denen Segou sich zusammensetzt (die anderen sind Segou Bu, Su Korro und Segou Si Korro). Laut dem alten Ebo, der in seiner Jugend zweimal dort war, ist es eine weltoffene Stadt: Palmwein, Fleisch und *sulu*-Bier in Hülle und Fülle, überall erklingt lüsternes Lachen, Fetzen von Liedern, das Kreischen von Hahnenkämpfen, in den Gassen drängen sich Huren, die Halsreifen aus Messing tragen und deren Haut sich anfühlt wie ein Brunnengrund. Es gibt Jongleure und Zwerge und

Akrobaten, Männer, die Hühnern den Kopf abbeißen, unbeschreibliche Wunder. In Segou fließt das Wasser bergauf. Die Menschen dort sprechen rückwärts. Unzucht herrscht in den Straßen, in den Gassen, in den Höhlen des Lasters. Juwelen liegen wie Kiesel herum. Man pflastert die Straßen mit Marmor, die Händler speisen von vergoldeten Tellern, essen kann man, was das Herz begehrt: Geflügel und pochierter Fisch, Eier, Hammel, Reis. Und dann der Bazar – der Bazar ist unwahrscheinlich, grenzenlos, ein Katalog menschlicher Begierden, menschlicher Träume, unmenschlicher Wünsche. «Da gibt's alles, was man will», krächzt der Alte und leckt sich die Lippen. «Dolche, Sklavenmädchen, sprechende Affen, Haschisch.» Der Entdeckungsreisende bekommt feuchte Handflächen. Ja, nach all den sterbensöden Monaten in der Wüste ist die Aussicht auf eine Stadt – eine Negerstadt – etwas Aufregendes. Aber das ist nur der eine Grund. Städte hat er schon viele gesehen. Was sein Blut pulsieren und seine Organe zucken läßt: Diese Stadt liegt im Gegensatz zu jeder anderen der abendländischen Geschichtsschreibung bekannten – direkt am Westufer des legendären Flusses, am Niger.

Der Niger! Bei dem Gedanken ist er wie betäubt. Cäsar, Alexander der Große, Houghton, Ledyard – keiner von ihnen kam auch nur in seine Nähe. Seinetwegen hat er gelitten, auf alles verzichtet, sich die Verdauung ruiniert, die Frau verlassen, die er liebte. Der Niger. Er spukt in seinen Träumen, säuert ihm den morgendlichen Tee, ätzt seinen Lauf in seine Phantasie ein. Und jetzt, endlich, ist er zum Greifen nahe.

Beinahe jedenfalls. Einstweilen allerdings sieht es ziemlich trübe aus. Sie sind alle drei am Verhungern, erschöpft bis auf die Knochen, verfroren schlurfen sie dahin wie ein Altersheim auf Wanderschaft. Der Seher mit seinen aufgeplatzten Füßen, den arthritischen Knien; der

Entdeckungsreisende mit Pusteln und Blasen und verfaulenden Stiefeln; Johnson mit fetten braunen Egeln zwischen den Zehen und unter der Toga. Pferd und Esel humpeln auch nur noch, mittlerweile fast völlig nutzlos. Hinter ihnen hebt und senkt sich die Landschaft, rauh und unwegsam, vernarbt wie eine von Akne zerstörte Wange. Vor ihnen: noch mal das gleiche. Da kommen abrupte Abhänge, Hügel und Täler, Grate und Rinnen. Ciboa-Haine sind dunkle Flecken in den Tälern, und mächtige Tabbas, mit Stämmen so dick wie Big Ben, wachen still auf den Gipfeln. Unter ihren Füßen welkes Guineagras und Ginstergestrüpp voller Kletten und Dornen. Überall lauern Schlangen, Skorpione, Spinnen so groß wie Omeletts. Verwilderte Hunde heulen hinter Kaktusbatterien, und Schmutzgeier mit kahlen Köpfen und schwarzen Schwingen hocken auf den Bäumen wie Grabräuber bei einer Beerdigung. Die Straße, wenn sie denn diesen Namen verdient, ist nicht mehr als ein Weidepfad.

Es regnet jetzt stärker, in bohrenden Tropfen. Als der Regen anfing, gerieten sie in Ekstase. Sie machten Freudensprünge und schlugen Rad. Sie wälzten sich darin, hielten ihm offene Münder und Hemden entgegen, klatschten und jubelten und tanzten wie begnadigte Verbrecher. Sie schliefen im Schlamm, erwachten lachend, den Regen im Gesicht, sein süßer Geruch hing in den Bäumen. Wenn sie auf der glitschigen Straße ausrutschten, lachten sie. Auf einmal war das Universum freundlich gesinnt. Sie liebten es.

Aber das war vor fünf Tagen. Was zuviel ist, ist zuviel. Manche Pfützen sind knietief. Der Morast zerrt an den Füßen. Atemwege sind blockiert, die Nasen triefen, die Ohren sind verstopft. Jeder Morgen ist von Dunst und Nebel verhangen, alles verschwommen wie im Traum, die Luft feucht und stinkend. Große graue Phantome schrecken vor ihnen auf und trappeln ins Nichts davon – wiehernd und quiekend, zischend, brüllend. Die Anspannung macht sich langsam bemerkbar. Es kommt der Punkt, eines späten Nachmittags, wo der Entdeckungsreisende nicht mehr die Kraft zum Weitergehen aufbringt. Nachdem er sich eine halbe Stunde abgemüht hat, sein Pferd durch eine Klamm zu zerren, in der er bis zum Hals in brodelndem gelbem Wasser stand, läßt er sich völlig erschöpft an den Wegesrand fallen. Der alte Mann sinkt neben ihm nieder, Johnson hustet klumpigen Speichel aus und tut es ihnen nach. Pferd und Esel kollabieren wie Papiertüten.

«Noch – weit?» keucht Mungo, in dessen Stimme der Katarrh blubbert.

Johnson spuckt von neuem aus, dann schneuzt er sich in seine klatschnasse Toga. «Fragen Sie mich nicht – ich bin auch noch nie dort gewesen.»

Die beiden wenden sich an Ebo. Gezeichnet, gebückt und nackt kauert der wie ein mittelalterlicher Wasserspeier unter einem Busch. Das Perlhuhn hat durch Fäulnis einen Flügel verloren, hängt ihm aber immer noch vom Hals, die Federn schwer von Nässe und Maden. *«Woko baba daas»*, krächzt er.

«Zehn Meilen», nuschelt Johnson. «Morgen früh sind wir da.»

Der Morgen kommt wie eine Ohrfeige, hart und grell. Johnson ist schon auf, sammelt Beeren und Pilze, als der Entdeckungsreisende blitzartig hochfährt und über sich den wolkenlosen Himmel sieht, auf dem zwei Falken gemächlich ihre Kreise ziehen. Anfangs ist er verwirrt und desorientiert, dann fällt es ihm ein: Heute ist der große Tag! Sofort ist er auf den Beinen, sucht seine Sachen zusammen, gibt dem Pferd einen Klaps auf die Flanke, ruft nach Johnson, rüttelt Ebo an den spindeldürren Schultern. «Wach auf, Ebo – Zeit zum Aufbrechen!»

Der alte Mann liegt eingerollt unter dem Busch und

schläft weiter. Totenstill. Sein Mund steht offen, das rosa Fleisch von Zahnleiste und Gaumen ein einladendes Hors-d'œuvre für die riesigen grünen Fliegen, die das verwesende Huhn umschwirren. Eine Ameisenkolonne hat seinen Fuß zum Trampelpfad erklärt, Moskitos tätowieren ihm Wangen und Augenlider. Wie der Entdeckungsreisende ihn näher betrachtet, so zerbrechlich und so reglos, die Knochen ein starres Relief auf dem gelben Modder, steigt in ihm eine schreckliche Gewißheit auf. Der alte Ebo, der letzte der Dscharraner, ist tot.

Mungo weicht zurück, immer noch in der Hocke, und ruft von neuem nach Johnson – diesmal in schrillerem Ton. Weiter vorn bricht Johnson aus dem Gebüsch, mit vollem Mund kauend; an seiner Hüfte baumelt ein Beutel, der mit Kräutern, Nüssen, Beeren und Pilzen gefüllt ist. In den Armen trägt er ein halbes Dutzend knorrige Knollenfrüchte. «Es ist was mit dem alten Mann», ruft Mungo. «Ich glaube, es hat ihn erwischt.»

Die Knollen fallen mit obszönem Klatschen zu Boden, und Johnson setzt sich in Trab, so daß Brust und Bauch unter der Toga zu schwabbeln beginnen. Neben dem Alten kniet er nieder, preßt das Ohr gegen die faltige Brust. Als er sich wieder erhebt, ist seine Miene düster. «Fürchte, Sie haben recht, Mr. Park», sagt er. «Wollen Sie'n begraben oder für die Putzkolonnen der Natur liegen lassen?»

Der Entdeckungsreisende ist schockiert. «Aber – natürlich begraben wir ihn.»

Johnson, der noch immer kniet, sieht ihn verkniffen an. «Wird mächtig heiß werden heute. Und feucht. Zehn Meilen die Straße da rauf liegt dieser Fluß, über den Sie die ganze Zeit jammern und sich bepissen, um endlich hinzukommen. Und dazu eine richtige Stadt voller Wunder und Herrlichkeiten, mit schönen Frauen und alkoholischen Getränken. Sind Sie ganz sicher?»

Die Antwort bleibt dem Entdeckungsreisenden erspart, denn Johnson, der dem alten Mann eben den toten Vogel vom Hals schneiden will, wird plötzlich vom festen Griff einer knochigen Hand gestoppt. Langsam wie Sirup öffnen sich die Lider des Alten. Er räkelt sich, gähnt, setzt sich auf. Dann tadelt er Johnson mit erhobenem Zeigefinger. «Ebo dachte, wir wären Freunde. Trotzdem probierst du, ihm sein mojo-Huhn zu klauen?»

Johnson schreckt mit offenem Mund zurück. «Aber wir dachten doch –»

Der Alte kommt auf die Beine, ein wenig schwankend, in dem blasigen Speichel auf seiner Lippe zappelt eine Fliege. Er taumelt auf den Dolmetscher zu, sein Körper zittert vor Wut oder Gebrechlichkeit, die Krallenfinger rupfen an dem Lederriemen, bis er ihn endlich zu fassen bekommt und sich den toten Vogel behutsam über den Kopf hebt. Er baumelt von seinen Fingern, schlaff, tropfend, übersät von Insekten. «Willst du haben?» Das Mandingo des Alten klingt zäh wie ein Schlaftrunk.

«Nein!» bittet Johnson. «Nein!»

Dann, urplötzlich und mit einer so blitzschnellen, fließenden Bewegung, daß sie das Auge gar nicht wahrnimmt, wirbelt Ebo das gräßliche Vieh durch die Luft. Federn flattern, dann legt es sich um Johnsons Hals wie eine Henkerschlinge. PATSCH! Der Vogel knallt ihm auf die Brust und baumelt dort. Maden ringeln sich in Johnsons Bauchfalten. Fliegen umschwirren seinen Kopf. Verglichen mit ihm strahlt die Pietà vor Freude.

Der Entdeckungsreisende steht mit sperrangelweit offenem Mund vor einem Rätsel, er ist Zeuge irgendeines primitiven Rituals. «Johnson», sagt er verwundert. «Schneid es doch ab. Wirf es in die Büsche.»

Der alte Ebo grinst von einem Ohr zum anderen.

Johnson läßt den Kopf hängen. «Ich kann nicht», wispert er.

Der harte Schlamm knirscht unter ihren Füßen, ringsum brüllen Tiere im Unterholz, und Johnson lockt die Fliegen an: Schmeißfliegen, Mistfliegen, Taufliegen, Schwebfliegen. Die Straße wird jetzt breiter, und von Zeit zu Zeit sieht man Behausungen, die sich unter Bäumen oder auf roten Lehmhügeln ducken. Vor den Hütten: barbusige Frauen, Männer in ausgebeulten Shorts, gestreiften Hemden und kegelförmigen Hüten, apathische Hunde. Die Männer nuckeln langstieligen Pfeifen, die Frauen kauen Wurzeln und spucken durch die geschwärzten Zähne aus. Über ihren Köpfen schwanken Palmblätter. Ziegen scharren in Pferchen. Uringestank hängt schwer in der Luft.

Bei jedem Hügelkamm rast der Entdeckungsreisende voraus, reckt den Hals wie ein Tourist, kann sich nicht mehr beherrschen. Er schreit und wedelt mit seinem Hut zum Horizont hin, deutet hektisch auf einen verschwommenen hellen Fleck in der Ferne. «Ist er das?» ruft er und hüpft auf und ab. «Ist er das?»

Auf dem achtzehnten Hügel bleibt Ebo stehen und schnüffelt die Brise. Mungo hält den Atem an. Zweifellos ist dort vorne etwas, Türme vielleicht, das Aufblitzen eines Fensters in der Sonne. Der verschrumpelte Wahrsager bückt sich, um einen runden weißen Stein im Schlamm aufzuheben. Er reibt ihn kurz in den ledrigen Fingern, steckt ihn dann in den Mund. Die greisenhaften Lider sinken wie Vorhänge herab, die Lippen schürzen sich, schmatzen bedächtig. Ewigkeiten verstreichen, die Welt dreht sich knirschend um ihre Achse, Konstellationen schieben sich übers Firmament. «Na?» will Mungo wissen. Ebo hebt die Lider. Spuckt den Stein aus. Das Summen von Johnsons Fliegen ist so laut wie ein Trommelwirbel. «Na?» Langsam und besonnen hebt Ebo den Arm, streckt einen krummen Finger aus. «Segou Korro», krächzt er.

Den Bruchteil einer Sekunde steht der Entdeckungsreisende wie gebannt, dann setzt er davon wie ein Sprinter. Hunger, Schwäche, Krankheit, piekende Stacheln in den Schuhsohlen, die Sonne, die das Wasser in seinen Augenwinkeln zum Kochen bringt – nichts davon hat Bedeutung: Das Ziel ist in Sicht. Seine Füße trommeln über den gelben Lehm, verwischen die Spuren all jener, die vor ihm kamen, während Johnson, Ebo, Pferd und Esel hinter ihm immer kleiner werden und die prächtigen goldenen Mauern der Stadt allmählich immer schärfer zu sehen sind. Hütten flitzen vorbei, Verkehr auf der Straße. Frauen balancieren Krüge auf dem Kopf, Jungen treiben Ziegen mit langen, biegsamen Gerten, schwerbeladene Esel, Traggestelle mit Feldfrüchten, buntglitzernde Vögel in Weidenkäfigen. Alles nur verschwommene Bilder. Er bleibt nirgends stehen, rast jetzt zwischen den schweren Torflügeln hindurch, bahnt sich den Weg vorbei an erstaunten Gesichtern, durch überfüllte Straßen und Gassen, wie wild nach dem Fluß ist er, seine Füße stampfen, verdatterte Bambarraner sammeln sich hinter ihm wie Kinder bei einem Umzug, staubige Straßen, ein toter Hund, Hausierer und Händler, leuchtende Farben und Bewegung – und da, da ist er! Breit wie die Themse, braun wie ein Abwassergraben, gespickt mit Flößen und Kanus, das Ufer ein Durcheinander von planschenden Kindern, wühlenden Schweinen, Wäscherinnen mit weißen Hauben. Er dreht sich nicht nach dem Lärm in seinem Rücken um – bemerkt ihn gar nicht, setzt über Kisten und Käfige, schubst Kinder und alte Frauen beiseite, stößt Bauern und Fischer mit dem Ellenbogen aus dem Weg, ein seltsames, urtümliches Triumphgeheul brennt in seiner Kehle. Der Bambuspier schwankt unter seinen Füßen, ein Bootsführer duckt sich weg, zuckt beiseite, wie um einem Schlag auszuweichen, und dann segelt der Entdeckungsreisende durch die Luft. Beine und Arme rudern einen kurzen, köstlichen Augenblick lang wild herum, er schwebt in voller Verzückung, restlos von Sinnen, stößt irgendeinen griechischen Schrei aus, bis ihn das dunkle, dampfende Wasser mit mütterlicher Umarmung in sich aufnimmt.

Zur Hölle mit Herodot

«Wie bitte, Sir? Sie zweifeln an Herodot?»

«Zur Hölle mit Herodot. Und Plinius gleich hinterher. Wie kann man denn ernsthaft von vernunftbegabten Wesen erwarten, den ganzen Firlefanz über Eingeborene zu glauben, die wie Fledermäuse kreischen und schneller als Pferde rennen sollen? Oder über Pygmäen, Heinzelmännchen – wie man sie auch immer nennen mag –, die da im Dschungel urnhertrippeln wie ein Kindergarten beim Ausflug nach Mayfair? Alles Märchen, sage ich Ihnen. Reinste Folklore. Timbuktu existiert ebenso wenig wie das Land der Laistrygonen.»

Sir Joseph Banks, Vorstand der Akademie der Wissenschaften, Schatzmeister und Präsident der Afrika-Gesellschaft zur Förderung der Forschung, sitzt am Kopfende des Mahagoni-Tisches seiner Bibliothek am Soho Square Nr. 32. Vor sich ein Glas Madeira. Es ist Juli, die Fenster stehen offen, Motten umflattern die Lampen. An der Rückwand hängt Desceliers' Afrika-Karte aus dem 16. Jahrhundert. Sir Joseph betrachtet sie mißmutig, achtet kaum auf die Debatte, die rings um ihn abläuft. Eine schöne Arbeit, die Karte von Desceliers. Bunt. Phantasiereich. Aber natürlich ist sie nicht viel mehr als ein Entwurf, auf dessen Umrissen ein paar Ortsnamen eingetragen sind – das gewaltige, unerforschte Landesinnere bleibt kunstvoll verborgen in einem Gewirr aus erdachten Flüssen und einer Heerschar von mythischen Kreaturen, sechsarmigen Jungfrauen und gliederlosen Zyklopen. Sir Joseph seufzt und nippt kummervoll an seinem Wein. Heute, zweihundert Jahre später, wissen er und seine Kollegen, die Kinder der Aufklärung, nur wenig mehr als Desceliers.

«Sie übersehen eines, mein Bester: Homer mag von Euterpe verzaubert gewesen sein, Herodot aber war Geschichtsschreiber. Sein Ziel war es nicht, uns erbauliche Fiktionen, sondern lehrreiche Fakten vorzulegen.» Der Bischof von Llandaff ist zwar Stammitglied der Gesellschaft, nimmt aber heute abend seit ihrer Gründung vor acht Jahren erst zum zweitenmal an einer Versammlung teil. Er fällt vor allem durch seine hervorspringenden, knorpligen Gesichtszüge und die Kälte seiner winzigen, schiefstehenden Augen auf (seine Familie, die Rathbones, hat seit dem 14. Jahrhundert die fliehende Stirn, den majestätischen Riechkolben und die fleischigen Ohren zum Wahrzeichen – Riechkolben so majestätisch und Ohren so fleischig, daß sich darin fast schon die Entwicklung einer neuen Spezies mit schärferen Sinnen andeuten könnte). Seit einer guten Stunde verteidigt er nun schon die heilige und unerschütterliche Autorität der Klassiker. Sir Reginald Durfeys, William Fordyce und Lord Twit, denen das Thema durch Internatserinnerungen vermiest ist, widersprechen ihm darin, während Edwards und Pultney die meiste Zeit schweigen.

«Und was ist denn, mit Verlaub, Geschichte anderes als Fiktion?» Twit, im Oberhaus für seine piepsigen, gelispelten Reden bekannt, macht eine Kunstpause. «Sie wollen Herodots Vermutungen allen Ernstes als Fakten bezeichnen? Wo kamen diese ‹Fakten› wohl her? Aus dritter Hand? Aus fünfter Hand? Das frage ich Sie, Sir.»

Llandaffs Ohren sind heftig gerötet. Er setzt an, die weißen Kalbslederhandschuhe abzustreifen, überlegt es sich aber wieder und kippt statt dessen ein Glas Brandy. «Sie wagen es, die Klassiker anzufechten? Ja, aber unser ganzes Gerüst des modernen Denkens ist doch –»

Twit hebt die Hand. «Verzeihung. Ich war noch nicht

fertig. Ich halte fest, daß all unsere geliebten Geschichtsschreiber – von den alten Griechen bis zu unserem kürzlich verstorbenen Kollegen, Mr. Gibbon – sich doch bestenfalls auf ein Gemenge aus Hörensagen, Schilderungen aus dritter Hand, absichtlichen Verzerrungen und reinen Fiktionen der Selbstverherrlichung stützen, erfunden von den Beteiligten und deren Sympathisanten. Und als wäre dies nicht genug, wird dieser Mischmasch aus Fälschung und Tatsachenverdrehung durch die verschmierte Linse des Historikers dann noch weiter entstellt.» Twit, der Lippenstift und Wangenrouge aufgelegt hat, ist in seinem Element – er genießt seinen Ruf als Bilderstürmer, intellektueller Outlaw und provokanter Kritiker der Spießigkeit. Lord Twit von Witz wird er genannt. Nach einer Pause, in der er sich zwei Prisen Schnupftabak genehmigt, fährt er fort: «Was ist bei der Schlacht von Culloden passiert – wissen Sie das, Sir? Also was ist dann mit Tanger und Timbuktu? Meine eigenen Kenntnisse über den afrikanischen Kontinent sind zumindest schon aus zweiter Hand.»

Darauf hat Llandaff nur gewartet. «Ja, Twit», sagt er grinsend und schüttet sich ganz ganz langsam weißes Salz aus dem Streuer auf die Hand, «wir alle hier hatten ja Gelegenheit, von Ihren mannhaften Exkursionen in die schwärzesten Höhlen Afrikas zu lesen – wie macht sich übrigens Ihr Negersklave seither?»

Pultney prustet los.

«Hört, hört!» ruft Edwards. «Er bläst den Klassikern den Marsch.»

«Gentlemen, bitte.» Eine massige, rosige Gestalt hat sich am anderen Ende des Tisches erhoben. Baronet Sir Reginald Durfeys steht an der Schwelle des achten Lebensjahrzehnts, hat den Beginn des langsamen Rutsches ins Grab aber noch vor sich, der so viele seiner Altersgenossen griesgrämig und häßlich gemacht hat. Mit achtundsechzig ist er noch rotbäckig und fett wie ein Baby, treuherzig wie ein kleiner Junge. Er spendet Almosen, trinkt gerne mal ein Glas Portwein, macht allabendlich seinen Verdauungsspaziergang auf dem Boulevard. Er hat nie geheiratet. «Zwar kann ich unserem geschätzten Kollegen nicht beipflichten, daß der Niger nur in der Einbildung existiere», fängt er an, und sein buschiger Silberschopf verdeckt dabei Desceliers' Landkarte fast zur Gänze, «doch kann ich auch nicht guten Mutes die Beteuerung unseres Bischofs akzeptieren, die von den Griechen zusammengetragenen Informationen seien die verläßlichsten. Nein. Ich glaube, wir sollten unseren modernen Kartographen den meisten Glauben schenken – Major Rennell und D'Anville.» Er beugt sich vor, stützt die Fäuste auf den Tisch. «Gentlemen: es ist meine Überzeugung, daß der Niger nach *Osten* fließt, ins Herz des Kontinents hinein –»

«Ach Quatsch, Durfeys – nach Westen fließt er und mündet an der Pfefferküste.»

«– nach *Osten*, sage ich nochmals, und ergießt sich in jenen großen See namens Tschad, wo sein Wasser in der sengenden Hitze der Zentralsahara der Verdunstung anheimfällt.»

«Kommen Sie zur Besinnung, mein Bester», wirft Edwards ein. «Wenn er nach Osten fließt, müßte man Llandaff und Herodot wohl doch in Schutz nehmen – denn was sollte er dann sonst tun, als sich im nubischen Vorgebirge mit dem Nil zu vereinen?»

«Blödsinn!» ruft Twit, dem die Augen von einer allzu großen Dosis Schnupftabak tränen. «Das ist alles Phantasie, sage ich euch. Ein Traum. Nicht wirklicher als Atlantis oder das Schlaraffenland.»

Durfeys steht noch und fängt nun vor Verwirrung zu stammeln an: «Aber – aber, Gentlemen ... ich hatte es ... direkt aus Johnsons Mund –»

«Pffft, Johnson.» Llandaffs Gesicht wird von seinem Nasenzinken mittendurch geteilt wie ein halbierter Apfel;

seine Ohren wirken, als würden sie gleich davonflattern. «Noch so eine Stimme der Faktenverdunklung vom Schwarzen Kontinent. Ein schießwütiger Hitzkopf. Ein Nigger-Kannibale mit einer billigen Perücke auf dem Kopf. Nächstes Mal können wir ja alle unsere Putzfrauen und Gärtner konsultieren, wenn wir einen Kartographen brauchen.»

«Ja, Reginald – was ist mit Ihrem prächtigen Johnson?» fragt Edwards. «Was hat er bis jetzt für uns zustande gebracht – den Verlust eines weiteren Entdeckungsreisenden?»

In diesem Moment räuspert sich Sir Joseph Banks. Durfeys sinkt mit rotem Gesicht auf den Stuhl zurück. Sechs Augenpaare heften sich auf den Präsidenten. «Der Begriff, Mr. Beaufoy, lautet ‹geographischer Missionar›, und es ist wahr, ich muß Ihnen leider mitteilen, daß wir so langsam nach einem neuen Mann zur Erkundung der Niger-Region Ausschau halten sollten. Von dem jungen Schotten sind wir nun schon fast acht Monate ohne Nachricht.» Der Präsident starrt in sein Glas, fährt nachdenklich mit dem Finger über den Rand. «Tatsächlich deutet vieles darauf hin, daß es noch schlimmer steht, als Sie vielleicht vermuten, Gentlemen. Vor mir habe ich ein kürzlich eingetroffenes Schreiben von Dr. Laidley, unserem Faktor am Gambia.» Sir Joseph verstummt und hebt dann langsam den Kopf. Sein Blick geht in die Ferne und ins Leere, als erwache er gerade aus einem Traum. Auf der Wand gegenüber tanzen im Schein der Lampe Desceliers' Figuren; sie scheinen zu wachsen und wieder zu schrumpfen, zucken mit ihren vielfachen Armen und kopflosen Schultern, sie winken, sticheln und spotten.

«Und?» hilft Llandaff nach.

Sir Joseph reißt sich zusammen, richtet den Blick auf Durfeys. «Das Unternehmen ist geplatzt, fürchte ich. Park ist den Mauren in die Hände gefallen.»

Wie eine Wolke, die einen Schwarm Ibisse verschluckt

Als Johnson durch die Tore von Segou Korro humpelt, Fliegenschwärme im Kielwasser, Mähre und Esel im Schlepptau, in der Hand einen Gehstock und den revitalisierten Ebo zur Seite, findet er zu seinem Erstaunen die Straßen fast leergefegt vor. Gähnende Fensterhöhlen, verlassene Marktstände, Packtiere – noch beladen mit prallen *guerbas* und Kiepen voll Feldfrüchten – stoßen gelassen die Schnauzen in Körbe mit Zwiebeln, Yams und Maniokwurzeln. Ein Schmiedeherd brodelt und faucht unter einem ausladenden Feigenbaum vor sich hin, Klumpen aus nassem Ton werden neben fertigen Töpfen in der Sonne hart. Werkzeuge liegen chaotisch herum, Ziegen blöken, weil niemand sie melkt, ein zum Verkauf ausgestellter Waran rennt stumpfsinnig an seinem Strick im Kreis. Von irgendwoher kommt der Geruch nach verbrennendem Brot. Johnson fühlt sich unbehaglich. Es ist merkwürdig, unheimlich: wie in einem Märchen. Schneeweißchen und Rosenrot, Dornröschen. Als er ein Paar Augen entdeckt, die ihn hinter einer Bambuswand beobachten, dreht er sich zu Ebo um. «Was meinst du, was hier los ist?»

Aufgedreht und blind für seine Umgebung stolziert der Alte daher wie ein Teenager auf dem Weg zum Tänzchen. Jetzt bleibt er abrupt stehen. «Was soll los sein?» sagt er, indem er Johnson auf die Schulter klatscht und in ein sägendes, pfeifendes Kichern ausbricht. «Es ist Feiertag, das ist los. Wein, Weib und Gesang.»

Johnson starrt in die Gegend.

«Spürst du das denn nicht?»

«Kommt mir eher vor wie 'ne Cholera-Epidemie.»

Ebo zwinkert ihm zu. «Folge mir», sagt er.

Sie biegen in eine von Tamarinden und Bambuspalmen gesäumte Straße ein. Die Häuser aus getünchtem Ton wirken beinahe malerisch. Gemüsebeete, Laubengänge, sogar ein paar Blumen sind zu sehen. Kein Paradies auf Erden vielleicht, aber dennoch nett – sehr nett. Johnson wird bewußt, daß dies die größte Stadt ist, die er seit seinem Weggang aus London gesehen hat. Pisania war dagegen ein Rieselfeld, und Dindiku ist bei all seinem Charme nur ein Hinterwäldlerdorf. Er bemerkt, daß er auf einmal an *sulu*-Bier denkt – und an Hammelfleisch.

An der nächsten Ecke stolpern sie über einen Betrunkenen, der quer auf der Straße liegt. «Baaa», macht er. «Urp.» Johnson bückt sich zu ihm, das Perlhuhn beschreibt einen großen Bogen und kommt baumelnd knapp unter dem Kinn des Betrunkenen zur Ruhe. «Was ist hier los?»

Der Mann sieht ihn an, rote Augen, schlaffe Lippen. «Besoffen», murmelt er.

«Nein. In der Stadt, meine ich. Was ist hier eigentlich los? Wo sind denn alle hin?»

«Weiß», nuschelt der Mann. «Weiß wie ...» Er unterbricht sich, um sein Brustbein zu beklopfen und in den Staub zu spucken. «Weiß wie 'n eingesalzener Geist. Weiß, weiß, weiß. Wie eine Wolke, die einen Schwarm Ibisse verschluckt.»

Johnson kriegt es allmählich mit. «Wo ist er?»

«Weiß wie Leinen, weiß wie der Tag. Weiß wie Fangzähne und Knochen und der Vollmond auf 'ner Lichtung.» Der Betrunkene hat sich nun aufgesetzt, sein Geplapper klingt wie ein Kinderreim, geistloser Singsang, endlose Wiederholung.

Johnson steht schwankend und schwer atmend auf. Der Entdeckungsreisende ist ein unschuldiger, heiliger Narr. Lebendig grillen werden sie ihn, und kreuzigen. Er muß ihn finden. «Ebo!» ruft er und wirbelt herum. «Wir müssen Mr. Park finden.»

Aber Ebo ist schon einen halben Block weiter, steht stocksteif mit geweiteten Nasenflügeln da und schnuppert den Wind. Dann stampft er plötzlich grinsend auf, fuchtelt mit den Armen wie ein Jongleur, der neun Teller in der Luft hat. «Hier lang», deutet er. «Komm schnell!»

Johnson zerrt am Lederriemen, und Pferd und Esel trampeln ihm mechanisch hinterher. «Weiß wie Schneidezähne!» brüllt der Betrunkene noch. «Weißer als 'ne tote Schlammschildkröte!»

Ebo läßt sich wie ein Schlafwandler von seiner Nase treiben. Zwei Blocks nach links, dann wieder rechts, über den verlassenen Marktplatz, in eine schäbige Straße voll Unrat und mit gelbverfärbten Schilfhütten, die als Latrinen durchgehen könnten. Ratten und Schnecken bevölkern die Rinnsale, Schlangen züngeln von den Dächern. «Ebo!» ruft Johnson und versucht, den Alten einzuholen, aber der hastet weiter, als hätte er nichts gehört. Der Boden unter den Füßen wird jetzt sumpfig, Bambushecken erheben sich zwischen den Hütten, Vögel huschen durch die Bäume. Endlich hält der alte Mann vor einer ausladenden, baufälligen Hütte an, die auf Pfählen steht. Johnson kommt dazu und erkennt im tiefen Schatten unter dem Haus undeutlich die Gestalten einiger Frauen. Er ist verwirrt. Eigentlich hatte er angenommen, Ebo habe die Notsituation erkannt und ihn zu dem Entdeckungsreisenden geführt. Jetzt merkt er, daß er irregeleitet worden ist.

Ebo starrt die ganze Zeit in den Schatten hinein, immer noch schnuppernd. Die Frauen sind dick, mindestens vierzig. Ihre schweren Titten pendeln trächtig wie wassergefüllte Ballons. Wenn sie alle miteinander zwanzig Zähne zusammenkriegen, wäre es schon ein Wunder. «Ebo!» ruft Johnson, aber die Frauen tun jetzt faszinierende Dinge unter ihren Röcken, und dann heben sie die Finger hoch und lecken sie ab. Der alte Geisterbeschwörer hält es nicht mehr aus. Er legt ein verschrumpeltes Grinsen auf, macht Johnson mit erhobenem Daumen ein Zeichen und wackelt dann in den Schatten hinüber.

Johnson ist verdattert. Enttäuscht. Angeekelt. Neidisch. Er will ein Bier, einen Teller Reis mit Fleisch, eine Frau, ein Bett. Hier steht er, ein Mann von Würde und Bildung, das Pensionsalter weit hinter sich, ein Mann mit Frauen und Kindern und einem glücklichen Heim – und was macht er? Wandert über den halben Erdteil, riskiert Leben und Gesundheit, nur um einen schwachsinnigen, ruhmversessenen Bauernjungen aus der Patsche zu hauen. Er stößt einen tiefen, feuchten Seufzer der Verzweiflung und Resignation aus, wendet sich ab, um auf den bockigen Wildesel zu steigen, und bemüht sich krampfhaft, die große, plattgesichtige Frau zu ignorieren, die auf die Straße hinausgetanzt kommt und für ihn den Rock hochhebt.

Eine Viertelstunde später (anfangs leitet ihn der Instinkt, und dann, beim Näherkommen, sein Gehör) gelingt es Johnson endlich, den Entdeckungsreisenden aufzuspüren. Als er aus dem Labyrinth schmaler, unbefestigter Straßen auf eine Art Platz direkt am Fluß hinaustritt, bietet sich ihm ein außergewöhnliches Bild: Menschen, so weit das Auge reicht – dicht gedrängt wie Bienen im Stock. Es müssen bald viertausend sein, sie hängen aus Fenstern, von Bäumen und Dächern, stehen unsicher auf Schultern und Kamelrücken, strecken sich auf Zehenspitzen in die Höhe. Das Flußufer ist schwarz von ihnen, viele stehen knöcheltief, knietief, bis zum Hals im Wasser, andere wieder sitzen in schwankenden Pirogen und Lederkanus. Die gesamte Menge sieht stumm und erschreckt zu, wie diese unmögliche, unerklärliche Erscheinung, dieser auf Erden herabgefallene Mann im Mond, dieser weiße Dämon aus der Hölle mit voller Kehle singt, kreischt, lacht, plappert und psalmodiert, das Wasser aufwirbelt, die Ernte mit Flüchen belegt, den Himmel herabstürzen laßt und wer weiß, was sonst noch alles.

Johnson, der irgendwo hinten im Gedränge eingeklemmt ist, bringt sein Reittier zur Ruhe und erhebt sich behutsam auf dem Waschbrett des Eselrückens, bis er aufrecht stehen kann. Derart erhöht, kann er die wollige Masse von viertausend Köpfen überblicken. In Flußnähe (der Niger – gibt's denn sowas? denkt er) stehen die Köpfe noch enger beieinander, wie dichte Hecken von Papyrushalmen. Noch weiter vorne, gleich hinter dem Vorsprung eines wackligen Bambuspiers, schlägt Mungo Park das Wasser zu Schaum und singt aus vollster Kehle «God Save the King». Die Bamharraner sind wie gebannt, hypnotisiert – schweigsam und ernsthaft wie die ehrfürchtige Menge, die damals gemessenen Schrittes an der Bahre von Georg II. vorbeidefiliert ist.

Doch dann, wieso oft in einer Welt von Aktion und Reaktion, beginnen die Ereignisse aus dem Ruder zu laufen. Der Entdeckungsreisende, der sich des seinetwegen zusammengelaufenen Publikums überhaupt nicht bewußt ist, platscht plötzlich, von neuem Enthusiasmus gepackt, auf den Pier zu. Sein Ziel ist ein an einem Fischernetz befestigter gelber Flaschenkürbis; seine Absicht, ihn auf dem Wasser treiben zu lassen, um damit dem Abendland und allen nachfolgenden Generationen den schlüssigen Beweis der wahren Stromrichtnng des Nigerflusses zu liefern. Leider interpretieren die ihm am nächsten stehenden Bambarraner seine Motive völlig falsch und weichen unter Geschrei zurück. Sekunden danach ist das Geschrei allumfassend: Panik bricht aus.

Johnson wird vom Esel gestoßen und mit Füßen getreten. Aussätzigen fallen Finger und Zehen ab, Blinde rennen Mauern ein. Schreie und Flüche erheben sich, Ausrufe des Schmerzes und der Überraschung, das Trampeln von Füßen und das Wehklagen verirrter Kinder. Die Menge brandet gegen die Lehmhäuser an wie eine Springflut, ergießt sich in die Straßen und Gassen, wird vom Sog der Widersee davongespült. Zwei Minuten später liegt der Platz verlassen da, das Ufer leergefegt, kein einziges Boot mehr auf dem Fluß. Übriggeblieben sind nur Johnson, Pferd und Esel, alle sehr mitgenommen, und der amphibische Entdekkungsreisende. In der Ferne: das Geräusch von Tumult und Durcheinander, gellenden Stimmen, knallenden Türen.

Inzwischen ist der gelbe Kürbis – unaufhaltsam und jenseits allen Zweifels – nach Osten davongetrieben. Der Entdeckungsreisende, der sich kurzfristig durch den Lärm beim Rückzug der Bambarraner ablenken ließ, wendet sich nun mit einem Ausruf des Entzückens wieder seinem Experiment zu. «Bitte!» jauchzt er. «Na bitte!»

Johnson erhebt sich ächzend aus dem Staub und humpelt ermattet an den Rand des Wassers. «Mr. Park», ruft er. «Kommen Sie jetzt da raus, damit wir Fürst Mansong unsere Aufwartung machen können, bevor er seine Soldaten auf uns hetzt.»

Der Entdeckungsreisende blickt auf, tropfnaß, Aegenbüschel hängen ihm aus Bart und Haaren. Seine Taille wird von der trägen Strömung des Flusses umspült. Er betrachtet Johnson wie jemand, der aus tiefem Schlaf erwacht.

Johnson sitzt rittlings auf dem Pier, die Arme in die Hüften gestützt, und hält sein Plädoyer. «Also: Wenn wir's richtig anstellen und ihm ein paar Geschenke und Kinkerlitzchen oder so anbieten, dann behandelt er uns möglicherweise als durchreisende Würdenträger. Und das bedeutet Essen und Trinken, ein Dach überm Kopf, eventuell sogar ein wenig weibliche Gesellschaft. Ich weiß ja nicht, wie Sie das sehen, aber mir hängt's jedenfalls zum Hals raus, dauernd im Dreck zu schlafen, Disteln zu fressen und mir selber einen von der Palme zu schütteln.»

Der Entdeckungsreisende watet auf ihn zu, seine Augen sind butterweich, die Arme zu einer weiten, vagen Umarmung ausgestreckt. «Johnson – wir haben's geschafft! Der Niger, Johnson.» Er macht eine Pause und fuchtelt mit dem

Arm zum gegenüberliegenden Ufer hinüber. «Sieh doch nur! Breit wie die Themse bei Westminster. Und man stelle sich vor: All die Jahrhunderte, von der Schöpfung bis zu genau diesem Augenblick, ist er in Unwissenheit und Legende dahingeflossen. Es hat *mich* gebraucht, alter Junge. Es hat *mich* gebraucht, ihn zu entdecken.»

Johnson wirft einen Blick nach hinten, auf die getünchten Gebäude, die sich auf dem Hügel drängen, auf die Reihen der Bambuspiere entlang des Ufers, auf die Einbäume, die an den Tauen zerren. «Ich weiß das zu schätzen, Mr. Park, und ich entbiete Ihnen meinen aufrichtigsten Glückwunsch. Aber wenn wir nicht bald unsern Arsch rüber zum Palast des Mansa bewegen und anfangen, uns ihm zu Füßen zu werfen, könnte es passieren, daß wir nicht lange genug leben, um davon zu berichten.»

Die Sonne knallt auf sie herab wie eine Faust, auf der rissigen Erde des Platzes wabert die Hitze, irgendwo winselt ein Hund. Alles dampft und stinkt. Üble Gerüche hängen in der Luft, ätzend und schwer von Fäulnis. Sie lassen an Fischköpfe denken, an menschlichen Kot, schwärzliche Blätter, Morast. Schlagartig beginnt sich der Entdekkungsreisende unwohl zu fühlen. Oder vielmehr überwältigt. Alles wird nun langsamer, antiklimaktisch, und allmählich erwachen seine Sinne wieder zur Realität von brennender Sonne, fauligem Wasser, stinkendem Ufer. Er greift nach Johnsons Hand und zieht sich aus dem Fluß.

«Hast recht, Johnson. Wir können feiern, wenn wir wieder in Pisania sind. Einstweilen aber haben wir etwas zu erledigen.» Die Stimme des Entdeckungsreisenden stockt, ein plötzlicher Schauer durchfährt seinen Körper. Der blaue Samtrock hängt schlaff, verdreckt, formlos an ihm herab, Entengrütze klebt ihm am Hemd, seine Stiefel sind Fischteiche. Ein riesiger Wasserläufer hat sich im Gestrüpp seines Bartes verfangen und rudert unbeholfen mit den langen Beinen.

Hinter ihm liegt – vollgestopft mit Notizen über Sitten und Gebräuche, Entfernungen, Temperaturen und topographische Kuriosa – der Filz-Zylinder am Rand des Piers wie ein seltsamer Pilzbewuchs. Wohlverwahrt und trokken. Johnson klopft ihn am Bein aus.

«Mansas Palast?» schlägt Mungo vor.

Johnson reicht ihm den Hut. «Mansas Palast.»

Mansong

Der Herrscher von Bambarra hat soeben ein enormes Frühstück beendet (gebackene Bananen, vier Sorten Melone, gekochten Reis mit Spinat, gebratene Buntbarsche, Mohrenhirse-Pudding, Palmwein) und stillt gerade seine Lust an zwei präpubertären Knaben, die er sich unter den Flüchtlingen aus Dscharra erwählt hat, als ihn die Nachricht von der Ankuuft des Entdeckungsreisenden erreicht. Seine erste Reaktion ist ein langgezogener Rülpser. Nackt, dickbäuchig, träge, so liegt er ausgestreckt unter der großen Eselsfeige im Innenhof seines Regierungspalasts, reglos wie ein Krokodil in der Sonne. Sandelholz läßt die Luft süßlich duften, in Käfigen trällern Vögel von Frieden und Einsamkeit, von der Kühle des Regenwalds. Die königlichen Fliegenklatscher, dürre alte Männer in Lendenschurzen, sind vollauf beschäftigt, das leise Zischen ihrer Schläge ist wie Schritte in einem Traum. Versonnen saugt Mansong an der Hookah, in deren Pfeifenkopf der *mutokuane** glüht, und denkt: «Ah, ja», während seine zwanzig grimmigen, ihm ergebenen Leibwächter mit langstieligen Fächern einen leisen Luftzug aufrühren. Ihm schwinden fast die Sinne. Der jüngere der Knaben verpaßt ihm eine zarte Fellatio, während

* Eine Art Tabak aus den getrockneten Blättern der Hanfpflanze, *Cannabis sativa*, den die Eingeborenen rauchen, und die sexuelle Leistungsfähigkeit zu steigern und die Träume herbeizuführen.

der andere ihm das Gesicht leckt, mit fester, tastender Zunge über Lippen, Nase und Augenlider fährt, als schlecke er Milch aus einer Schale. Das Ganze ist so wonnig und sinnlich, ein solcher Orgasmus der Neuronen und Synapsen – ein solcher Trip –, daß er den Kurier zunächst gar nicht registriert. Bleicher Dämon? Katzenaugen? Massenhysterie? Dann aber dringen die Worte wie Stecknadelstiche allmählich durch: draußen vor dem Tor, ein weißer Schrecken, Einlaß verlangend. Jetzt. Diesen. Moment.

Mansong fährt hoch, stößt die Knaben beiseite. «Was?» brüllt er. Die Fächer fallen raschelnd zu Boden, als die Leibwächter nach ihren Speeren greifen, die Vögel verstummen, die königlichen Fliegenklatscher verdoppeln ihr Bemühen. Mansong steht jetzt neben der Hängematte, riesig, furchterregend, mit mahlenden Kiefern wie ein Flußpferd, das man aus dem Schlamm aufschreckt. Schon schließt sich eine wulstige Faust um den Hals des Boten, die andere holt zum Schlag aus. «Was sind denn das für Lügen?» ruft er donnernd.

«Keine Lügen – die Wahrheit», erwidert der Bote und wirft sich zu Boden. «Ein Dämon, so weiß wie Muttermilch, ist in die Stadt eingedrungen und hat sich in den Fluß gestürzt, das Wasser zum Gerinnen gebracht. Sodann hat er das Volk von der Straße verjagt, dabei in rauhen, fremden Lauten gesungen und geschnattert. Und nun ist er gekommen, dich zu sprechen, o Mansa.»

Mansong nimmt den Fuß vom Nacken des Mannes. Plötzlich sieht er aus, als finge er gleich zu weinen an. «Mich?» flüstert er.

Der fußfällige Bote rollt die Augäpfel nach oben, als läse er von einem Spickzettel ab, der an seiner Stirn klebt. «Das hat er gesagt.»

«Schakal! Du lügst!» Wieder kracht der Fuß herab, preßt die Wange des Boten in den Schmutz. «Eben noch behauptest du, dieser Dämon redet mit rauher, fremder Zunge. Wie kann er dann sagen, er wolle mich sprechen?»

Durch den Druck von Mansongs Fuß ist das Gesicht des Kuriers verzerrt, seine Lippen wölben sich vor wie die eines Fisches. «Mandingo kann er auch.»

Mansong taumelt zurück, als hätte man auf ihn geschossen. Spricht Mandingo? Nun ist alles vorbei. Sie haben einen Zombie aus der Unterwelt gesandt, seinen Thron einzunehmen. Sie werden ihn in Ketten legen und in unterirdische Kavernen hinunterführen, durch stinkende Höhlen, wo die Untoten jammern und stöhnen, tiefer, immer tiefer hinab ins Reich der Schatten. Er mustert die Mienen seiner Leibwächter, alles Männer, die einen angreifenden Löwen wie einen Handschuh umkrempeln könnten, un d er sieht die Angst in ihren Augen. Er will wegrennen, sich verstecken, das Land verlassen, sich in der Erde vergraben. «Du sagst ... er ist da draußen ... jetzt?»

«Ja, Mansa. Da draußen, jetzt.»

Der Potentat weicht zurück, seine Blicke zucken. Verschwunden die Sonne, der Feigenbaum, die Wächter – er sieht nichts als die durchscheinenden Gestalten seiner Opfer, Legionen von ihnen, ausgeweidete Krieger, verkohlte Frauen, Kinder, die ihm abgetrennte Gliedmaße entgegenstrecken. «Nein!» wispert er, immer noch zurückweichend, Lippen und Zunge beben, er steht knapp vor einem Tränenausbruch – er kreischt, bis ihm die Kehle schmerzt, heult auf wie jene hoffnungslosen, unsichtbaren Wesen, die Nacht für Nacht im Dickicht des Dschungels ihr Leben lassen.

In diesem Moment jedoch betritt gelassen und würdevoll ein kleiner Mann energischen Schrittes den Hof. Geschäftig, jeder Umweg verlorene Zeit, nähert er sich dem Häuptling, einen großen schwarzen Gegenstand unter den Arm geklemmt. Er strahlt eine Aura des Unerwarteten, des Ränkespiels, der Machenschaften auf oberster

Befehlsebene aus. Er könnte ein mächtiger Anwalt sein, Chef des Außenamtes, der Premierminister. «Ganz ruhig bleiben, Mannie», sagt er. «Ich übernehm die Sache.»

Es ist Wokoko, der Geisterbeschwörer des Stammes. Gekleidet ist er in ein Kostüm, das sich aus den Ersatzteilen eines Hyänenrudels – Klauen, Zähne und filziger, gelber Pelz – und dem Gefieder eines Marabuschwarms zusammensetzt. Der Gegenstand unter seinem Arm ist eine geschnitzte Holzmaske, die in jedem Detail so schonungslos gräßlich aussieht, daß sie zehn Dämonen auf einmal in die Schranken weisen kann. Mit einem Fingerschnippen schickt er die Hälfte der Wachen zum Vordertor, dann wendet er sich an den immer noch am Boden liegenden Boten. «Richte dem Dämon aus», sagt er mit wohlüberlegten Worten, «daß der allmächtige Mansong, Würger des Löwen und Bezähmer des Bullen, ihn jetzt nicht empfangen kann ... er hat Kopfschmerzen.»

Fünfzigtausend Kauris

Mansongs Palast ist ein weitläufiger, planloser Bau aus Kantholz und dem steinharten roten Lehm, aus dem Termiten ihre Hügel errichten. Der architektonische Zusammenhalt wird durch eine verschachtelte Serie ummauerter Gänge und Innenhöfe zerstückelt. Spitz zulaufende Palmen wiegen sich über diesen Höfen wie Antennen, und aus der Mitte des Areals ragt der Wipfel einer riesigen Eselsfeige wie ein Baldachin auf. Alle Gebäude und Innenwände sind mit einer Mischung aus Knochenmehl, Stärke und Wasser geweißelt. Da diese Tünche ihrer Aufgabe nicht gewachsen war, hat sich den Wänden ein blaßrosa Pastellton erhalten; an manchen Stellen kommt das Rot auch in grellen Striemen durch, wie Klauennarben auf der Flanke einer Opferkuh. Das Ganze wird von einer drei Meter hohen Lehmmauer und spitzen Pfählen umschlossen, die von drei Zentimeter langen blauschwarzen Stacheln gekrönt sind. Es gibt nur einen Zugang. Das Tor besteht aus eng zusammengeschnürten Bambusbündeln. Es ist einen Meter dick.

Entdeckungsreisender und Dolmetscher stehen seit etwa drei Stunden vor diesem Tor. In periodischen Abständen wölbt Johnson die Hände vor dem Mund und formuliert lauthals sein Gesuch, er sei nur ein einfacher Mandingo aus Dindiku und er habe einen harmlosen weißen Mann *(hon-ki)* mitgebracht, der extra jenseits von Bambuk, der Jallonka-Wildnis und dem großen Salzmeer hergekommen sei, um Mansong zu huldigen, dem Bezwinger der Löwen und Würger der Bullen, dessen Ruhm sich ausbreite wie die Lotosblüte auf dem Wasser und auf der ganzen weiten Welt bekannt sei.

Bisher hat er keine Antwort bekommen.

Die Hitze ist natürlich niederschmetternd. Pferd und Esel liegen im Mauerschatten, zwei Knochenbündel. Der Entdeckungsreisende wechselt zwischen Schüttelfrost und Schwitzen ab, ihm läuft die Nase, und seine Gelenke fühlen sich an, als hätte man Nägel hineintrieben. Johnson schlägt nach Fliegen.

«Sag mal, Johnson», beginnt der Entdeckungsreisende im Plauderton und läßt sich im Staub nieder, «wieso fühlst du dich eigentlich verpflichtet, dieses verdammte Stück Aas um den Hals zu tragen?»

Das Perlhuhn hat zu diesem Zeitpunkt den Kopf und den zweiten Flügel verloren. Aus dem verfilzten Gefieder treten nun die Rippen hervor, an denen rosa Fleischklumpen und blaue Adern kleben, und Maden quellen aus dem Körperinneren wie aus der Tube gedrückte Zahnpasta. Überflüssig, die Fliegen zu erwähnen.

«Usus», sagt Johnson.

«Usus?»

Johnson seufzt. «Ist ganz einfach: Als die Dscharraner

hörten, daß Tiggitty Sego im Anzug war, gingen sie zu Ebo. Als Geisterpriester des Dorfes war es seine Pflicht, Chakalla, den Gott der verletzten Tabus, zu besänftigen, indem er alle Sünden der Dorfbewohner auf sich lud, in der Hoffnung, Chakalla würde sich dann wieder gegen Segos Armee wenden. Also braut Ebo seine Mixturen und murmelt Beschwörungen, bis alle Sünden des Dorfes auf das Perlhuhn übertragen sind. Von da an ist es ein Kinderspiel: Man läßt die Henne ausbluten und hängt sie sich um den Hals, bis alles Fleisch von ihr abgefallen ist Und voilà: Sego wird mitten im Vormarsch aufgehalten.» Der Entdekkungsreisende sieht aus, als hätte er soeben eine Gabel verschluckt. «Du machst doch wohl Witze. Willst du etwa behaupten, daß du an diesen ganzen Hokuspokus glaubst?»

«Nicht unsinniger, als an gebärende Jungfrauen oder an Leitern zum Himmel zu glauben.»

«Willst du damit sagen – du stellst die Bibel in Frage?» Mungo ist abgrundtief schockiert. Mein Gott, es sind eben doch Wilde, denkt er. Man kann ihnen Kleider geben, Bildung, was man auch will. In Gedanken bleiben sie immer im Dschungel.

Johnson steht schweigend mit verschränkten Armen da, seine Augen fixieren das Tor.

«Also gut. Wenn er so verteufelt wirksam ist, dieser Trick mit dem Perlhuhn, was ist denn dann in Dscharra passiert?»

«Sie sehen ja: Noch ist das Huhn nicht verrottet. Ebo war zu spät dran, das ist alles. Ganz einfach.» Er grinst. «Sie kennen doch das Sprichwort: Was du heute kannst besorgen ...

Mungo winkt ab. «Na gut. Ich laß mich ja von allem überzeugen – schwarze Magie und Hexerei und der ganze Krempel. Aber du hast meine Frage noch nicht beantwortet: Warum mußt gerade du mit dem verfluchten Ding rumlaufen?»

Johnsons Gesicht wird lang. Er sieht aus wie ein Hund, der beim Stehlen eines Koteletts ertappt wird. «Naja, ich dachte – also wissen Sie, immerhin waren wir am Verhungern –»

«Du meinst doch nicht etwa ...»

Johnson nickt. «Ich wollte es mit den Pilzen und Tomberong- Beeren und allem verkochen. Scheiße, ich dachte doch, der wär tot. Was hätte es schon geschadet?»

«Und jetzt – hast *du* all diese Sünden am Hals?» Gegen seinen Willen, irgendwo tief drinnen in seiner abergläubischen Seele spürt nun auch der Entdeckungsreisende die Klauen eines namenlosen Schreckens. Ghoule und Geister und Bi-Ba-Butzemänner.

«Weil ich danach gegrabscht hab. Wie ein Idiot. Und Ebo hat nur drauf gewartet, mit angehaltenem Atem – hat sich tot gestellt, diese listige Schlange.» Johnson zupft an seiner Toga und seufzt. «Und jetzt bin ich Chakalla für jedes kleinste Tabu verantwortlich, das in der Geschichte dieses gottverlassenen Provinznests je übertreten worden ist. Für jede Schwangere, die ein Ei gegessen hat, und jeden Kerl, der mit einem Schuppentier kopuliert hat. Für jedes junge Mädchen, das bei zunehmendem Mond rückwärts gegangen ist, sich das Gesicht mit dem Saft der Hûna-Beere eingerieben oder sich die Schamhaare mit der rechten Hand ausgerissen hat. Und damit fängt's ja erst an. Dann gibt es noch die Vogeltabus, die Fäkaltabus, die Unterkiefer-Tabus. Wußten Sie, daß man das Kinn nicht mit dem Zeigefinger berühren darf, wenn man auf der Nordseite eines Lagerfeuers sitzt?

Und jetzt fällt das alles auf mich zurück. Chakalla wird die Sünden aus mir rausprügeln. Wenn ich jedem Ärger aus dem Weg gehen kann, bis von diesem verdammten Vieh nichts als das vertrocknete Gerippe übrig ist, dann werde ich noch auf Ebos Grab tanzen. Wenn nicht – halten Sie meinen Namen in Ehren.»

In diesem Moment werden sie durch ein Schlurfen auf der anderen Seite des Tors unterbrochen. Gleich darauf öffnet es sich einen Spaltbreit, und ein Diener steckt den Kopf heraus. «Mansong kann euch jetzt nicht empfangen. Kommt nächstes Jahr wieder.» Das war's. Der Kopf verschwindet, das massive Tor geht quietschend zu.

Mungo ist sprachlos, vor Überraschung wie gelähmt. Doch Johnson, flink wie immer, springt vor und rammt den Fuß in den Türspalt. «Hör mal zu», sagt er, um jeden Zentimeter kämpfend, «wir müssen den Mansa jetzt sofort sprechen. Augenblicklich. Wir haben einen langen, beschwerlichen Weg hinter uns, und wir finden, etwas Gastlichkeit hätten wir wohl verdient. Und außerdem: Wir haben Geschenke für ihn.»

Der Kopf des Dieners taucht wieder auf. «Geschenke?» Seine Stirn furcht sich. «Sekunde bitte», sagt er, ehe er wieder verschwindet. Hinter der Tür hört man debattierende Stimmen. Minuten verstreichen. Zwei schillernde Eidechsen jagen einander die Mauer hinauf. Der Entdeckungsreisende zupft sich einen Brocken Entengrütze vom Rock und betrachtet kummervoll den Sack mit Tauschwaren, der auf dem eingefallenen Rücken seines Gauls festgezurrt ist. «Prachtvolle Geschenke», ruft Johnson. «Exotische, magische Dinge – wie geschaffen für einen Gott und Kaiser.»

Mit einemmal schwingt das Tor auf, und der Diener, ganz verschrumpelt vor Besorgnis, winkt sie herein. Der Entdeckungsreisende und sein Dolmetscher treten durch das Tor in einen ummauerten Hof, der vor bewaffneten Wachen nur so strotzt. Es sind Riesen, an die 2,10m lang, Pektoralmuskeln wie Eisen, und Messer, Speere, Pfeile und Bogen blitzen auf den schwarzen Schatten ihrer Körper. Sie tragen Lendenschurze aus Leopardenfell, Kopf und Fußknöchel sind mit Straußenfedern geschmückt. Jeder von ihnen hätte den Parlamentssaal in dreißig Sekunden leergefegt.

Als aber der Entdeckungsreisende an ihnen vorbeigeht, fällt ihm auf, daß sie den Blick abwenden und sich an ihren *saphis* festklammern, und daß ihre wulstigen Lippen sich wie im Gebet bewegen. «Zounds!» flüstert Johnson und bedient sich damit eines seiner rätselhaften Ausdrücke aus den Kolonien. «Denen haben Sie aber Respekt eingeflößt.»

Unter Händeringen und kummervollem Gezerre an seinen Lippen und Ohren führt sie der Diener lange durch immer gleiche Zimmer, Gänge und Höfe. Die Zimmer haben alle niedrige Decken und als Dekoration einen persischen Wandteppich, Schilfmatten auf dem Boden, ein paar irdene Töpfe; in den Höfen finden sich schmächtige Palmen, Wassertröge voller Grünzeug und Insekten, Vögel in Käfigen, Ziegen, Hühner, Eidechsen, Staub. Es kommt ihnen vor, als liefen sie meilenweit. In Räume hinein und wieder hinaus, durch so enge Verbindungsgänge, daß der Entdekkungsreisende die Schultern einziehen muß. Über einen Hof mit sechs Palmen, einen anderen mit zwei. Acht Hühner hier, vier Hühner dort. Hier eine Ziege, da eine Kuh. Schließlich bedeutet ihnen der Diener, der mittlerweile bebt wie ein Epileptiker kurz vor dem Anfall, am Eingang eines langen, schmalen Gangs zu warten. Sie sehen dem bleichen Farbfleck seiner Fußsohlen nach, während er auf den Punkt zuhastet, wo die Wände zusammenzulaufen scheinen. Sie sehen, wie er niederkniet, die Stirn gegen den Boden preßt. Sie hören, wie sie ankündigt werden: weißer Dämon und schwarzer Hexer.

Zweimal stolpert der Entdeckungsreisende, dann befindet er sich in einem weitläufigen Hof, zwei- bis dreimal so groß wie die anderen. Über dem ganzen Platz brütet ein riesenhafter, verschlungener Feigenbaum, der auch in die hintersten Ecken noch ein wenig Schatten wirft. Bei näherem Hinsehen entdeckt der Entdeckungsreisende mit Schaudern, daß der Baum mit Menschenschädeln geschmückt ist, neben mehreren geschnitzten Figuren, die unnatürliche Akte veranschaulichen: Autofellatio, Päderastie, Koprophagie. Die bizarrste Statue, mit lüstern verzerrten Zügen, zeigt eine schwangere Frau mit den vielfachen Zitzen einer Hündin, die gerade eine Schlange entweder verschlingt oder ausspeit, welche ihrerseits gerade den Kopf eines Säuglings verschlingt oder ausspeit.

Am Fuß des Baumes, im Zwielicht des tiefsten Schattens, steht eine Art Thron aus roh behauenem Holz mit einigen Flecken greller Farbe. Neben dem Thron schläft ein weißer Hund in einer Wolke von Fliegen. Als er sich umdreht, sieht der Entdeckungsreisende, daß der schmale Gang mit bewaffneten Wächtern vollgestopft ist, schwarzen Riesen genau wie jenen, die das vordere Tor bewachten. Langsam fühlt er sich etwas unwohl in seiner Haut.

Unvermittelt springt mit einem Urschrei eine maskierte Gestalt hinter dem Baum hervor. *«Wo-ya-ya-yaaa!»* kreischt die Gestalt, stampft dabei mit den nackten Füße in den Sand und schwingt drohend ein Zepter mit einem polierten Schädel an der Spitze. Mungo weicht überrascht ein paar Schritte zurück und steht plötzlich in einer flachen Wanne, die mit einer dunklen, eklig aussehenden Flüssigkeit gefüllt ist. Etwas davon ist ihm auf Stiefel und Hosenbeine gespritzt. Feucht und rot. Verdammt blutrot. Und nun ist auf einmal der Hund auf den Beinen, er heult und kläfft, Schaum vor dem Mund. *«Wo-ya-ya-ya-yiiih!»* gröhlt der Maskierte apokalyptisch, wirbelt in einem nebelhaften Gewirr aus Federn und Knochen auf ihn zu, und jetzt gellen gleichzeitig der Lärm von Trommeln, *dumbaba-dum, dum-baba-dum*, und die Wächter mit dem Refrain los: *«Ya-ya, ya-ya, yiiih!»* Der Entdeckungsreisende steht wie gebannt, paralysiert, Beine und Füße mit Blei ausgegossen, seine inneren Stimmen brüllen nach Selbsterhaltung, reden ihm zu, davonzurennen, zu fliehen, auszubüchsen, zu kratzen, zu beißen, zu töten.

Im selben Moment legt sich eine vertraute Hand um seinen Ellenbogen. «Ganz cool bleiben», flüstert Johnson. «Die haben Angst vor Ihnen.»

Angst? denkt er. Vor mir? Doch schon hat das Getöse etwas nachgelassen, die Wächter skandieren nur noch halblaut, der Hund läßt sich wieder auf seine Hinterläufe nieder, das Getrommel wird zum Gewisper. Eingehüllt in Felle und Federn, nimmt der Maskierte auf dem Thron Platz und gebietet mit einem Wink seines Zepters Ruhe. Der Entdeckungsreisende macht sich die kurze Flaute zunutze, um aus der Wanne zu steigen, und Johnson nähert sich dem Maskenmann mit tiefer Verbeugung und breitet die. Präsente vor ihm aus. Das Sonnenlicht malt Tüpfel in den Staub unter dem Baum. Die Geschenke, von Sir Joseph Banks in London daraufhin ausgesucht, unzivilisierte Herzen zu gewinnen, glitzern wie die Schatzkammer der Götter. Einem der Wächter entschlüpft ein anerkennender Pfiff, doch der Maskenmann bleibt ungerührt, die Arme hat er vor der Brust verschränkt.

Johnson verbeugt sich von neuem, dann legt er mit der Darbietungsrede los: «O Mansong, Schrecken der Berge und der Ebene, Witwenmacher, der Ihr mit Geistern und Demiurgen ringt, Bezwinger von Elefant und Elenantilope, ich überreiche Euch diese fremden und wundersamen Geschenke im Namen meines Lehnsherrn und Beschützers, jenes freundlichen, friedfertigen und frommen weißen Mannes, der unermeßliche Entfernungen zurückgelegt hat, um sich Eurer Eminenz zu Füßen zu werfen.» Bei «zu Füßen zu werfen» dreht sich Johnson zu dem Entdekkungsreisenden um und zeigt zu Boden. Mungo wirft sich auf die Knie, streckt sich im Staub aus.

Wie er da so liegt, die Nase auf der Erde, gewahrt er eine flüchtige Bewegung in der hintersten Ecke des Hofs. Er konzentriert sich auf diesen Punkt, durch einen Schleier aus scharrenden Füßen hindurch, und aus den Augenwinkeln erkennt er dort einen Wandschirm aus geflochtenem

Gras, unter dem schwarze Füße mit zappelnden, fleischigen Zehen hervorlugen. Und da: Der Diener verschwindet mit gehetzter Miene hinter dem Schirm, dann fliegt sein Kopf ruckartig zurück, als wäre er an einer Schnur befestigt. Er scheint sich mit jemandem zu beraten, mit einer verborgenen Persönlichkeit, dem Koordinator jener gekrümmten, aufgedunsenen Zehen. Wieder so ein Rätsel, denkt Mungo, ein wenig fiebrig, etwas ängstlich, tief in einen Tagtraum versunken. Dann aber dringt Johnsons Stimme, diesmal auf englisch, zu ihm durch, schwebt über ihm wie ein Hornissenschwarm. «So», ein stechender Ton, «so, das reicht schon. Stehen Sie auf.»

Der Entdeckungsreisende erhebt sich, staubt seine Kleider ab. Er rückt den zerfetzten Kragen zurecht, kämmt sich den Bart mit den Fingern und streicht sich mit Spucke die Augenbrauen glatt. Doch dann bemerkt er, daß niemand auch nur die geringste Notiz von ihm nimmt – alle Blicke kreisen um ein neues Mysterium: die Geschenke. Der Diener hat sich über sie gehockt und reicht die kostbaren Stücke ehrfürchtig einzeln an den Maskenmann weiter. Als erstes den Silberteller. Dann das Tafelservice für zehn Personen und ein Paar elfenbeinerne Manschettenknöpfe. Einen Sonnenschirm. Zehn Pfrieme Kautabak und ein Glas Orangenmarmelade. Ein Dutzend Tintenfässer, ein Korsett, eine Perücke. Und zu guter Letzt das Hauptereignis: eine Miniatur mit dem Porträt von König Georg III.

So eingenommen ist der mutmaßliche Monarch von Glanz und Neuheit dieser Geschenke, daß er seine Tarnung fallen läßt: In einer fließenden Bewegung reißt er die Maske vom Kopf, um eine bessere Aussicht auf die Gaben zu genießen. Der Entdeckungsreisende ist erstaunt. Er hatte ein Monster erwartet, aber dieser Bursche da ähnelt mit seinen flinken, scharfen Augen und dem glänzenden kleinen Eierkopf eher einem Frettchen, einem Hühnerdieb, einem feigen, hinterlistigen Wesen, das im Schutz des hohen Grases und der Schatten operiert. Als der kleine Kerl einen zimperlichen Biß in den Silberteller probiert, muß sich Mungo ernsthaft fragen, wie Ebo Mansong als ungeschlachten Rohling mit Doppelkinn und Schwabbelbauch und einem Kopf wie eine Melone beschreiben konnte. War der Bursche womöglich ein Hochstapler?

Jetzt bemerkt der Entdeckungsreisende die rege Geschäftigkeit zwischen dem Thron und dem Wandschirm in der Ecke. Der Diener von vorhin, dem nun ein kleinerer, runzligerer und – falls dies möglich ist – noch zaghafterer Kollege zur Hand geht, huscht mit den Schätzen in der Hand zwischen Thron und Wandschirm hin und her. Dem Entdeckungsreisenden kommt eine Erleuchtung. «Johnson», flüstert er. «Siehst du den Wandschirm da hinten?»

«Psst», zischt Johnson gereizt. «Achten Sie bloß nicht drauf. Machen Sie, was Sie wollen, aber starren Sie auf keinen Fall dorthin. Nicht mal für einen kurzen Blick. Der Schirm da existiert gar nicht. Begriffen?»

In diesem Moment kommt der zweite Diener angeschlichen, ein eher junger Mann, dessen Gesicht aber voller Schrumpeln und Falten ist wie das Vorderbein eines Leguans. Mit der Hand umklammert er den Sonnenschirm. Aus größtmöglicher Entfernung hält er ihn Mungo auf Armeslänge entgegen. Dann sagt er etwas auf Mandingo, das wie «schu-bi-du-bi-du» klingt. Mungo starrt ihn verständnislos an.

«Sie sollen ihnen das Ding aufmachen», hilft Johnson nach.

Der Sonnenschirm ist von perlmuttartiger rosa Farbe, die an Damenunterwäsche erinnert. Ein Künstler hat den Tower von London, in Rot und Schwarz, darauf dargestellt. Der Entdeckungsreisende löst die Sicherung und entfaltet den Parasol mit schwungvoller Gebärde. Dies ist, wie er zu spät bemerkt, ein Fehler. Beim ersten Rascheln der Seide zuckt der Diener mit einem Aufschrei zurück; als das Schirmchen dann zu voller Farbenpracht erblüht, bricht Tumult aus. Die Wachen lassen die Speere fallen und stürzen zum Ausgang, der mutmaßliche Monarch grabscht ungestüm nach seiner Maske, der weiße Hund fährt auf den Entdeckungsreisenden los, und – womöglich der allerschlimmste Effekt – aus der hinteren Ecke dringt ein erstickter Schrei, als der Wandschirm mit lautem Getöse umfällt. Hinter dem Wandschirm, nun für alle Augen sichtbar, hockt ein bulliger Titan von Mann im Lotossitz, mit einem Bauch wie ein Medizinball, den breiten Schädel nach vorn gebeugt, während er hektische Zeichen in den Staub kritzelt. Obwohl der Entdeckungsreisende dies unmöglich wissen kann, stellt das Gekritzel des dicken Mannes die panische Geometrie des Voodoo dar – Vektoren und Tangenten, Hyperbeln und Trigone – alles Zauberformeln zur Abwehr des Bösen. Der Potentat ist zu Tode erschrocken.

In der Verwirrung klappt der Entdeckungsreisende den Schirm wieder zu, weniger als versöhnliche Geste, sondern um sich damit des Hundes zu erwehren. Das hat aber eine sofortige und besänftigende Wirkung: die Wächter bleiben stehen, stoßen einander in die Rippen, grinsen einfältig; der Hochstapler ruft den Hund mit einem scharfen, knappen Befehl zur Ordnung; die Dienerschaft stellt hastig den umgestürzten Wandschirm wieder auf. Johnson hat die ganze Zeit über etwas auf Mandingo geschnattert, zu schnell für den Entdeckungsreisenden, doch in einem Tonfall, der beruhigend, ja sogar scherzhaft klingt. Jetzt fügt er noch einige Sätze hinzu, dem Tonfall nach scheint es auf eine witzige Pointe hinauszulaufen. Er endet mit einem herzlichen Lachen, dann stößt er den Entdeckungsreisenden in die Seite. «He-heh», macht Mungo.

Der Hochstapler, die Maske in der Hand, senkt zweimal den Kopf und entblößt seine Zähne in einem sonderbar verkrampften Ausdruck, der auf halbem Wege zwischen

Grimasse und Grinsen liegt. Er sieht aus, als wäre er gerade in die Blase geboxt worden, nachdem er zugesehen hat, wie hundert fette Weiber auf Bananenschalen ausrutschen. Von neuem legt er die Maske an und befiehlt dann dem Diener, ihm den Sonnenschirm zu bringen. Der Diener hält das Gerät, als wäre es eine schlafende Kobra.

Fünf Minuten später ist der Maskierte vollauf damit beschäftigt, seinen Finger in die Marmelade zu tauchen und sich unter spitzen Schreien des sinnlichen Genusses den süßen Brei von den Fingerspitzen zu lecken, während man hinter dem Wandschirm das leise Rascheln von Seide hören kann. Von Zeit zu Zeit lugt die rosa Spitze des Parasols kokett über den Rand des Wandschirms. Der Hund ist eingeschlafen, die Schnauze hat er auf das Porträt von König Georg gelegt, wie in olfaktorischer Kontemplation jenes großen, fernen Monarchen.

Nach längerer Beratung mit dem Mann hinter dem Wandschirm kommt der Hochstapler endlich wieder heraus und beginnt eine weitschweifige Dankesrede. Die Stimme hinter der Maske ist forsch und lebhaft, trotzdem findet der Entdeckungsreisende den Dialekt schwer verständlich. Anfangs bemüht er sich noch um Interpretation, indem er die Worte einzeln identifiziert und im Geiste übersetzt, was ihm verrät, daß der wohlwollende und mächtige Mansong, Mansa von Wabu, M'butta-butta, Wonda und noch etwa zweihundert anderen Orten, die ihm erwiesene Huldigung entgegennimmt. Doch schon bald bekommt er Migräne von der höchsten Konzentration, die das erfordert, und nach einer Weile setzt er lediglich eine interessierte Miene auf umd läßt seine Gedanken schweifen. Nach weiteren zehn Minuten der Rede wird er auf seiner mentalen Wanderung durch eine Reihe von merkwürdig erstickten Lauten abgelenkt, die aus dem benachbarten Hof zu kommen scheinen. Geräusche eines Handgemenges vielleicht, gedämpfte Schreie, insgesamt ein Klang, der ihm einen Bauernhof in Selkirk ins Gedächtnis ruft, das Schlachten von Hühnern für den Kochtopf. Er tippt Johnson auf die Schulter. «Was ist denn da nebenan los?»

Johnsons Augen sind tief in ihre Höhlen zurückgewichen. «Besser, Sie wissen das nicht.»

«... der großherzige Mansong ...», leiert der Mann mit der Maske seinen Text herunter.

«Sag es mir! Das ist ein Befehl.»

«Also, man ist sehr beeindruckt.» Johnson blickt kurz auf, dann sieht er wieder auf seine Füße. Der Maskierte leiert immer noch. «Mansong läßt Ihnen zu Ehren gerade siebenunddreißig Sklaven den Bauch aufschlitzen.»

«Gütige Mutter Gottes.» Nichts hätte ihn darauf vorbereiten können. Nichts. Er beißt die Zähne zusammen und versucht, an Schottland zu denken, an gepflegte Hügel, offene weiße Gesichter, Geborgenheit und Vernunft. Aber ihm bleibt keine Zeit zum Denken, der gramzerfurchte Diener steht neben ihm und streckt ihm eine Art Beutel und einen Kelch mit einer dunklen Flüssigkeit, Wein oder Bier, entgegen – was wollen sie denn jetzt schon wieder von ihm?

«Nehmen Sie's», zischt Johnson.

Etwas mitgenommen greift der Entdeckungsreisende nach Beutel und Kelch.

«Fünfzigtausend Kaurimuscheln», flüstert Johnson. «Das ist genug Cash, daß ein Dorf wie Dindiku die nächsten zehn Jahre locker damit auskäme. Lächeln Sie, Sie Narr. Nicken und grinsen Sie. Das reicht schon.» Johnson reibt sich die Hände wie ein Ladenbesitzer, der sich zum Abendessen hinsetzt. «Damit kriegen wir in jedem Dorf flußauf- und abwärts ein Bett und was zu essen. Frauen. Bier. Fleisch. Kein Lager in den Büschen mehr.»

«Aber ... diese verdammten Teufel von heidnischen Eingeborenen löschen direkt vor unserer Nase siebenunddreißig Leben aus – obendrein noch uns zu Ehren. Siebenunddreißig vernunftbegabte Wesen ... Wenn wir das Geld nehmen, heißen wir das doch gut.»

«Hey, Mr. Park. Das ist nicht der Moment, hier herumzufrömmeln. Solange wir nicht als Nummer achtunddreißig und neununddreißig enden, können wir eigentlich nicht klagen.»

Der Maskenmann scheint inzwischen langsam zum Ende zu kommen, seine Phrasen werden lang und getragen; der Entdeckungsreisende, der bei jedem Keuchen und Stöhnen vom Nebenhof erschauert, fängt einzelne Wendungen auf: «glückliche Reise noch», «schade, daß ihr nicht länger bleiben könnt», «unermeßliche Reichtümer – flußabwärts». Zuletzt reißt sich der kleine Mann die Maske vom Kopf. In der Hand hält er einen Kelch. Er hebt ihn, als brächte er einen Toast auf den Entdeckungsreisenden aus.

Mungo starrt mit stumpfem Blick auf seine Hand. Überrascht stellt er fest, daß er den gleichen Kelch hält. «Heben Sie den Kelch», rät ihm Johnson. Von der anderen Seite der Mauer kommt ein brodelndes Geräusch, eine ächzende Blähung, als wenn man einem Mammut-Blasebalg die Luft ausquetscht. «Trinken Sie!»

Der Entdeckungsreisende hebt den Kelch, als prostete er dem kleinen Mann im Hyänenfell zu. Er legt ihn an die Lippen, der Duft sticht ihm in die Nase, wie Wild, ruft Erinnerungen wach an Moore und Wälder, auf der Jagd mit seinem Vater, jetzt der Geschmack, warm und leicht salzig, Roastbeef, Leber und Ente: Er denkt nicht nach, will nicht denken. Leert nur den Kelch und wischt sich mit dem Handrücken über den Mund.

Schwindende Hoffnungen

Ailie Anderson hebt die Tasse an die Lippen, Dampf steigt auf, das schwarze, erdige Aroma des Espressos sticht ihr in die Nase. Wie gedünstete Eicheln, denkt sie und nippt. Oder ein gutes Glas Starkbier. Einige der Kirchenältesten haben Traktate gegen den Kaffee ausgeteilt, Traktate, in denen gezeigt wird, wie er moralischen Verfall bewirkt und gleichzeitig das Gleichgewicht des Körpers sowie den göttlichen Plan der Regulierung des Appetits durcheinanderbringt, aber sie gibt darauf nicht viel. Sie mag ihren Kaffee am frühen Morgen. Mag den Duft, die Bitterkeit und den Auftrieb, den er ihr verschafft.

Gleg und ihr Vater trinken als Traditionalisten Tee, zu Haferkuchen und Brei. Merkwürdig schweigsam sind die beiden heute früh, so als hätten sie ein Komplott verabredet – tief über die Teller gebeugt kauen sie ihre Haferkuchen wie Pferde im Stall. Ihr Schmatzen und das Klingeln der Löffel in den Tassen sind die einzigen Geräusche. Zanders Platz ist leer. Er war schon vor Sonnenaufgang auf, rastlos, und wandert jetzt sicher irgendwo in den Hügeln umher.

Wie üblich hatte Gleg sie mit einem Schwall von «Guten Morgen» und halbanzüglichen Komplimenten über ihr gut sitzendes Kleid ihre rosigen Wangen, ihre schmale Taille bedacht. Inzwischen aber ist er, noch mit Schlaf in den Augen, der bedächtigen und ernsthaften Aufgabe zugewandt, sich den Schlund vollzustopfen. Ihr Vater, struppig und zerzaust, hat erst zehn Silben von sich gegeben, seit er am Tisch sitzt: «Haferkuchen sind angebrannt, Mädel.» Sein Kopf hängt in einer Weise über Gabel und Teller, die ihr ordinär vorkommt, seiner Stellung unangemessen. Ein Stück Kopfhaut lugt nackt und rosa unter der weißen Masse seines Haars hervor.

Ja, die Haferkuchen sind angebrannt. Das gibt sie ja zu. Sie war abgelenkt – und eigentlich ist es seine Schuld. Vor zwei Monaten, als die Sonne Wildblumen über die Hügel streute, hatte er ihr aus Edinburgh ein Geschenk mitgebracht. Es sollte ihr Spaß machen, ihre Gedanken vom tiefen Innern Afrikas und der trägen Abfolge der Tage, Wochen und Monate ablenken. Er war zur Vordertür hineingeschlüpft, ein verschmitztes Grinsen auf den Lippen, die Rechte tief in der Tasche des Überziehers vergraben. Sie war wieder ein Kind gewesen, seine kleine Tochter. Was ist es, so sag's mir doch!

Es war ein Mikroskop. Hölzernes Gestell, Messingzylinder, Glasobjektiv. Nichts zum Anziehen, nichts zum Essen. Kein Halstuch, kein Anhänger, keine Pralinenschachtel. Nichts von der neusten Mode, kein Parfum, nicht einmal ein Exemplar von *The Lady's Magazine* oder *The Monthly Review*. Ein Mikroskop. Sie hatte ihre Enttäuschung nicht verhehlen können.

Zwei Wochen lang stand es im Flur. Gleg machte ihr auf seine alberne Art den Hof, und ihr Vater schien ihn auch noch zu ermutigen. Ihre beste Freundin, Katlin Gibbie, heiratete auf einen entlegenen Hof, und Zander zog sich immer mehr zurück, war mit seinen eigenen Problemen beschäftigt. Von Mungo kam keine Nachricht. Sie langweilte sich. Eines Nachmittags betrachtete sie einen Zeitungsschnipsel in Vergrößerung und stellte zu ihrer Verblüffung fest, daß jeder Buchstabe aus Myriaden schwarzer Pünktchen bestand. Ein Zwirnsfaden wurde zum Schiffstau, ein paar Hundehaare zum Dickicht, ein Floh zum Monstrum. Sie durchstöberte das ganze Haus, erforschte alles, was sie in die Finger bekam – das Webmuster ihrer Röcke, die Topographie eines Stück Holzpapiers, die unglaublich zierliche Kraft, die einen Milchtropfen in Spannung hält. Dann wandte sie sich ins Freie. Blätter, Rinde, die Blütenblätter der Rosen, Insekten. Sie bestaunte das Gittermuster eines

Fliegenflügels, die flaumigen Schaumbläschen, die wie Perlen auf den Fühlern einer Motte stehen, die grausamen Haken am Unterkiefer einer Ameise. Sie zerrte Spinnennetze aus den Dachsparren, riß ihren Tauben Federn aus. Einmal nahm sie eine Plötze aus dem Aquarium und steckte sie unter das Objektiv, um das zarte Geflecht der Schuppen zu untersuchen, die sich wie Wellen am Strand überlappten. Sie war verzaubert. Die Leere, die Mungo in ihr hinterlassen hatte, wurde langsam kleiner, während die Gegenstände ihrer Betrachtung sich unter dem Objektiv vergrößerten. Ihr Leben hatte wieder einen Mittelpunkt, und sie war Zeugin davon, wie er immer weiter wuchs.

Ihre Skizzen, mit Kohle und Tinte gezeichnet, bedeckten die ganze Wand. Hier die Äderung eines Blattes, dort die Schnörkel eines Fingerabdrucks. Eine Wimper, dick wie ein Balken, die bedrohlichen Sägezacken eines Käferbeins. Sie fand ein Exemplar von Robert Hookes *Micrographia* in der Bibliothek ihres Vaters und verschlang es wie einen dreibändigen Roman. Hooke hatte ein Stück Kork vergrößert und dessen verborgene Struktur entdeckt: Es bestand aus winzigen, ineinander verzahnten Einheiten, aus für das Auge unsichtbaren, abgetrennten Kammern, wie man es sich niemals vorgestellt hätte. Zellen, so nannte er sie, weil sie ihn an die kleinen Gelasse in Mönchsklöstern erinnerten. Ailie zog den Korken aus einer Portweinflasche, schnitt mit dem Rasiermesser ihres Vaters eine hauchdünne Scheibe herunter und drehte an der Scharfeinstellung. Sie sah nichts als Grübchen und Furchen. In dieser Nacht ging sie ernüchtert zu Bett, träumte von Welten jenseits der Reichweite des Auges, jenseits der Reichweite von Schraubzylinder und Linse, von noch winzigeren Welten, von Welten innerhalb von Welten innerhalb von Welten.

Dann entdeckte sie Anton van Leeuwenhoek.

Einen Hinweis auf seine Arbeiten fand sie in einer der

medizinischen Zeitschriften ihres Vaters. Vor beinahe hundert Jahren hatte van Leeuwenhoek mit Hilfe von selbstgeschliffenen, außerordentlich starken Linsen die Hypothese des Aristoteles von der «Urzeugung» als Unsinn entlarvt. Er beschrieb die Lebensstadien von Floh und Kornkäfer, wobei er hervorhob, daß diese aus befruchteten Eiern entstanden, nicht aus dem Staub oder dem Getreide selbst, wie man zuvor angenommen hatte. Ebenso wie Francesco Redi eine Verbindung zwischen dem Wachstum von Maden und den Eiern der Stubenfliege gezogen hatte, so konnte van Leeuwenhoek demonstrieren, daß selbst die niedersten Kreaturen, dem unbewaffneten Auge kaum noch sichtbar, auch aus anderen Kreaturen entstanden, die ihnen vorangingen. Ailie hatte tagelang mühsam über groben Skizzen der Flöhe gesessen, die sie unter dem Halsband ihres Hundes fand, und empfand dies als eine Offenbarung.

Ihr Vater hatte nur eine lückenhafte Bibliothek, doch sein alter Freund und Kollege, Dr. Donald Dinwoodie in Kelso, besaß eine vollständige Sammlung der *Philosophischen Protokolle* der Akademie der Wissenschaften, zu denen Leeuwenhoek während der letzten fünfzig Jahre seines Lebens Artikel beigesteuert hatte. Ailie packte ihr Mikroskop und die Skizzenblöcke ein, sattelte das Pferd und ritt die dreißig Meilen nach Kelso. Sie zog für einen Monat zu Dinwoodie und vertiefte sich in seine Bücher. Leeuwenhoek, so erfuhr sie, hatte «animalicula» gesehen, von denen es in einem Wassertropfen wimmelte, die bebenden, kugelförmigen Komponenten des menschlichen Blutes, den wirbelnden Schwarm von Spermatozoen im Samen von Insekten, Rindern und Menschen. Welten innerhalb von Welten. Zitternd vor Aufregung ging sie an die Regentonne, entnahm ihr eine Phiole Wasser und untersuchte sie unter ihrem Objektiv. Sie sah gar nichts. Ihr einfaches Instrument hatte nicht die Kraft dazu. Sie ritzte sich den Finger und betrachtete einen Blutstropfen. Wieder nichts. Für das Sperma, dachte sie, würde sie auf Mungo warten.

Nach Selkirk zurückgekehrt, setzte sie ihre Studien fort, doch ihr Enthusiasmus begann zu schwinden. Welchen Sinn hatte es denn? Niemand kannte van Leeuwenhoeks Geheimnis – wie hatte er Linsen schleifen können, die Objekte in fünfzig- bis dreihundertfacher Lebensgröße abbildeten, und wie hatte er diese Vergrößerung mit Spiegeln und Lampen verstärkt, um sogar noch einen größeren Faktor zu erzielen? Ihre Schraubzylinder-Lupe war ein Spielzeug dagegen. Sie war sauer. Doch dann, eines Morgens, kam Gleg in die Küche geschlichen, grinste wie ein Frosch, die Hände hinter dem Rücken versteckt. «Ich hab dich vermißt», sagte er, wobei er die Silben dehnte, als wäre jede eine Scheibe Toast, die erst mit Butter bestrichen werden muß. «Jeden Morgen deiner Abwesenheit hat mein Herz geblutet und geschmerzt allabendlich, wenn die Sonne ohne dich zur Ruh' kam.»

Sie knetete gerade Teig. Sie sah ihn an und erschrak über seinen Gesichtsausdruck. Sein Kopf schwankte, die Ohren wackelten, während ihm sein unmögliches, unsicheres Lächeln die Wangen in die Höhe zog, die Nase nach unten drückte und seine gelben Zähne wie eine Reihe von Grabsteinen freilegte. Plötzlich wußte sie, was los war: Er hatte einen Anfall. Sie stand auf, die Hände weiß vom Mehl. «Georgie – was hast du denn?»

Er strahlte nur, bis zum Platzen voll mit der Neuigkeit, hinter dem Rücken das Rascheln von Geschenkpapier. «Hier», sagte er, indem er eine braun eingewickelte Schachtel hervorzog, «für dich. Mit all meiner Liebe und Wertschätzung.»

Sie wischte sich die Hände an der Schürze ab, lächelte ungewollt und griff nach der Schachtel. «Für mich?» sagte sie und riß das Papier auf. Sie hielt den Atem an. Es war ein Buch, Ledereinband, goldene Lettern. *Versuche am Mikro-*

skop von George Adams dem Jüngeren, 1787. Das Neuste über die Mikroskopie. In heller Freude wollte sie ihn umarmen – doch Gleg hob die hagere Hand.

Immer noch grinsend, zitternd, platzend, ein Otter mit Fisch im Maul, zog er eine zweite Schachtel hinter dem Rücken hervor. Sie riß das Packpapier herunter. Ein hölzerner Kasten. Schwer. Sie stellte ihn auf den Küchentisch und stemmte ihn mit einem Messer auf – ein metallischer Schimmer – war das möglich?

Es war ein neues Mikroskop von W. & S. Jones, dreimal so stark wie ihr Schraubzylinder. «Aber Georgie, wie ...»

«Mein Tantchen», sagte er. «Tante MacKinnon. Sie ist an der Wassersucht gestorben und hat mir eine bescheidene Erbschaft hinterlassen. Oder», er wurde rot, «vielmehr dir – damit du damit tust, was du willst. Alles, was ich habe, ist dein.»

Trommeln. In ihrer Brust schlugen Trommeln. Sie flog durch den Raum, hüpfte und sprang, dann packte sie ihn an den durchgescheuerten, ausgebeulten Ärmeln und küßte ihn.

Und deshalb sind die Haferkuchen angebrannt. In Wirklichkeit haben ja die beiden schuld. Sie war schon gleich beim ersten Licht aufgestanden, hatte in die goldglänzende Röhre gespäht, dem Animalicula-Ballett beim Proben zugeschaut, Hunderte in einem Stecknadelkopf, herumwinselnde, durchscheinende Wesen, mit farbigem Besatz an den Rändern wegen der chromatischen Aberration. Da gab es zylinderförmige Wesen und länglichrunde Wesen, die sich mit Härchen oder Schwänzen fortbewegten, Wesen, die ineinanderflossen und sich trennten und wieder ineinanderflossen. Und dann gab es die amorphen Wesen, die aussahen, als wären sie gerade aus großer Höhe herabgefallen an allen Seiten von feinen Kerben umgeben, und über innen schwebte ein großer dunkler Fleck wie das Gelb im

Spiegelei. Wie konnten sie von ihr erwarten, daß sie an Haferkuchen und Milchbrei dachte, wenn sie vor Entdeckerlust fast verging?

Selbst jetzt am Frühstückstisch, während Gleg sich mit der Serviette die Lippen abtupft und ihr liebeskranke Seitenblicke zuwirft, während ihr Vater in seinen Tee rülpst, kann sie das schon völlig zerlesene Buch von Adams nicht beiseitelegen. Sie wünscht sich nur eines: daß sie endlich aufstehen und ihr Doktorstagwerk anfangen, damit sie sich in Ruhe dem Skizzenblock und ihren Beobachtungsgerätschaften widmen kann.

Ihr Vater räuspert sich, schiebt den Stuhl vom Tisch zurück. «Gleg», knurrt er mit stark belegter Stimme, «geh schon mal und zäum die Gäule auf. Wir haben einen Besuch auf der Straße nach Fowlshiels zu machen.»

Gleg steht linkisch auf, sein Knie kracht an die Tischplatte wie ein Hammerschlag, dann schlurft er durch die Tür.

Inzwischen scheint die Sonne, ihre spitzen Klingen bohren sich durch die Vorhänge und setzen den Kopf des alten Mannes in Brand. Geräuschvoll schlürft er seinen Tee. Dann räuspert er sich von neuem, ein Ton wie beim Ausräumen eines Flußbetts. «Die kleine Katlin Gibbie hat sich doch verhochzeitet, oder?»

Ailie sieht von ihrem Buch auf. «Das stimmt, Vater. Ist ja nicht mal zwei Wochen her, da hast du selbst der Braut die Füße gewaschen, einen Haferkuchen über ihrem Kopf gebrochen, einen Krug Whisky geleert, einen Highland-Reel auf ihrem Eßtisch getanzt und dabei aus voller Lunge ‹Ho-ho-hoch die Tassen!› gesungen – wenn ich mich nicht sehr täusche.»

Der Alte lächelt – sanftmütig, väterlich und spitzbübisch, alles zugleich. «Ja, ich glaube mich an etwas in der Art zu entsinnen.»

«Wieso fragst du mich dann?»

«Tja, also –» Er kratzt sich die Bartstoppeln unterm Kinn, verschränkt die Finger und streckt sich, dann blickt er ihr direkt in die Augen. «Sechzehn war sie, stimmt's?»

Ailie nickt.

«Du wirst auch nicht jünger, Mädchen.»

«Ich weiß, Vater.»

«Hier gibt's einen jungen Burschen, der ist in jeden Atemzug vernarrt, der über deine Lippen kommt.»

Sie sieht weg, klappt ihr Buch zu und legt es auf einen Tisch. Als sie sich wieder zu ihm umdreht, starrt er sie immer noch an, voller Bedacht und Weisheit, voller Geduld und Überzeugungswillen. Ihre Stimme kommt gepreßt. «Ich weiß, Vater.»

Aus dem Tagebuch des Entdeckungreisenden

Nach der Entdeckung jenes vielbesungenen und großartigen Flusses, der nach meinem Dafürhalten in jedem Ausmaße die Themse und selbst den Rhein übertrifft, begaben mein Faktotum und ich uns ohne Verzug zum Palaste des hiesigen Herrschers, des Mansong von Bambarra. Dort wurden wir mit einer Wärme und Höflichkeit empfangen, die uns das Herz so recht wieder froh machte, nachdem wir so lange mit Entkräftung und den gnadenlosen Beraubungen durch die Mauren der Wüste zu kämpfen gehabt. Obzwar sich Mansong weder Löwen an goldenen Ketten hielt, noch seine Straßen mit jenem Edelmetall gepflastert waren, boten Räumlichkeiten und Gelände des Palastes dennoch durchaus ein Bild des Überflusses. Es fanden sich dort offene Innenhöfe im iberischen Stile, sprudelnde Brunnen und exotische Gärten, bewachsen mit allen erdenklichen Früchten und Blumen. Durch eine Reihe solcher Höfe wurden wir

bis ins innerste Heiligthum geführt, wo Mansong uns erwartete.

Der Potentat, ein Mann von massigem Körperbau und fröhlichem Gemüth, saß auf einem goldenen Throne und war von seiner grimmigen Elitewache umgeben, wilden Männern mit der Statur von Rennpferden, die Allesamt wohl weit über die zwei Meter maßen. Ich huldigte ihm mit einer Verbeugung und bot ihm sodann die Geschenke dar, die ich aus England mit mir geführt. Unter Jenen schien er vom Portrait seines Pendants auf der anderen Seite der Welt, unseres Sohnes aus dem Hause Hannover, Seiner Majestät König Georg III., wohl am stärksten beeindruckt. Gar lange betrachtete er Antlitz und Gestalt jenes erlauchten Monarchen, und seine eigenen Züge erhellten sich darob gleichfalls mit dem Funkeln der Aufklärung.

Nachdem er mir überschwenglichen Dank gezollt, machte Mansong mir sodann ein gar freigiebiges Gegengeschenk, wobei er seiner vom Herzen kommenden Hoffnung Ausdruck gab, es möge mir bei meinem Streben nach Erkenntniß von Nutzen sein. Er erhob sich majestätisch, umarmte mich gleich einem Verlornen Sohn und reichte mir einen ledernen Beutel, der prall gefüllt war mit Kaurimuscheln – über fünfzig Tausend insgesamt. Man stelle sich meine Dankbarkeit vor ob einer derart selbstlosen Geste seitens dieses uncivilisirten, doch wahrhaftigen Prinzen des Dschungels, der mir damit ein kleines Vermögen überlassen – ein Vermögen, das mir gestatten würde, meinen Weg flußaufwärts gen Timbuktu fortzuführen, und von jenem Orte noch weiter gar, bis zum Endpunkte des mächtigen Niger!

Wohl drängte er uns zu bleiben, indem er uns die allerfürstlichste Unterbringung sowie ein Festmahl von Backwaren, Gesottenem und einheimischen Deli-

catessen in Aussicht stellte, das seine Dienerschaft bereits im Wissen unseres Kommens bereitet, doch waren wir zuvörderst bedacht, unsere Reise alsbald fortzusetzen, und so nahmen wir Abschied noch an demselben Abend, nachdem wir einen festen Handschlag und einen ceremoniellen Schluck getheilt ...

Fürstlicher Dank

«Aber das ist doch hanebüchenster Quatsch», sagt Johnson und gibt dem Entdeckungsreisenden den Zettel zurück. «Völlig verzerrt und erlogen. So ziemlich das einzige, was davon stimmt, sind die Zwei-Meter-Wachen. Und das Cash.»

Mungo reitet stumm weiter, doch seine Oberlippe zuckt in einem etwas arroganten Lächeln. Er und Johnson haben eben die letzte windschiefe Hütte von Segou hinter sich gelassen. Sie sind auf dem Weg nach Kabba, vier Meilen flußabwärts, wo sie Lebensmittel und ein Bett für die Nacht zu erstehen gedenken, um von dort aus dann nach Sansanding zu gelangen, einer maurischen Handelsniederlassung auf der Straße nach Timbuktu.

Über ihnen brütet die Unermeßlichkeit des Urwalds, seine dichte, schwere Wölbung umschließt sie wie ein Handschuh. Riesenhafte triefende Blätter hängen über dem Pfad wie nasse Mäntel an einer Garderobe, und ein Gestank nach Verwesung, Morast, kriechender Hitze und Fäulnis liegt in der Luft Verborgene Untiere huschen bei ihrem Näherkommen ins Dickicht davon. Ein Baumschliefer kreischt auf seinem Aussichtspunkt, Leoparden knurren. Allmählich wird es dunkel.

Der Entdeckungsreisende dreht sich im Sattel zu Johnson um. «Genau», erwidert er, wobei er den Zettel zusammenfaltet und unter das Hutband klemmt. «Kannst du dir vorstellen, wie unglaublich öde das wäre, wenn ich mich immer nur an die nackten, kahlen Fakten hielte – ohne jeden Anflug von Ausschmückung? Die braven Bürger von London und Edinburgh wollen nichts von Elend und Niedertracht und siebenunddreißig aufgeschlitzten Sklaven lesen, mein Bester – ihr Leben ist auch so schon erbärmlich genug. Nein, die wollen von Prächtigkeit hören, ein bißchen was Exotisches und Ausgefallenes. Und was schadet es, wenn man ihnen das verschafft?»

Johnson lenkt seinen Esel in Schlangenlinien, schiebt Blätter und Zweige aus dem Weg, so wie ein Schwimmer die Wellen teilt. Er schüttelt den Kopf. «Aber Sie sind doch Entdeckungsreisender. Der erste Weiße, der hierherkommt, um zu berichten, wie es hier ist. Ein Entlarver von Legenden, Bilderstürmer, Chronist der Wirklichkeit. Wenn Sie darin nicht peinlich genau bis ins kleinste Detail sind, dann sind Sie'n Schwindler, tut mir leid, das zu sagen.» Johnson spricht mit lauter Stimme. Wütend schlägt er auf das verwesende Perlhuhn, von dem gleich ein Stück abbröckelt. «Ein Schwindler», wiederholt er. «Nicht besser als Herodot oder Desceliers oder all die anderen Lehnstuhlhelden, die das Innere Afrikas aus den vier Wänden ihrer Arbeitszimmer voller Bücherregale vermessen haben.»

«Also Johnson, jetzt bist du aber reichlich unfair. Ich erzähle ihnen doch Tatsachen – natürlich. Über die Geographie, die Kultur, die Flora und Fauna. Natürlich tue ich das. Dazu bin ich ja hier. Aber immer nur Tatsachen und sonst nichts ... Ich sage dir, die englische Leserschaft würde da nicht mitmachen. Wenn sie Tatsachen wollen, können sie ja die Parlamentsberichte lesen. Oder die Todesanzeigen in der *Times*. Wenn sie was über Afrika lesen, dann wollen sie Abenteuer, dann wollen sie staunen. Sie wollen Geschichten, wie James Bruce und Richard Jobson sie ihnen geboten haben. Und genau das will *ich* ihnen auch bieten. Geschichten.»

«Na gut, Mr. Park, tut mir leid, daß ich das Thema angeschnitten hab. Im Grunde kann's mir ja scheißegal sein, was Sie mit Ihrem Buch machen. Ich krieg's sowieso nie zu sehen. Eigentlich nervt mich momentan eher, daß wir hier rumquatschen, während die Sonne da hinter den Bäumen versinkt, und im Urwald finden wir garantiert keine Möglichkeit, die ganzen Kauris auszugeben – also konzentrieren wir uns lieber auf den Weg und sehen zu, daß wir bald zum nächsten Dorf kommen, oder?»

«Kein Grund, gleich grantig zu werden. Ich dachte bloß, du willst vielleicht mal sehen, was ich vorhin so zusammengekritzelt hab, sonst nichts.»

Nach diesem Wortwechsel senkt sich eine ungemütliche, nagende Stille herab, durchsetzt von verschnupften Lauten und aggressivem Fliegentotschlagen, während die beiden in zunehmender Dunkelheit auf dem unkrautüberwachsenen Pfad dahinzockeln. Dann setzt auch noch ein monotoner, trostloser Regen ein, als hätten ihnen Hunger, Mißvergnügen und die allgemein miese Laune nicht schon gereicht. Stur schleppen sie sich weiter, und die Stille lastet schwer. Bäume ziehen vorbei, Bäume über Bäume, während sie immer tiefer in den grünen Schlund des Urwalds vordringen. Vor ihnen schält sich ein riesiger, lianenumschlungener Ceiba-Baum aus dem Dunst, und der Entdeckungsreisende will gerade anregen, in seinem Schutz ein Nachtlager aufzuschlagen, als er plötzlich von einem kräftigen Kinnhaken getroffen wird, der ihn vom Pferd reißt und in das klatschnasse Laub katapultiert.

Dort liegt er einen Moment lang und versucht die Situation zu erfassen, während ihm diverse Raubinsekten ins Hosenbein und den Kragen krabbeln. Dann hört er Johnsons Schrei. Er beginnt als ein Kreischen, von dem Milch sauer werden könnte, moduliert dann über sechs bis acht Oktaven abwärts und endet in einem gepreßten Keuchen. So wie die Dinge liegen, ist der Entdeckungsreisende nicht allzu neugierig, was ihn da eigentlich getroffen hat, aber er steht trotzdem auf, wobei er unschlüssig nach dem Messer tastet, das er manchmal im Gürtel stecken hat. Was muß er sehen? Eine Horde knapp 2,10 m langer Riesen, die mit Knütteln so dick wie Eisenbahnschwellen auf ein regloses Bündel einprügeln, das Johnson ist, während ein anderer Mungos Gaul mit einem einzigen, knochenzerschmetternden Hieb fällt. Man hört ein überraschtes, fragendes Wiehern dann das donnernde Krachen, mit dem das Tier zu Boden stürzt.

Plötzlich blickt einer der Knüttelschwinger auf, zeigt mit dem Finger auf den Entdeckungsreisenden und brüllt: *«Tobaubo!»* Der Kerl. der das Pferd umgelegt hat, springt daraufhin mit einem Satz von dem Kadaver auf (wo er mit dem Plündern der Satteltaschen beschäftigt war). Mungo steht keine vier Meter von ihm entfernt. Er kann den Schweiß auf der Oberlippe des Mannes sehen, die Spitzen seiner angefeilten Zähne, den schwarzen Lederbeutel mit den Kaurimuscheln, den seine Faust gepackt hält. Fast instinktiv zieht der Entdeckungsreisende das Messer, und schon ist der Kerl mit einem Satz über ihm wie ein schwerer Mastiff, ein Schlag in den Solarplexus, ein zweiter in den Unterleib, dann ein betäubender Schwinger knapp unters linke Ohr, und jetzt packen ihn Hände unter den Achseln, zerren an seinen Stiefeln, an den Knöpfen seiner Hose ...

Es ist dunkel und still. Regen sickert flüsternd durch die Bäume. Das Pferd ist tot, der Esel weg. Von Johnson ist kein Laut zu hören. Mungo liegt auf dem Rücken im Matsch des Urwaldbodens, nackt wie bei der Geburt, seine Knochen sind anscheinend an mehreren Stellen gebrochen, und er hat das alles restlos satt. Hat das Entdekken satt, hat Afrika satt. Und es macht ihm zu schaffen, daß er hier alleine in der Finsternis liegt, schutzlos und voller Angst. Er kommt auf einen Ellenbogen hoch, was sein

Gesicht vor Anstrengung verzerrt, und sieht sich um. Nichts. Das Dunkel ist so absolut und undurchdringlich, als hätte die Erde ihr Innerstes nach außen gekehrt. Aber was ist das? Eine Bewegung im Busch, ein Blätterrascheln. «Johnson?»

Keine Reaktion.

Er versucht es noch einmal. «Johnson – bist du das?»

Diesmal bekommt er eine Antwort, aber nicht die, die er sich gewünscht hat. Ein Knurren, leise und bedrohlich, zerfetzt die Nacht. Ein Knurren, so barbarisch und willkürlich wie der Urwald selbst, so rauh und grausam wie die Geburt des Bösen.

Fanny Brunch

Eines unwirtlichen Nachmittags, der Regen klatschte gegen die Scheiben von Nummer 32 am Soho Square, und Sir Joseph Banks, dem noch die Wirbelsäule ächzte von den Schlägen, die ihm kurz zuvor im Schwedischen Bad verpaßt worden waren, erstieg gerade mühsam die Stufen zur Eingangstür, als das Stubenmädchen – ein altes Muttchen mit dicken Waden, das seit siebenundzwanzig Jahren in seinen Diensten stand – von einer fulminanten Attacke des Gehirnfiebers dahingerafft wurde. Sie war eben dabei, im Salon für Lady Banks und Miss Sarah Sophia den Tee zu servieren. Der Tee war in einer silbernen Kanne zubereitet, die auf einem Silbertablett stand. Das Geschirr war aus Sèvres-Porzellan. Als die arme Betty Smoot sich gerade mit der Kanne über ihre Herrin beugte, fuhr sie blitzartig hoch, als hätte sie etwas in den Hintern gestochen, grölte aus vollem Hals zwei Strophen eines schweinischen Säuferliedes und kippte dann mausetot um.

Zwei Tage später hatte sich Lady Banks soweit erholt, daß sie die Lage mit ihrem Gatten besprechen konnte. «Jos», sagte sie, «wir brauchen ein neues Stubenmädchen.»

Sir Joseph ging eben die Zeitung nach Neuigkeiten über die portugiesische Expedition zur Bucht von Benin durch.

«Die Köchin hat eine Cousine in Hertfordshire. Oder eine Schwester oder so. Jedenfalls haben die ein Mädchen, das dringend eine Stelle sucht. Ich glaube, es ist die Tochter der Cousine unserer Köchin. Oder von ihrer Schwester. Ist allerdings recht jung. Siebzehn. Aber wie ich schon zur Köchin sagte, ein wenig junges Blut würde dem Haushalt nichts schaden.»

Sir Joseph blickte kurz auf. «Wie heißt die Kleine?»

«Brunch», sagte Lady B. «Fanny Brunch.»

Fanny Brunch kam frisch aus der Molkerei. lhr heißer Atem roch nach Milch, und es lag ein Wispern von warmem Stroh, Brustwarzen und dem Dunkel des Mutterleibs darin. Ihre Haut war Sahne, ihre Brüste Käselaibe, in ihrem Lächeln lag schmelzende Butter. Als sie fünfzehn war, schlugen zwei Bauernlümmel einander ihretwegen tot. Mit Hacken. Im Jahr darauf entführte sie der Gutsherr der Gegend und band sie in seinem Bett fest. Sie fanden ihn im Nachthemd, das Bett ein Meer von Federn, Fannys Hinterbacken von roten Striemen gezeichnet. Daraufhin beschlossen ihre Eltern, bettelarme, aber fleißige Leute, die an das Gute im Menschen und an Gottes Reich auf Erden glaubten, sie solle sich zu ihrem eigenen Schutz als Dienstmädchen verdingen. Der Tod der Betty Smoot war ein Geschenk des Himmels.

Fanny war gutmütig und naiv. Ihr Lächeln war ein Weizenfeld im Sonnenschein, sie huschte auf leisen, himmlischen Füßen durch das Haus. Für Lady Banks war sie, nach siebenundzwanzig Jahren Smoot, ein Frühlingshauch. Sir Joseph, mit der Afrika-Gesellschaft und dem Schicksal des letzten seiner verschollenen Entdecker vollauf beschäftigt, nahm ihre Gegenwart kaum wahr. Das konnte ihr nur recht sein – es hätte ihr gerade noch gefehlt, sich eines alten Geilspechts erwehren zu müssen, noch dazu in dessen eigener Höhle. Die Köchin liebte sie heiß. Byron Bount, der Butler, versuchte eines Nachmittags, an ihrem Unterarm zu lekken, als sie sich die Ärmel hochgekrempelt hatte, aber die Köchin kurierte ihn rasch, indem sie seine gebratenen Tomaten mit Salpeter würzte. Nur einen unglücklichen Zwischenfall gab es: Ein Gast des Hauses Banks, ein melancholischer junger Dichter mit dunklen Augenringen, stürzte sich aus Liebe zu ihr aus einem Fenster des dritten Stocks. Er brach sich neun Rippen, beide Beine und verlor ein Ohr. Doch abgesehen davon blieb alles ruhig, und Fanny Brunch war auf dem besten Wege, am Soho Square 32 eine Institution zu werden.

Dann traf sie Ned Rise.

Wie die sieben goldenen Städte

Es war Schicksal. Jedenfalls erschien es ihr im Rückblick so. Wie sonst konnte man sich die Kombination von Zufällen erklären, durch die sie ausgerechnet an jenem Juninachmittag über den Soho Square geschlendert war, an dem Ned Rise dort seinen Kaviar verhökerte? Es ergab sich, daß Sir Joseph einen seiner Afrika-Gesellschafter, Sir Reginald Durfeys, zum Lunch erwartete. Bei seinem vorherigen Besuch am Soho Square 32 war Durfeys von Fanny dermaßen entzückt gewesen, daß er ihr an drei Stellen das Kleid zerrissen, zwei Ming-Vasen zerschlagen und einen leichten Anfall von Hirnödem davongetragen hatte, was ihm gleich für eine knappe Woche die Sprache verschlug. Sir Joseph, ein Mann, der im Parlament wegen seiner guten Zigarren, seines Urteilsvermögens und seiner weisen Voraussicht geschätzt war, hielt es aus gegebenem Anlaß für klug, den Quell der Versuchung diesmal trockenzulegen. «Fanny», sagte er, indem er ihr eine Münze in die Hand drückte, «warum nimmst du dir nicht heute einmal den Nachmittag frei und gehst ein bißchen spazieren?»

Sie war begeistert. Ihr erster freier Tag in gut drei Monaten bei Sir Joseph und Lady B. Sie bummelte an Schaufenstern vorbei, kaufte sich einen Kuchen, sah einem Mann zu, der mit einem halben Dutzend Igeln jonglierte, während sein Spezi, ein rothaariger Zwerg mit Turban und kurzen Hosen, dazu unisono auf Nasenflöte, Kontrabaß und Cello spielte. Sie lutschte Karamellen, fiel in einen Keller, entging knapp einem tollwütigen Hund und saß eine Weile im Park, wo sie über den Mangel an süßen Gefühlen und an heftiger Hingabe in ihrem Leben nachsann. Als die Sonne die Baumkronen berührte, machte sie sich auf den Heimweg.

Ned dagegen begreift das Schicksal als eine ausschließlich negative Macht. Nach der «Rise-Regel» («wenn wo was aufgeht, muß Hefe drin sein») rechnet er seit längerem mit einem Absturz. Als er sich in die beruhigende Umhüllung der Sänfte fallen läßt, seiner Verkleidung sicher und erstmals wieder auf dem Wege zum seelischen Gleichgewicht, seit Boyles neulich seinen Namen über die Straße brüllte, hat er nicht die geringste Almung, daß ein gewaltiger Höhenflug vor ihm liegt. Während er seine Ware in allen Häusern am Soho Square feilbietet, kommt ihm überhaupt nicht in den Sinn, er könne dicht vor einer sein Leben umwälzenden Entdeckung stehen. Nein, seine Gedanken sind ausschließlich aufs Finanzielle gerichtet. Schulden und Außenstände, Pounds und Shillings. Töpfchen für Töpfchen kommt die Passage nach Amsterdam zusammen, und für einen fetten Sparstrumpf reicht es obendrein. Ja, Amsterdam, denkt er – Kanäle und Tulpen und fransenhaarige Fräuleins. Holländischer Genever. Hans Brinker. Paris ist eindeutig gestorben. All diese Enthauptungen und Jakobiner und Schreckensherrschaften ... ihm reicht schon der Schrecken zu Hause in London. Nein, Paris ist nichts. Die vielgerühmten Huren und die vollmundigen Weine (oder geht es anders herum?) müssen zugestöpselt bleiben – einstweilen jedenfalls.

Bei Nr. 14 nimmt ihm die Köchin drei Töpfchen ab und bittet ihn auf eine Tasse Tee herein. Die Köchin macht ihm ein Kompliment wegen der Haube. Er macht ihr ein Kompliment wegen der blitzenden Pfannen. Zwei Türen weiter knallt ihm ein Küchenmädchen die Tür vor der Nase zu. Bei Nr. 19 beißt ihn ein Hund ins Bein. Aber die Sonne schwebt über den Bäumen wie ein großer runder Cheddar-Käse, der Wind duftet nach Blüten und Blumen, und obwohl er tot, deprimiert und exiliert ist, in ein Frauenkorsett geschnallt und von Schatten verfolgt, wirft Ned Rise den Kopf zurück und stimmt lauthals ein Lied an:

Einst zog ich aus nach Derby,
verkaufen meine Säu',
da sah ich's größte Schaf, Sir,
das jemals fraß vom Heu,
das jemals fraß vom Heu.

Das Schaf war fett am ganzen Leib
und war auch mächtig schwer –

Doch dann, mitten in der Strophe, saust es ihm in den Ohren, und seine Sinne ordnen sich neu: eine andere Stimme, hoch und rein und klingend in der Überzeugung, daß es trotz allem doch Frieden und Vollkommenheit auf der Welt gibt, hat plötzlich in sein Singen eingestimmt:

Es maß zehn Meter rundherum, Sir,
ich glaub', es war nicht mehr.

Ned wirbelt herum, seine Röcke rascheln wie ein verborgenes Publikum. Vor ihm, einen Weidenkorb unter dem

Arm, steht ein Mädchen von siebzehn oder achtzehn Jahren. Weiße Rüschenhaube, blonde Löckchen. Ein schokoladenbrauner Kittel über einem blütenweißen, gestärkten Brusttuch. Ein Stubenmädchen, denkt Ned, während sie so unbefangen, als sänge sie zu Hause am Herd, zur nächsten Strophe anhebt:

Die Woll' auf seinem Rücken, Sir,
die wuchs bis zu den Stern',
die Adler bauten Nester drin,
ich hört die Küken plärr'n.

Die Woll' auf seinem Bauche, Sir,
die wuchs bis auf den Grund,
Das Schaf ward dort verhökert, Sir,
für vierzigtausend Pfund.

Er ist baff vor Staunen. Überwältigt. Sie ist wie aus einem Renaissance-Gemälde. Maria, die Milchmagd, die Sonne läßt den Strahlenkranz ihrer Locken anfleuchten, den Korb mit frischen Eiern und einem Sahnekrug wiegt sie im Arm wie den kleinen Messias. Unschuld, Schönheit, Frische und Licht: die Kombination ist atemberaubend. Ohne nachzudenken, beginnt er die nächste Strophe und setzt seinen Tenor gegen ihren bebenden Alt:

Und bei den Jungs von Derby, Sir,
gab's bald den großen Zank,
ein jeder des Schafes Augen wollt',
so'n Fußball sucht man lang.

Das Fleisch von diesem Schafe, Sir,
war genug für's ganze Heer,
Und was davon noch übrig blieb,
die Flotte schätzt' es sehr.

Und jetzt lacht sie, mit ihren perfekten Zähnen, den Kopf zurückgeworfen, und reckt ein winziges, süßes Doppelkinn hervor. «Ziemlich mächtige Stimme, die Sie da haben, gute Frau», sagt sie lachend. Ned grinst wie ein Haifisch. «Vielleicht bin ich nicht das, als was ich erscheine, meine Dame.»

«Ein Wolf im Schafspelz?»

«Nicht ganz», erwidert Ned und zieht Käppchen und Haube vom Kopf.

Sie klatscht in die Hände und kichert. «Ein Damenherr!»

«Es ist nämlich so», erklärt Ned, «daß ich gerade von einem Kostümball komme. Sehr elegante Sache das. Die Punschgläser in Form von Elefanten geblasen, Melonenkugeln, Kaviar auf Eis.»

«Oh!» sagt sie. «Wie lustig!»

Ned läßt die Hacken knallen und beugt den Kopf. «Ned Rise, zu Ihren Diensten.»

Ihr Name ist Fanny Brunch. Sie arbeitet als Stubenmädchen in Nr. 32, im Hause von Sir Joseph und Lady Dorothea Banks. Sie hat nichts dagegen, daß er sie heimbegleitet.

Die Straße ist menschenleer. Die Sonne sprenkelt das Laub, Vögel hüpfen von Ast zu Ast. Ned nimmt ihren Arm, und sie machen sich auf den Weg, sein Rock massiert den ihren. «Wissen Sie», sagt Ned, «ich beginne mich zu fühlen wie Pizarro, als er unerwartet auf die Sieben Goldenen Städte stieß.»

ABSTURZ

Was sollte er tun? Sein Leben war verwandelt.

Beim Aufwachen war er in Gedanken bei Fanny, beim Fischeierverkaufen dachte er an nichts anderes, er fiel abends ins Bett mit einem hungrigen Schmerz, der an ihm nagte, war innerlich zugleich übervoll und leer, und er träumte von Fanny, Fanny, Fanny. Frauen hatte er viele gehabt. Dutzende. Huren und Schankmädchen, Bauernmädchen, Blumenmädchen, Verkäuferinnen, Töchter von Fischhändlern und Kesselflickern, Ammen und Kindermädchen, Schlampen und Schnapsdrosseln – die Nan Punts und Sally Sebums dieser Welt. So hielt er sein Organ in Übung, nichts weiter. Man steckte ihn rein, man zog ihn wieder raus. Aber das hier, das war anders. Diesmal war sein Herz mit im Spiel. Und sein Kopf.

Am Tag, nachdem er sie kennengelernt hatte, suchte er den Soho Square heim, als Klavierstimmer verkleidet. Es regnete. Nieselte jedenfalls. Sein falscher Schnurrbart hing schlaff herab, es wusch ihm die Farbe aus dem Haar, der Sack mit Stimmgabeln, Zinnhämmerchen und Haarpinseln wurde immer schwerer vor Nässe. Als Sir Joseph einen Blick aus dem Fenster der Bibliothek warf, sah er ihn am Eisenzaun lehnen, durchnäßt und verloren. Lady Banks ging auf dem Weg zur Whistrunde bei Mrs. Coutts an ihm vorüber. Eine herrenlose Katze bepinkelte seine Strümpfe. Irgendwann trat aus Nr. 38, dem Laden von J. Kirkman & Söhne, Pianoforte-Herstellung, ein unfreundlicher Angestellter heraus und sagte ihm, er solle anderswo herumlungern. Fanny erfuhr nicht einmal, daß er da war.

Der nächste Tag war kein bißchen besser. Er mietete sich einen Wagen, setzte den Kutscher nach hinten, nahm die Zügel selbst in die Hand und trottete von morgens bis abends den Platz hinauf und hinunter. Angestrengt versuchte er, auch nur die leiseste Bewegung hinter den Fenstern von Nr. 32 zu erspähen, aber abgesehen von zwei kurzen Auftritten von Byron Bount und einer Frontalansicht von Lady Banks' Mops sah er gar nichts. An den folgenden Tagen verkleidete er sich als Matrose, Blasebalgflicker, Süßbrei-Verkäuferin, Aufwischfrau, Syphilitiker im Endstadium und königliche Wache. Fanny hatte seit über einer

Woche das Haus nicht verlassen. Das Geld zerrann ihm unter den Fingern. Das Kaviar-Geschäft lag darnieder.

Dann, als er eines Abends im Zwielicht herumschlich, angetan mit den zerfetzten und rußigen Lumpen eines Schornsteinfegers, ging die Tür auf und eine weibliche Gestalt – von einem Mops an einer silbernen Leine vorwärtsgezerrt – kam die Stufen herab. Ned kam pochenden Herzens näher, überlegte sich eine Begrüßung – sollte er ein paar Takte von «Das Schaf von Derby» pfeifen? – und sann gleichzeitig über eine Entschuldigung für seinen Aufzug nach. «Fanny?» flüsterte er mit vor Leidenschaft heiserer Stimme.

«Häh? Was is los?» kam die Antwort in einem Ton, mit dem man die Straße hätte desinfizieren können. Er starrte in ein von Ekzemen überkrustetes Gesicht und ein milchiges, schielendes Auge. Der Mops knurrte.

«Vielmals Verzeihung, meine Dame», sagte er mit einer Verbeugung. «Ich vermeinte, Sie seien vielleicht Fanny Brunch.»

«Wa? Fanny wie? Nie gehört von.»

Er sprach mit Barbara Dewfly, der Abwaschfrau. Eine halbe Crown später erinnerte sie sich doch, Fanny sei «so'n junges Luder, wo die Stinkesocken von Seine Lordschaft waschn tut», und fügte hinzu, daß es «verdammich viel kosten täte, wenn irgendwer fürse 'ne Nachricht oder sowas raufbring soll». Ned drückte ihr noch eine Münze in die Hand, dazu eine hastig gekrakelte Notiz: *Trefft mich um Mitternacht an der Hintertür, Euer Erg. u. Unterw. Diener, der Euch besser kennenzulernen wünscht, Ned Rise.* Der Hund kackte einen Haufen auf den Bürgersteig. Dewfly raffte ihre schmutzigen Röcke, ging wieder die Stufen hinauf und war verschwunden.

Es sei an dieser Stelle bemerkt, daß das Leben des Dienstpersonals im georgianischen England nicht eben die Möglichkeiten für ein breites Spektrum sozialer Kontakte bot. Dienstboten, so sie überhaupt das Glück hatten, bei einer Herrschaft Anstellung zu finden, wurden fürs ganze Leben aufgenommen. Man erwartete von ihnen, daß sie ihre Familien, Interessen und früheren Bindungen, ihr Sexualleben und ihre Heiratsabsichten aufgaben. Von dem Augenblick, da sie eingestellt wurden, lebten sie ausschließlich für Wohl und Bequemlichkeit ihrer Dienstherren, emsige Arbeitsbienen die geschäftig die trägen Drohnen und aufgedunsenen hilflosen Königinnen umschwirrten. Der Lohn dafür? Sechs oder sieben Pfund per annum, ein warmer Kaminrost, ein trockenes Bett und – das Allerwichtigste – drei ordentliche Mahlzeiten am Tag. Zu einer Zeit, da die Straßen mit Dieben und Bettlern voll waren, die Preise infolge des Krieges mit Frankreich ständig höher kletterten, Wohnmöglichkeiten unzureichend oder gar nicht zu beschaffen waren und täglich Wagenladungen von spindeldürren, hohlwangigen Männern und Frauen vor Hunger tot umfielen, war eine Stelle als Kammermädchen oder Lakai keineswegs zu verachten. Und der Verlust der Selbstbestimmung schien dabei denn doch ein kleiner Preis.

So war es auch bei Fanny. Von der Hand-in-den-Mund-Existenz auf dem Land (Kühemelken, Mistschaufeln, Grütze dreimal am Tag) hatte sie es zu einem relativ guten und sorglosen Leben gebracht, als sie von der Fuchtel ihrer Eltern unter die von Lady B. wechselte. Bei ihrer Ankunft im Hause Banks war sie von Lady Banks beiseite genommen und vor den Schrecknissen und Entwürdigungen des Geschlechtsaktes sowie vor der Sklaverei der Mutterschaft gewarnt worden, sie hatte ein Gebetbuch bekommen, und man hatte ihr gesagt, sie müsse sich nunmehr höheren Dingen widmen. Sie habe eine Stellung zu halten. Sie sei nun Stubenmädchen in den oberen Geschossen des Hauses von Sir Joseph Banks, eines wahrhaft großen Mannes seiner Zeit, und sie dürfe nichts tun, was ihn oder seinen Haushalt in Verlegenheit bringen könnte. Zum Schluß hatte Lady B. ein großmütterliches Lächeln aufgelegt und Fanny gefragt, ob sie verstanden habe. Fanny hatte feierlich genickt.

Trotzdem, als der Nachtwächter die zwölfte Stunde ausrief, war sie draußen im Garten.

Nach dieser ersten verstohlenen Verabredung (bei der Hände gedrückt und Schwüre ausgetauscht wurden) strich Ned Rise jede Nacht in Sir Josephs Garten herum. Manchmal saßen er und Fanny dort stundenlang flüsternd und kuschelnd herum, ein andermal schlichen sie sich auch in ein Gasthaus davon, um etwas zu essen und sich bequemer ihre Liebe zu beweisen. Sie aßen Kaviar auf Toast. Sie tranken Wein. Fanny erzählte Ned von ihrer Zeit auf dem Bauernhof, von Trelawney, dem Gutsherrn, von dem Hackenduell. Ned berichtete ihr von seiner eigenen erbärmlichen Vergangenheit und seinem Kampf, sich daraus zu erheben und in der Handelswelt zu etablieren. Was ihm auch gelungen sei, endgültig und eindeutig. Er sei ein unabhängiger Geschäftsmann, erzählte er ihr, der das Privileg genieße, sich unter der Aristokratie und ihren Mitläufern zu bewegen, ein guter Bekannter von Leuten wie Lord Twit und Beau Brummell. Ihre Augen weiteten sich beim Erwähnen solch illustrer Namen. Sie drängte ihn nach Einzelheiten. Er erfand sie einfach. Und dann, als sie eines Nachts im hohen, weichen Gras unter der Linde in Sir Josephs Garten lagen, fragte er sie, ob sie mit ihm durchbrennen wolle. Der Mond hing in den Zweigen wie ein Ornament. Sanft und leise begann ein Vogel zu singen. Sie war einverstanden.

Ned war gerührt. Hier war ein neuer Anfang, ein Mittelpunkt, eine neue Tonart, nach der er sein Leben stimmen konnte. Er dachte an seine Klarinette. An Knospen, die sich im Dunkeln öffneten. An ein kleines Wirtshaus in Holland oder in der Schweiz vielleicht, an einen steinernen Kamin, einen Hund, Fanny an seiner Seite. Am nächsten

Morgen löste er seine Klarinette beim Pfandleiher aus und buchte die Überfahrt für zwei Passagiere nach Den Haag, via Gravesend. Später führte er Fanny hinaus auf Lamb's Conduit Fields und spielte für sie eine Clarino-Version von «Greensleeves», während Venus über den Himmel ritt. Noch zwei Wochen, dann würden sie auf und davon sein.

Dennoch hatte er Sorgen. All das Herzeleid und der Sinnestaumel, so köstlich sie waren, hatten ihn von seiner Arbeit abgebracht. Dreiundsechzig Töpfchen mit «Tschitschikoffs Auslese» warteten ungenutzt im Keller der Bear Lane auf ihn. Die Störe hatten ihn längst im Stich gelassen, für diese Saison waren ihre Eierstöcke leer; seine Straßenjungen hatte er ausgemustert und je einen Fünf-Pfund-Bonus an Shem und Liam gezahlt – aber auch seit fast einem Monat kein Glas Kaviar mehr verkauft. Zwar lief die eiserne Kiste unter seinem Bett schon bald über – beinahe 350 Pfund waren darin –, aber es hatte ihm ja beträchtliche Auslagen verursacht, Fanny den Hof zu machen, und es wäre doch eine Schande, diese letzten dreiundsechzig Töpfchen schlecht werden zu lassen. Außerdem würden sie jeden Groschen brauchen, um sich in Amsterdam eine Basis zu schaffen, bei all den holländischen Schlauköpfen, die da herumliefen.

Also machte er sich wieder auf den Weg und zurück zu Handel und Wandel, bot seinen Kaviar mit apostolischer Inbrunst feil. Zwei zum Preis von einem, eins zum Preis von zweien. Katharina die Große ißt ihn auch, erzählte er dem Chefkoch von «White's». Spült ihn runter mit eiskaltem Wodka und Krügen voll Kwas. Er reichte dem kleinen Mann eine Probe zur Begutachtung. Das Etikett zeigte ein formloses Gebäude, in Blockbuchstaben als «Der Kreml» identifiziert, daneben einen Wolf, der aussah wie ein epileptischer Seehund. Der Chefkoch nahm sechs Stück. Lord Stavordale, mächtig im Öl nach seinem Abgang aus «Boodle's Club», wo er 1100 Pfund beim Whist verloren hatte, kaufte ein Glas und schlürfte es auf der Stelle leer. Lady Courtenay schickte zwei Stück an ihre unverheiratete Tante in Bath; die Herren Grebe und Parslay bestrichen in der vornehmen Bond Street zum Lunch ihre Salzcrackers damit; Rose Elderberry, die Gefährtin der Premiersgattin, benutzte es als Gesichtsmaske. Je weniger es von «Tschitschikoffs Auslese» gab, desto mehr stieg die Nachfrage. Ned wurde seinen Vorrat innerhalb einer Woche los.

Er rechnete seinen Umsatz durch, minus Ausgaben (Verkleidungen, Töpfe, Etiketten, Salz, Sänftentaxis usw.), und stellte fest, daß sein Sparstrumpf um über hundert Pfund gewachsen war. Es lief hervorragend. Aber warum jetzt aufhören? Man war mitten in der Heringssaison. Shem und Liam zogen die Viecher schubkarrenweise aus dem Fluß. Er mußte die Eier nur salzen, mit etwas Schuhpasta schwärzen, in die Töpfe füllen und Etiketten draufkleben, und wer würde schon den Unterschied merken? Und selbst wenn – in einer Woche war er in Holland. Er mischte sechsundzwanzig Gläser von dem Zeug ab, wobei er auf Froschlaich zurückgriff, als der Herings-Nachschub ausblieb, besorgte sich das Kostüm eines russischen Balalaikaspielers und wurde die Ladung an einem Nachmittag los. Weitere zweiundfünfzig Pfund fanden den Weg in seine Kiste, und alles davon war für Fanny.

Eines Abends jedoch, nicht einmal mehr eine Woche vor dem großen Tag, erschien Fanny nicht zur verabredeten Stunde. Ned war wie vom Donner gerührt, grämte sich, brach unter der Last von Verdacht und Schwermut bald zusammen. Ruhelos ging er drei Stunden lang unter den dunklen Fenstern auf und ab, sein Magen rumorte, in seinem Kopf rasten Flüche und Entschlüsse und Anklagereden, bis er schließlich seine Frustration an einem Pfingstrosenbeet ausließ und niedergeschlagen über die Gartenmauer stieg. Oben angekommen, bemerkte er jedoch ein Geräusch, das von irgendwo aus dem Haus herkam. Eine Art Ziehen oder

Summen, wie eine Fliege, der eine Fensterscheibe im Weg ist. Er hielt den Atem an. Da war es wieder: *pssssssssst.*

Er ließ sich zurück in den Garten fallen und kam vorsichtig dem Haus näher. Drohend erhob es sich über ihm: die Fensterläden heruntergelassen, dunkel wie ein Grab, drei Stockwerke und der Dachboden. Schattenballungen kennzeichneten Büsche, Steingärten, Bänke und Vogeltränken. Als er unter der Linde stand, sah er, daß bei einem Fenster im zweiten Stock die Läden ein Stück weit geöffnetwaren. «Fanny?» rief er leise.

Ihre Stimme kam als gepreßtes Flüstern: «Ned, Ned – wo bist du, Ned?»

«Hier», flüsterte er und trat aus dem Schatten hervor. «Was ist denn los?» Jetzt konnte er ihr Gesicht sehen, ein blasses Oval wie ein auf der Spitze stehendes Ei vor dem tiefschwarzen Zimmerinneren.

«Psssst! Lady B. ist uns auf die Schliche gekommen. Jedenfalls hat sie Verdacht geschöpft. Sie hat alle Türen verriegelt und den Schlüssel mit ins Bett genommen.»

«Nicht doch. Das kann sie doch nicht machen.» Die Neuigkeit trifft ihn wie ein Stich in den Unterleib, die hoffnungsfrohe Erektion, die beim Klang ihrer Stimme angehoben hatte, ebbt schon wieder ab und macht abgrundtiefem Schmerz, Sehnsucht und Enttäuschung Platz. «Diese Drecksau», murmelt er, und plötzlich grabscht er nach den dünnen Efeuranken, mit denen die untere Hauswand wie mit Riffeln überzogen ist. Dann klettert er eben einfach zu ihr rauf, genau das wird er tun.

«Ned!» zischt sie. «Du weckst noch das ganze Haus auf.»

Sie hat recht. An die siebzig schlaffe Efeustränge hängen an ihm herab, und er hat noch keinen Fuß vom Boden gekriegt. Er wischt sich Blätter aus dem Gesicht, tritt ein paar Schritte zurück und verlangt eine Erklärung – was ist schiefgelaufen?

Sie berichtet, so schnell sie kann, mit gedämpfter Stimme. Der fehlende Schlaf hat sie verraten. Lady B. machte Bemerkungen über ihre schleppenden Bewegungen, ihr schwerfälliges Mienenspiel beim Lächeln – aß sie auch genug? Fühlte sie sich krank? Dann erwischte Sir Joseph sie beim Dösen in der Bibliothek, den Staubwedel in der Hand. Er fragte sie, ob sie vielleicht abends zu lange aufbleibe, mit den anderen Mädchen herumalbere oder etwa diese anstößigen Romane von Horace Walpole und Mrs. Radcliffe lese. Dies verneinte sie. Doch am nächsten Abend nickte sie mitten beim Servieren ein und verbrühte seine Lordschaft mit der Kaninchensuppe. Lady B. schickte sie hinaus. Später wurde sie für ein regelrechtes Verhör in den Salon gerufen. Nein, es gebe keinen Mann in ihrem Leben, beharrte sie unter Tränen. Bitte, Ma'am, was müssen Sie von mir denken! Sie sei eben nur immer so rastlos in der Nacht, das sei das Heimweh nach dem Land, und deshalb habe sie sich angewöhnt, bis sonstwann im Garten zu sitzen, dem Grillengezirpe zu lauschen, und der Nachtigall. Sie habe nicht gewußt, daß das was Schlimmes sei. Lady B. sah aus wie ein Scharfrichter mit Bauchgrimmen. Sie bezeichnete Fannys Verhalten als «ungebührlich» und verschrieb ihr eine Woche lang Küchenarbeit, Gemüseputzen und Fleischklopfen. Das wird dich schon müde machen, mein Liebchen, sagte sie, und dann trug sie Alice auf, alle Türen im Haus abzuschließen.

Ned fluchte bei der Vorstellung. Fanny in der Küche. Eine Gefangene. «Na warte», sagte er. «Der zeigen wir's. Morgen früh um zwei. Ich bringe eine Leiter mit. Du kannst ja bis Sonnabend bei mir wohnen, und dann nehmen wir das Schiff nach Holland.»

«Ned», hauchte sie, ihre Stimme war weich wie eine Daunendecke. «Ich liebe dich.»

Er wollte ihr gerade die Standardantwort der Verliebten zurückflüstern, *con gusto*, als auf einmal irgendwo in dem dunklen Haus der Mops zu kläffen anfing, er kläffte und kläffte, als hätte man ihm den Schwanz ausgerissen. Die Läden schlossen sich mit einem Klicken. Ned nahm die Beine in die Hand, aber da erschien jemand mit einer Laterne an der Hintertür – Bount oder Sir Joseph –, und jetzt schoß auch der Mops heraus, raste über den Rasen wie ein Haarbüschel im Sturm, sein schrilles, hartnäckiges Gekläff war ihm dicht auf den Fersen. Es gab einen Blitz und den Knall eines Schusses, dann war er über die Mauer und auf und davon.

Mit der leisen Grazie und der instinktiven Sicherheit einer Katze schlich Ned durch die dunklen Nebenstraßen und Seitengäßchen. Zu dieser Nachtstunde waren die Straßen unbeleuchtet und gefährlich, durchstreift von Räubern, Taschendieben, Trunkenbolden und Mördern. Neid bewährte ein unauffälliges Profil. Huschte von Schatten zu Schatten, hielt sich dicht an Häusermauern, nahm Abkürzungen über Höfe, wo immer es ging, und vermied so aufs Peinlichste jeden zwischenmenschlichen Kontakt auf seinem Rückweg nach Southwark. Es war ziemlich knapp gewesen vorhin im Garten – wenn der alte Sir Jos nicht so ein mieser Schütze wäre, wer weiß? Auf alle Falle ein schlechtes Omen. Womöglich warteten sie morgen nacht schon auf ihn, wenn er mit der Leiter kam. Er überlegte, ob er sich Liams rostige Arkebuse ausborgen sollte.

Als er schließlich, fast eine Stunde später, die Bear Lane erreichte, war er völlig geschafft. Einen ganzen Nachmittag Fischeier zu verkaufen, und dann noch die lange, frustrierende Nacht in Sir Josephs Garten, das war alles ziemlich strapaziös. Er würde bis zum nächsten Abend schlafen, sich um eine Kutsche, die Leiter, vielleicht auch noch eine Pistole kümmern und dann losziehen und seine Fanny abholen. Der Gedanke beflügelte ihn, während er die Stufen zu seinem Zimmer hinaufstieg: Morgen nacht würde er sie hier haben – in seinem Bett – sicher, gewiß und ganz für sich. Kein Herumschleichen im Finstern mehr, keine verkürzten Schäferstündchen, nie wieder nasses Gras und dornige Hecken. In seiner Hose regte es sich, während er den Schlüssel herumdrehte und sein Zimmer betrat.

Er machte sich nicht einmal die Mühe, die Kerze anzuzünden. Schüttelte nur die Jacke ab, riß sich den falschen Bart herunter und warf sich aufs Bett. Aber Moment mal – was war denn das? Da lag schon jemand in seinem Bett! Ganz flüchtig dachte er zuerst, es sei vielleicht Fanny, doch dann kam ihm eine weitaus wahrscheinlichere und schauerlichere Erklärung ...

Im selben Augenblick flammte ein Streichholz auf und beleuchtete die geröteten, akromegalen Züge von Smirke – dann brannte der Kerzendocht, und der Raum erhellte sich schlagartig. Ned schreckte zurück. Das Zimmer war, wie er nun sah, voller Menschen. An der Kommode lehnten Twit und Jutta Jim; auf dem Waschtisch saß Mendoza, neben sich den engelhaften jungen Stutzer, der ihm an jenem Tag, den Ned lieber für immer vergessen hätte, das Jackett gehalten hatte. Dann war da noch Smirke. Riesenhaft, mit herabhängenden Schultern, auf den Lippen ein schmales, erwartungsvolles Grinsen wie ein brünstiger Schwarzbär. Im Bett lag Boyles und schnarchte im Tiefschlaf.

«Aha, aha, Ned ist da», begann Twit in seinem schwirrenden, nasalen Tonfall. «Welch eine Freude und Überraschung, dich wiederzusehen.»

Mendoza ließ einen mit Sand gefüllten Socken gegen den Fuß des Waschtisches klatschen: wapp ... wapp ...

«Ja, wirklich eine große Freude. Aber wieso du uns nicht schon früher eingeladen hast, wird mir ewig ein Rätsel bleiben. Wir hätten doch aus deiner wundersamen Auferstehung von den Toten mächtig Kapital schlagen können. Die Päpstlichen wären ganz aus dem Häuschen gewesen.» Seine Stimme senkte sich zu einem Knurren. «Die

Räuber, die sie neben Christus ans Kreuz gehängt haben, hätten sich so ein Glück gewünscht.»

«Verdammich, ich hau dir die Fresse ein!» polterte Smirke.

Jetzt bemerkte Ned die eiserne Geldkiste. Sie stand auf dem Tisch, das Schloß zerstört, der Deckel aus den Scharnieren gehebelt. Leer. «Was habt ihr mit meinem Geld gemacht, ihr Schweine?» Ned sprang in die Höhe. Boyles, total betrunken, setzte sich im Bett auf und rieb sich die Augen.

«Nennen wir's 'nen gerechten Ausgleich für die Demütigung, wasde uns zugefügt hast, du kleine Ratte», zischte Mendoza.

«Neddy!» Boyles hielt ihn am Ärmel gepackt. «Ich wollt denen nix sagen – aber se ham mich zu erzwungen.»

Ned fühlte die Wut in sich aufsteigen. Kein Durchbrennen nach Holland mehr, diese Schweine, und es drohte Prügel. Verteufelt viel Prügel. Plötzlich packte er die Eisenkiste, schleuderte sie dem jungen Stutzer ins Gesicht und machte einen Satz zur Tür hin. Mendoza war schon da. Der Totschläger traf ihn am Backenknochen, zweimal dicht hintereinander – und dann war Smirke an der Reihe.

Smirke schlug auf ihn ein, als er von Mendoza zurückprallte. Der erste Treffer ließ ihn taumeln; die Wucht des nächsten trieb ihn rückwärts zum Fenster, Smirke war ihm mit wirbelnden Armen dicht auf den Fersen, noch ein Schlag, und noch einer, und er ging zu Boden, torkelte rückwärts, stieß jemanden an – Twit? –, dann kam der Lärm von splitterndem Glas und ein Schrei, gefolgt von einem gleichzeitig hoffnunglos-ungläubigen und wütenden Quieken – das Geräusch, das ein Schwein macht, wenn das Schlachtmesser ihm die Kehle durchbohrt.

Ned lag auf dem Boden, in einem Meer aus Glas. Smirke und Mendoza hingen aus dem Fenster. Der junge Stutzer saß in der Ecke, wischte sich das Blut vom Kinn und greinte. «Ich bin entstellt», wimmerte er, «ich bin entstellt.» Dann kam Mendozas Stimme, erschüttert: «Gütiger Gott, er hat sich aufgespießt.»

Ned kam schwankend auf die Füße und sah ebenfalls hinaus. Unten lag Twit, merkwürdig verrenkt, von den eisernen Zaunstangen gepfählt. Eine Menge rottete sich zusammen. Zwei Männer beugten sich mit einer Fackel über ihn. «Der is hin», sagte einer der beiden.

Mendozas Gesicht war aschfahl. Plötzlich hielt er Neds Arm gepackt. «Das wär dann also Mord», rief er. «Holt 'nen Wachmann.»

Ein Schuss ins Dunkle

Einen Moment lang ist gar nichts mehr, keinerlei Geräusch, nur die Schwärze des Urwalds und das langsame Tropfen des Regens. Die Dunkelheit ist derart vollkommen und undurchdringlich, so sehr ein Fehlen von allem, daß er ebensogut blind sein könnte. So muß es wohl sein, in einer Höhle zu wohnen, denkt er, ohne Feuer und ohne Kerzenwachs, so ist es also, wenn man im siebten Kreis der Hölle ankommt. Und dann fängt es wieder an: Zweigeknacken, behutsame Schritte, das träge, keuchende Knurren wie ein Warnsignal: Ich habe Angst, aber ich werde töten.

In Panik wühlt Mungo in dem Laub und dem feuchten Schimmel nach einem Stein oder Ast, einer Wurzel, den Kieferknochen des toten Esels, nach irgend etwas, das er sich schützend vors Gesicht halten könnte, falls das knurrende Wesen sich als Knäuel aus Zähnen und Klauen auf ihn stürzen sollte. Der Lehm liegt schwer und saftig in seinen Händen, wie Kaffeesud oder der schwarze Dreck am Boden eines Grabes; wurmartige Viecher glitschen ihm durch die Finger, eine Spinne flitzt seinen Arm hinauf. Doch da, er hat etwas erwischt, einen Stock oder so – nein, es ist dicker und schwerer, so groß wie ein Knüppel. Er zieht daran um es freizubekommen, aber es scheint festzuklemmen. Und jetzt wird auf einmal das Knurren noch lebhafter, als stelle sein Griff nach dem Stock eine Provokation dar. Es kommt näher, warnend, drohend, fluchend, sein heißer Atem, das Spucken und Zischen. Er reißt an dem Stock, als ginge es um sein Leben, wie im Fieber, das zähnefletschende Ding ist jetzt ganz dicht neben ihm, das Knurren wird zum Brüllen, blutrünstig, wahnsinnig, grrrrrrr!

Aber natürlich folgt auf die finsterste Stunde immer gleich die Morgenröte. In diesem Augenblick wird die Szene vom Aufblitzen einer Pistolenmündung erhellt, überschwemmt vom Widerhall des Schusses. Es gibt einen Moment der Erleuchtung – der Pferdekadaver, von dem er ein steifes Bein in der Hand hält, die brennenden, giftsprühenden Augen und die geschürzten Lippen der Bestie, die in der Nacht verschwinden – und dann senkt sich wieder der schwarze Schleier über alles, der Pistolenknall hallt noch in den Bäumen nach.

«Mr. Park – sind Sie in Ordnung?»

Was kann er da schon sagen? Nackt, geprügelt, ausgeraubt und ohne Pferd – aber immerhin nicht verstümmelt und aufgefressen? Verloren, doch nicht allein? «Johnson», sagt er.

Johnsons Stimme ertönt aus dem Nirgendwo, körperlos. «Irgendwelche Knochen kaputt?» Wie Versteckspielen im Kohlenkeller.

«Wo bist du?»

Bei der Berührung von Johnsons Hand zuckt er zusammen. «Na, hier, Mr. Park. Neben Ihnen.»

Jetzt sagt er es wie ein Verliebter: «Johnson.» Und dann: «Was ist mit dir – bist du in Ordnung?»

Als Antwort kommt ein Schwall gepreßter Laute – Krächzen, Spucken, Räuspern und Husten – danach ein längeres Stöhnen und Keuchen. «Ich bin grade so kaputt wie nur möglich, ohne gleich reif fürs Bestattungsunternehmen zu sein – aber ungelogen.»

Die Depression schwillt wie eine Welle aus dem Nichts empor und überspült den Entdeckungsreisenden. Seine Schultern hängen herab, er friert zwischen den Beinen, seine Rippen schreien nach fürsorglicher Pflege. Und sein linkes Knie. Es scheint ausgekugelt zu sein. Als er spricht, ist seine Stimme kaum zu hören: «Was nun?»

«Wie, was nun?»

«Was machen wir jetzt?»

«Einen Baum suchen.»

«Einen Baum?»

«Raufklettern und das Tageslicht abwarten. Sie werden ja nicht mehr hier rumsitzen wollen, wenn dieses Katzenbiest sich seine Portion Pferdefleisch holen kommt, oder?»

Mungo denkt eine Weile darüber nach. Inzwischen ist ein bißchen Geschnatter aufgekommen, Grillen oder Frösche oder sowas. «Im Grunde» meint er schließlich, «weiß ich gar nichts mehr. Hier unten ginge es wenigstens schneller.»

Wie fühlt man sich als Toter?

Am Morgen wacht Mungo schlagartig auf, über ihm sitzt ein winziger, glatzköpfiger Affe, der ihn aus Riesenaugen, so groß wie Golfbälle, anstarrt Als er sich bewegt, um ihn zu verscheuchen, gerät der Ast, auf dem er sitzt, bedrohlich ins Schwanken, schnellt dann zurück und gibt den Entdeckungsreisenden frei. Ein Augenblick lang herrscht die pure Schwerelosigkeit – ätherisch, beinahe ein Genuß in ihrer Losgelöstheit , doch gleich darauf folgt ein heftiges Panikgefühl, das ihm den Magen umdreht, und ein kurzes, aber gestochen scharfes Bild des Seiltänzers auf der Bartholomew Fair. Der erste

Ast knallt ihm ins Gesicht, der nächste gibt sofort nach; schließlich aber, nach einem Fall von gut sechs Metern, gelingt es ihm, sich ein herausragendes Stück Holz in die Achselhöhle zu rammen und sich so zu stabilisieren. Keuchend und unter Flüchen auf Mutter, Schöpfer und die Afrika-Gesellschaft schiebt er sich mühsam den Ast entlang, bis er den Stamm erreicht hat. Den er wie eine lang vermißte Geliebte umschlingt. Doch dann nimmt er eine Bewegung aus dem Augenwinkel wahr – direkt über ihm baumelt, neben seinem linken Arm, der Affe. Das verhutzelte kleine Wesen wirft ihm einen nachdenklichen Blick zu, dann streckt es vorsichtig einen Finger aus und berührt ihn, sanft wie ein Kuß, an der Augenbraue.

Der Entdeckungsreisende arbeitet sich Ast für Ast hinab. Unten erwartet ihn Johnson. Er ist in seine Toga gehüllt, aber die Sandalen sind weg. Wie im Regenwald zur Regenzeit nicht anders zu erwarten, regnet es. Einen Moment lang steht Mungo stumm im Hemd da – Füße, Beine und Hintern sind splitternackt. Sein Schamhaar hat die Farbe von zerquetschten Rüben. «Eigentlich wollte ich guten Morgen wünschen», sagt er, «aber unter diesen Umständen wäre das ja wohl fast obszön.»

Johnson knurrt etwas. Sein rechtes Auge ist zugeschwollen, und im Haar über seinem Ohr klebt krustiges Blut. «Du siehst fürchterlich aus», bemerkt Mungo.

«Ich fühl mich, als wär ich von Bristol bis Covent Garden hinter der Postkutsche hergeschleift worden – und hätte dann noch die ganzen Koffer auf den Kopf gekriegt.» Er leckt sich die geplatzte Lippe und spuckt aus. Der Speichel ist rot. «Da», sagt er und zieht den zerbeulten Zylinder hinter dem Rücken hervor. «Das hier haben sie zurückgelassen. War ihnen wohl nichts wert.»

«Nichts wert? Alle meine Notizen stecken da drin.»

«Eben.»

«Wie ich sehe, haben sie dir deine Toga gelassen.»

«Die ist ja auch nichts wert. Aber die Sandalen haben sie mitgehen lassen, die Dreckskerle. Und meinen Esel.»

Bei der Erwähnung des Esels fährt der Entdeckungsreisende herum und macht eine ungläubige Miene. «Aber – wo ist denn das Pferd?»

Johnson schüttelt den Kopf.

«Du willst doch nicht etwa behaupten, daß ein Leopard alleine ein ganzes Pferd verdrückt – in einer einzigen Nacht?»

«Sehen Sie genau hin, Mr. Park. Da sind die Spuren, wo er es weggeschleift hat»

Der Entdeckungsreisende sieht hin. Durch die Vegetation ist eine Schneise geschlagen, als hätte jemand ein Ruderboot abgeschleppt: zerquetschte Schößlinge und Ranken, abgebrochene Zweige, plattgedrückte Pflanzen. «Na, und da sitzen wir hier noch rum, Mann – schnell hinterher! Ich hab schon seit Tagen, ach, seit Wochen kein Fleisch mehr zwischen den Zähnen gehabt.»

«Geht nicht. Der hat sich das Vieh auf einen Baum raufgezerrt. Typisch für Leoparden. Sie fressen, bis sie satt sind, und den Rest verstecken sie möglichst hoch oben, wo Hunde, Hyänen und so weiter nicht rankommen. Einmal, da war ich noch ein Kind, haben wir nachts in der Hütte geschlafen, als ein Leopard meine Tante Tota weggeschleppt hat. Am nächsten Morgen sind wir sie suchen gegangen. Und ich, mit neun Jahren, hab sie gefunden. Sie klemmte oben in einem Baum, halb weggefressen, die Augen über und über mit Fliegen bedeckt. Als erstes hab ich ihren Kopf gesehen – der hing da wie 'ne Melone.»

«Schon gut, ich kann's mir ja vorstellen. Also, was machen wir dann – verhungern?»

«Wir machen uns auf den Weg zu dieser Straße nach Kabba. Da betteln wir uns ein bißchen was zusammen, und dann überlegen wir, wie wir nach Dindiku zurückkommen.»

«Zurück? Ohne daß ich meine Mission zu Ende bringe?»

«Jetzt nehmen Sie bloß Vernunft an! Um ein Haar wär die doch hier schon zu Ende gewesen. Bei dem Regen wird's Probleme geben, überhaupt irgendwohin zu kommen – Scheiße, vielleicht schaffen wir es nicht mal zurück. Außerdem kriegen wir es mit den Mauren zu tun, je weiter wir ostwärts gehen. Sansanding ist 'ne Maurenstadt, hat Ebo gesagt. Und Timbuktu auch. Die werden Sie da lebendig entnazarinieren. Wollen Sie das etwa wirklich?»

Der Entdeckungsreisende schiebt das Kinn vor. Er läßt seine Gefühle sprechen. «Ich werde den Lauf dieses Flusses kartographieren, und wenn ich vorher nackt durch die Hölle tanzen muß.»

«Äh, ich sag das ja ungern, Mr. Park, aber Sie sind bereits nackt, und das hier ist der Hölle so nahe, wie Sie besser nie hoffen sollten, ihr je zu kommen.» Johnson macht eine Pause und grinst, bis seine Backenzähne aufblitzen. «Also fangen Sie schon mal an mit dem Tanzen.»

In Kabba, einer Ansammlung von circa fünfzig Lehmhütten mit Tarnanstrich aus Tünche, geht Johnson auf den *Duti** zu, wirft sich vor ihm nieder und fängt an, sich mit vollen Händen Staub über den Kopf zu häufen. Der Entdeckungsreisende, völlig nackt bis auf den Hut und ein paar Fetzen Hemdbatist, in die seine Geschlechtsteile gewikkelt sind wie in eine unförmige Windel, sieht aus gewisser Entfernung zu. «Almosen!» ruft Johnson kläglich. «Wir sind respektable Kaufleute, die von Wegelagerern überfallen wurden. Man hat uns unsere Waren und Kleider geraubt und, da für tot geglaubt, im Walde liegengelassen.»

* Vorsteher und Oberhaupt einer Stadt oder Provinz, dem die Aufsicht über den gemeindeeigenen Kornspeicher obliegt. Er ist auf Anhieb als der fette Mann inmitten einer Masse von Bohnenstangen zu erkennen.

Der *Duti* betrachtet Mungo zweifelnd, wobei sein Blick von den dreckigen Beinen über die Fetzenwindel, die nackte Brust, den verfilzten Bart und die sonderbaren Augen wandert, bis er auf dem Ziehharmonika-Zylinder zur Ruhe kommt. Johnson packt den Mann an seinem Umhang und verfällt in herzzerreißendes Beben: «W-wir haben seit zwei Wochen nur Rinde und Gras zu Essen gehabt. Eine Krume Brot, ich bitte Euch, nur eine Krume.»

Der *Duti* geht in seine Hütte und kehrt im nächsten Moment mit einem angeleinten Hund zurück. Der Hund ist ziemlich groß und kräftig gebaut. Er hat mächtige, schief gewachsene Kiefer, einen eher kleinen Schädel und eine Mähne, die an eine Hyäne erinnert. Zunächst denkt der Entdeckungsreisende, der Mann wolle ihnen den Hund schenken, und malt sich schon aus, wie die fleischigen Keulen auf dem Spieß brutzeln, mit Yamwurzeln gefüllt, auf einem Teller voll dampfendem Reis usw. Aber dann tut der *Duti* etwas Sonderbares: Er greift hinter sich und hat einen Wurfpfeil in der Hand – ein Gerät, das man eher mitverrauchten Kneipen und nassen Bierfilzen assoziieren würde, einen Knochenspieß, scharf wie ein Rasiermesser, mit Federbusch am Ende. Flink wie ein Zauberkünstler stößt er ihn dem Hund mehrmals in die Flanke. Dies hat zur Folge, daß das Tier sich augenblicklich in eine äußerst bösartige Hysterie hineinsteigert und sein ganzes Wesen sich auf fuchtelnde Klauen und gefletschte Schneidezähne reduziert. Nur die Leine hält es davor zurück, über Johnson herzufallen und ihn in Stücke zu reißen. «Zwei Minuten», überschreit der Mann die Proteste des Hundes, «dann laß ich ihn los.»

Eine halbe Meile hinter dem Dorf bricht der Entdeckungsreisende unter einem Baum zusammen. «Ich kann nicht mehr, Johnson. Ich bin einfach zu kaputt und fertig und entmutigt.»

Hundert Meter weiter, eingehüllt in Schilfrohr und Binsenhalme, fließt der Niger, braun und teilnahmslos wie alle Augen in allen Gesichtern Afrikas.

In den Bäumen kreischen Turakos. Ein Flußschwein grunzt im Uferschlamm und läßt einen Pfauenkranich in einer Explosion aus Gold und Specksteingrau aufflattern. Der Entdeckungsreisende beobachtet den Vogel auf seinem Weg zum Himmel, den Schlagzeugrhythmus der Schwingen, die herabbaumelnden dürren Beine, sieht dem aufsteigenden Kranich nach, bis er in den Wolken verschwindet. Als er den Blick sinken läßt, fährt er zusammen, weil dicht über ihm zwei Geier kreisen, die ledrigen Hälse gekrümmt, geduldig wie Leichenbestatter.

«Also, wie ich das sehe, haben wir zwei Alternativen», seufzt Johnson und sinkt neben seinem Arbeitgeber nieder. «Sitzenbleiben und verhungern, oder umkehren.»

Der Entdeckungsreisende antwortet nicht, aber sein Blick ist schon etwas weicher, weniger unbeirrbar, aus seiner Miene könnte man lesen, daß ihm doch endlich die Stimme der Vernunft ins Ohr flüstert. «Falls wir umkehren», sagt er schließlich fast unhörbar, «wo sollen wir essen, schlafen? Woher Kleider bekommen?» Er blickt auf seine Füße, die nackt und voller Blasen sind. «Tja, und Schuhe. Soll ich vielleicht tausend Meilen barfuß gehen?»

«Was würden Sie denn sonst machen? Wie würden Sie nach Timbuktu kommen – fliegen? Und selbst wenn Sie hinkämen – was dann? Nein, wirklich. Unsre Chancen sind wesentlich besser, auf dem Rückweg zur Küste von den Mandingos nett behandelt zu werden als von den Leuten in dieser Gegend hier. Dieser *Duti*. Der war kein Kaffer – das war'n Konvertierter. Ein wahrer Gläubiger – ich mein einer von meinem Schlag, 'n Animist – der würd nie wen verhungern lassen. Aber diese verdammten Apostaten, die geben einem ja nicht mal ein Stück Holz zum Kauen, und wenn man der allerletzte Mensch auf Erden wär.»

Plötzlich ertönt ein Pfeifen aus dem Wald, ganz dünn und leise. Die beiden zucken zusammen, auf alles vorbereitet, rechnen mit dem Schlimmsten. Nichts zu sehen. Blätterbaldachin, Schatten, eine Milliarde schlingpflanzenumrankter Stämme. «Was war das?» fragte der Entdeckungsreisende. «Ein Vogel?» Mechanisch streicht sich Johnson die gelbliche Beule über dem Auge. «Das war kein Vogel», sagt er.

Da ist es wieder: langgezogen und leise, wie Wind in einem Ofenrohr. «Wer ist da?» ruft Johnson, erst auf Mandingo, dann auf arabisch.

Ein Schatten löst sich aus der allgemeinen Dunkelheit und kommt unentschlossen auf sie zu. Der Entdeckungsreisende, verhungert und verpestet, strengt seine Augen an, die vor Müdigkeit und Resignation ganz schwach sind, er ist fast schon zu hinüber, um noch irgendein Interesse aufzubringen, da wird aus dem Schatten eine große schwarze Frau, die durch das Laubwerk schwebt wie eine Erscheinung. Als sie nur noch ein paar Meter von ihnen entfernt ist, bleibt sie stehen, fluchtbereit wie ein Reh, das im Garten erwischt wird. In der Hand trägt sie eine Kalebasse und ein flaches ungesäuertes Brot. «Wir tun dir nichts, Schwester», sagt Johnson, und dann beugt sie sich über sie, bietet ihnen Brot und *sulu*-Bier an.

Sie heißt Aisha. Ihr Haar ist zu einem Knoten nach hinten gekämmt, goldene Reifen baumeln an ihren Ohren. Sie sieht aus wie etwa dreißig, trägt eine gestreifte Tunika und Sandalen. Sie ist ihnen aus dem Dorf nachgegangen wo sie die Abweisung durch den *Duti* mit angesehen hat. Er sei ein Verbrecher, sagt sie. Herzlos. Ob sie wohl ihre Gastfreundschaft annähmen?

Beim Weitergehen, ein wenig mitgenommen von dem plötzlichen Schock, den Brot und Bier seinem Magen versetzt haben, studiert der Entdeckungsreisende ihr Profil genauer: schmaler Hals, ausgeprägte Kieferknochen, und

Ohren so winzig und zart, daß er sich fragt, wie sie so klein geworden sind. Während er sich dieses sonderbare und erstaunliche Phänomen durch den Kopf gehen läßt, bemerkt er die Narben, kaum sichtbare rosa Linien, die die Kontur ihres Kiefers nachziehen und in eleganten Spiralen auf ihren Wangen auslaufen, und dann die blaue Paste, die sie auf die Lider aufgetragen hat, und schließlich die widerspenstigen Haare, die in einer beinahe durchsichtigen Aureole rund um ihren Schädel sprießen. Ohne zu wissen warum, denkt er auf einmal an Gerenuks und Gazellen. Auf dem Weg schlägt sie die Augen nieder, aber sie erzählt ihnen, daß ihr Vater schon immer an weiße Menschen geglaubt hat, an Geister aus dem Totenreich, denen es die Seelen und die Hautfarbe ausgebleicht habe, und wenn ihr jemals einer erschiene, dann solle sie ihm höflich und mit Achtung entgegenkommen, denn er habe gewiß einen weiten Weg von seinem Dorf und seiner verlorenen Haut hinter sich. Mungo, der immer wieder von seinen eigenen Rülpsern und von Johnson durch diverse Tritte ans Schienbein unterbrochen wird, versichert ihr, all das wäre doch Unsinn und er sei schließlich ebenso lebendig wie sie, und außerdem sei er restlos zufrieden mit seiner Hautfarbe und sehe keinerlei Bedarf, sie irgendwie zu verändern. Sie reagiert darauf nur mit einem scheuen Blick und einem Grinsen, als hätte sie diese Ausrede schon öfter gehört.

Aisha führt sie zurück nach Kabba, aber in einen abgetrennten Kral außerhalb der eigentlichen Dorfgrenzen. Er besteht aus drei Hütten, umschlossen von Palisaden aus angespitzten Pfählen, die von Dorngestrüpp und blühenden Ranken überwachsen sind. Dort treffen sie auf ihre altersschwachen und erstaunten Eltern, dazu auf eine Serie von Schwestern, deren Alter wegen der vielen Falten und der fehlenden Zähne schwer zu schätzen ist, einen Bruder und dessen Frau und zwei erbärmlich wirkende Wachhunde. Aisha selbst gilt hier als Witwe. Ihr Mann, ein Verwandter des *Duti*, ist vor sechzehn Monaten nach Norden gezogen, um eine Bande von Mauren zu verfolgen, die seine jüngste Schwester gekidnappt hatten. Aisha begriff zwar, daß es seine Pflicht war zu gehen, fühlte sich aber dennoch im Stich gelassen. Man hat seither nichts mehr von ihm gehört.

Einstweilen aber wird Ziegenmilch und Käse aufgetischt. Irgend etwas in einem Topf mit Spinat und Fischköpfen. Aisha breitet in der elterlichen Hütte Matten für sie aus. Johnson kratzt den Topf leer. Der Entdeckungsreisende, der sich etwas ausgelaugt fühlt, geht frühzeitig schlafen. Mitten in der Nacht weckt ihn Aishas Vater, der ehrfürchtige alte Patriarch, und hat jede Menge Fragen über das Leben nach dem Tode auf dem Herzen. Wie kann ein Geist seine Substanz bei sich behalten? Wird seine Haut von selber schwarz werden, oder muß er darauf warten, daß ein anderer stirbt, ein alter Mensch vielleicht, so daß er in dessen Haut hineinschlüpfen kann? Beim Schein des Feuers blickt Mungo in das verwirrte, verschreckte, hoffnungsvolle Gesicht auf, er ist so erschöpft, daß er die Antworten gerade noch murmeln kann, die Fragen werden langsam zu Träumen, die in seinem Kopf aufsteigen wie auf Sprossen einer Leiter, warum und wann und wo, und wie fühlt man sich als Toter?

MO O MO INTA ALLO

Im Laufe der Woche, die sie am Rand von Kabba verbringen, macht Johnsons Perlhuhn eine beachtliche Verwandlung durch: Wo einst faulige Fleischfetzen und struppige Federreste waren, ist jetzt blanker Knochen, bleich und trocken wie das Gabelbein einer Gans über dem Kaminsims. In den Gelenken ist es zwar noch etwas rosa und feucht, aber im Grunde hat es sich in ein hartes, starres Skelett verwandelt, relativ harmlos und nur noch für völlig unkritische Fliegen interessant «Sieht ja ganz gut aus», sagt Mungo. Johnson blickt an sich runter, fährt mit dem Finger über die zerbrechlichen Knochen, prüft die Gelenke. «Noch 'n bißchen naß in den Nähten. Aber Sie haben recht: Vielleicht hab ich das Ding am Ende doch besiegt.» Er strahlt wie ein Kind mit einem Lutscher. «Drei, vier Tage noch, länger dauert's nicht mehr.»

Nach stundenlangen Debatten sind die beiden sich einig, daß ihnen nur ein einziger Weg bleibt, nämlich umzukehren, dem Lauf des Niger nach Südwesten zu folgen, dann nordwärts durch die Jallonka-Wildnis nach Dindiku. Von Aisha hat der Entdeckungsreisende eine Toga aus grobem Stoff bekommen (Bananengelb mit Klecksen von Rot und Anilin-Orange), dazu ein Paar Sandalen und einen Beutel Erdnüsse für die Reise. Ihr Vater, der ihm seit ihrer Ankunft nicht von der Seite gewichen ist, macht ihm einen Spazierstock zum Geschenk, dessen fein ziseliertes Muster die Häutungen nach dem Tode darstellt. Als Mungo fragt, wie er sich revanchieren kann, bittet der Alte ihn um eine Locke seines Haares als Talisman; Aisha wendet den Blick ab und zupft nervös an ihrem Ohrring, dann sieht sie ihn an, mit dunklen, runden Augen und bebenden Lippen.

Diesmal braucht er keinen Rippenstoß von Johnson.

Am Tag ihrer Abreise leiht sich Johnson einen Zettel von dem Entdeckungsreisenden, bringt rasch ein paar Couplets von Robert Herrick und John Donne zu Papier und verteilt sie an Aishas Familie, etwas für ihre *saphis*. Mungo sieht ungläubig zu, die rechte Hälfte seines Kopfes ist bis auf die Haut geschoren. «*Die Kleider der Julia*? Du meinst ... du brauchst bloß ein paar Zeilen Unfug hinzuschmieren und das reicht als Lohn für eine Woche Nahrung und Unterkunft – und denen genügt das?»

«Sie wären erstaunt über die Macht des geschriebenen Wortes, Mr. Park.»

Für das letzte Frühstück hat Aisha ein Gericht aus rohen Eiern, Hirse und Joghurt zubereitet, mit Tamarindenstücken angesäuert und mit Bambussamen als Ballaststoff versetzt. Während der Entdeckungsreisende ißt, sitzt sie neben ihm, hält seine Hand und streichelt ihm das verbliebene Haar. Der alte Mann sitzt beinahe ebenso dicht neben ihm und starrt ihn an, als wäre er alle sieben Weltwunder auf einem Haufen und der Enkel des Weltenschöpfers obendrein. Mit einer Stimme wie Maisblätter vom letzten Jahr fährt der Alte in seiner eschatologischen Befragung fort: Wo endet diese Welt, und wo beginnt die andere? Warum müssen wir sterben? Hungert die Seele, wenn sie dereinst vom Körper getrennt, immer noch nach Sex? Mit vollem Mund antwortet der Entdeckungsreisende dem Alten so geduldig und phantasievoll er kann, bis er schließlich aufgegessen hat und sich zum Aufbruch erhebt.

Doch gerade als er und Johnson ihm Siebensachen zusammensuchen, führt eine von Aishas Schwestern eine blinde Frau in die Hütte, eine Frau, die vom Alter so verbittert und geschlagen ist, daß neben ihr Aishas Vater aussieht, als hätte man ihn gerade aus dem Uterus gezerrt. Djanna-Geo ist aus Djenné gekommen, um den Entdekkungsreisenden über *Tobaubo dou** und das Leben nach dem Tode zu befragen und ihm von Geographie und Gesellschaftsformen des östlichen Nigerbeckens zu berichten. Der Entdeckungsreisende hatte jedem eine Strähne seines Haars geboten, der ihm Informationen über den Unterlauf des Niger und die Bewohner seiner Ufer geben könne – und damit großen Zuspruch gefunden. Ein Mann erzählte ihm, der Fluß führte ans Ende der Welt. Ein anderer, daß er in einem gewaltigen Mahlstrom ende, der alle Dinge in den wartenden Schlund einer Meeresbestie namens Karib-Disch risse. Der nächste wiederum meinte, er umflösse die

* Das Land der *hon-kis*.

Massive des Mondes und seine Zuflüsse kämen aus dem Königreich Kong, einem wegen seiner Kannibalen und Riesenaffen, die seine wolkenverhangenen Bergketten durchstreiften, gänzlich unzugänglichen Land.

Andere, insbesondere ein Brüderpaar aus dem Salzhandel, gaben ihm offenbar verläßlichere Auskunft. Hinter Sansanding, so sagten sie, liege eine Stadt namens Silla, zwölf Tagesreisen von Timbuktu. Es sei eine Mandingo-Siedlung, doch Mauren träfen sich dort ebenfalls und trieben Handel. Nördlich von Silla liege das Königreich Masina, wo der Hirtenstamm der Fulah lebe. Flußabwärts, im Nordwesten, sei ein sumpfiger See – Dibbie, oder das dunkle Wasser –, dessen Ausdehnung so immens sei, daß man beim Hinübersetzen einen ganzen Tag lang das Land aus den Augen verliere. Hinter dem See, am Nordufer, komme dann Timbuktu, ein Ort, wo Edelleute in Palästen lebten und Goldbarren schissen. Der König von Timbuktu heiße Abu Abramma und sei ein mohammedanischer Eiferer. Bei ihrem ersten Besuch in dieser Stadt waren die Brüder für die Nacht in einer Art Gasthaus untergekommen, und als der Wirt ihnen ihr Quartier zeigte, hatte er plötzlich einen Strick hervorgezogen. Wenn ihr Muselmanen seid, hatte er gesagt, nehmt Platz und macht's euch bequem – seid ihr aber Kaffern, so seid ihr meine Sklaven, und mit diesem Strick werde ich euch zum Markt schleifen wie zwei Kühe. La illah el allah, Mahomet rassul Allahi, hatten die Brüder intoniert.

Dennoch konnte ihm bisher noch keiner Konkretes darüber sagen, wie der Niger – oder Joliba, wie sie ihn nennen – weiter verläuft, nachdem er Timbuktu einmal verlassen hat. Seine letzte Hoffnung wankt in Gestalt dieser verwachsenen und höchstwahrscheinlich verrückten blinden Alten auf ihn zu. Die Feder gezückt, wartet er gespannt darauf, daß sie spricht. Umständlich ordnet die alte Frau ihre zaundürren Beine, ihre rechte Körperhälfte ist von irgendeiner namenlosen Seuche verschrumpelt, doch schließlich sitzt sie auf der Matte. Aisha bringt ihr einen Becher *sulu*-Bier, den sie runterkippt wie ein Bergarbeiter am Feierabend nach einer Acht- Stunden-Schicht. Sie schmatzt, läßt den leeren Blick durch den Raum streifen und verkündet, sie müsse kurz austreten.

Als sie in die Hütte zurückgehumpelt kommt, wobei sie sich mit all der Verzweiflung eines knapp vor einem Abgrund alleingelassenen Kindes an das Kleid von Aishas Schwester klammert, verlangt sie mit herrischer Stimme nach dem nächsten Bier und sagt dann, sie wolle den weißen Mann erst beriechen und sein Haar fühlen, bevor sie in den Handel einwillige, ihre Geheimnisse zu enthüllen. Der Entdeckungsreisende kauert vor ihr, die kühlen, trockenen Finger durchwandern seinen Skalp, die emsigen Nasenlöcher beschnüffeln sein Gesicht. Endlich, nach mehreren Minuten des Knetens und Schnüffelns, scheint sie zufriedengestellt. *«Tobaubo»*, sagt sie und kichert merkwürdig.

Sie redet eine Stunde lang, und ihre Stimme ist so klar und volltönend wie die eines Rummelplatzkeilers. Geboren in Djenné, wurde sie von Sklavenhändlern entführt und einem Kaufmann aus dem Königreich Haussa verkauft, das hinter Timbuktu liegt, weit dahinter – noch hinter Kabara und Ansongo und einem Dutzend anderer Orte, von denen weder Aisha noch ihr Vater je gehört haben. Nach acht Jahren im Serail des Kaufmanns entfloh sie zusammen mit einem Mandingo aus Kaarta namens Ibo Mino. Dieser wurde allerdings zwei Wochen später von einer Bande *maddummulo* – Menschenfressern – getötet und seziert, während sie selbst sich im Schlamm eines flachen Baches vergraben hatte und durch ein Schilfrohr atmete. Sie brauchte sechs Jahre, um sich zurück nach Djenné durchzuschlagen, wobei sie überlebte, indem sie gegen Nahrung und Unterkunft ihre Gunst offerierte.

In periodischen Abständen während dieses Berichts

hält Djanna-Geo plötzlich inne, entläßt zwei bis drei donnernde Rülpser und ruft nach mehr Bier. Irgendwann hebt sie ihr totes, zerfurchtes Gesicht zu dem Entdeckungsreisenden auf und senkt die Stimme zu einem Zischen. «Es gibt eine Stelle im Fluß mit Namen Boussa», sagt sie, und ihr Zeigefinger beschreibt weiche Linien vor dem Gesicht, als male sie eine Karte in die Luft. «Ein Ort voll scharfer Felsen und weißem Wasser, wo der Fluß sich gabelt wie die Zungen von tausend Schlangen. Dies ist eine sehr gefährliche Stelle. Nimm dich in acht vor ihr.» Dann lehnt sie sich zurück und verlangt eine Strähne seines Haars.

Der Entdeckungsreisende, der das meiste ihrer Erzählung mitbekommen hat, zittert vor Aufregung, kann kaum noch die Feder halten, in seinem Kopf wogt der Lauf des Niger, tanzen die Namen ferner Orte: Kabara, Yaour, Boussa. Hier, zu guter Letzt, tönt die Stimme der Erfahrung. Ungeschickt kappt er eine Locke mit dem Knochenmesser, das ihm Aisha zum Abschied geschenkt hat, und drückt sie der Alten in die Hand, während die größte Frage auf seinen Lippen liegt: «Aber wohin fließt der Niger dann weiter – unterhalb von Boussa, jenseits von Haussa?»

Der kahle Schädel der Alten dreht sich ihm zu, steif und langsam, bis die bewölkten Augen in die seinen starren. Er spürt ihren Atem auf seinem Gesicht. *«Mo o mo inta allo»*, flüstert sie.

«Was war das?» Die Worte des Entdeckungsreisenden grabschen nach ihr. «Ich verstehe nicht.»

Sie grinst still vor sich hin, wie die Katze, die den Kanarienvogel gefressen hat, und rülpst leise. Der Entdeckungsreisende wendet sich an Johnson: «Was hat sie gesagt?»

«Sie hat gesagt: *‹mo o mo inta allo›* – das weiß kein Mensch.»

Auf du und du

Die Flüsse gehen schwanger, überfluten Ufer, drücken Bäume platt, lassen Wildbäche entspringen. Der Regen strömt herab wie eine Glasscheibe, zerstiebt beim Aufprall in Scherben und Splitter. Der Monsun heult, Bäume lassen die Köpfe hängen. Was vorher Rinnsal war, ist nun zum Strom geworden, reißend und braun, in den Fluten geborstene Stämme, ertrunkenes Vieh, eingestürzte Hüttendächer. Felder sind überschwemmt, das Wasser steht hüfthoch, Sümpfe werden bodenlos. Die Frösche glauben, ihre Zeit sei gekommen, das Erdreich zu besitzen.

Nach einem langen, nassen Tag, an dem sie Sümpfe durchwaten und matschige Erdnüsse hinunterwürgen, werden der Entdeckungsreisende und sein Dolmetscher am Tulumbo aufgehalten, einem kleineren Nebenfluß des Niger – früher gab es hier vor der Mündung eine Furt. Ein Grüppchen armseliger, pitschnasser Hütten kauert auf einem kahlen Hügel an der Gabelung der beiden Flüsse. Das ist Bammako, was «Krokodil-Schwemme» bedeutet, und der Name scheint zu passen, denn der Tulumbo gischtet bis an die Hügelspitze hinauf und kitzelt die Kanthölzer der roh behauenen Zäune, die um jede Hütte aufgerichtet sind. An den ersten drei Hütten werden die beiden Bettler rundheraus abgewiesen, doch bei der vierten informiert sie ein zahnloser Teenager, der an einer Pfeife nuckelt, die Hütte am Dorfende sei derzeit nicht bewohnt. Den Eigentümer, einen Ziegenhirten, sieht man in der Ferne mechanisch den Kopf gegen einen Felsblock schlagen, in dem Versuch, sich über den Verlust seiner Ziegen an dem gestiegenen Wasserpegel hinwegzutrösten.

Drinnen gibt es Brennholz, ordentlich in der Ecke aufgestapelt. Nach einer halben Stunde Pusten und Blasen gelingt es Johnson, ein Feuer in Gang zu bringen. Dann leiht er vom Entdeckungsreisenden Federkiel und Papier aus, steckt beides unter die Toga und huscht in den Regen hinaus. Zehn Minuten später kommt er grinsend zurück, in einer Hand eine Kalebasse Bier, in der anderen ein verhutzeltes Huhn, das aussieht wie ein Krebsopfer.

Später teilen sich die zwei eine Pfeife, die mit der regionalen Tabaksorte gestopft ist, einem schweren, süßlichen Stoff, der den Blick erstarren und die Gedanken wandern läßt. Zum erstenmal seit der Abreise aus Kabba haben sie trockene Sachen und einen vollen Magen.

«Weißt du», sagt Mungo irgendwann, «nach allem, was wir zusammen durchgemacht haben, sehe ich eigentlich keinen Grund, warum du mich immer noch siezen mußt, oder?»

Johnson nickt zustimmend. «Macht der Gewohnheit, Mr. Park.»

«Bitte.» Der Entdeckungsreisende streckt die Hand aus. «Sag Mungo zu mir.»

Ein scheues Lächeln stiehlt sich über Johnsons Lippen. Mit außerordentlich freudiger Miene ergreift er die Hand des Entdeckungsreisenden und murmelt: «Wie du willst ... Mungo.»

Crocodylus niloticus

Das Nilkrokodil (*Crocodylus niloticus*) ist pandemisch auf dem gesamten afrikanischen Kontinent verbreitet, im Südosten bis Madagaskar und Südafrika und im Westen über das ganze Nigerbecken. Es ist eine der größten und gefürchtetesten Krokodilarten, schnell, grausam und unerbittlich. Es wurden schon Exemplare von über 6m Länge und einem Gewicht von 1150kg gesichtet. Unter optimalen Bedingungen wachsen junge Krokodile 30 cm pro Jahr, doch gegen Ende der normalen Lebensspanne von circa fünfzig Jahren führt das nie endende Wachstum der Tiere eher zu einer Zunahme an Umfang und Gesamtmasse als zu weiterer Längenausdehnung. Damit kann der Gewichtsunterschied zwischen ausgewachsenen Tieren, die gewöhnlich 4,50 – 4,90 m lang sind, bis zu 130kg ausmachen, was allein schon dem Gewicht eines 2,75 m langen Exemplars entspricht.

Die Standardnahrung des *Crocodylus niloticus* sind Fische, doch ist es ein sehr aktiver Jäger und verschlingt alles, was es erwischen kann, darunter Paviane, Gazellen, Wasservögel, andere Krokodile, Leoparden, Schildkröten und Menschen. Kleinere Beutetiere schluckt es im Ganzen; größere werden gepackt und unter Wasser gepreßt, bis sie ertrinken, dann zerrissen und stückweise verdrückt. Wie allen Reptilien fehlen den Krokodilen Kauwerkzeuge.

Die Angst der alten Ägypter vor dem Krokodil entwickelte sich im Laufe der Jahrhunderte zu fetischistischer Anbetung – dem Krokodil-Kult –, und die größten Exemplare wurden mumifiziert und den Pharaonengräbern beigegeben. Beim Stamm der Igbo Ukwu gab es das Ritual regelmäßiger Opfergaben von Ziegen an die Götter des Flusses, wobei man zusätzlich zweimal im Jahr Jungfrauen an zwei schwabbelbäuchige Krokodile verfütterte, die zu diesem Zweck in einer Umfriedung gehalten wurden. Im vierten Jahrhundert vor Christi Geburt dezimierten Krokodile die Truppen des Perdikkas beim Überqueren des Nils vor Memphis – knapp tausend Soldaten fanden den Tod. Hundert Jahre danach, so berichtet die Legende, verlor der griechische Poet Kallikles seine Leier an ein Krokodil, als er auf einer Barke im Nil einige Stegreifverse vortrug. Am folgenden Tag hörte er Musik, ging ans Ufer hinab und sah mit Erstaunen einen monströsen grünen Kopf sich aus den Fluten erheben, in dessen Maul sein Instrument klemmte. Kallikles beugte sich vor, um es sich zurückzuholen. Unklug von ihm.

In memoriam K.O.J.

Die Welt ist eine Explosion in Grün, strahlend und intensiv wie ein Tennisrasen im Kunstlicht bei Nacht; der Morgenhimmel, schmutzig und verhangen, läßt kein Sonnenlicht erahnen. Aus den Bäumen dringt der jammervolle Schrei der Schwarzwidah und das müde Rascheln von Ohrenmakis, die nach mühsamer nächtlicher Pirsch in ihre Schlupfwinkel heimkriechen. Fischgeruch hängt in der Luft wie eine Erzählung von Gemetzel und Verwüstung.

Mungo rollt von seiner Matte und tritt zitternd hinaus, um die Lage in Augenschein zu nehmen. Der Fluß rauscht vorbei, unbeeindruckt, nagt weiter am Rand des Dorfes, seine Oberfläche ist übersät mit entwurzelten Bäumen und aufgedunsenen Kadavern – Äste, Hufe und Geweihe ragen aus dem Wasser, wirbeln ziellos herum, drehen sich im Kreis und tauchen abrupt unter, wie von einer unsichtbaren Macht hinabgezogen. Während Mungo gerade an die Außenmauer pinkelt, stürzt diese plötzlich teilweise ein und rutscht in den Fluß, schlägt klatschend auf dem Wasser auf, so daß der Schaum dem Entdeckungsreisenden bis in den Bart spritzt, die Toga von neuem durchnäßt und die Wellen ihm bis ans Knie schwappert. Und dann ist die Mauer weg – wie ein Keks in einer Tasse *Café au lait*. Das nasse Glied in der Hand, steht er reglos da, verschlafen und ein wenig durcheinander, läßt den Blick über die wogende, muskulöse Oberfläche des Tulumbo schweifen. Aber Moment mal – da kommt es, torkelt aus der Tiefe empor, zweieinhalb Meter breit, hüpfend und tänzelnd, unsicher wie ein halbstarker Adler, der erstmals seine Schwingen ausprobiert. Er sieht, wie es aus der Strömung gewirbelt wird, roh behauene Palisaden, die immer noch mit Dornranken und Schlinggewächsen vertäut sind, sieht ihm zu, wie es schließlich zur Ruhe kommt und dahintreibt ... es treibt dahin wie ... ja, wie ein Floß!

Eine halbe Stunde später sind Entdeckungsreisender und Dolmetscher mit langen, biegsamen Stangen ausgerüstet, die sie in einem Bambusfeld abgehackt haben, und staken sich emsig ihren Weg über den wütenden Tulumbo; von oben droht sie der Himmel zu überschwemmen, unten lauern Baumstümpfe und andere Hindernisse. Es ist ein Alptraum. Wie der Versuch, den Himalaya auf Rollschuhen zu bezwingen, oder den Ärmelkanal mit einer eisernen Kanone am Bein zu durchschwimmen.

Sowie sie sich vom Ufer abstoßen, packt sie die Strömung mit einem heftigen Ruck und schickt das Floß auf eine Wahnsinnsfahrt vom Abgrund des Verderbens an den Rand der Katastrophe. Ein krummer schwarzer Ast senkt sich über sie wie eine Klaue und harkt den Entdeckungsreisenden um ein Haar in die reißende Flut, zwei Baumstämme vom Umfang korinthischer Säulen küssen sich knapp vor dem Bug mit vulkanischem Getöse, während drei der Palisaden sich auf einmal von den anderen trennen, um auf eigene Faust davonzurauschen, und ein entfernt pavianartiges Wesen, klatschnaß und mit gefletschten Zähnen, versucht, aus der Sturzflut herauszuklettern, was Johnson mit wilden Schlägen der Bambusstange abwehrt ... wodurch die linke Flanke des Floßes aber offen für den Angriff eines ertrinkenden Leoparden ist, an dessen Rücken sich zwei Mangusten und ein Waran festklammern, und jetzt saust ein massiver schwarzer Block so groß wie der Mont Blanc auf sie zu wie ein außer Kontrolle geratenes Fuhrwerk ... den Zusammenstoß verhindert der Entdekkungsreisende in letzter Sekunde geschickt, indem er sein Stakholz unter dem Splittern von Bambus nach vorn stößt und das Floß herumreißt, mit einem Ruck, der Pavian, Leopard, Mangusten, Waran und Johnson in die Strömung stürzt, Köpfe werden zerschmettert und untergetaucht, der Pavian ist weg, Johnson kämpft sich auf ein vorbeitreibendes Baumstammgewirr, das das Floß gleich darauf von hinten rammt, und Mungo beugt sich hinüber, um ihn wieder an Bord zu zerren ... wo die beiden schon im nächsten Moment von einem Schwarm winziger, glitschiger, blattartiger Fische überfallen werden, die sich auf die Planken ergießen wie eine Attacke der Fallsucht, was Entdeckungsreisenden und Dolmetscher ausrutschen läßt, und nun tun die beiden nicht einmal mehr so, als beherrschten sie ihr Transportmittel, klammern sich nur noch hilflos an die morschen Palisaden, während das Floß von einem Guß zum nächsten torkelt ...

Viel später und ein Stück weiter flußabwärts – lange hinter der Mündung des Tulumbo in den Niger – läuft das Floß in den oberen Ästen eines Hains aus Tabba-Bäumen auf Grund. Der Moment ist gekommen, das Schiff zu abandonnieren. Entdeckungsreisender und Dolmetscher rutschen ins Wasser und schwimmen hundepaddelnd von Wipfel zu Wipfel bis sie die Außenregionen des Flusses erreichen, wo sich allmählich mit Treibgut behangene Stämme aus der wirbelnden gelben Strömung erheben. Matt und pitschnaß finden sie endlich ihre Füße wieder und waten an Land. Keiner von beiden hat in der letzten Stunde ein Wort gesprochen – alle Kräfte waren nötig, um sich festzuhalten, ums Überleben zu kämpfen, keine Initiative blieb übrig für Extravaganzen wie etwa Luft durch den Kehlkopf zu pressen. Der Entdeckungsreisende ist der erste, der die Situation kommentiert. «Ich glaube, wir haben's geschafft», keucht er.

Johnson, der bis zum Bauch im stinkenden Wasser steht, will ihm antworten, beugt sich aber statt dessen vor und übergibt sich. Das baumelnde Perlhuhn, noch vor wenigen Tagen fast ausgetrocknet glänzt jetzt wieder feucht wie frisch geschlachtet.

Sie waten weiter. Rings um sie hängt der Wald herab wie ein Theatervorhang, Nebel steigt aus dem Wasser auf, halb ertrunkene Kreaturen – Schakale, Affen, Pottos, Wildschweine – waten neben ihnen mit dumpfer, mißmutiger Miene, vor sich hin. Sie plantschen weiter, weichen pfeilköpfigen Schlangen und giftigen Baumfröschen aus, und dann tauchen ihre Hüften aus dem Wasser auf. Dann die Oberschenkel, die Knie, und schließlich die Knöchel. «Hallelujah», knurrt Johnson.

Sie haben eine Art Hang erreicht, der so dicht mit Bambus überwachsen ist, daß sie sich den Weg freihacken müssen, um voranzukommen. Verbissen folgen durchnäßte Honigdachse, Ratten und Spinnen mit haarigen Beinen ihnen im Kielwasser. Plötzlich hört Johnson auf mit dem Hacken und bleibt einen Augenblick reglos stehen, schnuppert die Luft. «Eintopf», sagt er und fängt an, mit neuem Mut auf die Vegetation einzuschlagen.

Fünf Minuten später stehen sie vor einem Kochtopf, bis zum Rand vollgestopft mit erlesenen Fleischstücken ertrunkener Pflanzenfresser. Vor der Überschwemmung geflüchtet hat sich eine Familie – ein schmalschultriger kleiner Mann mit tellerförmigen Ohrringen, seine schwangere Frau und sechs spindeldürre Kinder. Sie sind um den Topf versammelt, nähren das Feuer und kauen mit vollem Mund an Rippen und Keulen. Der Mann macht ihnen eine Geste, sie sollen Platz nehmen und sich bedienen. «Ist jede Menge da», grunzt er und nickt zu den aufgedunsenen Kadavern von zwei Hartebeests und einer Sitatunga-Antilope. «In zwei Tagen sind sie sowieso verwest».

Johnson reibt sich die Hände und geht auf den Topf los, will sich für den Anfang erstmal mit einer Tasse Brühe aufwärmen – doch statt duftendem Dampf steigt aus dem Topf nun plötzlich dicker schwarzer Qualm. «Hey, da fehlt wohl noch 'n bißchen Wasser», bemerkt er und fächelt sich den Rauch aus dem Gesicht.

Der kleine Mann, der im Schneidersitz an einem Baumstumpf lehnt, fragt Johnson, ob es ihm etwas ausmache, schnell eine Kalebasse Wasser von unten zu holen. Johnson bemerkt, daß die andere Seite des Hügels relativ begehbar ist – nur ein paar dicke Bäume und Treibhauspflanzen, der Fluß kaum fünfzig Meter entfernt. «Mit Vergnügen», sagt er, greift nach der Kalebasse und macht sich auf den Abstieg, seine Laune hat sich durch die Aussicht auf eine warme Mahlzeit mächtig gebessert.

«Brauchst du Hilfe, alter Junge?» ruft der Entdeckungsreisende.

«Nein, Mr. Park – äh, Mungo – mach dir's bequem, bin gleich wieder da.»

Keinem der Teilnehmer dieser Szene ist jedoch der entscheidende Umstand bewußt, daß ein kolossales altes Flußkrokodil – von fast 5,50 m Länge – dem steigenden Wasserspiegel tief ins Innere des Dschungels gefolgt ist, da es die Hoffnung hegt, einen schnellen Happen auf Kosten irgendeines halb ertrunkenen Warmblütlers einzuheimsen, der sich mühsam an Land schleppt. Es liegt verborgen in einem Gewirr von angeschwemmtem Schutt am Fuß des Hügels, im flachen Wasser, einen halben Meter tief. Dort lauert es nun schon seit gut drei Stunden, der Duft der verderbenden Kadaver und des Eintopfs und der zarten kleinen Kinder regt seinen Appetit an, und seine tödlich scharfen Saurieraugen fixieren die Gruppe rund um den Kochtopf. Alles mögliche ist schon an ihm vorbeigewatschelt – leichte Beute, aber es hat sich nicht darum gekümmert. Bei dem Mandrill mit gebrochenem Bein und dem fetten, butterweichen Wildschwein, normalerweise exquisite Vorspeisen, fiel der Verzicht besonders schwer, aber es hat sich völlig auf die schwangere Frau kapriziert, diesen Festschmaus mit Füllung. Zur Not auch den dürren Kleinen. Oder diesen seltsam blassen Neuankömmling. Und es weiß, tief drinnen weiß es ganz genau, daß früher oder später einer von ihnen zum Ufer hinunterstolpern wird, um eine Kalebasse mit Wasser zu füllen.

Als Johnson in den Fluß watet, ist die Bestie bereit. Es gibt keinerlei Warnung – kein ehrfürchtiges Verstummen der Papageien, Turakos und Webervögel –, nur eine Explosion. Der Busch teilt sich und gibt 5,50 m brutale, blutrünstige Gewalt frei, die Kinder kreischen, Mungo erstarrt vor Entsetzen, die Kalebasse fliegt im hohen Bogen davon, und Johnson, der arme Johnson wird geschnappt wie eine Cocktail-Olive und zwischen die schrecklichen, messerscharfen Zähne geklemmt. Ohne zu zögern ist der Entdekkungsreisende auf den Beinen, springt in großen Sätzen mit gezogenem Messer den Hügel hinab, ein Held bis ins Mark ... aber schon wühlt das Krokodil mit seinem langen, gezackten Schweif und den Drachenklauen den Schlamm auf und hat das tiefe Wasser erreicht. Der Entdeckungsreisende wirft sich in den Fluß wie ein Hürdenläufer, die Selbstaufopferung pocht gegen seine Rippen, doch es ist zu spät, zu spät, und er muß hilflos zusehen, wie Johnsons Blicke ihn anflehen und die böse mesozoische Bestie in der gurgelnden Brühe versinkt.

Newgate

Die Mauern sind aus Stein, aus Granitblökken, die bemalt und überschmiert sind mit Farbe und Tinte und den Abdrücken von hunderttausend rissigen, hoffnungslosen Händen.

ROGER PEMBROKE, 1786

Diese steinerne mauern
ham Nan Featherstone, Nutte,
ihr wees herts Zabrochen

VENI, VIDI, VICI. BEN BUMS.

Ned Rise hat sich diese Mauern im Licht des Morgengrauens genau angesehen. Sehr genau sogar; denn er ist an sie angekettet, und das enorme, lastende Gewicht der Eisen schneidet seine Knöchel und Füße von der Blutzufuhr ab. Die Füße fühlen sich an, als hätte man sie in einen Kübel mit Eis gesteckt, während die Knöchel durch das Quetschungstrauma wie unter dem Eckstein eines gewaltigen Bauwerks eingeklemmt sind – Westminster Abbey vielleicht, oder der Großen Pyramide von Gizeh. Aber das ist nicht das Schlimmste. Da er kein Geld hatte, um auch nur dem untersten Schließer eine Einstandszahlung zu leisten, geschweige denn jemanden zu bestechen, hat man ihn nackt ausgezogen und hier hineingeworfen, ins tiefste, dunkelste, fauligste Loch von Newgate Prison. Hier gibt es keine Steinfliesen, kein Stroh, nicht einmal Sägemehl auf dem Boden – nur Schlamm. Ein Teil Erde, zwei Teile menschlicher Kot. Schlamm. Der Gestank ist entsetzlich. Natürlich gibt es Ratten, dazu Flöhe, Läuse, Protozoen, Bakterien, Schimmelpilze, Viren. Wesen, die in verborgenen Winkeln brüten und in der Fäulnis prächtig gedeihen; Wesen, die das Leben aus einem herausfressen und sich den Menschen in eine geeignete, verdauliche Form zurechtnagen. Die Hälfte all derer, die in diesem Verlies auf ihren Prozeß warten, lebt nicht lange genug, um je das Innere eines Gerichtssaals zu erblicken. Der Typhus rafft sie dahin, oder die Pocken, Dysenterie, Lungenentzündung, Schwindsucht, Auszehrung, Erfrierungen. Das war's also, denkt Ned. Das war's.

Plötzlich erklingt neben ihm das Klirren von Ketten, und was er zunächst für eine Art niedrige Bank oder ein Lumpenbündel gehalten hatte, formiert sich nun allmählich zu einem eingefallenen Brustkorb, einem struppigen Bart und schimmernden Augen. «Was hast'n vabrochn?» krächzt eine Stimme in der Finsternis.

«Gar nichts», sagt Ned. «Außer vielleicht, daß ich ein

ehrlicher Geschäftsmann war. Hab weiterkommen wollen. Anständiges Leben führen.»

«Dann biste wohl der Mörder, den se gestern reingeschleppt ham, wa? Hast'n Lord umgelegt, stimmt's? Hast'm nich die klitzekleinste Schangse gegehm, wie man so hört.»

«Einen Moment mal, mein Freund – ich bin unschuldig. Das war ein Unfall.»

«Kann bloß sagen – schön für dir. Würde ja zu gerne selber mal 'n Lord umlegen. Gleich zehne auf einmal. Ach wo, tausend. Schleppse hier rein, die ganzen feinen Lords un Ladies, un ein' nach'm andern totwürgen tät ich die, und 'n Riesenspaß würd's mir machen, mehr als 'ne Pulle roter Portugieser mit Austern bei, echt!»

«Ich sage dir doch: Ich hab's nicht getan. Meine Feinde haben gegen mich ausgesagt – diese Lügner.»

«Nee, mein Bester, du bist 'n echter Desperado und 'n wahrer Held von unsern Volk. Seh ich dir schon an die Ohrn an. Hat doch gar kein Sinn, 'n Vabrechen aus Leidenschaft abstreiten – noch dazu eins, wo so wild und mutich war – meine Herrn, den ein oder andern Lord hätt ich auch umlegen solln, wo ich ma 'ne Gelegenheit zu gehabt hab ... nee, nee. Die wern dir aufhängen, so sicher wie 'n Bettlaken dreckich wern tut un 'ne Gin-Pulle leer, un wie se dir hängen wern. Wennde 'n guten Rat willst, Kleiner, paß auf: Steck's weg wie'n Mann und halt denen den nackten Arsch in ihre etepeteten Lawendelparfüm-Fratzn, genau in den Moment, wo se dir hochziehn tun. So isses am bestn.»

«Halt's Maul, du alter Wirrkopf. Halt's Maul, oder ich –»

«Erzähl doch mal: Wie haste's denn gemacht? Hast'n erdrosselt? 'n Messer in die Rippen gerammt? Oder haste die degennarierte Tunte ganz einfach eins auf die Rübe gekloppt? Häh?»

Ned antwortet nicht. Was ihm in den letzten Stunden

alles widerfahren ist, wird ihm erst jetzt langsam mit voller Wucht bewußt, es lastet im Magen, und die in ihm aufsteigende Unruhe trocknet seine Kehle aus. Mit dem Durchbrennen ist es aus, kein Gasthaus in Holland, keine Fanny ... und für die kommenden sechs Wochen ist kein einziger Gerichtstermin angesagt, wo er seinen Fall vorbringen könnte. Bis dahin wird er an dem Gestank verreckt sein. Mit einem bißchen Geld kann es im Gefängnis gar nicht so übel sein. Man kriegt eine eigene Zelle, ein Feuer, Fußeisen so leicht wie Vorhangschnüre – und auch die nur über Nacht. Man kann sich Mahlzeiten kommen lassen, eine Flasche, eine vollbusige Hure und die Kumpels von draußen für ein nettes Abendessen und zum Kartenspiel, Jongleure und eine Kapelle mieten, Katzen halten, Tabak schnupfen, Genever trinken und sich das Bett mit Seide beziehen. Aber wer ohne einen Penny in den Knast kommt, den ziehen sie bis auf Letzte aus und werfen ihn ins übelste Loch, wo Tag und Nacht eins sind und das Essen aus altbackenen Brotrinden besteht, zum Hinunterspülen eine Tasse abgestandenes Wasser, das riecht und schmeckt wie Ochsenpisse.

«In 'nem Schweinetrog hätt ich'n ersäuft», sagt der Wirrkopf. «Oder kann sein, ich hätt 'n an so 'n Pfahl gebunden und mit 'ner Reitpeitsche vadroschen, bis ihm die Knochen aus seine arrissokratiche Haut rauskucken.»

Mendoza. Der hatte die Idee. Er brachte Smirke und den jungen Stutzer dazu, gegen ihn auszusagen, und dann legte er los mit Reden und Bestechen, und noch mehr Reden und Bestechen, bis der Richter einwilligte, den Häftling auf die andere Seite der Stadt nach Newgate bringen zu lassen – «Southwark Prison is viel zu bequem für Typen wie den», so hatte Mendoza argumentiert. «Und außerdem, dann müßten ja die hochstehenden Freunde und Bekannte von Seine verblichene Lordschaft so weit fahren, wenn sie zukucken wollen, wie der dreckige Lump sein

Fett kriegt.» Also wurde Ned, nachdem man ihm die Taschen ausgeräumt und einen schmutzigen Lumpen in den Mund gestopft hatte, in eine halbe Tonne Eisen gekettet und nach Newgate überführt.

«Diese Lords. Pah! Blutsauger sind se alle. Mir hamse noch nie in mein Leben was Gutes getan – aber jede Menge Schlechtes, kannste mir glaum. Also, Jock da drüben – Ey, Jock! – hähä, der hört nich, is ja auch schon drei Tage tot, weiß bloß kein Arsch außer mir. Und du jetz. Willste hörn, wegen was Jock hier drinne war?»

Ned schüttelt den Kopf.

«Hat so'm Scheiß-Lord zwei Pence aus die Westentasche geklaut, oben in King's High Street. Zwei Pence. Is sowas möglich? Flickschuster isser gewesen, der Jock. Hab 'n gut gekannt. Drei Gören, die wo Tach und Nacht lang rumgeplärrt ham, weil se nix zu fressen hatten, also zieht Jock los und tut so'm eierköpfichn Lord in dem seine kostbare Tasche reingreifen. Un was is da drinne? Zwei Pence. Nu sin ja zwei Pence nich grade 'n Kappetal-Vabrechen, weißte ja selber, Alter, nich? Aber kappetal hat er bezahlt für, mußte doch auch sagen.»

«Ja», sagt Ned vage. Ihm sind die Beine eingeschlafen. Er versucht, die Sitzhaltung zu verändern, doch die Fußeisen bewegen sich kein Stück. «Aber woran ist er denn gestorben?»

«An was? Mann, du Arschbacke, weißte denn nich?»

«Was denn? Was sollte ich wissen?»

Der alte Wirrkopf schnaubt verächtlich. «Wirste bald rausfinden, vasprech ich dir. Jock is an die Chollara krepiert.»

Erschrecken und Empörung

Mit einem Schrei läßt Sir Joseph Banks die Nachmittagszeitung fallen und springt auf, wobei er eine Sherrykaraffe und einen Behälter mit feinem Virginia-Tabak umwirft. «Dorothea!» brüllt er und stürmt durch die Bibliothek, dies auf Kosten des Schirmständers aus einem Elefantenfuß, des Teewagens und eines orientalischen Lackschränkchens, das unter Briefpapier, Kuverts und Siegelwachstöpfen fast ganz begraben wird.

Fanny ist gerade in der Eingangshalle beim Staubwischen und wird beinahe umgerissen, als ihr Dienstherr aus der Bibliothek stürzt und die Stufen hinauftrabt wie ein waidwunder Hirsch. Immer noch schreit er: «Dorothea! Dorothea!», als wäre es ein Schlachtruf. Verblüfft starrt sie ihm nach, während er die Treppe hinaufstampft und um die Ecke verschwindet, der Lärm seiner Schritte hämmert oben weiter, noch ein Ruf, dann das forsche Klopfen seiner Knöchel an der Tür von Lady B.

Sie ist beim Träumen überrascht worden, die gute Fanny, sie hat ins Leere gestarrt und an einer Büste des Lykurg herumgewischt wie eine mechanische Puppe. So ist sie schon den ganzen Tag. Bount schreibt es der Aufregung der vergangenen Nacht zu («wegen dem mit dem Einbrecher und so»), die Köchin hat sie beiseitegenommen und gefragt, ob womöglich ihre Monatsblutung infolge des Neumondes ungewöhnlich stark sei. Was für einfache Gemüter! Fanny lächelt, erfüllt von einem herrlichen Gefühl der Vorfreude, berauscht von dem Gedanken an die kommende Nacht und ihre Flucht mit Ned. Holland! Sie kann es noch kaum glauben. Sie wird sich einen Kragenbesatz aus Brüsseler Spitze kaufen, und eine dieser weißen Rüschenhauben mit den kleinen Flügeln dran, und ein Paar Holzpantinen. Sie werden in einer Windmühle wohnen, vielleicht, oder sogar auf einem Hausboot – hah! Sie wird

Herrin über den eigenen Haushalt sein, mit einer Dienerin, die ihr Tee bringt und Blumen pflückt ... kein Herumgekrieche mehr vor Lady B., und nie wieder Mopskacke in der Vorhalle wegwischen.

Von oben ist Lady B. zu hören: «Jos – was ist denn los?»

«Graeme! Graeme Twit! Sie haben ihn umgebracht!»

«Umgebracht? Wovon redest du eigentlich?»

Sir Josephs Stimme ist gepreßt vor Aufregung. «Einfach empörend ist es. Erschreckend und empörend. Aber ich schwöre –»

Geistesabwesend und kaum interessiert an dem Lärm von oben – Twit? Wo hat sie den Namen schon mal gehört? – wendet sich Fanny der offenen Tür der Bibliothek und dem Chaos darin zu. Unter verdrossenem Gemurmel stellt sie das Lackschränkchen wieder auf und kniet sich hin, um die Porzellanscherben vom Teppich einzusammeln. Zeitung und Tabaksdose liegen auch auf dem Boden, neben Sir Josephs Lehnstuhl.

«... Nein, Dorothea, ich werde mich nicht beruhigen!» dröhnt es aus der oberen Etage herab. «Ich will mich nicht beruhigen!»

Fanny schaufelt den Tabak mit der Hand zurück in die Dose, dann hebt sie die Zeitung auf, glättet und faltet sie zusammen und will sie gerade über die Lehne hängen, als ihr die Schlagzeile ins Auge springt:

LORD TWIT IN SOUTHWARK ERMORDET

Sie liest weiter, wie unter Zwang stolpert sie durch den Text: *Tatverdächtiger in Haft*, eine dunkle Nacht in einem ärmlichen Viertel Londons und die finsteren Motive eines Verbrecherhirns werden rekonstruiert – *vorsätzliche, bedachte Schandtat von grundloser Brutalität*. Und dann kommen die beiden Worte, die ihr Herz aussetzen lassen: Ned Rise. *Ned Rise*, der Mörder.

Oben durchmißt ein rachedurstiges, triumphierendes Horn die Tonleiter und gipfelt *allegro furioso* in einem mächtigen Schwall wüster Schmähungen, als Sir Joseph röhrt: «Lebendig auspeitschen werde ich ihn lassen, und dann aufhängen, daß die Hunde auf ihn pissen – bei Gott, ich schwör's.»

QUID PRO QUO Zu diesem Zeitpunkt in der Geschichte von Sitten und Gebräuchen galt es für eine Heldin als schicklich, ohnmächtig hinzusinken, wenn sie mit einer so plötzlichen und niederschmetternden Wende der Ereignisse konfrontiert wurde. Doch Fanny war aus härterem Holz geschnitzt. Nach einem kurzen, aber erlösenden Aufschrei zog sie sich – unter Berufung auf Unwohlsein – in ihre Kammer hinter der Küche zurück und begann, sich den Kopf darüber zu zerbrechen, wie sie ihrem Geliebten aus seiner mißlichen Lage helfen könnte. Es erschien aussichtslos. An Mitteln besaß sie kaum mehr als ein Pfund (und das hatte sie im Laufe von Monaten angespart, Penny für Penny), ihre Eltern waren zerlumpte Hungerleider, ihre Freundinnen Milchmädchen und Dienerinnen – und an Sir Joseph konnte sie sich gewiß nicht wenden. Sie erwog kurz, Geld aus der Haushaltskasse der Köchin zu unterschlagen oder sich mit dem Geschirr und Silber von Lady B. aus dem Staub zu machen ... nein, das konnte sie nicht. Aber was dann? Unschuldig oder nicht, Ned mußte gerettet werden – koste es, was es wolle. Und dann fiel es ihr schlagartig ein: Adonais Brooks! Natürlich. Sie erinnerte sich an seinen Gesichtsausdruck, als er ihr im Korridor die Hand unter den Rock geschoben und dann gedroht hatte, er werde sich aus dem Fenster stürzen, sollte sie seine Avancen verschmähen. Bläßlich, hängende Schultern, ein irgendwie irrer Blick. Dann spring doch, los! hatte sie gesagt. Er war gesprungen. Ja, Adonais Brooks. Jetzt ging er am Stock. Ein grimmiges, berechnendes Lächeln trat auf ihre Lippen. Adonais Brooks. Geil wie ein Kater.

Auf Zehenspitzen verließ sie ihr Zimmer. Das Haus war still. Sir Joseph war unter wüsten Drohungen und Verwünschungen in seinen Club davongerauscht, und Lady B. war mit Migräne an ihr Zimmer gefesselt. Fanny warf einen verstohlenen Blick in Lady B.s Adreßbuch, legte ein Halstuch um und schlüpfte zur Vordertür hinaus.

Als Adonais Brooks Ende achtzehn war, hatte er sich eine Zeitlang von all seinen Freunden ‹Werther› nennen lassen, so fasziniert war er von Goethes Porträt jenes traurigen und neurotischen Jünglings gewesen. Im Laufe der folgenden Jahre hatte er dann Collins, Smart, Cowper und Gray entdeckt. Die *Orientalischen Eklogen* standen auf seinen Regalen neben Macphersons Ossian-Gedichten und Thomas Percys *Zeugnissen Altenglischer Dichtkunst*. Er hatte die Ballade und den Kulturprimitivismus gepflegt und sich mit Vorliebe in rote Beinkleider und schwarze Samtjacken gekleidet. Bei den vierzehntäglichen Treffen des ‹West End Poetry Club›, dessen Sekretär er damals gewesen war, hatte er das Primat der Leidenschaft über die Präzision verfochten, das Gefühl der Ironie vorgezogen. Eines Abends, mitten im Vortrag von *Mokkatasse und Löffel*, einer eleganten Satire von Blythe Spender, hatte er sich erhoben und gebrüllt: «Genug mit Pope, Addison und Steele! Genug des Witzigen und Weltgewandten! Genug der heroischen Couplets! Wo bleibt das Leben, wo das Blut, wo das Grab?» Schockiertes Schweigen hatte sich über den Saal gelegt – nie zuvor war je eine Lesung unterbrochen worden, nie zuvor hatte es einen derartigen Bruch von Sitte und Geschmack gegeben. Dann hatten ihn seine Clubfreunde niedergebrüllt und später um seinen Austritt gebeten.

Nun war er sechsundzwanzig und durchwanderte die

trüben, nebligen Straßen mit tränenden Augen, blühte bei Gewittern und Sturmwind auf, träumte von Bergen, Wunden, Verwegenheit und Sex – von erregendem wollüstigem, morbidem Sex. Sex in Sakristeien und auf Grabtüchern, Sex in Ketten, Galeeren und Kerkern. Er hatte vier Diener und eine Kutsche. Er glaubte an Hexen und Untote und bewohnte ein Haus von dekadentem Prunk in der Great George Street. Seine Rippen schmerzten ihn bisweilen immer noch – vor allem beim Husten oder wenn er zu tief einatmete , und die zerschmetterten Knochen seines rechten Beins waren zwar verheilt, aber nicht wieder vollkommen zusammengewachsen. Insgeheim begeistert war er vom Verlust des einen Ohrs.

Als Fanny an seine Tür klopfte, feilte er gerade an seiner *Elegie an unsere hingeschiedenen Entdecker des Afrikanerlandes* («O Ledyard, o Lucas, o Houghton und Park, / Liegt nun auch ihr in des Sandes Sarg, / Und Timbuktu noch immer ein dunkles Geheimnis?»). Bellows, sein Butler, kündigte den Besuch dröhnend an: «Fanny Brunch, Sir.»

Er war wie vom Donner gerührt. Wie oft hatte er sich vorgestellt, sie wäre hier? Wie oft, allein in seinem Schlafgemach, hatte er ... et cetera. Er sprang auf, zitterte wie ein nasser Spaniel, leckte sich die Handflächen und strich das Haar zurück – und dann war sie da, stand vor ihm wie eine Traumvision. «Fanny!» stieß er hervor und stürmte vor, um ihr einen Stuhl anzubieten. Aber was war das? Tränen auf ihren Wangen?

«Ich bin gekommen, verzeihen Sie vielmals, Sir, einen Gefallen von Ihnen zu erbitten», begann sie mit bebender Brust. Er hörte zu, saugte an ihrem Dasein wie ein Vampir: diese Fesseln, Hüften, Haare. Der Klang ihrer Stimme war ein Aphrodisiakum wie Apfel und Austern, eine Feder, die seine Lenden kitzelte. Er wollte in sie eintauchen, sich in sie versenken – doch er hörte ihr zu, rutschte dabei rastlos herum, da die unbequeme Schwellung in seiner Hose drückte. Als sie geendet hatte, nahm er ihre Hand. «Ich werde dir helfen», sagte er mit so gepreßter Stimme, daß sie fast wie ein Pfeifen klang. «Der Himmel weiß, daß ich dir helfen werde, alles tun, was du verlangst, alles ... mein Fleisch geißeln, mir die Augen herausreißen, eine Ader öffnen – willst du den Beweis? Jetzt auf der Stelle? Ich werde es tun, bestimmt. Alles, was du verlangst.» Dann sah er ihr in die Augen, kalt wie ein Messer. «Aber du wirst verstehen ... da muß es ein Quidproquo geben.»

«Ein was bitte, Sir?»

«Eine Gegenleistung. Sonst wedelt ja der Schwanz mit dem Hund.»

Fanny schlug die Augen nieder. «Ich weiß ja, Sir – was hat ein armes Ding wie ich schon sonst zu bieten? Aber Sie brauchen nicht gleich vulgär werden deswegen.»

Am Morgen danach machte Fanny einen Besuch in Newgate. Sie preßte sich ein parfümiertes Taschentuch vor die Nase und folgte dem Schließer die Wendeltreppe hinab ins Verlies. Ihre Schritte hallten wider wie Pistolenschüsse in einem Brunnen. Als die massige Eisentür in den Scharnieren aufschwang, warf sie der Geruch fast um. Drinnen herrschte eine düstere, ranzige Atmosphäre: aus Pfützen stiegen Dämpfe auf, aus den Schatten war Gestöhne zu hören. Behutsam trat sie vorwärts, und ihre Pupillen weiteten sich in dem Dämmerlicht. Schlamm saugte an ihren Schuhen, verwachsene Klauen versuchten sie zu packen, der Gestank nach Urin brannte ihr in den Augen. «He, kleiner Wackelarsch, setz dir mal auf mein Gesicht», kam eine Stimme. «Titten», rief eine andere, «Titten, Titten, Titten!» Eine urtümliche, animalische Angst befiel sie – die Angst davor, lebendig begraben, eingemauert zu sein, in eine Latrine hinabgerissen zu werden, immer tiefer und tiefer in die glitschigen, dampfenden Innereien der Erde, wo Dämonen einem das Fleisch von den Knochen zogen und heulende Bestien einem die Seele aussaugten und in harten schwarzen Bohnen wieder ausschissen. Fanny wich mit einem Schrei zurück, doch der Schließer ergriff sie am Ellenbogen. «Keine Angst, Fräulein», sagte er. «Achten Sie nich auf die ... Sehnse, da is ja schon ihr Freund.»

Ned war im Delirium, er plapperte von Fischköpfen und Töpfen voll Gold, er saß in seinem eigenen Kot, nackt und zitternd. Ein alter Mann mit gefletschten Zähnen lag tot neben ihm. Fanny drückte dem Schließer eine halbe Crown in die Hand, und er löste die Ketten an Neds Beinen, wickelte ihn in eine Decke und trug ihn hinaus. Später, in einer Privatzelle, säuberte Fanny ihren Geliebten mit einem Essigschwamm und machte ihm heiße Brühe. Sie hielt die dampfende Tasse an seine Lippen und küßte ihn. Er erbrach sich. Sah ihr in die Augen und schien sie nicht zu erkennen. Als der Arzt endlich da war, tropfte ihm der Schweiß herab, und er schlug den Kopf gegen die Wand. «Was hat er, Sir?» flehte Fanny. «Was fehlt ihm denn nur?»

Der Arzt war siebzig oder achtzig und trug enge Hosen und eine Perücke wie ein junger Dandy. Seine Nasenflügel blähten sich, als er eine Vene im Bein des Patienten öffnete und Ned zur Ader ließ, bis er still lag. «Kerkerfieber», sagte er lakonisch. «Entweder steht er's durch, oder er krepiert wie ein Hund. Werfen Sie 'ne Münze, wenn Sie's genau wissen wollen.»

Am nächsten Tag verlangte Lady B. eine Erklärung dafür, daß Fanny auf ihr Klingeln nicht kam. Byron Bount stand mit zusammengeschlagenen Hacken vor ihr auf dem Teppich und sah zu Boden. «Also, sprich schon, Bount – ist das Mädchen immer noch unpäßlich? Soll ich den Doktor kommen lassen?» Bount erwiderte, er bitte die Gnädigste um Verzeihung, aber Fanny sei gar nicht im Hause. «Nicht im – sagtest du, nicht im Haus?» Ja, das habe er gesagt. Aber wo war sie dann? Bount räusperte sich. «Da kann man nur raten, Ma'am.» Das Gesicht von Lady B. erstarrte; von der einfachen Versteinerung durchlief es die vulkanische Phase, dann die metamorphe, und dort machte es keineswegs halt.

Als Resultat fand Fanny, als sie an jenem Abend mit fleckigem Kleid und schwerem Herzen vom Gefängnis zurückkehrte, auf der Vordertreppe Byron Bount vor, der sie erwartete. Neben ihm lagen zwei Kleiderbündel und ein schlechtes Ölporträt von Fannys Mutter. Byron Bount verschränkte die Arme und sah wie ein Aasgeier auf sie hinab.

Hatte sie überhaupt eine Wahl?

«Great George Street», sagte sie zum Kutscher.

Abtrünnig

Alexander Anderson lag mit sich im Streit. Sein Vater nötigte ihn dauernd, mit Ailie über den Ehestand zu sprechen, und er war sich nicht sicher, auf welcher Seite er selbst war. «Kein Mensch auf der Welt steht ihr näher als du, Junge, nicht mal ihr guter alter Dad», schmeichelte ihm sein Vater. «Bring sie zur Vernunft.» Von Mungo war seit fast zwei Jahren keine Nachricht gekommen; der Alte wollte, daß sie Gleg zum Mann nahm.

Früher wäre ihm allein der Gedanke ein Greuel gewesen. Jetzt aber dachte er ein wenig anders. Gleg war noch immer ein ziemlicher Esel – aber ein bei weitem erträglicherer Esel als damals, als er nach Selkirk gekommen war. Und es stand außer Frage, daß er Ailie ergeben war – seit er sie zum erstenmal gesehen hatte, schwänzelte er um sie herum und deckte sie mit Geschenken und Gedichten und schauerlichen Balladen ein. In Zwiespalt brachte Zander nur, daß Ailie, wenn sie sich in Glegs Arme warf, Mungo den Rücken kehrte – schlimmer noch, er selbst müßte damit eingestehen, daß Mungo gescheitert war, tot und verschollen, verscharrt in einer Erdmulde oder zerfetzt in den

Gedärmen irgendeiner trägen Bestie. Und doch, so schmerzlich dieses Eingeständnis sein mochte, gab es denn noch einen Zweifel? Welchen Sinn hatte es, falsche Hoffnungen zu hegen? Wie lange konnte er es ertragen, seine Schwester immer nur voll Sehnsucht zu sehen, harrend und hoffend, bis die Hoffnung zur Verzweiflung gerinnen würde, der Rücken gekrümmt vor Enttäuschung, vorzeitig gealtert durch die fruchtlosen Jahre, während sie in die Kirche und wieder hinausschlurfte und über einem Rosenkranz Gebete murmelte?

Gleg war gar nicht so übel. Er hatte seine Fehler – aß wie ein Scheunendrescher und lachte wie eine Hyäne, schlechte Zähne und noch schlechterer Atem ... linkisch war er, lange Nase, häßlich wie ein Straßenköter ... aber im Herzen war er gut, und er hatte es zweifellos zu etwas gebracht ...

Zander goß sich einen Whisky ein und schlenderte ins Wohnzimmer, wo Ailie über Mikroskop und Notizblock gebeugt war. Gleg und der Alte waren auf einem Hausbesuch und taten, was sie konnten, um dem greisen Malcolm McMurtry zu helfen, der an der roten Ruhr starb. In zwei Wochen war Weihnachten. Kränze aus Stechpalmen und Bärlappkolben hingen in den Fenstern. Draußen heulte der Wind in den Bäumen.

Zander setzte sich auf die Tischkante und betrachtete eine Weile das Profil seiner Schwester: die geschwungene Linie ihres Nackens, die Stupsnase, das kurze schwarze Haar. «Ails», sagte er schließlich. «ich hab hin und her überlegt und versucht, es ganz rational zu sehen, und ich glaube – also, ich glaube, du kannst nicht mehr damit rechnen, daß Mungo wiederkommt.» Sie blickte nicht auf. «Ich meine – ist es nicht langsam Zeit, daß wir uns das klarmachen und anfangen, an eine Zukunft ohne ihn zu denken?» Er nahm einen Schluck Whisky; sie skizzierte etwas, sah abwechselnd in das Mikroskop und auf den Notizblock.

«Ich hab's dir noch nicht gesagt ... aber ich werde nicht mehr allzu lange in Selkirk bleiben, weißt du – sobald ich mir über alles klar bin, gehe ich weg. Ich kann hier nicht bis in alle Ewigkeit herumhängen und dem Alten auf der Tasche liegen. Immer noch antwortete sie nicht. «Und was ist mit dir? Der Alte wird ja nicht mehr hundert Jahre leben. Solltest du dir nicht mal darüber Gedanken machen?»

Ailie wandte sich um und sah ihn an. «Etiam tu, Zander?»

Er lachte. «Ja, auch ich. Der Alte möchte, daß du Georgie heiratest. Er hat mich gebeten, mal mit dir zu reden. Und eigentlich wäre es gar keine so schlechte Idee, finde ich.».

«Du willst nicht, daß ich eine alte Jungfer werde.»

«Sowas ähnliches.»

«Und Mungo?»

Zander ließ sein Glas stehen und ging die Glut im Herd schüren. Ailies Tauben stimmten ein trauriges Duett an, eine Art Klagelied, das sie abrupt mitten im Gesang abbrachen. «Wir dürfen uns nichts vormachen, Ails», sagte er, wobei er ihr den Rücken kehrte. «Zwei Jahre, und keine Nachricht. Welchen Schluß kann man daraus schon ziehen?» Als er sich umdrehte, sah sie angestrengt in ihr Mikroskop. «Oder?» Seine Stimme war sanft, ein Wispern. «Glaubst du, es gibt noch Hoffnung?»

«Ich liebe Georgie Gleg nicht», sagte sie.

Zwei Wochen später, am Weihnachtstag, nachdem man einander zugeprostet und Geschenke gemacht hatte, wurde getanzt. (Ailie war von Gleg mit Geschenken überhäuft worden – eine Schachtel Konfekt, drei Meter grüner Musselinstoff aus einem Geschäft in Edinburgh, die zweibändige neue Studie von Pierre Menard über das Leben der Protozoen, *Le monde secret*, ein Kescher und ein halbes Dutzend Skizzenblöcke, parfümierte Taschentücher, ein Fläschchen Fliederwasser. Sie hatte ihm ein Taschenmesser geschenkt.) Nachbarn und Cousinen stampften über die Dielen. Kathy Kelpie und Onkel Darroch, Nell Gwynn, Robbie Campbell und alle Andersons aus Motherwell. Godfrey MacAlpin ließ seinen Dudelsack kreischen und stöhnen, Zander fiel mit seiner Querpfeife ein, und der alte Deans kratzte auf der Fiedel herum. Es gab Milchpunsch und aromatisierten Whisky, und es roch nach Gänsebraten und Karnickel am Spieß. Katlin Gibbie kam etwas später, mit roten Wangen, ihren neuen Gatten am Arm und eine deutliche Ausbuchtung unter ihrem Kleid. Gleg bat Ailie um einen Tanz.

Später, als alle am Eßtisch saßen, erhob Dr. Anderson sein Glas und verkündete, Ailie wolle etwas bekanntgeben. Unsicher stand sie auf. Gleg strahlte sie an, Zander wirkte leicht verwirrt. «Ihr wißt ja alle», begann sie, «daß ich meinen Verlobten im wilden Innern von Afrika verloren habe. Ich hoffe inständig, daß er eines Tages doch noch durch diese Tür treten wird ... inständig hoffe ich das ... aber die Tage und Minuten sind wie Gift für mich, und ich ...» Sie schluchzte. Der alte Deans lieh ihr sein Taschentuch. «Ein anderer, eine gütige und freundliche Seele, ist in meiner Achtung gestiegen ...» Sie tastete nach ihrem Glas und stürzte es auf einmal herunter. «Was ich sagen möchte, ist folgendes: Wenn bis dahin keine Nachricht von Mungo gekommen ist, die es verhindern würde, werde ich heute in einem Jahr, hier in diesem Zimmer, Georgie Gleg zum Mann nehmen, Gott ist mein Zeuge.»

Gänsehaut

Tage wurden zu Wochen, Wochen zu Monaten. Ned, der eine wundersame Genesung erlebt hatte, aber dazu neigte, mitten im Satz einzuschlafen, trank in seiner Einzelzelle Bier und grillte sich Nierchen über dem Rost. Draußen schneite es. Er konnte die harten weißen Kügelchen wie Kieselsteine in einem Flußbett hinter seinem Gitterfenster tanzen sehen.

Billy Boyles saß auf einem Hocker in der Ecke, in der Hand einen Krug Bier. Auf Besuch. Er schlug die knochigen Beine übereinander, nahm einen tiefen Schluck und wischte sich über den Mund. «Wirste nervös, Ned?»

«Nervös? Wieso denn? Ich bin doch unschuldig, klar?»

«Stimmt genau, Neddie. Bin ja dabeigewesen.»

Das Geschworenengericht trat achtmal pro Jahr im Old Bailey zusammen (das Gerichtsgebäude lag praktischerweise direkt neben dem Gefängnis), also etwa alle sechs Wochen. Ned war Anfang August verhaftet worden, aber sein Anwalt, Neville Thorogood von der angesehenen Kanzlei Jaggers & Jaggers, hatte unter Berufung auf die schlechte Verfassung des Angeklagten dreimal einen Aufschub erreicht. Thorogood war einer der hervorragendsten Strafverteidiger seiner Zeit, und das Honorar für Neds Fall kam von Adonais Brooks Bankkonto. Doch so gut er auch war, Wunder konnte er nicht bewirken. Ned Rise würde am kommenden Vormittag um zehn Uhr auf der Anklagebank sitzen.

Fanny war so angespannt, daß sie ihr Abendessen nicht herunterbrachte. «Aber Fanny», protestierte Brooks, «du mußt bei Kräften bleiben. Iß was von dem rohen Kalbfleisch – oder wenigstens eine Zwiebel und etwas Porridge.» Nein, sie konnte nichts anrühren. Wirklich. Brooks hob die Augenbrauen und deutete zum Schlafzimmer. «Oder wollen wir ein bißchen im Bett rumtoben? Um dich abzulenken?»

Die Monate in der Great George Street waren strapaziös gewesen. Nicht daß Brooks etwa unfreundlich war – er zeigte sich sogar mehr als großzügig. Nur seine sexuellen Ansprüche, die waren unersättlich. Nie enden wollend.

Fremdartig und bestialisch. Oft gab er der Dienerschaft frei und band sie am Treppengeländer unten im Flur fest, nahm sie von hinten und benutzte ihr hochgerecktes Hinterteil als Aschenbecher. Dann wieder fesselte er sie auf dem Arbeitstisch der Köchin – die Beine weit gespreizt – und penetrierte ihre Körperöffnungen mit Karotten, Gurken, Zucchini, Dauerwürsten. Oder er schlug ein halbes Dutzend Eier in ihren Nabel und schleckte sie roh heraus, nahm in Gelatineformen Abdrücke ihrer Brüste, begrub sie in Bergen von Weißkraut. Eines Nachmittags hielt er sie fest und brannte ihr seine Initialen in die linke Hinterbacke; ein andermal kam er mit einem Terrier und einer Schachtel voll Ratten nach Hause und fiel leidenschaftlich über sie her, während der Hund durch das Zimmer raste, Nagetiere erdrosselte und dabei knurrte wie eine Schwedensäge. Verängstigte Ratten sprangen fiepend und quietschend aufs Bett und wühlten sich in die Laken hinein, von dem beharrlichen tonlosen Knacken der brechenden Genicke ihrer Gefährten wie von einer Peitsche angefeuert. Fanny bekam einen Schock. Adonais war unbeirrbar, ließ keinen Stoß aus.

Es war schwer. Doch es hieß, entweder sich unterwerfen oder zusehen, wie Ned im Dreck von Newgate Prison einen qualvollen Tod starb. Die Geschichte der Liebe war voll von solchen Opfern – Pyramus und Thisbe, Venus und Adonis, George und Martha Washington. Wenn die es gekonnt hatten, konnte sie es auch. Lag sie dann in Neds Armen hinter den kalten Steinmauern von Newgate, zu wund und zu erschöpft, um sich zu bewegen, mit geschwollenen Lippen und verweinten Augen, dann fühlte sie sich in die luftige Einsamkeit der frühchristlichen Märtyrer emporgehoben, ins Reich eines Ignatius, eines Polykarp, einer Jeanne d'Arc – ja zu Christus selbst. Das war Märtyrertum. Das war Liebe.

Ned tat sein Bestes, ihre Last zu erleichtern. Er tröstete

sie, massierte ihre Schwielen und Beulen, bemühte sich, die kalligraphischen Flecken auf ihrem Rücken mit Salben und Cremes auszulöschen – unter ständigen Schwüren, er werde sie rächen, es wiedergutmachen, mit ihr auf eine Insel im Mittelmeer fahren und ihr dort einen Altar errichten. Sie ließ ihn reden, seine Stimme stillte den Schmerz. Die Mauern waren aus Granit, die Tür aus Gußeisen. Er war bettelarm, machtlos, kastriert von einem System, das die Unterdrückten mit Füßen trat und Lügner und Diebe belohnte. Sie hielt es ihm nie vor. Nie unterminierte sie seine Hoffnung, nie bürdete sie seinen Höhenflügen den Ballast der Realität auf, und vor allem erwähnte sie mit keinem Wort je den Prozeß, der über ihren Köpfen schwebte wie die tückisch blitzende Klinge einer Guillotine.

Doch jetzt war der Augenblick gekommen. Ned würde freigesprochen werden, und sie könnte Brooks den Rücken kehren, um mit ihrem Geliebten in Armut und Ekstase zu leben. Oder aber ...

Sie stählte sich innerlich. Thisbes Beispiel war ihr durchaus im Gedächtnis geblieben.

Das schwarze Barett

Der Prozeßtag dämmerte wie eine Infektion herauf, der Himmel war tief und eiterfarben, die Sonne ein verschorftes Auge. Ein paar kränkliche Tauben flatterten über die Gefängnismauern wie im Wind treibende Zeitungen. Von unten, von der Straße, dröhnte das pathogene Gebrüll des vor dem Gerichtshof versammelten Mobs. Ned Rise wurde übel.

Der Mob war ein relativ gestümer, der aus Ladenbesitzern, Geistlichen, debütierenden Industriellen und Abgeordnetengattinnen bestand – also aus Herz, Lunge und Mark der Mittelschicht. Die Leute waren größtenteils auf Betreiben von Sir Joseph Banks zusammengetrommelt worden. Den ganzen Herbst und Winter hindurch hatte er in der Presse und in den Salons von Soho und Mayfair eine unermüdliche Kampagne geführt, die in diesem Fall ein Exempel statuieren wollte, um «den aufgedunsenen Kadaver vor den Augen und Nasen der Öffentlichkeit auszubreiten, bis sein Anblick und sein Gestank sie dazu bringt, sich zu empören und das menschliche Ungeziefer auszurotten, das unsere Straßen unsicher macht und dort Leben, Freiheit – und, ja, auch den Besitz – aller braven Bürger bedroht.» Aufgestachelt hatte ihn der rücksichtlose Gewaltakt an seinem alten Freund aus der Afrika-Gesellschaft, und an den Rand der Raserei brachte ihn dann noch die Enthüllung, daß sein eigenes Ex-Hausmädchen mit dem Unhold – auf höchst abscheuerregende Weise – in Beziehung stand. Er kam mit einem einzigen Ziel nach Old Bailey: Ned Rise zum Tod durch Erhängen verurteilt zu sehen.

Drinnen war die Zuschauergalerie zum Bersten voll. Charles Fox war da, Sir Reginald Durfeys, der Duke of Omnium und Lady Bledsoe, und Contessa Binbotta, Twits Schwester, war mit ihrem Mann Rudolfo aus Livorno gekommen. Die Afrika-Gesellschaft war vollzählig angetreten. Carlotta Meninges war da und Bischof Erkenwald. Erschienen war auch Beau Brummell, inzwischen ein Vertrauter des Prince of Wales und auf dem besten Wege, der hervorragendste Krawattenbinder seiner Zeit zu werden. Twits Tod hatte sie alle mächtig aufgerüttelt zeigte er ihnen doch schrecklich klar ihre eigene Verwundbarkeit. Wer hatte sich nicht schon auf der Straße die Börse stehlen lassen oder war in der eigenen Kutsche von bewaffneten Räubern überfallen worden? Oder hatte beim Heimkehren festgestellt, daß die Wohnung durchwühlt war und der beste Schmuck fehlte? Aber das hier – das ging ein ganzes Stück zu weit.

In jenem Winter 1796/97 kannte das Strafgesetz für knapp zweihundert Verbrechen die Todesstrafe, darunter für so schändliche Untaten wie *Diebstahl von Wäsche aus einem Bleichboden; Schußwaffengebrauch gegen Finanzbeamte; Einreißen von Häusern, Kirchen usw.; Abschneiden von aufgebundenen Hopfenranken; Feuerlegen in Kornsilos ode Kohlebergwerken; Verletzung einer unbewaffneten Person durch Stiche, sofern diese innerhalb von sechs Monaten verstirbt; Versenden von Drohbriefen; Zusammenrottungen von zwölf oder mehr Personen, die sich nicht spätestens eine Stunde nach entsprechendem Verbot auflösen; Zerstörung von Fischteichen, falls dabei Fische entweichen können, Diebstahl von Kleidungsstücken aus den Spannrahmen einer Weberei; Diebstahl aus Schiffen in Seenot; versuchter Mord an Geheimräten usw.; Kirchenschändung; Zerstörung von Schlagbäumen oder Brücken.* Da gab es nun soviele Kapitalverbrechen zum Aussuchen, und dieser arme Idiot mußte losgehen und einen Adligen ermorden. Das war mehr als ein Verbrechen. Es war eine Schandtat, ein Bruch aller Regeln, eine Herausforderung des Systems. Laßt sie heute einen Lord umbringen, dann vergewaltigen sie morgen eine Lady. Es war undenkbar. Unter Bürgern wie Edelleuten herrschte einhellige Empörung. Sie waren gekommen, um dabei zu sein, wenn der Häftling seine gerechte Strafe bekam. Sie waren gekommen, um den Richter das schwarze Barett aufsetzen zu sehen.

Das gesamte Ensemble war schon versammelt, als Ned mit klirrenden Ketten an Hand- und Fußgelenken in den Gerichtssaal geführt wurde. Die Geschworenen hatten ihre Eide abgelegt, die uralte, lippengeschwärzte Bibel geküßt und es sich auf der Bank bequem gemacht; die Anwälte blätterten in Papieren und grinsten über irgendeinen vertraulichen Witz; die Richter – der Lord Mayor, der Stadtrat, die Sheriffs und der Oberrichter am Landesgericht – nestelten an ihren Roben und hüstelten mit vorgehaltener Hand, die Ebbe und Flut ihrer massigen Perücken war wie eine ganze Schafherde in wilder Flucht. Kling-klang, hallten die Ketten. Auf der Galerie erhoben sich die Blicke von den Zeitungen, dem Strickzeug, den Brandyfläschchen, aufmerksam wie Wiesel beim Wittern eines flügellahmen Vogels. Mit gesenkten Schultern und reumütiger Miene trat Ned lärmend in den Anklagestand.

Der Oberrichter putzte seine Brille und kratzte sich am Nasenbein, während Ned den Saal nach einem freundlich gesinnten Gesicht absuchte. So ohne weiteres war keines zu sehen. Die Richter wirkten gallig und sauer, als wären sie gerade aus einem Nickerchen geweckt worden; die Geschworenen saßen steif wie Zaunpfähle da, manche mit Perücke, manche ohne, aber alle mit Mienen wie Granit; der Staatsanwalt knirschte mit den Zähnen. Neds Blick wanderte von einem Gesicht zum anderen auf der Galerie, blieb an Sir Joseph Banks vesuvischen Wangen und Augenbrauen hängen, an der rapierartigen Nase der Contessa Binbotta, an Reginald Durfeys' silbernem Schopf, und dann endlich, mit einem Seufzer der Erleichterung, an Fannys traurigem, sehnsüchtigem Lächeln. Wenigstens sie war auch hier, Gott sei Dank. Aber wer war der Kerl neben ihr mit dem scharlachroten Wams und den geschwollenen Lippen? War *das* etwa Brooks? Und schlimmer noch, wer war die zerlumpte alte Vettel in der vordersten Reihe – die mit dem Ring in der Lippe? Diese Frau hatte etwas an sich, das sein Blut gefrieren ließ, etwas Seltsames, Schreckliches, etwas, das in seine allerfrühesten Erinnerungen zurückreichte und jetzt wisperte: *Vorbei, vorbei, alles vorbei.*

«Schreiber!» donnerte der Oberrichter. «Verlesen Sie die Anklage!»

Die Stimme des Schreibers klang wie ein Fagott, tief und honigsüß. «Dem Häftling mit Namen Ned Rise wird zur Last gelegt», las er vor, «in der Nacht des 11. August 1796 absichtlich und in heimtückischem Vorsatz das Opfer, Lord Graeme Eustace Twit, auf gewalttätige Weise ums Leben gebracht zu haben, nachdem der Häftling seine verstorbene Lordschaft zuvor in seine verkommene und anrüchige Behausung nach Southwark lockte, wo er ihn aus dem Fenster stürzte, was zu schweren körperlichen Verletzungen und in der Folge zum Tode des Opfers führte.»

«Die Anklageschrift ist verlesen», stellte der Oberrichter in seinem sonoren Tonfall fest. «Bekennt sich der Häftling schuldig oder nicht schuldig?

Ned blieben die Worte im Hals stecken. «Nicht –» würgte er hervor und wurde dann von einem plötzlichen Hustenkrampf gepackt, prustete und keuchte, während der Büttel ihm auf den Rücken klopfte und die Zuschauer an Essigfläschchen rochen und Rautenzweige zerkrümelten, um so eine Ansteckung zu vermeiden. Endlich konnte Ned mit tränenden Augen seine Antwort herauskrächzen: «Nicht schuldig, Euer – Ehren.»

Auf der Galerie wurde gezischt. Der Oberrichter schlug mit seinem Hammer auf den Tisch. «Man rufe den ersten Zeugen», dröhnte er.

Erster Zeuge war Mendoza. Der Faustkampf-Champion schritt unter beifälligem Gemurmel durch den Saal, prächtig gekleidet mit schlichter Krawatte, anthrazitfarbenem Jackett und schwarzen Samthosen. Sein dezent gepudertes Haar wurde im Nacken von einem Band zusammengehalten, das höchst vorteilhaft und geschickt mit der Farbe seiner Hosen harmonierte. Er gab seine Darstellung mit klarer, offener Stimme ab und mußte nur gelegentlich in unkontrollierbarem Mitgefühl schlucken, wenn der Staatsanwalt ihn anhielt, Genaueres über die eher unangenehmen Details des Verbrechens zu berichten. Alle fanden seinen Auftritt sehr gut.

Ned fühlte sich erleichtert, als Neville Thorogood, sein Verteidiger, sich erhob, um den Zeugen ins Kreuzverhör zu nehmen. Thorogood war ein verbindlicher, korpulenter Mann, dessen Ruf sich neben seiner anerkannten juridischen Tüchtigkeit auch darauf gründete, daß er einmal dreizehn gegrillte Hähnchen auf einen Sitz verspeist hatte. Er trat mit eindrucksvoller Geste vor, eine gestrenge, herrische Miene glättete seine rundlichen Züge, und sein enormer Leibesumfang verdeckte den halben Raum. Leider hatte er ein dünnes, hohes Stimmchen wie ein Sängerknabe, deshalb kicherte man auf der Galerie, als er das Verhör begann. «Mr. Mendoza», flötete er, «können Sie den Herren Geschworenen erklären, was Sie eigentlich um vier Uhr morgens am elften August dieses Jahres in der Behausung des Angeklagten zu suchen hatten?»

Mendoza zuckte nicht einmal mit der Wimper. «Der Gefangene da hatte uns davor gerade erzählt gehabt, daß er einiges an Tafelsilber und dann noch 'n paar antiquarige Gemälde und Erbstücker zu verkaufen hätte, und wo wir doch wußten, daß der Lady Tuppenham grade erst ebensolchene waren geraubt worden, haben wir uns also ein Treffen mit ihm ausvereinbart, mit dem insgeheimen Hintergedanken, uns das Diebesgut sicherzustellen und ihn festezuhalten, bis die zuständichen Behörden geholt werden würden.»

Von der Galerie ertönte. stürmischer Applaus. Der Lord Mayor gratulierte dem Zeugen zu seiner Pflichtauffassung als Bürger.

Ned war wie vom Donner gerührt. «Aber das ist gelogen!» rief er. «Das ist eine unverschämte Lüge!»

Der Oberrichter ließ den Hammer niedersausen und befahl dem Büttel, den Häftling zur Ruhe zu bringen. Nach einem heftigen Schlag in die Nieren krümmte sich Ned und begann wieder zu husten. Als er sich erholt hatte, hob er den Kopf und starrte Mendoza direkt in die Augen. «Ihr wart da, um mich zu berauben», sagte er.

Jetzt stand der Staatsanwalt auf. «Euer Ehren», begann er, «ich bitte Euch zu bedenken, daß der Beschuldigte zum Zeitpunkt seiner Verhaftung bereits polizeilich gesucht wurde, da er hauptverantwortlich in die schmutzige

‹Wühlmaus-Tavernen-Affaire› verwickelt war, die uns alle vor einigen Monaten so schockiert hat. Weiterhin stelle ich fest, daß es ja wohl eine Absurdität ersten Ranges ist, einen Mann, der ein Vermögen von über sechzigtausend Pfund hinterließ, des ... *Diebstahls* an einem verarmten Jammerlappen aus Southwark zu beschuldigen.» Hier machte er eine gravitätische Pause. «Neben seiner immanenten Absurdität aber stellt dieses wilde und verwegene Märchen eine schimpfliche Verleumdung des Andenkens an einen großartigen, edlen Engländer dar, der, wäre er nicht durch die Hand jenes gemeinen Lumpen gestorben, heute unter uns weilen würde, um sich selbst vor solch schändlichen Anwürfen zu verteidigen.»

«Bravo!» rief Rudolfo Binbotta.

Der Oberrichter ignorierte Binbottas Überschwang und sah auf den Angeklagten herab, als betrachtete er ein Stück Abfall. «Ich bin ganz Ihrer Meinung, Herr Staatsanwalt.» Der Hammer knallte. «Nächster Zeuge.»

Der nächste Zeuge war Smirke. Er polterte unbeholfen in den Zeugenstand und erzählte seine Geschichte. Ned Rise sei ein Dieb und Lügner. Ein Schurke, der ihn mit Tricks dazu verleitet habe, den guten Namen der ‹Wühlmaus› zu beschmutzen, um sich dann aus dem Staub zu machen, weil er nicht «die Zeche zahlen» wollte. In der Nacht des 11. August, so sagte Smirke aus, sei er nach Southwark gegangen, zusammen «mit dem hervorragenden Faustkämpfer, Seine verblichne Lordschaft und dem schwarzen Nigger-Sklaven, damit wir das Diebesgut sichern konnten, das wo der Gefangne hier von 'ner hochgestellten Lady geklaut gehabt hatte, und damit ich zuseh, wie er seiner gerechten Strafe zugeführt wird. Dann hab ich als Augenzeuge gesehn, wie er zurückschrecken tut wie so 'ne Ratte, die nich mehr auskann, und dann Seine verblichne Lordschaft heimtückisch aus 'n Fenster schmeißt, so daß der 'nen vorzeitigen Tod findet.»

Auf Neds Protest hin stopfte ihm der Büttel einen Lappen in den Mund.

Als nächstes wurde Jutta Jim zur Bekräftigung der Anklage in den Saal gerufen. Da seine Kenntnisse des Englischen irgendwo zwischen nicht vorhanden und prä-rudimentär lagen, verdeutlichte er seine Erinnerungen mit Hilfe von Zeichensprache und mimischen Gesten. Beim Beschreiben seiner Vorstellung in der ‹Wühlmaus› etwa bildete er mit Daumen und Zeigefinger der linken Hand einen Kreis, durch den er dann mehrmals den gereckten Zeigefinger der rechten stieß. *«Mojo-mojo»*, sagte er dazu grinsend. «Figgi.» Als er zur Beschreibung jener unseligen Nacht kam, kroch er mit gefletschten Zähnen durch den Gerichtssaal, um die verstohlene Grausamkeit des Häftlings anzudeuten, dann warf er sich der Länge nach rücklings auf den Boden, seinen toten Herrn imitierend. Er beendete seinen Auftritt unter Tränen.

Der Ankläger schloß seinen Beweisvortrag ab, und Neville Thorogood erhob sich, um seinen ersten und einzigen Zeugen herbeizurufen: Billy Boyles.

Aus dem Korridor kam Boyles in den Saal getorkelt, sein Hinterkopf platt wie ein Buch. Die Kleider hingen ihm in Fetzen, sein Gesicht und der zottige Bart waren dreckverschmiert; er stank nach Gin der billigsten Sorte. Lange blieb er, unschlüssig und verwirrt, in der Mitte des Saals stehen. Alle Blicke lagen auf ihm. Er schüttelte zweimal den Kopf, wie um einen Nebel loszuwerden, machte einen Schritt vorwärts und stolperte über den Gerichtsschreiber. «Büttel!» brüllte der Richter, «helfen Sie dem Mann in den Zeugenstand!»

Thorogood versuchte einen Einwand. «Aber Euer Ehren – der Zeuge ist ja alkoholisiert.»

«Blödsinn.»

Inzwischen hatte sich Boyles wieder aufgerappelt; er krallte sich an die Seitenwände des Zeugenstands, um sich hinaufzuziehen. «Sind Sie alkoholisiert, Sir?» fragte der Oberrichter.

Boyles hatte den Stuhl gefunden und blickte nun auf. «Was hamse gesacht?»

«Sind Sie alkoholisiert, Sir?»

Keine Antwort.

Der Lord Mayor flüsterte dem Oberrichter etwas ins Ohr. Der Richter formulierte seine Frage um. «Betrunken, Sir. Sind Sie betrunken?»

Das schien eher anzukommen, und Boyles erblaßte. «Wer, ich? Aber kein Stück nich. Kann sein, daß ich in mei'm Leben schon den einen oder andren Tropfen drin gehabt hab, aber bei so'm würdevollen Anlaß wie den hier würd ich ...» (hier hielt er inne, um einen Rülpser niederzukämpfen und sich aufs Brustbein zu klopfen) «... würd ich mir das nich mal träumen lassen.»

Der Oberrichter lehnte sich in seinem Sessel zurück. «Ihr Zeuge, Herr Anwalt.»

Thorogood atmete ärgerlich einmal tief durch, richtete sich dann an den Zeugen und fragte, ob er Ned Rise als einen ehrlichen Menschen kenne.

»Ehrlich?» fragte Boyles zurück. «Na, der is so ehrlich, wie 'n Gauner nur sein kann, der wo 'n bißchen Köpfchen haben tut.»

Jemand lachte auf der Galerie. Boyles zwinkerte Ned zu.

Der Rechtsanwalt befragte Boyles dann über Einzelheiten der Ereignisse in der Nacht des 11. August in Southwark.

Boyles schien durcheinander. «Am elften August? Also, ich weiß ja kaum, was vor 'ner Woche gewesen is – un jetz soll ich mir auf einmal fünf, sechs Monate zurück erinnern, häh?»

«Die Nacht von Lord Twits Hinscheiden», piepste Thorogood.

«Ach sooo», sagte Boyles, als werfe das ein völlig neues Licht auf die Sache. «In der Nacht war das also? Elfter August? Sindse sicher?» Er bohrte sich eine Weile nachdenklich in der Nase und hob dann mit seiner Geschichte an. «Gut, ich sag Ihnen, wie das gewesen is. Ich war bei die ganze Sache gegenwärtig und ich tu schwörn, der Neddy Rise, der is unschuldig wie 'n neugeborner Nuckler.» (Dies löste Protest auf der Galerie aus, den Boyles mit einer obszönen Gebärde quittierte.) «Sehnse, die ham mir nämlich besoffen gemacht», fuhr er fort, «und mir dann gezwungen, daß ich Neddys Wohnung für sie find, allerdings war Neddy ja schon seit fünf Monate tot und ersoffen. Also wir gehn alle rauf zu seine Wohnung und warten, daß er kommt, ich und Twit und die andren ... die andren ...»

«Ja?» kreischte Thorogood, «weiter, und dann?»

Aber Boyles konnte nicht weiter. Sein Kopf war nach vorn aufs Geländer gesunken, und er hatte eine regelmäßige, leise rasselnde Nasenatmung aufgenommen. Der Oberrichter wies den Büttel an, ihn wachzurütteln, doch es half alles nichts: er war vollkommen weg. «Entfernen Sie den Zeugen», donnerte der Richter. Und dann: «Haben Sie noch weitere Zeugen, Mr. Thorogood?»

«Nein, Euer Ehren», sagte Neds Anwalt jammervoll «aber –»

«Herr Staatsanwalt – Sie können Ihr Plädoyer an die Geschworenen beginnen.»

In seiner Schlußrede berief sich der Ankläger auf die Klassiker, Shakespeare und die Bibel. Er zitierte Gedichte, ließ nochmals seine Beweismittel aufmarschieren, sprach von Sünde und Verderbtheit, vom tristen Zustand der Straßen Londons, von Inzucht und der Mentalität des Verbrechers. Begeistert schilderte er Folter und Galgenstrick, den abschreckenden Effekt der öffentlichen Hinrichtung. Ned Rise, so machte er geltend, sei ein Dämon und Wüstling. Ein Jack the Ripper, ein Ethan Allen, ein

Robespierre. Dreck sei er, Ungeziefer, eine Seuche. Ihn auszuradieren sei eine patriotische und christliche Tat – besser könne das englische Volk seine Identifikation mit Jesus von Nazareth und seinen Abscheu vor dem Satan und dessen üblen Helfershelfern auf Erden gar nicht zum Ausdruck bringen. «Ich beschwöre Sie», schloß er, «nein – ich gebiete Ihnen im Namen unseres Königs Georg und des Herrn im Himmel, dieses Krebsgeschwür, diese Pestbeule, diesen Ned Rise zu eliminieren, bevor er wächst und uns alle verschlingt!» Der Staatsanwalt war schweißgebadet. Seine letzten Worte hallten nach wie die Trompeten von Erzengeln, die schon für den Jüngsten Tag üben. Die Galerie brach in spontanen Beifall aus.

Und dann war Ned an der Reihe. Man entfernte den Knebel aus seinem Mund, und er machte sich bereit für sein abschließendes Plädoyer an die Geschworenen. (Zu diesem Zeitpunkt in der Geschichte der englischen Jurisprudenz war es dem Verteidiger versagt, die Geschworenen direkt anzusprechen – dieses Privileg blieb allein dem Angeklagten reserviert. Meist war der Angeklagte halbverhungert, ungebildet durch das Verfahren verschüchtert und unfähig zum Abwägen von Beweisen oder zu einer klaren Argumentationslinie. Aber das war eben *sein* Problem.)

Ned atmete tief ein, wandte sich zur Geschworenenbank um und gab sein Bestes. «Meine Herren Geschworenen», fing er an, «jede Geschichte hat zwei Seiten, und ich möchte Sie nun bitten, auch der meinen Gehör zu schenken. Zunächst einmal ist alles, was Sie hier gehört haben, erlogen.» Von der Galerie kamen Buhrufe und Pfiffe; der Richter rief zur Ordnung. «Alles, was ich wollte, war ein anständiges Leben. Ich hatte mir ein paar Pfund auf die Seite gelegt, um zu heiraten und ein Wirtshaus oder sonst ein solides Geschäft zu eröffnen. Durch harte Arbeit sparte ich ein wenig zusammen. Doch dann kamen diese Männer mitten in der Nacht und schlugen und beraubten mich – Smirke, Mendoza und, ja, auch Lord Twit, Gott sei seiner Seele gnädig.»

«Infam!» schrie Sir Joseph Banks.

«Alles Lüge!» kreischte Contessa Binbotta.

Ned hob die gefesselten Hände, um Ruhe zu schaffen. «Wo aber würde einer wie ich die knapp fünfhundert Pfund herbekommen, die mir in jener Nacht gestohlen wurden? Ganz einfach. Ich bin es, der im Schweiße meines Angesichts den weltbekannten Kaviar abgefüllt – äh, importiert hat ... ‹Tschitschikoffs Auslese› –»

Bei der Erwähnung des Markennamens kam verärgertes Raunen auf; Ned wurde langsam klar, daß er einen Fehler gemacht hatte, aber erredete dennoch blind drauflos. «‹Tschitschikoffs Auslese›, ein edler Kaviar, den ich zu Spottpreisen verkaufte, damit die braven Bürger von London diesen ausgezeichneten –»

«Froschlaich mit Schuhwichse!» rief wütend ein Geschworener.

«Das reinste Gift!» rief ein anderer.

«Hängt ihn auf!»

Einer der Geschworenen war puterrot im Gesicht und mußte vom Büttel davon abgehalten werden, über das Geländer zu steigen und auf den Angeklagten loszugehen, Die Galerie war in hellem Aufruhr, Ned duckte sich unter einem Hagel von Schuhen und faulem Obst, Oberrichter und Lord Mayor bearbeiteten mit ihren Hämmerchen den Tisch. «Ruhe» schrie der Gerichtsdiener. «Ruhe!»

Als der Lärm sich gelegt hatte, sah der Oberrichter Ned mit giftigem Blick an. «Büttel», brüllte er, «der Gefangene wiegelt die Menge auf. Knebeln Sie ihn!» Ned bekam wieder den Stofflumpen in den Mund gesteckt, und der Oberrichter wies die Geschworenen an, sich nun zur Beratung zurückzuziehen und sodann ihren Spruch zu verkünden.

Der Obmann stand auf. Er war ein schlaksiger Bursche, Typ Magengeschwür, dessen Gesicht vom vielen Stirnrunzeln ganz faltig war. «Eine Beratung wird kaum notwendig sein, Euer Ehren. Unser Entscheid ist einstimmig. Wir befinden den Gefangenen schuldig im Sinne der Anklage.» Er wollte sich schon wieder setzen, fügte dann aber noch etwas hinzu: «Und wenn ich dies sagen darf, Euer Ehren so finde ich, daß Erhängen noch zu gut für den ist.»

Der Oberrichter blickte die Reihe seiner Kollegen an – Sheriffs, Stadtrat, Lord Mayor –, und der Saal hielt den Atem an. Mit eiserner furchterregender Miene griff er dann unter den Tisch, holte das schwarze Barett hervor und zog es über seine Perücke. «Ned Rise», rief er mit einer Stimme, die Tote aufgeweckt hätte, «wenden Sie sich dem Gericht zu und hören Sie unser Urteil!» Er schneuzte sich mit einem Trompetenstoß. «Nach Würdigung der Beweismittel lautet unser Richtspruch auf schuldig im Sinne der Anklage und unser Urteil, daß Sie am Galgen hängen sollen bis zum Eintreten des Todes, des Todes, des Todes.»

Während der Oberrichter das Urteil verkündete, schob der Büttel dem Angeklagten eine Schnur über den Daumen und zog sie fest, um den Worten Nachdruck zu verleihen. Ned war wie gelähmt. Er blickte sich um und sah, daß alle im Saal aufgesprungen waren, die Menge klatschte und jubelte, johlte und lachte – Fanny war nirgends zu sehen. Der Büttel packte ihn am Arm und zog ihn quer durch den Saal zu der Tür, die zum Gefängnis führte. Durch all das Getümmel hindurch gellte ihm ein Ton besonders in den Ohren, bemächtigte sich seiner, er bekam eine Gänsehaut, als wären sämtliche Kadaver dieser Welt auferstanden, um mit ihren Fingernägeln auf einer gigantischen Schiefertafel zu kratzen: «Iiiih!» kreischte die Stimme. «Iiih! Iih-hiiih!»

Hedschra

Der Verlust Johnsons traf den Entdekkungsreisenden wie ein Hammerschlag. War die Lage vorher verzweifelt gewesen, so war sie nun aussichtslos. Nicht nur war er halbnackt, ausgehungert, fieber- und magenkrank, ohne einen Penny und völlig verloren, zudem fand er sich jetzt plötzlich in einer fremden, feindseligen Umgebung auf sich selbst gestellt – ohne Führer, Freund und Leidensgefährten. Dagegen war die Zeit als Gefangener bei den Mauren ein Vergnügen gewesen.

Als er Johnsons Kopf in der Brühe versinken sah, verlor er jede Beherrschung über sich und legte los wie eine griechische Hausfrau beim Begräbnis ihres ältesten Sohnes, oder wie ein Revolutionskämpfer, der durch das Los erst als Letzter seinen Namen unter das historische Dokument setzen darf. Er gab sich ganz einfach der Verzweiflung hin. Setzte sich ins Wasser und begann, sich die Haare auszureißen, zu klagen, zu schluchzen und zu stöhnen, mit den Zähnen zu knirschen, sich die Haut aufzukratzen, mit dem nutzlosen Messer auf das Wasser einzuhacken und zu fluchen, gotteslästerliche Verwünschungen auszustoßen und seinen Zorn hinauszuschreien über den gefühllosen Mechanismus des Universums und das willkürliche schwarze Herz, das diesen lenkt. Das ging etwa zehn Minuten lang so, bis sich eine Hand auf seinen Arm legte. Es war der Flüchtling. Hinter ihm, bis zu den Knien im Wasser, standen die Frau und die zwergenhaften Kinder des kleinen Mannes, alle mit bekümmerter Miene. «Komm lieber raus», sagte der Mann. «Hier kannst du ohnehin nichts ausrichten – höchstens lockst du noch ein Krokodil an.»

Der Name des Mannes war Jemafu Momadu. Wie viele Mandingos dieser Gegend war er Mohammedaner, da er sich unter dem Druck der Mauren zum Islam hatte bekehren lassen. Er verbeugte sich zweimal täglich gen Mekka, verschmähte Schweinefleisch und nannte seinen ersten Sohn Ismael – doch ein Fanatiker war er nicht. Vor der Sintflut war er Pachtbauer im Dorf Souha gewesen und hatte dort vom Morgengrauen bis zur Dämmerung auf dem staubigen Erdboden herumgekratzt, an den eingetrockneten gelben Zitzen seiner Ziegen gerissen, Schlangen, Kröten und Ratten das wenige Fleisch von den Knochen genagt. Nach einer Woche Wolkenbruch waren die Felder rund um Souha meterhoch überschwemmt gewesen. Er und seine Frau und ihre winzigen Kinder hatten in ihrer Schilfhütte geschlafen, als der Niger unter donnerndem Getöse über sie hereingebrochen war. Die Springflut raubte ihm seine Ziegen, zwei Söhne, die Hütte, alle Gerätschaften und die erbärmlichen Vorräte an Trockengemüse und Reis. Im Tausch dafür erhielt er die aufgedunsenen Kadaver von zwei Hartebeests und einer Sitatunga.

Er führte den Entdeckungsreisenden zurück auf den Hügel, wo immer noch der Topf auf dem Feuer brodelte. Die Lichtung strahlte so grün, daß es die Augen schmerzte. «Möchtest du eine Tasse Brühe?» fragte Jemafu.

Mungo begleitete die Momadus in das Dorf Song, dessen *Duti* Jemafus Schwiegervater war. Es waren zwei Tagesmärsche bis dorthin. Jemafu hoffte, an der Dezimierung der Speisekammer seines Schwiegervaters teilzunehmen, während Mungo, der immer noch mit dem Schock von Johnsons plötzlichem Tod kämpfte und von einem beginnenden Fieber geschüttelt wurde, die Gelegenheit wahrnahm, überhaupt irgendwo hinzukommen, solange es nur in der richtigen Richtung lag. (Sehr zu seiner Bestürzung hatte er festgestellt, daß die mißlungene Überquerung des Tulumbo ihn ans andere Ufer des Niger befördert hatte, aber *zwanzig Meilen flußabwärts vom Ausgangspunkt*. Diese Entdeckung kam eigentlich kaum überraschend – sie war nur ein weiteres Glied in der Kette böser Rückschläge und bitterer Enttäuschungen, die mit dem Verschwinden seines Seesacks zehn Minuten nach der Landung auf Goree begonnen hatte und seither unablässig weitergegangen war.)

Die Familie Momadu marschierte früh am Morgen in

Song ein, der Entdeckungsreisende bildete die Nachhut. Kochfeuer schwelten im Nieselregen, Hunde kläfften, Perlhühner pickten im Dreck. Es war niemand zu sehen. Die im neunten Monat schwangere Madame Momadu, in diesem Dorf geboren, wunderte sich. Sie sah in diese und jene Hütte hinein, rief ein paar Namen und drehte sich achselzuckend zu ihrem Mann um. Dann jedoch hielt sie den Atem an, stand stocksteif da und lauschte. Auf ihr breites Gesicht legte sich ein Grinsen. *«Mola lave akombo»*, sagte sie. «Sie singen. Hört doch.»

Das Geräusch war leise und weit entfernt, ein statisches Rauschen in der Luft, ein Summen, wie es einen Insektenschwarm ankündigen mochte – oder eine anrückende Armee. Mungo spitzte die Ohren: es schien vom Fluß her zu kommen. Automatisch und ohne nachzudenken, setzte er sich, wie unter einem Zauber, in Bewegung. Menschliche Stimmen, zum Gesang erhoben. Wie lange hatte er das nicht mehr gehört? Bässe und Altstimmen, kontrapunktierende, sich emporschwingende Soprane – das Brausen des Gesangs trug ihn heim zu den Grüften der Kathedralen von Edinburgh und in die schlichte Kapelle aus Eichenbalken seiner Jugend in Fowlshiels. Er erwiderte Madame Momadus Grinsen.

Der schlammige Pfad wand sich durch kleine Gemüsefelder, in denen schon gelbe Kürbisse und die ersten Wassermelonen, Yams, Erdnüsse, Maniok- und Maisstauden sprossen, und zog sich dann einen kleinen Abhang hinab, wo er einem Erddamm folgte, der durch ein überschwemmtes Reisfeld zu führen schien. Die Kinder planschten voran, mager wie Vögel ohne Federn, während Madame Momadu ihnen nachhastete und ihr mächtiger Bauch im Rhythmus des Auf und Ab ihrer Ellenbogen schwabbelte. Der Entdeckungsreisende suchte sich vorsichtig seinen Weg und löcherte Jemafu unterdessen mit Fragen über die örtlichen Machtkonstellationen, Ackerbaumethoden, Initiationsriten. In seinen Ohren schwoll die Musik allmählich an.

Sie durchquerten ein dunkles, dicht bewachsenes Waldstück, wo es auf allen Seiten plötzlich eng wurde, kamen um eine Biegung und hielten den Atem an – vor ihnen erstreckte sich der Niger, ozeanisch, von grauen Nebeln verhangen. Bäume standen im Wasser wie Frauen, die ihre Röcke lüpfen, und das Ufer war voller Menschen. Über der Szene schwirrten Massen von kreischenden, schnatternden Vögeln. Jemafu strahlte. «Die *akina* sind auf Laichzug!» rief er und stürmte davon wie ein witternder Jagdhund.

Keiner sah auch nur auf, als der Entdeckungsreisende sich unter die Menge am Ufer mischte. Alle waren viel zu beschäftigt damit, an Seilen zu ziehen und so in Gemeinschaftsarbeit ein riesiges Schleppnetz über die Bucht zu hieven – und dabei aus voller Kehle zu singen. *«Wo-habba-wo!»* skandierten die Männer in einem Baß, der die Erde zum Erzittern brachte, warfen sich bei jedem *«habba»* ins Seil und traten beim Auftakt wieder zurück. *«Wimawoppa, wimawoppa»* sangen die Frauen und Kinder, während ein zaundürrer, aber muskulöser alter Mann mit all dem Feuer und Eis eines Tenors an der Royal Opera eine verschlungene Melodie darüberlegte.

Mungo sah sich um. Madame Momadu hatte sich mit ihrem ältesten Sohn einer der Seilschaften zugesellt. Jemafu stand vor einem Berg von silbrigen Fischen, jeder so groß wie eine Sardine, und drosch mit einem Stock auf die Seeschwalben und Pelikane ein, die auf die quirligen Fischmassen niederstürzten und sofort wieder zum Himmel hinaufschossen. Jeder Dorfbewohner hatte seine Aufgabe – von den alten Frauen, die sich um die Feuer kümmerten, bis zu den kleinen Jungen, die mit Steinsalven die Hunde und Schakale vertrieben –, und doch standen alle durch die hartnäckigen Rhythmen des Liedes miteinander in Verbindung. Ordnung und Harmonie, sangen die Stimmen, Zusammenarbeit und Wohlstand, hau und ruck. Mittendrin stand der Entdeckungsreisende wie eine Gliederpuppe, verfolgte fasziniert den Kampf mit dem Netz, bis er auf einmal spürte, wie die Intensität der Musik zunahm. Es schien, als explodierten die Stimmen jetzt, sie donnerten wie eine Stampede, und eine Frauenstimme jagte in einem Ausbruch dionysischer Energie die Tonleiter hinauf, siedendheiß und triumphierend, und der Rhythmus pulsierte nun noch schneller, hetzte einem gewaltigen Höhepunkt entgegen – und plötzlich stand Mungo auch am Seil, zog so fest er konnte, vergaß sein Fieber, den Hunger, den Kummer, war mitgerissen von der emotionalen Wucht des Geschehens.

Das Netz schloß sich nun wie ein Trichterhals, verengte sich zu einem U, dann zum V, und auf einmal wimmelte das Wasser von zappelnden Fischen. Tausende sprangen übers Netz, Hunderttausende aber wurden eingefangen, blieben in den Maschen hängen und peitschten das Wasser zu Schaum. Männer wateten hüfttief hinein, schlugen mit Knüppeln auf die fliehenden Fische ein, Kinder schaufelten die betäubten Ausreißer von der Wasseroberfläche, die Menge zog noch einmal, und dann war es vorbei. Das Netz war an Land, ein kolossaler Strom aus Fleisch.

Schlangen und Aale suchten sich ringelnd das Wasser, Fische hüpften über das schlickige Ufer wie Akrobaten. Doch auf jeden potentiellen Flüchtling kam ein flinker magerer Mandingojunge und sein Knüppel. Klatsch-klatsch, machten die Knüppel, und jetzt setzte ein neuer Gesang ein, weniger beharrlich im Rhythmus, in langsamerem Takt, methodischer: ein Schlachtlied. Kein einziger Fisch entkam. Schon brausten die Dörrfeuer, und die Frauen zogen die silberglänzenden Fischchen auf Schnüre, um sie zum Grillen aufzuhängen. Ein Barsch war dabei, der wohl über fünfzig Kilo wog, und ein welsähnliches Ding, das ihn auf einen Happen geschluckt haben könnte. Zwei Männer hoben eine Sumpfschildkröte, so groß wie ein Wagenrad, in die Höhe, ein anderer zerrte eine dreieinhalb Meter lange Python das Ufer hinauf und brachte sie ins Dorf. In wenigen Minuten war die Schildkröte von ihrem Panzer befreit und blubberte zerstückelt in einem Topf; Barsch und Wels wurden ausgenommen in Blätter gewickelt und in eine qualmende Grube geworfen, während ein Marabu-Paar um die Überreste kämpfte. Jemafu tippte dem Entdeckungsreisenden auf die Schulter. «Hier», sagte er und bot ihm einen der zehn Zentimeter langen Fische an, der sich glitzernd in seiner Hand wand. *«Akina.»* Er lächelte aufmunternd, denn die Erfahrung lehrte ihn, daß Verzweiflung immer etwas mit Sattsein zu tun hat. «Sieh mal – so geht das.» Zur Demonstration legte er die Lippen an die Kiemen des Fisches und drückte ihn der Länge nach aus, um den Rogen herauszupressen. «Los, versuch's selber mal.» Vögel kreischten, dicker, öliger Rauch hing in der Luft. Die Stimmen des Chors schwollen an und ab. Mungo hob den Fisch an die Lippen, aber als er ihn zusammenquetschen wollte, merkte er, daß ihm dazu die Kraft fehlte. Seine Schläfen pochten, seine Beine wurden zu Gummi. Er setzte sich hin und fiel in einen Traum aus Schwärze.

Das Fieber schlug mit aller Macht zu. Es erschöpfte ihn und stieß ihn ins Delirium, und begleitet wurde es von einer heftigen Diarrhoe, die ihn dermaßen schwächte, daß er nicht einmal die Energie aufbrachte, sich zu säubern. Zwei Wochen lang lag er schwitzend und stinkend auf einer Matte in der Hütte des *Duti* und wachte aus nervenzerfetzenden Alpträumen zu der krassen Realität dieser vier Wände auf einem fremden Planeten auf. Hin und wieder beugte sich jemand mit einem feuchten Tuch über ihn oder fütterte ihn mit einem Holzlöffel. Eine alte Frau reichte ihm einen Trank aus gestoßener Borke; ihr Gesicht war das von Dassoud. Dämonen heulten, seltsame Melodien sangen in seinen Ohren. Er sah das Netz, das die Sterne hält, bohrte sich zum Mittelpunkt der Erde durch, tappte umher in den eisigen schwarzen Tiefen des Meeres. Regen zischte über das Strohdach, Tausendfüßler und zinnoberrote Spinnen krochen auf ihm herum, saugten an seinen Organen, nisteten in seinen Augen. Er schrie bis zur Heiserkeit. Und dann – so plötzlich wie es gekommen war – ging es vorüber. Er konnte wieder sehen und hören. Er wußte, wer er war.

Die Hütte war gerammelt voll: Kinder und Erwachsene, Hunde, Geflügel, ein alter Aussätziger. Regenschwaden verdunkelten den Ausgang, es roch nach Abwässern und Schlick. Jemafu und sein Schwiegervater stritten miteinander.

«Du bürdest mir alles auf.»

«Was konnte ich denn schon tun? Sollte ich deine Tochter und deine Enkel verhungern lassen?»

«Und was ist mit dem da?»

«Du kannst einem Gast nicht den Rücken kehren.»

«Ich hab ihn nicht eingeladen. Dich übrigens auch nicht.»

Der Entdeckungsreisende rührte sich, stützte sich auf den Ellenbogen. «Mir geht's schon besser», krächzte er. «Wirklich.» Er stand vorsichtig auf. Er bestand nur noch aus großen Augen. «Wenn ihr mir nur einen Happen Essen für den Weg mitgebt ...»

In diesem Moment erscholl ein Schrei aus der anderen Ecke, ein unirdisches Kreischen, ein Protest aus einer anderen Welt. Madame Momadu war von Frauen umringt. Eine von ihnen hielt ein Neugeborenes hoch, glänzend und rot. Es war ein Junge. Er schrie noch einmal, ein sonderbares, urtümliches Quieken, in dem Schreck, Wut und Verwirrung lagen. Doch noch etwas schwang darin mit: eine Forderung.

«Ich kann dir nichts geben», sagte der Schwiegervater.

Der Entdeckungsreisende suchte seine Sachen zusammen – den mit Notizen vollgestopften Zylinder, seinen Wanderstab, eine Kalebasse für Wasser und den arg mitgenommenen Kompaß – und ging auf den Ausgang zu. Jemafu hielt ihn auf und reichte ihm einen Beutel mit Stockfisch, Korn und Tabak.

«Raaaaaaaaaaaaaaaaaaaa!» brüllte das Baby, als hätte man ihm alle Zähne gezogen.

Der Entdeckungsreisende trat hinaus in den Regen.

Nach einer halbe Meile wurde ihm schwindlig, er verkroch sich in den Schutz von Blättern so groß wie Wintermäntel und schlief ein. Als er erwachte, schien die Sonne. Fan hatte ihm gesagt, der nächste Ort hieße Frukabu und daß man sich für zwanzig Kauris von einem Frukabuaner in einem Einbaum über den Fluß paddeln lassen könne. Er hatte also die Wahl. Er konnte in einem Haufen fauliger Blätter liegenbleiben oder ein paar Trockenfische runterwürgen und die Straße nach Frukabu weiterhinken. Unbezähmbar, wie er war, entschied er sich fürs Hinken.

In Frukabu wandte er sich an den *Duti* um Nahrung, Unterkunft und eine Fähre über den Fluß. Ein Schreiber sei er, sagte er, und er könne für die Gastfreundschaft bezahlen, indem er mächtige und wirksame *saphis* erstelle. Dann schlief er ein. Der *Duti* schüttelte ihn und fragte, ob er Maure sei. Mungo bedachte die Frage einen Moment lang, die Augen schon auf Halbmast gestellt. Sein Bart hing ihm bis auf die Brust, er war in eine zerlumpte Toga und Sandalen gekleidet, seine Haut war braun von der Sonne und der Gelbsucht. Er blinzelte den *Duti* an. *«La illah el allah»*, sagte er. *«Mahomet rassul Allahi.»*

Der Entdeckungsreisende verbrachte drei Tage in Frukabu als Gast des *Duti*. Er aß gut, schlief in einer trockenen Hütte, verbeugte sich gen Mekka. Das Fieber ließ ein wenig nach, und er gewann langsam seine Kräfte zurück. Erstmals seit Wochen fand er sogar die Energie, sich Notizen zu machen. Ich *vergalt es dem Duti*, schrieb er, *indem ich ihm das Vaterunser auf eine Schiefertafel schrieb. Der Brave war ein strenger Muselmann und meinte, ich schriebe arabisch. Ich hielt es für thunlich, ihn in diesem Glauben zu belassen. Als ich geendet hatte, wischte er die Tafel mit einem nassen Lappen ab, wrang ihn in eine Tasse aus und trank den Inhalt leer, um sich dergestalt den größtmöglichen Ertrag meiner Worte zu sichern. Hernach bot er mir eine Pfeife mit* mutokuane *und einen gar kurzen Blick unter seiner Gattin Schleier an.*

Am Nachmittag des dritten Tages bedankte sich Mungo bei seinem Gastgeber, kritzelte ihm noch einen letzten Segensspruch hin und humpelte zum Fluß hinunter, wo er mehrere Fährleute fand, die wie Wasserläufer im Bug ihrer Kanus hockten. Er vereinbarte einen Handel mit einem schlehenäugigen Bobo, dessen Haut die Farben einer Burgundertraube hatte: sechs Zeilen hochinspirierter Kalligraphie gegen die Überfahrt nach Sibidulu am anderen Ufer. Der Entdeckungsreisende fand, etwas von Vergil sei angemessen – gewidmet dem Charon des Niger –, konnte sich jedoch an kein Wort Latein erinnern und vermachte ihm statt dessen eine gekürzte Fassung von *Die Eule und das Kätzchen.*

In dem Kanu waren vier Ziegen, ein Papagei und ein Käfig voller Affen, dazu sechs weitere Passagiere und ein Dutzend irdener Krüge mit Ackerfrüchten. Als Mungo nachfragte, wofür die Affen dienten, grinste der Fährmann und stellte seine blitzenden Zahnreihen zur Schau. «Zum Backen», erklärte er. «Für Affenbrot.»

Sibidulu lag am Fluß direkt gegenüber von Frukabu. Wie der Fährmann sagte, sei es ein Handelsort mit etwa tausend Einwohnern. Von dort aus seien es ungefahr fünfundsiebzig Meilen bis Kamalia, einem Sklavenmarkt am Rande der Jallonka-Wildnis. Wenn es der Entdeckungsreisende bis nach Kamalia schaffe, könne er sich dort einem größeren Sklavenzug zur Küste anschließen. Das war ein Hoffnungsschimmer. Zwar hätte er eine vierspännige Kutsche direkt nach Pisania vorgezogen, doch immerhin wußte er nun, daß die Rückkehr überhaupt möglich war. In bester Stimmung landete der Entdeckungsreisende in Sibidulu. Sein Plan war es, dort zu übernachten und am nächsten Morgen nach Kamalia aufzubrechen. Wenn das Fieber nicht von neuem einsetzte und die Straße nicht allzu unwegsam war, sollte er es in drei bis vier Tagen erreichen.

Doch zuerst das Nächstliegende: etwas zum Schlafen suchen. Es wurde schon langsam dunkel, Wolkenfetzen jagten wie tiefhängender Qualm über die Strohdächer und die weißgetünchten Mauern der Stadt. In der Ferne grollte Donner, und die Luft hatte sich abrupt abgekühlt. In Frukabu regnete es sicher schon. Der Entdeckungsreisende hastete eine enge Gasse mit ordentlich wirkenden Lehmrutenhütten entlang, steckte da und dort den Kopf durch eine Tür und bat um Herberge. Nach mehreren Zurückweisungen blieb er bei einer Hütte stehen, vor der eine Frau mit riesigem Halstuch und Ohrreifen einen Säugling stillte und ein Kuskus mit *akina* zubereitete. Er grüßte, zog einen Zettel aus dem Hut, schrieb rasch ein paar Zeilen aus *Abercrombies Kunst des theologischen Disputs* nieder und hielt ihr das Papier entgegen. Sie blickte mißtrauisch auf. «Seid Ihr 'n *marabut?*»

Er wußte nicht, was er sagen sollte. Ein *marabut* war ein heiliger Gelehrter des Islam, der von Ort zu Ort zog und seine Kenntnisse unter die Leute brachte. Es schien von Vorteil zu sein, sich dazu zu bekennen, aber weshalb dieser merkwürdige Blick? Er entschied sich für die Unaufrichtigkeit. «Das bin ich», sagte er.

Sie legte den Säugling weg und rief jemanden im Innern der Hütte. «Flanchari, komm mal her.»

Ein großer Mandingo in ausgeleierten Shorts trat aus

der Hütte, flankiert von zwei Mauren. Mungo sank das Herz in die Hose. Die Mauren waren in schmutzigweiße *jubbahs* und *tagilmusts* gekleidet. Der eine kam ihm irgendwie bekannt vor.

«Dieser Mann hier behauptet, er wäre ein *marabut*», sagte die Frau. «Seht mal, was er da aufgeschrieben hat.»

Flanchari und die Mauren musterten das Abercrombie-Zitat. Dann sah einer der Mauren dem Entdeckungsreisenden fest in die Augen und sagte etwas auf arabisch. Mungo hatte keine Antwort darauf. Der Maure wiederholte es. Es klang, als sagte er: «Deine Mutter frißt Schweinefleisch.»

«Der ist kein *marabut*», sagte Flanchari auf Mandingo.

Der zweite Maure trat vor. Seine Haut war gegerbt wie Leder, die Nase sichelförmig gebogen; das Schlimmste jedoch – den Entdeckungsreisenden durchfuhr ein eisiger Schauer des Wiedererkennens – war seine leere linke Augenhöhle. «Kein Muslim», zischte der Maure in gebrochenem Mandingo. *«Nazarini!»*

«Lügner!» schimpfte die Frau.

Flanchari packte den Entdeckungsreisenden fest am Arm.

«Er ist ein Dieb», sagte der erste Maure. «Er hat Ali bestohlen und sich dann wie ein räudiger Hund über Nacht davongeschlichen. Dassoud hat vier erstklassige Sklaven auf ihn ausgesetzt, eine reiche Belohnung.»

«Nazarini!» kreischte Einauge.

Flanchari sah den Entdeckungsreisenden an, wie er eine Schlange betrachten würde, die gerade seinen Fußknöchel verfehlt hat. «Legt ihn in Ketten», sagte er.

In dieser Nacht ging der Regen los wie eine Explosion in einer Glasfabrik. Er fetzte das Laub von den Bäumen, die Bäume aus der Erde. Lichtblitze brachen den Himmel auf, der Donner fuhr auf die Hügel nieder wie Ohrfeigen. Der Entdeckungsreisende war inmitten von alledem nicht völlig ohne Obdach, wenn er sich auch etwas anderes darunter vorgestellt hatte: Sein Käfig stand im Zentrum einer Art Dorfplatz und war von allen Seiten der Gewalt des Unwetters ausgesetzt. Irgendwann in der Nacht gab es plötzlich ein berstendes Krachen, als würden hundert Musketen unisono abgefeuert, und eine Raffiapalme mit Blättern so groß wie Kanus knallte knapp neben dem Käfig auf die Erde, was den hölzernen Verschlag einen Meter hoch in die Luft schleuderte und den Entdeckungsreisenden aus seiner Mutlosigkeit riß, die schon an katatonische Starre gegrenzt hatte. Nach all seinen Triumphen, den vielen Glücksfällen im Pech und den immer neu erwachenden Hoffnungen war es einfach zuviel gewesen, nochmals zum Gefangenen der Mauren zu werden. Er war in einen Schockzustand verfallen.

Nun sah er sich zum erstenmal um. Was er sah, steigerte nicht eben seine Laune: hölzerne Gitterstäbe, Insekten, einen irre gewordenen Himmel und die düstere, schweigende Reihe der Hütten. Sein Käfig war einst aus Hartholz und Bambus konstruiert worden, um einen bösartigen Löwen zu beherbergen, der durch das Dach in eine Hütte eingedrungen war, deren Bewohner getötet und aufgefressen hatte und dann offenbar zu satt gewesen war, um sich gleich davonzumachen. Die Dörfler hatten ihn am Morgen schlafend auf einem Berg von halbverzehrten Leichen gefunden. Während ein paar beherzte Burschen mit Speeren die Tür bewachten, bauten die anderen rasch den Käfig, der dann gegen den Ausgang geschoben wurde. Nach dem Aufwachen hatte der Löwe kurz gefrühstückt und war dann zur Tür hinaus und in den Käfig geschlendert, ehe ihm noch klar wurde, daß da etwas nicht stimmte. Etwa einen Monat lang war der Löwe die Attraktion Sibidulus gewesen, doch vor kurzem hatte man ihn Musi, dem König von Gotto, als Friedensgeschenk überreicht. Als Einauge und Flanchari bemerkt hatten, daß alle verfügbaren Eisenketten schon zum Fesseln von Sklaven benutzt waren, die demnächst nach Kamalia getrieben werden sollten, war ihnen der Käfig als ein praktisches Gefängnis für den Entdeckungsreisenden eingefallen. Und so hatte er darin die Nacht verbracht, zwischen Haufen von Löwenmist und mit äußerst düsteren Gedanken im Kopf.

Der umstürzende Baum war ein echter Segen. Der Krach riß ihn aus der Apathie, und er machte sich daran, den Verschlag nach Fluchtgelegenheiten zu untersuchen. Auf Händen und Knien kroch er in der Finsternis herum, vor seinen Fingern wichen behaarte Krabbelwesen zurück, der Regen peitschte durch die Stäbe und brachte den latenten Gestank nach Löwenpisse voll zur Geltung. Schneller hätte er auch von Riechsalz keinen klaren Kopf bekommen. Er keuchte und würgte, die Augen brannten ihm, und seine Hände tasteten fieberhaft alle Winkel und Verstrebungen seiner Zelle ab. Im ersten Anlauf fand er nichts – die eingeborenen Schreiner hatten gute Arbeit geleistet. Bei näherer Untersuchung entdeckte er dann aber eine rauhe Stelle rechts oben, wo die Bohlen der Decke auf den Eckpfosten trafen. Das Holz war dort ein Stück abgeschabt, weil der Löwe während seiner wochenlangen Gefangenschaft beharrlich daran genagt hatte. Mungos Blutdruck schnellte empor: Das war seine Chance! Aber wie war sie zu nutzen? Instinktiv ging er mit den Zähnen auf das angeknabberte Holz los, zog sich aber bloß einen Splitter in die Lippe zu. Dann kratzte er darauf herum, bis er unter den Nägeln blutete. Immer noch nichts. Schließlich suchte er den Boden vor dem Käfig ab, bis er einen scharfen Stein fand, der sich wie eine Säge in die Schwachstelle hineinfraß.

Drei Stunden später gab der erste Gitterstab mit protestierendem Knacken nach. Mungo hielt den Atem an und spähte umher. Der Regen fiel mit stetigem, ewig gleichem Tosen. Licht war nirgends zu sehen. Er machte sich wieder an die Arbeit, hockte über den hölzernen Streben wie ein riesiger, emsiger Nager. Er brauchte noch zwei Stunden, bis er sich freigeschnitzt hatte. Der letzte Stab brach, und er huschte hinaus in die Sintflut, zog sich den Hut tief in die Stirn. In Sibidulu regte sich nichts – nicht einmal ein Hund –, als er sich dem Unwetter entgegenwarf und den Weg nach Kamalia aufnahm.

Es dauerte sechs Tage, bis er dort ankam. Er marschierte bei Nacht, verbarg sich tagsüber im Wald, trank aus Pfützen, kaute Wurzeln, sammelte Blutegel von seiner Haut ab. Am Nachmittag des zweiten Tages riß ihn Hufgetrappel aus dem Schlaf, und als er aus seinem Versteck hinausspähte, sah er Einauge und seinen Kompagnon vorbeigaloppieren. Im Morgengrauen des vierten Tages stieß er auf eine winzige Ansammlung von Hütten neben der Straße. Er hatte seit Tagen nichts mehr gegessen; die wenigen Kräfte, die ihm geblieben waren, schwanden dahin. In seiner Verzweiflung weckte er den *Duti* und bot an, ihm gegen Essen ein paar Zauberformeln aufzuschreiben. Der *Duti* sagte, in seinem Dorf gebe es nichts zu essen für Burschen wie ihn, für gemeine Diebe. «Na gut», erwiderte der Entdeckungsreisende und hockte sich vor die Tür. «Dann bleibe ich eben hier sitzen, bis ich vor Hunger sterbe. Und ich werde dich und deine Felder und deine Nachkommen und deren Felder bis in alle Ewigkeit verfluchen, im Namen des Mansa König Georg III. von England.» Zwanzig Minuten später erschien die Frau des *Duti* mit einer Schale Kuskus in der Tür.

In Kamalia angekommen, tauschte er einen angefangenen Brief an Ailie gegen ein Glas Milch und einen Teller *bu* ein, ein Gericht, das aus Maishülsen gekocht wird und wie Sand schmeckt. Als er sich erkundigte, ob es wohl möglich wäre, sich einem Sklavenzug zur Küste anzuschließen, schickte man ihn zu Karfa Tauras Haus am anderen Ende des Ortes. Es war September. Dunst stieg von den Straßen auf, und von überall ertönte das heimtückische Klirren der Ketten, da gegen Ende der Regenzeit die Sklavenhändler immer ihre Ware für den Marsch an den Ozean zusammenstellten. Der Entdeckungsreisende nahm sich in acht.

Tauras Haus war mit vier oder fünf Zimmern fast schon eine Villa; aus Ton und Stein erbaut, stand es alles überragend auf einem Hügel in der Stadtmitte. Davor gab es einen Brunnen, ein paar schattenspendende Bäume und eigen weitläufigen Platz aus schlammiger roter Erde mit unzähligen Abdrücken von Ziegenhufen. Weiter hinten sah man einige Schilfhütten und einen mit Dornbüschen umzäunten Korral. Der Entdeckungsreisende meldete sich am Eingang. Er litt an Erschöpfung, Hunger, Geistesschwäche, Auszehrung, Dschungelfäule, Blasen, Hämorrhoiden, verschiedenen lokalen Infektionen, Hepatitis, Diarrhoe und 38,3 °C Fieber. Seine Toga war zu einem Netz aus verknoteten Stricken heruntergekommen, der Hut ähnelte einem Nebenprodukt beim Katzenabhäuten, und er ging barfuß. Den Fünfundzwanzigjährigen hätte man ohne weiteres für sechzig halten können. «Sag deinem Herrn», krächzte er das ungläubige schwarze Gesicht an der Tür an, «daß ich ein weißer Mann bin, der mit einer seiner Karawanen an den Gambia zu reisen wünscht. Sag ihm ...», hier verlor er den Faden, «sag ihm ... ich ... ich bin zwar in Griechisch durchgefallen, aber 'n Fußball konnte ich noch allemal übers ganze Feld schießen.»

Kurz darauf wurde er durch das Haus in den *balun* geleitet, einen großen luftigen Raum, der Gästen vorbehalten war. Dort saß Karfa Taura und rauchte eine Pfeife Tabak mit einigen *slatis* *, die gekommen waren, um sich seinem Zug anzuschließen. Taura trug einen Tarbusch und eine

* Freie, zum Islam bekehrte Mandingos, die mit lebendem Menschenfleisch handeln.

schillernde blaue Robe. Auf seiner Schulter hockte ein Graupapagei und schälte eine Beere. «Aha», sagte Taura, «du behauptest also, ein weißer Mann aus dem Westen zu sein. Ich habe noch nie einen Weißen gesehen, nur als kleiner Junge mal zwei Portugieser in Medina.» Taura war Mandingo von Geburt und Moslem durch Bekehrung. Außerdem war er schrecklich reich. «Es ist komisch», fuhr er nach einer Pause fort, «daß du gar nicht weiß aussiehst. Ich hatte mir dich, nun ja – heller vorgestellt. So wie der Bauch eines Frosches.»

Einer der *slatis* mischte sich ein. Er war ein mordgierig dreinblickender Kerl mit ätzendem Blick. «Der ist kein Weißer.»

«Niemals!» Ein anderer spuckte aus. «Ich hab schon Weiße in Pisania und Goree gesehen, und die haben eine Haut, so weiß wie die Seiten dieses Buches.» Er hielt einen Koran hoch.

Dem Entdeckungsreisenden wurde schwindlig. Er stand nur mit Mühe gerade. «Gebt mir 'n Fußball», sagte er und fiel ins Englische, «dann zeig ich euch, wer hier weiß ist.»

Dieser Ausbruch schien die Fragesteller für kurze Zeit zu verwirren, und sie starrten ihn mit erneutem Interesse an. «Was redet er da?» Dann aber knurrte der erste *slati*: «Bah, das ist bloß ein Mauren-Paria, der auf dem letzten Loch pfeift, und jetzt will er uns hier etwas vormachen, weil er hofft, daß wir ihm Almosen geben.»

«Ganz einfach ein Verrückter ist das», sagte sein Kumpan. «Verrückt wie eine Hyäne. Seht euch doch seine Lumpen an – und dann diesen Hut!»

Karfa Taura hob beschwichtigend die Hand. «Suleiman», sagte er zu dem Mann mit dem Koran, «gib ihm dein Buch.»

Suleiman gab dem Entdeckungsreisenden das Buch.

«Kannst du den Koran lesen?» fragte Taura.

Mungo bemühte sich, versuchte verzweifelt, sich an *Ouzels Grammatik* zu erinnern und daran, was diese rätselhaften Punkte und Bögen mit Buchstaben und Worten zu tun hatten. Nachdem er das Buch eine Weile angestarrt hatte, hob er den Kopf und murmelte: «Nein, das kann ich nicht lesen.»

«Unwissender!» rief der erste *slati*.

«Kaffer!» stieß ein anderer hervor.

Taura flüsterte seinem Diener etwas zu, und der Mann verschwand, um im nächsten Moment mit einem zweiten Buch in der Hand zurückzukehren. Als der Diener es dem Entdeckungsreisenden reichte, gurrte Tauras Stimme gelassen und geduldig durch die prickelnde Stille: «Aber vielleicht kannst du das da lesen?»

Der Ledereinband war mit Schimmelflecken übersät, im Staub des Deckels prangten Fingerabdrücke. Der Entdeckungsreisende öffnete das Buch und versuchte, sich auf die schwarzen Lettern zu konzentrieren, die wie Sonnenflecken vor seinen Augen waberten. Er konnte nicht mehr scharf sehen. Die *slatis* schrien ihm Beleidigungen zu. «Kannst du's lesen oder nicht?» fragte Taura.

Dann auf einmal wurden die Buchstaben scharf, und er begann vorzulesen, so flüssig, als säße er am Frühstückstisch und hätte die Wochenendbeilage vor sich ausgebreitet liegen:

Hierin, Ihr braven Christen, lege ich Euch die Gebete für die Heilige Katholische Kirche Christi vor, die gesegnete Gemeinschaft aller gottesfürchtigen ...

Es war ein anglikanisches Gebetbuch.

«Niyazi», befahl Taura seinem Diener, «kehr die hintere Hütte für den weißen Mann aus.»

Als sich der Entdeckungsreisende zum nächstenmal seiner Umwelt voll bewußt wurde, war es November, und der sengende Harmattan hatte von der Wüste her zu wehen begonnen. In der Zwischenzeit hatte er sich schwitzend und halluzinierend auf dem Strohsack in der Hütte hin und hergewälzt. Karfa Taura hatte ihn durch die schwerste Zeit gebracht, ihm Hühnerbrühe und heiße Milch mit Knoblauch eingeflößt, den Körper mit Heilkräutern eingerieben, ihn zur Ader gelassen. In einem seiner lichteren Momente hatte Mungo Taura den Gegenwert eines erstklassigen Sklaven zum Dank versprochen, zu entrichten beim Erreichen von Dr. Laidleys Faktorei in Pisania. Taura erschien das ein recht günstiger Handel, denn er hätte den Entdeckungsreisenden sowieso gepflegt, so fasziniert war er von diesem fremdartigen, legendären Wesen, das von Tag zu Tag blonderes Haar und weißere Haut bekam.

Eines Abends, als man an Tauras Eßtisch eine Schale Kuskus und Kichererbsenbrei teilte, brachte der Entdekkungsreisende das Thema des Sklavenzuges aufs Tapet: Wann wollte Taura zum Gambia aufbrechen? Draußen brachen die Grillen plötzlich ihr Gezirpe ab. Unzählige Gesichter wandten sich erst Mungo, dann Taura zu, der am Kopfende der als Tisch fungierenden Matte saß. (Es waren jetzt noch wesentlich mehr *slatis* anwesend, die für ihre laufenden Kosten zum Großteil auf Taura angewiesen waren – sie würden ihn bezahlen, sobald sie ihre Sklaven in Medina verkauft hatten.) Taura lächelte den Entdeckungsreisenden an wie einen Sechsjährigen, der gerade gefragt hatte, warum die Sterne nicht vom Himmel herabfallen. «Nun, mein Freund», begann er, «das will ich dir sagen: Von hier nach Dindiku jenseits der Jallonka-Wildnis sind sechs Flüsse zu überqueren, die jetzt Hochwasser führen. Dazwischen gibt es Meere aus Gras, höher als dein Kopf. Wenn wir noch einen Monat oder so warten – bis Ende Dezember oder Anfang Januar –, sind die Flüsse abgeschwollen, und die Bauern haben das meiste Gras heruntergebrannt. Ich weiß, daß du darauf erpicht bist, nach *Tobaubo dou* zurückzukehren, aber jetzt wäre die Reise unmöglich.»

Am 19. Dezember trieb Taura all seine Schulden im Ort ein und brach den Niger aufwärts in die Stadt Kancaba auf, um dort Sklaven für den Marsch zum Gambia einzukaufen. Nach einem Monat kehrte er mit einer neuen Frau (seiner vierten) zurück und dreizehn halbwegs marktfähigen Sklaven, die also alle die erforderliche Anzahl von Gliedmaßen und Augen besaßen. Der Entdeckungsreisende war überglücklich, als sein Wohltäter durch die Tür trat. Voller Ungeduld hatte er die Tage gezählt und sich in jeder wachen Minute den Gedanken an Ailie und die Afrika-Gesellschaft hingegeben. Er hatte sich vorgestellt, wie er in prächtigem Putz, mit glänzender Seidenkrawatte und einem neuen Flanelljackett, auftreten würde, um Sir Joseph Banks und Durfeys und den anderen Vorträge zu halten, eine Legende zu Lebzeiten. Leid und Entbehrungen waren vorbei. In zwei Monaten würde er die Hauptattraktion von London sein. Karfa Taura legte den Arm um seine Schultern. «Die Flüsse sind gefallen», sagte er, «das Gras ist abgebrannt, die *slatis* haben ihre Ware zusammen. Am ersten Februar brechen wir auf.»

Doch der 1. Februar kam und ging. Suleiman war nach Sibidulu gegangen, um irgendwelche unbedeutenden Schulden einzutreiben; Hamid und Madi Konko hatten ihren Proviant noch nicht beisammen; der Mond stand in der falschen Ecke des Himmels. Ausreden. Der Monat verging darüber. Und jetzt, da der März anbrach, machten die *slatis* geltend, man solle die Abreise verschieben, bis der Ramadan vorbei sei. Aus März wurde April, und immer noch regierte der Fastenmond. Eines Nachts in der Monatsmitte war dann plötzlich ganz Kamalia auf der Straße vor der Freiluftmoschee versammelt und spähte nach der schmalen Sichel des Mondes, deren Auftreten das Ende der Ramadan-Fastenzeit signalisieren und allen Reisenden ein gutes Omen bedeuten würde. Der Entdeckungsreisende stand mitten im Gedränge der laut singenden Mandingos und sah angewidert zum wolkenverhangenen Nachthimmel hinauf. Stunden verstrichen. Mehrere Dorfbewohner gaben es auf und kehrten mit dem Entschluß in ihre Hütten zurück, einen weiteren Tag zu fasten. Doch dann riß, um Mitternacht, die Wolkendecke auf, und die fahle Mondsichel steckte ihre Spitzen hindurch, begrüßt von einem Chor aus Schreien, Jubelrufen und Pistolenschüssen: Der Ramadan war beendet.

Wie alle anderen war Karfa Taura von der Erregung mitgerissen. Er ließ alle Würde fahren und hüpfte herum wie ein Einpeitscher beim Fußballendspiel. Feuer erhellten den Himmel, das Tohuwabahu schwoll an wie eine Welle. Karfa ergriff Mungos Arm und brüllte ihm ins Ohr: «Morgen bei Tagesanbruch geht's los!»

Das Licht arbeitete sich in kaum merklichen Sprüngen auf dem Nachthimmel voran, als der Sklavenzug sich allmählich vor Karfa Tauras Haus zusammenfand. Dreiundsiebzig Menschen und sechs Esel scharrten im Staub herum; Man wartete, daß die Sonne hinter den Hügeln aufging. Fünfunddreißig in dem Pulk waren Sklaven, die an der Küste verkauft werden sollten. Die übrigen waren fahrende Kaufleute, *slatis* und deren Frauen und Diener. Zur Abrundung bestand die Gruppe außerdem aus Mungo und sechs *jilli kea* (Sängern), deren stimmliche Talente sich bestens eigneten, um auf dem mühseligen Marsch für Abwechslung und in den Dörfern längs des Weges für einen herzlichen Empfang zu sorgen. Sobald die ersten bleichen Strahlen die Baumwipfel erhellten, begann ein wildes Auf- und Zuschnüren von Satteltaschen, man hustete in die hohle Hand, klärte allerletzte Details oder bohrte sich tatenlos im Ohr. Dann zogen sie los, verließen Kamalia in geordneten Marschreihen, vorneweg Karfa Taura, Suleiman und die Sänger. Als sie den Gipfel eines Hügels zwei Meilen vor der Stadt erreicht hatten, mußten sich alle hinsetzen, die Hälfte der Gruppe mit dem Gesicht nach Westen, die andere blickte zurück nach Kamalia. Dann sprach Suleiman näselnd ein endloses feierliches Gebet, worauf zwei der anderen *slatis* dreimal im Kreis um die Karawane gingen, mit ihren Speerschäften Zeichen in den Boden kratzten und irgendeinen unverständlichen Gute-Reise-Zauber murmelten.

Als man sich wieder in Bewegung setzte, bemerkte der Entdeckungsreisende, daß einige der Sklaven Mühe beim Gehen hatten. Sie stolperten unter ihrer Last, liefen krummbeinig und unsicher, schwankten von einem Fuß auf den anderen wie müde Trinker. Karfa Taura wiegte den Kopf. Es sei wirklich schade, sagte er, aber manche von denen lägen schon seit Jahren in Ketten, und die ungewohnte Anstrengung spiele den eingerosteten Muskeln, Sehnen und Gelenken nun übel mit. Wirklich schade sei das, wiederholte er, komme aber leider in diesem Geschäft oft vor. Sklaven hätten nun einmal diese Neigung zum Davonlaufen, deshalb würden sie in der Regel daran gehindert, indem man jeweils zwei von ihnen an den Fußknöcheln zusammenkette, so daß keiner allein fort könne. Um wenigstens so rasch vom Fleck zu kommen wie das Verliererteam im Dreibeinlaufen, mußte einer der beiden die schweren Fesseln mit Hilfe einer zweiten Kette ein Stück hochheben. Erst dann konnte sich ein solches Paar mit vorsichtigen, bedächtigen Schritten und unter lautem Rasseln fortbewegen. Während des Marsches wurden die Beinschellen entfernt, dafür band man die Sklaven mit einem Seil um den Hals zu Vierergruppen zusammen. Zwischen diesen Gruppen gingen mit Speeren bewaffnete Männer, um jeden Gedanken ans Desertieren zu verscheuchen. Wenn der Zug abends das Nachtlager aufschlug, wurden die Beineisen wieder angelegt, außerdem eine schwere Gliederkette, die das Seil um den Hals jedes Sklaven ersetzte.

«Aber es sind doch Menschen», sagte der Entdeckungsreisende.

Karfa Taura rückte seinen Tarbusch zurecht. «Sicher», sagte er in sachlichem Tonfall, als stellte er Erörterungen über Schrauben und Muttern oder eine Schafherde an. «Aber eine Handelsware sind sie auch.»

Trotz des Hinkens und Stöhnens der Sklaven (das von Zeit zu Zeit durch den Einsatz der Peitsche etwas nachließ) erreichte der Zug am frühen Nachmittag die Mauern des Dorfes Marrabou. Nach kurzer Rast marschierten sie weiter nach Bala, wo man die Nacht über blieb. Der nächste Tag brachte sie bis nach Worumbang an die Grenze zwischen Manding und Jallonkadou. Es war der letzte Außenposten der Zivilisation auf hundert Meilen: Hinter Worumbang begann die Jallonka-Wildnis.

Die Jallonka-Wildnis war ein Atavismus – zehntausend Quadratmeilen unbewohnte Dschungel, Hügel und Grassteppen, so unverfälscht und urtümlich wie die Welt vor dem Auftauchen des Menschen. Das Gebiet wurde von sechs Strömen durchflossen, die es zu überqueren galt, drei davon waren Zuflüsse des oberen Senegal. Auf der ganzen Strecke gab es nichts zu essen und keinerlei Unterschlupf. Raubtiere durchstreiften seit Äonen das Dickicht und den Urwald, und entlang der Ränder lagen Banditen im Hinterhalt. Es war eine gefährliche, ungastliche Gegend – ein Ort der Schatten und Legenden, des Unheils und des plötzlichen Todes; Karfa Taura drückte die Daumen und war sehr darauf erpicht, diese Gegend möglichst zügig hinter sich zu bringen.

Daher verließ der Zug Worumbang schon im Morgengrauen und marschierte ohne Rast bis zum Einbruch der Dunkelheit. Die Sklaven trugen Bündel mit Tauschwaren auf den Köpfen, die Sonne war wie eine Peitsche, die Peitsche wie ein böser Traum. Das Tempo der Karawane wurde ständig durch eine nicht mehr ganz junge Frau gebremst, deren Narbenzierde im Gesicht ahnen ließ, daß sie einst für eine höhere Stellung im Leben ausersehen war. Einmal legte sie sich zu Boden und weigerte sich weiterzugehen, bis Suleiman ihr die Fußsohlen auspeitschte; dann erhob sie sich schwankend und setzte den Weg in einer Art Trance fort. Der Entdeckungsreisende war entsetzt – aber er wußte, daß er keine Macht besaß, etwas daran zu ändern. Er war selbst eine überflüssige Last, außerdem konnte er bei seiner hinfälligen Verfassung auch mit dem schwächsten der Sklaven kaum Schritt halten.

Als der Zug in der Nacht am Fluß Ko-Meissang haltmachte, schlurfte Mungo hinüber zum bewachten Lager der Sklaven und suchte unter den teilnahmslosen schwarzen Gesichtern nach ihr. Er fand sie ganz hinten auf dem Rücken ausgestreckt. Ihre riesigen Augen starrten ins Nichts, und sie keuchte, als hätte sie gerade das Zielband im Hundert-Meter-Lauf erreicht. Der Entdeckungsreisende beugte sich über sie und bot ihr einen Schluck Wasser an. Sie antwortete nicht. Lag einfach da, starrte in den Himmel und atmete schwer. Er fragte mit leiser, mitfühlender Stimme, wie sie heiße. Irgend etwas veranlaßte ihn, sie zu trösten, ihr zu sagen, daß schon alles wieder gut werde, obwohl er wußte, daß dem nicht so war.

«Sie heißt Neali», flüsterte der Sklave neben ihr. Ein unförmiges Eisenband quetschte seinen Knöchel gegen ihren. «Sie hat eine Krankheit, das Blut macht ihr die Beine nicht mehr warm.»

Neali. Der Entdeckungsreisende blickte zu ihr hinunter. Wo hatte er diesen Namen bloß schon gehört?

«Wirst du sie jetzt fressen?» krächzte die Stimme des Mannes.

«Sie fressen? Was meinst du damit?»

Die Lippen des Mannes waren aufgerissen. Die Haut an

seinem Adamsapfel war vom Strick ganz durchgescheuert. *«Maddummulo»*, sagte er. «Der schwarze Mann läßt seinen Sklaven arbeiten, aber der weiße Mann frißt ihn auf.»

Mungo war erstaunt über diesen Irrtum und auch beleidigt über die Anschuldigung. «Blödsinn.»

«Es kommt aber niemals einer zurück.»

«Naja, das liegt daran, daß sie euch mit einem Schiff in ein anderes Land bringen, in ein Land wie dieses hier, wo ihr auf den Feldern arbeitet und –»

«Tobaubo fonnio», meinte der Sklave dazu, «eine Weißen-Lüge.» Seine Stimme war matt. «Es gibt kein anderes Land. Sie bringen einen dahin, wo das Wasser nie mehr endet und hacken einen dann in Stücke. Die ganze Nacht lang lodern dort die Feuer und brodeln die Kessel. Bis auf die Knochen wird man abgenagt.»

Am Morgen verweigerte Neali die Nahrung. Es war kalt und grau, eine halbe Stunde vor Sonnenaufgang. Flinke, behaarte Wesen huschten durchs Unterholz, Vögel tschilpten, ein Brodem der Stagnation säuerte die Luft. Karfa Taura intonierte eine allgemein gehaltene Segnung, danach bekam jeder eine Tasse mit wäßriger Schleimsuppe. Neali setzte sich unter Schmerzen auf, nahm die Tasse von Suleimans Domestiken entgegen und schleuderte sie ihm dann ins Gesicht. Als Madi Konko daraufhin mit der Gerte auf sie einschlug, rollte sie auf dem Boden herum und begann zu erbrechen. Jemand fluchte, sie habe Lehm gefressen. «Lehm gefressen?» fragte der Entdeckungsreisende.

«Sie möchte sterben», sagte der an sie gekettete Mann.

Nach den Morgengebeten sammelte sich die Karawane von neuem. Neali wollte nicht aufstehen, und Suleiman sah sich gezwungen, seine geflochtene Peitsche zu entrollen. Neali lag mit dem Gesicht nach unten im Staub; geduldig ertrug sie die ersten paar Hiebe, dann stand sie unsicher auf und setzte sich in Marsch. Es war sofort klar, daß irgend etwas mit ihr nicht stimmte: Sie torkelte nach vorn und wankte wieder rückwärts, als zerrte eine unsichtbare Kraft sie auseinander. Suleiman befahl einem seiner Männer, sie aus dem Haltestrick zu schneiden und ihr ihre Last abzunehmen. Der *slati* ging nun höchstpersönlich hinter ihr her und stieß ihr dann und wann das stumpfe Ende seines Speers in die Seite.

Kurz vor Mittag gab es eine kleinere Katastrophe. Einer der Sänger tappte aus Ungeschick in einen Stock der bösartigen, äußerst reizbaren westafrikanischen Wildbienen – Mörderbienen nannten die Einheimischen sie. Im Laufe der Jahrtausende hatten diese Insekten ein rasches, wirksames und erbarmungsloses Mittel entwickelt, um mit den Honigdachsen und den hominiden Leckermäulern fertigzuwerden, die ihre Behausungen heimsuchten: Schon auf die geringste Provokation hin schwärmten sie massenhaft aus und stachen den Angreifer zu Tode. Jede Biene war darauf programmiert, beim Freiwerden eines chemischen Alarmstoffs, der sie gleichzeitig zu ihrem Opfer hinlenkte, in suizidaler Stechwut loszufliegen. Wer im Umkreis von hundert Metern einmal gestochen wurde, mußte damit rechnen, im Laufe einer knappen Minute unter einer tosenden Insektenwoge begraben zu sein. Es erübrigt sich zu sagen, daß die Mehrzahl solcher Zusammentreffen daher verhängnisvoll endeten.

Bei Geo, dem Sänger, ging es glimpflicher aus, als es hätte sein können. Gleich der erste Stich veranlaßte ihn, seine Flöte fallen zu lassen und sich kopfüber in den Morast neben dem Pfad zu hechten, wo er sich wie ein Amphibienwesen in den Schlamm eingrub. Ein paar seiner Gefährten mit rascher Auffassungsgabe taten es ihm nach, während alle übrigen – Freie, Sklaven und *slatis* gleichermaßen – die Beine in die Hand nahmen. Da die Bienen durch das Verschwinden ihres Primärziels leicht verwirrt waren, splitterten sie ihre Kräfte zur Verfolgung von zweiundsiebzig Sekundärzielen auf. Strategisch war dies ein Fehler. Wie sich nachher zeigte, hatte keiner mehr als zwanzig Stiche abbekommen, und manche – darunter der Entdeckungsreisende – blieben sogar ungeschoren. Beim neuerlichen Sammeln stellte man jedoch fest, daß Neali fehlte. Sofort zogen die *slatis* die Eisen hervor und fesselten die Sklaven aneinander, während bewaffnete Wächter davonstürmten, um sie aufzuspüren. Nachdem sie zunächst das Gestrüpp in Brand setzten, um die Bienen zu verscheuchen, fanden sie die Sklavin, mit unzähligen Bienenstichen übersät, neben einem flachen Bach sitzen. Offenbar hatte sie versucht, den Insekten zu entgehen, indem sie sich mit Wasser bespritzte. Es hatte nicht funktioniert.

Diesmal zeigte die Peitsche keinerlei Wirkung: Sie konnte einfach nicht aufstehen. Karfa Taura schüttelte den Kopf. «Bindet sie auf den Esel!» befahl Suleiman. Einem der Lasttiere wurden die Tragkörbe abgenommen, und man legte ihm Neali über den Rücken, die Hände und Füße unter dem Leib zusammengebunden. Der Esel war von Anfang an widerspenstig. Er bockte und schlug aus, bis die Fesseln endlich nachgaben und Neali in die Büsche geschleudert wurde, wo sie wie eine Fetzenpuppe liegenblieb.

Man hatte über zwei Stunden verloren. Die ganze Gruppe fürchtete die haarsträubenden Legenden dieser wilden Gegend und wollte endlich weiterziehen. Von vorne bis hinten erhob sich der Schrei: *«Kang-tegi, kang-tegi!»* Die Kehle durchschneiden, die Kehle durchschneiden. Die Sonne schabte über den Himmel. Ein Mann mit einem Messer trat vor. Suleiman nickte ihm zu und setzte sich mit der Karawane in Bewegung. Nach einer halben Stunde stieß der Mann wieder zum Haupttroß, Nealis Kleid um die Hüften gewickelt.

Der Rest der Reise verlief ohne Zwischenfälle. Der Sklavenzug bewegte sich in einer Serie von Gewaltmärschen vom Morgengrauen bis zum Sonnenuntergang. Zwanzig Meilen pro Tag, über Haufen von splittrigem Fels und unheimliche, in Schatten getauchte Hügel, durch Wälder voller umgestürzter Bäume und Würglianen, durch Sümpfe, die einem die Schuhe von den Füßen saugten, durch verschlammte Flüsse, über denen Wolken von Insekten den Himmel verfinsterten und die vor Fischen und Reptilien nur so wimmelten. Mungo konnte nur mit Mühe Schritt halten, so geschwächt hatte ihn sein Kampf mit Fieber und Hungertod. Er warf seinen Speer fort, die Wasserkalebasse, das Beinmesser, das ihm Aisha geschenkt hatte. Die Riemen seiner Sandalen schnitten ihm wie Drähte in die Füße und die Sonne knallte ihm auf den Kopf, bis er nichts mehr hörte außer dem wahnsinnigen *tsch-tsch-tsch* von Zimbeln, die im Finale irgendeiner Oper vor sich hindonnerten. Doch er schaffte es. Zuerst bis nach Dindiku, wo er Johnsons drei Frauen und elf Kindern die Hiobsbotschaft überbrachte, und dann nach Pisania, wo er auf die Stufen von Dr. Laidleys Holzveranda zuwankte wie ein Gespenst.

Dr. Laidley war fett und rotgesichtig. Bei 44 °C Hitze und 99 % Luftfeuchtigkeit trug er ein Frackhemd. Mit seiner Tonsur und der dünnrandigen Brille wirkte er wie eine Karikatur von Benjamin Franklin. «Park?» rief er verwundert, während er krachend über die Bohlen trampelte, die feiste Hand zum Gruß ausgestreckt. «Mungo Park?»

Mungo hatte weiterhin Glück. Er kam am 12. Juni 1797 in Pisania an und hatte nur einen Gedanken: die Überfahrt nach England, ganz egal auf was für einem Schiff. Leider setzte gerade der Monsun ein, und er fürchtete, die ganze Regenzeit mit ihrer Fäulnis und Pestilenz warten zu müssen, ehe wieder ein Schiff den Gambia befuhr. Das konnte Monate dauern. Über Dr. Laidley zog er einen Wechsel auf die Afrika-Gesellschaft, zahlte Karfa Taura einen fürstlichen Lohn und machte sich dann auf eine lange, antiklimatische Wartezeit gefaßt. Doch schon nach drei Tagen des Harrens kam durch puren Zufall ein amerikanisches Sklavenschiff den Gambia heraufgesegelt, das seine Ladung aus Rum und Tabak gegen Männer, Frauen und Kinder eintauschen wollte. Die *Charlestown* wollte zurück nach South Carolina und würde am 17. Juni wieder die Anker lichten. Ohne zu zögern, buchte der Entdeckungsreisende eine Passage; lieber auf Riesenumwegen nach Hause, als die ganze Regenzeit in einem feuchten Hinterzimmer in Pisania abwarten. Nach zwei Jahren auf dem Schwarzen Kontinent dürstete er nach Licht.

Am Morgen des siebzehnten rasierte sich der Entdekkungsreisende, schlüpfte in die Kleider, die ihm Dr. Laidley überlassen hatte, und ging an Bord der *Charlestown*. Das Deck knarrte unter seinen Füßen, als er den Koffer ab setzte und festzustellen versuchte, wo seine Kabine wäre. Zu sehen war gar nichts. Nebel waberte über dem Wasser wie auf der Unterseite eines Traums, verfing sich in der Takelage, schluckte das Achterdeck. Vage Konturen glitten gespenstisch durch den Dunst, Moskitos sirrten. Es war heiß wie in einer Eisenschmelze. Der verwirrte Entdekkungsreisende blieb wie angewurzelt auf dem Deck stehen und beobachtete zwei Gestalten, die wie im Kasperletheater hinter einem Nebelvorhang gestikulierten.

«Wir müssen warten, bis die Suppe hier verfliegt, Käpt'n», sagte der kleinere der beiden.

«Lichten Sie den Anker, Mr. Frip. Wir segeln sofort ab.»

«Aber» (man hörte das Klatschen einer Hand, die eine Mücke erschlug, und einen gutturalen, tiefempfundenen Fluch).

«Kein Wenn und Aber jetzt, mein Bester. Wenn wir nur zehn Minuten länger in diesem fauligen Drecksloch bleiben, liegt mir die halbe Crew mit Schüttelfrost und schwarzer Kotze auf der Matte. Ziehen Sie den Anker hoch, sag ich!»

Der Kleinere zog sich hinter die Nebelschleier zurück, und man hörte nur noch, wie er nach Fliegen schlug und murmelte: «Erstmal muß ich das Scheißding in der Brühe überhaupt finden ... Autsch! Verfluchte Moskitoviecher ...»

Sie brauchten zwei Wochen für die Fahrt flußabwärts nach Fort Goree, denn immer wieder wurden sie von dichtem Nebel, treibenden Bäumen und widrigen Winden aufgehalten. Vier Matrosen, der Schiffsarzt und drei Sklaven starben unterwegs am Fieber. In Goree teilte der Kapitän Mungo mit, die Abreise würde sich auf unbestimmte Zeit verzögern, da es ihm unmöglich sei, Proviant für die Überfahrt aufzutreiben. «Verzögern?» sagte Mungo mutlos. Nun hatte er sich zwei Monate lang – im Fieberwahn in Kamalia, beim Gewaltmarsch durch die Jallonka-Wildnis – mit Visionen über Wasser gehalten, Visionen von wißbegierigen, aufmerksamen Gesichtern rund um den Konferenztisch am Soho Square, von Ailie in Unterwäsche, von seinem Buch und der baldigen Berühmtheit. Krankheit, Demütigung, Erschöpfung und Verzweiflung hatte er überlebt, und jetzt brannte er darauf, den gerechten Lohn dafür zu ernten. «Wie lange denn?» fragte er.

Der Kapitän streifte sich hundslederne Handschuhe über und bot dem Entdeckungsreisenden eine Raleigh-Zigarre an. «Mitte September müßte ein Entsatzschiff in Goree ankommen», sagte er. «Dann können wir uns versorgen und gleich in See stechen.»

Mitte September! Es war nicht zu fassen. Noch drei weitere Monate in diesem Pestloch, drei Monate lang in einer verrotteten Koje auf- und abschaukeln, in Sichtweite einer Garnison der Letzten Hoffnung, die sich aus dem Abschaum Londons rekrutierte. Ebensogut hätte er bei Dr.

Laidley in Pisania bleiben können. Dort hätte er zumindest das eine oder andere Gläschen Wein, intelligente Unterhaltungen und ein eigenes Zimmer gehabt. Hier dagegen gab es nur Zuchthäusler als Gesprächspartner, einen Laderaum voll moribunder schwarzer Gesichter, Schaben so lang wie ein Zeigefinger und die ständige schleichende Verwesung, die Goree zu einem der größten Seuchenherde der Welt machte. So nah und doch so fern. Er ergab sich der Depression, lag in seiner Koje und sah zu, wie das Schiff rund um ihn vor sich hin faulte.

Endlich setzte die *Charlestown* am 1. Oktober die Segel, wobei Mungo gezwungenermaßen die Rolle des verstorbenen Schiffsarztes übernahm. Im Innern des Kontinents hatte er seine medizinischen Kenntnisse selten benötigt, jetzt jedoch rief er sich alles ins Gedächtnis, was er bei Dr. Anderson gelernt hatte, um die entsetzlichen Bedingungen an Bord zu lindern. Die amerikanischen Sklavenschiffe hatten kleinere Besatzungen als die britischen und waren daher weitaus weniger human. Aus Angst vor Meutereien hielt man die Sklaven während der ganzen Fahrt in Eisen. Sie lagen in Dunkelheit, Nässe und Kälte, wälzten sich im eigenen Kot, leichte Beute für Schwindsucht, Typhus, Hepatitis und heftige Malaria-Fieberanfälle. Die Eisenketten scheuerten sich ins Fleisch der Hand- und Fußknöchel; in die Wunden schlüpften Maden. Mungo gab sein Bestes. Er ließ zur Ader, setzte Blutegel an, schüttete den Leuten mit Gewalt Essig in die Kehle. Acht starben noch vor Goree, elf weitere auf See. Die steifen Kadaver wurden aus den Eisen gezerrt und in die Gischt hinausgeworfen, wo flinke Hundshaie sich um die Überreste zankten.

Der Besatzung erging es kaum besser. Drei waren schon vor Goree tot, zwei weitere folgten ihnen während der Fahrt. Doch wie sich herausstellte, war dies die geringste Sorge des Kapitäns. Ein weitaus dringlicheres Problem waren die Lecks, die im Schiffsrumpf entstanden waren, während man bei Goree vor Anker lag. Jetzt, auf hoher See, wurden diese Lecks bedenklich. Dermaßen bedenklich, daß die vergleichsweise kräftigsten der Sklaven aus den Eisen geschlossen wurden, um die Pumpen zu bedienen. Vierzehn-Stunden-Schichten, und die Peitsche knallte über ihren Köpfen. Sie pumpten, bis sie vor Erschöpfung in Ohnmacht fielen, wurden ins Bewußtsein zurückgeprügelt und pumpten weiter. Dennoch zog das Schiff immer noch zuviel Wasser, und bald war klar, daß man es nie und nimmer bis nach South Carolina schaffen würde. Einigen jedenfalls war es klar.

«Käpt'n – Sie müssen Kurs auf Westindien nehmen, oder wir können neben den Haifischen da draußen Wasser treten, ehe wir's uns versehen.»

«Sie sind doch ein gebildeter Mann, Mr. Frip. Gehen Sie mal zum Bugspriet rüber und lesen Sie mir vor, was da geschrieben steht. Ich glaube, Sie werden feststellen, daß da *Charlestown* steht, was meinen Sie? Tja, und genau da wird dieses Schiff hinfahren, dafür werd ich bezahlt.»

«Vielmals um Verzeihung, Käpt'n, Sir, aber ich und die Crew, wir haben uns ein bißchen was überlegt, Sir, und wir haben einstimmig beschlossen, daß wir unsere Matrosenmesser ziehen und Ihnen ein paar Luftlöcher in die Leuteschinder-Haut machen, bis Sie aussehn wie einer von den Springbrunnen zu Hause in Richmond, Sir, wenn Sie nicht Kurs auf Antigua nehmen, und zwar innerhalb von dreißig Sekunden nach meiner Taschenuhr hier, mit Verlaub, Sir.»

Von Antigua konnte der Entdeckungsreisende das Chesterfield-Paketboot nehmen, das auf der Rückfahrt von den Kleinen Antillen Saint Johns angelaufen hatte, um die Post mitzunehmen. Das Schiff legte am 24. November 1797 ab, und am Morgen des 22. Dezember kam Falmouth an der Küste von Cornwall in Sicht. Strandvögel flatterten durch die Luft, der Wind trieb die Gischt übers Deck. Die Reling war mit Eis überzogen, und feiner, feuchter Schnee ließ einen die Böen noch heftiger spüren. Die Besatzung war nirgends zu sehen, der Kapitän lag im Bett, der Terrier des Kochs hatte sich unterm Ofen verkrochen. Mungo Park aber stand nach zwei Jahren und sieben Monaten Exil grinsend neben dem Steuermann und sah zu, wie die ferne Felseninsel allmählich über den Wogen näherkam.

Kalte Füsse

Ein Jahr ist gar nichts: eine Feder im Wind, ein Atemzug. Einmal umgedreht, schon ist es vorbei. Eis, Knospe, Blatt und Zweig. Gänse im Teich, Stoppeln auf dem Feld. Dreihundertfünfundsechzig Sonnenaufgänge, dreihundertfünfundsechzig Nächte. Kleinere Schürfwunden, ein verrenkter Knöchel, eine Triefnase, der Tod eines fernen Verwandten. Auf dem Dachboden rumort ein Eichhörnchen, im Sturm stürzt ein Baum um. Die Zeiger der Standuhr im Flur beschreiben siebenhundertdreißig Kreise. Fenster klappen auf, Vorhänge fallen zu, Teller, Tassen und Löffel werden benutzt und geschrubbt, benutzt und geschrubbt. Donner kracht auf die Hügel nieder wie ein Schmiedehammer, Schnee klettert die Zaunpfähle empor, Sonnenlicht reibt die Fensterscheiben blank wie Kupfer. Ein Jahr. Eines von wievielen: fünfzig? sechzig? Heimtückisch nagen die Tage daran.

Ailie kauert in einer Ecke ihres Betts, den Kopf in den Händen vergraben. Der Morgen graut vor dem Fenster, und der kalte Regen, der am Abend begonnen hat, peitscht dagegen. Neben ihr liegt Katlin Gibbie und atmet regelmäßig, ihr neun Monate alter Junge kuschelt sich an ihre Brust. Betty Deatcher, eine Cousine aus Kelso, schnarcht in der Ecke auf einem Strohsack. Die Kohlen im Ofen sind zu Asche verglüht.

Weihnachtsmorgen ist es, doch Ailie hüpft das Herz

nicht vor Freude, sie empfindet kein Wohlwollen für die Menschheit. Das Jahr ist um, und heute löst sie ihr Versprechen ein: Wenn die Nacht kommt, wird sie Ailie Gleg sein. Bei dem Gedanken verkrampft sich etwas in ihr. Nie hätte sie geglaubt, ihrem Gelübde nachkommen zu müssen, nie daran gezweifelt, daß Mungo – wie der galoppierende Kavalier in einer mittelalterlichen Romanze – rechtzeitig auftauchen würde, um sie vor dem Drachen zu retten. Ein Jahr war ihr so lang erschienen – zu Neujahr oder Ostern konnte er ja schon zurück sein. Wie hätte sie es ahnen sollen? Sie hatte einfach auf ihn gewartet. Mit einem immer flaueren Gefühl im Magen – vorbei gingen Frühlingsaat, Pfingsten, Mittsommernacht, Michaeli, Martini, Erntedankfest, selbst Heiligabend hatte sie noch gewartet, bis sie endlich nachgab und zuließ, daß die Brautjungfern ihr die Füße mit Henna färbten und die traditionelle Kuhhaut über sie und Georgie warfen. Aber selbst jetzt, da es fünf vor zwölf für sie ist, hat sie sich noch nicht gefügt. Und sie hat die Hoffnung immer noch nicht aufgegeben. Schließlich ist ja noch Zeit bis drei Uhr am Nachmittag, oder? Vielleicht kommt er durch die Tür gestürmt, wenn sie schon vor dem Altar steht, groß und imponierend, mit sonnengebräuntem Gesicht, einem wilden Blick in den Augen ...

Doch halt. Wie kann sie auch nur daran denken? Sie hat ihr Wort gegeben, ihr Vater hat ein Kalb und ein Schwein geschlachtet und die Einladungen und die weißen Glacéhandschuhe verschickt, ihre Freunde und Verwandten sind von meilenweit her durch bitterkalten Wind, Eis und Hagel gekommen – wie könnte sie ihnen das Vergnügen stehlen? Nein: Sie sollte sich vorbereiten, endlich aufwachen, den Lauf der Dinge akzeptieren. Ein Mann ist ihr genommen worden, und ein anderer bietet sich statt seiner an. Was macht es schon, daß er nicht perfekt ist. Was macht's, daß er Segelohren hat, tölpelhaft und unerotisch wie ein gerupfter Hahn ist? Er liebt sie, das allein zählt doch. Und er hat ein gutes Herz ...

Plötzlich reißt sie ein Pfeifen aus ihrer Träumerei: Schrill und lebendig hallt es durch das stille Haus. Die Melodie ist mal laut, dann wieder kaum zu hören, sie ist sich nicht sicher, aber doch – ja, das ist ein Lied, das Mungo ihr mal vorgesungen hat, der Text ist ebenso ein Teil ihrer Erinnerung an ihn wie der Klang seiner Stimme:

Ihr, die ihr mögt in England sein,
oder seid ihr wohl nur in England gebor'n,
kommt nie nach Schottland, ein Mädel zu frei'n,
sonst zieh'n sie euch an den Ohr'n.

Sie werden euch necken und zieh'n übern Tisch
bis kurz vor dem Hochzeitstag,
vorsetzen Frösche statt gebratenem Fisch
und allerlei Schabernack.

Ist es möglich? Mutter Maria, ist es möglich? Immer noch im Schlafrock, springt sie aus dem Bett, ihre Füße haben die Farbe von Orangen aus Valencia, der Puls rast, das Pfeifen wird lauter, ist gleich vor ihrer Tür, o Mungo, Mungo, Mungo, flüstert sie und reißt die Tür in einem Anfall blinder Hoffnung auf- und da ist er – Georgie Gleg. In frischem Leinen, Zylinderhut, Seidenmantel. Sein Blick ist butterweich. «Guten Morgen, Liebes», sagt er und reicht ihr einen Stechpalmenkranz, der die Form eines Herzens hat. «Heute ist unser großer Tag.»

Die Enttäuschung legt ihr Gesicht in Falten. «D-danke», stammelt sie ein wenig verwirrt und verlegen, sie fühlt sich unwohl in der Rolle des Opferlamms. Als sie nach dem Kranz greift, sticht sie sich in den Daumen. Nahezu gleichzeitig quillt ein Blutströpfchen hervor.

«O weh!» sagt er und schnappt ihre Hand, «laß es mich aussaugen.»

Und da steht sie nun, kommt sich idiotisch vor mit ihren orangen Füßen und dem verknitterten Schlafrock, während das Wasser in den Regenrinnen gurgelt und ihr zukünftiger Gemahl sich über sie beugt und an ihrem Daumen lutscht wie ein Baby an der Mutterbrust.

Zehn Minuten später, die Tür ist wieder zu und verriegelt, geht sie auf Zehenspitzen durch das Zimmer und stopft ihre Sachen in einen schwarzen Lederbeutel. Ihr Mund ist zusammengekniffen, ihre Bewegungen fließend und verstohlen. Als Katlin sich im Bett wälzt, erstarrt sie mitten im Schritt und wartet einen ewigen, reglosen Moment lang ab, bis der Atem der Freundin wieder in den sanft stöhnenden Rhythmus des Schlafes zurückfindet. Draußen im Flur sucht sie Handschuhe, Hut und Halstuch zusammen. Sie hört ihren Vater und den Onkel wie Sägemühlen im Hinterzimmer schnarchen, als sie leise durch die Küche und zur Tür hinaus schlüpft.

Ein stetiger, sonorer Regen fällt herab. In der Luft liegt ein Geruch von Reinheit und Erneuerung, als wäre die Erde ganz saubergewaschen. Die glatten, kahlen Stämme über ihr glänzen vor Nässe; in ihrem Rücken versinkt das Haus im Nebel. Gebückt verschwindet sie zwischen den Bäumen wie ein Dieb.

Heil dem siegreichen Helden

Soll er auf die Knie fallen und den Boden küssen? Nein. Zu theatralisch. Aber was das für ein Gefühl ist, die alte Erde wieder zu betreten! Wie berauschend, wieder Englisch zu hören, englische Gesichter, Hüte, Kirchtürme und Schindeldächer zu sehen! Überwältigend! Er kann sich nicht zügeln, er muß einfach ... hinunter auf die Knie ... jetzt gleich ...

Als der heimgekehrte Entdeckungsreisende sich vorneigt, um den Boden zu küssen – oder vielmehr die glitschigen, unkrautbewachsenen Planken der Docks von Falmouth –, ist er so hingerissen von diesem rhapsodischen Moment, daß er seine Umgebung gänzlich vergißt. Die anderen Passagiere, alle darauf erpicht, an Land zu kommen und weiterzufahren, stauen sich hinter ihm – wobei einer von ihnen, Colonel Messing, mit seinem Vordermann kollidiert und etwas linkisch strauchelt. Der Colonel, der gerade von einer Inspektion seiner Ländereien in Westindien zurückkehrt, ist ein Mann von unantastbarer Würde. Er rappelt sich auf, streicht sich den Staub von den Strümpfen und versetzt dann dem Entdeckungsreisenden mit dem Gehstock einen scharfen Schlag über das hochgereckte Hinterteil. «Aus dem Weg, Sie unverschämter junger Hund!»

Ein übles Omen für die Heimkehr, das kann man sagen – aber schließlich glaubt ja ganz Großbritannien, er sei denselben Weg wie Houghton und Ledyard und all die anderen gegangen. Niemand erkennt ihn, niemand erwartet ihn. Im «Huhn & Henne» in Falmouth blickt er von seinem Spiegelei auf, um die rotbackigen Gesichter und die langen Nasen an der Theke zu betrachten, und dabei geht er schwanger mit dem Geheimnis, genießt die stille Inkubation seiner Berühmtheit. Wenn sie es nur wüßten. Er unterdrückt den plötzlichen Impuls, es hinauszuschreien, auf den Tischen zu tanzen, eine Melodie dafür zu komponieren und es ihnen vorzusingen, es aufzuschreiben, auf riesige, wehende Banner wie vom Wind geschwellte Segel: ICH HABE ES GESCHAFFT. ICH ALLEIN. ICH BIN DORT GEWESEN, WO NOCH KEIN ANDERER VOR MIR WAR, UND ICH HABE GESEHEN, WAS KEIN ANDERER GESEHEN HAT, UND JETZT BIN ICH HIER, UM DAVON ZU ERZÄHLEN. Aber nein, laß sie in den Londoner Zeitungen davon lesen und sich dann um diese Theke dort scharen, verblüfft und mit offenen Mündern: «Verdammich – hier isser gewesen. Die Schangse des Lebens, un ich hab nich ma hingekuckt. Aber woher hätt ich'n das auch wissen solln?»

Tatsächlich, wie auch? Aber eine sollte es wissen – und zwar ohne jeden Aufschub. Der Entdeckungsreisende bittet um Papier und Bleistift und schreibt die gute Nachricht, so aufgeregt wie an dem Tag, als er sein erstes Fußballspiel gewann:

«Huhn & Henne», Falmouth
22. Dezember 1797

MEIN LIEBES:
Ich bin am Leben und gesund, und meine Mission war ein uneingeschränkter Erfolg. Wisse, daß der große und glorreiche Niger *nach Osten* strömt und daß ich jetzt nach Hause und in Deine Arme fliege.

M.

Am nächsten Morgen bucht er einen Platz auf dem Paketboot nach Southampton, und dort zwängt er sich in die winzige Kabine einer vierspännigen Kutsche nach London. Seine Reisegefährten sind, wie sich herausstellt, eine Mrs. Higginbotham, auf dem Rückweg vom Besuch ihrer Nichte in Portsmouth, zwei etwas anrüchig wirkende Vertreter, die «die neuste Bratpfannen-Erfindung, in der nichts mehr anbrennt, und Herren-Strumpfhosen, garantiert vor Laufmaschen geschützt» verkaufen, und schließlich Colonel Messing, der mit dem hitzigen Temperament und dem langen Stock. Drei weitere Passagiere sind auf dem konvexen Dach untergebracht: zwei junge Mädchen und ein Geistlicher in dunklem Rock. Zum Glück scheint Colonel Messing den Entdeckungsreisenden nicht zu erkennen. Nachdem sie etwa eine Stunde schweigend dahingezockelt sind, lehnt er sich vertraulich vor und bittet Mungo, sich nichts bei dem Riß am Knie seiner Reithose zu denken. «Sehen Sie», erklärt er, «ich komme eben zurück aus Antigua, und meine Garderobe ist schon vorausgeschickt worden. Und hol mich der Teufel, wenn ich nicht einen kleinen Unfall hatte, ehe ich noch an Land war. Wirft sich doch irgend so ein frecher junger Clown auf die Knie, um das dreckige Hafendock zu küssen, wenn Sie mir das glauben können, so als wären wir drei Jahre, nicht bloß einen Monat auf See gewesen – na, und da bin ich ziemlich böse hingefallen.»

Mungo macht ein mitfühlendes Geräusch tief unten in der Kehle, da setzt sich der Colonel auf einmal kerzengerade auf und starrt ihn prüfend an.

«Muß schon sagen, Sie haben da eine ziemliche Hautfarbe, mein Junge. Wenn ich nicht durch Ihr helles Haar wüßte, daß Sie Engländer sind, könnte ich glatt schwören, Sie wären Chinese. Wo kommen Sie denn überhaupt her?»

Eine Nacht in einem Gasthaus am Wegesrand, die nächste – Heiligabend – läßt er sich durchrütteln; die Kutsche rattert durch die finstere Landschaft, durch Newington, St. Fields und Southwark, über die Blackfriars Bridge und bis, vor die Tür des «Weißen Schwans» auf der Farrington Street. Weihnachten um 6.00 Uhr morgens, ein kalter Nieselregen hängt in der Luft wie ein Waschlappen, der Colonel schnarcht über einer Flasche Brandy. Steifbeinig steigt der Entdeckungsreisende aus, schultert seinen Reisesack und macht sich auf den Weg. Dann jedoch bleibt er plötzlich stehen, wie von einem Strick zurückgehalten. Wohin? Zu seiner Schwester Effie? Aber die schläft jetzt sicher noch. Wenn es zehn oder elf wäre, könnte er einen Wagen zum Soho Square nehmen und. Sir Joseph überraschen. Quietschvergnügt bei ihm hineinschlendern, als wäre er nur mal eben um den Block spaziert, und dann die Karte Afrikas neu gestalten. «Tja, Sir, ich bin also zurück. Zurück vom Niger. Habe ihn gesehen, gekostet, bin darin geschwommen. Er ist keine Legende, glauben Sie mir. Großartig. Stellt alles in den Schatten: den Nil, die Themse, den Mississippi ... unermeßliche Schätze ... an seinen Ufern eine blühende Kultur. Ach so, ja: Er fließt, ganz ohne Zweifel, *nach Osten.*»

Aber um sechs Uhr früh, an einem Feiertag?

Plötzlich hat er die Idee: Effies Mann, Charles Dickson. Der ist zu dieser Zeit bestimmt schon im British Museum und kümmert sich um die Pflanzen da. Es war ja auch Dickson, der das ganze Niger-Unternehmen in die Wege geleitet hat, durch seine botanische Verbindung mit Sir Joseph. Natürlich. Er sollte es also auch als erster erfahren – vor allem, weil er ohnehin als einziger um diese Zeit schon auf sein dürfte. Der Endeckungsreisende wendet seine Schritte zum Museum. Dann aber bleibt er abrupt wieder stehen. Wird er denn am Weihnachtsmorgen auch da sein? Mungo stellt sich seinen Schwager vor, wie er sich im weißen Kittel über getrocknete Blätter beugt; die Gewächshaus-Sammlung düngt, wässert und beschneidet; das Arboretum über den Winter hätschelt; Pollenbeutel und Staubgefäße abknipst; das Gärtnerdasein mit vollen Zügen atmet, bis es in seinen Träumen sprießen muß wie in den dichtesten Regenwäldern des Gambia ... er weiß einfach, daß er da sein wird.

Droschken fahren keine, aber es ist nur ein kurzer Fußweg bis High Holborn und von dort in die Great Russell Street zum Montague House, wohin das Museum ein halbes Jahr vor seiner Abreise nach Afrika verlegt worden war. Die ersten schmalen Lichtstreifen ergreifen die Macht am Osthimmel. An den Haustüren hängen Kränze, Tannenzapfen und rote Zierbänder. Der Entdeckungsreisende fühlt sich, als hätte ihm gerade jemand eine Million Pfund geschenkt. Er wirft den Reisesack in die Luft, klatscht zweimal in die Hände und fängt ihn wieder auf, ohne den Laufrhythmus zu verlieren. Dann beginnt er fröhlich zu pfeifen, ein Weihnachtslied. Das nasse Kopfsteinpflaster wirft den Klang zurück, er ist guten Mutes, fühlt sich erhaben, heroisch, bis er in eine andere Tonart moduliert, zu «Ihr, die ihr mögt in England sein» übergeht und dabei an Ailie denkt.

Er biegt in die Great Russell Street ein, und vor ihm ragt das düstere, imposante Gebäude auf, ein Monument für die Steinbrucharbeiter. In diesem Augenblick verfärbt sich der Nieselregen weiß, wird zu Schnee. Die nassen Kristalle legen sich auf seine Jacke, wo sie zerschmelzen, seine Stiefelsohlen klacken auf dem Pflaster, Tauben lassen die Flügel rascheln. Alles ist still, die Straßen liegen verlassen da. Es ist, als hielte die ganze Welt den Atem an.

Das Türchen zum Arboretum steht offen. Wie eine Katze schlüpft Mungo hindurch, er zählt auf den Überraschungseffekt. Um eine Ecke, zwischen zwergwüchsigen Obstbäumen hindurch – und was ist das? Dort vorne, über einen mit Sackleinen umhüllten Maulbeerbusch gebückt, steht eine Gestalt in Stoffmantel, Handschuhen, Pelzkappe. Eine dicksonartige Gestalt. «Dix!» Mehr braucht der Entdeckungsreisende nicht zu sagen.

Im Umdrehen sieht Charles Dickson einen Geist mit wolkigem Atem und weißem Schnee auf den Schultern. Eine Erscheinung steht vor ihm, gespenstisch und unvereinbar mit diesem Ort, mit diesem Tag und dieser Stunde. Eine Erscheinung aus der Vergangenheit – ausgemergelt leichenblaß das Grau ihrer Augen voller roter Flecken –, ein Wesen, das tot und begraben sein muß, auf das man so lange gehofft hat, daß das Hoffen zur Gewohnheit wurde. Der Botaniker läßt das Sacktuch fallen und wischt sich die Brille am Ärmel ab, bevor er ein breites, feuchtes Grinsen aufbringt. «Bist du's wirklich?» stammelt er, «oder nur ein Untoter, der zurückkommt. um uns heimzusuchen?»

Friede auf Erden, und den Menschen ein Wohlgefallen

Bis zum Jahre 1784 wurden öffentliche Hinrichtungen in London an einem Ort namens Tyburn Tree gegenüber von Marble Arch abgehalten. Damit verknüpft war ein ausgefeiltes Ritual und ein ziemlicher Rummel außerdem. Die Verurteilten fuhren auf einem Karren durch die Straßen, die Ellenbogen hinter dem Rücken gefesselt. neben ihnen die schmucklosen Kiefernsärge. Tausende traten zu diesen Paraden an, Zuschauertribünen wurden rund um den Galgen errichtet, und an provisorischen Ständen verkaufte man alles vom kleinen Bier bis zum doppelten Gin, Makrelen. Kuchen, Ingwerbrot und Brötchen mit Kalbszunge. Straßenhändler machten das Geschäft ihres Lebens mit wortreichen Geständnissen, in denen die Verurteilten die Einzelheiten ihrer Verbrechen aufführten, oder mit schmachtenden Briefen, die die Todeskandidaten angeblich in letzter Minute an ihre Geliebten geschrieben hatten. Nur allzu oft kamen kleine Fische an den Galgen – jammernde Geldfälscher, halbverhungerte Frauen, die wegen Ladendiebstahl dran waren, fünfzehnjährige Taschendiebe –, und in diesen Fällen war die Menge gnadenlos, johlte und spuckte, bewarf sie mit Steinen und Unrat. Doch wenn ein Straßenräuber exekutiert wurde – vor allem, wenn es ein bekannter und notorischer war –, geriet das Publikum in Ekstase. So einer erschien unweigerlich in Seide gekleidet, mit weichem, lockigem Haar und goldenen Schnallen an den Halbschuhen. die herausfordernd blitzten. Er verbeugte sich vor den Frauen. schüttelte den neben dem Karren laufenden Jungen die Hand. ja er gab sogar Autogramme. Er ging als Held. als Märtyrer an den Galgen, und wenn der Karren davonrollte und ihn baumeln ließ, stürmten all seine Freunde vor und hängten sich an seine Beine. um das Unausweichliche möglichst rasch herbeizuführen und ihm den Schmerz und die Schmach der langsamen Strangulation zu ersparen.

Doch trotz des Protests einer Reihe von Leuten. darunter nicht zuletzt des berühmten Dr. Samuel Johnson, wurde der «Gang nach Tyburn» 1784 abgeschafft, und von da an hängte man Verbrecher kurzerhand vor den Mauern ihrer Gefängnisse. Dahinter stand der Gedanke, die Karnevalsatmosphäre rund um die Hinrichtungen zu verhindern, und die Hoffnung, ihren Abschreckungseffekt zu verstärken. Die zu den ersten Exekutionen vor Newgate Prison versammelte Menschenmenge war tatsächlich schockiert und entsetzt – man führte die Gefangenen hinaus, sprach ein kurzes Gebet und hängte sie dann auf. Keine Parade, keine Fanfaren, kein Ruhm, keine Würde. Nichts als Fleisch, das sich langsam um den Strick drehte, im kalten Schein der Sonne.

Für Ned Rise sind die Details uninteressant. Fanfaren oder nicht, er will nicht sterben. Doch es sieht so aus, als ob ihm jetzt, nach fast einem Jahr der Aufschübe und schwer erkämpften Vertagungen, genau das bevorsteht – sterben, abnippeln, ins Gras beißen, in die Ewigen Jagdgründe eingehen –, und außer dem König kann das niemand mehr verhindern. Und der König hat, wie jedermann weiß, nicht mehr alle Tassen im Schrank. Thorogood, genährt vom Vermögen des Adonais Brooks, hat wahre Wunder an Taschenspielertricks vollbracht – hat Tage zu Wochen, Wochen zu Monaten, Monate zu einem Jahr gestreckt. Und aus dauernd hat er um einen weiteren Aufschub gekämpft, aber Sir Joseph Banks hat ebenso ausdauernd dafür gekämpft, die Sache durchzuziehen.

«Aber zu Weihnachten. Mylord?» hatte Thorogood dem Lord Mayor entgegengequäkt.

«Weihnachten fällt auf einen Montag, Herr Anwalt – ein regulärer Tag für Hinrichtungen.»

«Und was ist mit ‹Friede auf Erden› und alledem?»

Banks zog im Hintergrund die Fäden. Er hatte mit Pitt gesprochen, mit dem Prinzen, mit dem Haushofmeister, und bei allen war er dafür eingetreten, daß ein so langer Aufschub in einem so schändlichen Fall einfach nicht zumutbar, ja verwerflich sei – daß die Gerichte geradezu pflichtvergessen seien. Auf ihre majestätische, unerforschliche, unstete Art ließen sich diese Leuchten der Zivilisation umstimmen. Die Order kam von ganz oben, und auf einmal war der Lord Mayor taub für alle weiteren Gesuche. Mit zusammengekniffenen Augen sah er auf Thorogood herab. «Wir haben zwei Diebe und einen Mörder zu hängen, Herr Anwalt – und ich möchte meinen, daß deren Ausrottung den braven Bürgern dieses Landes durchaus eine Menge Frieden verschaffen wird.»

Ned ist allein, geht in den letzten Minuten ruhelos in der Zelle umher. Es ist der Morgen des Weihnachtstages, der Nieselregen wird zu Schnee. Am Vorabend war Boyles noch da. um ihm die letzte Ehre zu erweisen, voll wie ein Amtmann. Mit zitterndem Bariton hat er ein paar trübselige irische Lieder zum Besten gegeben, Neds Hand ergriffen und ihm gesagt, er hoffe, ihn in einer besseren Welt wiederzusehen, und dann ist er in der Ecke eingeschlafen. Und Fanny war auch dagewesen – für ein letztes Lebewohl. Blaue Flecken wie vergorene Pflaumen säumten ihre Schenkel, wundgescheuerte Stellen nagten an ihren Handgelenken. Hinter dem Ohr hatte sie eine Tätowierung (eine Seeräuberflagge in Grün), auf dem Backenknochen eine frische Wunde. und ihr Hinterteil war vom Abdruck menschlicher Zähne gezeichnet. Sie sah mitgenommen aus. Ned war das alles inzwischen egal. Mit aller Verzweiflung des dem Untergang Geweihten warf er sich auf sie jede seiner Körperzellen schrie nach Überleben, nach der Hochzeit von Spermium und Ei, nach der süßen posthumen Inkubation des Lebens. Sie verließ ihn im Morgengrauen, das Gesicht geschwollen vor Verzweiflung.

Viertel vor sieben. Noch fünfzehn Minuten. Er raucht die dreißigste Pfeife – die Panik pocht an seinen Rippen, seine Hände zittern –, nimmt noch einen Schluck aus der Ginflasche, die Boyles ihm dagelassen hat, und bückt sich, um ein Staubkorn von den Schuhen zu wischen. Draußen auf dem Hof haben andere Häftlinge Freigang, ihre zusammengedrängten Gestalten pressen sich an die Mauern und versammeln sich in den Ecken wie Verschwörer. Ein Schwein haben die, denkt er, und wird von einer Welle des Selbstmitleids übermannt. Absurderweise pulsiert in ihm die Melodie eines Weihnachtslieds – «Alles still, einsam wacht» –, und obwohl er die Pulle fast leer gemacht hat, fühlt er sich auf einmal stocknüchtern wie ... wie ein Strafrichter. Bei dem Gedanken muß er lachen, ein dröhnendes Lachen aus dem Bauch, das irgendwie außer Kontrolle gerät und zu einem Kreischen ausufert, zum wahnsinnigen, grauenhaften Jaulen eines in der Falle gefangenen Tieres. «Aaa-aaah-aaaaah», schreit er, «Aaa-aaah-aaaaaaah!» Aber was ist das jetzt? Schritte?

Sie kommen ihn holen.

Auf einmal entspannt er sich – seine Glieder werden schwer wie Mörtel, das Rückgrat sinkt in sich zusammen, die Lider fallen zu, die Füße spreizen sich. Tröstliche Heiterkeit bemächtigt sich seiner, umfaßt ihn wie ein warmer Handschuh. Jetzt da der Moment tatsächlich gekommen ist, fühlt er sich gelassen wie jeder durchschnittliche Fleischer oder Schuhputzer, der des Morgens beim Duft von Weihnachtsgans und Feigenpudding erwacht. Du mußt einen guten Tod sterben, Ned Rise, schärft er sich ein.

Der Schließer steht an der Tür, flankiert von zwei Männern mit Musketen. Ned schiebt die Schultern zurück und tritt vor, mit all der Gelassenheit eines Prinzen, der zur Krönung schreitet. Abgesehen von einer beginnenden

Wangenblässe sieht er schmuck und frisch aus beinahe vor Gesundheit strotzend – dank Fanny wurde er immer gut versorgt. Sein Haar ist mit einer silbernen Borte zurückgebunden. und er ist recht flott gekleidet, in eine blaue Samtjacke, seidene weiße Beinkleider, Schnallenschuhe. Bleib ruhig, sagt er sich – laß dich nicht gehen. Dann jedoch hebt noch eine Stimme in seinem Kopf an, eine Stimme, die wie eine Litanei andauernd «Aber jetzt muß ich sterben / Aber jetzt muß ich sterben» wiederholt. Sterben, sterben, sterben, pocht das Blut in seinen Schläfen.

Eine bunt gemischte Menge hat sich für die Exekution vor dem Zuchthaus versammelt – hauptsächlich Aasgeier und degeneriertes Pack, und dann noch Agenten von Sezierern, die die Leichen zu ergattern hoffen. Ein kleines Kontingent der vornehmen Kaste ist auch vertreten, angeführt von Sir Joseph Banks und der Contessa Binbotta. Sie sitzen in Kutschen, die entlang der Straße parken, oder stehen diskret weiter hinten, vom heimischen Herd und dem Bowletopf fortgelockt durch die bittere Logik des «Auge-um-Auge». Falls einer von ihnen es irgendwie unpassend findet, zu Weihnachten einer Hinrichtung beizuwohnen, so zeigen es die Gesichter – streng und mit stählernen Unterkiefern – jedenfalls nicht.

Inzwischen fällt der Schnee in vollem Ernst herab: Fast fünf Zentimeter feiner weißer Puder glättet die schlammige Erde, erweicht die harten Konturen der Galgen. Die leeren Schlingen sind mit Eis glasiert wie Kuchen, Kutscher in Livree hasten umher und werfen den Pferden ihrer Herrschaften Decken über, das Publikum zieht Schals und Tücher fester um den Hals und tritt näher an den Richtplatz heran, um mehr zu sehen. Dick wie Kleister wirbeln die großen nassen Flocken aus dem Himmel nieder.

Mit nach hinten gezerrten Ellenbogen und weichen Knien steht Ned am Haupttor und wartet auf den Beginn der Zeremonie. Neben ihm stehen die beiden zerlumpten Diebe, die mit ihm zum Strang verurteilt wurden. Der eine ist ein großer. brutal aussehender Typ mit kurzgeschorenem Kopf und schiefer Nase. Tränen laufen ihm übers Gesicht, und er betet anscheinend halblaut vor sich hin. Seine schweißnasse Faust packt ein Gebetbuch, als wäre es ein Rettungsring. Der andere Unglückliche, so stellt Ned nun mit dem Maß an Überraschung fest, wie es ein angehender Erhängter eben aufbringen kann, ist ein Liliputaner. Knapp einen Meter groß, mit karottenrotem Haar, das seine Wangen und sein Haupt wie ein Buschfeuer umlodert. Ohne Vorwarnung dreht sich der Zwerg plötzlich um und versetzt seinem Kumpan einen heftigen Tritt ans Schienbein.

«Hör schon auf mit dem Rumgeflenne und deinem Mariajosef, du Arschloch! Stirb wie'n Mann.»

«Tu mich bloß in Frieden lassen, Rotkopf», jammert der Große. «Du hast mich doch erst ins Verbrechen getrieben – reicht dir das noch nich?»

Der Liliputaner dreht sich beiseite und spuckt auf den kalten Steinboden. «Ach, dazu hab ich dich getrieben, ja? Und wer wollte denn den Lord Lovat ausnehmen, wie er aus'm Spielsalon rausgekommen is, häh? Und wer hat die brillante Idee gehabt, bei der Kutsche vom Herzog von Bedford innen das Blattgold rauszukratzen? Beantworte mir das mal, du Blödian!» knurrt er und tritt ein zweitesmal nach dem Großen.

«Du verwachs'ner kleiner Homunkerlus!» Jetzt explodiert der Große, läßt das Gebetbuch fallen und packt den Zwerg mit beiden Händen am Schopf. «Ich werd dir zeigen, wer hier wen verdorben hat.» Obwohl die auf dem Rücken gefesselten Hände seine Manövrierfähigkeit extrem einschränken, gelingt es ihm, auf jeder Kopfseite des Zwerges eine große Handvoll grellrotes Haar zu erwischen. «Du Dreckskerl!» brüllt er und schüttelt den kleinen

Mann wie einen Sack voll Federn, während der seinerseits versucht, einen guten Schlag im Unterleib seines Gegners zu landen.

In diesem Augenblick aber geht das Tor mit apokalyptischem Kreischen auf, und die beiden Kampfhähne erschlaffen und sehen schafsköpfig dem Kaplan zu, der auf der Treppe erscheint, um die feierliche Prozession hinaus in das grelle Blau-Weiß der Straße zu führen. Der Schneesturm pfeift Ned hart und stechend ins Gesicht, aber er wendet weder den Kopf ab noch senkt er den Blick, denn er begrüßt dieses leicht schmerzende Gefühl dieses wundervolle automatische Zucken des Organismus. In ein paar Minuten wird mit aller Wahrnehmung endgültig und ein für allemal Schluß sein – mit Lust und mit Schmerz, mit Geschmack und Geruch, dem sanften Druck von Fannys Lippen, mit Hunger, Bitterkeit und Kälte. Hinter ihm sind die beiden Gauner verstummt, hängen nun ihren eigenen Gedanken nach, eingeschüchtert vom schattenhaften Nahen des Todes. Kaum hatten sie eben den Mund aufgemacht, öffnete sich ein entsprechender Frequenzkanal in Neds Gehirn, und er erkannte sie als die zwei Mistkerle wieder, die ihn und Boyles damals nach der Bartholomew Fair beraubt hatten. Der Gedanke, daß sie bald ihre gerechte Strafe bekommen werden, ist aber irgendwie nur ein schwacher Trost.

Der Anblick der drei Galgen, die sich nun aus dem Schneegestöber schälen, kommt als Schock: Rette mich, betet Ned, rette mich! Ich hab ja noch gar nicht richtig gelebt. Gib mir noch eine Chance – nur eine einzige Chance. Doch dann sieht er glasklar die Gestalt mit der schwarzen Kapuze, die reglos neben dem Gerüst steht, und ihm ist klar, daß Beten nichts nützen wird. Der Griff des Henkers ist wie ein Schraubstock, als er Ned auf die Bohlen emporhilft, auf die Bühnenmitte. Für den Zwerg hat man eine extra erhöhte Plattform errichtet – er flucht, als der Henker ihn unter den

Achseln packt und oben absetzt wie eine Puppe. Der Große wimmert wie ein junger Hund; beim ersten Zeichen seiner Schwäche wird der Mob unten lebendig und spuckt Hohn und Flüche. Er braucht einen Stoß in die Seite, um auf die Plattform zu steigen, und als der Henker die Schlinge um seinen Hals prüft, schreit er auf, als hätte er sich verbrannt. Die Zuschauer finden das offenbar komisch, und ein nervöses Kichern pflanzt sich durch ihre Reihen fort.

«Ihr armen Sünder», beginnt der Kaplan, «senkt nun eure Köpfe und bittet Unsern Herrn Jesus Christus um Vergebung. Bald werdet ihr vors Gericht eures Schöpfers treten, um dort für all eure Taten im Leben Rechenschaft abzulegen und für alle Sünden, die ihr gegen Ihn begangen habt, ewige Qualen zu leiden, wenn Er nicht angesichts eurer aufrichtigen, von Herzen kommenden Reue Gnade walten läßt –»

Auf Ned verschwendet der Kaplan seine Worte. Sie sind nichts als Hintergrundgeräusche, die sein Leben noch für einen wertvollen Moment verlängern; ja, er hört sie gar nicht. Auch von der Menge dort unten hat er kein klares Bild. Er erkennt nicht Banks, weder Mendoza noch Smirke, nicht einmal Billy Boyles oder den Diener von Adonais Brooks oder die alte Vettel, die ihn verfolgt, seit er auf einem kalten Strohlager den ersten Atemzug getan hat. Er blickt zurück auf seine Spuren im Schnee, auf den letzten physischen Beweis seiner gewollten Existenz, der bereits langsam mit frischem weißem Pulverschnee zugedeckt wird.

«–durch die Wundertaten und den Tod und die Passion Jesu Christi–»

Ned schließt die Augen, ringt um Selbstbeherrschung. Er denkt an Fanny, an Barrenboyne, an die Klarinette. Musik, Farbe, Bewegung. Daran, wegzurennen, seine Fesseln zu sprengen, auf ein Pferd zu springen und die Straße hinunterzupreschen, den Wind in den Haaren ...

«– der Herr erbarme sich eurer, erbarme sich eurer armen Seelen.»

... aber wo ist er jetzt? Sie haben das Pferd niedergeschossen, ihre Hände krallen sich um seine Kehle, aber Boyles – ja, Boyles – feuert in die Menge, und Ned kommt wieder hoch, seine Beine strampeln, er wird hinauf- und hinweggetragen von den düsteren Mauern Newgates und dem Schatten des Galgens ...

Doch Ned Rise rennt nicht mehr. Er hängt. Würgt an seinem Mageninhalt, der in ihm aufsteigt, am Kehlkopf steckenbleibt und zurückrutscht, um ihm die Lungen zusammenzuschnüren. An seinen Beinen unter ihm baumelt Billy Boyles kläglich und nutzlos, schreit wie ein Baby, während irgendwo zur Linken der Liliputaner aufbrüllt: «Scheiß doch auf die Jungfrau Maria!» Und dann senkt sich die stille Nacht über ihn.

Wassermusik

Weihnachten 1797.

Es war ein Jahr der Siege und der Niederlagen, der kühnen Offensiven und der rechtzeitigen Rückzüge. So überrannte Napoleon die Österreicher und annektierte den Großteil Italiens, während Walter Scott bei Williamina Belches das Handtuch warf und gleich im Gegenzug mit Margaret Charpentier hochzeitete. In Hampshire hat Jane Austen, enttäuscht vom Mißerfolg ihrer *Ersten Eindrücke* (ob sie wohl den Titel ändern sollte?), den Schauerroman *Die Abtei von Northanger* hervorgebracht und daneben eine kleine didaktische Romanze mit dem vorläufigen Titel *Eleonore und Marianne* begonnen. Horatio Nelson wurde für seine Rolle bei der Zerschlagung der spanischen Flotte vor Kap St. Vincent geadelt und zum Admiral befördert, und John Wilkes, der Feuerschlucker in der Politik, erliegt der Last dieser Welt und wird in den nächsten vierundzwanzig Stunden tot sein. Die Holländer konnten daran gehindert werden, mit französischen Truppen in Irland zu landen, aber die Iren rebellieren trotzdem, und William Pitt der Jüngere, der verzweifelt die Vereinigung von England und Irland herbeiwünscht, erregt den Zorn seines Monarchen über die Frage der Gleichstellung der Katholiken dort. Währenddessen stellen Coleridge und Wordsworth in aller Stille ein Buch zusammen, das dem Neoklassizismus ebenso selbstverständlich das Rückgrat brechen wird, wie ein Feinschmecker ein Baguette aufbricht.

Doch trotz der chaotischen Zeiten ist die Haute-volée heute abend in Covent Garden versammelt, um beim Weihnachtskonzert einer Auswahl aus Händels Messias zu lauschen. Draußen liegt eine dicke Schneeschicht auf dem Kopfsteinpflaster, in den Kloakenrinnen, auf den Ästen der Bäume; drinnen baden die Vornehmen Londons im Glanz ihrer strahlenden Gesichter. König Georg ist natürlich da, begleitet von seiner Frau Charlotte und ihren Töchtern. Er sieht in letzter Zeit nicht allzu gut aus und seine Minister befürchten, daß er erneut dem Wahnsinn zum Opfer fallen könnte, der ihn schon ’88 außer Gefecht gesetzt hat (ein Wahnsinn, der ihn einmal sogar dazu brachte, den Prince of Wales wegen der Frage der Thronfolge fast zu erwürgen). In einer anderen Loge sitzt der Prinz selbst und unterhält sich mit Charles Fox, einem der größten Gegenspieler seines Vaters, und mit dem jungen Modezaren Beau Brummell. Hinter ihnen ist der Saal vollbesetzt. Fanny Burney ist gekommen, der Herzog von York, Peg Woffington. Lord Hobart. Wilberforce, der Gegner der Sklaverei, macht es sich in einer der hinteren Reihen bequem, zusammen mit dem Bischof von Llandaff, dem Mitglied *in absentia* der Afrika-Gesellschaft, während die Contessa Binbotta, schmuck und aalglatt wie ein schmerbäuchiger Haifisch, eine große Schau abzieht, indem sie William Pitt und dem Lord Mayor ihren von Herzen kommenden Dank abstattet. Im ganzen Saal erklingt das Rascheln von Seide und das Klappern von Zierschwertern, gedämpftes Murmeln, Schnüffeln und diskretes Hüsteln. Die Düfte von Fliederwasser und Eau de Cologne liegen schwer in der Luft.

Mungo Park sitzt zur Rechten von Sir Joseph Banks und fühlt sich ein wenig schwindlig. Von dem Moment an, da er seinem Schwager in der frühmorgendlichen Stille der Museumsgärten die Hand gereicht hat, wurde er in einen Mahlstrom von Aktivitäten gerissen, eine sich ständig steigernde Abfolge von Frohsinn, Gratulationen, glänzenden Gesichtern und erhobenen Gläsern. Gebratene Gans bei Dickson und Effie, Punsch mit Yorkshire-Pudding und Rumkuchen bei Sir Reginald Durfeys, ein Weihnachtsbaum voller Kerzen, vergessene Liedstrophen, drei Stück Früchtebrot und Brandy bei Sir Joseph, eine wilde Jagd von Parties, Kutschenfahrten, verschneiten Straßen, Schulterklopfen und Händeschütteln – und nun das hier. Er ist vergnügt, verwirrt, zufrieden, deprimiert, erschöpft, angeheitert. Sobald es sich herumgesprochen hatte, waren die Mitglieder der Afrika-Gesellschaft herbeigeströmt, hatten ihn umringt wie aufgeregte Schuljungen beim Rugby-Match und ihn mit ihren neugierigen Gesichtern und Tausenden von Fragen bedrängt. Schnitten die Neger den Rindern die Steaks bei lebendigem Leib raus und fraßen sie auf der Stelle auf? Waren die Städte aus Gold oder Dreck erbaut? Wie breit war der Fluß? Konnten Handelsschiffe darauf fahren? Hatten ihm die Hippogryphen Probleme bereitet?

So hat er es sich vorgestellt, davon hat er geträumt. Er ist das Stadtgespräch von London, der Polarstern in dieser Galaxis von stellarem Glanz. Aber er ist müde, restlos fertig. Banks zupft ihn am Arm und will ihm noch jemanden vorstellen, aber er kann kaum noch den Kopf aufrecht halten. «Ach, Mungo, kennst du eigentlich schon den Herzog von Portland?» Seine schleppende aristokratische Intonation taucht den Namen geradezu in Sirup. «Das hier ist der Bursche, von dem ich Ihnen erzählt habe, Herzog – am Niger gewesen und zurückgekommen ... heute früh ... ostwärts! Fließt ostwärts!»

Endlich aber, Gott sei Dank, werden die Lichter gedämpft, der Dirigent steigt aufs Podium, und die Eröffnungstakte der Sinfonia tönen durch den Saal. Auf den Entdeckungsreisenden hat das einen schlagartigen Effekt. Die Klänge der Streicher, von Orgel und Trompete wirken wie ein Sedativum auf ihn, baden ihn in der süßen Erleuchtung der Zivilisation, wispern ihm etwas von Präzision und Kontrolle zu, von Aufklärung, von St. Paul's Cathedral und den Clubs auf der Pall Mall, von den beruhigenden Gesetzen von Ursache und Wirkung, von Prämisse und Konklusion. Er ist wieder zurück, endlich ist er zurück. Zurück in einer Gesellschaft, wo Formen gewahrt werden und die Liebe zur Kultur zum Leben gehört, in einer Gesellschaft, die William Shakespeares, Christopher Wrens, John Miltons und James Cooks hervorbringt. Hoch Britannia, ja wirklich.

Als er aufblickt, fulminiert der Bassist in einem Solo gegen «das Volk, das da wandelt im Dunkel», und Mungo denkt an Ali, Ebo, Mansong, an das Chaos und die Barbarei von Afrika. Doch dann setzt der Chor ein wie ein Hammerschlag und treibt mit der Freude und Intensität von «Denn uns ist ein Kind geboren» die Dunkelheit zurück, und er glaubt noch nie etwas so Schönes gehört zu haben. Und jetzt hebt der Sopran an, steigt in luftige Höhen wie ein Engel, das Weihnachtsspiel entfaltet sich, die altehrwürdige Geschichte der Hirten auf dem Felde und die frohe Botschaft der Erlösung des Menschen. Als die Altistin vortritt, um ihr Rezitativ zu beginnen: «Dann wird das Auge des Blinden aufgetan», muß Mungo plötzlich an Ailie denken. Die Solistin ist schmal gebaut, wie ein Junge, ihr schwarzes Haar zum Nackenknoten gebunden. Mungos

Augen sind geschlossen, auf der Innenseite seiner Lider spielen Kinder, steht ein Steinhaus, Ailie an der Tür – aber dann wird er von einer mißtönenden Kakophonie abrupt in die Wirklichkeit zurückgerissen, es entsteht Unruhe in der ersten Reihe, jemand ... jemand schreit die Solistin nieder!

Es ist der König, der aufgestanden ist und wie ein Trunkenbold im Wirtshaus den Namen einer Komposition brüllt. Das Publikum ist erstarrt; die mutige kleine Altsängerin stockt kurz, fährt dann aber fort, und ihre helle Stimme erklingt zusammen mit den groben, beharrlichen Rufen des Königs. Seine Hoheit scheint ein früheres Stück zu fordern, ein Lieblingswerk seines Urgroßvaters, und nun ist die Königin auf den Beinen, zerrt ihn am Ärmel, und Pitt läuft den Gang entlang, das Orchester verliert an Schwung, während der rotgesichtige Mann mit der silbernen Perücke immer wieder schreit: «Wassermusik, Wassermusik, Wassermusik!»

Zweiter Teil

Der Yarrow

«What's Yarrow but a river bare,
That glides the dark hills under?
There are a thousand such elsewhere
As worthy of your wonder.»

William Wordsworth
«Yarrow Unvisited»

LAZARUS Während er sich den Weg durch die Schneewehen auf den Stufen von St. Bartholomew's Hospital bahnt, murmelt Dr. D. W. Delp finster vor sich hin, und er ist wirklich nicht in der Stimmung für irgendwelche Wunder. Wäre ein Wunder des Weges gekommen und hätte ihn geohrfeigt, als er eben über seinem kleinen Bier und den Keksen saß, er hätte es höchstwahrscheinlich angebrüllt und dahin zurückgejagt, wo es hingehörte, und falls er erbost genug gewesen wäre, ihm auf lateinisch einen kleinen Vortrag über die empirische Unmöglichkeit seiner Existenz gehalten. Er hat schlechte Laune heute morgen, verdammt miese Laune, weil er sich fürchterlich über etwas ärgert, das er als politischen Fehler ansieht – oder vielmehr als Fehler der unglaublich folgewidrigen, unlogischen Rechtsprechung, auf der die Politik beruht. Allein der Gedanke, zu Weihnachten jemanden zu hängen! Schockierend. Barbarisch. Schlimmer noch: unüberlegt. Wütend greift er nach dem Eisengeländer, verfehlt es, rutscht mit dem linken Fuß auf einer gefrorenen Pfütze aus und fällt fluchend und krachend die Krankenhaustreppe hinunter.

«Wo zum Teufel ist der verdammte Portier?» brüllt er, als er durch die Eingangstür poltert, daß die Schwestern ihre Häubchen verlieren. «Zahlen wir dem fünf Shillings die Woche, damit er hier das Eis abkratzt oder nicht? Wo ist der überhaupt? Hängt vor dem Kamin rum und wärmt sich den faulen Arsch, was? Nuckelt an seinem Bier, was?»

Der Portier wirft einen dümmlichen Blick aus seinem Besenschrank, während die Patienten mit ihren Nachtmützen, Beinschienen und gelbverfärbten Bandagen beim Ausbruch des Arztes in sich zusammenschrumpfen. Delp steht einen Moment lang reglos, immer noch mit Überzieher, Schal und Zylinder angetan, und knurrt etwas in seinen Schnurrbart. Und dann ruft der ältliche Patient mit dem verkümmerten Bein und den vom Star getrübten Augen: «Herr Doktor, meine Lunge – meine Lunge is so verstopft, daß ich gar nich mehr weiß, bin ich nu tot oder lebendich.»

Das reicht schon: der Bann ist gebrochen. das Sargtuch hebt sich. Wie Bittsteller vor dem Orakel drängen sie sich um ihn mit ihren arthritischen Händen und den gichtigen Beinen und jammern *Doktor, Doktor. Doktor.*

Aber Delp hat für sie weder Zeit noch Muße. Er bahnt sich den Weg durch das Gedränge, seine langen Beine schreiten ungeduldig aus, und er gelangt in den Korridor zu seinem Arbeitsraum. Nein, Verstauchung, Rheumatismus oder Gicht haben ihn heute gewiß nicht extra aus den Federn geholt. Schwärende Wunden und multiple Frakturen gehören hier zum Alltäglichen, Gewöhnlichen – deswegen hätte er bestimmt nicht auf den Ausflug nach Bath am Tag nach Weihnachten verzichtet, auf die lange geplante Reise, wo er seinen Sohn in den Semesterferien und seine samt all ihren Koffern und Taschen aus Miss Creamers Internat zurückgekehrte Tochter getroffen hätte. O nein. Wenn an einem solchen Tag Delp etwas ins Krankenhaus zog, dann war es nur der wissenschaftliche Eifer – sein verzehrender Forscherdrang, die einmalige Gelegenheit, die Grenzen des anatomischen Wissens auszudehnen, die Möglichkeit, zwei am Vortag dem Henker entrissene Leichen im Rahmen einer Lehrstunde zu sezieren.

Vor der Büste des Vesalius bleibt der Arzt kurz stehen, tut einen langen resignierten Seufzer, und schon entschwinden die Säulen und Simse der Arkaden von Bath und die enttäuschten Mienen seiner Kinder in die hinterste Ecke seiner Gedanken, während das aktuelle Problem sich wie eine Kutsche aus dem Nebel schält. Man muß nehmen, was man kriegt, das ist ihm schon klar. Weihnachten, Geburtstag oder der erste laue Frühlingsabend – wenn Quiddle kommt und sagt, er hat eine Leiche auf Eis, wird obduziert. Gar keine Frage. Die letzten zwei Jahre gab es einen echten Engpaß bei Leichen, und um die paar sauberen, unverstümmelten Exemplare, die noch zu haben sind, ist die Konkurrenz hart. Inzwischen mischen sie alle mit: das Königlich-Medizinische Kolleg, die Universität von Oxford, St. Thomas' Hospital, St. George's, Guy's, die Kollegen von Westminster und Middlesex. Auf den Friedhöfen Londons kann sich die Erde kaum richtig setzen, schon buddelt jemand die lieben Dahingeschiedenen wieder aus und versteigert ihre dampfenden Überreste an den Meistbietenden. Aber was bleibt einem Mann der Wissenschaft denn übrig? Philpott zum Beispiel, drüben am Königlichen Kolleg – der hatte eine Leiche so nötig, daß er vor einem Auditorium nichtsahnender Anatomiestudenten den eigenen drei Jahre alten Sohn sezierte, der gerade an Keuchhusten gestorben war.

«Decius!» Vor dem Auditorium erwartet ihn Quiddle. «Wie geht's denn so? Schönen Urlaub gehabt?»

Delp fixiert seinen Assistenten mit fischäugigem Blick. «Wie sehen sie denn aus?»

«Der eine ist ein Prachtstück, liegt da wie ein toter Engel.»

«Und der andre?»

«Der andre ist ein Zwerg.»

«Ein Zwerg? Teufel auch. Der war hoffentlich billiger?»

«Fünfunddreißig Eier der Normale, zwanzig der Zwerg. Einer vom Middlesex Hospital hat mir den ersten weggeschnappt – ziemliches Pech. Der war ein echtes Prachtstück, keine Frage. Ein Riesenkerl. Also mindestens eins neunzig war der.»

Delp, der vollauf damit beschäftigt ist, seinen Überzieher aufzuknöpfen und den Schal abzustreifen, wird aufmerksam. «Du meinst, dieser Dreckskerl Crump verscheuert sie jetzt nach Middlesex – wo wir doch schon so lange bei ihm kaufen?»

«Wer am meisten bietet, kriegt sie auch, hat er gesagt.»

Wütend schüttelt der Arzt den Mantel ab, reißt sich den Schal herunter, fummelt nach einem Streichholz und wirft dann angewidert die ganze Schachtel zu Boden. Im Korridor geistern die Schatten, es ist frühmorgens. schwach beleuchtet, ein kalter Wind heult um die Mauern. «Na, sehen wir sie uns mal an.»

In seiner Dachkammer in der Paternoster Row wärmt sich Dirk Crump die Hände über dem Feuerrost und zählt die Münzen, die sich auf dem Tisch stapeln – fast einhundert Pfund. Nicht übel für einen Arbeitstag. Es war ganz schön anstrengend gewesen, die alte Vettel dazu zu kriegen, die Leiche des Mörders zu fordern. Aber welcher Henker konnte der braven alten Mutter eines armen Unglückseligen schon was abschlagen? Der Liliputaner war einfach ein Verhandlungsproblem gewesen, klar – wo sollte man auch einen uralten Zwerg herkriegen, der den hinterbliebenen Vater gespielt hätte? Aber der Große, da hatte er's am leichtesten gehabt. Einfach fünf Shillings dem langen Bob, dem Gehilfen vom Apotheker, geben und ihn seinen Spruch an die dreißigmal üben lassen: Ich bin Wills Bruder, extra von Southwark gekommen. Dad hat mich mit'm Karren hergeschickt, ihn nach Hause holen.

Bob hatte sich zwar verquatscht, aber es hatte ohnehin keinen gekümmert, und die Alte – na, die war einfach perfekt gewesen. Total von Sinnen vor Kummer. Er sollte zusehen, daß er sie dazu kriegte, regelmäßig für ihn zu arbeiten. Ein paar Freunde oder Verwandte oder sonstwas hatten auf den Henker eingeredet, er möge ihnen die Leiche übergeben, aber die alte Frau hatte einfach alle beiseitegeboxt und dabei gejammert und gekreischt, als wär sie die Mutter von Jesus Christus, die ihren Sohn vom Kreuz runterreißt. Das einzige Problem war nur, daß sie den Toten nicht mehr aus den Händen geben wollte, sobald sie ihn in ihrem Karren hatte und damit um die Ecke verschwunden war. Ihm schaudert jetzt noch, wenn er an ihren Blick denkt, wie sie da auf ihrem Klappergefährt hockte wie ein Ghoul oder Zombie oder sonstwas. «Iiih-hiih!» quiekte sie, «tief un fest tut der schlafen, das garantier ich. Für fünf Eier können sie'n ham!»

Sie hatte ihn in der Zwickmühle: Er wußte ja genau, daß er ohne weiteres dreißig für ihn kriegen würde. Er zählte die Münzen in ihre gichtigen Klauen, warf die Leiche auf die anderen zwei und fuhr seine Ladung die Paternoster Row hinauf. Dann sank er auf einen Stuhl neben dem Kamin und wartete, daß Quiddle und Babbo und die übrigen kämen und ihre Angebote machten. Was wird geboten? Hochmütig saß er hinter seinem Tisch und fragte Quiddle: Na? Was wird geboten?

Der Seziersaal ist eng und warm. Die beiden Studenten aus Leiden sind da, tief gebeugt über ihre Skizzen- und Notizblöcke; hinter ihnen erkennt Delp Freischütz, den ernsten jungen Deutschen mit langer Nase und zerzaustem Haar. Dr. Abernathy ist natürlich auch gekommen, er sitzt in der ersten Reihe, wie immer voll Neugier auf die Mysterien des Organismus. Hinten sitzen zwei Fremde, darunter eine Dame. Das hat Quiddle arrangiert. Feine Leute mit einer Schwäche für die Wissenschaft und voller Börse. Die kommen wegen des Nervenkitzels.

Delp verbeugt sich knapp vor dem Publikum, ehe er die kalbsledernen Handschuhe überstreift, die er bei Eingriffen in den leiblichen Körper für gewöhnlich anlegt. Dann räuspert er sich und richtet den starren Blick auf Dr. Abernathys Strümpfe: «Heute werden wir mit den wichtigsten Blutgefäßen des Beines beginnen ... Quiddle?»

Quiddle, in weißem Kittel und Krawatte, geht forsch in die Mitte des Raums, wo die beiden Leichen, der Große und der Kleine, Seit an Seit auf einem schweren schieferbeschichteten Tisch ruhen. Schwungvoll zieht er das Laken von dem Kleineren weg. Aus der hinteren Reihe ertönt ein Murmeln, gefolgt vom wohlerzogenen Nach-Luft-Schnappen einer Dame. Der Arzt wendet sich der Leiche zu, in der Hand den Zeigestock, und runzelt die Stirn. Die eine Hand des Zwerges, zur Klaue erstarrt, krallt sich um das Genick, der Körper ist kaum größer als der eines Kindes, das Gesicht klagt an – verzerrt in Wut und Todeskampf, die Augen weit aufgerissen, die Zähne gefletscht zu einem breiten, verzweifelten Grinsen – monströs und absurd zugleich. «Nein, nein», flüstert Delp, «fangen wir erstmal mit dem anderen an.»

Als gehorsames und tüchtiges Faktotum zieht Quiddle das Laken dem Zwerg sofort wieder über den Kopf, und das Publikum atmet hörbar auf. Als er sich bückt, um die zweite Leiche freizulegen, läßt sich die Unruhe im Saal beinahe greifen – die Hände der feinen Dame zucken vor den Mund, zum Ersticken eines Aufschreis bereit, die Leidener Studenten interessieren sich auf einmal lebhaft für die Architektur der Zimmerdecke, und der junge Freischütz nuckelt am Bleistift, bis seine Lippen schwarz werden. Wie sich herausstellt, gibt es jedoch keinen Grund zur Beunruhigung: die Leiche strahlt Ruhe aus, die Arme sind angelegt das Gesicht ist entspannt und zufrieden, ein weißes Tuch legt sich um die Lenden. Wären nicht die Schürfwunden des Stricks und die grellfarbigen geborstenen Gefäße an der Kehle, hätte man nie geglaubt, daß der Bursche eines gräßlichen und vorzeitigen Todes gestorben war – er könnte auch schlafen, den Toten bloß spielen, für ein Schaubild des vom Eber getöteten Adonis posieren. Stille senkt sich über den Saal, alle Blicke fixieren die schlaffe, bläßliche Gestalt auf dem Seziertisch.

Die trockene, schneidende Stimme von Dr. Delp wirkt fast wie ein Eindringling. «Wie gesagt, wir beginnen heute mit einer Betrachtung der Gefäße des Beines ... äh ... Quiddle, wenn Sie jetzt bitte ...?»

Während Quiddle geschickt mit dem Skalpell die Dermis des Unterschenkels eröffnet, um die Arteria tibialis anterior freizulegen, geschieht etwas Merkwürdiges, Wundersames: Aus dem Einschnitt ergießt sich ein Schwall von Blut – ungestüm wie ein Geysir – und spritzt ihm über Brust, Gesicht und Hände, färbt seinen Kittel wie eine rot grundierte Malerleinwand.

«Die Arteria tibialis anterior», intoniert Delp mit dem Rücken zum Seziertisch, «zweigt im Bereich der Patella von der Arteria tibialis posterior ab, die ihrerseits die Arteria peronea abgibt –» Er bricht mitten im Satz ab, weil offenbar irgend etwas schiefgelaufen ist. Abernathy ist aufgesprungen, ihm fehlen die Worte, die Leidener Studenten haben ihre Notizbücher fallen lassen, die Gesichter der feinen Leute sind aschfahl ... und dann, wie ein eisiger Ruf von jenseits des Grabes ertönt hinter ihm ein Stöhnen, unmenschlich, beklemmend, fürchterlich.

«Dok-Doktor –», stammelt Quiddle.

Delp wirbelt herum und sieht eine Blutfontäne, das bleiche Gesicht seines Assistenten und – das ist das Schlimmste – die zuckenden Augenlider, die sich krampfhaft ballenden Fäuste der Leiche auf dem Tisch. Er öffnet den Mund, der Zeigestock fällt zu Boden. Mit dem glasklaren, gedankenlosen Instinkt eines gehetzten Tiers taumelt er zurück, dreht sich um und rennt auf die Tür zu.

«Halt! Halt! Halt!» brüllt Abernathy, setzt über das Geländer und landet wie ein Geriatrie-Akrobat. «Der lebt ja noch! Der Kerl da lebt! So stillen Sie doch die Blutung, Mann!»

Als erster findet Quiddle die Fassung wieder. Leichen erwachen nicht einfach zum Leben, sagt er sich. Vampire, Zombies, Ghoule ... aber hier verblutet ein Patient. Keine Zeit für Grübeleien, Überraschung, Schreck – seine Finger liegen auf der Wunde, pressen die zertrennten Gefäße zusammen, und nun springen ihm Abernathy und Delp zur Seite, sie beben vor Anspannung, rufen nach Abbindung und Kauterisation.

Auf den Zuschauerbänken überwindet man den Schock nicht so rasch. Freischütz liegt in tiefster Ohnmacht, die Leidener Studenten haben sich unter den Sitzen verkrochen, die feinen Herren sind auf den Beinen, ungestüm und unsicher wie Pferde in einem brennenden Stall. Die Lady neben ihnen sitzt wie angewurzelt da, ihre Augen glänzen vor Entsetzen und Verständnislosigkeit. Doch dann tritt ein neuer Ausdruck auf ihr Gesicht, eine feste, freudige Miene. Still und ehrfürchtig fällt sie auf die Knie und faltet die Hände zum Gebet. «Gelobt sei der Herr», sagt sie leise. «Ein Wunder ist geschehen.»

Vorne, inmitten des Wirrwarrs rund um den Seziertisch aus Schiefer – Hände und Instrumente und heiser gekeuchte Kommandos –, hebt Ned Rise den Kopf und öffnet die Augen zur Auferstehung, zu den huschenden Lichtern und den Farben des Lebens.

Vom Lotos gekostet

«Wir dachten, Sie wären tot.»

«Stimmt, alter Junge, das muß ich leider sagen.»

«Naja, ich meine, zwei Jahre lang keine Nachricht – und dann diese Schreckensmeldung von Laidley über Ihre Gefangennahme durch die Mauren ... Sagen Sie mal, ganz im Vertrauen, bumsen die tatsächlich ihre Frauen von hinten?»

Noch ein Empfang, noch eine Runde Drinks, noch eine

Reihe von Gesichtern. Soweit der Entdeckungsreisende mitgezählt hat, ist es das zwanzigste Gelage, das ihm zu Ehren stattfindet, seit er vor einem Monat zurückkam – oder das einundzwanzigste? Das Tempo schafft einen. Macht aber Spaß. Er fährt von einem Vortrag zum nächsten, von einem Salon in den anderen. Einmal trifft er eine Gräfin, am nächsten Abend einen Earl. Mungo Park, Sohn eines kleinen Pachtbauern, auf du und du mit den Mächtigen im Lande – dabei ist er noch keine siebenundzwanzig. Es steigt zu Kopfe. das kann man sagen.

St. James Place 12

Die Baronesse von Kalibzo bittet um Ihre geschätzte Anwesenheit bei einem Empfang für Mr. Mungo Park, den geographischen Erheller und Entdecker des Nigerflusses.

28. Januar 1798 9 Uhr abends

Sir Joseph, der für solche Veranstaltungen wenig übrig hat, hat ihn vor der Baronesse gewarnt. Zwar sei sie eine leibliche Base des Königs und in ihrem Heimatlande von höchstem Rang und Geblüt. doch habe sie in London den Ruf einer gewissen Anstößigkeit. Sir Joseph verlautete nicht mehr, als daß sie sich «diverser Exzesse schuldig» gemacht habe, und riet dem Entdeckungsreisenden, die Einladung abzulehnen. Als sich jedoch herausstellte, daß Mungo dort der Ehrengast war, fand auch Sir Joseph, er solle hingehen, wenn auch nur für ein paar Stunden.

Und da ist er nun, aalt sich in den Schmeicheleien von gesellschaftlich Höherstehenden, nippt an seinem vierten Glas Wein, knabbert Kekse, die mit russischem Kaviar bestrichen sind, und hat das deutliche Gefühl, daß die Welt nicht besser sein könnte. Mohrendiener in Perücken und Cluny-Spitzen huschen umher, barbrüstige Statuen und Porträts von Bonifacio Veronese, Tizian und Fra Bartolommeo säumen die Wände, ein neunköpfiges Orchester sorgt für gedämpfte Atmosphäre. Und sobald er den Mund aufmacht, umringen ihn überdies sofort Leute in festlicher Garderobe. Ist das nun das Paradies, oder was?

Momentan haben ihn Sir Ralph Sotheby-Harp und zwei weitere wohlhabende Gönner der Afrika-Gesellschaft neben einem eingetopften Farn in die Ecke gedrängt. Sie sind erregt ihre Gesichter glühen in der Hitze des reinen, selbstlosen Forscherdrangs, indem sie ihn über Details bezüglich der sexuellen Vorlieben der verschiedenen Stämme bestürmen, und der Entdeckungsreisende, normalerweise in solchen Situationen nicht eben gesprächig, wird unter dem Einfluß des Weins allmählich recht gelöst. «Die Fulah, so erzählte man mir, treiben es oft im Sattel ihrer Kamele, und die Serawoulli –», hier senkt er die Stimme, da ihm soeben ein schwarzer Diener nachschenkt, und seine Zuhörer beugen sich begierig vor, «– die Serawoulli ziehen doch ihren Frauen tatsächlich die Jungtiere ihrer Schafe vor ...»

«Wie unsagbar fad.» Aus dem Nichts taucht die Baronesse auf, ihr Kopf eine wogende Lockenmasse, das Dekolleté geht tief über den Punkt ohne Wiederkehr hinaus. «Einen derart vitalen, ja transzendentalen Akt wie die Liebe aufs rein Geschlechtliche zu reduzieren, meine ich. Finden S' net auch, Mr. Park?»

«Ich – ich – äh ...»

«Kommen S' mit», sagt sie und hängt sich bei ihm ein. «Ich habe noch andere Gäste, die Sie vielleicht auch gern kennenlernen möchten. Meine Herren, Sie entschuldigen uns doch gewiß?»

Ein paar Stunden später hat der Entdeckungsreisende volle Segel gesetzt und führt die Baronesse in einem energischen, semi-spastischen Reel über das von den übrigen Gästen mitllerweile geräumte Parkett, und die Violine zirpt dabei am unteren Ende des Griffbretts drauflos. Über seinem Kopf zucken Kronleuchter dahin, Pflanzen, Statuen, Gemälde, und erstaunte Gesichter verschwimmen zu einem schwindelerregenden Gemenge, und die Baronesse taucht auf und verschwindet wie ein Traumgebilde. Sie wirft die Absätze in die Luft, wirbelt herum wie ein Derwisch, das Haar fällt in Girlanden über ihren Rücken, ihre Brüste hüpfen, die Petticoats flattern. In einer Inspiration versucht der Entdeckungsreisende eine Art *grand jeté* und springt durch den Raum wie eine Antilope, setzt über einen Schreibtisch und nähert sich wieder seiner Partnerin in einer rasanten Folge von größer werdenden Spiralen. Er fühlt sich so gut, er würde am liebsten vor Freude quietschen, brüllen wie ein Löwe, sich auf die Brust trommeln und wie eine elementare Naturgewalt losschreien. Unglücklicherweise verliert er im letzten Augenblick das Gleichgewicht und knallt der Länge nach in die Baronesse, so daß er sie in ein Pembroke-Tischchen hineinstößt, das sofort zersplittert. Sie bleibt einen Moment lang unter ihm liegen, vierzig Jahre alt und fühlt sich wie zwanzig. «Sie san mir ja a wilder Tänzer, Mr. Park», murmelt sie dann, und ihre langen Finger schließen sich um seinen Rücken.

Im nächsten Augenblick sind die beiden Parkettratten wieder auf den Beinen und grinsen einander zu, während ringsum die Gäste zusammenlaufen, um den Schaden zu begutachten. «Bringt neuen Champagner!» ruft die Baronesse. «Und Musik, Musik!»

Pflichtgetreu nimmt das Orchester eine neue Melodie auf, und einige wenige Paare wagen sich verschüchtert auf den Tanzboden. Irgendwo erzählt jemand einen Witz, das Geplauder kommt von neuem in Schwung, und der Vorfall ist schon wieder vergessen. Die Baronesse streicht sich das Mieder glatt, läßt ihre Brüste purzeln und bringt die Rüschen ihres Rocks in Ordnung, während der Entdeckungsreisende sich den Gehrock abklopft und ein wenig um Worte verlegen ist. «Meiner Seel, war das eine Hetz» stellt sie schließlich fest. Und dann: «Kann ich Ihnen noch ein Glaserl Champagner anbieten, Mister Park?»

«Ja – ja, natürlich. Und bitte – sagen Sie Mungo zu mir.»

Während ein Diener ihnen nachschenkt, sieht sie mit großen Augen und einem irgendwie katzenhaften Ausdruck zu ihm auf. «Kann ich dir noch etwas von mir geben – Mungo?»

Der Entdeckungsreisende schwankt ein wenig, grinst dabei einfältig und verliert sich ganz in kontemplativer Bewunderung der Vorderfront ihres Kleides.

«Vielleicht würde es dich interessieren, dir den Rest des Hauses anzusehen – den Salon, die Bibliothek ... meine Schlafgemächer?»

Er sieht ihr zu, wie sie am Glas nippt, ihre Zungenspitze wie eine Knospe, prall und rosa und feucht. «Und – äh ...», stottert er, um Nonchalance ringend, «der Herr Baron – äh, ich glaube ich hatte noch nicht das Vergnügen.»

«Ach!» sagt sie und nimmt seinen Arm. «Hab ich das net erzählt? Der arme Mann ist vor drei Jahren dahingeschieden.»

Ab und auf und wieder abwärts

Der letzte Monat war ein Trümmerfeld. Ein Monat der Schicksalsprüfungen und Rechtfertigungen, in dem der Zweifel der Gewißheit wich und in der Krise die Entschlußkraft wuchs. Und dann die abrupte Deflation, in der sich über den Taumel der Freude und der Lebensbejahung eine neue, heimtückische Empfindung von Verständnislosigkeit und Verletztheit legte, ein schleichendes, hartnäckiges dumpfes Gefühl. Als bekäme man einen Zahn gezogen, immer wieder denselben Zahn, vierundzwanzig Stunden täglich, einen ganzen Monat lang jeden Tag.

Mungos Brief traf am 29. Dezember in Selkirk ein. Ailie war nicht zugegen, um ihn anzunehmen. Sie war in Kelso, in einem Backsteinhaus am Ortsrand, wo sie vor dem Kamin saß und ihre Emotionen ebenso genau studierte wie zuvor die Süßwasserpolypen oder Pantoffeltierchen unter der geschliffenen und polierten Linse des Mikroskops. Das Backsteinhaus gehörte Dr. Dinwoodie. Sie hatte niemanden sonst, an den sie sich hätte wenden können. Ihr Vater, ihre Verwandten, Katlin – sogar Zander war diesmal gegen sie. Dinwoodie war kahl, halb invalide, dreiundsechzig Jahre alt. Sein Hobby war das Ausstopfen von Tieren. Begreifen tu ich's zwar nicht, hatte er gesagt, als sie vor seiner Tür stand, du bist ja ganz schön wild und garstig, Mädel. Aber klar kannst du hierbleiben. Selbstverständlichkeit. Freu mich ja über jede Gesellschaft.

Am Abend des Weihnachtstages sandte sie ihrem Vater eine Botschaft durch Dugald Struthers, der gerade nach Selkirk hinüberritt, um über die Feiertage seine Mutter zu besuchen. *Lieber Vater,* schrieb sie, *mach dir keine Sorgen um mich. Ich bin bei Dr. Dinwoodie und komme mit mir ins Reine. Ich konnte es einfach nicht tun, hoffentlich verstehst du mich. Kannst du das?*

Am nächsten Morgen um sechs bummerte der Alte an Dinwoodies Tür. Mit dem Stiefel. Eisregen fiel herab, grau wie ein toter See, Schwarzdrosseln scharrten in der Hecke, die Welt war wie in Glas gegossen. «Dinwoodie!» polterte der Landarzt. «Mach die Tür auf, beim Allmächtigen, mach sofort auf, oder ich werf mich mit der Schulter dagegen!»

Ailie war oben im Gästezimmer. Sie hatte, zermartert von Schuldgefühlen und Ungewißheit, eine schlaflose Nacht zugebracht. Hatte zu den Deckenbalken hinaufgestarrt, dem Trommeln der Graupeln auf dem Dach zugehört, als der Schnee zu Eisregen wurde, und sich herzenselend gefühlt, sowohl wegen Mungos Abwesenheit als auch wegen der unverzeihlichen Tat, die sie Georgie Gleg und ihrer Familie angetan hatte. Mal dachte sie daran, zurückzugehen und ihn wider Willen doch zu heiraten, und gleich darauf wußte sie, daß das unmöglich war. Beim Morgengrauen, kurz bevor sie einnickte, wurde ihr in einer blitzartigen Intuition plötzlich klar, daß das Warten auf Mungo genauso unmöglich war. Er war verloren. Sie würde ihn niemals wiedersehen.

Beim Klang der Stimme ihres Vaters fuhr sie zusammen. Sie setzte sich im Bett auf und lauschte, wie er unten schimpfte. «Wo ist sie, diese Dirne?» brüllte er. «Beim Herrgott, ich werd sie am Nacken heimschleppen, werd ihr den frechen Hintern versohlen, bis er Blasen schlägt, mit der Knute prügel ich sie, wenn's sein muß!» Und dann die ruhige, besänftigende Stimme von Dr. Dinwoodie, der ihm eine Tasse Tee mit etwas Brandy drin anbot, die ganze Sache ein wenig psychologisch anging, davon sprach, wie sich der Verlust Mungos auf sie ausgewirkt habe, daß es Zeit brauche, bis Wunden verheilten. «Du wirst doch das Mädel nicht zur Heirat zwingen wollen, Jamie.»

«Zwingen? Ihr Wort hat sie ihm gegeben. Ihr Ehrenwort, Donald. Es bringt mich zum Heulen, wenn ich nur dran denk. Eine Anderson, und bricht ihr feierliches Versprechen. Du solltest mal hören, was die Leute so reden ...»

Dann wieder Dinwoodie. der etwas über die junge Generation murmelte.

«Junge Generation am Arsch!» Die Stimme ihres Vaters schoß zurück wie ein rascher Schlagabtausch beim Tennis. «Sie ist dreiundzwanzig Jahre alt. 'ne erwachsene Frau. Und sie sollte heiraten. Also hol sie runter, die Göre – bevor ich die Beherrschung verlier und sie im Bett verdresche, vor den Augen meines besten Freundes!»

«Jamie, jetzt beruhige dich doch erstmal ...»

«Den Teufel werd ich – die Zeit ist reif zum Handeln.»

Man hörte ein Handgemenge und das Klirren von Porzellan. Dinwoodies Stimme, jetzt etwas lauter, zorniger, doch mit einem Beiklang von Resignation: «Schon gut, schon gut, bleib auf dem Teppich – ich hol sie ja.» Und dann die scharrenden Schritte des alten Arztes auf der Treppe.

Zehn Minuten später stand sie vor dem Kaminfeuer im Wohnzimmer, den Kopf tief über den Tee gesenkt, den ihr Dinwoodie gekocht hatte, und ließ die Tirade ihres Vaters über sich ergehen. Hinter ihr auf dem Sims stand einer der taxidermischen Triumphe des alten Arztes: ein Dachs und zwei Wiesel, aufrecht stehend, mit Kilt und Schottenmütze bekleidet, Gambe und Querpfeifen in den Pfoten. Sie verlagerte den Blick auf den grinsenden Dachs, während ihr Vater wütend und tobend durchs Zimmer lief. Der Alte hatte ganz hervorragende Lungen, doch irgendwann mußte auch er zum Luftholen innehalten.

«Bist du fertig?» fragte sie, und bevor er wieder loslegen konnte, schnitt sie ihm das Wort ab. «Ob du's nun bist oder nicht, jedenfalls wird es Zeit, daß ich mal was sage. Georgie Gleg widert mich an. Seit eh und je. Ein gutes Herz mag er ja haben, aber er ist ein Tolpatsch und Einfaltspinsel. Zwischen uns beiden gibt es keinerlei Zauber, und ich werde ihn nicht zum Mann nehmen, weder jetzt noch irgendwann.»

Ihrem Vater stand der Mund offen. «Nicht zum Mann –? Aber du hast dein Wort gegeben, Mädel.»

«Eher geh ich ins Kloster, das sag ich dir.»

«Na gut!» schnauzte der Alte. «Also gut – wie du willst.» Seine Hand krachte auf den Tisch. «Dann hol ich den Karren und schlepp dich selber zur Abtei.» Ärgerlich wand er sich in die Ärmel seines Mantels und stürmte zur Tür hinaus, wobei er ständig «nicht mehr meine Tochter» vor sich hinknurrte, als studierte er eine Rolle ein.

Das war am 26. Dezember. Drei Tage danach kam er zurück, setzte mit seiner keuchenden Stute über den Lattenzaun, pflügte durch Immergrünstauden und überwinterte Blumenbeete, galoppierte direkt bis vor die Tür und trompetete währenddessen die ganze Zeit wie ein Irrer in ein Waldhorn. Ailie hatte das Horn schon aus der Ferne gehört und war verblüfft ans Fenster gegangen. Dinwoodie war gerade dabei, zwei Igel auszustopfen und als den Dorfpfarrer und seine Frau zu verkleiden, als ihn der Lärm aufschreckte. und einen wahnwitzigen Moment lang glaubte er, man attackiere sein Haus. Die Verwirrung dauerte nur kurz. Schon kam Ailies Vater durch die Tür gestürzt, keine Zeit zum Anklopfen. und schrie sich die Kehle aus dem Hals. «Er lebt, meine Kleine!» rief der Alte, während er die Treppe hinaufhastete. Sie brauchte nur einen Augenblick, um seine Worte wirken zu lassen – war es denn dic Möglichkeit? –, dann war sie auf den Beinen und aus der Tür, rannte ihm durch den Flur entgegen. Er fing sie in den Armen auf, Schnurrbart und rotes Gesicht, die Neuigkeit brannte ihm auf der Zunge, er fuchtelte mit einem Brief herum. «Er hat's geschafft, Mädel. Er ist zurück. Dein Mann ist wieder da!»

Danach war alles so einfach. Das jahrelange Warten. der Ärger mit der Hochzeit, der Bruch des Gelübdes: alles wurde ihr verziehen. Die Leute fingen an, über Vorahnungen zu reden, über Hellseherei, über ein Zeichen, das sie in letzter Minute erhalten hätte. Woher hatte sie es gewußt? Sie kamen meilenweit, um ihr zu gratulieren, sie anzusehen, sie zu berühren, ihre Stimme zu hören. Ein Wunder isses, genau das isses, sagten sie. Eine Liebe unter himmlischem Schutz. Ailies Ehre war gerettet. Sie fühlte sich, als hätte sie in der Lotterie gewonnen, dem Schönen Prinzen Charlie den Thron zurückerobert, ihren Platz zur Rechten Gottes eingenommen.

Jetzt aber, zurück in Selkirk, fällt ihr allmählich wieder das Dach auf den Kopf. Ein Monat vergeht, und keine

Nachricht von Mungo. Er lebt, Gott sei Dank, das bedeutet ihr schon viel – aber wo ist er eigentlich? Vier Tage braucht die Kutsche von London, bei schlechtem Wetter vielleicht fünf, meint ihr Vater. Also wo bleibt er dann? Wo bleibt dieser Bursche, der so heiß darauf ist, seine Verlobte wiederzusehn, na wo? Wo ist er? Das Gerede fängt von neuem an. Ja, zurück ist er wohl, aber er hat sie im Stich gelassen – genau wie sie Gleg im Stich gelassen hat. Geschieht ihr ganz recht. So geht es immer weiter, wird täglich schlimmer, bis endlich ein zweiter Brief eintrifft, gleich nach ihrem Verlobungstag.

«George & Blauer Eber», Holborn
29. Januar 1798

Meine liebste Ailie!
Leider entsteht mir ein unumgänglicher Aufenthalt in London durch die Tatsache, daß ich einen gekürzten Bericht meiner Reisen zur Veröffentlichung für Mitglieder und Förderer der Afrika-Gesellschaft verfassen soll. Mit der Hilfe von Mr. Bryan Edwards, dem Sekretär der Gesellschaft. läßt sich diese Aufgabe voraussichtlich in wenigen Monaten hinter sich bringen – worauf ich sofort in Deine Arme stürzen werde.

Stell Dir vor, geliebte Freundin und baldige Ehefrau: Sobald dieses kleinere Hindernis aus dem Weg geräumt, werden wir auf immer zusammen sein. Zumindest solange ich bei Dir in Fowlshiels bin, um am Manuskript meines Buches zu arbeiten, das den Titel «Reisen ins Innere Afrikas, 1795–1797» tragen wird. Ist das nicht aufregend? Zuviel, allzu viel? Ich und ein Schriftsteller!

Aber natürlich sieche ich dahin, bis ich Dich wieder berühren kann.

Dein Dich liebender, u. s. w.
Mungo

In wenigen Monaten? Aber sie wartet ja schon eine Ewigkeit. Geplagt und belagert hat sie die halbe Welt abgewimmelt, aus Vertrauen in ihn. Und jetzt ist er zu beschäftigt um zu ihr zu kommen? Hat zuviel mit seinem Buch zu tun, um für eine Woche nach Selkirk raufzufahren und ihr zu sagen, daß sie ihm ebenso gefehlt hat, wie sie ihn schmerzlich und im Innersten vermißt hat? Angewidert zerknüllt sie den Brief und ist auf einmal von Reue erfüllt über das, was sie Georgie Gleg angetan hat. Es trifft sie wie eine Offenbarung: der arme Georgie, der muß sich genauso verletzt und verwirrt gefühlt haben wie ich jetzt.

Doch das ist eine andere Geschichte.

Glegs Geschichte (Ein böses Omen von Anfang an)

Georgie Gleg wurde in Galashiels als zweiter Sohn des Gutsherrn geboren. Als seine Mutter in den Wehen lag, senkte sich ein Goldadler aus dem Nebel herab, flatterte ein paarmal mit den großen düsteren Schwingen und ließ sich federleicht auf der Wetterfahne über dem Haus der Glegs nieder. Die Nachbarn staunten. Aus den Geschäften und von den Feldern kamen die Leute auf den Hof gerannt und starrten zu dem Vogel hinauf.

«Es ist ein Zeichen», befand jemand.

«Klar», sagte der nächste «aber ein gutes oder ein böses?»

Eine Debatte entspann sich, direkt vor den Fenstern des Gutshauses, während Georgies Mutter vor Schmerzen aufschrie und der Adler sich in aller Ruhe das Gefieder putzte, als säße er hoch oben in seinem Horst.

«Da ist Satans eigne Hand im Spiel. ich sag's euch», beharrte ein Mann mit zu großem Hut.

«Du bist doch ein dummer Schwätzer», konterte ein anderer. «Es ist eine Segnung des Himmels, genau das isses.»

Fast auf der Stelle ging man zu den Fäusten über. Frauen kreischten, Pferde wieherten, jemand brach einer Whiskyflasche den Hals. Schon bildeten sich Parteien, und es zeichnete sich ab, daß die Kontroverse in eine Massenschlägerei ausarten würde, als David Linlithgow der Sache ein Ende machte. Er hob die Muskete und schoß mit einem Krach von Feuer und Qualm dem Vogel den Kopf ab. Zuckend taumelte der riesige gefiederte Torso vornüber und tränkte die Dachziegel mit seinem Blut.

Die Menge verstummte, und die Boxkämpfer hielten ihre Schläge zurück. Im oberen Stockwerk ertönte, dünn und schrill wie eine billige Trillerpfeife, die Stimme Georgie Glegs zum erstenmal auf Erden.

Falls es irgendwelche Zweifel über die Bedeutung der Vorfälle rund um Glegs Geburt gegeben haben mochte, so wurden diese unmißverständlich zerstreut, als er heranwuchs. Ohne Frage war das Erscheinen des großen Vogels ein böses Omen gewesen, der Mord an ihm eine Katastrophe: das Unheil hockte dem Jungen auf der Schulter wie ein geflügeltes Gespenst. Als er sechs war, wurde sein Vater bei einem Jagdunfall getötet und seine Schwester Effie – der Schatz der Familie – von Zigeunern gekidnappt und an einen Baum im Wald hinter der nördlichen Weide genagelt. Milzbrand dezimierte in jenem Jahr die Herden, und drei der fünf Kühe gaben keine Milch mehr. Die Hennen begannen unerklärlicherweise Eier ohne Eigelb zu legen. In der Scheune brach ein Feuer aus. Hagelschloßen, so groß wie Kröpfe, machten die Weizenernte zunichte, und Georgies älterer Bruder wurde vom Blitz erschlagen. Der arme Simon. Sie fanden ihn draußen im Heidekraut liegen, schlaff wie eines jener knochenlosen Weichtiere, die an den Strand gespült werden.

Zwei Jahre danach heiratete Georgies Mutter wieder. Tyrone Quaggus, der neue Mann im Haus, war ein fanatischer Spieler. Tontaubenschießen, Teetrinken, ein Spaziergang im Garten – jede menschliche Betätigung bot ihm Gelegenheit zum Wetten. Ich wette, Sie schaffen's nicht, zwanzig Tassen Tee in einer halben Stunde zu kippen, Herr Vikar, schlug er zum Beispiel vor. Zehn Pfund darauf, daß ich in zwei Minuten einmal rund um den Garten laufen kann. Siehst du den Eichelhäher da in der Hecke? Zehn zu fünf, daß er vor zwölf Uhr hier an der Fensterscheibe sitzt. Als Gleg zwölf war, hatte Quaggus sein Erbe verschleudert und dazu noch drei Viertel des Grundbesitzes. Die Familie war in argen Schwierigkeiten.

Doch als wäre das noch nicht genug, erfaßte ihn das Unheil noch auf weit subtilere, hinterhältigere Weise: es machte ihn zum Paria. Man wich ihm aus, als hätte er Lepra, Hunde knurrten ihm nach, seine Altersgenossen hielten ihn mit Stöcken und Steinen auf Distanz. Er war eine Kröte, ein Wurm, ein Wechselbalg – ausgestoßen aus der menschlichen Gemeinschaft. Verschlimmert wurde die Sache noch dadurch, daß Glegs Aussehen dieser Rolle so voll entsprach. Er wurde dünn und knochig, bekam schmale Schultern und einen Brustkorb wie ein gerupftes Huhn. Seine Füße waren riesengroß. seine Hände rissig. Die Leute sagten, die ausgeprägte Hakennase sei das Zeichen des Vogels an ihm. Und erst seine Augen – klein und eng beieinander, voller gelber und roter Flecken, standen sie tief in den Höhlen, und die Haut ringsherum hatte die Farbe von frischer Leber. Vogelaugen eben.

In der Schule war er Zielscheibe von Hänseleien, Witzen, Streichen, boshaftem Spott und ausgesprochener Verachtung. Er war zehn Jahre alt, häßlich wie ein Pferd, und der beste Lateinschüler im Gymnasium von Selkirk. Letzteres war praktisch der Todeskuß für ihn, was seine Klassenkameraden anging. Über seine sonderbare Art, die Segelohren und die mangelnde motorische Koordination ließ sich ja vielleicht noch hinwegsehen, aber sie konnten ihm nie verzeihen, wie mühelos ihm die Deklinationen von der Zunge rollten, während sie sich verzweifelt mit den kläglichen Kritzeleien in ihren zerfledderten Heften abquälten. Vor allem die älteren Jungen waren böse auf ihn. Da strampelten sie sich ab, Tag und Nacht, vier Jahre lang – nur um sich von so einem rotznäsigen Jammerlappen und Grünschnabel die Butter vom Brot nehmen zu lassen. Sie beschlossen, es ihm heimzuzahlen.

Als eines Abends die Schule aus war, machten vier der älteren Jungen – die Brüder Park, Finn Macpherson und Colin Raeburn – beim Nachhausegehen einen Umweg und trafen sich am Ballindalloch Glen. Die Luft war kalt und trocken, der Schnee knirschte unter ihren Füßen. Adam und Mungo hatten schon ein Feuer entfacht, als die beiden anderen eintrafen, sich als ungewisse Schatten aus dem schwarzen Vorhang des Waldes schälten. Man grüßte sich stumm, grimmig; Finn zog den Whiskykrug aus der Tasche wie einen Dolch. Keiner erwähnte Meg Munro. Es wurde auch nicht von Fußball oder Hockey geredet. kein Witz gerissen. Das hier war eine ernste Angelegenheit. Es war ein Kriegsrat.

Gleg hatte das Unvorstellbare getan – den Sylvester-Preis für Leistungen in der Fremdsprache gewonnen, indem er seine Klassenkameraden bei einer Vom-Blatt-Übersetzung aus Vergils *Bucolica* haushoch geschlagen hatte. Der Preis bestand in einem Half-Crown-Stück, das jedes Jahr von Mrs. Monboddo, einer Witwe mit enormer Oberweite und Sinn für Kultur, gestiftet wurde. Noch nie hatte einer aus dem ersten Jahrgang den Preis errungen.

«Das bringt das Faß zum Überlaufen», sagte Adam. «Wir müssen dem kleinen Dreckskerl eine Lektion erteilen.»

Finn reichte den Krug an Mungo weiter, wischte sich mit dem Handrücken über den Mund und nickte. «Ich bin dafür, wir ziehen ihm die Ohren noch länger.»

«Nein, nein. Das muß was viel Dezenteres sein, damit er sich's irgendwie mit dem Pauker verscherzt.» Der vierzehnjährige Adam machte den Anführer, obwohl Mungo und Colin ein Jahr älter waren und am Ende des Schuljahrs ihren Abschluß machen würden. Mungo hatte im Grunde an der ganzen Sache kein sonderliches Interesse – er war nur aus Solidarität mitgekommen. Für ihn bestand die Frage nicht darin, ob er Gleg nun mochte oder nicht – natürlich mochte er ihn nicht –, denn mit solch kleinlichen Affären wollte er sich gar nicht erst abgeben. Mit fünfzehn war Mungo eine Art Goldjunge: mittelmäßig im Lernen, aber der beste Sportler der Schule, trotz einer Neigung zur Tolpatschigkeit. Er war schon 1,83 m groß und hatte die Muskulatur eines Erwachsenen. «Ich bin für Finns Vorschlag.»

Adam nahm einen Schluck aus dem Krug. «Hört doch erstmal zu», meinte er und beugte sich vor, um seinen Plan zu erläutern. Der war erstens von teuflischer Einfachheit, und zweitens verwickelte er Gleg in eine größere Übertretung der Schulordnung:

Da der Daseinszweck des Gymnasiums darin bestand, den Schülern Lateinkenntnisse einzuimpfen, war es streng verboten, während der Schulzeit schottisch zu sprechen – weder in der Klasse noch auf dem Hof. Durchgesetzt wurde diese Vorschrift mit Hilfe von Spionen, oder «vertraulich-geheimen Konfidenten», die dem Schulmeister jede Verfehlung meldeten. Ersttätern drohte ein scharfer Tadel sowie eine Geldstrafe von zwei Shillings, beim zweitenmal setzte es vor versammelter Klasse Prügel mit der Peitsche. Die Älteren wußten natürlich, wer die Spione waren, und erkauften sich auf diesem oder jenem Wege ihr Schweigen. Von den etwa sieben Petzen in ihrer siebenunddreißigköpfigen Klasse war Robbie Monboddo der zuverlässigste. Also würden sie ihn einfach eine Falschmeldung über den Musterschüler abgeben lassen. Mr. Tullochgorm, ich muß Ihnen einen Jungen melden, Sir. Den jungen Gleg. Gotteslästerlich geflucht hat er – und noch dazu in breitestem Schottisch, Sir.

Zwei Tage danach wurde Gleg nach vorn gerufen. Im steinernen Kamin schwelte der Torf, das langsame, stetige Tropfen des Schmelzwassers bildete Pfützen auf dem Lehmboden. Früher hatte man hier Milchkühe untergebracht, und in der Luft lag noch das Odeur von Urin und saurer Milch. Ein silbriger Eisüberzug lag auf den Latten der Zimmerwände, die Kerzen der Schüler flackerten fahl im Zwielicht, Nagetiere raschelten oben im Strohdach. «George Peter Gleg», skandierte Tullochgorm, «er trete vor!»

Die siebenunddreißig Schüler erstarrten an ihren roh gezimmerten Pulten. Aller Augen lagen auf Tullochgorm, als Gleg zaghaft von der Bank aufstand und den Gang nach vorne schritt. Da das Gesicht des Schulmeisters sich nie im Ausdruck veränderte, war seine Stimmung vorerst noch schwer einzuschätzen – war er zornig oder hatte er nur Sodbrennen? Wollte er Gleg schelten oder loben? Da konnte man nur raten – obwohl Adam und Mungo, nebst einigen anderen, es sich ziemlich gut denken konnten.

Tullochgorms Totem war die neunschwänzige Katze, die als unheilvoller Schmiß an der Wand hinter ihm hing. Er mochte nichts und niemanden. Worte wie Wunder, Schönheit und Leben existierten in seinem Lexikon nicht. Er war verarmt und verbittert, ein einfacher Pauker, abhängig von dem lächerlichen Gehalt, das die Stadt für ihn aufbrachte, und von milden Gaben seiner Schüler. *«Venit summa dies et ineluctabile tempus»*, fauchte er, jede Silbe wütend hinausstoßend, als gäbe er einem Hund einen Tritt.

Mit gesenktem Kopf stand Gleg vor dem massiven Eichentisch des Schulmeisters. Er antwortete auf Latein: «Ich – ich verstehe nicht, Sir.»

«Was! *Nil conscire sibi, nulla pallescere culpa*, du Lümmel.»

«Aber –»

«Stillgeschwiegen!» Tullochgorm war jetzt auf den Beinen und ließ die übliche Predigt vom Stapel: über Ungehorsam, mangelnde Disziplin und heimtückische Elemente, welche die anerkannten Gesellschaftsnormen umgingen und so das Gefüge des Königreichs schwächten. Als er geendet hatte, packte er Gleg im Nacken und beutelte ihn, bis dem Jungen der Rotz aus der Nase rann. «Zwei Shillings!» brüllte der Schulmeister. «Zwei Shillings! *Quamprimum!*»

Eine Woche später wurde Gleg zum zweitenmale nach vorn zitiert. Adam grinste Finn und Colin zu, als die Klasse verstummte und der Wind in den Dachritzen heulte. Die Jüngeren erblaßten und krallten sich so fest an die Ränder ihrer Pulte, daß ihre Knöchel ganz weiß wurden. Tullochgorm war aschgrau im Gesicht, Gleg verschüchtert und durcheinander. Mungo sah nur einmal kurz auf, fuhr sich geistesabwesend durchs Haar und wandte sich dann wieder dem zerlesenen Exemplar von Jobsons Afrika-Abenteuern zu, das unter seiner Latein-Grammatik versteckt war. *«Bonis nocet quisquis pepercerit malis!»* schrie Tullochgorm. Und dann: «Er beuge sich über den Tisch, der Taugenichts.»

Adam Park und seine Kumpane hatten ihr Ziel erreicht: Gleg war vom Sockel gekippt. Im Laufe von sieben kurzen Tagen war er vom ersten zum siebenunddreißigsten Schüler herabgesunken. Doch damit hörte es längst nicht auf. Wie sollte es denn auch, wo Gleg doch so deutlich gezeichnet, so offensichtlich erbärmlich war und sich so schön als Zielscheibe anbot, daß er ebenso gut einen schwarzen Punkt auf der Stirn tragen konnte? Adam und seine Freunde hatten ihren sprichwörtlichen Prügelknaben gefunden. Je mehr er litt, desto mehr verachteten sie ihn –

und desto entschlossener wurden sie, ihn zu vernichten, zu zerstören, zu zerquetschen, so wie sie eine Schnecke oder eine Spinne zerquetscht hätten. Adam nahm seinen Bruder beiseite. «Wir machen, daß er den Rausschmiß kriegt», flüsterte er.

Am nächsten Morgen versammelten sich die Schüler von Selkirk in aller Frühe vor dem Schulgebäude, um Tullochgorms Ankunft zu erwarten. Es war kalt, und einige scharten sich um den Eingang, rieben sich die Hände und stampften mit den Füßen. Adam und Finn waren darunter, die Hände in den Taschen, Schulhefte unter dem Arm. Sie grinsten einander an wie Casca und Metellus Cimber auf den Stufen des Senats. Mungo und ein paar der härteren Burschen waren draußen auf dem zugefrorenen Ententeich und wärmten sich mit einer Runde Curling auf. Die zwanzig Kilo schweren Pucksteine zischten übers Eis wie lange, scharfe Atemzüge, während die Spieler mit kurzen Besen nebenherkeuchten und das Echo der Kollisionen durch die beißende Morgenluft knallte. Von Zeit zu Zeit erscholl ein Triumphschrei – auf Latein natürlich.

Gleg war spät dran. Er hastete den Pfad entlang, tief gebückt, das Schulheft vorn in die Jacke geklemmt, in den Händen eine Deckelkanne mit Bier. Es war der Tag des Schuldgelds, und jeder Schüler mußte anstelle von pekuniären Zuwendungen der Speisekammer des Lehrers einen im vorhinein bestimmten Artikel beisteuern. Colin hatte einen Scheffel Weizen gebracht, Mungo einen Korb Kartoffeln. Andere waren um weiße Rüben oder Butter oder ein Suppenhuhn gebeten worden. Gleg hatte den Auftrag, dem Schulmeister die nächsten zwei Wochen lang jeden Tag ein Seidel Bier zum Mittagessen mitzubringen.

Als Georgie am Teich vorbeieilte, drehte sich Mungo zu ihm um und rief: «He, Gleg – willst du für mich das Eis fegen?» Georgie war wie vom Donner gerührt. Weniger überrascht wäre er gewesen, wenn man ihm eins mit der

Schaufel übergezogen hätte. Für Mungo Park fegen? Er konnte es kaum glauben. Nie zuvor hatte ihn jemand eingeladen, bei irgend etwas mitzumachen. Dabei wünschte er sich nichts anderes. Stundenlang saß er herum und sah ihnen zu, wie sie Hockey, Fußball, Golf spielten, ersehnte seine Chance, betete darum, daß der Torwart sich ein Bein bräche und sie sich an ihn, an Georgie Gleg wenden, ihm auf die Schulter klopfen, ihn in neuem Lichte sehen würden.

«Na, was ist? Willst du oder willst du nicht?»

Er nickte, nickte aufgeregt, das Herz pochte ihm gegen die Rippen wie ein Vogel, der sich freikämpfen möchte. «Ich muß bloß noch – bloß noch das Bier abstellen ...», stammelte er und hopste schon über den Hof zum Schulhaus hin, viel zu sehr von Vorfreude erfüllt, um Verdacht zu schöpfen.

Er rannte zum Eingang hinauf, ganz außer Atem, der Rotz hing ihm in Zwillingsströmen unter den Nasenlöchern. Es dauerte keine fünf Sekunden – er stellte die Dekkelkanne zu den übrigen Gaben, schob sein Heft in einen Mauerspalt und rannte schon wieder den Pfad zurück.

Sein Schicksal war besiegelt.

Adam grabschte nach dem Gefäß, sobald ihm Gleg den Rücken kehrte, klappte den Deckel auf und tat einen langen, tiefen Zug. Er wischte sich den Mund ab und nahm noch einen Schluck. Dann kam Finn an die Reihe. Finn sprach ordentlich zu und reichte das Seidel an Robbie Monboddo, der seinen Schluck nahm und es weitergab. Sekunden später trank Adam es leer. Und während Colin nach Tullochgorm Ausschau hielt, knöpfte er sich die Hose auf und pinkelte in die Kanne, kämpfte um jeden letzten Tropfen, drückte und drückte, sein Gesicht war ganz rot vor Anstrengung. Finn war als nächster dran. Dann Robbie, Colin und die anderen. Bei Colin kam erst nichts, und die anderen feuerten ihn an und kicherten, machten Witze darüber, als wären sie auf dem Fußballplatz, und hier hätte er die Chance auf ein Tor. Tullochgorm kam bereits in Sicht, und die Kanne war noch nicht voll. Mach schon, mach schon, du schaffst es. Endlich, es blieb kaum eine Minute Zeit, entspannte sich Colin, süßes Geplätscher, und füllte die Kanne bis zum Rand. Jubel brandete auf. Tullochgorm bezog ihn auf sich und lüpfte kurz den Hut, als er an ihnen vorbeischritt, um die Tür aufzuschließen.

Im Winter begann die Schule bei Tagesanbruch und ging bis Sonnenuntergang, mit einer halben Stunde Pause zur Erholung gegen Mittag. Während der Pause saßen die Jungen fröstelnd an den Pulten und stocherten in kaltem Porridge herum, oder sie nutzten die freie Zeit zum Schlittschuhlaufen oder Eisschießen auf dem Teich. An diesem Tag aber verließ keiner den Raum. Im Klassenzimmer herrschte gedämpftes Murmeln, Mungo kaute auf einer kalten Kartoffel herum, Colin wärmte sich einen Brotkanten über dem Feuer. Verstohlen beobachteten alle Tullochgorm.

Der Schulmeister hatte seinen Stuhl zur Seitenwand gedreht. Er hatte die Rute weggelegt – für dreißig Minuten jedenfalls – und war längst dabei, die Szenerie ringsherum im Geiste auszusperren, hatte die Schiefertafel, den tristen Raum, die ungewaschenen Gesichter der Jungen schon vergessen. Ein Buch lag aufgeschlagen vor ihm auf dem Tisch – *Bellum Grammaticale* – und abwechselnd überflog er den Text, massierte sich die Füße und schnitt eine Steckrübe in einen Teller Hafergrütze. Fasziniert verfolgten die Schüler jede seiner Bewegungen, als hätten sie noch nie gesehen, wie sich jemand die Füße knetet und Hafergrütze löffelt. Als er nach dem Bierkrug griff, elektrisierte sich die Spannung im Raum, eine Welle der stillen Hysterie schwoll an und ebbte ebenso rasch wieder ab. Falscher Alarm. Geistesabwesend stellte der Lehrer die Kanne wieder weg und nahm statt dessen einen Löffel Grütze, die ganze Zeit in sein Buch vertieft. Finn Macpherson fiel fast aus der Bank heraus. Adam konnte ein nervöses Kichern nicht unterdrücken. Colin schneuzte sich erwartungsvoll. Nur Gleg bemerkte von alledem nichts, kritzelte versunken etwas in sein Schreibheft, als wäre er immun gegen die bösen kleinen Überraschungen des Lebens, der arme, dumme Pechvogel Gleg, das Opferlamm, das nichtsahnend die Pfosten des blutbefleckten Altars beschnüffelte.

Dann, wie die Pointe eines schlechten Witzes, ging der Moment in die Geschichte ein. Tullochgorm hob den Krug an die Lippen und nahm einen langen, durstigen Schluck. Keine Reaktion. Er wandte sich wieder dem Buch zu. Es folgte ein Augenblick, in dem er auf das Gefäß mit der gelben Flüssigkeit hinabsah, unsicher noch einen prüfenden Schluck machte und dann alles ausspie wie ein Wal, der zum Luftholen auftaucht. Sechsunddreißig Köpfe senkten sich, urplötzlich von den Feinheiten der lateinischen Grammatik gefesselt. Georgie Gleg blickte auf. Der Schulmeister hatte eine Art Anfall, keuchte und würgte, knallte die flache Hand auf die Tischplatte, Äderchen platzten in seinem Gesicht wie ein Feuerwerk. Georgie war beeindruckt, verwirrt und erschrocken zugleich. Doch wenn er überrascht war, blieb die Überraschung von kurzer Dauer. Denn Tullochgorm starrte ihn an. Eigentlich starrte er nicht – er funkelte ihn an. Blicke wie Stilette. Schaumbläschen mit Speichel und halbverdautem Essen auf dem Kinn, die Schweinsäuglein voller Wut und Haß, so funkelte ihn Tullochgorm an.

Georgie Gleg, zehn Jahre alt, begann sich äußerst klein zu fühlen.

Von da an ging es stetig abwärts. Natürlich gab es dennoch ein Auf und Nieder, doch insgesamt neigte sich die Kurve von Glegs Leben dem Tiefpunkt entgegen. Direkte Konsequenz des Vorfalls mit Tullochgorm war der Schulverweis, gefolgt von einer dreifachen Tracht Prügel durch Georgies Mutter, Quaggus und den Schulmeister. Während der nächsten vierzehn Tage zwang man Gleg, zu jedem Mahl eine Tasse des eigenen Urins zu trinken, und nachmittags mußte er eine halbe Stunde lang am Dorfpranger stehen, der zu diesem Zweck ad hoc errichtet worden war. Am Ende der zwei Wochen wurde er in schroffer Weise aus dem Haus geworfen, und zwar auf Quaggus' Stiefelspitze, und nach Edinburgh geschickt, wo er bei seinem Onkel Silas wohnen und die dortige Schule besuchen sollte.

Erstaunlicherweise war Edinburgh gar nicht so übel. Schon weil ihn in der großen Stadt niemand kannte. Keiner wußte von dem ermordeten Adler und den blutbefleckten Dachziegeln, keiner beschuldigte ihn, den bösen Blick zu haben oder allein durch seine Gegenwart Milch sauer werden zu lassen. Für die neuen Mitschüler war er nur ein schlaksiges, segelohriges Objekt des Gespötts – nichts Besonderes. Im Hagel der Beschimpfungen gelang es ihm sogar, ein paar Freundschaften zu schließen – ebenfalls Einzelgänger, natürlich, aber es war ein Anfang. Andererseits bekundete Silas Gleg lebhaftes Interesse an seinem Neffen. Er kleidete ihn anständig ein, stellte einen Hauslehrer an, gab ihm Taschengeld – Georgie fing an, sich so zu entwikkeln, wie es einem Gutsherrnsohn anstand. Er schloß die Schule mit hervorragenden Noten ab.

An diesem Punkt mischte sich Quaggus ein. Da inzwischen kaum noch Grundbesitz oder ein nennenswertes Erbe übrig sei, so argumentierte er, sollte der Junge einen guten Beruf ergreifen, seinen Lebensunterhalt selbst verdienen, für sich sorgen lernen. Silas Gleg pflichtete widerwillig bei. Zunächst kam Georgie bei einem Apotheker in die Lehre, und als der Pillendreher unverhofft aus dem Leben schied, wurde er Famulus bei Silas Glegs altem Freund Dr. James Anderson in Selkirk. Dort lernte er Ailie kennen, und sein Leben bekam plötzlich einen Wert, wurde etwas Schönes, näherte sich erstmals dem Erhabenen. Als sie einwilligte, seine Frau zu werden, fühlte er sich, als hätte er die ganze Welt erobert. Alexander, Cäsar, Attila – alles Stümper im Vergleich zu ihm.

Doch dann, gerade als das Leben sich ihm eröffnete wie eine Orchidee in voller Blüte, klappte es auf einmal wieder zu, tödlich, schmählich, im Innersten verfault. Sie rannte ihm davon. Kroch im Dunkel fort, als wäre er eine Bestie, der sie im hellen Tageslicht nicht gegenübertreten konnte. Alle Verwandten und Nachbarn waren versammelt gewesen. Quaggus und seine Mutter. Onkel Silas. Es hätte der krönende Augenblick seines Lebens sein sollen.

Er verließ Selkirk am Tag nach Weihnachten. Es gab keine Erklärungen, keine Entschuldigungen, keine Abschiedswünsche. Gramgebeugt den Koffer in der Hand, zog er ab in Richtung Edinburgh. Es war kalt. Der Wind pfiff von Norden her mit einem Geräusch wie klagende Vögel, und die eisverkrusteten Äste knarrten wie Kronleuchter bei einer Totenfeier. Hätte er sich die Mühe gemacht, den Kopf zu heben, wäre sein Blick auf öde graue Hügel gefallen, auf kläglich erodierte Schneisen, auf kahle Bäume jenseits jeder Hoffnung auf ein Wiedererblühen. Er machte sich nicht die Mühe. Gegen den Wind ankämpfend. stapfte Gleg davon, müde und voller Trübsinn hinkte er die Straße entlang wie ein verstörter Fußsoldat auf dem Rückzug vor einem Gegner, den er weder bezwingen noch begreifen konnte.

Leben nach dem Tod

«Alles schon dagewesen, sag ich. Eine Verlegung der Luftröhre, dazu Schock und Koma, verfrüht für tot erklärt. Gott im Himmel, Mann, es hat geschneit wie der Teufel – außerdem war Weihnachten. Wer wollte da dem Henker vorwerfen, daß er vielleicht ein bißchen allzu hastig war?»

Mit der langsamen, stetigen Beharrlichkeit von Sandkörnchen in einem umgedrehten Stundenglas hat die Stimme der Vernunft allmählich ihre Wirkung auf Quiddle. Trotzdem leistet er Widerstand. «Aber der hat doch zwanzig Minuten gebaumelt, oder etwa nicht?»

«Pfft!» Delp winkt verächtlich ab. «Muß ich dich darüber belehren, daß die menschliche Spezies unendliche Verschiedenheit kennt? Was den einen schnurstracks abserviert, muß beim nächsten ja nicht unbedingt unausweichlich und in allen Fällen funktionieren. Ein Bewohner der Fidschi-Inseln hält es sicher nicht länger als fünf Minuten im Wasser vor Grönland aus, ein Eskimo aber ... Oder noch besser – nehmen wir den durchschnittlichen Gemüsekrämer. Wenn man den über eine Lage glühender Kohlen schickt, würde er doch verbrennen wie ein Knäuel Papier, und doch wimmelt es in Indien von Fakiren, die so etwas drei-, viermal pro Tag tun – nur so zum Spaß. Benutz deinen Verstand, Mann. Wer will denn behaupten, daß zwanzig oder dreißig oder selbst sechzig Minuten am Galgen ausreichen, um ein Menschenleben zu ersticken, ohne zunächst die wechselnden Launen von Zeit und Ort in Betracht zu ziehen, die Witterungsbedingungen, den verwendeten Knoten und die Güte des Stricks, die Ausdauer des Individuums und tausend andere unwägbare Umstände?»

«Egal, wie man's erklärt, ich finde es trotzdem ein Wunder, daß der Mann da drin noch lebt. Ob's nun die Hand des Allmächtigen war oder nur eine Untiefe der Wahrscheinlichkeitstheorie, ich möchte wetten, das ist das außergewöhnlichste Ereignis in unseren Breiten, seit die Zofe der Königin Elisabeth vom Blitz getroffen wurde und ihr daraufhin ein Bart wuchs.»

Delps Blick ist jetzt kalt und gereizt. «Wette ruhig»,

fährt er auf und reißt sich die Pfeife aus dem Mund, als zöge er den Stöpsel aus einem Ausguß. «Aber eins sage ich dir: Innerhalb einer Woche will ich diese Type wieder los sein. Massier ihm den Nacken, laß ihn zur Ader, flöß ihm Fleischbrühe ein – alles, was er braucht –, aber bring ihn wieder auf die Beine und dann zur Tür hinaus.» Er macht eine Pause, reißt ein Streichholz an und saugt die gelbe Flamme in den Pfeifenkopf. «Ich habe übrigens nichts dagegen, wenn du ihn ein wenig zur Schau stellst. Es wird soviel Schnickschnack geredet über die Wunder der modernen Wissenschaft und das ganze Zeug, daß die Patienten davor eine gewisse Ehrfurcht empfinden und so weiter. Zeig ihn ein bißchen herum. Ich glaube, das würde uns keineswegs schaden – wenn du verstehst, was ich meine.»

Die Tür geht auf und wirft diffuses Licht in die kleine Kammer. Herein kommt Quiddle. Ein Tablett in der Hand. Zinnbecher, goldbraunes knuspriges Brot. Eine dampfende Terrine. «Aha, sind wir schon wach, ja?» stellt er mit munterer, dröhnender Stimme fest, so wie man laut im Dunkeln pfeift.

Ned Rise liegt auf einem Strohsack in der Ecke, eine schmutzige Decke bis zum Hals heraufgezogen. Die Kammer ist feucht und fensterlos: Lehmwände, Ziegelboden, rohe Kiefernbohlen an der Decke. Ein Keller, keine Frage, grob und provisorisch, aber doch nicht ohne Komfort: ein Waschbecken und eine Schüssel mit Wasser, ein in die Wand eingelassener offener Kamin, ein Eimer Kohlen, ein Spiegel. Neben der Tür ein wackliges Regal mit Kleidern darauf und ein umgekippter Einkaufskorb, aus dem Bücher hervorquellen (medizinische Werke und religiöse Traktate), dazu der Abfall des Alltags: Apfelgriebse, Käserinden, Tabakkrümel, abgebrannte Kerzenstummel. Auf die hintere Wand hat jemand ein Fenster gemalt und ein paar Fetzen fleckigen gelben Vorhangstoff drum herum drapiert.

«Na, wie geht's dir jetzt?» ruft Quiddle, betritt zaghaft die Kammer und geht auf das Tischchen am Fußende des Bettes zu.

Ned antwortet nicht. Er bleibt reglos liegen, unrasiert. das Haar verfilzt, die rote Schürfwunde des Stricks glüht wie ein Vorwurf an seinem Hals. Seine Blicke wie Dolche.

Quiddle setzt das Tablett mit athletischer Bewegung ab und springt sofort ein paar Schritte zurück, bleibt auf Distanz, wachsam, jederzeit fluchtbereit. Er faltet die Hände hinter dem Rücken. «Heheh», macht er. «Hör mal, du bist dir doch bewußt, wo du bist und so, oder? Ich meine, das ist hier nicht der Himmel oder sonstwas. Du hast es lebend überstanden. Das Aufhängen meine ich.» Er sieht auf seine Schuhe hinab. «Was ich sagen will, du lebst, Mann – du bist genauso lebendig wie der König selber!» Er endet mit einem nervösen Lachen, als hätte er gerade im Wirtshaus einen Witz erzählt.

Ned antwortet nicht. Er weiß genau, was geschehen ist. Immerhin hatte er fast anderthalb Tage Zeit, sich darüber klar zu werden, es auszukosten, die ganze Skala der Emotionen entlangzufahren, von der anfänglichen Verwirrung über die religiöse Ekstase bis zum reinen animalischen Glücksgefühl. Außerdem hat er die Unterhaltung im Korridor belauscht.

«Also – wenn dir jetzt noch nicht nach Sprechen zumute ist ...»

Neds Blick fixiert Quiddles schwitzendes Gesicht. Seit sein Wohltäter den Raum betreten hat, strengt er sich an, nicht zu blinzeln. Und das ist sehr anstrengend. Vor allem weil er halb verhungert ist. Der Duft der Rinderbrühe oder Ochsenschwanzsuppe oder was immer es sein mag hat eine ganze Kompanie unwillkürlicher Reaktionen in Marsch gesetzt: in der Magengrube grummelt es hohl, Lippen schürzen sich, Speicheldrüsen schütten ihren Saft aus. Aber er will aus der Situation alles herausholen.

«Ich versteh das schon», sagt Quiddle und geht rückwärts zur Tür. «Es muß sehr schwer für dich sein. Ruh dich erstmal aus. Alles ist gut jetzt. In ein paar Tagen haben wir dich wieder auf den Beinen, und dann kannst du dein Leben nochmal von vorn anfangen, alles hinter dir lassen, neue Freundschaften schließen, neue ...» Seine Stimme ist zum Flüstern geworden, tröstend und mütterlich.

Im nächsten Moment schließt sich die Tür, und Ned fällt über das Tablett her wie ein Wolfsrudel.

In den nächsten Tagen wird Ned im weißen Nachthemd durchs Krankenhaus geführt, nickt den Siechen und Sterbenden zu, legt verkrüppelten Kindern die Hände auf, läßt geduldig die tastenden Finger erstaunter Chirurgen, Internisten und Studenten über sich ergehen. Der Schnitt im Bein schmerzt wie rasend, und sein Hals fühlt sich an, als wäre er aus den Gelenken gedreht, aber Quiddle hat ihm eine Flasche Laudanumtinktur beschafft, und ein Friseur war auch da, um ihn zu rasieren und sein Haar zu pudern. Ned weiß, was von ihm erwartet wird. Er hinkt durch die Gänge wie ein verwundeter Seraph, die Halswunde geschickt unter einer weißen Krawatte verborgen, in den Augen ein glühender, messianischer Blick. Spricht man ihn an, so dreht er sich um und deutet kummervoll mit dem Finger auf seine Kehle.

Quiddle vertritt die Ansicht, der Larynx sei gequetscht, während Delp darauf beharrt, es gebe keinerlei Anzeichen für physische Schäden. Nach sorgfältigster Untersuchung von Neds Stimmapparat erklärt sich Abernathy gezwungenermaßen einer Meinung mit Delp, gibt aber zu bedenken, das Problem könne durchaus seelische statt körperliche Ursachen haben. Um diese Diagnose zu bekräftigen, zitiert er den Fall der Lucy Minor, die vor mehreren Jahren in die Unfallklinik eingeliefert worden war, nachdem ein betrunkener Kutscher sie angefahren hatte. Die Pferde waren über sie hinweggetrampelt; sie war gestürzt. Als sie unter der Kutsche hervorkam, rannten Passanten zu Hilfe und stellten verblüfft fest, daß sie unverletzt geblieben war – wie ein Wunder hatten sie die wirbelnden Hufe und die mahlenden Wagenräder verfehlt. Man half ihr auf, jemand bürstete ihr Kleid ab, sie bekam ein Glas Brandy zu trinken – doch als sie den Leuten danken wollte, die sie so versorgt hatten, merkte sie, daß sie nicht sprechen konnte. Die Ärzte standen vor einem Rätsel. Abernathy selbst hatte jedes erdenkliche Heihlmittel probiert – von Blutegeln über heiße Essigwickel bis zu dicken Halsbandagen. Er ließ sie zur Ader, bis sie kalkweiß im Gesicht war. Ohne Erfolg. Heute, zwölf Jahre danach, widmet Lucy Minor sich größtenteils der karitativen Arbeit mit Taubstummen. Während der gesamten Zeit ist kein Laut über ihre Lippen gekommen.

Dr. Maitland, der seit fast einem halben Jahrhundert im St. Bartholomew's praktiziert, gibt Abernathy zwar recht. weist aber auf einen eklatanten Unterschied der beiden Fälle hin: die zusammengeschnürte Kehle. «Der ist ganz einfach blockiert», beharrt er, «ist doch klar wie Quellwasser. Der Mann braucht Abführmittel. sonst gar nichts. Verpaßt ihm eine ordentliche Dosis Rizinusöl, laßt ihn zweimal zur Ader und gebt dann noch einen Einlauf mit Brechweinstein und rotem Fingerhut.» Sein Kollege Runder. ein strikter Brownianer, hat eine andere Theorie. «Es handelt sich doch eindeutig um eine asthenische Störung – verabreicht dem Kerl Alkohol, dann plappert er in einer Woche wie ein Kakadu.» Delp ist nicht einverstanden. «Das ist ein Simulant, sag ich euch. Ich würde sagen, wir führen ihn den anderen Patienten noch eine Weile vor und werfen ihn dann raus. Oder noch besser, wir schicken ihn wieder zum Henker.» Letztendlich und nach einer zehrenden Debatte, die sich über zwei Stunden, drei Rinderrippenstücke, acht Kapaune, einen halben Laib Käse und fünfzehn Flaschen

Portwein hinzieht. beschließt man, Ned Rises Aufenthalt von ursprünglich einer Woche auf zwei zu verlängern und Abernathy mit Mrs. Minor Kontakt aufnehmen zu lassen, damit diese den Patienten in der Verständigung mittels Zeichensprache unterrichte. Nach den zwei Wochen will man den Patienten dann aus dem Krankenhaus entfernen.

Neds Reaktion auf all dies ist von elementarer Einfachheit. Er schläft in Quiddles Bett, ißt Quiddles Speisen, trinkt Quiddles Laudanum. Maitlands Rizinusöl gießt er ins Klosett, schlürft genüßlich Runders Alkohol, verbringt zwei Stunden am Tag damit, vor der ernsten Mrs. Minor mit den Fingern herumzufuchteln, und vermeidet tunlichst ein Zusammentreffen mit Delp. Weiterhin durchwandert er die Krankenhausgänge mit betrübtem Blick, kunstvoll drapierter Frisur und versiegelten Lippen. Von allen Theorien, die zur Erklärung seines Leidens aufkamen, pflichtet er insgeheim nur einer bei: der von Dr. Delp.

O ja, heiser war er schon, ein paar Tage lang – wer wäre das nicht? Grinsend lag er im Dunkeln, ließ Wörter wie Lötzinn von der Zunge tropfen, während er das Wunder sciner Auferstehung und den fieberhaften, ekstatischen Bericht einübte, den er Fanny davon geben würde. Persönlich. Die Stufen von Brooks' Haus würde er emporschreiten, den verdutzten Butler beiseiteschieben und in den Salon stürmen, um den Hals einen aufgefaserten Henkerstrick. «Aus dem Grab bin ich gekommen, meine Rache zu vollziehen, du perverses Schwein!» würde er brüllen und Brooks mit einem einzigen Hieb in die Knie zwingen. Dann Fanny in die Arme nehmen, ihr zuflüstern, sie möge keine Angst haben, und ihr die ganze Geschichte enthüllen. Brooks würde tief gerührt sein, ihnen einen Wechsel ausstellen, eine Kutsche rufen lassen, und sie wären auf und davon. Oder so ähnlich.

Einstweilen aber hält sich Ned bedeckt. Leckt seine Wunden, kommt zu Kräften und versucht, das Entsetzen zu verarbeiten, das er durchlebt hat. Sobald er die Augen schließt, ist es jedesmal wieder da, unbarmherzig, schonungslos – der Galgen, der drohend über ihm aufragt wie ein riesiges fleischfressendes Insekt, der wie Asche herabflockende Schnee, der eiskalte, totenstarre Blick des Henkers und das untrügliche Gefühl, hinter der schwarzen Kapuze verberge sich ein namenloser, unmenschlicher Schrecken. Ob er schläft oder wacht, das Bild sucht ihn heim. Er schaudert und windet sich auf Quiddles schmalem Lager, wenn der Alptraum näherkommt, die Schlinge vor ihm baumelt, und dann fährt er schweißgebadet hoch und denkt: Und wenn sie es nun rauskriegen? Was ist, wenn Banks oder Mendoza oder Twits Schwester davon erfahren? Er stürzt in die Tiefe, spürt schon den ganzen bösen Kreislauf von neuem beginnen, das knirschende Rad, die erlesenen Foltermethoden, ganz langsam und genüßlich. Er will aufschreien, brüllen, bis die Wände einstürzen – doch er tut es nicht. Schweigen ist oberstes Gebot. Sollen sie nur weiterrätseln. Noch ein paar Tage, dann ist das Bein verheilt, nur noch ein paar Tage, dann ...

Die Tür geht auf. Quiddle. Kommt mit einem Tablett herein: kaltes Huhn, Fleischpastete, ein Krug Bier. Aber Moment mal: es ist gar nicht Quiddle. Die Gestalt ist größer, breiter – wer?

Decius William Delp steht über dem Bett, das Tablett in der Hand. Als er sich vorbeugt, um es abzusetzen, zuckt Ned instinktiv zurück. Für einen langen Augenblick steht das Tablett zwischen ihnen, dünner Dampf steigt von dem gebackenen Fleisch auf. Delp starrt Ned unverwandt an. Ned muß wegsehen.

«Geht schon viel besser, wie es scheint – was, Dornröschen?» bemerkt Delp endlich. Er ist von schwerer Statur, sehr bleich, mit schwarzen Haaren auf den Handrücken. «Na – willst du nicht das heutige Angebot begutachten ... Ned?»

Ned fährt hoch, als hätte man ihn geohrfeigt. «Woher –?»

Delp lächelt – ein kaltes, gnadenloses Lächeln, das tiefe Furchen in sein Gesicht gräbt, die Ohren flach an den Kopf legt und seine schlechten Zähne entblößt. «Auf einmal die Sprache wiedergefunden, was? ... Na los, red lauter, ich kann dich nicht hören – Ned. Ned Rise, stimmt's?»

Ned will zur Tür stürzen, aber Delp bekommt ihn am Arm zu fassen und schubst ihn aufs Bett zurück wie ein ungehorsames Kind. «Ich bin noch nicht fertig, Freundchen.» Der Arzt stopft sich in Ruhe eine Pfeife, deren Rauch seine Augen verschleiert und ihm dann wie ein Kapuze über dem Kopf schwebt. «Mir war von Anfang an klar, was mit dir los ist, weißt du? Ich bin kein Einfaltspinsel wie der blöde Quiddle oder die übrigen Schwachköpfe – ich weiß genau, was du für einer bist: ein Betrüger und Mörder. Mein erster Impuls war ja, dich gleich wieder dem Henker vor die Füße zu werfen, als die erste Aufregung vorbei war, aber dann kam mir eine noch bessere Idee: Ich habe überlegt daß es dir hier wohl ganz gut gefällt, daß du vielleicht auch gern länger bleiben würdest, einen neuen Namen annehmen, eben eine Zeitlang untertauchen. Ein gutes Leben in Anonymität, na?» Delp geht jetzt auf und ab, stolziert vor der Tür hin und her, den Kopf gesenkt, mit qualmender Pfeife. Er wirkt wie ein Bär im Kampfring, bevor man die Hunde hineinläßt. «Ich habe ja auch wirklich keinen Grund, warum Leute wie Sir Joseph Banks etwas von deiner, äh, Genesung erfahren sollten – du etwa?»

Ned sitzt dicht an die Wand gepreßt, die Knie an den Körper gezogen. Zum erstenmal sieht er Delp in die Augen. Seine Stimme klingt erschöpft, resigniert. «Gut», sagt er. «Was soll ich dafür machen?»

Dunkle Gestalten in gespenstischer Nacht

In der letzten Kate der New Road sind die Lichter ausgegangen, der Himmel ist mondlos und kalt wie Stein, Rauhreif liegt weiß auf den Dächern, alle Türen sind verriegelt, und die braven, aufrechten, vernünftigen Menschen schnarchen längst in ihren Betten oder sind vor dem Kamin eingedöst. Draußen auf der Landstraße wird die Stille durch das leise Stampfen von Pferdehufen und das kaum hörbare Kratzen einer rostigen Radnabe unterbrochen. Im Innern des dahinkriechenden Karrens hockt Ned Rise mit dicker Jacke, Handschuhen, Schal und Mütze, während vorne Quiddle mit tauben Fingern an den Zügeln zerrt. Dampffahnen entströmen ihren Nasen, und die Augen tränen ihnen vor Kälte. Der Geruch des Pferdes mischt sich mit dem schwach beißenden Aroma von Holzfeuern und dem klaren, antiseptischen Stechen der Luft. Über ihnen krallen sich entlaubte Bäume in den Himmel. Abrupt läßt Quiddle die Zügel locker und schnalzt dem Pferd leise zu, quietschend graben sich die Räder ins Erdreich, und der Karren kommt mit einem Ruck am Straßenrand zum Stehen. «Hier ist es», flüstert er, bindet die Zügel fest und springt herunter.

Verdrossen blickt Ned sich um. Er kann kaum etwas erkennen, die Dinge werden scharf und verschwimmen wieder, düster und trugbildartig, lassen sich nur als klumpige Verdichtungen der Finsternis vor dem undurchdringlichen Hintergrund identifizieren. Keinen Meter entfernt sieht er den schwarzen Balken einer Steinmauer, in der sich das Grau oder Weiß einzelner Steine zu einem gespenstisch wabernden Muster fügt. Und dort, hinter der Mauer, die Silhouette einer riesigen verkrüppelten Eibe, die sich in die Nacht hinaufschlängelt. Der Kirchturm bleibt unsichtbar, schwarz auf schwarz, ein massiver getilgter Fleck in einer Ecke des Himmels. «Mir gefällt das nicht», sagt Ned.

«Ssss, ganz leise!» Quiddle nimmt zwei Spaten aus dem Karren und stemmt sich die Mauer hoch. «Los jetzt!» flüstert er, «komm mir nach!»

Als Delp in jener Nacht gegangen war, hatte Ned eine Pfeife entzündet und sich zurückgelehnt, um die Sache zu überdenken. Er hatte im Krankenhaus die Ohren offengehalten und wußte, daß Delp dringend, ja geradezu verzweifelt Leichen benötigte. Das neue Semester fing an, die anderen Kliniken machten ihm Konkurrenz, und seine bisherige Quelle – Crump – hatte sich als unzuverlässig erwiesen. Außerdem war die Gesellschaft gegen ihn – Sezieren war etwas Schreckliches, ein Tabu, ebenso undenkbar wie Kannibalismus. Wenn man das Leben nach dem Tode als eine sowohl körperliche wie geistige Angelegenheit ansah wie sollte einer dann seine himmlische Glückseligkeit genießen oder auch die Qualen der Verdammnis erleiden, wenn er in achtundsechzig Stücke zerschnitten war? Demzufolge kamen die Gemeindekassen bei jedem Tod im Sprengel für das Begräbnis auf – Landstreicher, Bettler und Schwachsinnige eingeschlossen. Das einzige legale Mittel, an Exemplare heranzukommen, war der Gang zum Henker in der Hoffnung, eines der Opfer würde nicht von Freunden oder Verwandten beansprucht. Ned war sich bewußt, daß all das Delp zu einem äußerst gefährlichen Gegner machte. Der Mann war zu allem bereit. Skrupellos und voller Tricks – und er setzte Ned das Messer an die Kehle. Er brauchte nur etwas auszuplaudern – ein einziges Wort genügte –, schon fände sich Ned erneut im Gefängnis wieder, würde noch einmal am Strick baumeln und wäre dann wirklich lebloses Fleisch auf dem Seziertisch.

Als Delp am nächsten Morgen seine Antwort einholte, brachte Ned ein Grinsen zustande und streckte die Hand aus. «Ich mach den Grabräuber-Job für drei Shillings die Woche», sagte er. Delp schlug die Hand beiseite und hob warnend den Zeigefinger. «Du wirst es für zwei tun. Noch ein Wort von dir, und du machst es gratis, verstanden?» Ned verstand. Natürlich unterließ er es, Delp zu erzählen, daß er keinerlei Absicht hatte, irgend etwas für ihn zu tun. Er wollte nur Zeit gewinnen. Sobald sein Bein es aushielt, wollte er sich davonstehlen und zu Fanny gehen. Sie würde etwas Geld haben. Und wenn nicht, würde er es aus Brooks herausquetschen – verdient hatte sie es ja wohl, zum Teufel. Dann würden sie beide verschwinden, und Delp konnte zur Hölle fahren.

Leider hatte der Plan einen Haken.

Eines Morgens war Ned vor Tagesanbruch auf und schlich an dem schlummernden Portier vorbei zur Tür hinaus. Quiddle hatte ihm ein paar zerlumpte Sachen gegeben, und die eitrige Wunde an seinem Bein hatte sich in eine lange dünne Narbe verwandelt, die farblich an Kalbsleberwurst erinnerte. Er machte sich langsam und unter Schmerzen auf den Weg zur Great George Street, die Kälte ließ das Bein steif werden, doch der Gedanke an Fanny spornte ihn an. Er stellte sich ihr Gesicht vor, wenn er vor ihr in der Tür stünde, rief sich die klare weiße Präzision ihrer Zähne ins Gedächtnis, das kühle Gleiten ihrer Umarmung, ihr Lachen, das sie wie eine Sinfonie erklingen ließ. Doch als er in die Great George Street einbog, spürte er, daß etwas nicht stimmte. Da war Brooks' Haus, imposant mit dem Portikus, den Palladio-Fenstern, dem steil abfallenden Dach, aber es sah alles sehr zugesperrt aus – als wären die Bewohner verreist.

Es konnte nicht sein. Ned rannte über die Straße, der Schmerz war jetzt Nebensache, er flankte unbeholfen über den Zaun und saß plötzlich in dem stillen, mit Laub übersäten Hof. Vom Haus war kein Ton zu hören, keinerlei Lebenszeichen. Keine Diener, Lieferanten, Gärtner. Vorsichtig, ein Schatten zwischen Schatten, schlich er näher und spähte durch die Läden, sah die weißen Laken über den

Möbeln, die leeren Flecken auf den Wänden, wo einst Bilder gehangen hatten, den kalten, rußgeschwärzten Herd. Später, draußen auf der Straße, zog er unauffällig Erkundigungen ein. Nach mehreren Abfuhren stieß er auf ein geschwätziges Dienstmädchen, das zwei Gordon-Setter ausführte. «Ach ja,» sagte die Frau, «fragense mich bloß nich, was in den gefahrn is, aber der Mr. Brooks is ganz übaraschend weg nach Italjen und Kriechenland für 'ne Weile. So tut man sich's jedenfalls erzähln.»

Ned schnürte sich der Magen zusammen. Alle Hoffnung war dahin, er wußte es, er spürte sie entschwinden wie ein Blatt im Sturm. Die Frage lag ihm auf den Lippen – aber Fanny, was ist mit Fanny? – doch er wußte sie nicht in Worte zu fassen.

Das Mädchen bohrte sich nachdenklich in einem Grübchen am Kinn. «Seine kleine Schlampe hat er wohl auch mitgenommen ... och, jetz kuck doch nich so trübselich, Goldköppchen – also, das war ja hier im ganzen Block stadtbekannt, nich? So ein Skandal war das, echt 'n Skandal. Hat der da 'ne Frau im Haus und is noch Junggeselle. Ha! Also, ich könnt Ihnen ja noch so'n paar Sachen von diese feine Leute erzählen, glaubense mir.»

Im Hintergrund pißten die Hunde, hechelten und beschnüffelten einander. Plötzlich spürte Ned ein deutliches Abkühlen der Luft. Er erschauerte am ganzen Körper, als wäre ihm die Kälte mitten ins Rückenmark gefahren, dann wandte er sich ab und ging davon, während die Frau ihm noch irgend etwas nachbrüllte. Ein Stück weiter fand er einen geschützten Platz zum Hinsetzen und Nachdenken. Fanny war also fort. Auf unbestimmte Zeit. Plötzlich erschien Delp in seinen Grübeleien. Falls Ned nicht wieder im Krankenhaus war, wenn der Arzt durch die Tür kam, ginge die Hölle für ihn los. Im buchstäblichen Sinne. Der Dreckskerl würde die Bluthunde ohne Zögern loshetzen. Und was dann?

Durchgefroren saß er so da und sah den Tauben zu, die im Rinnstein scharrten. Nach einerWeile stand er mißmutig auf und machte sich auf den Weg. Zum St. Bartholomew's Hospital.

«Los, komm schon!» zischt Quiddle. «Bringen wir's hinter uns.» Dann verschwindet er über die Mauer, das kurze, scharfe Klirren der Spaten ist wie ein in die Nacht gebohrtes Loch.

Widerwillig steigt Ned aus dem Karren, schlägt mit den Armen, um warm zu werden. Der Duft von frisch aufgeworfener Erde liegt in der Luft, und noch etwas anderes – wie der Geruch von feuchten Blättern oder von Regenwürmern, die im Platzregen ersoffen sind. Die pechschwarze Finsternis der Nacht ist entsetzlich. Ned trödelt noch eine Minute herum, späht angestrengt in das Dunkel und kämpft die plötzliche Regung nieder, ein Liedchen zu pfeifen. Die Haut um seine Augen und Ohren scheint zu schrumpfen und zerrt an seinem Haaransatz wie ein Gummiband. Gütiger Gott, denkt er, und dann ist er auf der Mauer und drüber.

Am Tag hat es auf dem Friedhof von Islington eine Beerdigung gegeben. Eine vierköpfige Familie. Mord/Selbstmord. In ihrer Verzweiflung über ein Leben aus Lumpen und Kartoffeln hatte die Hausfrau ihrem Gatten den Porridge mit Arsentrioxid gewürzt und die beiden auf Maisblätter-Matratzen schlafenden Kinder erstickt. Bis zum Morgengrauen hatte sie bei den Toten Wache gehalten und sich dann das Blatt einer Bügelsäge über die Handgelenke gerissen, immer und immer wieder, bis sie neben ihnen niedergesunken und langsam verblutet war.

Delp hat in der Zeitung davon gelesen.

Hinter der Mauer ist es noch dunkler, falls das möglich ist. Was jetzt? fragt sich Ned, als ihn auf einmal Quiddles Stimme aus dem Nichts anspringt: «Pssst! Hierher» – er hechtet sich wie wild ins Gebüsch, bis auf die Knochen bibbernd, ein Zweig peitscht ihm ins Gesicht, abgestorbenes Unkraut raschelt unter ihm, und dann wieder diese schreckliche Stille. Wie er so im Dunkeln daliegt und sich dumm vorkommt, wird ihm klarer als je zuvor, daß es bessere Möglichkeiten gibt, eine kalte Winternacht zu verbringen. Sein inneres Auge gleitet kurz über nackte Arme, schlafende Hunde, Krüge voll Bier und fröhlich prasselnde Kaminfeuer. Doch zurück an die Arbeit: Behutsam und zögernd, als lägen tausend Augen auf ihm, erhebt er sich und fährt gleich wieder vor Schreck zusammen, als ihm ein Spaten in die Hand gedrückt wird. «Hör auf mit den Faxen und laß uns endlich anfangen», schnarrt Quiddle, und dann sind sie unterwegs. Ned konzentriert sich auf den vagen Fleck der Glatze auf Quiddles Hinterkopf, während sie sich einen Pfad zwischen fahlen Grabsteinen und düsteren Monumenten, gekreuzigten Christusstatuen und Todesengeln mit ausgebreiteten Flügeln bahnen.

«Horace», wispert Ned, «das ist doch lächerlich. Es ist leichenschänderisch, unchristlich, gegen alle Gesetze Gottes und der Menschen. Könnten wir nicht Delp erzählen, daß wir uns verirrt und die Stelle gar nicht gefunden haben?»

Der kahle Fleck bewegt sich weiter, senkt sich hier, hebt sich dort. Quiddles einzige Antwort ist eine Art Kichern, so leise und kehlig, daß eine Hyäne davon Angst bekäme. Dann bleiben sie plötzlich stehen, Quiddle scheint zu knien und in der halb gefrorenen Erde zu scharren. «Hier ist es», sagt er. Die Stimme ringt mit der Nervosität, und sein Flüsterton zeigt deutlich die Neigung, ins Falsett umzuschlagen. «Mach möglichst nicht allzu viel Krach beim Graben.»

Ned versucht es. Vorsichtig schiebt er den Spaten in den schwarzen See zu seinen Füßen, fühlt nach weicher Erde. Quiddle steht neben ihm und schaufelt emsig – Ned hört das

Zischen und Knirschen seines Spatens und das beschleunigte Pfft-pfft-pfft seines Atems. Lange Zeit arbeiten sie wortlos vor sich hin, graben immer tiefer nach ihrer Beute, wobei Quiddle ab und zu niederkniet und ein Streichholz entflammt, um ihr Vorankommen zu prüfen. Endlich trifft Neds Spaten mit dumpfem Krachen auf etwas Festes. «Da wären wir», sagt Quiddle leise und gräbt jetzt noch schneller, fährt mit der Schaufelkante den Sarg entlang.

Ned hat aufgehört zu graben. Beim ersten Kontakt von Metall auf Holz ist sein Körper von einem unwillkürlichen Schauer galvanisiert worden, als wäre der Spatenstiel ein Blitzableiter und die rohe Schalung des Sargs elektrisch aufgeladen. Er steht einfach da und starrt vor sich hin, in seinen Schläfen pocht es, die Kehle ist trocken, er hört, wie Quiddles Messer den Sargdeckel aufbricht, und er denkt: Was kommt jetzt? Was kommt jetzt? und wartet mit stummem Ekel darauf, daß sein Gefährte das nächste Streichholz anzündet. Er sieht sie schon vor sich, den vergifteten Ehemann, die erstickten Kinder, die verstümmelte Frau, die sich in ihrem blutigen Leichentuch aufsetzt und ein wildes, verzweifeltes Lachen hinauskreischt.

Aber halt: Was hört er da? Ein Rascheln in den Büschen am Fuß der Mauer? Gedämpfte Schritte? Wandern da Tote umher? «Horace, was war das?»

Quiddle stemmt gerade schwer atmend den Deckel auf, das Holz splittert unter stöhnendem Protest: *Iiiih*. «Was war was?»

«Das Geräusch eben. Da hinten.»

Quiddle hält inne, der Glatzenfleck steht reglos in der Finsternis. Tiefstes Schweigen senkt sich über den Friedhof. Keine Bewegung. Es ist so still und dunkel und trostlos wie auf der Rückseite des Mondes. «Jetzt hör mal zu», sagt Quiddle endlich, «wenn du so weitermachst, werden wir noch beide verrückt. Also komm runter und pack mal bei dem Kadaver hier mit an!»

Ned läßt den Spaten klappernd fallen und kniet vor der Grube nieder, tastet zaghaft umher, hält den Atem an, falls es stinkt, und sein ganzer Körper sträubt sich gegen das Unternehmen. Quiddle hat die Leiche aufgestellt, sie ist steif wie ein Brett, und versucht sie angestrengt zu Ned hinaufzuschieben, als urplötzlich eine gewaltige Last von hinten auf Ned herabkracht und ihn mit dem Gesicht voran in den Sarg schleudert. Quiddle geht zu Boden, die Leiche stürzt um, Ned schreit auf, und das Wesen in seinem Rükken – es ist warm und mit Armen und Beinen ausgestattet – grunzt wie ein wühlendes Schwein. Und dann scheint ihnen auf einmal grelles Licht ins Gesicht, und eine Stimme bellt: «Recht so, Quiddle, grab nur schön weiter. Da spar ich mir die Mühe.»

Dirk Crump steht über der Grube, in der einen Hand die Laterne, in der anderen eine Pistole. Sein Komplize hockt auf Ned, Ned hockt auf Quiddle, und Quiddle ist mit dem Kadaver in die Ecke gezwängt. Wie aus Protest streckt die Leiche ihre Hand aus dem Grabtuch, die schartigen Schnittwunden quer über dem Gelenk, das Fleisch grau verfärbt, die Nägel zerschunden. «Gut gemacht, Billy, ganze Arbeit war das», ruft Crump, «– jetz kannste wieder rauskommen.»

In diesem Moment bekommt Ned erstmals Crumps Komplizen zu Gesicht, und mit einem Schlag wird ihm klar, daß er in die blaßgrünen, ungläubigen Augen von Billy Boyles starrt. «Billy?» bringt er hervor. Doch Boyles weicht schon vor ihm zurück, sein Gesicht zuckt krampfartig, die Augen sind vor Schrecken und Unverständnis eingefallen. Darm öffnet sich sein Mund, ein Loch so schwarz wie die Nacht. «Weg hier!» kreischt er, während er abwechselnd nach dem Sarg tastet und sich bekreuzigt. Ned streckt ihm die Hand entgegen, um ihn zu beruhigen, und Boyles schreit erneut auf, aus der quiekenden Stimme spricht nacktes Entsetzen, es ist eine Stimme von Neugeborenen am Spieß und lebendig abgehäuteten Tieren. Entgeistert und verwirrt läßt Crump die Lampe fallen, das Licht ergießt sich in einer Woge von heißem Öl über den Erdboden, und dann eilt die unerbittliche Nacht rasch herbei, um es zu verschlucken. Man hört jemanden hastig klettern, Hände und Füße krallen sich in die Erde, Crump stößt einen Fluch aus, und dann kommt wieder Boyles' traumatisches Kreischen: «Weg hier, um Himmels willen, bloß weg hier – das is'n Gespenst!»

Der Pistolenknall klingt beinahe enttäuscht.

WÖRTER

Sir Joseph Banks, 55, ist ein Schwergewicht an Macht und Einfluß. Als Präsident der Akademie der Wissenschaften seit zwanzig Jahren, Ehrenvorsitzender der Königlichen Botanischen Gärten, Komturkreuzträger des Bath-Ordens und Mitglied des Kronrats ist er der Doyen der britischen Wissenschaftler, ein verdienter Botaniker, dessen Sammlung zu den besten Europas zählt, ein Gründungsmitglied der Afrika-Gesellschaft, früher auch selbst Entdecker und Namensgeber einer Reihe von Seezeichen im Südpazifik – der Mann, den die Regierung in fast jeder wissenschaftlichen Frage konsultiert, ob es nun um die günstigste Methode zum Überseetransport von Brotfrucht-Setzlingen auf der *H.M.S. Bounty* oder die Entsendung von Entdeckungsreisenden in die Tropen geht.

Obwohl er aus wohlhabendem und privilegiertem Hause stammt, trat er doch in seiner Funktion als Forscher erstmals ins Licht der Öffentlichkeit. Ende der sechziger und Anfang der siebziger Jahre umsegelte er mit Kapitän Cook den Erdkreis und war danach so erfolgreich im Herausstreichen seiner eigenen Rolle bei dieser Expedition, daß er bald darauf zum Präsidenten der Akademie der Wissenschaften ernannt wurde. Er ist selbstgerecht und korrekt, autokratisch, von unersättlicher Neugier, ein trickreicher Taktiker, Sammler und Sämann, Partylöwe, Schrittmacher, Publicity-Jäger – vor allem aber ein Entdeckungsreisender, der zu alt für Entdeckungsreisen geworden ist. Und so macht er nun, wie ein ehemaliger Sportler, der Trainer wird, den Mentor für seine geographischen Missionare. Er ist ein Mann mit Geschmack, Kultur und guten Beziehungen, ein Mann von Hingabe und Ausdauer, ein Mann, der das ganze Land aufhorchen lassen kann, wenn er will. In diesem Augenblick allerdings kann er sich nur mühsam beherrschen, nicht loszubrüllen.

«Was höre ich da von Edwards?» fragt er gerade, jedes Wort scharf wie ein Schwert. Er sitzt am Kopf des großen Konferenztisches in seinem Arbeitszimmer, die Schultern eingezogen, das Kinn herausgestreckt, und hat auffallende Ähnlichkeit mit einer Bulldogge, die an einer unsichtbaren Leine zerrt.

«Sir?» Mungo ist rot bis über beide Ohren. Er sieht kurz auf und läßt dann den Blick wieder auf das Glas Bordeaux in seiner Hand sinken.

«Spielen Sie mir hier kein Theater vor, junger Mann – Sie wissen ganz genau, wovon ich spreche.»

«Falls Sie die Baronesse meinen –»

«Die Baronesse», äfft ihn Sir Joseph nach, wobei er jede Silbe ausspuckt, als wäre sie mit Kot beschmiert. «Diese Frau ist eine Schande. Ein unmoralischer Vampir ist sie.»

Mungo blickt auf, als hätte er eine Ohrfeige bekommen. «Sie sind nicht fair, Sir – sie hat auch ihre guten Eigenschaften.»

«Ein Paar Titten, Mungo, nur ein Paar Titten. Das ist aber auch alles.» Er hebt die Hand, um jedes weitere Argument abzuwehren. «Ich diskutiere darüber gar nicht erst. Ich will, daß Sie sich von ihr fernhalten. Punktum. Sie sind doch nicht mehr irgendein Hinterwäldler aus Südschottland, mein Sohn – Sie sind eine Berühmtheit, Sie haben eine gesellschaftliche Stellung zu behaupten. Und ich will verflucht sein, wenn ich zulasse, daß einer meiner geographischen Missionare in der Stadt herumrennt wie ein niederer Primat, dem es in den Eiern juckt.

Zwei Wochen geht das nun schon so – sehr zum Nachteil der Arbeit an Ihrem Buch, wie Mr. Edwards mir berichtet.» Banks' Miene wird etwas milder. «Wir müssen doch unseren fördernden Mitgliedern etwas vorlegen, Mungo. All den braven Leuten, die das Geld aufgebracht haben, damit Sie diesen Ruhm erringen konnten, der Ihnen so rasch zu Kopf gestiegen ist. Wird es nicht langsam Zeit, daß Sie sich hinsetzen und es ihnen vergelten?»

Er erhebt sich und schlurft hinüber zur Kredenz, um sich nachzuschenken. Dann fügt er wie als nachträgliche Erklärung hinzu: «Schließlich verlangen die doch bloß Wörter von Ihnen.»

Wörter. Sie verfolgen ihn Tag und Nacht, während seiner Korrektursitzungen mit Edwards, Frühstück, Tee und Abendessen, er kaut Wörter über Goldbutt und Geflügel, ringt sie sich ab in der Stunde des Wolfs, zerrt sie aus den hintersten Winkeln der Erinnerung wie Stücke gehärteter Knete ... Wörter, die einander bekriegen wie verstimmte Instrumente, ohne Rhythmus, kakophonisch ... Wörter, die sich in Sätzen verheddern und die Gedanken verfilzen, bis er vor Wut und Verzweiflung die Feder hinknallt. Nie hätte er gedacht, daß das Buch eine solche Schinderei würde. Nach der harten körperlichen Herausforderung Afrikas und dem schwindelerregenden Wirbel der Berühmtheit ist es sein allerletzter Wunsch, am Schreibtisch zu hocken und Wörter zu drehen und wenden wie ein professioneller Scrabblespieler.

Immerhin hat er Edwards. Bryan Edwards, der Schriftführer der Afrika-Gesellschaft, kümmert sich auf Sir Josephs Wunsch um ihn. Präzise, logisch denkend und gründlich. Er weicht dem Entdeckungsreisenden mit Tips, gutem Zureden und allerlei Änderungsvorschlägen nicht von der Seite. Manchmal übernachtet er auf einem Feldbett im Gästezimmer. (Auf Drängen und Kosten der Gesellschaft hat Mungo sich in London eine Wohnung genommen.) Dennoch – so emsig und hilfreich sein Privatsekretär auch sein mag, morgens schafft es Mungo irgendwie kaum aus dem Bett. Jede Zelle seines Körpers sträubt sich. So liegt er da und fühlt sich ausgelutscht, eine leere Hülse, hohl und vertrocknet. Es ist ein altes, aber vertrautes Gefühl, der furchtbare, niederschmetternde Weltschmerz des Jungen, der in dem Bewußtsein aufwacht, daß er seine Lateinaufgaben nicht fertig hat.

Eines Nachmittags, die schwache Wintersonne ergießt sich wie Milch durchs Fenster, dreht er sich zu Edwards um und fletscht die Zähne. «So, jetzt reicht's mir», sagt er, schiebt den Stuhl zurück, springt auf und rennt im Zimmer herum. «Es ist mir verdammt egal, ob man mir das Gehalt streicht und mich hier rausschmeißt, ich kriege kein Wort mehr zustande.»

Edwards sitzt am Tisch vor einem wüsten Haufen zerrissener, vergilbter Zettel, die nur aus einem umgekippten Papierkorb stammen können. Er trägt eine Brille und hat die dünnlippige Miene und den wäßrigen Blick des Schreiberlings. Momentan wühlt er in dem Stapel zerknüllter Papiere – Mungos im Zylinderhut gerettete Originalnotizen –, weil er einen Hinweis auf die Frau des Neffen von Tiggity Sego sucht, von dem Mungo behauptet, er sei bestimmt dabei.

«Ich sag dir was», schreit der Entdeckungsreisende. «Lieber lasse ich mich nochmal von den Mauren foltern, auspeitschen und geißeln und mit dem Gesicht nach unten in meiner eigenen Kotze fesseln, als daß ich hier den Rest des Abends zubringe wie ein dummer Schuljunge!»

Edwards fixiert ihn über die Brille hinweg mit feuchten, rotgeäderten Augen. «Finde dich doch endlich damit ab, alter Junge: Du bist jetzt eine Berühmtheit und hast Verpflichtungen vor der Öffentlichkeit. Du weißt doch so gut wie ich, daß zu großen Entdeckungen sorgfältige Studien genauso gehören wie die Wüsten und Dschungel.» Er zieht eine Taschenuhr aus der Weste. «Außerdem machen wir in etwa einer Stunde sowieso Teepause.»

In diesem Moment klopft es an der Tür. Der Hausdiener kommt mit einer Visitenkarte auf dem Tablett herein. «Baronesse von Kalibzo.»

Edwards erblaßt bei dem Namen. Beim Entdeckungsreisenden dagegen beschleunigt sich der Atem, und sein Gesicht macht eine verräterische Verwandlung durch – die Pupillen werden enger, die Nasenflügel weiten sich, an der Basis des Kiefers beginnt ein Muskel zu zucken –, bis er aussieht wie ein hirnloser Hengst, der eine brünstige Stute beschnüffelt.

Blitzartig ist Edwards an der Tür. Er packt den Diener mit Nachdruck am Arm und verkündet mit lauter, gebieterischer Stimme, Mr. Park sei nicht zu Hause.

«Nicht zu Hause? Also das – das geht jetzt zu weit, Bryan! Die Dame ist eine Freundin und – und eine Aristokratin.» Mungo steht nun neben seinem Mitarbeiter, er keucht ein wenig und sein Gesicht rötet sich. Der Diener senkt den Blick. «Ist dir klar, worum du mich da bittest?»

Edwards sieht ihm in die Augen, der Mann der Afrika-Gesellschaft bis ins Mark. «Ich bitte ja gar nicht.» Dann wendet er sich wieder an den Diener. «Richte der Dame aus, daß Mr. Park nicht im Hause ist.»

Die Tür schließt sich mit leisem Klicken, der Entdekkungsreisende bleibt eine Zeitlang mit schlaff herabhängenden Armen davor stehen und studiert die matte Maserung des Holzes. Dann schaut er Edwards an, der einen Schritt näher zur Tür getreten ist, wie um sie zu blockieren, und schließlich stapft er quer durchs Zimmer, nimmt krachend am Schreibtisch Platz und beginnt mit der manischen, blindwütigen Verzweiflung eines Verdammten, das Blatt vor sich vollzuschreiben.

Und so geht es weiter, Woche für Woche, Monat für Monat: Einladungen werden ausgeschlagen, Vorträge abgelehnt, Freunde und Bekannte vor den Kopf gestoßen. Mungo ist ein Gefangener von Feder und Tinte, mit fleckigen Fingern wie ein Aussätziger, das Gesicht ist bleich, und sein Rückgrat krümmt sich, so daß es bald einem seltsamen Satzzeichen ähnelt. Tagtäglich starrt er auf das weiße Papier, seine Augen tränen, Fortschritte gehen im Schneckentempo, und er denkt, er hätte Selkirk nie verlassen, seinen Platz im Leben nie in Frage stellen, Afrika nie betreten sollen. Der Mann der Tat ist zum Mann von Erinnerungen reduziert worden, wie ein geschwätziger, vergreister Veteran längst vergangener Kriege. Widerlich ist das. Ganz und gar nicht so, wie er es sich vorgestellt hat. Ein Buch. Das ist etwas auf einem Regal, etwas Vollständiges, Geordnetes, Rationales – kein fortwährendes Sich-Plagen und Verzichten. Erst ist er fast 1500 Meilen zu Fuß gegangen, und nun streckt er kaum je die Beine aus. Den Schreibtisch verläßt er nur für den täglichen Verdauungsspaziergang – natürlich mit Edwards an der Seite – oder für die raren öffentlichen Auftritte unter Sir Josephs Ägide. Und wenn er sich einmal sträubt, ist Edwards sofort zur Stelle und erinnert ihn an seine Pflicht.

Schlußtermin ist Juni. Dann soll er die Kurz-Version fertig haben und wird frei sein, nach Selkirk zu fahren – zu Ailie. Ailie. Sie treibt verschwommen durch seine Gedanken wie eine Insel im Meer, eine Oase in der Wüste. Sie ist Liebe und Leben und moralische Stärke, ein Puffer gegen die lange Nacht Afrikas und den verführerischen Strudel der Prominenz. Wie hatte er sie vergessen können? Der Gedanke verfolgt ihn, während er die Londoner Knechtschaft durchleidet, ein Sklave des Schreibtisches, des Papiers, des Wortes. Ihre Briefe werden zunehmend kühl und distanziert, seine sind seltener, als es nötig wäre (wenn man sich Tag und Nacht durch ein Gewirr von Wörtern windet, woher soll da die Muße zum Briefeschreiben kommen?). Er weiß, daß er sie verletzt und gekränkt, die Arbeit vor das Vergnügen gestellt hat und all das, und insgeheim nagt auch Scham in ihm wegen seiner Tändelei mit der Baronesse. Er kommt sich wie ein Hund vor, wie irgendein leichtfüßiges Tier mit dunklen Trieben und Paarungsinstinkten, wie eine Hyäne, der es in den Hoden gärt und die mit dem Rudel heult. Dann aber, voller Heimtücke, fährt ihm das Bild der Baronesse durch den Kopf wie der Dufthauch des Eros, ihre Brüste und ihr Busch, die Haare in ihren Achseln, ihre gespreizten Beine. Die Baronesse mit Ailies Gesicht, Ailie mit dem Gesicht der Baronesse – weiß er überhaupt noch, wie Ailie aussieht?

Es ist eine Qual. Doch eine Qual, die enden muß, enden wird – die wirklich endet, Seite um Seite. Er blickt vom Papier auf, und vor ihm entsteht ein Gaukelbild: Ailie in der Tür ihres Vaterhauses, in seiner Hose regt es sich, er führt sie hinaus in den Garten, blühende Blumen und der Duft des Flieders ... dann aber verschwimmt alles, und er starrt wieder auf das Blatt, die Buchstaben werden langsam scharf, I-Tüpfelchen und schlingernde S-Schleifen, Wörter flitzen über die Seite wie Soldaten, formieren sich widerspenstig und feindselig gegen ihn, umzingeln ihn, glotzen ihn an, werfen ihn nieder.

Die Heimkehr

Am Nachmittag um vier Uhr fährt die Kutsche aus London auf ihrer letzten Etappe vor Edinburgh rasselnd in Selkirk ein, hinter sich ein Wirbelwind aus fliegendem Laub, Staub und Pferdehaaren. Blumen blitzen an Haustoren und Mauern, Schafe räumen die Straße und gaffen mit ihren blöden, verdutzten Schafsaugen, Motten und Schmetterlinge flattern auseinander, ein betagter Hofhund hebt den Kopf und läßt ihn dann ohne Willensantrieb klatschend wieder auf die Erde sinken. Für einen Augenblick bleibt die Zeit stehen, wie in der Schwebe gehalten. Die Sonne hängt am Himmel wie eine Laterne, der ätherische Duft von jungem Gras und Apfelblüten narkotisiert die Luft, das Klackern und Surren der Räder übt eine besänftigende, hypnotische Wirkung auf die Passagiere aus.

Mungo atmet tief ein und reckt den Hals, um aus dem Fenster zu spähen, vorbei an den hochgetürmten Fleischmassen einer Matrone und ihrer vorsintflutlichen, aber noch rüstigen Mutter, die unterwegs nach Edinburgh sind. Was er da in Momentaufnahmen sieht, fasziniert ihn unendlich. Der Wandel in dreieinhalb Jahren, ebenso subtil wie eindrucksvoll – Risse in Fundamenten, neue Mauern und Heuschober, gestutzte Hecken an der Straße, eine verkohlte Scheune. Wie magnetisiert beugt er sich weiter hinaus, von Sehnsucht nach dem Damals ergriffen, während jeder Fleck Land ihm mit stillem Segen entgegenwinkt – dar alte Haus der Hoggs zwischen den Birken, das Ratsherren-Tor, das Erbsenbeet der Russells – seine Augen werden ganz feucht dabei, er beugt sich hinaus und schaut, bis er buchstäblich auf Matrone und Mutter liegt wie einer dieser Lüstlinge. «Hören Sie mal, was ist denn mit Ihnen los? Ja, Sie, Sir – entfernen Sie sich, oder ich rufe den Kutscher.» Dreieinhalb Jahre.

Die Stimmung trägt ihn in den Ort hinein, die Häuser sausen vorbei wie im Traum, efeubewachsene Gatter, die kleine MacInnes beugt sich in einer Lichtkaskade von Narzissen und Tulpen über den Brunnen, Bienen summen, Katzen dösen, alles ist so wohlgeordnet und friedlich wie eine Szene von Oliver Goldsmith. Auf einmal aber hetzt eine Hündin undefinierbarer Rasse aus einem offenen Gartentor und wirft sich in einem Tobsuchtsanfall der Kutsche entgegen, klafft die Räder an, als wären sie mit rohem Fleisch gefüllt. Der Kutscher läßt die Peitsche auf das Tier niedersausen, und es trollt sich winselnd, aber schon ist das Gefährt zu schnell, die Pferde gehen durch, Unheil liegt in der Luft. Das Mißgeschick passiert abrupt wie ein Scherenschnitt: Die Kutsche rast auf einen Reiter zu, dessen Pferd scheut und wirft den Mann ab. Erst sechzig Meter später, fast genau m der Mitte des Dorfplatzes, bekommt der Kutscher sein Gespann wieder unter Kontrolle und bringt es zum Stehen.

Als erstes tauchen Kinder mit schmutzigen Gesichtern auf, eine ganze Horde kommt aufgeregt angerannt, sie streben herbei wie Fliegen zu einem zerbrochenen Krug Apfelwein. Die nächsten sind die Passanten und die Ladeninhaber, und bald ist so ziemlich jeder da, der in Hörweite war – Kleinbauern, Ammen, Straßenkehrer und Waschfrauen, Flickschuster, Flaneure, Hochwürden MacNibbit. Anscheinend ist der Reiter – ein alter Mann mit Kilt und Wollmütze – mitten in einen Karren voller Forellen und Lachs geflogen, die in nasses Laub gewickelt waren. Der Fischhändler ist außer sich vor Wut und Kummer, der Alte im Kilt flucht wie ein Profi, und die Frau des Fischhändlers stimmt eine kreischende Tirade gegen die astronomisch hohen Steuern, den Kohlepreis und die presbyterianische Kirche an. Es entsteht eine momentane Verwirrung, die von Wutschreien und schrillen Pfiffen angefacht wird, dann fängt ein bärtiger Mann das Pferd beim Zügel ein und beruhigt es, während ein anderer dem Alten aus dem Fischkarren hilft. Jemand lacht. Willie Bailie, betrunken wie üblich, deklamiert Fragmente eines obszönen Limericks. Und dann, es mußte ja so kommen, entdeckt jemand Mungo.

Es ist der alte Cranstoun, der mit verzückter, gespannter Miene, den Stock in der Hand, herbeigerannt kommt und sich vordrängelt, um zu sehen, was all die Aufregung zu bedeuten hat. In einer Art Dreibein-Kanter humpelt er an der Postkutsche vorbei, doch dann bleibt er plötzlich stocksteif stehen, dreht sich um und glotzt das Gefährt an, als hätte er ein Gespenst gesehen. Einen langen Augenblick steht er so da, seine trüben, alten Augen mustern die Matrone, ihre voluminöse Mutter und den großgewachsenen, blonden Helden, der hinter den beiden aus dem Fenster späht. Ganz langsam, Stück für Stück, wandelt sich der Ausdruck des Greises von Überraschung zu freudiger Erregung, und dann stürzt er auf den Kutschenschlag zu, wobei er die ganze Zeit zetert wie ein Geistesgestörter, dem der Schopf in Flammen steht: «Beim Herrgott, das ist ja unser Entdeckungsreisender! Es ist Mungo! Mungo Park ist nach Hause zurückgekehrt!»

Mungo hatte seine Heimkehr eigentlich so unauffällig wie nur möglich gestalten wollen. Seit einem Monat hatte er Ailie nicht mehr geschrieben. Niemand wußte, daß er kam. Sein Plan, in einem raschen Impuls gefaßt, war es, Ailie zu überrumpeln. Die Arbeiten an der Kurz-Version der *Reisen ins Innere Afrikas* hatten endlich ihren Abschluß gefunden – nach einer Phase nicht enden wollender Marterqualen, die in ihren Ausmaßen schon an Dante gemahnten –, und jetzt war er frei, die nächsten paar Monate in Schottland zu verbringen, sich zu erholen, zu angeln, die Endfassung seines Buches vorzubereiten, mit Ailie ins Bett zu gehen. Dieser letztere Ausblick machte ihn besonders enthusiastisch. Seit er seinen Irrtum erkannt und die Baronesse aufgegeben hatte, war seine Leidenschaft für Ailie immer stärker geworden. So stark sogar, daß er in den Nebelnächten Londons kaum mehr schlafen konnte. Der Frühling kam und ging. Edwards triezte ihn. Sir Joseph kommandierte ihn mit eiserner Hand. Dann kam der Juni. Die Kurzfassung wurde termingerecht fertig, und schon war er auf dem Weg nach Schottland, um seiner Verlobten das Herz leichter zu machen.

Doch im Leben geht es nicht immer so einfach.

Zum einen schart sich die Menge dermaßen überstürzt um die Kutsche, daß man meinen könnte, der alte Cranstoun habe gerufen: «Goldstücke! Frisch geprägte Goldstücke gratis abzugeben!» Zum zweiten ist an ihren Blikken abzulesen, daß sie Mungo nicht davonkommen lassen werden, ohne zumindest ein Riesenfest und ein schönes, erhebendes, whiskyseliges Spektakel nach alter Väter Sitte veranstaltet zu haben, wie es dem Anlaß gebührt. Begeisterung strahlt aus jedem Gesicht. Staunend greift man nach dem Entdeckungsreisenden, die Matrone und ihre Mutter sind verdutzt und nehmen Anstoß, der alte Cranstoun steht am offenen Kutschenschlag wie ein Lakai. «Hurra!» ruft die Menge, ein Geysir von Hüten und Perücken steigt in die Luft empor, und jetzt stimmt Jamie Hume «For He's A Jolly Good Fellow» an, und Nat Cubbie fordert eine Ansprache.

Unter donnerndem Beifall steigt Mungo aus. Er ist mit jedem Zoll der heroische Märtyrer, bläßlich, immer noch etwas hager, die Gesichtszüge von den Spuren des Leids und seinem unbezähmbaren Eroberungswillen geprägt. Die Monate am Schreibtisch haben ihn womöglich mehr ausgezehrt als all die hoffnungslosen Monate der Krankheit und Entbehrung in Afrika. Aber wer weiß davon schon etwas? Die Menge sieht nur ihren schüchtern lächelnden Liebling, einen der größten Männer, die Selkirkshire je hervorgebracht hat, den Entdecker des Niger, Bezwinger von Afrika, und sie alle kennen ihn, von klein auf! «Mungo!» jubeln sie. Und: «Er soll eine Rede halten!»

Der Entdeckungsreisende hebt die Hände vor der johlenden Menge und läßt sie zu erwartungsvollem Raunen verstummen. An die dreihundert Menschen dürften auf der Straße sein, und immer noch kommen welche dazu. Altbekannte Gesichter, Freunde, mit denen er aufgewachsen ist. Finn Macpherson in einem Schusterkittel – der grinst, als wäre er eben zum Thronfolger bestimmt worden –, Mrs. Tullochgorm, Robbie Monboddo mit dem Kragen eines Geistlichen, Georgie Scott. Er will aber keine Rede halten. Er will zu Ailie hinüberrennen, sie stürmisch in die Arme nehmen. Er will querfeldein nach Fowlshiels gehen und seiner Mutter zeigen, was aus ihrem Sohn geworden ist. Doch hier sehen all diese erwartungsvollen Gesichter zu ihm auf, als könnte er Wasser in Wein verwandeln oder Tote erwecken oder sonstwas. «Also gut», ruft er, und dann etwas leiser: «Ich werde mein Bestes tun.»

Sofort kommt Protest in den hinteren Reihen auf. «Red lauter, Jung, wir verstehn hier keinen Ton!»

«Ich sagte, ich werde ein paar Worte sagen», schreit der Entdeckungsreisende und weiß schon nicht mehr weiter. Die Menge wird jetzt ganz still. Der Entdeckungsreisende kann die hastigen Schritte der Zuspätkommenden hören, unterdrückte Flüche, in der Ferne zuknallende Türen. «Ich – ich bin froh, daß ich wieder in Selkirk bin» – hier erhebt sich ein Jubelschrei – «zurück bei all meinen Freunden, und ich ...»

«Erzähl von die schwarzen Negerkannibaler!» ruft einer.

«Genau!» wird dem zugestimmt. «Hamse dich gefoltert?»

«Was is mit'm Vieh da?» erklingt eine kräftige Stimme. «Welche Sorte Rinder gibt's denn da drüben?»

«... ich hatte eigentlich gar nicht vor, eine Rede zu halten», stottert Mungo in das erneute Gebrüll hinein und fühlt sich allmählich wie bei einer Wahlveranstaltung ... Wißt ihr, im Grunde wollte ich lieber still und leise heimkommen und erstmal all meine Lieben wiedersehen ...»

«Hoho! Immer noch der heißblütige Bursche von damals!»

«Vor allem Ailie wird er sehn wolln, keine Frage.»

Die Menschenmenge greift den Refrain auf, fröhlich, unbesonnen, brodelnd vor Aufregung: «Ailie! Ailie! Ailie!» – und ehe er sich's versieht, wird der Entdeckungsreisende auf die Schultern genommen und im Triumphzug davongeschleppt. Über den Platz und die Straße hinunter, die Menge wird ständig größer, Hunde blaffen, jemand hat einen Dudelsack im Würgegriff, ein anderer schlägt die Trommel. Und immer wieder rufen die Leute: «Ailie! Allie! Ailie!»

Bevor er Widerstand leisten oder auch nur richtig begreifen kann, was geschieht, setzen sie ihn schon samt seinen Reisetaschen am Tor von Dr. Andersons Haus ab, hinter ihm fünfzig bis sechzig johlende Menschen. Auf einmal schwingt die Haustür auf, und da steht sie: Ailie, mit Haube und Hauskleid, die Ärmel hochgekrempelt, und starrt fassungslos auf das Getümmel im Vorgarten. Bei ihrem Anblick legt die Menge noch einmal zu, der Jubel brandet einem emotionalen Orgasmus entgegen, ein primitiver, hysterischer Drang nach Vollendung verlangt nun, daß die beiden Hauptfiguren sich vereinigen. Arme gehen in die Höhe, der Lärm ist ohrenbetäubend, der Dudelsack spielt jetzt einen wilden Tanz, und ein großer Teil der Leute fängt an, wie toll herumzuhüpfen.

Das Gartentor ist aufgestoßen worden. Auf Mungos Schulter liegt ein Arm, jemand gibt ihm einen sanften Schubs, und dann geht er den Pfad entlang auf sie zu, die Jubelrufe hinter ihm wie tosende Wogen am Strand. Ailie ist klein, mit seidenen Haaren, ihre Lippen und Augen glitzern wie die Hoffnung auf Wasser am anderen Ende einer weiten Wüste. Dreieinhalb Jahre, die ungezählten Nächte des heißen Verlangens und der verführerischen Träume, sein Fuß erreicht die erste Stufe, in ihrem Blick liegt nun ein neuer Ausdruck, eine Art Amalgam aus Wiedererkennen, Verletztheit und Überraschung, etwas Stolzes und Streitlustiges im Angesicht der Menschenmenge. «Ailie», sagt er ganz leise, als er mit weit offenen Armen oben auf der Treppe anlangt.

«Nimm sie in die Arme, Jung!»

«Nu gib ihr schon 'n Kuß!»

Der Lärm ist tumultartig, apokalyptisch.

Er sieht ihr in die Augen. Ihre Augen sagen nein. Sie sagen: Ich habe zu lange gewartet. Sie sagen: Zum Teufel mit Penelope.

Sie knallt ihm die Tür vor der Nase zu.

Der lange Arm Afrikas

An diesem ersten Abend seiner Rückkehr betrinkt er sich. Ist total im Öl, sturzbesoffen. Jemand muß seinen Bruder Adam aus Fowlshiels holen, damit der herüberkommt und ihn heimbringt. Am nächsten Morgen erwacht er im Hinterzimmer des Zuhauses seiner Kindheit vom Getobe seiner jüngeren Brüder und Schwestern. Er hat rasende Kopfschmerzen. Seine Knochen fühlen sich hohl an. Ailie fällt ihm ein, und ihm wird übel. Plötzlich fliegt die Tür auf, seine Mutter stürzt ins Zimmer und fällt ihm in die Arme, schluchzt über ihm, als wäre er tot. In der Tür steht sein Bruder, neben ihm eine kleine, dunkelhaarige Gestalt. Einen wilden Augenblick lang denkt er, es sei Ailie – Ailie, die alles überschlafen hat, Ailie, die zu ihm zurückgekehrt ist. Es ist Zander.

Nach einem Frühstück aus Milchbrei, Haferkuchen, Spiegeleiern mit Speck, frischgebackenem Brot, geräuchertem Schellfisch, Kartoffeln, Zwiebeln, einem kleinen Bier und Tee (seine Mutter fand, er sähe etwas spitz um die Nase aus) schlendert er mit Zander den Pfad zum Fluß hinunter, und sie setzen sich ins tiefe Gras gegenüber von Newark Castle. Es ist warm. Die Sonne knallt mit Wucht auf die Wasserfläche, bevor sie in den Baumkronen weichgefiltert wird. Auf jedem Halm balanciert ein Grashüpfer, auf jeder Blüte sitzt ein Schmetterling. Mungo pflückt einen Heidekrautstengel und kaut darauf herum. Nach einer Weile dreht er sich zu Zander um. Bis jetzt haben sie vom Dorfklatsch geredet – wer wen geheiratet hat, wer gestorben, reich geworden, in den Krieg mit Frankreich gezogen ist. Afrika wurde mit keinem Wort erwähnt, und Ailie auch nicht. «Also sie denkt, ich hab sie im Stich gelassen?»

Zander läßt Sand durch die Finger rieseln. Er antwortet, ohne aufzusehen. «Ja. Es war schlimm für sie, als du in Afrika verschwunden warst und keiner was von dir gehört hat – verdammt schlimm. Aber als du dann plötzlich in London warst und kein einziges Mal raufgekommen bist, um sie zu besuchen ... naja, da dachte sie eben, es war dir egal.»

«Aber ich hatte doch gar keine Wahl – kann sie das denn nicht verstehen?»

«Sie ist doch kein Mann, Mungo. Was weiß sie schon von Pflicht und Verantwortung? Aber hör zu: laß ihr etwas Zeit – sie wird sich's schon noch überlegen. Sie liebt dich.»

Trübsinnig blickt der Entdeckungsreisende zu den Schloßruinen hinüber. Er kennt jeden Winkel wie seine Westentasche. Als Junge hat er dort mit Adam die Grenzlandkriege noch einmal gekämpft, Festungsmauern eingenommen, unsichtbare Feinde in die Flucht geschlagen, Träume von Ruhm und Ehre geträumt. «Für mich war es auch schlimm, Zander. Tod und Seuchen, Hunger und Gefangenschaft. Ich mußte zusehen, wie mein Gefährte vor meinen Augen starb, und ich konnte nichts dagegen tun.»

«Das wissen wir doch, Mungo. Und es ist auch ganz natürlich, daß du eine Zeitlang zum Eingewöhnen brauchst. Aber sie hat mir gesagt, wenn du sie haben willst, dann mußt du noch einmal von vorn anfangen.»

«Ihr nochmal ganz von neuem den Hof machen?»

Zander nickt. Dann sieht er den Entdeckungsreisenden

an, und sein Gesicht wird plötzlich lebhaft. «Aber was andres jetzt. Erzähl mal: Wie ist es da drüben gewesen?»

Am selben Nachmittag steigt der Entdeckungsreisende mit heftigen Kopfschmerzen, trockener Kehle und sauer rumorendem Magen noch einmal die Stufen zum Haus der Andersons hinauf. Er trägt eine frisch gestärkte Krawatte, eine neue Jacke aus Kammgarnflanell, blankgeputzte Stiefel, und unter dem Arm hat er ein schlecht eingewickeltes Päckchen. Ein Dienstmädchen in Schürze und Holzpantinen antwortet auf sein Klopfen und führt ihn herein. Die muß neu sein, denkt er gerade, als Douce Davie den Flur entlanggesprungen kommt. Der Entdeckungsreisende läßt sich auf ein Knie nieder und streckt die Hand aus. «Hallo, Davie», ruft er und schnalzt mit der Zunge, «guter Hund.» Der Terrier bleibt abrupt stehen, knurrt ein paarmal und bleckt die Zähne. Rums, das Dienstmädchen ist aus der Tür. Mungo erhebt sich unsicher. Der Hund beginnt zu bellen.

Er hört eilige Schritte, dann geht eine Tür am Ende des Flurs auf. Es ist Dr. Anderson, groß, mit geweiteten Nasenflügeln, ein frischer Bart sprießt ihm aus dem Gesicht wie ein rankendes Wassergewächs. Er umschlingt den Entdeckungsreisenden mit den Armen wie ein Liebhaber und preßt ihn an sich. «Mungo», sagt er leise mit bebender Stimme, «bist also doch zu uns zurückgekommen.»

Der Entdeckungsreisende wird verlegen. Als der Arzt seinen Griff lockert, tritt Mungo einen Schritt zurück und nickt. «Tja», murmelt er. Dies löst bei Anderson einen erneuten Ansturm von Umarmungen, Schulterklopfen und Händeschütteln aus, während der Terrier an Mungos Beinen zerrt und dabei protestierend kläfft. Der Entdeckungsreisende kommt sich vor, als hätte er gerade nach einem Sololauf übers halbe Spielfeld den Ball zum Siegestreffer ins Netz befördert. «Naja, dann», gröhlt der Doktor, «komm erstmal rein und laß dich richtig anschaun.»

Mungo folgt ihm ins altvertraute Wohnzimmer, eine Woge von Wärme und Sehnsucht überspült ihn, dann bleibt er verdutzt stehen. Was ist denn das? Die Wände sind übersät mit seltsamen Schwarzweißzeichnungen – wabenförmig angeordneten Quadraten und Rechtecken, abgeplatteten Sphäroiden, kleinen Kreisen in größeren Kreisen –, Zeichnungen von flüchtiger Geometrie, so als hätte dem Künstler etwas auf halbem Wege zwischen dem ästhetisch Ansprechenden und dem Mathematisch-Präzisen vorgeschwebt. Dann bemerkt er den Schreibtisch aus Kirschholz in der Ecke. Mitten darauf steht ein neues Cuff-Mikroskop und schimmert wie eine Ikone. Mungo will seinen alten Freund und Lehrer eben fragen, ob er mit Mikroskopieren angefangen hat, da drückt der ihm ein Glas Bordeaux in die Hand. «Santé!» schnarrt er, «und meinen herzlichen Glückwunsch dazu. Hast Ruhm und Ehre nach Selkirkshire gebracht, und ich bin verdammt stolz auf dich.»

Und dann gerät der Doktor in Bewegung, flitzt im Zimmer herum, schenkt Wein nach, bietet Zigarren, Haferplätzchen, gesalzenen Räucherhering und Kompott an, reißt Bücher aus den Regalen und plappert dauernd von einer Frau aus Abbotsford, an der er einen Fall von Hautausschlag behandelt. «Meerrettich!» brüllt er. «Zu fünf Teilen. Dazu zwei Teile Menstruationsblut und drei Teile Ziegenstein, und die Pusteln gehn weg, wie wenn man sie mit dem Zauberstab berührt hätte. Ich pfeif auf die Homöopathie. Immer beim Altbewährten bleiben, sag ich.» Anderson macht eine Pause und dreht sich zu dem Entdekkungsreisenden um, als sähe er ihn zum erstenmal. «Aber ich glaub, jetzt hast du genug von mir gehört. Gekommen bist du doch wegen meiner Tochter, hab ich recht?»

Mungo packt die Hand des Arztes. «Ich will sie heiraten.»

«Heiraten willst du sie?» ruft Dr. Anderson. «Klar willst du sie heiraten. Hast du das Mädel nich gebeten, sie soll auf dich warten, wie du fort bist, unter den Negern und Hottentotten Leben und Gesundheit riskieren? Und sowas kann man ja wohl Verlobung nennen – auch wenn du ihr keinen Ring nich gegeben hast?»

«Ich – ich hab sogar einen Ring ...», stammelt Mungo und wühlt in der Tasche herum, «äh – hier ...»

«Na, und heißt Verlobung etwa nich ein feierliches Gelübde vor den Augen des Herrn und aller Menschen, den Bund der Ehe zu schließen?» Aus irgendeinem Grunde hat der Doktor sich in eine Art Wutgebrüll hineingesteigert. Seine letzten Wort hallen durch den Raum wie die Stimme des Jüngsten Gerichts und lösen Sympathieschwingungen in den Gläsern auf der Anrichte aus.

Ebenso wie der Gefühlsüberschwang erstaunt den Entdeckungsreisenden die gestellte Frage. «Ja, gewiß ...»

«Hast verflixt recht, Jung», donnert der Doktor, der ganz rote Augen bekommen hat. «Also dann heirate sie!» brüllt er. Dann senkt er abrupt die Lautstärke – zwinkert er ihm zu oder hat er etwas im Auge? – «Aber behandle sie richtig, Jung, behandle sie richtig.» Und plötzlich verschwindet er, die Tür knallt wie ein fernes Gewittergrollen in den Rahmen.

Zehn Minuten später geht die Tür ganz leise wieder auf. Der Entdeckungsreisende hat sich in den großen Sessel am Fenster gesetzt und versucht, den Sinn der esoterischen Zeichnungen zu ergründen, mit denen die Wände tapeziert sind. Ist das Zanders neuer Spleen? fragt er sich gerade, als das gedämpfte Klicken des Türgriffs in sein Nervensystem fahr wie ein plötzlicher Ruck in eine Kirchenglocke. Als Ailie ins Zimmer huscht und behutsam die Tür hinter sich schließt, springt er aus dem Sessel auf. Er weiß nichts zu sagen. Verlegen, ganz im Banne seiner Emotionen, mit seinem vom Debakel des Vortags erschütterten Selbstvertrauen, kann er sie nur angaffen.

Auch sie sagt nichts. Doch ihre Unterlippe zuckt und ihre Augen funkeln grün, die Pupillen sind verengt und klein wie Stecknadeln, hart und kalt vor Ärger, Entschlossenheit, Wut. Abgesehen von diesen Augen, den Lippen und der Stupsnase erkennt er sie kaum wieder. Sie ist völlig verändert. Das Mädchen vom Lande in dem weißen Baumwollkleid und den Holzschuhen wirkt jetzt wie eine Dame der Londoner Gesellschaft, sie ist modisch in ein fließendes Gewand aus englischem Samt gekleidet, das an der Taille mit Goldbrokat verziert ist, und der Samt von so kräftigem Dunkelgrün, daß er einen Teppich im Wald abgeben könnte. Das kurze Haar hat sie unter eine dazu passende grüne Kappe gekämmt, ihre Wangen sind gepudert, die Füße stecken in eleganten Hausschuhen. Auf ihrem Unterarm sitzen, kühl und grau wie Regenwolken, die beiden Turteltauben.

«Also», sagt sie schließlich. «Vater sagte, du wolltest mich sprechen.»

«Ja, das wollte ich. Ah, will ich», antwortet er, macht einen Schritt auf sie zu und zögert dann, hält das Päckchen vor sich wie ein Sühneopfer. «Ich möchte –», beginnt er, und die Worte marschieren an seiner Zungenspitze auf, Worte zum Ausdrücken einfacher Gefühle und Erwartungen, Liebe, Ehe, Familie – aber etwas kommt ihm dazwischen, eine schlagartige, lähmende Blockade im Denken, das Ergebnis seiner geschwächten Konstitution, der durchzechten Nacht, der Nervenanspannung, dem plötzlichen Aufstehen vom Sessel. Schon in London hat er ein gutes halbes Dutzend Anfälle gehabt, denn der lange Arm des Malariafluchs griff von der afrikanischen Küste herüber, um ihm die Gedanken zu vernebeln und die Knie weich werden zu lassen. Einmal hat er bei einer Ansprache vor dem «Chelseaer Verband der Freundinnen der Reitkunst und Geopolitik» den Faden verloren, und Sir Joseph mußte für ihn einspringen und den Vortrag beenden. Ein andermal hat er bei der Baronesse nach einem einzigen Glas Champagner schlappgemacht. Und jetzt findet er sich unbegreiflicherweise auf den Knien wieder, gut sieben Meter von Ailie entfernt, und weiß nicht mehr, was er sagen wollte.

«Ja?» ermuntert sie ihn mit freundlicherer, erwartungsvoller Miene.

«Ich, äh ... äh ... ich ...»

«Ja?» Sie kommt ein paar Schritte näher, beunruhigt über den Gesichtsausdruck des Geliebten – hat sie ihn zu hart angepackt? «Willst du mir das Päckchen da geben?» flüstert sie, als hätte sie ein kleines Kind vor sich. «Ist das Päckchen für mich?»

Mungo schüttelt den Kopf, um klar denken zu können. Er hockt jetzt auf allen vieren wie ein Hund, der im Regen war. Er mustert das Päckchen, als hätte er es noch nie gesehen. «Ich möchte ... möchte ... äh ... ich will ... äh ...»

Gütiger Gott, was haben sie mit ihm gemacht? Bestürzt läßt sie den Arm sinken, und die überraschten Tauben fliegen auf, torkeln gegen die Wände, flattern an der Decke herum ... und dann ist sie am Boden neben ihm, stützt seinen Kopf mit den Händen und bemüht sich verzweifelt, seinen Blick zu deuten. «Mungo? Mungo, ist dir nicht gut?»

Er neigt den Kopf, um ihre Hand zu küssen, und fällt dann der Länge nach auf den Rücken, das Päckchen neben sich. «Ah-äh-äh-äh», sagt er noch, und nun ist sie auf den Beinen, rennt unter lauten Rufen nach ihrem Vater hinaus.

Im nächsten Moment kommt Dr. Anderson mit bleichem Gesicht ins Zimmer gestürmt, an seiner Seite der neue Famulus. «Schnell, Kleiner, hol's Riechsalz! Und bring mir meine Tasche – wir müssen ihn zur Ader lassen!»

Das Riechsalz bringt den Entdeckungsreisenden wieder zu sich – so weit jedenfalls, daß der Arzt und sein Assistent ihn in den Sessel wuchten und eine Inzision in seinem

Unterarm vornehmen können. Ailie steht daneben, dem Anblick durchaus gewachsen, sie beißt die Zähne zusammen und hält die blitzende Porzellanschüssel, während ihr das Blut des Verlobten warm und klebrig durch die Finger sprudelt und Spritzer aufs Kleid macht. Der Famulus, ein Sechzehnjähriger mit unstetem Blick, wendet sich ab, murmelt eine Entschuldigung und kotzt in den Kamin, während der alte Doktor flucht und die Tauben auf dem Kaminsims gurren.

Lange, lange danach steht Ailie in ihrem Zimmer vor dem Spiegel, nimmt die Ohrringe ab, öffnet den Verschluß ihrer Halskette. Es ist drei Uhr morgens vorbei. Mungo schläft tief und fest im Gästezimmer, ein wenig blaß vom Blutverlust und mit leichtem Fieber, aber doch über das Schlimme hinweg. Sie und Zander haben die halbe Nacht bei ihm gewacht. Als sie zu Bett ging, döste Zander auf seinem harten Holzstuhl, ein Glas Brandy zwischen die Beine geklemmt.

Sie zieht sich das Kleid über den Kopf und legt es aufs Bett, um die Falten zu glätten. Das getrocknete Blut macht schwarze Flecken auf dem Grün, sie fährt mit der Hand über die Pünktchen und denkt: kaum wahrnehmbar und doch so hartnäckig, und gleichzeitig überlegt sie, wie sie wohl unter dem Mikroskop aussehen. Sie stellt sich vor, wie sie am Fenster sitzt und ein Stück des Kleides festspannt, die Schärfe einstellt und einen Klumpen organischer Substanz sieht – Fasern, die im Gerinnen eine Wunde wie mit einem Fingerdruck zusammenziehen können, Fasern, die sich unzertrennlich mit dem regelmäßigen Webmuster des Stoffes verknüpfen. Getrocknetes Blut. Winzige Teilchen, kaum mehr als Staub – und doch wird der Fleck sich durch viele Male Waschen hindurch halten.

Am Bettrand, jetzt in der Unterwäsche, hält sie für einen langen, müden Moment inne, ehe sie sich bückt, um Schuhe und Strümpfe auszuziehen. Sie ist ausgelaugt und aufgeregt, erschöpft und erfüllt zugleich. Keine Spielchen, kein Abwarten mehr. Wie ein Schulmädchen hatte sie sich aufgeführt. Ihr Mann ist zurück, und er braucht sie – nichts anderes zählt. Die Schuhe fallen zu Boden, erst der linke, dann der rechte, als plötzlich das Päckchen auf dem Toilettentisch ihre Neugier erregt. Sperrig, ungeschickt eingewickelt. Er hatte es ihr gerade geben wollen, als der Anfall losging. Etwas aus London?

Motten umflattern die Öllampe. Irgendwo in einer Ecke des Zimmers wetzt sich ein Heimchen die Flügel. Draußen hinter den Spitzenvorhängen antworten ihm Tausende anderer Grillen, und die Nacht bricht in eine ätherische, sirrende Kakophonie aus, wie eine Armee von Kleinkindern, die ihre Rasseln schwenken. Ailie steht, an Armen und Beinen nackt, vom Bett auf, geht geschmeidig zum Toilettentisch hinüber und hebt das Päckchen mit einer Hand an. Schwer. Massiv. Eine ganz merkwürdige Form. Sie möchte es gern aufmachen, aber nein, das geht nicht – Mungo würde ihre Überraschung miterleben wollen. Energisch stellt sie es wieder ab. Und beginnt, sich das Korsett aufzufädeln. Einen Augenblick später gleitet sie aus ihm heraus, wirft die Unterwäsche zu Boden und will gerade zum Schrank gehen, als ihr Blick noch einmal auf das Päckchen fällt. Wieder nimmt sie es in die Hand, stutzt, und dann – ehe sie sich's versieht – reißt sie das Papier mit den Nägeln auf.

Jetzt stutzt sie nur um so mehr. Offenbar ist es eine Art Schnitzerei – Holz oder Stein. Sie wendet sie mehrmals in der Hand. Glatt und schwarz. So schwarz, daß sie das Licht geradezu aufsaugt und verschluckt. Zuerst erkennt sie überhaupt nichts; als sie dann aber den grob ausgeschnitzten Konturen mit dem Finger nachfährt, weiß sie auf einmal, was es ist: eine Frau. Massig, krass unproportioniert der Kopf so winzig wie eine Eichel, schwer herabhängende Zitzen, Bauch und Hinterteil in grausamer, absurder

Weise vergrößert. Sie sieht noch näher hin. Die Füße der Frau sind wie Bäume, jeder Zeh ein Stamm. Und was ist das? Verstohlen, schwarz auf schwarz, ringelt sich eine Schlange an ihrem Bein hinauf.

Ailie starrt die Statuette lange an, verliert sich in ihrer klaren, reinen, schimmernden Schwärze, und dann durchläuft sie ein Schauer. Der Nachtwind bläht die Vorhänge. Nackt wie sie ist, stellt sie die Figur auf den Tisch zurück und geht zum Schrank, um sich das Nachthemd überzustreifen. Draußen zirpen die Grillen.

Das Kind des Jahrhunderts

Im Sommer 1799, während Napoleon in Ägypten das Feld räumte und Nelson sich in italienische Politik verstrickte, änderte Ailie Anderson ihren Nachnamen in Park. Ein knappes Jahr später – im Juni des Jahres 1800 – kam ihr erstes Kind auf die Welt. Dr. Dinwoodie machte die Entbindung, im Wohnzimmer teilte sich ihr Vater mit Mungo nervös einen halben Liter Whisky. Es war ein Junge. So groß, daß er sie fast auseinanderriß. Sie nannten ihn Thomas.

Mungo hielt das Neugeborene im Arm, dessen Augen waren mit gelbem Schleim verklebt, die Finger schrumplig und knallrot, als hätten sie zehntausend Teller gespült, der Kopf eine nasse Kugel aus Venen und Gewebe. Ailies Vater brachte einen Trinkspruch aus: «Auf das Jahrhundertkind!»

Ailie konnte das Ganze gar nicht recht glauben. Nach all den Jahren der Angst und Ungewißheit, nach all den nicht enden wollenden Tagen und Wochen und Monaten des Wartens war er zurückgekommen. Vor kaum zwei Jahren war er auf ihrer Veranda aufgetaucht, fast wie ein Fremder, und nun war sie Mrs. Mungo Park, die Mutter seines Kindes. Jeden Morgen wachte sie neben ihm auf, jeden Abend saß sie mit ihm beim Nachtmahl. Er gehörte ihr. Der Gedanke nahm sie ganz in Anspruch, erfüllte sie bis in die Fingerspitzen mit Stolz und Befriedigung. Das Mikroskop setzte Staub an.

Natürlich hatten sie ihre Probleme.

Das erste Jahr nach seiner Rückkehr war zu gleichen Teilen eine Mischung aus Hoffnung und Enttäuschung gewesen. Sechs Monate lang wohnte Mungo in Fowlshiels und arbeitete von morgens bis zum späten Nachmittag an seinem Buch. Dann ritt er nach Selkirk und verbrachte den Abend mit ihr. Sie machten Spaziergänge am Fluß und sahen zu, wie das Laub von den Bäumen fiel, ritten auf einen Besuch zu Katlin Gibbie und wirbelten in wildem Tanz durch ihr Wohnzimmer, machten Lagerfeuer im Wald und grillten sich Lachse am Spieß. Sie lernten sich wieder neu kennen. Es war genauso wie früher gewesen.

Doch dann übte der Sog Afrikas seine Kraft von neuem aus. Zu Weihnachten nahm Mungo die Kutsche nach London und blieb fünfeinhalb Monate fort – in denen er mit Edwards die letzten Korrekturen an den *Reisen ins Innere Afrikas* vornahm. Das Buch erschien im Mai. Es wurde sofort ein überwältigender Erfolg. Eine zweite Auflage wurde bestellt. Dann eine dritte. Überall in Europa entsprangen auf einmal Afrika-Clubs und Afrika-Gesellschaften. Er schrieb Ailie jeden Tag.

Im August heiratete sie einen berühmten Mann. Packte ihre Bücher und das Mikroskop ein und zog nach Fowlshiels – vorübergehend. Mungo hing völlig in der Luft. Er bekam so viele Angebote, daß er seine halbe Zeit und Energie allein dafür benötigte, sie abzulehnen. Die Regierung hätte ihn gern auf Entdeckungsreise nach Australien geschickt, Banks wollte lieber eine zweite Tour nach Westafrika abwarten; andere baten ihn, Vorträge zu halten, Artikel zu schreiben, Pflanzen zu klassifizieren, Expeditionen nach Grönland, Borneo, Belize zu leiten. «Einstweilen will ich gar nicht, daß wir uns irgendwo auf Dauer niederlassen», sagte er zu ihr.

Sie wollte wissen, was er damit meinte.

«Ich meine, wir wissen doch noch gar nicht, wo wir leben werden. Womöglich ziehen wir irgendwo ein und müssen gleich wieder für die Abreise packen.»

So etwas hatte sie die ganze Zeit befürchtet. «Meinst du damit etwa, daß du deine Frau mit deinem ersten Kind im Bauch alleine lassen willst, um nochmal für dreieinhalb Jahre zu verschwinden? Um vielleicht nie mehr wiederzukommen? Gott im Himmel, Mann, gerade haben wir geheiratet, und schon willst du mich zur Witwe machen?»

«Ailie. *Wir*, hab ich doch gesagt, *wir*. Sir Joseph hat mir erzählt, daß die Regierung eine Kolonie am Niger gründen will – das müssen wir, damit uns die Franzosen nicht zuvorkommen. Sie hätten gerne, daß ich – wir – die Siedlung leiten. Denk doch nur.» Sein Blick war ins Leere gerichtet, fern und verschleiert. «Denk nur, was wir erreichen könnten, wenn wir direkt dort unten am Niger lebten – stell dir vor, wie weit ich die Gegend erforschen könnte, was für Entdeckungen ich machen könnte!»

«Ich will nicht in Afrika leben», gab sie zurück, aber er hörte ihr nicht zu, hörte sie mit keinem Wort, sah sie nicht einmal mehr. Nein, er sprach mit jemand anderem, sprach mit sich selbst, pries sich Afrika an, das Land der Farbe, des Lebens und der verschwenderischen Naturschätze, wo die Flüsse vor Gold über die Ufer traten und die Erde so fruchtbar war, daß man sie gar nicht zu beackern brauchte.

Neun Monate später, als Thomas geboren wurde, wohnten sie immer noch in Fowlshiels.

In demselben Fowlshiels sitzt sie jetzt, da das erste Kind entwöhnt und ein zweites unterwegs ist, auf der Veranda, vor sich eine Tasse Kaffee, im Schoß ein geöffnetes Buch. Sommer 1801. Nichts hat sich geändert. Es herrscht Krieg mit Frankreich. Die Preise klettern wie verrückt. Die Menschen wandern scharenweise aus. Mungo wartet immer noch.

Seitdem sein Buch fertig ist, hat er jede Menge Zeit. Zwei Jahre mittlerweile. Er angelt. Geht auf die Jagd. Unternimmt einsame Wanderungen durchs Hügelland verbringt manchmal eine Nacht mit Zander in den Wäldern. Seit dem Tod seines Vaters und Adams Abreise nach Indien hilft er seinem Bruder Archie auf dem Hof. Er ist schweigsam, verschlossen. Einmal kam er nicht zum Abendessen, und sie fand ihn unten am Fluß, wo er ins Wasser starrte. Er warf Steinchen hinein, eins nach dem anderen, und zählte leise mit – einundzwanzig, zweiundzwanzig, dreiundzwanzig. So hab ich in Afrika immer die Tiefe von Bächen gemessen, sagte er. Dann grinste er, zum erstenmal seit einer Woche: Sowas ist wichtig, wenn man hindurchwaten muß. Nachts wacht er manchmal schweißgebadet auf und schreit etwas in einer fremden Sprache. Sein sexuelles Verlangen ist erstaunlich. Er sagt, er sei glücklich.

Trotzdem, wenn die Post aus London kommt, sitzt er wie auf Nadeln. Späht nach einem Umschlag mit dem Siegel der Regierung – oder dem von Sir Joseph. Jedesmal wird er enttäuscht. Es sind höchstens schlechte Nachrichten. Die Regierung hat ihre Aufmerksamkeit dem Krieg zugewandt, Sir Joseph meint, es sei nicht die rechte Zeit, eine zweite Expedition auszuschicken, die Franzosen dringen in Westafrika weiter vor ...

Ailie macht sich Sorgen. Was ist, wenn der Krieg vorbei ist oder Sir Joseph es sich anders überlegt oder die Franzosen nicht mehr weiter vordringen? Sie betrachtet das gleichmäßige Dahinfließen der grünen Hügel und sieht statt dessen einen brodelnden Dschungel. Der Fötus regt sich in ihrem Leib. Irgendwo ganz hinten im Haus fängt das Jahrhundert an zu schreien.

PEEBLES Peebles. Es gibt keine andere Wahl.

Ja, Peebles. Sie wird mit ihm reden, wenn er zurückkommt.

Am Spätnachmittag sieht sie Mungo aus einem Lärchenhain am Feldrand hervortreten, Zander an seiner Seite. Die Sonne steht tief am Himmel, kalt und milchig, und die Bäume werfen Schattenfransen. Lange, bedrohliche, blauschwarze Schatten, die übers Feld greifen wie Finger, sich ausstrecken, als gäben sie ihren Mann und ihren Bruder nur widerwillig frei. Einen Moment lang verliert sie die beiden aus den Augen, aber da – der Schimmer von Mungos Haar, als er zur Sonne hinaufschaut, sein vertrauter, weit ausgreifender Gang, mit dem Zander mühsam Schritt hält. Kurz darauf kommen sie den Fahrweg entlang.

«Hallo», ruft sie ihnen zu.

Sie winken zurück.

«Durstig?»

«Oja.»

Als sie vor der Veranda ankommen, hat sie ihnen zwei Krüge Bier hingestellt. Mit der gewandten, animalischen Grazie von Männern, die soeben eine großartige Leistung vollbracht haben, lassen sie sich auf den Holzstühlen nieder. Zanders Kragen ist völlig durchgeschwitzt. Auf der Nase hat er einen Sonnenbrand.

«Na, wo seid ihr heute gewesen?»

«Draußen beim Ancrum-Moor», erwidert Zander.

«Ancrum-Moor? Das müssen ja vierzehn Meilen hin und zurück sein.»

«Siebzehn.»

«Und den ganzen Weg über habt ihr bestimmt von nichts anderem als Krokodilen und Mandingos geredet, was?»

Zander grinst. Das Baby, das vor der Tür im Schlamm

spielt, quietscht in kleinkindlichem Entzücken, und Mungo dreht sich mit sonderbar abwesender Miene zu seinem Sohn um, als kenne er ihn gar nicht. Thomas starrt seinen Vater mit großen Augen an und steckt sich dann einen Modderklumpen in den Mund. Auf seinem Kinn glänzt ein Strom von Dreck und Spucke.

Es entsteht ein kurzes Schweigen, die Männer konzentrieren sich auf das Bier. Ailie nimmt ihre Strickerei wieder auf. «Mein Vater ist heute dagewesen», sagt sie.

Keine Reaktion.

«Er hat von einer freien Praxis in Peebles erzählt. Eine Arztpraxis – mit einem schönen alten Haus dabei. Was meinst du?»

Mungo hebt den Blick von seinem Bier. «Peebles? Aber das ist ja ein ganzer Tagesritt von hier.»

«Ja, es würde heißen, unsere Familie und unsere Freunde zu verlassen. Aber wir können doch nicht ewig hier rumsitzen – und warten. Oder?»

Zander hat das ganze Leben lang gewartet. Er setzt den Krug ab. «Warum denn nicht? Ist doch besser, auf die Chance für ein neues Abenteuer zu warten, als so ein ödes Leben als Landarzt zu führen. Sieh doch, was es aus unsrem Alten gemacht hat.»

Mungo wirft ihr einen traurigen Blick zu. «Also, ich weiß nicht», sagt er.

Plötzlich lacht Zander laut auf. «Wie geht doch gleich der Spruch über Peebles?»

«Was meinst du?»

«Du weißt doch, was der alte Ferguson immer gesagt hat ...»

Das Gesicht des Entdeckungsreisenden leuchtet auf. «Ja, ja – ich weiß schon. ‹Es war 'ne mächtich stille Nacht›, hat er immer gesagt, ‹still wie auf'm Friedhof – oder in Peebles.›»

Geschäft am Grabesrand

Die Trauerwache rechts und links der Treppe besteht aus Profis in schwarzen Anzügen mit Trauerflor, die den Blick feierlich zu Boden senken oder mit zutiefst kummervollem, betrübtem Ausdruck ins Leere starren. In reglos militärischer Haltung trägt jeder eine lange, auf Halbmast geflaggte Fahnenstange aus Ebenholz, deren mit schwarzen Troddeln verzierte Spitzen sich über den Stufen wie Schwerter kreuzen. Ein dünner, trister Nieselregen perlt über die Zylinderhüte und die breiten Backenbärte. Geduldig, professionell warten sie darauf, daß der Leichenzug sich in Bewegung setzt, wonach sie genüßlich über die Reste des Totenmahls herfallen und sich sinnlos betrinken werden. Der Zug ist für neun Uhr abends angesetzt.

Den ganzen Nachmittag über sind ständig neue Kutschen vorgefahren, denen Grüppchen von Männern mit starrer Micnc, schmerzgeschüttelten Frauen und schluchzenden Kindern entstiegen. In der Mehrzahl Verwandte, die sich ihre Erbschaft verdienen. Jetzt sind sie alle weinend und wehklagend im Haus versammelt. Um Viertel neun kommt ein blitzblanker Zweispänner zackig vor dem Tor zum Stillstand, ein Herr in Schwarz stößt selbst den Schlag auf und springt auf die Straße hinaus, viel zu gramgebeugt, um sich lange mit Formalitäten aufzuhalten. Im nächsten Moment steht er vor der Tür, noch ganz außer Atem, das Haar tadellos gekämmt, das Gesicht tränenüberströmt.

Der Herr ist Ned Rise. Gekleidet in einen Anzug aus schwarzem Genuasamt, Handschuhe und Trauerflor mit Druckerschwärze gefärbt, sogar die Schuhsohlen hat er für diesen Anlaß schwarz angestrichen. In der Tasche hat er ein schwarzes Seidentüchlein, das mit Essig getränkt ist. Er preßt es sich ins Gesicht, bevor er nun das Haus betritt.

Ein trübsinniger alter Mann mit großporiger Nase sitzt am Eingang und verteilt Rautenzweige und goldene Ringe, in die Name und Lebensdaten des Verstorbenen graviert sind. Wände, Fenster und Decke sind mit schwarzem Flor ausgeschlagen und die Kerzen in den Wandleuchtern verleihen dem Haus die Atmosphäre einer Kapelle. Aus dem Nebenzimmer dringen gedämpfte Stimmen und ein steter, sonorer Oberton aus Gewimmer und geschneuzten Nasen. Ohnehin längst in Tränen, nimmt Ned noch einen stärkenden Zug aus seinem Taschentuch und will sich in dem so erreichten Zustand völlig aufgelöster Hysterie gerade in das Totenzimmer stürzen, als er eine Hand auf seinem Arm spürt. Er dreht sich um und erblickt die zuckende Unterlippe einer jungen Frau – oder eher eines Mädchens, sie dürfte kaum siebzehn sein. Das Haar fällt ihr in zwei breiten Zöpfen bis zur Taille, ihre Augen sind wie Seen von Pech, über der linken Brust hat sie ein Muttermal. «Claude?» spricht sie ihn an.

Wer um Himmels willen ist das? denkt Ned. Die Cousine? Ja, natürlich. Tränenblind ergreift er ihre Hand und schnüffelt: «Cousinchen?» Sie nickt mit glänzenden Augen. Warum nicht gleich hier anfangen, denkt er und steckt das Taschentuch weg. «Ach, Cousinchen!» schluchzt er und vergräbt die Nase in ihrem Haar.

Seit jener chaotischen Nacht auf dem Friedhof von Islington vor dreieinhalb Jahren hat Neds Leben einen so eng umrissenen Lauf genommen wie Regenwasser in einer Abflußrinne – und Konstrukteur dieser Rinne war Dr. Decius William Delp, Diener der Wissenschaft, Ehegatte, Vater, Erpresser, Leichenschänder ... Delp, der eminente, ehrwürdige Chirurgieprofessor, der mit Mylord ein Gläschen Madeira schlürft, mit Mylady eine Runde Whist spielt und danach seine Helfershelfer losschickt, um ihre Gräber aufzubuddeln, ehe die Körpersäfte sich noch setzen können.

Unter den Umständen blieb Ned kaum eine Wahl. Er war zum Überleben geboren. Er hatte brutale Schläge, Verstümmelung, Ertrinken, Fischgestank, Newgate, den Galgen überlebt. Auf all das blickte er zurück, als die Pistole in der Trostlosigkeit des Friedhofs von Islington aufblitzte, und ihm wurde klar, daß er so ziemlich alles überleben könnte – den Hexensabbat, eine Revolte der lebenden Toten, den massierten Ansturm von Delp, Banks und Mendoza samt Napoleon obendrein. Außerdem fiel nur ein einziger Schuß, und die Kugel verfehlte ihn um gut zwei Meter, traf aber dafür Quiddle am Oberschenkel und zerschmetterte ihm den Knochen. Das Geschoß traf mit dumpfem Klatschen, einem Ton, wie ihn ein guter Schlachter macht, wenn sein Knüttel jenen sauberen, fließenden, tödlichen Hieb führt, der das Schwein von den Füßen reißt und reglos zu Boden wirft – einem scharfen Ton, der fast augenblicklich in dem dämpfenden Schwamm aus Fleisch und Fett verklang. Es entstand ein Moment der überraschten Stille, als hätte eigentlich keiner die Dinge so auf die Spitze treiben wollen, dann hörte man den Wirbel von Crumps sich entfernenden Schritten und einen weiteren Aufschrei von Boyles. Quiddle gab keinen Laut von sich.

Neds erster Impuls war Flucht. Vergiß die ganze Sache und renn, bis dir die Lunge platzt – doch dann besann er sich darauf, wie Quiddle zu ihm gehalten hatte, ihn gepflegt, ihm sein Bett überlassen, ihn vor Delp beschützt hatte. «Horace», flüsterte er. «Bist du verletzt?» Keine Antwort. Schwärze. Nichts. Ned tastete sich um das Grab herum und befürchtete das Schlimmste. Wenn Quiddle tot war, würde Delp glatt fünf Leichen erwarten – und seinen ehemaligen Assistenten ebenso zerlegen wie die restliche Ladung, soundso viele Meter Darm, so viele Gramm dieses oder jenes Organs, wie Würste, Kutteln, Preßkopf. Der Gedanke war so bildlich und so fürchterlich, daß Ned fast in Ohnmacht fiel, als Quiddle plötzlich seine Hand packte.

Quiddles Griff war wie ein Schraubstock. Er sprach mit heiserer Stimme. Keuchend instruierte er Ned im Gebrauch einer Knebelbinde und unterstrich dabei, daß die Zeit dränge – sowohl seinetwegen, als auch weil Crumps Indiskretion recht bald die Gendarmerie herbeiführen würde. Ned begriff rasch. Er band die Wunde ab und zerrte Quiddle zum Fuß der Mauer – hatte aber nicht die Kraft, ihn hinüberzuwuchten. «Warte», flüsterte er und ging auf die Suche nach Boyles.

Der kauerte hinter einem Grabstein, stöhnte und plapperte vor sich hin. Schon immer hatte er etwas vom Aberglauben des irischen Bauern gehabt, vom Glauben an Elfen und Menschenfresser und todkündende Feen – aber das hier war Wirklichkeit. Vor knapp fünf Minuten hatte er Auge in Auge mit dem Unmöglichen gestanden. Ob man es nun Gespenst, Phantom oder Schattenwesen nannte – es war echt, ein lebender, redender Toter. Billy war erschüttert. Ziemlich angesäuselt, aber dennoch erschüttert. Ned mußte ihn niederwerfen, ihm die Arme festhalten, an die fünfzig Ohrfeigen versetzen und die ganze Geschichte, wie er dem Henker entronnen war, zweimal vorbeten, ehe Billy sich überreden ließ, aufzustehen und dabei zu helfen, Quiddle über die Mauer zu heben.

Boyles saß im Karren und nuckelte an Neds Taschenflasche wie ein Träumer. Quiddle blutete und stöhnte. Von Zeit zu Zeit klagte er über die Kälte. Ned peitschte das Pferd, bis sein Schultergelenk taub wurde. Als sie in St. Bartholomew's ankamen, führte Delp die Amputation selbst durch, nahm das Bein knapp unter der Hüfte ab und verätzte die Wunde mit einem Schaufelblatt, das er über dem Feuer zum Glühen gebracht hatte.

Da Quiddle nun außer Gefecht war, sah sich Delp nahezu ausschließlich auf Ned angewiesen. Und Ned, dem praktisch keine Alternative blieb, überwand allmählich seine Widerstände gegen den Job und begann, im Kampf um den knappen Nachschub an Kadavern der Londoner Gegend gegen die Konkurrenz von Crump und anderen seine List einzusetzen. Für sieben Liter Gin pro Woche ließ sich Boyles als Assistent anheuern, und bald fühlten sich die beiden auf Friedhöfen und in Leichenhallen ebenso heimisch wie in Bierkellern und Kneipen. Nach einem Jahr schaffte Ned mehr Exemplare heran, als Delp zerlegen konnte, und war deshalb hie und da auch ein wenig freiberuflich tätig. Im Jahr darauf konnte er es sich leisten, aus dem Krankenhaus auszuziehen und eine Wohnung in Limehouse zu mieten. Er begann, sich eleganter zu kleiden. Zum Essen auszugehen. An eine Reise über den Kanal zu denken, um seine verlorene Geliebte aufzuspüren.

Er war am Leben. Er paßte sich an. Trotz der Gefahren und der Unappetitlichkeit seines neuen Metiers war er von vorsichtigem Optimismus durchdrungen. Auf der einen Seite drohte Unheil durch den fordernden, skrupellosen Delp, auf der anderen durch Crump, den der Übergriff in seinen Machtbereich sehr erboste. Doch Ned gelang auf Zehenspitzen eine geschickte Gratwanderung zwischen den beiden, und ganz allmählich, mit stetiger, stufenweiser Zuwachsrate stieg sein Stern wieder auf.

Nicht anders als die Trauerwache auf der Treppe und der alte Mann mit den Rautenzweigen ist Ned an dem Verblichenen also nur auf rein professioneller Basis interessiert. Am Morgen des Vortags war er beim Überfliegen der Todesanzeigen auf folgende Meldung gestoßen:

Tiefes Bedauern empfindet die Stadt über das Dahinscheiden von Mr. Claude Messenger Osprey, dem Hersteller feinen Porzellans und Geschirrs, welcher gestern, am 7. Juni 1801, im Alter von siebenundfünfzig Jahren an der Halsbräune verstarb. Am bekanntesten wurde Mr. Osprey wohl durch seinen entschlossenen und innovativen Einsatz in der Manufaktur von

Porzellan-Nachttöpfen. Er entwickelte als erster den Gedanken des pot de chambre mit persönlicher Note und beschäftigt eine Reihe inspirierter Künstler, deren erfrischende Kleeblatt- und Weidenzweig-Muster uns allen so wohlvertraut sind. Mr. Osprey hinterläßt das Unternehmen seinem Bruder Drummond aus Cheapside und seinem Sohn Claude jun., dem Porzellanhändler aus Bristol. Der Verstorbene wird heute abend und den ganzen morgigen Tag über im Hause seines Bruders aufgebahrt liegen. Die Beerdigungszeremonie ist für morgen abend, neun Uhr, angesetzt.

Ein paar Erkundigungen unter dem betrübten Personal des Hauses Osprey brachten eine recht interessante Information zutage: An Claude junior, den gegenwärtigen aus Bristol anreisenden Sohn, erinnerte man sich nur als Kind. Infolge eines Zwistes zwischen Claude sen. und dessen Frau war der Junge mit neun Jahren auf ein Internat geschickt worden und hatte dann sein Studium absolviert, geheiratet und in Bristol die Leitung der Filiale des Familienunternehmens übernommen, ohne je wieder nach Hause zu kommen. Seit fast zwanzig Jahren hatte ihn keiner der Londoner Ospreys mehr zu Gesicht bekommen.

Als an diesem Abend die Postkutsche aus Bristol vor dem Gloucester Coffee House einrollte, wurde sie schon von Ned, Quiddle und Boyles erwartet. Bevor der Wagen noch hielt, riß Boyles, in Livree, den Schlag auf und rief mit vor Kummer und Gram heiserer Stimme den Namen des jungen Osprey. Er stellte sich als Diener des verstorbenen Osprey senior vor und führte den jungen Erben zu einer weiter vorn wartenden Kutsche. In der Kutsche saßen Ned und Quiddle wie zwei Spinnen, denen gleich eine fette Beute ins Netz geht, und hielten diverse Stricke und Streifen fester Baumwolle bereit. Osprey hatte keine Chance.

«Weißt du», sagte die Cousine schluchzend, «ich hab dich sofort erkannt, als du durch die Tür gekommen bist.»

Ned stößt ein paar wimmernde Klagelaute aus, schneuzt sich dann und sieht sie bekümmert an. «Ach? Wieso denn?»

«Du ... du ...» Hier fällt sie ihm wieder in die Arme und japst wie ein ertrinkender Hund. «Du siehst ihm so ähnlich.»

Der Rest ist ein Kinderspiel. Ein paar schwergewichtige Tanten, krampfgeschüttelte Onkel, säuerlich dreinblickende Schwippschwäger, Cousinen dritten Grades, ein mißtrauisches altes Kindermädchen. Keine Witwe, Gott sei Dank. (Ned ist nicht ganz sicher, glaubt sich aber zu erinnern, vor knapp zwei Jahren eine Mrs. Tillie Marsh Osprey aus einem Friedhof im West End abgeschleppt zu haben.) Inzwischen fallen rings herum Beileidsbezeugungen wie einstürzende Ziegelhäuser bei einem Erdbeben. Jemand bringt einen Toast aus. Und dann noch einen. Wieder Tränen und Schulterklopfen, der Gestank von Parfum und Alkohol, ein Kuß, eine Umarmung, und dann sind sie vor dem Haus, in schwarze Capes gehüllt, lange Fackeln in der Hand, und schreiten gemessenen Schrittes hinter dem schweren, von Pferden gezogenen Leichenwagen her. Über das Kopfsteinpflaster die Straße entlang, um eine Ecke und auf den Friedhof. Die glitzernden Wieseläugen des Pfaffen, Staub zu Staub. Und dann wirft sich Ned über den Sarg, beißt den Totengräbern ins Bein, untröstlich ist er, wehrt im puren, verbissenen Herauslassen seines Grams das ganze Heer der Tröster und Mitfühlenden ab. Er jammert, er winselt, er ist besser als Hamlet. Endlich bittet er sie tränenüberströmt, ihn alleinzulassen in seinem Kummer und dem brennenden Drang, seinen Vater, diesen großartigen, edlen Mann, mit den eigenen treusorgenden Händen zu begraben.

Zehn Minuten später fährt der blitzende Zweispänner

an dem verlassen daliegenden Friedhof vor, Quiddle auf dem Kutschbock. Eine schmale, plattköpfige Gestalt huscht heraus und gesellt sich zu Ned vor dem Grab. Es entsteht Bewegung in der Dunkelheit, man hört ein Grunzen oder Stöhnen, den kurzen Hinweis auf ruchlose Aktivitäten. Dann fährt die Kutsche davon, und die letzte Fackel erlischt auf dem Friedhof.

Wenn wo was aufgeht, muss Hefe drin sein

Als die Morgendämmerung ihre rosigen Finger auf die Dächer Londons legt, stolpert eine kleine Schwefelholzverkäuferin mit Hasenscharte über den sich windenden Claude M. Osprey jun. Methodisch und zentimeterweise arbeitet sich der Erbe des Ospreyschen Vermögens, an Händen und Füßen gefesselt, eine rußgeschwärzte Gasse entlang, wobei er einen kleinen Wall Schutt vor sich herschiebt. Sein Gesicht ist von einem Gittermuster haarfeiner Kratzer überzogen, in den Mund hat man ihm eine schmutzige Krawatte gestopft. «Hmmmmff», sagt er. «Hmmmmmmlff!» Das Mädchen legt den Kopf schief und sieht ihn wachsam an, wie ein Terrier, der auf das Schnalzen des Herrchens horcht. Dann bückt sie sich und durchwühlt seine Taschen. Eine halbe Stunde später kommt ein Fleischerlehrling des Weges, reagiert erst mit Spätzündung und schlurft dann herbei, um den jungen Erben ungläubig zu betrachten, als stelle das Auftauchen eines gefesselten und geknebelten Mannes in einer Seitengasse für ihn ein Dilemma von aristotelischer Größenordnung dar. Über dem Knebel weiten sich Ospreys Augen in Wut und Gereiztheit. Dem Jungen fällt die Kinnlade herab. Er rennt ein Stück davon, senkt dann den Kopf, dreht sich um und kommt wieder zurück. Endlich hockt er sich nieder und entfernt behutsam die Krawatte aus Ospreys Rachen.

Der Gefesselte bewegt den Kiefer, als wäre der ein neu erschaffener Teil seiner Anatomie. «Binde mich los!» verlangt er.

Der Junge läßt die Krawatte in der Hosentasche verschwinden. Er bohrt sich ein Stück Schmalz aus dem Ohr und untersucht es versonnen auf der Spitze seines schwarzgeränderten Fingernagels. «Was krieg ich'n dafür?»

«Eine halbe Crown.»

«Sagen wir, eine ganze, dann kommen wir ins Geschäft.»

«Also gut, eine Crown. Jetzt mach mich schon los!»

«Ich will aber zwei Crowns.»

«Hilfe!» brüllt Osprey. «Ein Mörder! Hilfe!»

«Is ja gut, is ja gut.» Mit einer einzigen geübten Bewegung zieht der Junge ein Messer aus dem zerfetzten Ärmel, und die Hanfstricke fallen zu Boden. Osprey setzt sich auf und befreit seine Füße, dann streckt er die Hand aus. Der Junge hilft ihm auf die Beine. «Idiot!» zischt der junge Erbe und stößt den Jungen gegen die Wand. Dann rennt er aus der Gasse hinaus und ruft nach einer Droschke.

In Cheapside kommen sie aus dem Staunen nicht heraus. Fallen fast vom Hocker. «Aber, aber ... warum würde denn jemand so etwas tun wollen?» stottert der Onkel.

«Das Grab!» schreit Osprey.

Man ruft die Behörden. Den Pfarrer. Die Cousine mit den Pechseeaugen. Die Tanten und Onkel. Die Schwippschwäger. Als die Erde des Grabes ausgehoben wird und der Sarg zum Vorschein kommt, ertönt ein erleichterter Seufzer. «Öffnet ihn!» ruft der Erbe. «Öffnet ihn!» beharrt er trotz des geraunten Protestes. Der Totengräber hebelt den Deckel auf. Der Sarg ist leer. Jemand schnappt nach Luft. Andere fallen in Ohnmacht. Am Nachmittag wird in der ganzen Stadt ein Handzettel verteilt:

Claude M. Osprey jun. bietet eine Belohnung von £100 für zweckdienliche Auskünfte, die zur Ergreifung jener drei Männer, darunter eines Einbeinigen, führen, welche in der Nacht des 9. Juni auf dem Friedhof von St. Paul's einen schändlichen Akt der Verderbtheit gegen Gott und Natur begangen haben. Alle Auskünfte werden vertraulich behandelt Great Wood St., Cheapside.

Siebenunddreißig Personen melden sich. Nacheinander schlurfen sie ins Arbeitszimmer des Hauses in der Great Wood Street. Bärtig, einäugig, pockennarbig, sabbernd und stinkend, und jeder tischt dem jungen Erben eine andere Version auf. Er lauscht zusammenhanglosen Geschichten über Mord und Totschlag, Kannibalismus, Vergewaltigung, Raub. Er hört von Kindesentführung und Verstümmelung, Fellatio und Sodomie, von Zigeunern, Mohren und Juden. Die Teppiche starren vor Schmutz, und der Spucknapf läuft schon über, als ein hagerer Mann von etwa vierzig Jahren, mit einem Bizeps so fest wie eine Speckschwarte, hereingeführt wird. Auf dem Kinn hat er drei oder vier Tage alte Bartstoppeln, die er sich von Zeit zu Zeit mit flinken, nervösen Fingern streicht. Seine Augen sind hell wie blaue Glasscherben. «Mein Name is Crump», sagt er mit rasselnder, harter Stimme. «Ich kenn die Leute, die was Sie suchen tun. Grabräuber, nich?»

Osprey bedeutet ihm, Platz zu nehmen.

«Das sind 'n paar ganz üble Burschen, mit'm Teufel im Bund. Ganz scheußliche Sache, was die da gemacht ham. Einfach nich mehr menschenwürdich.»

Schmallippig und verführerisch klingelt Osprey mit einem Beutel voll Münzen. Seine Blicke halten den Mann wie mit der Kreifzange fest. «Wo sind sie?»

«Der mit'm Krückebein, das is der Quiddle. Den finden Se im St. Bartholomew's. Der andre, der Plattkopp, den tunse Boyles nennen, Billy Boyles. Das is 'n Säufer. Pennt in Holzhütten und Gemüsekarren un so. Aber wen Sie kriegen wolln, das is der Rädelsanführer, das Gehirn vons Ganze.» Crump macht eine Pause und wischt sich mit dem Ärmel über die Lippen. «Sind doch hunnert Funt, diese da bieten tun, stimmt's?»

Osprey klingelt mit dem Beutel, langsam und verlockend.

«Also, der heißt Ned. Ned, wie weiter, weiß ich nich. Das is 'n mächtig gerissener Bursche, das isser. Wie 'ne Schlange. Aber ich hab'n beobachtet und bin ihm nach wie 'n Terrier nach 'ner Ratte. Und deswegen kann ich Ihnen auch sagen, wo der wohnen tut. Nämlich in Limehouse. Über der ‹Meerjungfrau›.» Crump leckt sich über die rissigen Lippen. «Gehn Se gleich los», flüstert er, «greifen Se'n sich, so lange's noch hell is.»

Vom Bluthund gehetzt Die Erfahrung hat Ned Rise eine Menge Dinge gelehrt – meist unangenehme. Eine Lehre zum Beispiel war, daß man seine Aktiva immer flüssig haben sollte. Und eine Schwimmweste zu tragen, wenn man mit hohem Seegang rechnet. Außerdem weiß er inzwischen, daß ein umsichtiger Unternehmer nie die Schuhe abstreift, beim Schlafen immer ein Auge offen hält und unter gar keinen Umständen Räume betritt, die nur eine Tür haben.

Deshalb läßt sich Ned nur teilweise überraschen, als Osprey mit zwei bewaffneten Beamten völlig unangemeldet und unerwartet seine Wohnung stürmt. Obwohl er im Bett liegt und schläft, als sie die Tür des Wohnzimmers eintreten, ist er über alle Berge, bis sie im Schlafzimmer sind. Als die Wohnungstür splitternd nachgibt, hat der junge Erbe, bis an die Zähne bewaffnet, ein blitzartiges Erlebnis des Wiedererkennens, während er dem erschreckt auffahrenden Leichenräuber direkt in die Augen sieht.

Keine fünf Meter entfernt. Er sieht ihn durch den Türrahmen im Hinterzimmer, unter der Bettdecke. Schon legt sich auf Ospreys Gesicht ein boshaftes, rachedurstiges Lächeln, da dreht sich Ned einfach im Bett herum und ist verschwunden. Eben war er noch da, in Fleisch und Blut, dann löst er sich in Luft auf, ein Taschenspielertrick, sowie eine Ringelnatter in einer Steinmauer verschwindet.

Für solche Fälle hat nämlich Ned Vorkehrungen getroffen. Als er das bescheidene Appartement gemietet hat, nahm er auch die kleine Kammer direkt darunter mit dazu – ein Zimmer, kaum größer als ein Schrank , wobei er dem Wirt der «Meerjungfrau» erklärte, er sei Handlungsreisender und brauche den Extraraum zum Lagern seiner Waren. Der Wirt sagte, es sei ihm scheißegal, wer er sei und was er mit seinen Zimmern mache, solange nur nichts kaputt gehe und er die Miete pünktlich zahle. Ned lächelte und legte das Geld für die erste Woche im voraus auf den Tisch. Dann lieh er sich Delps Knochensäge aus, wartete ab, bis eine frische Besatzung von Teerjacken unten in der Kneipe saß und mit dem Saufen, Johlen, Gläserklirren und Absingen von Matrosen-Shanties anfing, und schnitt ein sauberes, rundes Loch in den Boden seines Schlafzimmers. Das Loch hatte direkte Verbindung mit der Kammer darunter. Es dauerte nur eine Minute, das Bett darüberzuschieben und so seine kleine Freizeitarbeit zu verbergen. Zieht man zudem in Betracht, daß Ned immer in voller Kleidung schlief und dabei seine Ersparnisse in einem Strumpf um den Hals gebunden trug, ist es leicht begreiflich, wie er seinen vermeintlichen Häschern entkommen konnte.

Fürs erste jedenfalls.

Denn Osprey ließ sich nicht so leicht entmutigen. Er schien durchaus bereit, den Nachttopfhandel in den Händen von Untergebenen verkommen zu lassen, während er sein vordringliches Ziel zum Abschluß brachte. Die

Schmach, die man den Überresten seines Vaters angetan hatte, wäre ihm schon Grund genug gewesen, die Übeltäter bis ans Ende der Welt zu jagen, doch da nun noch seine eigene Schmach hinzugekommen war, betrachtete er schon die Existenz dieser Diebe, Leichenräuber und Grabfrevler als unerträglich, als Schande für die Gesellschaft, die ihn persönlich wurmte, und ihre Ausrottung nahm für ihn den Charakter einer heiligen Mission an. Zäh und unermüdlich machte er weiter, er gierte nach Rache, den Mund voll bitterer Galle, in seinen Träumen triefte das Blut.

Als ersten erwischte es Quiddle. Er wurde im St. Bartholomew's verhaftet, ins Gefängnis geworfen, angeklagt und schließlich gehängt. Der einzige Beweis gegen ihn war eine Aussage von Osprey junior. Das genügte. Delp stritt natürlich alles ab. Bei der Hinrichtung war er dennoch anwesend – Quiddle hatte nämlich keine Angehörigen. In einer menschlichen Geste, die fast alle Zuschauer tief rührte, trat er nach der Exekution vor und verkündete, er selbst wolle sich um den Toten kümmern.

Boyles stand auf einem ganz anderen Blatt. Zwar war er nicht eben der Schlauste, außerdem die meiste Zeit über betrunken; doch wo er sich jeweils aufhielt, ließ sich schwer sagen. Er hatte keine feste Bleibe. Keine Freunde. Keine Arbeit. Keine Perspektive. Er schlief in Hauseingängen, Küchen, Gin-Schänken. Osprey heuerte ein Dutzend Männer an, um die Seitengassen und Kneipen in der Umgebung des Krankenhauses zu überwachen und auch in Limehouse die Augen offen zu halten. Aber umsonst: Ned Rise fand ihn zuerst. Billy lag unten am Hermitage Dock, genoß den Sonnenschein und sah zu, wie eine Schar von mageren Jungen in der Themse badete, Meeresvögel vom Himmel herabstießen und Dreimaster im Wind standen wie große weiße Schwäne. Er hatte eine Zitrone, eine Kartoffel und eine Flasche Gin bei sich, an denen er abwechselnd gemächlich lutschte – erst Gin, dann Zitrone und schließlich

Kartoffel. Als Ned den wohlbekannten Plattkopf und den zerlumpten Mantel entdeckte, durchlief ihn ein Schauer der Erleichterung. Er ließ sich nieder, und Boyles wandte ihm die glitzernden grünen Augen und die lange Nase zu. «Neddy! Was gibt's? Wieder so ein Job?»

«Wir sind in Schwierigkeiten, Billy.»

Boyles wollte nichts davon hören. Er blickte über die graue Gischt wie Napoleon über den Ärmelkanal. «Guck mal, wie die Möwen da oben inner Luft hängen tun, wie wenn einer 'n Kasperletheater im Himmel abzieht», brummelte er. Im Nasenloch klebte ihm ein Stück Zitrone.

«Sie haben Quiddle erwischt.»

«Wer hat'n erwischt?»

«Osprey.»

Boyles verzog keine Miene. Unschuldig wie ein Baby sah er Ned an.

«Der Kerl, den wir uns vor zwei Tagen gegriffen haben – der Nachttopf-König.»

Boyles machte ein langes Gesicht. Ihm wurde sichtlich unwohl, als hätte die Erinnerung an den heißblütigen jungen Erben ihn plötzlich in schweres Fahrwasser gebracht oder die Kartoffel in seinem Bauch mit Magensäure überspült.

«Sie werden ihn hängen, Billy.»

Boyles verarbeitete diese Information mit demselben halb nachdenklichen, halb galligen Gesichtsausdruck. Er erbleichte mehr und mehr und schlug unbeholfen die Hand vor den Mund. Dann erbrach er das ganze Gemisch aus Kartoffel, Zitrone und Gin über die Planken des Docks.

Ned nahm ihm die Flasche weg und schleuderte sie in den Fluß. «Los komm, Billy» sagte er. «Steh auf. Sehn wir zu, daß wir verduften.»

Das war im Sommer, als die Tage noch lang und die Nächte mild wie eine Mutterbrust waren.

Inzwischen haben sie zwei Wintermonate und Sylvester hinter sich, und die Lage wird prekär. Zum ersten ist ihnen das Geld ausgegangen. Boyles hatte gerade noch sechs Shilling bei sich, als sie beschlossen, sich abzusetzen, und Neds vierundsiebzig Pfund (ein Betrag, der größtenteils aus dem Verkauf der Überreste von Osprey senior auf dem freien Markt und aus der Aneignung der Brieftasche und anderer Wertgegenstände des Osprey junior stammte) sind durch die ständigen Übernachtungen während ihrer Flucht ebenfalls aufgebraucht. Zum zweiten hat sich das Wetter gegen sie gewandt. Eine Kaltfront dringt von der Nordsee her mit furchterregender Macht herein, bringt Fundamente zum Bersten, legt eine dicke Eisschicht über die Themse und trägt Schüttelfrost, Pneumonie und Grippe mit sich. Während die Möwen wie Steine vom Himmel plumpsen und Ackergäule in ihren Ställen steif werden und verenden, müssen Rise und Boyles sich mit kalter Hafergrütze und Strohlagern zufriedengeben. Am schlimmsten aber ist, daß Osprey seine Jagd keineswegs abgeblasen hat, sondern sie in jedem Loch aufstöbert, das sie mit Müh und Not erreichen, ein wildes, blutrünstiges Gebell in ihrem Rücken veranstaltet, das ihnen die Verdauung ruiniert und den Seelenfrieden raubt, sie hinter jedem Gebüsch den Klabautermann erwarten und in jeder Straßenlampe einen Galgen sehen läßt.

Momentan kauern sie über einem Feuer unter der Blackfriars Bridge, kläglich und dick vermummt, aus den Nasen rinnt ihnen der Rotz, ihre Füße sind taub, der Magen knurrt. So sitzen sie fast eine Stunde, schlingen die Arme um den Körper und starren in die Glut, bis Ned sich dem Gefährten zuwendet und ihm etwas ins Ohr flüstert. Rings um das Feuerchen bibbern noch zehn andere Landstreicher. Keiner macht sich die Mühe, auch nur aufzublicken. Draußen auf dem Fluß stöhnen die Eisschollen wie ein Chor der Ertrunkenen.

«Auf dem Friedhof von St. Paul's wird heut abend 'ne Frau begraben», sagt Ned.

«Was'n, bei dem Bodenfrost?»

Ned grinst. «Na, da haben wir's um so leichter, begreifst du nicht? Die lassen sie doch einfach ein paar Tage lang über der Grabstelle liegen, bis die Totengräber das Loch für sie ausheben können.»

Boyles läuft die Nase. Seine Augen liegen tief in den Höhlen wie zwei fieberkranke Nagetiere, die sich in ihrem Bau verkriechen. Seine Stimme klingt vorwurfsvoll. «Du hast mich da reingezogen, Neddy.»

«Stimmt nicht, das war Crump.»

Boyles wendet sich zum Feuer, macht sorgfältig beide Nasenlöcher frei und läßt sich den Gedanken ein paar Minuten lang durch die vom Gin beeinträchtigten Hirnwindungen gehen. «Naja, 'n Pott Glühwein wär sicher kein Schaden nich, und 'ne heiße Suppe schon gar nich», sagt er verschnupft. «Hätt auch nix dagegen, die Nacht auf ner Bank in irgendso'ner Pinte zu pennen.» Er hustet einen Klumpen weißen Schleim aus. «Aber könn' wir das denn riskiern?»

«Scheiß drauf. Wir frieren uns tot, wenn wir's nicht tun.»

Es ist drei Uhr früh vorbei, als sie auf den Friedhof schleichen. Der Nachthimmel ist ein brodelnder Wolkenkessel, weiß und schwarz mit hundert Grauschattierungen. Der Wind pfeift, und die Kälte ist von jener abstumpfenden nagenden Art, die in jede Zelle kriecht und einem den Tod in die Ohren flüstert. Ned hat es eilig. Zittert vor Kälte und denkt nur daran, sich die Leiche zu greifen, irgendwo zu verstecken und dann eine Kneipe zu suchen, wo sie für einen Viertelpenny auf dem Boden schlafen dürfen; dabei stellt er sich schon vor, wie Bluestone, der Chirurg, ihm die Banknoten hinblättert, und wie sie morgen um diese Zeit sattgegessen in einem warmen Bett liegen werden. Osprey? Er versucht, nicht an ihn zu denken, man muß die Angst ja rationalisieren – wie könnte denn irgendwer, sogar der Teufel selber, einen derartigen Groll hegen, daß er noch acht Monate später in eisiger Nacht auf einem Friedhof lauert? Nein, an Ospreys Stelle läge er jetzt im Bett, mit einer Frau zum Wärmen und einem lustig flackernden Feuerchen im Kamin ...

Plötzlich hört er ein Quietschen hinter sich und wirbelt herum, sprungbereit wie eine Katze, bevor ihm klar wird, daß es nur Boyles war, der am Tor hängengeblieben ist. Er wartet, bis sein Komplize aus dem Schatten herbeitrottet, und bedeutet ihm zu warten. Dann huscht er davon, der kurze Schreck hat ihn aus den entrückten Gedanken gerissen, Blut und Adrenalin strömen wieder frisch, sein Herz stampft wie eine Maschine. Nach fünf Minuten hat er den Sarg geortet; die Kiste aus rohen Kiefernbrettern steht zwischen zwei Graumarkierungen am hinteren Ende des Friedhofs. Er kauert sich nieder und wartet volle sechzig Sekunden ab, während der Wind in den kahlen Bäumen heult, der Frost ihm die Beine hinaufkriecht, darin geht er los.

Aber da ist noch ein Geräusch – da vorne links, ein Flattern oder Klatschen wie Wäsche auf der Leine. Er zögert, sein ganzer Instinkt schreit *Paß auf, paß auf!*, die Kälte treibt ihn weiter, flüstert ihm zu, alles in Ordnung, hol dir die Leiche, dann ab ins Warme, bleib am Leben. Zögernd macht er einen Schritt vorwärts. Da ist es wieder. Klatsch, flapp. Hier ist etwas faul. Mörderisch faul. Tief gebückt wendet er sich nach links, atmet ganz flach, sein Herz rast, jeder Muskel spannt sich eng an den Knochen.

Das Geräusch nimmt an Intensität zu, je näher er kommt, sein Rhythmus hebt und senkt sich mit dem sausenden Wind. Schaudernd stellt er sich ein Heer von Toten vor, das sich schweigend aus den Gräbern erhebt, im Wind flatternde Leichentücher, knochige Hände, in stummem Flehen ausgestreckt. Aber nein, es muß eine vernünftige Erklärung geben ... Er tritt noch näher, *klatsch, flapp*. Da: das Geräusch scheint von dem großen dunklen Schatten dort vorn herzurühren – offenbar ein Mausoleum, oder? Ja, es ist ein Mausoleum, das da rechteckig und massig über den düsteren Reihen der Grabsteine aufragt wie das Tor zur Unterwelt. Er geht ganz nahe heran und bemerkt entsetzt, daß das ganze Gebilde sich bewegt, mit dem leisen, sanften Schwappen einer ruhigen See hin und her schlägt. Da er im Dunkeln kaum etwas sieht, faßt er hin – und hat auf einmal eine Stoffbahn in der Hand. Merkwürdig. Jemand hat das ganze Ding mit schwarzem Musselin verhängt. In memoriam? Irgendein reicher Pinkel vielleicht?

Es bleibt keine Zeit, darüber zu rätseln. Die Kälte macht sich wieder bemerkbar, und da seine Neugier befriedigt ist, will er gerade wieder sein Vorhaben aufnehmen, als ein weitaus nervenzerrüttenderes Geräusch ihn wie eine eiserne Faust packt und jeden seiner Muskeln erstarren läßt. Undeutliche, gedämpfte Stimmen – aus dem Innern des Grabmals! Das ist zuviel. Trotz seiner großen Erfahrung mit nächtlichen Friedhöfen möchte er sich am liebsten anpissen, die Beine in die Hand nehmen und zurück unter die Blackfriars Bridge kriechen, um sich dort niederzulegen und den Erfrierungstod zu sterben. Doch dann hebt eine jähe Bö den Stoff etwas an, und ein Lichtstrahl zerteilt die Finsternis. Eine neue Furcht überkommt ihn, wesentlich schrecklicher als jeder Gedanke an Kobolde und Gespenster. Sie läßt seine Finger zittern. Langsam begreift er.

Vorsichtig, ganz vorsichtig schlüpft er unter das schwarze Tuch und tastet sich zu der steinernen Tür, die in das Grabmal führt. Sie steht einen winzigen Spalt offen. Er legt das Auge an den Schlitz.

Drinnen sitzen drei Männer in Pelzmänteln beim

schummrigen Licht einer Öllampe um den Sarg herum und spielen Karten. Ihre Füße liegen auf eisernen Wärmflaschen; dunstiger Atem schwebt in Wolken vor ihren Mündern. Die Sicht ist Ned teilweise durch den Rücken des ihm am nächsten sitzenden Mannes versperrt, doch als dieser sich vorbeugt, um sein Blatt zu begutachten, sieht Ned zu seinem Schrecken, daß der Kartenspieler ganz hinten Osprey ist. Plötzlich wirft Osprey sein Blatt auf den Tisch. «Sollten Sie nicht wieder einmal Ihre Runde gehen, Mr. Crump?» sagt er zu der Gestalt, die Ned den Rücken kehrt.

«Ach, komm Se, Claude. Inso 'ner Nacht wie heute tut doch keiner ins Freie nich rausgehn, nich mal der Teufel un seine Großmutter.»

Das Licht der Lampe fängt sich in Ospreys Augen, bis sie in übernatürlichem Licht zu erstrahlen scheinen. Er seufzt und zieht wie von ungefähr eine Pistole aus dem Mantel. «Ich sagte: sollten Sie nicht wieder einmal Ihre Runde gehen, Mr. Crump?»

Am Friedhofstor legt Ned Boyles die eine Hand vor den Mund, die andere packt seine Schulter. Im Laufschritt führt er ihn hinaus und rennt in eine Seitenstraße. Drei Blocks später bleibt Boyles außer Atem stehen und reißt seinen Freund am Arm herum. «Was'n bloß los, Neddy? Wohin wolln wir denn?»

Neds Gesicht liegt in tiefem Schatten. Seine Stimme ist rauh, heiser vor Kälte, verzerrt durch den Schal, den er über Mund und Nase gezogen hat. «Nach Hertford», gibt er zurück.

«Hertford?» Boyles sperrt den Mund auf. «Aber das is doch gar nich mehr in London, oder?»

In einem Fenster weiter oben geht Licht an und wirft einen fahlen Schein auf Neds Gesicht. Seine Miene ist so finster und grimmig, daß Boyles zurückweicht, aber Ned packt seinen Gefährten am Mantel und zieht ihn dicht heran. Seine Stimme ist jetzt deutlich, unmißverständlich. «Stimmt genau», zischt er.

Imaginärer Käse

Ned wandte London den Rücken, ohne es sich zweimal zu überlegen. Man schrieb den Winter 1802, und er war einunddreißig Jahre alt. Er war müde. Einunddreißig Jahre lang war er durch den Dreck und Kot der Straßen gekrochen, einunddreißig Jahre lang hatte er sich die Knöchel zerschunden, und jedesmal war die Leiter unter ihm weggerissen worden, wenn er es einmal eine Sprosse höher hinauf geschafft hatte. Einunddreißig Jahre lang Qualen und Entwürdigung, Vorurteile, Kräukungen und grausame, unerhörte Strafen, gemildert nur durch Barrenboynes Güte und die wenigen kostbaren Monate, die er mit Fanny verlebt hatte. Doch jetzt, nach all diesen elenden Jahren, all den düsteren, sinnlosen Jahren, die nacheinander aus ihm herausgezerrt worden waren wie tief ins Fleisch gerammte Splitter, ging es ihm nicht besser als damals, als Barrenboyne ihn zu sich genommen hatte. Er war pleite. Er hatte keine Unterkunft, keine Besitztümer, keine Familie. Was seine Freunde betraf, so nahm er sie alle mit: in der plattköpfigen, schmalbrüstigen Person von Billy Boyles, einem schwachsinnigen Säufer. Quiddle war tot, Farmy verschwunden, Shem und Liam steckten bis über die Ohren in Fischköpfen und Schuppen irgendwo am anderen Flußufer – und er hatte sie sowieso seit viereinhalb Jahren nicht mehr gesehen. Der Rest war eine gesichtslose Masse, hart wie Stein, jederzeit bereit, einem die Kleider vom Leib zu reißen, wenn man hilflos im Sterben lag, oder einen auf der Straße mit Zweispännern und Landauern über den Haufen zu fahren. Und wenn es keine Fremden waren, dann waren es seine Todfeinde. Banks, Mendoza,

Smirke, Brummell, Delp und der erbittertste von allen, Osprey. Orestes hätte es nicht schlimmer haben können.

Also zogen sie nach Hertford. Aufs Land. Wie Boyles war auch Ned noch nie aus London herausgekommen und hatte keine Ahnung, was ihn dort erwartete. Er hatte eine vage Vision von großen Käselaiben, von dicken, mit Butter und Honig reichlich bestrichenen Scheiben frischgebackenen Brotes, von wiederkäuenden Kühen und träge plätschernden Regenschauern auf strohgedeckten Dächern. Er und Billy würden sich als Feldarbeiter oder Schafhirten oder so verdingen. Die frische Luft würde ihnen gut tun.

Jenseits all dieser Überlegungen trat ein weiterer Faktor in die Gleichung ein: Fanny. Sie war in Hertfordshire geboren und aufgewachsen, hatte als Milchmädchen bei einem gewissen Gutsherrn, dem Squire Trelawney gearbeitet. Ned wollte ihre Familie aufsuchen. Vielleicht hatten die etwas von ihr gehört oder wußten, wo sie zu finden war. Nach viereinhalb Jahren Herumstöbern in Londons Straßen war er mit seinem Latein am Ende. In der Stadt war sie nicht, soweit er es feststellen konnte, und wegen der hartnäckigen Verfolgung durch Osprey fand er keine Möglichkeit, genug Geld aufzutreiben, um aufs Festland zu fahren. Brooks' Haus war schon lange mit Brettern vernagelt. Briefe wurden nicht beantwortet. Es ging das Gerücht, er sei tot. Wenn das stimmte, wo war dann Fanny?

Als Ned im kalten Schummerlicht des Morgengrauens die verlassene Landstraße entlangstapfte, konnte er allerdings nicht ahnen, daß die Frage inzwischen bedeutungslos geworden war.

Abgrundtiefe Seufzer

Fanny Brunch verließ London früh am Morgen des Weihnachtstages 1797 im Schockzustand. Erst nach fast vier Jahren sollte sie zurückkehren.

An jenem Morgen schneite es, in zitternden kleinen Klümpchen wirbelte es weiß aus dem trüben Himmel herab. Sie nahm kaum etwas wahr. Als sie schließlich aus dem Gefängnis heraustrat, es war fünf Uhr früh vorbei, erwartete sie Brooks' Diener am Tor. Sie sah direkt durch ihn hindurch, als er ihr in die Kutsche half, seine Berührung war die Berührung eines Verdammten, Fleisch, Blut, Sehnen, Knochen. Während der ganzen Fahrt nach Gravesend sah sie auf die Bäume hinaus, die sich aus der Dunkelheit schälten und zu Galgen wurden, auf den Schnee, der an den kahlen Ästen klebte wie Fleischfetzen, auf Büschel von trockenem Laub, die sich urplötzlich in auskeilende, sich windende menschliche Gestalten verwandelten. Sie fühlte sich leicht, vom Körper losgelöst. Ein Geruch nach fauligem Fleisch lag ihr in der Nase, bohrend und hartnäckig. Einmal wurde der Geruch so stark, daß sie den Kutscher bitten mußte anzuhalten, damit sie sich am Straßenrand übergeben konnte.

Brooks verabreichte ihr eine Dosis Laudanum für die Überfahrt nach Bremerhaven, später eine zweite, dritte und vierte, um ihre Nerven zu beruhigen, als sie von dort nach Cuxhaven und Hamburg weiterreisten. So träumte sie in der schmalen Koje, während das Schiff durch einen Nordseesturm stampfte; ihre Pupillen waren zu kleinen Pünktchen verengt, der Wind besänftigte sie mit einem Stimmenchor. Ihre Nase wurde frei, der Brodem von verwesendem Fleisch wich einem Duft nach Feldern und Wiesen, nach Azaleen und Hyazinthen, nach Frühling in Hertfordshire. Die dunklen Sparren über ihr begannen zu verschwimmen und ineinanderzufließen, die Schatten ballten sich wie Weintrauben zu Gesichtern, während die Kerze wild flackerte, als das Schiff schwer überholte wie eine Kutsche, der ein Rad fehlt. Sie sah ihren Vater auf einem Frühjahrsspaziergang, den sie einmal in den Kreidefelsen gemacht hatten, die sauber ausgefegte Küche ihres strohgedeckten Steinhäuschens. Mal wurde sie kurz wach, dann träumte sie gleich wieder. Sie erbrach sich und genoß es. Sie roch den Duft von Rosen. Gegen Ende sah sie Ned, der an einem dunklen Ort lag – in einer Höhle –, mit wundgescheuertem Hals, ein Leintuch über die Lenden gebreitet. Wieder sah sie den Galgen, ganz kurz nur, und dann stand Ned auf, bewegte sich auf den Ausgang der Höhle zu. Das Licht war blendend grell. Sie hörte ein Singen. Und dann war sie plötzlich in einem Hamburger Hotel und saß in einem neuen weißen Seidengewand Brooks gegenüber am Tisch.

«Fanny» sagte er. «Würdest du mich bitte ansehen?»

Sie sah ihn an. Er stand jetzt. Neben ihm war ein großgewachsener Mann mit buschigem, zur Seite gekämmtem Schnurrbart. Seine Augen standen eng beieinander, halb so groß wie normale Augen. Er musterte sie durch ein Lorgnon.

«Das hier ist der Herr, von dem ich dir erzahlt habe – du weißt doch, den ich gestern abend beim Kartenspielen kennengelernt habe.»

Der Mann beugte sich vor und ergriff ihre Hand. «Karl Erasmus von Pölkler», sagte er.

Ihr Lächeln war wie alle Kleefelder von Hertfordshire auf einmal, das Lächeln einer Schwachsinnigen. Sie dachte an etwas anderes.

Zwei Abende später machte sie das nächstemal die Augen auf und fand sich an einem massiven Walnuß-Eßtisch wieder, der in der Mitte eines hohen, gewölbeartigen Raumes stand. Die Mauern aus rohem Stein und Mörtel wurden nur hie und da durch ein düsteres Porträt oder einen orientalischen Wandteppich aufgelockert. Ein Kronleuchter mit Hunderten strahlender Kerzen hing von der Decke wie ein Stück Sonne. Im ersten Moment fehlte ihr die Orientierung, das Opium legte einen dichten Nebel über ihre Gedankengänge, doch dann sah sie zum Kopf des Tisches hinüber und erkannte Herrn von Pölkler, der gerade das Weinglas zu einem Trinkspruch erhob. Sechs weitere Gäste, darunter Brooks, hoben ebenfalls ihre Gläser, während Pölkler etwas auf deutsch intonierte, worauf sich sieben Augenpaare auf Fanny richteten. Errötend senkte sie den Blick auf die weiße Tischdecke. An ihrem Handgelenk funkelte ein juwelenbesetzter Armreif.

Man aß Erbsensuppe, Lungenhaschee und Pökelfleisch, Bratkartoffeln, Rouladen und Hasenbraten. Es gab Berge geraspelten Kohl und rote Bete. Ein Dutzend Flaschen Rüdesheimer. Die Unterhaltung wurde zu Ehren der beiden Hauptgäste in stockendem, mit Konsonanten gespicktem Englisch geführt. «Ve haff ... wery great honor to place ... to place such charmed English mens and vomens here at Geesthacht», blubberte Pölkler, und die Wölbung seiner hohen Stirn glänzte unter dem Kronleuchter. Fanny senkte den Kopf und aß mit mechanischer Präzision: zwei Bissen, dann ein Lippentupfer mit der Serviette. Als das Dienstmädchen mit Zöpfen und Schürze das Schwarzwälder Kirschwasser brachte, schwebte Fanny schon. Brooks war voll wie ein Amtmann, vom Laudanum gelähmt und konnte kaum noch sprechen, weil er mit dem Gastgeber zwei Pfeifen von dessen orientalischem Tabak geteilt hatte; er schlief in einer Pfütze Bratensoße ein.

Nach dem Essen zog Fanny sich auf ihr Zimmer zurück. Das Mädchen in der Schürze zeigte ihr den Weg. Lange lag sie auf dem Bett und dachte an Ned, ihre Familie, die Stellung bei Sir Joseph, die sie aufgegeben hatte, die trostlose Aussicht – wie durch einen endlosen Tunnel kriechen zu müssen – eines Lebens mit Brooks. Sie griff nach Fläschchen und Löffel. Opiumtinktur. Der Stoff war magisch, tröstend, er war ihr Freund und Ratgeber. Sie nahm ihn als die Medizin, die er war.

Fanny legte sich hin und träumte. Die Kerze wurde zum

Licht der Sonne, das Zimmer drehte sich zweimal, und auf einmal war sie in einem tiefen, üppig bewachsenen Tal. Goldene Fische flitzten durch klare Teiche, Lustschlösser erhoben sich über steil zum Meer abfallenden Klippen, Lerchen segelten über den Himmel, und die Wolken schürzten die Lippen und flüsterten ihr absurde Gedichte ins Ohr. Sie träumte. Aber der Atem auf ihrem Kissen kam aus Pölklers Mund.

Oberflächlich gesehen war es reines Mitgefühl, das Brooks dazu bewegte, Fanny von London fortzubringen – er wollte ihr die Qual der Hinrichtung ihres Geliebten ersparen. Am Tod des Betrügers war nichts mehr zu ändern. Sie hatten getan, was sie konnten. Jetzt sollte sie ihn vergessen. In Wahrheit aber hungerte er danach, an ihrer Seite zu stehen, wenn das Seil sich straffte und Ned Rise zum letztenmal den Mund aufriß. Er brannte darauf; keiner Szene der Welt hätte er lieber beigewohnt. Das Ganze war so herrlich morbide, so schrecklich aufregend – das verdammte Liebespaar, für immer getrennt, einander entrissen durch die verhängnisvolle, unbarmherzige Macht des Henkers, und die gramgebeugte Heldin wirft sich noch über die Leiche, während die Zuschauer lässige Kommentare über die Hinrichtung abgeben wie Theaterkritiker, die aus dem Foyer schlendern. «Ach Quatsch, der da eben war doch gar nix. Wißt ihr noch, Jack Tate damals? – hat 'ne halbe Stunde rumgestrampelt und dabei immer so furchbare Geräusche mit sei'm Schlund gemacht.» Brooks schenkte es einen Kitzel, kein Zweifel. Er war äußerst erpicht darauf, sie zu beobachten, während sie die Exekution beobachtete. Noch erpichter war er aber darauf, sie nicht zu verlieren. Wenn Ned dann endgültig von der Bühne war, würde sie ja keinen Bedarf mehr an Brooks' Vermögen haben – oder an Brooks' Neigungen. Sobald sie das erst einmal begriff, wäre sie weg. Das wußte er.

Also hielt er sie unter Laudanum und verschleppte sie nach Deutschland, bevor sie sich richtig klar werden konnte, was mit ihr geschah. Ohne Geld in der Tasche und unfähig, die Sprache dort zu sprechen, wäre sie abhängiger von ihm als je zuvor. Und genau das wollte er. Fanny Brunch war die begehrenswerteste Frau, die er gesehen hatte – er war verrückt nach ihr. Sie besaß diese weiche, reine, engelhafte Schönheit, die jede Faser seines sadomasochistischen Herzens anrührte. Mit ihr war es nicht die bloße, vergängliche Lust der Geschlechtlichkeit, sondern ein fortwährender Prozeß der erotischen Sudelei, es war wie Kirchenbänke anpissen, wie sich auf dem Altar einen runterholen. Sie war für ihn geschaffen.

Das logische Reiseziel mit ihr war Deutschland. Infolge des Krieges kam Frankreich nicht in Frage. Italien dito. Auch an Griechenland hatte er gedacht, aber das Mittelmeer insgesamt war ja ein wogendes Schlachtfeld – wozu es riskieren? Nein, Deutschland war schon das Beste. Das Vaterland der wenigen wahrhaft heroischen Männer des Zeitalters – Goethes, Schellings, Tiecks, Schillers, der Schlegels. Sie alle waren in Jena versammelt, dem Athen der Moderne. Es war so einfach. Sie würden die Elbe hinauffahren, durch Magdeburg, Halle und Weißenfels, um sich in Jena niederzulassen. Dort könnte er großartige Gedichte schreiben, in denen er Liebe, Tod und Schmerz preisen würde. Er könnte Goethe zum Tee rüberbitten. Schiller einmal sagen, wie falsch es gewesen sei, Karl Moor sich ausliefern zu lassen – viel besser war es doch, als Gesetzloser zu leben, der kleinbürgerlichen Gesellschaft ins Gesicht zu spucken. Schon der Gedanke – er, Adonais Brooks, ein Vertrauter der großen Geister seiner Zeit, Mitgestalter eines neuen Wertmaßstabs für Drama, Dichtung und philosophische Spekulationen, glühend von Szenen voll Schmerz und Verlust, sturmumbrauster Gipfel und Qualen der Jugend, eines Maßstabs der Kunst, der ein für allemal mit der preziösen Phrasendrescherei aufräumen würde, wie sie in England seit fünfzig Jahren Hochkonjunktur hatte. Brooks spürte, daß er dicht vor einer großen, gefühlsgeladenen Zukunft stand. Dann traf er Herrn von Pölkler.

«Sie müssen unbedingt mit mir hinaus auf meinen Landsitz nach Geesthacht kommen», sagte der Markgraf. «Spannen Sie doch mal eine Zeitlang aus.» Der Deutsche steckte das Lorgnon weg und sah Brooks direkt an, als könnte er durch die blaßblauen Augen und das angedeutete Lächeln in sein Innerstes blicken. «Ich glaube, wir haben eine Menge gemeinsam.»

Während die Wochen vergingen, jeder Tag hoffnungsloser und erniedrigender als der vorige, verlor Fanny jedes Interesse. An allem. Leben, Liebe, Essen, Trinken, Sex, den Funktionen von Körper und Geist. Das einzige, an dem sie Anteil nahm, war das blaue Fläschchen auf ihrem Nachttisch. Laudanum verhalf ihr zu den Träumen, es half vergessen, was mit ihr geschah, wo sie sich befand, wer all diese Leute waren. Sex kam wie eine Lawine über sie, gedämpft durch Wein und Opium. Sex mit Brooks, Pölkler, dem Mädchen mit den Zöpfen, rotgesichtigen Gästen, einem Hund. Arme und Beine flogen durcheinander, Rauch stieg zur Decke auf. Fanny griff nach dem blauen Fläschchen.

Nach drei Monaten in Geesthacht stellte sie fest, daß sie schwanger war. Seltsame Dinge gingen mit ihrem Körper vor. Vor dem Frühstück wurde ihr übel. Ihre Leber wurde empfindlich. Ihr Blut floß nicht mehr in geheimer Übereinkunft mit den Mondzyklen. Sie griff nach Fläschchen und Löffel, doch bevor die Glut in ihr aufstieg, verspürte sie eine Regung in einem tiefen, intuitiven Verlies ihres Gehirns, ein sprießendes, zelluläres Wissen, das sie plötzlich mit aller Wucht der festen Gewißheit packte: Sie trug

Neds Kind in sich. Jene verzweifelte letzte Nacht in Newgate kam wie eine blitzartige Offenbarung in ihr Gedächtnis zurück, als Ned in besessener, schonungsloser Raserei in sie eingedrungen war, als könnte er durch das Drängen seiner Liebe irgendwie sein Schicksal überlisten, während sie betrübt dagelegen und ihn wie einen verlorenen Säugling in den Armen gehalten hatte. Sie blickte auf die steinernen Wände ihres Zimmers in Geesthacht. Die Droge war in ihrem Magen, in ihrem Kopf. Sie legte sich in die Kissen zurück und lächelte.

Natürlich war es ein Junge. Geboren am 25. September 1798. In Geesthacht. Herr von Pölkler war hocherfreut. Er sprach von einem Erziehungssystem, das er konzipiert habe, einem System, das die Tabula rasa des kindlichen Gehirns mit präzisen, ordentlichen Strichen beschreiben werde, von einem System, das es dem Jungen gestatten würde, durch den strengen Einsatz von Drill und hartem Training einen intensiv erlebten Zustand der transzendentalen natürlichen Freiheit zu erreichen. Dazu sollte er nur in den einzigen zwei Disziplinen ausgebildet werden, auf die es ankomme: Philosophie und Kampfsport. Dies sei kein gewöhnlicher Junge, also werde er auch keine gewöhnliche Erziehung genießen. Nein, er sei dazu bestimmt, eine neue Art Mensch zu werden, ein Held des kommenden Jahrhunderts, der deutsch-englische Napoleon. Pölkler gab ihm den Namen Karl. Wenn Fanny allein mit ihm war, nannte sie ihn Ned.

Brooks betrachtete das Ganze mit Mißtrauen und Abscheu. Zwar konnte das Kind durchaus von ihm sein, obwohl Pölkler dies nachdrücklich anzweifelte, aber Tatsache war eben, daß es ihm ständig Fannys Gesellschaft vorenthielt. Anfangs hatte ihn die Aussicht auf Fannys Mutterschaft dennoch erregt, und er hatte sich redlich bemüht, die diversen erotischen Zugänge zu erforschen, die ihm die Madonna mit Kindlein nun bot – er balancierte die Babyhaube auf seinem erigierten Glied, nuckelte an Fannys Brust, band sie an der Wiege fest und vergewaltigte sie von hinten, vögelte ein paar Fräuleins aus dem Dorf mit umgebundenen Windeln –, doch bald langweilte ihn das alles. Babygeplapper, Babysprache, Babyrasseln, das ganze unerträglich Süße daran. So lebten doch Helden nicht. Er wurde depressiv. Hörte auf zu schreiben. Verbrachte seine Tage mit dem Organisieren von Hahnenkämpfen oder im Bett mit einem Fläschchen Laudanum und einem faustgroßen Klumpen von des Markgrafs orientalischem Tabak. Er ergründete die Tiefen des Weinkellers seines Gastgebers, spielte Billard, bis der Filz völlig durchgescheuert war. Sein Blick wurde matt, und die breiten Lippen schwollen dermaßen an, daß es aussah, als schmollte er ständig über eine imaginäre Ungerechtigkeit, außerdem entwickelte er die Angewohnheit, sich an seinem fehlenden Ohrläppchen zu zupfen.

Eines Nachts betrank er sich sinnlos mit Herrn von Pölkler, und die beiden schlitzten einander die Wangen mit dem Rasiermesser auf – aus rein kosmetischen Gründen. Die Narben trugen sie wie Rangabzeichen.

Als der dritte Geburtstag des Kindes herankam, arrangierte Herr von Pölkler für den Vorabend ein großes Galafest; denn am nächsten Morgen sollte der Junge erstmals in den Genuß seiner Erziehungsmethode kommen. Der Bürgermeister von Hamburg war geladen, verschiedene Honoratioren der Umgebung, kleinere Aristokraten, Bankiers und Geschäftsinhaber. Die meisten verliehen ihrer Mißbilligung des Markgräflichen Lebensstils Ausdruck, indem sie die Einladung höflich ablehnten. Wer aber trotzdem kam, dem bot sich Ergötzung bei Tanz und Kammermusik, bei gebratenem Spanferkel mit Pflaumensoße und Weinkraut, selbstgebrautem Schwarzbier, Bocksbeuteln und allem, was die Phantasie sonst noch wünschen mochte. Einige ausgewählte Gäste wurden danach eingeladen, dem Markgrafen in ein Kellergemach zu folgen, das ehemals als Kerker gedient hatte und immer noch mit allem Zubehör für Folter- und Marterqualen ausstaffiert war. Dort kosteten sie französischen Champagner, aßen Opium, warfen Roben und Frackjacken in die Ecke und ließen sich von ihren Trieben leiten.

Fanny nahm an der Party nicht teil. Sie lag im Bett, neben sich ihr Kind, und zählte die Laudanumtropfen ab. Es war jetzt fast vier Jahre her, seit sie durch die Tore von Geesthacht getreten war, vier Jahre, in denen sich Einsamkeit, Verzweiflung und Selbstverachtung angehäuft hatten, bis ihre vereinte Kraft sie Tag und Nacht peinigte, vier Jahre, die ihre ganz persönliche Jahreszeit in der Hölle darstellten. Sie war eine Gefangene. Ihre Zukunft war am Galgen erdrosselt worden, die Gegenwart ein Pesthauch.

Anfangs hatte das Kind ihr neuen Lebensmut eingeflößt. Sie war aus ihrem Tran erwacht, hatte Forderungen an Brooks und Pölkler gestellt, ihre tägliche Dosis Medizin zurückzuschrauben versucht. Ihre Wärter waren den Forderungen auch nachgekommen – sie erhielt eine gewisse Entscheidungsfreiheit und wurde die meiste Zeit über in Ruhe gelassen –, doch das Laudanum besaß eine Macht über sie, die wesentlich tiefer griff als jeder Einfluß, den die beiden ausüben konnten. Ohne Tinktur wurden ihre Träume sauer. Dann sah sie Ned im Grab, und in seinem Totenhemd ringelten sich Würmer und Insekten; sie sah ihren Jungen, den Sohn einer Hure, wie er unter Pölklers Zucht zur Bestie wurde; sie sah sich selbst, wie sie sich im kalten, schwarzen Schlamm eines Flußbetts wand und die Strömung über sie dahinraste wie ein Gewitterhimmel. Entsetzt fuhr sie im Bett hoch, klatschnaß vor Schweiß und wurde sofort von Schüttelfrost gepackt. Ihre Kehle war trocken, die flinken, scharfen Klauen und Zähne von tausend Nagetieren mit funkelnden Augen rissen an ihren Eingeweiden. Sie griff nach dem blauen Fläschchen.

Inzwischen war es eine Selbstverständlichkeit. Sie nahm 7000 Tropfen am Tag und hatte schöne Träume. Auch der Junge schlief damit besser. Als sie ihn von der Brust entwöhnt hatte, konnte er das Essen nicht bei sich behalten und strampelte, von Koliken gepeinigt, ruhelos in seiner Wiege herum. Frau Grunewald, die uralte Amme, die schon Herrn von Pölkler in seiner Kindheit versorgt hatte, regte an, dem Kleinen ein paar Tropfen der Medizin in den Brei zu tun. Es funktionierte. Und jetzt war die Medizin ebenso Teil seines Lebens geworden wie bei Fanny. Ihr gefiel das nicht. Sie spürte, daß das Kind so mit einem Nachteil behaftet war, gleich als Krüppel begann, gesattelt mit einer speziellen Gier, ein spezielles Verlangen zu stillen. Doch was machte es schon aus? Pölkler würde ihr den Sohn ohnehin wegnehmen und indoktrinieren, bis er ein Fremder für sie wäre. Davon konnte sie ihn nicht abhalten.

Gerade grübelte sie in ihrem Bett darüber nach, während das Laudanum ihren Unterleib mit festem, heißem Griff streichelte, da flog die Tür auf und Brooks torkelte ins Zimmer. Mit zerrissenen Kleidern, beschmiertem Gesicht, die Augen tief in die Höhlen gebohrt. Er taumelte auf das Bett zu, verfehlte sein Ziel und knallte der Länge nach in der Ecke hin. Kurz darauf erklang ein würgendes Geräusch – dann war er ganz still.

Vorsichtig stand Fanny auf und beugte sich über ihn. Er schien nicht zu atmen. Sie drehte ihn um und horchte nach dem Herzschlag. Es war keiner zu hören. Sie kroch ins Bett zurück und nahm einen Löffel Medizin, um einen klaren Kopf zu bekommen. Ganz langsam entfaltete sich in ihr ein Gedanke, zusammengesetzt zu gleichen Teilen aus Angst und Erregung. Zwei Stunden später – Brooks war längst kalt, und fahles graues Licht spähte durchs Fenster – nahm sie ihm eine Handvoll Münzen aus der Tasche, zog ihr Kind an und schlich auf den Korridor hinaus.

Das Haus lag schweigend da. Steinerne Gänge verloren sich in der Finsternis, Gobelins verdüsterten die Wände. Auf Zehenspitzen ging sie die Treppe zum großen Saal hinab; sie fürchtete, von Pölkler könne von seiner Orgie immer noch nicht genug haben und mit roten Augen unten herumgeistern – er würde sie, die Mutter seines Zöglings, bestimmt zurückhalten. Sie mußte schon Cuxhaven erreichen – nein, an Bord eines Kutters in der Nordsee sein –, ehe sie vor ihm sicher wäre. Einstweilen aber war die Luft rein: Er war nirgends zu sehen.

Der Festsaal war ein Schlachtfeld. Überall lagen zersplitterte Möbel, umgekippte Tische, Speisereste, Glasscherben. Man hörte lautes Schnarchen. Irgendwo stöhnte jemand. Zu ihrer Linken lehnte Herr Meinfuß, der Stallknecht, an der Wand. Ein anderer Mann schlief in seinem Schoß. Hinter ihnen lag ein dunkles Etwas reglos auf dem Boden. Es war Bruno, Pölklers Schäferhund. Das Tier war völlig ausgeweidet worden, seine Gedärme schlängelten sich wie verfaulte Würste aus dem Schlund der Leibeshöhle. Fanny führte ihren Sohn um den Kadaver und hinaus ins graue Morgenlicht. Ihre Jugend in Hertfordshire war ihr von großem Vorteil, als sie die Stallungen erreichte. Ohne Schwierigkeiten sattelte sie das beste Pferd des Markgrafs – einen grauen Araberhengst –, plazierte den Jungen hinter den Sattelknauf und machte sich querfeldein auf den Weg nach Hamburg. In vollem Galopp. In Hamburg gelang es ihr, das Pferd einem mißtrauischen, aber profitgierigen Händler zu verkaufen, indem sie in gebrochenem Deutsch erklärte, ihr Mann habe sich in Oldenburg verletzt und sie müsse Geld zusammenkratzen, um ihm zu Hilfe zu kommen. Der Roßtäuscher bleckte die Zähne zu einem komplizenhaften Grinsen, gab ihr ein Fünftel des Werts und wünschte dem Herrn Gemahl gute Besserung.

Bei Anbruch der Nacht war sie in Cuxhaven. Am nächsten Morgen um sechs würde ein Schiff nach London via Den Haag auslaufen. Ihr Geld reichte gerade für die Passage, nachdem sie beim Apotheker zwei Fläschchen Laudanum und etwas Milch und Grütze für ihren Sohn gekauft hatte. Die ganze Nacht hindurch kauerte sie auf dem Dock und fuhr beim geringsten Geräusch in die Höhe, da sie jeden Moment damit rechnete, Herrn von Pölkler wie einen Raubvogel auf sie niederstoßen zu sehen. Bei Tagesanbruch durften die Passagiere endlich an Bord, der Kapitän ließ den Anker lichten, und der Schoner stampfte in die Bucht hinaus. Fanny stand an der Reling und sah die Küste zurückweichen, als eine große Gestalt mit Schnurrbart donnernd auf das Dock geritten kam, die Faust wutentbrannt erhoben. An Land entstand plötzlich heftige Aufregung. Es ertönte ein Schuß, Stimmen schwebten übers Wasser wie die Klagen der Verdammten. Doch in diesem Moment kam ein Wind auf und packte die Segel wie ein gewaltiger Handschuh, und die Uferlinie verlor sich in der grauen Gischt.

Falls sie über diese Flucht Triumph empfunden, das Gefühl bekommen hatte, in einer Krisensituation rasch reagieren und die inneren Reserven zum Austricksen einer ihr weit überlegenen Macht aufbieten zu können, so machte die Unbill ihrer Heimkehr dies praktisch zunichte. Niemand holte sie ab, niemand kümmerte sich, ob sie tot oder am Leben war, in die Sicherheit Englands zurückkehrte oder für immer Gefangene in der Fremde blieb. Ned war fort, ihre Eltern würden vor einer entehrten Frau Türen und Fenster verrammeln, die Banks', ihre Köchin und Bount würden eher nackt durch die Straßen laufen, als sie auch nur anzusehen. Man betrog sie sogar noch um das kurze patriotische Herzklopfen, das der Anblick der Tower Bridge oder der Türme von St. Paul's in ihr ausgelöst hätte – das deutsche

Schiff legte in Gravesend an, und sie hatte nicht einmal genug Geld, um sich von einem Fischerkahn das Stückchen flußaufwärts bringen zu lassen. Statt dessen mußte sie einen Mann anbetteln, der eine Fuhre Hühner zum Markt brachte. Der Pferdekarren holperte, ein kalter Regen fiel herab, das Kind weinte, die Hühner stanken nach Kot und Dreck, der Mann grabschte ihr ans Bein.

Der Weg nach London wand sich durch die verpesteten Slums des East End. Ruß hing in der Luft. An den Straßenecken bettelten Kinder, Frauen lagen betrunken in den Gassen. Zwei Schweine wühlten gierig im Abfall der Gosse, ein Verrückter verkaufte unsichtbare Bibeln, eine Frau mit Kehlkopfkrebs erbot sich, für einen Penny fünf Liter Wasser zu trinken und wieder auszukotzen. Nachdem der Fuhrmann sie in der Poultry Lane abgesetzt hatte, wanderte Fanny stundenlang ziellos durch die Straßen, immer das zerrende Kind am Arm. Sie hatte nichts als ein paar wertlose Pfennige in der Tasche, keine Bleibe, nichts zu essen, und am allerschlimmsten war, daß sie ihr Laudanum bis auf wenige Tropfen aufgebraucht hatte. Sie war sparsam damit umgegangen, hatte versucht, länger auszukommen, doch schon bohrte es in ihrem Magen. Der Regen ging wie Pech und Schwefel auf sie nieder.

Irgendwann in dieser oder der folgenden Nacht war sie auf einmal in der Monmouth Street, stapfte verbissen durch den Regen, auf der Suche nach Medizin, Nahrung, Unterkunft, Wärme, Medizin, Medizin, Medizin. Das Kind weinte seit Stunden pausenlos, riß sie an der Hand, zerrte an ihren Röcken, quengelte unentwegt, es wolle sich hinlegen und schlafen. Auch ihre Beine waren wie Blei, und ihr Rücken schmerzte, als hätte sie die ganze Nacht hindurch Milchkannen geschleppt oder am Butterfaß gestanden. Sie rang nach Luft. In ihrer zerschundenen Kehle brannte ein verzweifelter Durst, den auch noch soviel Wasser nicht löschen konnte.

Schließlich blieb sie vor einem Altkleider-Laden stehen, um einen Müllhaufen zu durchstöbern, weil sie hoffte, darin irgend etwas zu finden, um das Kind zur Ruhe zu bringen. Zwischen lauter verschimmelten Lumpen und Glasscherben lag dort ein Fischkopf, naßglänzend und voll blasser Schleimfäden aus Blase und Eingeweiden. Ihr drehte sich der Magen um, der Junge aber schnappte sofort danach. Er stopfte sich den Mund voll, als wäre es ein Teigfladen oder Zuckerbrötchen, und sie fing an zu schreien, voller Ekel und Hoffnungslosigkeit und mit wachsender Hysterie, die sich aus dem Gedanken speiste, nun sei ihr letzter Widerstand gebrochen und sie könne niemals wieder heil werden. Da ging plötzlich die Ladentür auf, und ein fahler Lichtschein fiel auf die Pflastersteine.

«Aber, aber, was is denn?» krächzte eine rostige Stimme hinter ihr.

Das schwere hölzerne Schild quietschte in den Angeln: *Rock und Hose von «Trödel-Rose»* stand darauf, und es schwankte im Wind. «Trödel-Rose». In der Tür stand eine alte Frau. Die Jahre hatten sie verhutzelt, ihr Rückgrat war für immer krumm, die krallenartigen Knöchel umklammerten den Griff ihres Stocks. Fanny erstarben die Schreie in der Kehle. Das Kind hockte in einer Pfütze und bearbeitete den Fischkopf mit flinken Fingern und Zähnen. «Aber, aber», wiederholte die Alte. «Kommt doch rein und tut euch am Feuerchen wärmen. Is nich viel, aber allemal besser als die nasse Straße hier draußen.»

Drinnen kauerten sich Fanny und ihr Sohn vor das Feuer, ringsherum türmten sich dunkle Kleiderberge. Aus dem Hinterzimmer schlurfte die Alte mit ein paar Kohlen und einer Tasse Haferschleim für den Jungen herbei. Während der Kleine aß, ließ sie sich neben Fanny nieder und sah sie wissend an. Fanny hatte Schüttelfrost, den Veitstanz, einen *tic douloureux*. Die Tasse Brühe, die ihr die Alte in die Hand drückte, konnte sie nicht ruhig halten. «Könntest ’n

Becher von Mutter Genever brauchen, Mädel, wie? Oder isses was Stärkeres, was du ham willst?»

Fanny ließ den Kopf hängen und bat um Laudanum – falls die alte Frau vielleicht welches dahätte. «Ich hab was am Magen», setzte sie leise hinzu.

Die Alte richtete sich mühsam auf und hinkte in eine finstere Ecke davon, wo sie scheinbar stundenlang unter einem Haufen dreckiger Kleider herumwühlte. Als sie endlich zum Kamin zurückgewackelt kam, der Atem pfiff in ihrer Lunge, lag in ihrer Krallenhand ein blaues Fläschchen. «Tinctura opii», las sie vom Etikett ab. «Isses das, was de brauchen tust, Mädel?» Die Alte grinste. Plötzlich entrang sich ihrem Mund ein wahnsinniges, urtümliches Kreischen: «Iiiih!» keckerte sie. «Iiih-hiiih!»

Fanny riß ihr das Fläschchen weg und setzte es an die Lippen. Fast sofort verschwand das beklemmende Gefühl in ihrer Kehle. Die Nagetiere hörten auf, ihr den Magen zu zerfressen, der grelle Schmerz im Kopf ließ nach, legte sich langsam und wich schließlich einem Meer der Lähmung. Sie nahm noch einen Schluck, dann noch einen. Nach einer Weile legte sie sich zurück und sah zu, wie die Zimmerdecke sich zu drehen begann: ein immer schneller werdender Wirbel von Planeten und Satelliten, feurigen Sonnen und den kalten schwarzen Weiten des Weltraums.

Sie erwachte im Morgengrauen. Ein Mann und eine Frau standen über ihr. Der Mann hatte eine gelbliche Eiterpustel auf der Nasenspitze, die Frau hielt sich einen Kehrbesen vor die Brust wie einen Schild. «Was zum Teufel nochmal machst du denn hier in mei'm Laden?» sagte der Mann.

Benommen setzte sich Fanny auf und tastete nach ihrem Kind. Das Kind war fort.

«Red schon, du Schlampe!» zischte die Frau.

Fanny fühlte sich, als hätte man sie eine Treppe hinuntergeworfen und mit einem Hammer verprügelt. Die

Panik pochte ihr gegen die Rippen. «Ich – ich ... die alte Frau ...»

«Was für 'ne alte Frau?» fragte der Mann.

«Die is doch blöde im Kopp», blaffte die Frau und trat mit ihrem Besen näher.

«Nein, nein – Sie verstehen mich nicht. Die hat meinen Jungen mitgenommen. Genau hier war's, letzte Nacht, sie ...»

«So, raus jetzt!» fuhr der Mann sie an. «Raus hier, bevor ich den Gendarm holen tu. Haste gehört? Raus!»

Eine Woche lang suchte sie die Straßen ab, schlief jede Nacht vor der Tür des Ladens in der Monmouth Street. Sie aß nichts mehr. Das Laudanum ging zur Neige. Sie lag nach Atem ringend in der Gasse hinter dem Laden, ihr Magen war zerfetzt, ihr Herz entzweigerissen. Sie war eine Hure, eine Opiumesserin, eine Mutter ohne Kind. Trotz all ihrer Schönheit, Ausdauer und Geschicklichkeit war es so weit mit ihr gekommen. Man schrieb das neunzehnte Jahrhundert. Was sollte eine Heldin da schon anderes tun, als den Weg zum Fluß hinunter nehmen.

Es war im Monat Oktober des Jahres 1801 – doch das wußte sie kaum. Napoleon lullte die Briten mit dem Frieden von Amiens ein, De Quincey war sechzehn und bäumte sich unter der Zucht der Manchester Grammar School auf, Ned Rise war vollauf beschäftigt, sich vor Osprey zu verstecken, und suchte mit leicht resignierter Hoffnungslosigkeit nach seiner verschollenen Liebe, nach ihr, nach Fanny. Fanny jedoch suchte nach niemandem. Ihr Sohn war ihr geraubt worden, Ned eine bloße Erinnerung. In einer Nebelnacht nahm sie den Weg zur Blackfriars Bridge, stieg aufs Geländer und stürzte sich in den Dunst hinab. Das glatte dunkle Wasser schloß sich über ihr wie ein Vorhang, der vor einer Bühne fällt.

Nymphe und Sirenenklänge

Der Fluß ist ein Murmeln, ein Pulsieren, ein Traum des Körpers, Schwärme von Plötzen und Weißfischen wie ein wogender Blutstrom, das Tack-tack-tack eines hängengebliebenen Astes, beharrlich wie der Herzschlag. Von hier unten, auf gleicher Ebene mit dem Wasserspiegel, scheint sich die Oberfläche in tausend Finger aufzuspalten; alle tasten sich anderswohin, glätten Rinnen, umrunden die abgeschliffenen schwarzen Felsen, die sich scheinbar wie Schulterblätter heben und senken, wenn die Strömung sie überspült. Mungo legt sich in das harte hohe Gras zurück, das sich über die Uferböschung ergießt, das Gesicht der Sonne zugewandt, die Angelrute unter einem überhängenden Ast festgeklemmt. Er ist im Urlaub, in Fowlshiels, und die Rufe seiner spielenden Kinder und das geschwätzige Murmeln seiner Frau überspülen ihn wie Balsam. Die Erde atmet ein und atmet wieder aus. Neben ihm blättert Alexander Anderson träge in einem Bericht über den Sklavenhandel in Westafrika und schlürft dabei Starkbier aus einem Krug.

Nach einer Weile kommt der Entdeckungsreisende auf einen Ellenbogen hoch und sieht zu Ailie hinüber, die weiter hinten am Ufer knietief im kalten, sprudelnden Wasser steht, während Thomas und Mungo junior im Matsch spielen und Großmutter Park das Baby in der Wiege schaukelt. Es ist der September des Jahres 1803. Zwei Jahre haben sich seit dem Umzug nach Peebles dahingeschleppt. Zwei Jahre, in denen die Vorbereitungen für eine zweite Expedition nach Westafrika mehrfach in Gang kamen und jedesmal abgeblasen wurden, zwei Jahre, in denen es galt, Ailie zu besänftigen und eine Unmenge von Einwänden zu entkräften, zwei Jahre der ermüdendsten und undankbarsten Arbeit, die er je getan hat die Pflege der siechen, krebszerfressenen Leute von Peebleshire, die allesamt den Aufwand nicht lohnten. Zwei Jahre später, zwei Kinder mehr. Mungo junior war im Herbst 1801 gekommen, kurz nachdem sie in Peebles eingezogen waren; Elizabeth wurde im letzten Frühjahr geboren.

Alles schön und gut. Gesunde Kinder, eine liebende Frau. Darum geht es doch im Leben. Doch allmählich macht ihm die Größe seiner Familie Sorgen. Vier Jahre verheiratet, drei Kinder. Er versucht, sich vorzustellen, wie es in zwanzig Jahren sein wird, er mit weißem Haar und von fünfzehn Kindern umringt, die nach Fleisch und Milch und Zuckerbrot, neuen Anzügen und Kleidchen, Schulbüchern, Aussteuern, Studiengebühren jammern. «Drei sind genug», sagt er zu Ailie, aber sie sieht ihn nur aus dem Augenwinkel an, vielsagend und durchtrieben, fruchtbar wie Nigerschlamm. «Ich will Kinder, die mich an dich erinnern, wenn du fortgehst und mich im Stich läßt», sagt sie, ohne jede Spur von Humor, jedes Kind ist ein neues Glied in der Kette, die ihn an sie bindet. Abends entzündet sie Kerzen vor der geschnitzten schwarzen Statue, die wie eine Ikone in der Mitte ihres Toilettentisches hockt, und einmal hat er sie dabei ertappt, wie sie über den angeschwollenen Bauch der Figur strich, bevor sie ins Bett kam. Anfassen genügt, schon ist sie wieder schwanger.

«Ich mache mir Sorgen, Zander.»

Zander sieht blinzelnd von seinem Buch auf.

«Darüber, wie die Familie anwächst und so. Ich fühle mich für sie verantwortlich, ich will für sie sorgen ... aber ich kann mir einfach nicht vorstellen, nach Peebles zurückzugehen. Die Woche hier in Fowlshiels war himmlisch, verglichen mit der Schinderei da oben – wirklich himmlisch, aber trotzdem kann ich's nicht genießen. Ich habe das Gefühl, mein Leben zu verschleudern. Jedesmal wenn ich mich aufs Pferd schwinge und zu einer gottverlassenen Hütte in die Berge rausreite, um einen alten Opa sich zu Tode husten zu sehen, muß ich immer daran denken, daß ich auch so enden könnte. Auf dem Rücken sterben. Im Bett. Nach vierzig Jahren Langeweile.»

«Na, und was sagt Ailie?»

«Du weißt, was sie sagt.»

«Nix Afrika.»

«Nix Afrika.»

Der Entdeckungsreisende zieht nachlässig seine Angel ein Stück ein und wendet den Blick wieder zu Ailie. Er sieht zu, wie sie den Fluß hinaufkrault, gegen die Strömung ankämpft, ein Arm schwebt in einem Schauer von Spritzern in der Luft, dann der andere, silbrig, strahlend, klar und präzise. Sie bewegt sich wie ein fürs Wasser geborenes Wesen. Einen Moment lang verliert er sie in einem schimmernden Bogen der reflektierten Sonne aus den Augen, nur um sie aus einer Aureole von Licht wieder auftauchen zu sehen, für den Bruchteil einer Sekunde war sie verwandelt in etwas jenseits von Fleisch und Blut, in etwas Mythisches, Zeitloses. Wie könnte er sie je verlassen?

«Aber», sagt Zander, «vielleicht gibt es höhere Pflichten als die Familienpflicht. Vielleicht schuldest du der Wissenschaft und der Zivilisation auch etwas.»

Mungo dreht sich um und sieht ihn direkt an. «Ich habe heute morgen einen Brief gekriegt, Zander. Ist mir extra aus Peebles nachgesandt worden. Kam ganz früh. Bevor sie auf war.»

Die Nachricht trifft Alexander Anderson wie ein elektrischer Schlag. Zehntausend Volt. Er stößt sein Bier um, läßt das Buch fallen und springt auf. «Aus London?»

Der Entdeckungsreisende nickt. «Von der Regierung. Lord Hobart. Er will mich umgehend sprechen ... wegen der Ausrüstung einer Expedition, die den Lauf des Niger erkunden soll.» Der letzte Satz ist ein beinahe ehrfürchtiges Flüstern.

Zander fixiert ihn verzückt mit geweiteten Augen, seine Lippen haben sich in stillem Einklang bei jedem Wort mitbewegt. Auf einmal grinst er und schüttelt dem Entdeckungsreisenden heftig die Hand. «Aber darauf haben wir doch die ganze Zeit gewartet – und endlich ist es soweit!»

«Pssst.» Mungo sieht aus wie ein Wiesel mit einem Ei im Maul. «Ich hab's deiner Schwester noch nicht erzählt.»

«Es wird ihr nicht gefallen.»

«Nein.»

Zander hockt sich neben ihn, balanciert auf Zehen und Fingerspitzen. Er ist neunundzwanzig und wirkt wie achtzehn. «Aber sie wird doch begreifen, daß es für einen höheren Zweck ist – das muß sie einfach. Sie wird es verstehen. Das weiß ich.»

Mungo schnaubt. «Deinen Optimismus möchte ich haben.»

«Dann erzähl's ihr. Los, mach schon – vielleicht erlebst du ja eine Überraschung.»

Unentschlossen sieht der Entdeckungsreisende über die Schulter. Ailie und Thomas sitzen in eine Decke gewickelt und grillen Fleisch über dem Feuer. Seine Mutter schält Äpfel und schaukelt das Baby, der Zweijährige kreischt wie ein wildes Huhn und rennt splitternackt die Böschung hinauf und hinunter, als wäre er wochenlang im Schrank eingesperrt gewesen. «Weißt du, vielleicht hast du recht, Zander», sagt Mungo endlich und steht auf. «Ich kann es ebensogut jetzt hinter mich bringen.» Und dann, schon etwas unsicherer: «Obwohl ich uns ungern den schönen Tag verderbe.»

Doch ehe er noch zwei Schritte getan hat, wird die ganze Frage – Brief, Afrika, Ehrgeiz und Ailie – schlagartig auf ein Nebengleis geschoben, denn in diesem Augenblick beginnt die Spitze der Angelrute zu zucken. Ganz zaghaft erst, doch deutlich genug, daß es Zander auffällt. «Mungo!» schreit er, und der Entdeckungsreisende, dessen Reaktionen in der Wildnis Afrikas geschärft worden sind, wirbelt herum und schätzt die Situation blitzschnell ab, nimmt die Stücke des Puzzles wahr (Zanders Gesicht, sein deutender Zeigefinger, die Angelrute, die von der Wucht des vollen Zuges in ihrer ganzen Länge bebt und jetzt auf das Wasser zusaust wie ein führerloser Bobschlitten) und kennt fast im selben Augenblick schon die Lösung. Er reagiert ohne Zögern. Eben hat er seinen Schwager noch fragend angesehen, im nächsten Moment wirft er sich der rasch davongleitenden Angel hinterher, bekommt sie gerade noch am letzten der knotigen Griffwülste zu fassen. Kraftvoll stemmt er die Knie in den Boden, kämpft sich auf die Beine, die Angelrute in seinen Händen biegt sich fast durch, und am anderen Ende der Leine kommuniziert eine unglaubliche, um sich schlagende silbrige Kraft in der Tiefe mit ihm, sie schlägt und zerrt mit dem Puls des Flusses selbst. «Er hat einen!», schreit Zander. «Er hat einen Riesenlachs an der Angel!» Und jetzt laufen Ailie und die Jungen herbei, die Aufregung steht ihnen im Gesicht wie die ersten roten Backen im Winter.

Mungo spannt sich mit aller Kraft gegen den Fisch, sein ganzes Ich ist auf dieses Wesen an seinen verlängerten Fingerspitzen konzentriert, das über die Steine im Flußbett flitzt und sich in die tiefsten Tiefen des Grundes flüchtet. Jeden Kiesel erlebt er mit, er kann die ganze Geschichte des Flusses nachfühlen, die feuerspeienden Säulen, die aus der Erde barsten, die flache, scheuernde Hand der Gletscher, das unablässige Anprallen der Wassermassen, ein Strom ohne Ende, der sich ins Meer ergießt und zu den Wolken emporsteigt. Unbarmherzig und entschlossen zieht er mit jedem Nerv und jeder Faser seines Körpers an dem Mysterium, mit jedem Milliliter seines Blutes und jedem Gramm seines Fleisches zieht er.

Und *es* zieht *ihn*, es zieht ihn.

Sidi Ambak Bubi Kurz vor Weihnachten kehrt Mungo aus London zurück, das Ende eines karierten Schals lugt unter seiner Angströhre hervor, und mit sich bringt er einen kleinen, dunkelhäutigen Fremden. Dem Entdeckungsreisenden schenkt keiner mehr viel Beachtung (das ist eben die Macht der Gewohnheit), aber der Fremde steht auf einem ganz anderen Blatt. Niemandem in Peebleshire ist er recht geheuer. Auf den ersten Blick wirkt er ganz normal – Kniestiefel, wollene Hose, Überzieher, Krawatte –, doch bei näherer Betrachtung sehen sich die braven Leute von Peebles mit einer Reihe von Anomalien konfrontiert. Zunächst ist da die Gesichtsfarbe des Fremden, ein Teint, der irgendwo auf halbem Wege zwischen dem Graubraun von Stallmist und dem käsigen Gelb von Ziegenmilch liegt. Dazu kommt sein Hut, der gar kein Hut ist, sondern eine um den Kopf gewickelte Stoffbahn. Ganz zu schweigen von den rituellen Narben in seinem Gesicht, dem bis zur Hüfte reichenden Bart und dem Goldring, der seine Unterlippe auf schändlichste Barbarenart durchbohrt. Wenn man bedenkt, daß sich in Peebles seit achthundert Jahren nichts geändert hat, ist das plötzliche Auftauchen des Fremden alles in allem mindestens so außergewöhnlich wie die Geburt einer zweiköpfigen Ente oder das Sichten eines neuen Kometen am Nachthimmel.

Sie reiten bei Sonnenuntergang in Peebles ein, Mungo und sein dunkler Gefährte, und die Spuren ihrer Unterhaltung hängen wie Rauch in der kühlen Luft. Die Bürger von Peebles – frühe Zubettgeher, ruhig, schon etwas schläfrig – beugen sich über ihre Herde, als die Pferde an den Fenstern vorbeiklappern, und die kräftigen Gerüche von Runkelrüben und Kartoffeln, gekochtem Rindfleisch und Hühnersuppe fordern ihnen vollste Konzentration ab. Dennoch preßt die Hälfte von ihnen das Gesicht an die Scheibe oder schleicht auf die Straße hinaus, bevor der Entdekkungsreisende sein Zuhause erreicht hat. Sie sind in Hemdsärmeln, Schürzen, Hausschuhen, manche sogar barfuß. Alle machen ein Gesicht, als hätten sie soeben eine Art Ungeheuer gesehen, ein Wunder der Natur, irgendein lebendes, sprechendes, hinterlistiges Trugbild, das sie weder akzeptieren noch einfach abtun können. «Haste auch gesehn, was ich gesehn hab?» ruft Angus M'Corkle seiner Nachbarin, Mrs. Crimpie, zu.

«Jo», sagt die und schüttelt langsam den Kopf, als hätte sie Korken in den Ohren, «und ich will vermaledeit sein, wenn das nich einer von die Hellige Drei Könige war, wo fürs Christfest extra hergekommen is.»

«Nee, nee. Ganz klar, daß das nur so'n herumziehender Jude war ... oder vielleicht auch 'n chinesischer Mongole.»

«Ali Baba», meint Festus Baillie, das Kinn wie ein Richter vorgeschoben. «Ali Baba selber isses.»

Sidi Ambak Bubi ist weder Jude noch Mongole. Er ist kein Wunder der Natur, kein Ungeheuer und auch kein arabischer Sagenheld. Er ist ganz einfach ein Maure: bescheiden, unaufdringlich, ein wenig zu salbungsvoll. Ein Maure aus Mogador, aus gutem Hause und von Bildung, der ursprünglich als Dolmetscher im Dienst von Elphi Bey, dem Botschafter Ägyptens, nach London gekommen war. Doch als Elphi Bey urplötzlich verstarb, nachdem er ein ordentliches Stück Hammel in die falsche Kehle bekommen und sich zu einem tiefen Mitternachtsblau verfärbt hatte, war Sidi auf einmal arbeitslos. Es würde Monate dauern, bevor Kairo vom Tod des Botschafters erführe und für Ersatz sorgen könnte. Er begann, sich Sorgen zu machen. In diesem Moment trat Sir Joseph Banks auf den Plan. Ob Mr. Bubi die Freundlichkeit hätte, einmal zum Soho Square Nr. 32 hinüberzukommen? Sir Joseph habe ihm einen Vorschlag zu machen.

Als Sidi in die Bibliothek von Sir Josephs Stadthaus geführt wurde, standen ihm dort zwei Engländer gegenüber: der eine eher alt und vierschrötig, dessen Kieferform an eine Bulldogge denken ließ, der andere jung, blond und muskulös. Der ältere, vornehm und furchterregend wie ein Schlachtschiff, erwies sich als Sir Joseph Banks. Er streckte Sidi die Hand zur Begrüßung entgegen, bot ihm einen Stuhl und ein Glas Rotwein an (letzteres lehnte Sidi als frommer Moslem höflich ab). Dann stellte er ihm seinen Kameraden Mungo Park vor.

Sidi errötete bis zu seinem Lippenring, als er den Namen des Entdeckungsreisenden hörte, erhob sich ungeschickt und warf sich vor Mungo zu Boden. «Oh, Mr. Park, Sir, ich bewundärre Ihre Schriften särr», brachte er in dem hohen nasalen Singsang eines Muezzin beim Gebet hervor, «und ich billige Ihre Bemühungen, unser armes, rückständiges Land dem zivilisierenden Einfluß der Engländer zu öffnen, ja wirklich, wirklich.» Inzwischen waren sowohl Mungo wie Sir Joseph auf den Beinen und verlangten, der Maure solle sofort aufstehen und sich benehmen, doch hatte dieser offenbar noch nicht beendet, was er vorzubringen gedachte. Er blieb eine volle Minute liegen, die Nase im Teppich vergraben, bevor er sehr zögernd weitersprach. «Abärr, o Mr. Park, Sir», murmelte er, «von ganzem Herzen bedaure ich auch die schändliche Behandlung, die Ihnen durch meine Glaubensgenossen in Ludamar widärrfahren ist. Es sind räudige Hunde.» Sichtlich zufrieden, das losgeworden zu sein, kroch der Maure auf Händen und Knien zu seinem Platz zurück und setzte sich auf den äußersten Rand des Stuhls, den Blick gesenkt, während Sir Joseph seinen Vorschlag erläuterte.

Mr. Park, so erklärte Sir Joseph, war gegenwärtig zum zweitenmal in zwei Monaten in London, um eine Expedition ins Nigerbecken zu organisieren. Man hätte in sechs Wochen aufbrechen wollen, wäre da nicht etwas Unvorhergesehenes passiert: Die Regierung von Mr. Addington war gestürzt und der Kolonialminister, Lord Hobart, durch Lord Camden ersetzt worden. Der neue Minister hatte Sir Joseph mitgeteilt, die Regierung könne unmöglich vor September kommenden Jahres eine Expedition ausrüsten.

Mungo nippte während dieses Vortrags verdrießlich an seinem Rotwein. Er war enttäuscht, entmutigt, angewidert. Im Herbst nach jenem idyllischen Nachmittag am Yarrow hatte er zwei höllische Tage und Nächte mit dem Versuch verbracht, Ailie zu überzeugen, daß er keinerlei Absicht habe, sie zu verlassen. Sie klammerte sich an ihn und brüllte wie eine Wahnsinnige, drohte damit, sich zu ertränken, das Haus in Brand zu stecken, die Kinder im Schlaf zu erdrosseln. Er würde sie nicht noch einmal verlassen – sie würde es nicht zulassen. Eher wolle sie ihn vergiften. In seiner Not hatte er nachgegeben. «Also gut. Dann fahre ich kurz nach London, um Hobart zu sagen, daß er sich einen anderen suchen muß.» Sie küßte ihm die Hände. Sie hatten eine Liebesnacht wie Jungvermählte.

Er hatte gelogen. Gelogen, um Zeit zu schinden. In London sagte er Hobart: «Ich bin Ihr Mann. Geben Sie mir soviel Leute und Vorräte, wie ich brauche, dann bringe ich Ihnen eine Karte des Niger zurück, von der Quelle bis zur Mündung.» Hobart bat um zwei Monate für die Vorbereitungen, und der Entdeckungsreisende kehrte nach Peebles zurück, ruhelos, ungeduldig, schuldbewußt wie ein Meßjunge, der aus dem Opferstock geklaut hat. «Na, hast du's ihm gesagt?» fragte Ailie.

Mungo blickte zur Seite. «Ja, aber ... er hat mich gebeten, als technischer Ratgeber für die neue Expedition mitzuarbeiten, deren Leiter so ein ... so ein junger Waliser ist, den Sir Joseph aufgetrieben hat.»

Das war im Oktober gewesen. Im Dezember kam wieder ein Ruf von Hobart, und der Entdeckungsreisende nahm die nächste Kutsche nach London. Er betrat das Kolonialministerium, umgehend zur Abreise bereit, im Geiste entwarf er schon einen Brief an Ailie: *Liebe Ailie, ich liebe und verehre Dich und die Kinder, doch die Pflicht für Vaterland und Gott muß noch vor meine heilige Pflicht gegenüber der Familie treten. Afrika wartet, das größte Abenteuer der Menschheit, und ich bin der einzige, der bisher lebend* – Hobarts Miene ließ ihn mitten im Satz stocken. «Ich habe leider schlechte Neuigkeiten, Mr. Park», begann der Minister.

«Sir?»

«Wir sind nicht mehr drin.»

Mungo starrte den alten Mann fragend an. «Nicht mehr drin?»

«Addington ist zurückgetreten.»

Und so saß er hier in Sir Josephs Arbeitszimmer und sah mürrisch aus dem Fenster, anstatt längst auf dem Schiff nach Goree zu sein. Weitere neun Monate. Er schien dazu verdammt zu sein, für immer sein Talent in Peebles zu verzetteln, ein überarbeiteter, unterbezahlter Dorfquacksalber. Lord Hobart oder Lord Camden, Addington oder Pitt – wo war da schon der Unterschied? Sie alle hatten immer nur Ausreden.

«Also», sagte Sir Joseph gerade, «ich bin bereit, Ihnen dreißig Pfund anzubieten, wenn Sie Mr. Park nach Peebles begleiten, um ihm dort zur Vorbereitung seiner bevorstehenden Forschungsreise Arabisch-Lektionen zu erteilen.»

Der Maure rollte die Augen, als hätte er eine Ohrfeige bekommen. «Dreißig Pfund Stärrling?» wiederholte er ungläubig. «Geben Sie mir?» Sir Joseph nickte, und Sidi warf sich wieder auf den Teppich. *«Ya galbi galbi!»* sang er. *«An' am Allah 'alaik!»*

Ailie steht in der Küche, werkelt an einer Krabbenpastete und kocht nebenbei Schnauze, Ohren, Wangen, Hirn und Füße eines frischgeschlachteten Schweins, als ein Geräusch im hinteren Hof sie zusammenfahren läßt. Es ist schon seit ein paar Minuten da, ein dumpfes Stampfen, doch sie war so mit Kochen beschäftigt, daß sie es nicht beachtet hat. Da ist es wieder. Verschwommen und gedämpft, der Ton von Holzhacken in weiter Ferne – oder von jemandem, der ein Pferd ums Haus herumführt. Dann kommt sie drauf: Mungo! Im Nu ist sie an der Tür, die Schürze mit weißem Mehl bestäubt, die Abendsonne tropft wie Butter über den Stall, sie sieht ihren Mann, die Pferdemähnen, den mageren, dunkelhäutigen Fremden, der sie aus glitzernden, rotfleckigen Augen anstarrt. Wer –? fragt sie sich, und ein vages Unbehagen rumort in ihrem Bauch, doch dann liegt sie in Mungos breiten Armen, und alles andere ist nicht mehr wichtig.

Drinnen läßt sich Mungo mit seinem Gast beim Herd nieder, sie wärmen sich die Hände, während Ailie einen Kessel Wasser aufsetzt und sich wieder der Pastete zuwendet. Draußen vor dem Stall hat Mungo ihr den kleinen Mann flüchtig vorgestellt, Bubi Soundso, den Namen hat sie nicht recht verstanden. Mittlerweile geht zusammenhangloses Geplauder auf sie nieder wie ein Schneesturm. Mungo will wissen, wie es den Kindern so geht, wie das Wetter gewesen ist, ob sie auch genug Feuerholz hat, ob sie etwa erkältet ist? Er schwadroniert von Sir Josephs Gesundheitszustand, den Strapazen der Fahrt und der neuen Regierung, erzählt von Dickson, Effie und Edwards, aber diesen Bubi hat er ihr immer noch nicht erklärt. Sie hält den kleinen Kerl für einen Afrikaner, nach dem Stofflumpen, den er um den Kopf gewickelt trägt, und den tiefen Narben auf seinen schwarzen Wangen und der Stirn. Ein Maure? Ein Mandingo? Und wozu sollte ihn Mungo nur hierher bringen? ... Sollte er etwa ...

«Aha», sagt sie, indem sie wie wild den Teig knetet. «Sie möchten sich also Peebles ansehen ... Mr. Bubi?»

Der Maure fährt hoch, als wäre er überrascht, seinen

Namen von dieser Frau an diesem Ort laut ausgesprochen zu hören. Er schmiegt sich so dicht an den Herd, daß sie Angst hat, er könnte im nächsten Moment Feuer fangen. «O ja, meine Dame, o ja, ich möchte Peebles gärrn anschauen, ja.» Sein Blick erinnert sie daran, wie Douce Davies immer guckt, wenn man einen Schinken auf dem Küchentisch liegen läßt.

Mungo seufzt und steht auf. «Mann, das riecht aber gut», sagt er. «Was machst du denn da Feines – Schweinskopfsülze?»

«Ja, für Weihnachten», erwidert sie.

«Gibt's keine Gans?»

Sie hat das deutliche Gefühl, daß er abzulenken versucht, daß dieser Bubi irgend etwas an sich hat, das sie nicht erfahren soll. «Doch, Gans auch», sagt sie ungeduldig, «Gans auch. Aber sagen Sie», wendet sie sich wieder an den Mauren, «werden Sie über die Feiertage bei uns bleiben, Mr. Bubi?»

Der Maure sieht sie fragend an. «Feuertage?»

Mit gedämpfter Stimme und wie aus der Pistole geschossen sagt Mungo etwas in einer fremden Sprache zu ihm. Arabisch?

Sidi lächelt. «Ich bin Maure, gnädige Frau.»

Dies führt nicht weiter. Sie sieht ihren Mann an, wischt sich die Hände an der Schürze ab. «Bleibt er nun?»

Ehe Mungo antworten kann, springt der Maure wie auf ein Stichwort hoch. «O ja, wärrte Dame, Mistress Park», winselt er, stürzt auf sie zu und wirft sich vor ihr auf den Boden. «Mit Ihrer Erlaubnis will ich gärrne zwei bis drei Monate bleiben.»

Ailie zuckt zurück, als hätte sie sich verbrannt. «Zwei bis drei –?»

«Ailie», sagt Mungo mit leiser, flehender Stimme.

«Gut Frau, gut Frau», skandiert Sidi und verfolgt sie auf allen vieren, scheint ihr den Rocksaum küssen zu wollen.

Plötzlich blickt er auf und stößt «Lehrärr, Lehrärr!» mit dem Hochgenuß eines Lexikographen hervor, der seit Monaten nach dem richtigen Wort sucht.

«Er ist mitgekommen, um mich Arabisch zu lehren, Liebling.»

«Arabisch? Wozu denn?» Doch sie kennt die Antwort bereits, ihr Gesicht wird blaß, ihr Kiefer schiebt sich vor. «Du willst doch etwa nicht ...?»

Mungo sieht aus wie ein Häftling auf der Anklagebank. «Ich, äh – ich wollte dir gerade erzählen, äh, was ich mit Sir Joseph ...», setzt er an, doch da rettet ihn die Türglocke. Gleich darauf steckt Mungo junior den Kopf in die Küche, dicht gefolgt von Thomas. Sie zögern einen Augenblick, dann stürmen sie hinein, hängen sich dem Vater an die Beine, und von der naiven, strahlenden, alles verzehrenden Freude ihrer schrillen Kinderstimmen klirren die Küchenfenster.

Väter und Söhne

Es ist ein weiter Weg nach Hertfordshire. Der Weg führt über Enfield, verschiedene Heuschober, die Hütte einer alten Vettel, ein Dorfgefängnis und das Zuchthaus in den Schiffsrumpfen der Themsedocks. Doch greifen wir der Geschichte nicht vor. Gehen wir zum Anfang und erinnern uns des Winters 1802, des brausenden und bitterkalten, und der beiden zerlumpten Gestalten, die auf der Straße nach Hertfordshire vor sich hinfrieren, ausgehungert, angsterfüllt und bettelarm, aus London verjagt durch die fanatische Ausdauer des Claude Messenger Osprey jun.

Sie blasen Trübsal, die beiden, weil sie nicht mehr sicher sind, die richtige Entscheidung getroffen zu haben, sich abgestumpft fragen, ob der Erfrierungstod wirklich so viel besser als der Galgen ist. Ned kann kaum noch die Füße heben, so müde macht die Kälte. Er will sich in den Straßengraben legen, den Mantel bis über die Ohren ziehen und von dampfenden Suppenkesseln und Tassen mit heißer Brühe träumen. Und Boyles, der arme plattköpfige Trunkenbold, ist sogar noch schlimmer dran. Seit langem ist er in eine Art Trance verfallen, torkelt die Straße entlang wie eine betrunkene Gliederpuppe, fällt immer wieder kopfüber ins Gebüsch, knallt der Länge nach aufs Pflaster, wo er sich auf den steinharten Boden kuschelt, als wäre es ein Federbett. Wenn er stolpert, dreht sich Ned jedesmal um und redet ihm zu, aufzustehen und weiterzugehen. «Komm schon, Billy, reiß dich zusammen und steh auf! Wenn du da liegenbleibst, bist du in einer Stunde tot.»

«Prima.»

«Jetzt komm schon!» – er reißt an den schmächtigen Schultern wie an einem Zaumzeug – «beim nächsten Haus, das wir sehen, bitten wir um Einlaß.»

In diesem Moment erklingt aus dem Zwielicht der Morgendämmerung Hufgeklapper und Räderquietschen, das auf sie zukommt. «Vorsicht!» piepst eine Kinderstimme, dicht gefolgt vom Knirschen eines bremsenden Fuhrwerks und einem männlichen Baß, der «Ho, ho, brrr!» schreit. Aus den Schatten schält sich ein Bauernkarren, dessen Räder etwa einen Zentimeter vor Boyles' Quadratschädel zum Halten kommen. Die Zügel hält ein Mann mit zerfurchtem Gesicht und ergrauendem Haar, Ende dreißig, Hände wie Granitblöcke und in den Augen die Andeutung eines Heilsarmee-Glitzerns. «Na, Bruder, was haben wir denn hier für Schwierigkeiten?» fragt er mit Donnerstimme und mustert den reglosen Boyles am Boden.

Ned legt seine beste Armesündermiene auf und teilt ihm mit, sie seien auf dem Wege nach Hertford, hätten aber ein bißchen Pech gehabt. Ohne Unterkunft werde die Kälte sie wohl umbringen, bevor der Tag vorüber sei.

Der Bauer drückt nachdenklich den Tabak in seiner

Pfeife fest, und plötzlich erhellen die ersten langen Sonnenstrahlen sein Gesicht. «Das darf nicht sein», knurrt er, wobei ihm der Rauch aus den Mundwinkeln quillt. «Klettert rauf und macht's euch unter der Decke da mit meinen Jungs bequem.»

Zwei runde schwarze Augenpaare spähen aus dem Schatten hinter dem Bauern hervor. «Nahum und Joseph», stellt der Bauer sie vor, während die Jungen im Karren für Ned und Boyles etwas Platz machen. Boyles hat aus Mangel an Schlaf, Wärme und Alkohol ganz glasige Augen. Er stolpert zweimal, schafft es mit etwas Schwung von Ned dann aber doch, sich in den Karren hineinplumpsen zu lassen. «Hier runter», sagt der ältere Junge, der etwa sieben sein dürfte, und kurz darauf stecken die beiden gemütlich unter einer groben Felldecke, schlürfen aus einem Krug noch warmen Apfelwein und drücken die Füße gegen eine eiserne Wärmflasche.

«Ich fahre bis Enfield», ruft der Bauer über die Schulter, während der Wagen anruckt. «Könnt gerne mitkommen.»

Ein Londoner Lord – irgendein ferner, von Geburt an privilegierter Perücke und Seide tragender Angehöriger des Oberhauses, Ritter des Hosenbandordens und Stammgast in «White's» Spielsalon – hat das Sagen über die sorgfältig angelegten Gärten, die kahlen schwarzen Wälder und die gepflügten Felder, in denen Nahum Pribbles Einzimmer-Hütte nahezu untergeht. Nahum ist nur der Pächter. Ihm gehören zwei Ziegen, ein Schwein, ein Dutzend Hühner und ein Ochse. Seine Frau ist gestorben. Eines Nachts murmelte sie im Einschlafen etwas von einem fetten Mann, der auf ihrer Brust hocke. Am Morgen war Blut auf dem Kissen. Nahum begrub sie hinter dem Haus, aber der Aufseher zwang ihn, sie wieder auszugraben und eine Grabstelle auf dem Gemeindefriedhof für sie zu kaufen. Seit dieser Zeit zieht Nahum seine Söhne allein groß.

«Ein hartes Los», sagt Ned über einer Tasse Glühwein. Draußen ist es dunkel. Boyles schnarcht vor dem Kamin zwischen zwei Hunden. Die Jungen liegen im Bett.

«Hartes Los? Das wird Jesus auch gedacht haben, als sie ihn ans Kreuz genagelt und ihm die Lanze in den Leib gerannt haben.» Nahum steht vor einem Wasserkübel, seine großen Pranken scheuern die hölzernen Abendbrotteller sauber. Das Licht des Feuers läutert seine Züge, glättet die Furchen und Falten, sein Gesicht ist jetzt ebenmäßig und zeitlos wie ein Porträt in einer düsteren Galerie.

«Ich meine, die Kinder ohne Frau großzuziehen.»

Der Bauer dreht sich um und sieht Ned ins Gesicht. «Es gibt einen Vater im Himmel, der sich um Nahum Pribble kümmert, und Nahum Pribble ist voll demütigem Dank für den Segen, ein Vater auf Erden zu sein, der sich um die zwei da kümmern darf.»

Ned sieht hinüber zu dem Bettgestell zu den beiden Kindern im Schatten, auf das ruhige, friedvolle Auf und Ab der warmen Decke.

«Sie sind alles, was ich habe», sagt der Bauer mit so leiser Stimme, daß Ned ihn beim Prasseln des Feuers kaum hört.

Am Morgen machen sie sich wieder auf den Weg, beschenkt mit Brot und Käse, einer Handvoll getrockneter Äpfel und einer Kanne Bier. Trotz der tiefhängenden Wolken, dem heftigen Wind und Temperaturen unter +10° C ist Ned voller Optimismus. Die Gastfreundschaft des Bauern hat ihn gerührt, hat ihn zum erstenmal seit Jahren spüren lassen, daß das Universum nicht ausnahmslos und aktiv böswillig, die Milch der frommen Denkungsart doch nicht ganz sauer geworden und immer noch Hoffnung in den Karten ist, mag auch der Stapel schlecht gemischt sein. Auf einmal pfeift er sogar ein Lied – eine Klarinettenmelodie, die Barrenboyne ihm vor Jahren beigebracht hat –, während er die ausgefahrene Straße entlangschlendert wie ein Gutsbesitzer beim Verdauungsspaziergang.

Obwohl es keine zehn Meilen bis Hertford sind, ist Boyles so scharf auf das Bier, daß er Ned zum Rasten überredet, ehe sie noch den ersten Meilenstein passiert haben. Es gelingt Ned, im Windschatten eines Mäuerchens ein Feuer in Gang zu bringen, und sie halten fröstelnd ein Picknick ab, grillen Brot mit Käse, machen sich Bratäpfel und spülen das Ganze mit durstigen Zügen Bier hinunter. Der restliche Weg geht freudlos vorüber, ein erbittertes, stummes Ankämpfen gegen den Wind auf der verlassenen Straße, weit und breit kein Haus oder Gasthof in Sicht. Am Spätnachmittag erreichen sie den äußeren Rand von Hertford, wo sie an den ersten drei Hütten, die sie probieren, schroff abgewiesen werden. Soviel zur Milch der frommen Denkungsart.

«Was machen wir jetzt, Neddy?» stammelt Boyles zitternd und zusammengekrümmt, sein Gesicht ist ganz blau. Der Wind zaust die Bäume mit dem Geräusch von Knochen auf Knochen.

Ned pustet sich die Hände warm, schlägt die Arme um den Körper, hüpft auf der Stelle. «Zum nächsten Haus weiter», keucht er, «da bitten wir, uns eine Minute am Feuer wärmen zu dürfen, und lassen uns den Weg zur Familie Brunch zeigen.»

Das nächste Haus steht etwas abseits der Straße in einem Ahorn- und Eibenwäldchen. Taub vor Kälte kämpfen sie sich durch Dornen und Nesseln, über umgestürzte Bäume und durch den Morast eines stinkenden Rinnsals, als Wegweiser immer die dünne Rauchfahne des Schornsteins vor sich, in den Finger- und Zehenspitzen das erste Prickeln einer dunklen Vorahnung. Als sie vor dem Haus ankommen, bleiben sie wie angewurzelt stehen. Es ist kaum mehr als ein elender Schuppen, durch einen halb eingestürzten, nabelschnurartigen Gang mit einem noch winzigeren Schuppen dahinter verbunden. Das Ganze erinnert an einen Grabhügel der Druiden oder eine umgebaute Schafhürde aus den Zeiten von William dem Eroberer. Es gibt keine Fenster, aus den Mauern sind Steine herausgebröckelt und haben Löcher wie Zahnlücken hinterlassen, und das strohgedeckte Dach ist mit Unkraut, Moos, Dornsträuchern und zwei Meter hohen Baumschößlingen überwuchert. «Die Puste hätten wir uns sparen können», seufzt Boyles. «Da drinne wohnt doch seit hunnert Jahren keiner mehr.» Doch sie ist unbestreitbar da, die feine, stete Rauchsäule, die aus dem Schornstein quillt.

Ned kniet sich in den gefrorenen Schlamm, um an die Tür zu klopfen, auf den Lippen ein Märchen von Not und Pein und großem Leid, in dem er und Boyles, auf dem Weg nach Cambridge zum Begräbnis ihres Vaters – ein wohlhabender Mann, ihr Vater, Porzellanhändler, bei seinem Tode an die zweihunderttausend Pfund reich – auf einmal von Straßenräubern überfallen wurden, die ihnen ihr ganzes Hab und Gut abgenommen und sie auch dann noch mit vorgehaltener Waffe gezwungen hätten, ihre Kleider mit jenen der herzlosen Lumpen zu tauschen, und seither seien sie ohne jeden Penny umhergeirrt, halbtot vor Hunger und Kälte, doch entschlossen, ihren Weg bis zu jener fernen Stadt des Wissens fortzusetzen, wo sie ja ein fettes, schimmerndes Vermögen erwarte ...

Wie sich herausstellt, sind schöne Reden gar nicht nötig. Schon beim ersten Klopfen geht die Tür knarrend auf; bevor Ned ein Wort herausbringt, vergällt ein wüstes Kreischen die Luft, und eine verhutzelte Alte bittet sie ohne Umstände herein. «Iiiih-hiiih! Reisende, wie? Verfrorn und hungrig? Sicher auf der Landstraße ausgeraubt, was? Na, dann kommt nur rein und tut euch an Mutterns Feuer aufwärmen, na los, kommt schon, bloß nich so schüchtern.»

Wegen ihres schlimm verkrüppelten Rückgrats steht

die alte Frau tief gebückt, ihre schuppigen Hände sind zu Krallen verkrümmt, doch ihre Augen sind scharf wie Klauen in dem Gesicht, das so entstellt ist wie die allertrübsten Erinnerungen an die Vergangenheit. Boyles rennt sie fast um in seinem Drang zum Feuer hin, doch Ned zögert noch, ist unruhig, bis sie eine verschrumpelte Kralle vorstreckt und ihn durch die Tür zieht.

Das Innere ist eine Höhle. Steinmauern, Lehmboden, die Finsternis nur gemildert durch den urtümlichen Schein des Feuers. Ned stolpert beinahe über einen Schatten, der ausgestreckt am Boden liegt, sein Herz rast wie ein flinkes kleines Tier in einem Käfig, irgend etwas stimmt hier nicht, stimmt ganz und gar nicht, all seine Sinne sind zum Zerreißen gespannt, und in seinem Kopf scheut das verbrannte Kind das Feuer und schnattert *paß auf, paß auf!* Er zuckt zurück, und der Schatten grunzt, erhebt sich aus dem Kot und nimmt Formen an: es ist eine müde, schlappohrige Sau.

«Also», kreischt die Alte. ihre Stimme ist zerkratzt und irr wie eine gemarterte Violine. «Kommt her und tut euch die Knochen wärmen. Iiiih-hiiiih!» Auf einmal schwenkt sie zu Boyles herum. «Du da, Plattkopp – wie wär's denn mit'm Schlückchen Gerstensaft, häh? Na?»

Sie braucht nicht zweimal zu fragen. Boyles hebt den Krug an die Lippen, bevor sie ihn noch vom Schrank nehmen kann, er schmatzt und prustet, plappert irgendeinen Blödsinn über das Elixier der Götter, die dünnen Beine zum Feuer hingestreckt, das Gesicht rot wie das eines Schankwirts.

«Na, un du, Firsichgesicht?»

Ned steht mit dem Bücken zum Herd, gespannt wie eine Katze, denn er rechnet halb damit, daß er nur die Augen zusammenkneifen muß, um lauter ermordete Kinder an einer Leine von der Decke baumeln zu sehen oder sonst irgendeine Schrecklichkeit im Zwielicht zu entdekken. Die Sau zuckt mit den Ohren und wirft ihm einen langen verächtlichen Blick zu, bevor sie in der Ecke zusammenklappt, ihr Geruch steigt ihm scharf in die Nase, ein Brodem von Verwesung und Exkrementen schwebt in dem Raum, der Gestank von Leben, das ganz unten gelebt wird und selbst in der letzten widerwärtigen Körperfunktion noch besudelt ist. «Nein», sagt er und reibt sich die Hände. «Nein, wir müssen wirklich gleich weiter ... wir wollten bloß fragen, wie wir zu Squire Trelawneys Haus kommen ...»

«Ach», ächzt die Alte, «Freunde vom Gutsherrn seid ihr also, wie?»

Ned macht den Fehler, zustimmend zu nicken.

«Iiiih-hiiih!» zetert sie wieder. «Na, das is 'ne Überraschung, hol mich der Deibel und seine Großmutter. Un ich hab gemeint, ihr wärt bloß 'n paar unwichtiche, gemeine Vagabunden, so verkomm'nes Lumpenpack, hab ich gedacht ... aber Freunde vom Squire, also das is ja 'ne ganz andre Sache», krächzt sie hervor, «ja, 'ne ganz un gar andre Sache.» Und dann wölbt sie die Hände vor dem Mund und ruft in den Gang hinein, die grobe Stimme gallig wie ein Gericht aus Giftpilzen: «He, Junge! Hallo, Junge! Jetz krieg schon dein' faulen Arsch hoch un sag den braven Herrn hier gut'n Tach, die wo bei uns zu Besuch komm'.»

«Wirklich, wir sind bloß ...», stammelt Ned.

«Hocherfreut, was?» kreischt die Alte und scharrt in der obszönen Parodie eines Knickses über den Boden. «So, dann setzt euch erstmal hin und tut uns Bauersleuten 'ne Minute von eure kostbare Zeit schenken.» Sie stößt ihm einen Hocker hin und ruft neuerlich ungeduldig in den dunklen Gang: «Junge!»

Am anderen Ende des Raums entsteht eine Bewegung, scheu und verstohlen, dann taucht eine kindliche Gestalt aus dem niedrigen Loch des Schaftriebs auf. Ein Junge von vier oder fünf Jahren, sein Gesicht ist ein schwacher heller

Fleck im Zwielicht. Er bleibt unsicher stehen, hält den Kopf gesenkt.

«Na los, du Kröte, jetz trödel da nich im Schatten rum un komm her bei deine alte Mutter – oder kapierste kein Oxfordenglisch nich mehr?» Wachsam und gespannt hat sich die Alte in der Höhle aufgestellt, im Mittelpunkt der pulsierenden Ereignisse, wo sie ihren Zuschauern etwas vorspielt wie eine geistesgestörte Diva in ihrer unseligsten Rolle. Was kommt jetzt? denkt Ned, als sie plötzlich zu ihm herumwirbelt, mit schiefem Lächeln, das tief in den zahnlosen Mund sehen läßt. «Das is schon 'n kleiner Pisser, der da, was? 'n echter Wechselbalch. Könnt ja glatt einer denken, der hätt Angst ham vor seine Mutter, so wie der sich benehmen tut.»

Neds Miene ist verschlossen wie eine Gruft. Irgend etwas kommt ihm hier bekannt vor, etwas Unheilvolles, das er eigentlich gar nicht wissen will. Und doch muß er weiter hinschauen wie hypnotisiert, wider Willen dazu gezwungen, das böse, unerklärliche Drama sich mit seiner eigenen Logik und Energie entfalten zu sehen. Er schaut zu, wie die alte Vettel durch den Raum humpelt und das Kind an sich reißt wie eine gierige Krähe, ihr Triumphschrei ist wie ein Rasiermesser, das über eine Glasscheibe ritzt. Schaut zu, wie sie eine verdorrte Hand unter das Kinn des Jungen klemmt und ihm mit glitzerndem, boshaftem Grinsen das Gesicht zum Lichtschein dreht.

Als der Schein des Feuers auf die gequälten Züge des Jungen fällt, die fettigen Haarsträhnen und das dreckverschmierte Gesicht, seine offenen Wunden am Kinn und den steten, geduldig glotzenden Blick eines eingesperrten Tiers beleuchtet, spürt Ned die Panik in sich aufsteigen. Wie gebannt starrt er den Jungen an, sowie er ein blutendes Denkmal angestarrt hätte oder seinen eigenen, in einen Grabstein gemeißelten Nachruf. Er starrt, wie er nie zuvor gestarrt hat. Boyles dreht sich am Kamin um und gafft ihn an, der einzige Laut im ganzen Raum sind die heftig rasselnden Atemzüge der Alten. Und dann springt Ned von seinem Hocker auf, tastet herum wie ein Blinder, sein Mund zuckt in Schock und Verständnislosigkeit. Er sieht dort sich selbst. Unter der krassen, schielenden Herausforderung in den Augen der Vettel sieht er in seine eigenen Augen, die Jahre des Lebens heruntergeschält, in seine Leiden der Kindheit, auf den zerlumpten Waisenknaben im Kampf der Straße. Er träumt, stirbt, wird fast verrückt.

Das Gezeter der Vettel bricht den Bann. «Hübscher Bursche, wie?» keckert sie. «Auch wenn er hie und da 'ne Tracht Prügel nötich hat, stimmt's, Junge? Häh?» Und wie zur Bekräftigung dreht sie ihn um und reißt ihn mit einer einzigen geübten Bewegung am Ohr. «So, un jetz zurück in dein Loch, du kleines Drecksviech», keift sie, und das Kind verschwindet im Gang wie eine Luftspiegelung.

Es konnte doch nicht – nein, es konnte nicht sein. Paß auf, ruft die Stimme in seinem Kopf. «Ich ...», setzt Ned an, doch er spürt schon wieder die Schlinge um seinen Hals, die Augen des Henkers glitzern in den Schlitzen wie seltene Edelsteine, und plötzlich packt er Boyles am Arm. «Steh auf, Billy, steh auf!»

Boyles hat inzwischen seine Aufmerksamkeit wieder dem Krug zugewandt, schüttelt ihn ab und zu und hält ihn sich ans Ohr wie ein Uhrmacher, der einen defekten Chronometer untersucht. Er stellt ihn für einen Moment ab und schürt das Feuer, glücklich wie am Tage seiner Geburt. «Was?» stößt er hervor, und in seiner Stimme liegt echtes Unverständnis.

«Iiiih-hiiih!» jault die Alte auf.

Ned reißt Boyles hoch. «Vergiß den Krug, Billy – wir müssen jetzt gehen. Wir gehen!» brüllt er, als wäre Boyles schwerhörig oder hirngeschädigt.

«Ooooch», krächzt die Vettel und bohrt sich im Ohr. «So bald schon? Wo ihr doch grad erst gekommen seid.

Mutter hat nichmal die Zeit nich gehabt, um Tischdecken aufzulegen un das Tafelsilber zu putzen, hiiiih!»

Boyles macht ein verwirrtes, schmerzverzogenes Gesicht. «Aber mir gefällt's doch hier, Ned», wimmert er, doch sein Kamerad zerrt ihn schon auf die Tür zu, mit einem verzweifelten, bebenden Griff, der seinen Arm – sogar durch den Mantel – mit der erbarmungslosen Härte einer Stahlfalle quetscht.

An der Tür zögert Ned, seine Stimme schwimmt auf einer Welle von Adrenalin: «Der Hof von Brunch», stottert er. «Alte, wo ist der?»

So etwas wie ein Lächeln verzerrt ihren Mund. «Bauer Brunch? Hab gedacht, ihr Burschen wärt Freunde vom Squire?» Der Witz bleibt ihr im Hals stecken, und sie fängt an, zu husten und zu pfeifen wie ein müder Gaul, doch Ned ist schon zur Tür hinaus, rasend vor Entsetzen und Wut und Bestürzung, trampelt durch die Dornbüsche und zerrt Boyles mit aller Macht am Ärmel mit.

«'ne halbe Meile ... die Straße rauf, Firsich ... Firsichgesicht», keift ihm die Alte hinterher. «Bei die Weggabelung. Tut einfach übern Zaun klettern und dann quer über die Weide. Steinhaus mit 'ner baufälligen Scheune ... daneben. Hörste?»

Ned rennt jetzt in voller Panik, jede Silbe ist eine Injektion von Pech und Schwefel und den ätzenden Salzen der Verderbnis, sein Gewissen nagt in ihm, Boyles ist ihm egal, seine Beine stampfen, die Arme zerteilen die toten Stengel und tiefhängenden Zweige, als wären sie Wellen und er ein Brustschwimmer, der es zum Ufer schaffen will, immer weiter rennt er, über die kalte, harte Straße auf das Asyl des Brunch-Hofes zu, wie ein frisch ertappter Brudermörder.

Nach einer halben Meile kommen sie an eine Weggabelung. Rechts weist ein Meilenstein den Weg zum Dorf Hertford. Links erhebt sich eine mannshohe Mauer als eng geschichteten Steinen, dahinter eine gewaltige Ausdehnung von frisch sprießenden Viehweiden, von hartnäckigen Eisfeldern durchfleckt, und in der Ferne, wie die Alte gesagt hatte, das Steinhäuschen mit der baufälligen Scheune daneben.

Boyles bleibt stehen, entziffert mühsam den Meilenstein, kratzt sich am Kopf und geht dann zu der Mauer, stemmt sich ein Stück hinauf und wirft einen langen prüfenden Blick auf das Bauernhaus. Nach ein paar Minuten intensivster Konzentration, hastigen Lippenbewegungen und dem Abzählen mehrerer Rechnungen an den Fingern wendet er sich an Ned. «Das musses sein, Neddy, sieht mir ganz danach aus.»

Ned hört nur mit halbem Ohr zu. Das Zusammentreffen mit der Alten und ihrem seltsamen, schüchternen Zögling hat ihn anästhesiert, er ist für Kälte und Ungewißheit gleichermaßen gefühllos, seine Ohren sind für die Hoffnungen und Schätzungen und das abgeschmackte Geschnatter seines Reisegefährten taub. Immer noch sieht er die Augen des Kindes vor sich, hört das triumphale Kichern der Alten, spürt dieses leere, würgende Gefühl im Bauch, das heimtückische Krampfen einer Wahrheit, die so unvorstellbar ist, daß sie nur in der dunklen, unzweideutigen Atmosphäre der Gedärme verdaut werden kann. Als er zu Boyles aufsieht, kann er nur nicken.

Ein Ruck und ein Zuck und ein Plumps, dann sind sie auf der Weide, mitten in einem halben Dutzend verstörter Schafe. Während sie über die feuchte Wiese stapfen, beginnt der Bauernhof weit größer und prächtiger auszusehen, als sie vermutet hatten, die Scheune immer weniger baufällig. Ist das die Hütte eines Pächters? Mit drei Schornsteinen und einem zweiten Stockwerk?

Boyles reibt sich erfreut die Hände, und Ned steht eben kurz davor, den logischen Schluß von der unverhofften Ausdehuung des Hofes zu den Hintergedanken der alten Vettel zu ziehen, als der erste Schuß aus der Schrotflinte sie zu Boden wirft. Der zweite peitscht ihnen den Schlamm ins Gesicht und bohrt die eine oder andere Kugel sauber durch ihre Hosen in das zarte, ungeschützte Fleisch von Schenkel und Hinterteil. Kurz darauf stehen zwei hölzern dreinblickende Wildhüter mit rauchenden Gewehren und glänzenden Stiefeln vor ihnen. Dann ertönt eine Stimme, tief wie Donner am Hang eines Berges, rechtschaffen und empört wie die Stimme des Herrn, und bellt einen scharfen Befehl: «Runter vom Grundstück, ihr Penner!»

Ned erhebt sich langsam, sein Hintern brennt wie Feuer, und er starrt in eine Gewehrmündung. Der Mann hinter dem Lauf ist ungerührt wie ein Wiesel mit einer Ratte im Maul, bläßlich und mit toten Augen.

«Aber – aber ihr wißt ja gar nicht ...», beginnt Ned, doch sofort zieht ihm der Mann in einer mechanischen, äußerst fließenden Bewegung von Schalter und Ellenbogen den Gewehrkolben über, und schon liegt Ned wieder mit dem Gesicht im Dreck. Dann spürt er den kalten Stahl im Nacken, den festen Zug des Stricks um seine Handgelenke, das kurze Kratzen eines Kartoffelsacks, der ihm über den Kopf gestülpt wird. Vom anfänglichen Schock bei dem Gewehrschuß bis zu dem blinden Stolpermarsch über die Felder hat das Ganze kaum fünf Minuten gedauert. Durch den Schmerz im Hintern und das Pochen im Kieferknochen hindurch erkennt Ned das betrunkene Schnüffeln und Winseln von Boyles an seiner Seite, und in der Ferne, ganz schwach, wie das vielzüngige Zischen von Kreuzottern in einer Grube, hört er die irre, keckernde Lache der Alten.

Der Rest ist vorhersagbar wie Regen in Rangun. Squire Trelawney, der entschlossen ist, der alarmierenden Zunahme von Wilderei auf seinem Gut ein Ende zu setzen, unterbricht verdrossen sein Abendessen, um das Paar abzuurteilen: sechs Stunden Folter am Wippgalgen, gefolgt vom Einspannen im Quetschbock sowie, falls noch erforderlich, Erdrosseln bis zum Eintreten des Todes. Als Frage von rein theoretischem Interesse gibt des Squires Bruder zu bedenken, daß die Eindringlinge ja weder Waffen noch Diebesgut bei sich getragen hätten und daher womöglich eher für das weniger flagrante Delikt der Grundbesitzstörung zu verurteilen seien. Nicht daß er, wohlgemerkt, des Bruders Autorität zu hintertreiben gedenke, noch wolle er in irgendeiner Weise dafürstehen, die Schuldigen glimpflich zu behandeln, doch fände er den Gedanken an ausgerissene Gelenke und zermalmte Rippenbögen vor dem Essen gar allzu unappetitlich. Der Squire, inmitten seiner großen Sammlung von Seemannsknoten und allerlei ausgestopften Hirsch- und Eberköpfen, zögert kurz, zupft an seiner Perücke und starrt ins Leere, als sänne er über den Einwand seines Bruders nach. Nach ein paar Minuten knurrt ihm gewaltig der Magen. «Also gut, Lewis, du kriegst deinen Willen», knurrt er schließlich. «Dann eben zwanzig Jahre Zwangsarbeit.»

Es folgen zwei Monate beengter Haft am Grunde eines ehemaligen Brunnens, der schon lange kein Wasser mehr gibt, aber trotzdem feucht wie ein Spülbecken ist. Das Essen ist mies, die Eingekerkerten treten einander ständig auf die Zehen, und Boyles jammert unentwegt. «Wär ich doch bloß nie geboren», stöhnt er, Auge in Auge mit Ned in ihrem zylindrischen Gefängnis, kaum daß er die Arme bewegen kann, ohne seinen Gefährten anzustoßen. «Und meine Füße erst – die sind so naß, mir faulen glatt die Schuhe weg. Und friern tu ich – Frühling, Sommer, Winter, hier isses immer wie inner Arktis.»

Bei Tage kommt Trelawneys Aufseher – ein tückischer Psychopath mit so schiefem Rückgrat, daß sein Kopf flach auf der linken Schulter liegt – und bindet sie zusammen mit einem arthritischen Ochsen vor den Pflug, um sie von morgens bis abends durch Schlamm und Dreck über die Felder zu hetzen. Des Nachts müssen sie schichtweise schlafen: Einer klettert im Brunnenschacht ein Stück hinauf und klammert sich dort an die nassen Steine, während der andere unten im Morast kauert und ein wenig zu dösen versucht. Während Ned sich eines Nachts so an eine Weidenwurzel klammert und mit den verkrampften Beinmuskeln an der anderen Schachtwand abstützt, dämmert ihm der Gedanke, daß er vielleicht doch gestorben ist; womöglich war seine Auferstehung in St. Bartholomew's nichts als das Erwachen in der Hölle und alles, was er seither erlebt hat – all die Schmerzen, gebrochenen Schienbeine, Stiche und Krämpfe, jeder Schlag ins Gesicht und jeder Tritt in den Hintern, alle Schicksalsschläge, Enttäuschungen und peinvollen Verluste –, alles ist nur ein winziges Glied in der endlosen Kette von Torturen, die er noch durchleben muß, Augenblick für Augenblick, und bei jeder einzelnen wird er leise wüste Verwünschungen ausstoßen, als wäre es der Rosenkranz des Teufels.

Offenbar liegt er gar nicht so falsch mit der Annahme.

Zwei Monate später kommt ein berittener Gendarm, um die Häftlinge aus dem Brunnen zu ziehen, sie hinter ein Fuhrwerk zu ketten und nach London marschieren zu lassen, wo sie für die verbleibenden neunzehn Jahre und zehn Monate ihrer Strafe zum Schlammschaufeln ins Schiffsgefängnis gesteckt werden. In den alten Schiffsrümpfen im Bett der Themse ist es allenfalls noch enger und feuchter als in Squire Trelawneys Brunnen, doch wird die Lage noch verschärft, da sie nun dem stinkenden Atem, dem breiigen Kot und der eitrigen Spucke Hunderte von Kriminellen ständig preisgegeben sind: abgefeimter Vaterschänder,

Päderasten jeglicher Couleur und Blutschlürfer aller Art. Es ist verdammt hart. Zu dritt pro Koje sind sie in den lekken, knarrenden Laderäumen der verfaulten Kähne eingesperrt, die für immer im Flußbett eingemottet sind und bei ihrer allmählichen Verwandlung zu Sägemehl und Schimmel vor sich hinpesten. Zu essen gibt es Schweinefraß aus Kohl und Grütze. Tagsüber Zwangsarbeit in den eingepfählten Gevierten zehn, fünfzehn Meter unter dem Wasserspiegel, den Spaten einstechen, die Spitzhacke schwingen und eimerweise feuchten, stinkenden Morast schleppen. «Baggern» nennen sie es. Knochenbrecherarbeit, die den Geist abtötet. Legt man die Schaufel mal kurz hin, um sich den Schweiß wegzuwischen, peitschen sie einem den Rücken blutig.

Aber mögen die Dinge auch am schlimmsten stehen, es kommt immer noch ein Stück schlimmer.

Irgendwann im Winter 1804 wird eine der höheren Chargen in der Admiralität beim Sinnieren über dem Frühstücksei plötzlich von einer Idee durchzuckt. Eine Idee, die eine direkte Verschärfung der Leiden von Ned Rise, Billy Boyles und Hunderten wie sie bewirken wird. Es herrscht Krieg und daher Knappheit an tauglichen Rekruten, um die Schlachtschiffe zu bemannen und neue Infanterie ins Feld zu werfen, also kommt der Lord im Marineministerium darauf, daß es doch eigentlich eine schändliche Verschwendung von Kapazitäten sei, weiterhin die vielen entlegenen, aber dennoch wichtigen Garnisonsposten mit regulären Truppen zu besetzen. Warum, so denkt er, während er das schön weichgekochte Eigelb löffelt, könnte man nicht diese Forts mit Zuchthäuslern bemannen? Früher hatte man sie für solche Zwecke ja auch verwendet, also wieso sie nicht auch heute rekrutieren? Ein wenig Nutzen aus diesen faulen Vagabunden ziehen? Sie den Eid schwören und endlich was Richtiges arbeiten lassen? Später können sie ja im Flußbett weiterbaggern, wenn dieser kleine Korse erstmal an einem

Mast baumelt. Die Idee gefällt dem Lord im Marineministerium immer besser. Er trägt sie seinen Vorgesetzten vor, die sie wiederum ihren Vorgesetzten vortragen.

Und so werden Ned und Billy im Frühherbst jenes Jahres aus dem dunklen, miefenden Laderaum der alten *Cerberus* in den dunklen, miefenden Laderaum der *H. M. S. Feckless* überführt, um schließlich, von ihrem eigenen Erbrochenen triefend, in Goree abgesetzt zu werden – in Fort Goree auf der gleichnamigen Insel vor der Küste Westafrikas. In Fort Goree, dem Tor zum Niger und der Bastion der Fäulnis.

Keine Debatte

«Du hast mich angelogen. Du planst doch ein neues Abenteuer, oder etwa nicht? Na los. Antworte»

«Nicht so richtig.»

«Nicht so richtig? Wozu schleppst du mir dann diesen – diesen Farbigen ins Haus? Wozu quasselst du den ganzen Tag mit ihm wie irgendso ein Kamelhändler auf dem Bazar, na? ... Ich sagte, wozu hast du mir diesen Bubi ins Haus geschleppt? Hast du mich nicht gehört?»

«Ich frische bloß meine Kenntnisse auf.»

«Wofür denn?»

«Hör mal: Sprich es aus, dann bleibe ich bei dir.»

«Bleib.»

Gelockerte Bindungen

Sidi Ambak Bubi verließ Peebles nach einem Aufenthalt von 27 Tagen, 18 Stunden und 6 Minuten. Er hatte mitgezählt. Dreißig Pfund Sterling hin oder her, aber jede Minute unter dem Schieferdach in Peebleshire war wie eine ganze Woche in der Gehenna. Es lag an Mrs. Park. Sie war wie eine Löwin mit Jungen, und er, Sidi; war der Sklave, den man losgeschickt hatte, ein Löwenbaby für den Zoo des Paschas zu holen.

Seine Einschätzung war keineswegs verfehlt. Ailie verteidigte ihr Reich erbittert, sie war geharnischt, gereizt und unhöflich, ja beleidigend. Sie sah den Mauren als ein fremdes, entzweiendes Element, als einen Dieb, der aus der düsteren Festung Afrika gekommen war, um ihr den Ehemann zu rauben – und verhielt sich entsprechend. Belauerte jeden seiner Schritte, durchbohrte mit wachen, mißtrauischen Blicken seine Kleider, seine Zimmertür, Fleisch und Knochen seiner Brust, war ständig dabei, zu nörgeln, Anspielungen zu machen, alles an ihm zu kritisieren, von seiner Art, sich den Tschibuk anzuzünden, bis zum Aussehen des um seinen Kopf gewickelten Turbans. Sie tischte ihm Runkelrüben und Kartoffeln auf, dazu Schweinsfüße, Speck und Schinken. Sie kippte ihm Tee in den Schoß, wirbelte ganze Saharas von Staub um ihn auf, wenn er beim Koranstudium saß, stiftete die Hunde an, ihn ins Bein zu beißen und seine Sandalen zu zerkauen. Sie war verzweifelt, verwirrt, von Angst zerfressen, und an dem Mauren aus Mogador ließ sie es aus.

Als Sidi schließlich seine Koffer packte und nach Selkirk hinunterritt, um die Kutsche nach London zu nehmen, legte sich eine beunruhigende Stille über den Haushalt der Parks. Ailie hielt den Atem an und wartete ab. Mungo war zerknirscht. Er hatte doch sein Versprechen gegeben, endgültig und unwiderruflich. Ja, er hatte sie angelogen – er gab es zu. Sein Ehrgeiz sei stärker gewesen, und er habe sie angelogen. Doch nun werde er nicht mehr lügen. Ob sie ihm vergeben könne? Das konnte sie. Sie klammerte sich an ihn, ganz wild, ihre Liebe zu beweisen, ihm die Last zu erleichtern, ihm zu zeigen, wieviel ihr sein Opfer und sein Gelübde vor ihr wert seien. Das Thema Afrika war begraben – wenn auch das Grab äußerst flach war.

In den nächsten paar Monaten verlief alles ruhig, obwohl sich Mungo in wachsendem Maße ruhelos und unzufrieden zeigte. Er verlor leicht die Beherrschung. War weder an den Kindern noch am Ablauf des Haushalts interessiert. Eigenbrötlerisch schweigsam, verdrossen. Die Magenverstimmung, die er sich in Ludamar zugezogen hatte, kam mit voller Wucht wieder, und häufig stocherte er nur in seinem Essen, nippte an einer Tasse Brühe mit Gerstenflocken und sagte, er sei schon satt. Wenn ihm die öde Arbeit der Pflege seiner unwissenden, nörgelnden, vom Unglück verfolgten Patienten einmal die Zeit ließ, dann brütete er über seinen Büchern und Landkarten oder betastete die Artefakte, die er aus Afrika mitgebracht hatte, fast wie in Trance fuhr er mit den Fingern an den Konturen eines Knochenmessers oder einer hölzernen Maske entlang, als wären sie Fetische oder Heiligenreliquien. Jeden Morgen bei Tagesanbruch bestieg er sein Pferd und ritt an die vierzig Meilen weit übers Heidemoor, um Geburten und Sterbefälle zu überwachen, rauhe Kehlen und imaginäre Unpäßlichkeiten zu behandeln, hilflos zuzusehen, wie sich ein Bein im Wundbrand zersetzte oder der Krebs einer alten Frau die Gedärme zerfraß. Das war also sein Lohn. Das hatten ihm all seine Kühnheit und sein Ruhm eingebracht. Er hatte die Nase gestrichen voll.

Im Mai 1804 sagte er Ailie, er wolle alles verkaufen – das Haus, die Möbel, die Praxis. Sie würden zu seiner Mutter nach Fowlshiels ziehen. Er brauche Zeit zum Nachdenken.

«Nachdenken», echote sie. «Worüber denn?»

Er hielt ihrem Blick stand. «Darüber, was ich mit dem Rest meines Lebens anfangen will.»

Sie standen in der Küche. Inmitten von eingetopften Kräutern, Geschirr, Holzgerätschaften, Messern. Ein Korb mit frisch eingesammelten Eiern – braunen und weißen – stand in einem Fleckchen Sonnenlicht auf dem Tisch.

Auf einmal schob sie ihren Stuhl zurück und fegte die Eier zu Boden. «Ich weiß genau, was du machst», sagte sie mit leiser Stimme, die vor Erregung zitterte. «Du lockerst deine Bindungen.»

«Nein, Ailie. Schätzchen. Das tue ich nicht. Ich brauche bloß etwas Zeit zum Nachdenken, sonst nichts.»

Er meinte es ehrlich. Glaubte es jedenfalls. Nach der Konfrontation wegen Sidi war er sich niedrig und mies vorgekommen. Er war ein unverantwortliches Familienoberhaupt, ein Rabenvater, ein Egoist, der rücksichtslos seiner Ruhmsucht nachgab – selbst wenn dies hieß, die eigene Frau auf gemeine Weise anzulügen. Das war nicht Mungo Park, der Held, Eroberer Afrikas und Entschleierer des Niger. Das war nicht anständig, sauber und edel – es war verachtungswürdig, und er verachtete sich dafür.

Es würde keine Täuschungen mehr geben. Dessen war er sicher. Der Umzug nach Fowlshiels hatte nicht im geringsten mit der Expedition zu tun, die ihm die Regierung zugesagt hatte. Er hatte überhaupt nichts damit zu tun, daß er seine Angelegenheiten ordnen, Ailie und die Kinder in Sicherheit und unter den wachsamen Augen seiner Mutter haben wollte, absolut gar nichts. Nein, wegen so etwas fühlte er sich doch nicht gleich frei und ungehindert, jederzeit bereit, auf eine Kutsche nach London aufzuspringen. Nein, nein, nein. Er brauchte nur etwas Zeit zum Nachdenken. Sonst nichts.

Wassermusik (Leise Wiederkehr)

Ein warnender kalter Hauch lag in der Luft, als Mungo nach Edinburgh abfuhr, ein Vorgeschmack auf bittere Nächte, die da kommen würden. Es war Mitte September, kurz nach seinem Geburtstag. Das Laub fiel, und morgens senkte sich kühler grauer Dunst über den Fluß wie die gespreizten Klauen einer

Katze oder eines Bärs. Natürlich hatte es eine Party gegeben – Ailie hatte darauf bestanden, obwohl der Entdekkungsreisende bei alledem sehr verlegen gewirkt hatte, als wäre es dumm oder würdelos, als gäbe es, bei Lichte betrachtet, gar keinen Grund zum Feiern. «Aber Mungo, es ist dein dreiunddreißigster Geburtstag», hatte sie eingewandt. «Findest du nicht, daß das ein gutes Zeichen ist?» Er sah von seinem zerlesenen Exemplar der *Geographie* des Leo Africanus auf. «Wieso das?» Sie grinste wie ein Clown. «Naja», sagte sie, «für Christus war das doch ein ganz gutes Jahr, oder?»

Zweiundzwanzig Gäste stießen auf das Wohl des Entdeckungsreisenden an, darunter Walter Scott, Hochwürden MacNibbit und Thomas Cringletie. Scott hatte sich kurz zuvor in Ashestiel am Tweed niedergelassen, war aber zuvor fünf Jahre lang Sheriff von Ettrick Forest gewesen und kannte jeden Bauern der Gegend – einschließlich Mungos Bruder Archibald. Als Mungo aus Peebles zurückgekommen war, hatte Archie die beiden zusammengebracht, und gegen Ende des Sommers waren Scott und der Entdeckungsreisende dicke Freunde. Mungo ritt oft los, um die Hügelkette zwischen Yarrow und Tweed zu überqueren und die langen Nachmittage in Ashestiel zu verbringen, oder aber Scott tauchte unangemeldet auf und saß den ganzen Abend auf der Veranda in Fowlshiels oder unten am Fluß, wo sie die Angeln auswarfen und den Mükken beim Tanz auf dem Wasser zusahen. Die beiden machten lange Spaziergänge, die Köpfe gesenkt, ins Gespräch vertieft; sie fischten, ritten, tranken und philosophierten zusammen. Scott hatte im Vorjahr die dreibändige Ausgabe seiner *Lieder der Grenzlande* veröffentlicht, und Mungo zog es immer wieder zu den alten Balladen, er stellte die Versionen des Dichters denen gegenüber, mit denen er aufgewachsen war, wies ihn auf Unstimmigkeiten hin und beklatschte jeden alten Fund. Er ließ sich sogar hinreißen, seinem Freund etwas über seine eigenen Beobachtungen zur mündlichen Überlieferung der Mandingo und Mauren zu berichten. Scott seinerseits wurde nie müde, Einzelheiten von Mungos Reisen zu hören – vor allem jene, die der Entdeckungsreisende bisher ausgelassen hatte. Oft schenkte er ihnen ein Glas Bordeaux nach und wollte von Mungo noch mehr erfahren: über Dassouds Ausschweifungen zum Beispiel, oder Fatimas Gelüste und Aishas tröstendes, willfähriges Wesen. Wie er Hundefleisch gefressen hatte und vor Mansong, dem König von Bambarra, gekrochen war. Über die seltsamen Rituale, deren Zeuge er gewesen war, die unaussprechlichen Akte und die unnatürlichen Praktiken.

Ailie war froh über die Freundschaft. Scott war ein Mann von Kultur und Gelehrsamkeit, gleich alt wie Mungo, und er schien die Fähigkeit zu haben, ihren Mann aus der Reserve zu locken, ihm Freude und Energie einzuflößen, sodaß er nicht mehr den ganzen Tag grübelte. Aber alles hatte seine Grenzen. Bei der Geburtstagsparty kapselte sich Mungo praktisch völlig von seinen Gästen ab und zog sich mit Scott und Zander in eine Ecke zurück, wo sie leise und mit gesenkten Köpfen redeten. Ihre Mutter und Archibald mußten ihn förmlich hochreißen, damit er aufstand, die Kerzen ausblies und den ersten Tanz machte. Und dann verschwand er gleich wieder in der Ecke, zurück zu Scott und Zander. Ihre Stimmen verloren sich im Pfeifen des Dudelsacks, doch von Zeit zu Zeit blickte Ailie hinüber zu den dreien, die irgend etwas besprachen, gestikulierten, debattierten, mit Mienen so beherrscht und ernst wie ein paar Pfarrer beim Nachmittagstee.

Als sie an diesem Abend ins Bett gingen, gab ihm Ailie ihr Geschenk. Es war ein in Kork eingefaßter Kompaß. «Damit du immer den Heimweg zu mir findest», sagte sie lächelnd. «Von Edinburgh oder Ashestiel – oder auch von London.» Sie zögerte, in ihrem Gesicht erstrahlte ein knospendes Geheimnis. «Da ist noch etwas», flüsterte sie und drückte sich eng an ihn. Ausdruckslos sah er sie an, die blonden Stoppeln auf seiner Wange waren wie durchscheinend im Schimmer der Öllampe. «Wir bekommen wieder ein Baby», sagte sie. «Im Frühling.»

Am nächsten Morgen brach Mungo nach Edinburgh auf. Geschäftlich. Den ganzen Sommer über war er in der Stadt gewesen, um sich mit Saltoun, dem Anwalt, über solche Dinge wie Anlagemöglichkeiten und Absicherungen für seine Familie zu besprechen. «Absicherungen?» hatte Ailie nachgefragt.

«Man kann nie wissen», sagte er, feierlich wie der Patriarch der verlorenen Stämme Israels.

«Aber du bist noch jung, Mungo – es ist doch Unsinn, in deinem Alter über solche – solche Dinge nachzudenken.»

«Ich könnte morgen vom Pferd stürzen. Oder in den Yarrow fallen und mir den Kopf an einem Felsen stoßen, oder ...»

Sie wandte sich ab. «An sowas will ich gar nicht denken», sagte sie. «Tu, was du für richtig hältst.»

Vor dem Haus küßte er sie, bevor er losritt. Und dann drückte er sie noch einmal an sich und küßte sie wieder, strich ihr übers Haar und fuhr der Kontur ihres Kinns mit zitternden Fingern nach. Sie staunte über seine Leidenschaft.

«Grüß mir die Macleods und die Leasks», sagte sie, «und den alten Saltoun auch ... In vier, fünf Tagen bist du ja zurück?»

Er war jetzt aufgesessen, erhob sich hoch oben auf dem Pferd wie eine reglose Bronzestatue vor dem Himmel. Sie dachte an Soldaten, an den Krieg gegen Frankreich, an Colin Raeburn und Oliphant Graham, beide vor Kopenhagen gefallen. Und dann plötzlich, unerklärlicherweise, dachte sie an ihre Mutter. Mungos Gesicht zeigte keine Regung.

Sie brachte ein Lächeln zustande. «In vier, fünf Tagen?» wiederholte sie.

Die Sonne stand in seinem Rücken, und sie mußte die Augen zukneifen, um seine Augen zu sehen. Sie hatten die Farbe von Eis. Das Pferd wieherte, und sie spürte, wie sich ihr der Magen umdrehte. Er gab ihr keine Antwort. Zog nur an den Zügeln, riß den Kopf des Tiers herum und trabte davon.

Der Brief kam zwei Wochen später. Aus London. Ohne eine Adresse des Absenders:

19. September 1804

LIEBSTE AILIE,
Verzeih mir. Eine Szene hätte ich nicht ausgehalten. Wie Du wohl schon erraten oder von Deinem Bruder gehört hast, bin ich wieder auf dem Wege nach Afrika. Diesmal führe ich eine von der Regierung finanzierte Expedition von etwa 40 Mann. Es ist eine großartige Gelegenheit. Und meine patriotische Pflicht, sie zu ergreifen.

Ich werde vor Leid vergehen, bis ich wieder bei Dir und den Kindern bin, was zweifelsohne innerhalb eines Jahres der Fall sein wird. Wir haben vor, uns in Segou einzuschiffen und den Fluß bis zur Mündung zu verfolgen. Wenn unser Kind ein Junge wird, nenn ihn nach Archie, ja?

Bitte versuche, mich zu verstehen, Ailie, liebste Ailie. Der Yarrow ist zahm, das Leben dort ist zahm. Da draußen aber gibt es unerforschte Wunder – Wunder, die darauf warten, daß der rechte Mann alles auf Spiel setzt, sie zu entdecken. Ich bin dieser Mann, Ailie, ich bin dieser Mann.

In Liebe und Reue,
Dein Mungo

Der Brief durchbohrte sie wie ein Knochenspeer, geschleudert von einem Eingeborenen, irgendeinem Bubi, direkt aus dem Brodem und der Angst und der Unverständlichkeit, die für sie Afrika war, direkt aus dem Herzen der Finsternis selbst. Sie hatte keineswegs etwas von Zander gehört – er war ihr ausgewichen. Nach einer Woche hatte sie gewußt, daß der Brief kommen würde, hatte auch gewußt, was darin stand, bevor sie ihn öffnete. Sie hatte es gewußt und doch alle Heiligen und Erzengel und himmlischen Mächte angefleht, sie möge sich geirrt haben, Mungo möge in Edinburgh aufgehalten worden sein, einen kleinen Unfall gehabt haben oder mit Robbie Macleod aufs Land gefahren sein.

Aber nein. Er hatte sie erneut getäuscht. Dieser Schweinehund. Dieser feige, verantwortungslose, verlogene Schweinehund. Sie so im Stich zu lassen, ihr etwas vorzulügen, alles vorzubereiten und sie immer noch anzulügen. Seine innersten Geheimnisse einem völlig Fremden wie Scott anzuvertrauen, sie aber vor ihr zu verbergen. Mit ihm war sie jedenfalls fertig. Er war ein Lump, ein Lügner und Betrüger. Ihre Liebe und ihr Vertrauen, ihre Treue und ihren Glauben hatte er genommen und sich unter dem Deckmantel einer Lüge davongeschlichen – wie ein Dieb.

Sie las den Brief noch einmal durch, warf ihn angewidert fort. Und dann, wie aus einem nachträglichen Einfall heraus, hob sie den Umschlag wieder auf, drehte ihn um und bemerkte, daß auf der Innenseite etwas geschrieben stand – ein Postskriptum? Die Schrift war verkrampft und hastig, so ungelenk, daß es fast jemand anders geschrieben haben konnte. Sie ging mit dem Brief ans Fenster und betrachtete die wilden Schleifen und engen Kringel, bis sie es entziffert hatte: Ich *höre es in meinen Träumen, höre es des Morgens, wenn ich erwache und die Vögel in den Bäumen singen – ein Rascheln, ein Raunen – den Klang von Musik. Weißt du, was das ist? Der Niger. Rauschend und tosend braust er seiner verborgenen Mündung entgegen, ins Meer hinaus. Ich höre das ständig, Ailie, Tag und Nacht. Musik.*

Das Baby schrie. Sie warf den Umschlag ins Feuer.

Dritter Teil
Niger Redux

«Il temporal foco e l'etterno
veduto hai, figlio; e se' venuto in parte
dov'io per me piu oltre non discerno.
Tratto t'ho qui con ingegno e con arte;
lo tuo piacere omai prendi per duce.»

Vergil zu Dante
in «La Divina Commedia»

Goree (Hymne auf den Pesthauch)

An der Wende zum 19. Jahrhundert besaß die Westküste Afrikas (von Dakar bis zur Bucht von Benin) einen auf der ganzen Welt unerreichten Ruf der Pestilenz und Fäulnis. Bei ihrer Hitze und Feuchtigkeit, den jahreszeitlichen Sintfluten und den Myriaden von Insekten war sie eine Art gigantische Petrischale zur Kultur exotischer und schreckenerregend zerstörerischer Seuchen. *Du lern und bleib fern der Bucht von Benin*, ging ein Matrosenliedchen jener Zeit, *einer kommt raus und fünfzig sind hin.*

Fleckfieber, Frambösie, Typhus und Schlafkrankheit gediehen dort prächtig. Dito Hakenwürmer, Cholera und Pest. Im Trinkwasser lauerten Bilharziose und der Guineawurm, Tollwut in den scharfen Reißzähnen der Fledermäuse und Wölfe, Filarien im Speichel der Moskitos und Bremsen. Ging man raus, nahm ein Bad, trank das Wasser oder steckte etwas in den Mund, schon hatte man sie alle – Bazillen, Spirillen, Kokken, Viren, Pilze, Nematoden, Trematoden und Amöben –, sie alle zerfraßen einem Organe und Knochenmark, verdarben das Augenlicht, schwächten die Nervenfasern, löschten das Gedächtnis aus wie ein flinker Schwamm, der über die gekritzelte Weisheit auf einer Tafel wischt.

Kosmetisch gesehen, waren die Filariosen – Elephantiasis und Loa-Loa (auch als Zappelaugen-Krankheit bekannt) – ganz besonders verhängnisvoll. Bei der Elephantiasis tropica, die von Mücken übertragen wird, blockieren wimmelnde Fadenwürmer wie hinterlistige kleine Biber das Lymphsystem, was zu granulomatösen Hautveränderungen und zum Anschwellen von Hodensack und Beinen führt, die dann wie riesige, obszöne Früchte aussehen. Bei Loa-Loa dagegen sind die Verwüstungen auf die Partien oberhalb des Nackens konzentriert; die Krankheit wird durch den Stich bestimmter blutsaugender Fliegen übertragen, die in der Gegend derart massiert auftreten, daß die meisten Säugetiere vom Tagesanbruch bis zum Sonnenuntergang wie mit einem schwarzen Mantel von ihnen bedeckt sind – nachts übernehmen die Moskitos dann die Schicht. Das Endstadium der Infektion ist am Auftreten der geschlechtsreifen Würmer unter der Bindehaut des Auges erkennbar. Das Sich-ringeln und -schlängeln der Parasiten läßt sich darin gut beobachten: es sind äußerst lebendige schnurartige Wesen, die dort unbekümmert ihrem Rhythmus von Fressen, Kopulation und Ausscheidung nachgehen.

Gelang es einem, diesen Schrecknissen zu entgehen, gab es noch Kala-Azar oder Leishmaniose. Diese chronische, immer tödlich verlaufende Krankheit zeigt sich im Auftreten von pustelartigen Geschwüren der Epidermis, schleichender Auszehrung und dem Anschwellen von Leber und Milz. Und schließlich war da noch Lepra, die gefürchtetste Seuche. Erbarmungslos in ihrer brutalen Deformation des Körpers, bösartig und scheußlich in ihrer allmählichen Verstümmelung der Gliedmaßen und der langsamen aber sicheren Entartung des Gesichtsgewebes, die ihre Opfer mehr und mehr wie Dörrpflaumen aussehen ließ. *Balla jou* hieß sie bei den Eingeborenen: unheilbar.

Außerdem gab es natürlich auch die eher prosaischen Erkrankungen, die hauptsächlich dafür verantwortlich zeichneten, daß Tausende von französischen, englischen, holländischen und portugiesischen Kolonisten sich die Kosten für Grabstellen in Paris, London, Amsterdam oder Lissabon sparten. Ganz oben auf der Liste stand die Malaria, dicht gefolgt von Dysenterie und Gelbfieber. Ihre Opfer – Kaufleute, Sklavenhändler und Glücksritter gleichermaßen – schwitzten und schissen sich buchstäblich zu Tode, oft schon eine Woche nach ihrer Ankunft in dem gemeinhin als Fieberküste bezeichneten Landstrich.

Heilung gab es keine. Diverse Kurpfuscher verschrieben Aderlaß, Kalomel, Abführmittel und Emetika, die einen zum «gelinden Kotzen» brachten. Oder das Pulver des Dr. James, ein Produkt auf Talkum- und Boraxbasis, das zur Therapie nicht viel mehr beitrug als kandierte Orangenschalen oder Roßhaarkissen. Die China- oder Perurinde war zwar etwa seit 1640 als wirksames Mittel gegen Malaria bekannt, doch die Beweislage am Anfang des 19. Jahrhunderts war ungünstig für das Chinin, sodaß man es wie alles andere zu den Quacksalbereien zählte. Die armen Soldaten und Entdecker, die in jenen Tagen unter diesem Unstern durch die Gegend stolperten, hatten nicht die leiseste Ahnung, was eigentlich diese Unmasse gräßlicher Krankheiten auslöste, die ihre Reihen dezimierte und ihre Hoffnungen zunichte machte. Allgemein wurde angenommen, daß «Miasmen», «giftige Ausdünstungen des Erdbodens», die Quelle all dieser verheerenden Fieber und Stoffwechselstörungen seien. Die Moskitos, Fliegen und Sandflöhe? Wozu Energie aufwenden, um sie totzuschlagen?

Auf Goree, einer kleinen Beule aus vulkanischem Gestein dicht vor der Küste von Senegal, befand sich also die Garnison des Königlichen Afrika-Corps. Inmitten von Hitze, Schmutz und Krankheit. Die Nahrungsmittelversorgung war dürftig, die Soldaten bettelarme Zwangsrekruten aus den Schiffsgefängnissen, Trinkwasser knapp, das Meer eine widerwärtige, gelblich schwappende Brühe. Entwürdigung, Entkräftung, am Ende der Tod. Die Dinge standen so schlecht, daß der Gamisonskommandant (ein Karrieresoldat namens Major T. W. Fitzwilliam Lloyd, dessen Ungehörigkeiten* seine Vorgesetzen dermaßen befremdet hatten, daß sie ihn vor die Wahl stellten, sich entweder diskret zu erschießen oder den Posten auf Goree anzunehmen) sich gezwungen sah, die Essensrationen zu halbieren, jene für Brandy zu verdoppeln und die ständigen Befehle auszugeben: *Trupp 1* zum Gräberschaufeln wie üblich. Trupp 2 zimmert bis auf weiteres Särge.

Es war der Winter 1805. Die trockene, klimatisch zuträgliche Jahreszeit, in der in jede eingefallene Wange gesunde Röte stieg und ein schwaches, entrücktes Lächeln auf allen rissigen Lippen lag. In der die Insektenpopulationen rückläufig waren und die Sonne einem die Lungen wieder freibrannte und die Gedärme ein wenig trocknen ließ. Doch schon waren die ewigen Kräfte des meteorologischen Wechselspiels am Werk, die Erde rotierte auf ihrer schiefen Achse um die Sonne, Winde bliesen und Wolken türmten sich wie himmlische Armeen im Süden auf.

Nicht mehr lange, und die Regenzeit würde einsetzen.

Oh Mama, can this really be the end?

Beim Aufwachen hat Ned Rise Kopfschmerzen. Oder nein. Nicht Kopfschmerzen. Eine Art generalisiertes zugrunde richtendes Elend, das ihm ein Gefühl gibt, als würde er aus allen Poren bluten und sein Hirn ihm zu den Ohren raussickern. Schwach wie ein Neunzig-

* In den Prozeßakten des offiziellen Verfahrens wurde dem ehemaligen Oberst in achtzehn Fallen eines Offiziers unwürdiges Verhalten vorgeworfen, darunter «zum Tee mit seinen Stabsangehörigen in einem Damenkleid aus Taft erschienen zu sein» sowie «acht Gemeine unter Androhung eines Kriegsgerichts genötigt zu haben, ihm den nackten Körper mit Staubwedeln zu reiben und hierbei ununterbrochen den Satz ‹Oh, eine gar niedre Schlange im Gras bin ich, verworfen und verachtenswert› zu wiederholen».

jähriger stützt er sich im abgedunkelten Schlafsaal auf den Ellenbogen und lauscht dem Schnaufen und Stöhnen der anderen, die sich auf ihren verschwitzten Strohsäcken hin und herwerfen. Er erkennt das rasselnde Keuchen von Jemmie Bird, einem seiner Kollegen im Arbeitstrupp, die orale Flatulenz von Samuel Purvey und von Zeit zu Zeit das heisere Pfeifen von Boyles, kaum zu unterscheiden vom Sirren der Moskitos. Es ist dunkel wie im Grab. Zwei Uhr? Drei? Ned will nach seiner Kürbisflasche mit Rum greifen, und auf einmal liegt er zusammengekrümmt auf der Erde, ein dämonischer Schmerz reißt an seinen Gedärmen, daß er sich verkrampft und die Zähne in den hölzernen Bettpfosten schlägt, bis der Anfall vorbei ist. Aber er geht nicht vorbei. Er kommt in immer höheren Wellen wie eine sturmgepeitschte See, bis Ned nur noch stöhnend und schaukelnd die Hände in den Bauch krallt wie eine Frau in den Wehen, die gleich ein Monstrum zur Welt bringt.

Als er wieder aufwacht, liegt er auf dem Boden. Er ist patschnaß vom eigenen Schweiß, und seine Hosen sind von dem gelblichen Schleim verkrustet, den er schon seit Tagen absondert. Ein Gestank von Krankheit liegt in der Luft – von verhängnisvoller, alles verschlingender Krankheit wie eine hungrige, unersättliche Bestie –, und irgend jemand winselt in der anderen Ecke des Raumes. In diesem Augenblick packt ihn wieder der Schüttelfrost, zunächst noch sauft, sowie ein Hund eine Ratte ins Maul nimmt. Dann aber schlägt er mit voller Wucht zu: Ned preßt die Beine an den Körper, seine Zähne klappern, sein Kopf schlackert auf der Wirbelsäule wie ein Stehaufmännchen. Die Kälte ist fürchterlich, schlimmer als die Fieberhitze. Er kann die Gletscherzungen spüren, die ihm Püffe versetzen, den dunklen, kalten Griff der Themse, die Tatzen der Eisbären, die auf seiner Brust tanzen, er starrt in die Finsternis und sieht kristallene Iglus und tote Eskimos im Schnee. Er will sich hochkämpfen, um auf sein Strohlager, unter das bißchen Wärme der Kasernendecke zurückzutorkeln. Aber es geht nicht. Zusammengekrümmt muß er so liegenbleiben, während sich rings um ihn die Dunkelheit wie ein Maul öffnet.

Eine Ladung Esel

Wimpel flattern im Wind, die Brise läßt Großsegel, Toppsegel und Klüver knattern, der Bug zerteilt die See glatt wie eine Sichel, Wale stoßen Fontänen in die Luft, Delphine spielen im Meer, und ein feiner, erfrischender Sprühregen aus Salzwasser hängt über der Reling wie ein Strahlenkranz. Himmel und Ozean passen zusammen, blau wie Delfter Porzellan, und die Sonne hängt dazwischen wie ein enormer Scheinwerfer – als wäre die Welt tatsächlich ein Theater und Schiff und Mannschaft gerade kurz vor dem erlösenden Schlußakt in einer Galaaufführung zu Ehren des Monarchen. Die Atmosphäre ist erfüllt vom fröhlichen Schreien der Esel, deren Nüstern nun die reichen, vielfältigen Dufte des nahen Festlands einsaugen, vom Gejubel der Seeleute und dem wilden Überschwang der Tonfolgen auf Georgie Scotts Klarinette, von «Wohl übers Meer nach Skye» über «Fidele Matrosen, füllt eure Gläser» bis zu «Doch ach, der Ackersmann war tot». So etwas baut einen eben auf.

Mungo Park steht an der Reling der *Crescent*, des Truppentransporters Seiner Majestät, und blickt über die prachtvollen blauen Wogen auf die Insel Goree, die sich voraus im Meer erhebt, zinnenbewehrte Festungsmauern und große Kasernengebäude aus Stein, die in der Sonne flirren wie Märchenschlösser. An seiner Seite stehen Zander, Georgie Scott und die vier Zimmerleute, die er im Schiffsgefängnis von Portsmouth rekrutiert hat. Hinter ihm fünfundvierzig Esel. Sandfarben und mit sturen, rot unterlaufenen Augen. Sie lärmen und stinken, sie heben überall den Schweif und verpesten das Deck.

«Wir sind da, Zander», ruft der Entdeckungsreisende, einen Arm um den Schwager geschlungen. «Jetzt kann uns nichts mehr aufhalten!»

Schon möglich. Aber an den blitzblanken Konferenztischen von London und Portsmouth hätte man sie fast noch aufgehalten, wäre die Expedition von Pitts schwachbrüstigem Kriegskabinett und dem kurzatmigen Traumtänzer Lord Camden um ein Haar abgeblasen worden. Im September war Mungo – auf Camdens dringende Bitte – überstürzt aus Schottland gekommen, fest überzeugt, man werde noch im selben Monat aufbrechen. Er hatte Ailie ausgetrickst, Zander heimlich informiert und eine detaillierte Liste über Proviant und Gerätschaften für die Expedition aufgesetzt. Er hatte sich sogar etwas ausgedacht, das auch dem geldgierigsten Bürokraten die Sache schmackhaft machen mußte. Auf Sir Josephs Rat hatte der Entdeckungsreisende die praktischen Vorteile der geplanten Expedition weit mehr als die wissenschaftlichen hervorgehoben. Es gebe Gold im Tal des Niger, behauptete er – mehr noch als in Guinea oder im Lande der Aschanti – und eine Unzahl primitiver Negervölker, die darauf brannten, es in dicken Klumpen gegen ein paar Glasperlen, Spiegel oder Soßenschüsseln aus Zinn einzutauschen. Und wenn die Briten den Handel nicht machten, würden es die Franzosen tun. Den Niger zu erschließen, gebiete nicht allein der Forscherdrang, auch nicht allein der Nationalstolz – es liege ganz einfach ein prima Geschäft darin.

Die Regierung biß an. Camden sagte seine finanzielle Unterstützung zu und wollte dem Entdeckungsreisenden freie Hand in der Auswahl von Tauschwaren, Packtieren, Ausrüstung und Mannschaften lassen. Mungo würde man zum Hauptmann machen, seinen Schwager zum Leutnant. Georgie Scott, ein alter Schulfreund und ein entfernter Verwandter des Balladendichters, sollte als Zeichner und dritter Offizier mitkommen. Zudem konnte der Entdekkungsreisende aus dem Schiffsgefängnis von Portsmouth vier Zimmerleute und aus der Garnison Goree einen Offizier mit fünfunddreißig Soldaten mustern. Die Zimmerleute würden die Barkassen bauen, in denen der Entdeckungsreisende den Niger hinabzufahren gedachte; die Soldaten würden Schutz vor den Mauren bieten. Was den Lastentransport anging, so wollte Mungo auf den Kapverdischen Inseln anlegen und dort fünfundvierzig Esel erstehen – dies zusätzlich zu den fünfzehn bis zwanzig Negern, die er in Pisania anwerben würde.

«Prächtig, prächtig», sagte Camden und lächelte unter seiner Ministerperücke hervor. «Hervorragend. Scheuen Sie nur keine Kosten, mein Sohn, wir stehen hundertprozentig hinter Ihnen.» Er nahm einen silbernen Brieföffner vom Schreibtisch und begann, sich die Nägel zu säubern. «Nur ein kleines Problem gibt es da noch – wie denken Sie sich eigentlich den Rückweg?»

Das war eine gute Frage. Niemand wußte genau, wo der Niger mündete – es herrschten sogar Zweifel daran, daß er überhaupt ins Meer floß. Eine der Lehrmeinungen wurde von Major Rennell angeführt, dem anerkanntesten Geographen jener Zeit, der eisern den Standpunkt vertrat, entweder verliere der Niger sich irgendwo in der Großen Wüste oder er speise den Tschadsee. Wenn dem so war, säße am Schluß die gesamte Expedition in der Mitte des Kontinents auf dem trockenen, ohne jede Möglichkeit, gegen den Strom zurückzufahren, vor sich einen langen, riskanten Marsch quer durch unerforschtes Gebiet. Andere dagegen glaubten, der Niger sei vielmehr ein oberer Zufluß des Nil oder des Kongo; in diesem Fall könnte die Expedition gefahrlos – womöglich sogar äußerst gemütlich – bis zur Küste gelangen. Mungo war von letzterer Ansicht überzeugt und meinte hartnäckig, sobald sie die Kongomündung erreicht hätten, wäre es ein Leichtes, auf einem Sklavenschiff nach St. Helena oder Westindien weiterzukommen. Er sah Camden mit festem Blick an. «In jedem Falle, Sir, bin ich bereit zu tun, was ich tun muß, und die Folgen daraus zu tragen. Wer nicht wagt, der nicht gewinnt.»

Der Kolonialminister strahlte ihn an wie ein vergreister Opa und schenkte aus einer Karaffe, die auf dem Schreibtisch stand, zwei Gläser Rotwein voll. «Gut», knurrte er. «Dann also los. Ich muß nur noch Ihren Entwurf dem Premier vorlegen und die Gelder anfordern, dann können Sie im Nu auf die Reise gehen.»

Das war im September. Im Oktober stand die Debatte der Vorlage im Kabinett unmittelbar bevor. Im November begann der Entdeckungsreisende zu verzweifeln. Es war die gleiche Geschichte wie bei dem Debakel im vorigen Jahr, als er aus Peebles nach London gehetzt war und dann tatenlos herumgehangen hatte, während Addington den Sessel für Pitt räumte, Hobart für Camden, und Sir Joseph, mit einem Gesicht so lang wie eine Dogge, ihm irgendwann den Rat gab, heimzufahren und Arabisch zu lernen. Einfach kriminell war das. Ein verfluchter Jammer, eine schändliche Vergeudung. Aber was konnte er tun? Er war machtlos.

Der November nieselte dahin. Mungo saß im dunklen Zimmer und starrte aus dem Fenster. Er schlug den Kopf gegen die Wand, spielte mit Tintenfässern, zerknüllte Papier. Dann packte ihn die Wut. Das laß ich mir nicht nochmal gefallen, zum Teufel, brüllte er immer wieder, bis die kahlen Wände erzitterten und seine Glieder vor Entschlossenheit und Zielstrebigkeit zuckten. Endlich zu handeln kam wie eine Erlösung. Den ganzen Dezember hindurch verbrachte der Entdeckungsreisende jede wache Minute damit, für die Expedition zu werben: er verschickte Petitionen, erschlich sich die Gunst von Beziehungskrämern und Maklern der Macht, sprintete wie ein Dorftrottel den Kutschen von Grafen und Earls hinterher und trank dermaßen viele Gläschen Sherry mit irgendwelchen Beamten, daß sich ihm der Kopf wie eine Windmühle drehte und seine Leber dem Schockzustand nahe war. Alles vergebens. Neujahr kam und ging. Die Sache schien aussichtslos.

Indessen jedoch arbeiteten die trägen Mechanismen der Bürokratiemaschine – jenes majestätischen, zivilen Uhrwerks, das durch die vereinten Kräfte von Zufall, Gier, Intuition und Einfluß festlegt, was ist und was sein wird – emsig weiter und gaben hinter verschlossenen Türen der Zukunft Gestalt. Sir Joseph machte energisch Propaganda, eine Nation von Ladenbesitzern schrie nach neuen Märkten, und Camden, der mit dem Tempo und der Promptheit eines Dreizehenfaultiers vorging, begann endlich doch Pitts Interesse zu wecken. Der entscheidende Moment kam eines Abends während einer Theaterpause. Camden ließ sich neben dem Premier in den Sitz plumpsen, bot ihm eine Prise Schnupftabak Marke «Araby Spice» an und brachte sein Anliegen vor. Ja, pflichtete Pitt ihm bei, der Niger sollte dem Handel erschlossen werden – dem britischen Handel –, und natürlich sei Gold hocherwünscht. Tags darauf wurden die Mittel bereitgestellt, die Offizierspatente gesiegelt, und das Kanonenboot *Eugenia* zum Begleitschutz der *Crescent* bis Goree beordert, dies als kleine Abschreckung der französischen Kaperschiffe. Mungo zitierte Zander herbei, packte seine Sachen und setzte, besser spät als gar nicht, am 29. Januar 1805 die Segel.

Wie der Entdeckungsreisende so an der Reling der *Crescent* steht, zum erstenmal seit über sieben Jahren die Küste Afrikas erblickt und sich vom Jubel der Besatzung und den glückseligen Schreien der Esel anfeuern läßt, schleicht sich auch ein sorgenvoller Gedanke ins rosige Reich seines Optimismus ein. Es sind meteorologische Bedenken – Bedenken, die sich aus seiner früheren langen und leidvollen

Kenntnis der Witterungsverhältnisse in diesen Breiten speisen. Man schreibt den 28. 3. Ein Datum, das dem Märzende schon sehr nahe kommt, praktisch ist es fast Anfang April. Der Entdeckungsreisende denkt an Camdens schnurrbärtiges Gesicht und die gepuderten Schnupftücher an die hinhaltende Etepetete-Verbindlichkeit all dieser Lords und Ladies in London, an den ganzen Morast aus feiner Gesellschaft und schwülstiger Bürokratie. Ausgetrickst hat er das System dann doch, das schon, und gerade bricht seine allergrößte Stunde an ... trotzdem bleibt die traurige Wahrheit, daß in den monatelangen Kämpfen gegen das Beharrungsvermögen der Regierung die ganze Trockenperiode draufgegangen ist, ein lauer, erfrischender Tag um den anderen. Im Mai – spätestens im Juni – wird der Regen einsetzen. Was dann?

Doch so rasch ihm der Gedanke kommt – tückisch und gemein wie eine dieser kurzen, schmerzhaften kleinen Einsichten in die eigene Sterblichkeit, die in einem aufsteigen und plötzlich die Bewegung der Gabel zum Mund erstarren lassen oder im Konzertsaal das arglose Wackeln des Fußes im Rhythmus der Musik unterbrechen –, so rasch schiebt er ihn beiseite. Wozu sich in einem solchen Augenblick mit pedantischer Nörgelei belasten? Immerhin ist er hier, zurück auf der Bühne seines größten Triumphs. Er ist hier mit einer Schiffsladung Proviant und Tauschgütern, Kisten voll Waffen und Munition, hinter sich hat er die Regierung, neben sich seine Busenfreunde. Er ist hier und steht kurz davor, eine Expedition in großem Stil anzuführen, mit Trägern und bewaffneten Eskorten und den Rechten und Privilegien eines Armeehauptmanns im Dienste Seiner Königlichen Majestät. Hier steht er an Deck der *Crescent*, den Wind in den Haaren, mit einer Ladung Esel.

Ich brauche Männer von echtem Schrot und Korn

In den Kammern und Schlafbaracken des Forts geht das Gerücht, eine Berühmtheit sei auf dem Gelände aufgetaucht. Mungo Park, der bekannte Afrikaforscher und Bestseller-Autor, der einzige Europäer, der je den Niger zu Gesicht bekommen habe und auch lebendig wiedergekommen sei, habe sich in ihrer Mitte eingefunden. Die Neuigkeit sorgt sofort für Aufregung.

«Wer?»

«Mungo wie?»

«Nie gehört von dem Vogel.»

«Soll der 'n Weißer sein?»

Doch gerade als die Männer in ihre altgewohnte Apathie zurückfallen (eine Art abwärtsgerichtete Spirale der Teilnahmslosigkeit, die nur vom Saufen, Spielen, Huren oder Sterben durchbrochen wird), flammt das Interesse erneut auf: der Besucher ist auf der Suche nach Freiwilligen. Freiwilligen! Um mit ihm über Berg und Tal zu latschen, drüben auf dem weiten, großen Festland – und zwar zum doppelten Sold! Wirklich wahr. Jemmie Bird hat das Ganze mitgehört, als er beim Major servieren war. Aber das ist noch gar nicht das Beste. Der Entdeckungsreisende ist vom Kolonialministerium ermächtigt, jedem Mann, der ihn begleitet, die Freiheit anzubieten – inklusive vollem Straferlaß für all jene, die wegen Verbrechen verurteilt sind, sowie die Rückfahrt nach England.

Großer Gott im Himmel, sei gepriesen, hier ist sie, sie fällt ihnen in den Schoß wie der Gral – die Chance, diesem Höllenpfuhl zu entkommen!

Das Gerücht verbreitet sich wie ein Lauffeuer, das der Harmattan noch anfacht. Um neun Uhr abends hat sich die gesamte Garnison – alle 372 Männer (beziehungsweise alle 368, denn in der Zwischenzeit sind vier gestorben) – vor dem Majorsquartier zusammengerottet, und Mann für Mann – selbst die Kranken, die Hinfälligen und die lebenden Toten – bitten, flehen, jammern, schmeicheln und betteln sie darum, bei der Entdeckungsreise dabeisein zu dürfen. Als der Major in voller Galauniform, ein Sträußchen aus Orchideen und Schleierkraut an die Brust gepreßt, neben sich den flachsblonden, sagenumwobenen Neuankömmling, auf die Veranda tritt, bricht ein Tumult los.

«Männer!» brüllt er über die Menge hinweg. «Tapfere Burschen des Königlichen Afrika-Corps, hört mich an!»

Langsam ebbt der Lärm zu vereinzelten Flüchen und Wutausbrüchen ab, dann zu einem leisen, tückischen Knurren wie von einem Rudel Hunde, die einander gerade zerfleischen, und schließlich zu verdrossenem Gemurmel und dem tristen Ton todkranken Keuchens.

«Wie ihr ja sicher schon alle gehört habt», ruft der Major, «ist dieser weltberühmte Herr zu meiner Rechten Hauptmann Mungo Park –» (hier wird er von einer Säuferstimme unterbrochen, die ein dreifaches «Hipp, hipp, hurra!» auf Mungo Park anstimmt, dann rufen alle wild durcheinander: «Hört, hört!».) Der Major nutzt die Pause, um Mungos Arm in Siegerpose in die Höhe zu heben, bevor er fortfährt: «Eine Mission führt Mungo Park zu uns – eine so edle und wagemutige Mission, daß sie den gewaltigen Feldzügen von Cäsar, Alexander dem Großen und Horatio Nelson gleichkommt ...»

«Scheiß aufs Edle!» schreit ein Mann ganz vorn.

«Scheiß auf Ansprachen!» ruft ein anderer. «Nehmt mich! Nehmt mich!»

Fast augenblicklich nimmt die Menge den Refrain auf, alle recken die Arme hoch wie Schulkinder und jammern und klagen: «Mich, mich, ach, nehmt doch mich!» Von nun an ist das Chaos perfekt. Kranke werfen die Krücken weg und tanzen wie Primaballerinen herum, ausgezehrte Gerippe mühen sich beim Heben von Baumstämmen und Felsblöcken, Fieberopfer rezitieren Kochrezepte und die Texte von bekannten Schlagern, um ihren klaren Verstand zu demonstrieren. Es kommt zu Schlägereien. Verwünschungen werden ausgestoßen, Steine und Lehmklumpen hageln auf die Menge nieder wie eine Strafe Gottes. Plötzlich flammt eine Fackel in der Dunkelheit auf – dann noch eine und noch eine. Der Mob drängt immer weiter auf die wacklige Bambusbalustrade des Majors zu und skandiert dabei «Mich, mich, mich, mich», tollwütig und bedrohlich, eine Katastrophe liegt in der Luft ... und dann hört man, wie der Entdeckungsreisende sich räuspert.

Die Menge kommt schlagartig zum Schweigen. Das Geräusch des Gezischels ist allgegenwärtig wie das Branden eines fernen Ozeans. Mungo ist tief berührt von dem Spektakel, von dieser Energie, diesem Drängen von dem beinahe ehrfürchtigen Getöse, das er ausgelöst hat, aber auch von der Stille innerhalb weniger Augenblicke. Mit der Sicherheit des geborenen Volksredners tritt er vor. «Ich brauche Männer!» donnert er, geht ganz in seiner Rolle auf, in voller Fahrt auf der emotionalen Schiene, mit jeder Faser ein Schauspieler, der jetzt heldenhafte Ausmaße annimmt: «Beherzte Männer von echtem Schrot und Korn, beherzte Männer bis zum Schluß!»

Ned der Unberühmte

Die Sonne brennt am Himmel, als wäre sie frisch erschaffen und probiere nun ihre Muskeln aus, sie hämmert das erste Glied einer Kette von Megatonnen an Nuklearenergie los, braust auf mit dem ganzen Selbstvertrauen der Jugend und der erhebenden Aussicht auf das eigene nie erlöschende Feuer. Mit anderen Worten, es ist heiß. Verflucht heiß. Und still wie die Oberfläche eines unbewohnbaren, verbotenen Planeten. Kein Vogel keckert in den staubigen Büschen, kein Insekt brummt, summt oder sirrt, keine Eidechse kratzt sich träge mit dem Hinterbein am Hals. Nicht einmal ein Lüftchen regt sich, um die Vegetation kurz anzuheben und gleich wieder fallen zu lassen.

Langsam, ganz langsam drängt sich in diese Szene ödester Einsamkeit nun menschliche Anwesenheit hinein – über eine leichte Bodenerhebung hinweg sieht man Trupp 1 allmählich an den grellen Mauern des Forts vorbeiziehen und ein Feld von vulkanischem Schutt überqueren. Die Mitglieder der Beerdigungseinheit, an die dreißig Mann, wanken unter der Last der Pickel und Schaufeln und der vier frischgezimmerten Särge, die sie auf den Schultern balancieren. Eine halbe Stunde und vierzehn Ohnmachten später haben sie die ungefähr hundert Meter unwegsames Gelände hinter sich gebracht, die sie von ihrem Ziel trennen: einem kleinen Sandhügel über der Küste, der da und dort von Grabkreuzen verunstaltet wird. Als sie ihre Bürde absetzen, hört man einige der Männer sich darüber empören, daß man sie in der größten Mittagshitze Gräber schaufeln läßt. Üblicherweise liegen die Toten ein oder zwei Tage stinkend herum – oder zumindest bis zum Einbruch der Nacht. Doch heute früh hat der Major angeordnet, die Verluste des Vortags sofort zur Beerdigung zu entfernen, zweifellos aus Gründen der Etikette in Anbetracht der Gegenwart des Entdeckungsreisenden.

«Also gut, Männer», schnauzt Leutnant Martyn, «fünf Minuten. Aber danach erwarte ich, daß ihr wieder hochkommt und auf diese steinharte Erde hier losgeht, als wär's die Kehle von dem Richter, der euch verurteilt hat.» Martyn ist neunzehn und voller Enthusiasmus. Seine Uniform ist makellos, seine Haltung steif. Ja, er liebt das Militär.

Als Reaktion auf das Kommando werfen sich seine neunundzwanzig Untergebenen zu Boden wie nasse Lappen, keuchen und stöhnen, grabschen nach Wassersäcken und Rumflaschen. Sie sind schon arme Schweine, diese

Männer, bärtig und sonnenverbrannt, ihre Uniformen ein einziger Schandfleck, verdreckte Lumpen, um Kopf und Füße und die parasitenübersäten Beine gewickelt. Sie sind ungebildet und ungelernt, Säufer und Schläger, Einbrecher und Mörder, unverbesserlich bis ins Mark. Andererseits, wie notwendig ist eine ordentliche Einstellung zum Gräberschaufeln? Wieviel Können oder Hingabe braucht man dafür schon? ... Trotzdem, in jeder größeren Sammlung von Menschen gibt es immer welche, die für bestimmte Aufgaben besonders geeignet sind, die sich im Laufe der Jahre spezielle Fertigkeiten und Insider-Kenntnisse erworben haben. So auch hier auf Goree. Zum Beerdigungstrupp eingeteilt sind auch zwei Ex-Profis, die eine Lehre auf den Friedhöfen von Islington und Cheapside hinter sich haben: Billy Boyles und Ned Rise.

«Ach, Neddy, is schon 'n teuflisch heißer Tach heut, was? Un was für'n Blödsinn, daß wir hier draußen ausbluten müssen, bloß weil irgendso'n feiner Pinkel aus London herkommt und mit'm Major Tee trinken tut, wie?» Boyles hat einen Panamahut mit zerfledderter Krempe auf und sieht seinen Freund schräg an. Dem äußeren Anschein nach unterscheidet er sich überhaupt nicht von dem Mann, der Osprey reingelegt, Nahum Pribbles Bier getrunken und am Grund von Squire Trelawneys Brunnen gedarbt hat. Weder Ruhr noch Fieber haben ihn angerührt, so immun ist er gegen Schmutz und Verderbtheit, so abgehärtet gegen den Ansturm der Mikroben, weil er sich ein Leben lang in der Scheiße, dem Abschaum und dem Schleim von Londons übelsten und stinkendsten Löchern gesuhlt hat. Jetzt hebt der Anflug einer Inspiration seine Unterlippe und drückt dafür die Nase runter. «He, glaubste, der tät uns mitnehm auf seine Expiddision?»

Neds Augen sind blutunterlaufen. Er hat an Gewicht verloren und fühlt sich leicht schwindlig. Die letzten beiden Nächte konnte er nicht schlafen, hin und hergerissen von Schüttelfrost und dem Fieber der Ruhr. «Machst du Witze?» knurrt er. «Der wird doch sicher die allerfrischesten Leute nehmen, alle die, die noch gradestehn können und abends einschlafen wie kleine Kinder. Scheiße Mann, was würde der denn mit zwei wandelnden Leichen wie uns anfangen?»

Boyles' Züge formieren sich nach und nach zu trotzigem Schmollen. «Ich hab's genauso drauf wie jeder andre hier», sagt er. Schränkt jedoch sofort ein: «Solang ich regelmäßich meine Rum-Ration kriege. Außerdem: wenn der uns nich nimmt, tun wir bald unsre eigenen Gräber buddeln, das weißte so gut wie ich.»

In diesem Augenblick fährt Martyn herum, bohrt den Stiefelabsatz in den Staub und bellt einen Befehl, der ungefähr besagt, der ganze Trupp möge jetzt die faulen Dreckärsche vom Boden hochkriegen und an die Arbeit gehen, und zwar tutt-swiet, sonst setze es was hinter die Ohren mit seinem fünf Zentimeter dicken, regierungseigenen Paradestab.

Ned erhebt sich müde und stützt sich auf den Spatengriff. Er sieht Boyles an wie ein alter Straßenköter, der unter das Rad eines Fuhrwerks geraten ist. «Hast recht, Billy, hast ja recht. Ich grab dir deins, wenn du mir meins gräbst.»

Drei Stunden später sitzen Boyles und Rise an den Stamm des einzigen Baums auf dem Hügel gelehnt, einer Akazie, und schwelgen in dem paarig gefiederten Schatten. Ihre Spaten stehen, bis zum Heft in der Erde, wie Wächter über dem halb gefüllten Grab vor ihnen. Die Hitze verzerrt den Horizont, breitet eine flache Hand über die totenstille See. Die anderen sind längst weg.

Passiert war folgendes: Weil ihm zum Graben die Kräfte fehlten, war Ned in die Knie gegangen und hatte um Freistellung gebeten. Martyn hatte ihn einen Drückeberger geschimpft und ihm mit dem Stab aufs Steißbein gepocht. Keine Reaktion. Martyn hatte nochmals gepocht, diesmal etwas energischer, wie ein Mann, der ausgesperrt vor seiner eigenen Haustür steht. Ned war ohnmächtig geworden. Als Strafe für diese schamlose Pflichtverletzung hatte Martyn den wiedererwachten Rise dazu vergattert, so lange auf dem Hügel zu bleiben, bis das Grab zugeschüttet sei – und wenn es bis Weihnachten dauere. Billy Boyles hatte sich freiwillig zum Bleiben gemeldet, um auf ihn aufzupassen.

Da sitzen sie also und sammeln Kräfte, um aufzustehen und die Arbeit zu beenden. Zur Erfrischung kippt Boyles einen halben Liter Rum, während Ned in einen Wassersack sabbert. Die Hitze ist unbarmherzig. Nach einer Weile hebt Ned den Kopf und blickt geistesabwesend den Strand entlang, vor seinen Augen tanzen bunte Pünktchen, er sieht eine triste, einsame Möwe, die irgend etwas im Sand zerpickt. Er denkt an früher, an bessere Zeiten, als er an der Theke der «Sauf & Syph-Taverne» stand und einen langen, kühlen Schluck Faßbier nahm, da bemerkt er plötzlich eine Bewegung hinten auf dem Strand. Ganz sicher ist er nicht, ein wabernder weißer Schleier verschluckt alle Farben und Konturen, aber es scheint eine Gestalt zu sein, die auf sie zukommt – zwei Gestalten. Er blinzelt, schirmt die Augen gegen die Sonne. Doch, zwei Menschen, ein großer und ein kleiner, die da in dieser wahnwitzigen Hitze an der Küste spazieren wie Muschelsammler am Strand von Brighton. Wer in aller Welt kann das sein? Auf einmal kennt er die Antwort.

Im selben Moment hat Ned den Spaten in der Hand und wirft Erde auf wie ein Prospektor kurz vor der Hauptader. Besorgt läßt Boyles die Flasche los und kommt herbeigewackelt. «Neddy, was ’nn los? ’n Anfall? Haste wieder ’n Anfall?» Ned läßt weder ab noch sieht er zu ihm auf. Seine Stimme ist fest und hart wie eine gespannte Bogensehne: «Greif dir den Spaten, du Idiot, und fang an zu buddeln!

Buddel um dein Leben!» Boyles nimmt verwirrt seinen Spaten und fängt an, Erde in das offene Loch zu schaufeln.

Nach ein paar Minuten, das Werk ist fast vollbracht, blickt Boyles auf und bemerkt zu seiner Verblüffung zwei Fremde, die ihnen zusehen. Der eine ist klein, dunkelhaarig und schmächtig, beinahe weiblich gebaut; er lächelt und hat ein Grübchen auf dem Kinn. Der andere ist groß und weizenblond, steht kerzengrade, ein drei bis vier Tage alter rötlicher Stoppelbart überschattet seine Wangen – aber Moment mal. Ist das nicht –?

Vor ihnen steht Mungo Park, in blitzblanken Stiefeln und Nankinghosen, in Weste und Hemdsärmeln, die pfirsichfarbene Jacke lässig über die Schulter geworfen. Sein Schwager neben ihm verlagert das Gewicht auf das hintere Bein, die Hände in die Hüften gestützt, aufgeputzt wie ein sorgenfreier Beau auf der Bond Street. «Aha», sagt der Entdeckungsreisende, «schön zu sehen, daß hier doch noch jemand die Kraft hat, sich ein wenig anzustrengen.» Seine Stimme ist herzlich wie ein Händedruck.

Ned, der wie wild schaufelt, wirbelt scheinbar überrascht herum, nimmt zackig Haltung an und salutiert knapp. «Sir!» bellt er in einer so flüssigen, automatischen Reaktion, als wäre er ein dressierter Seehund und der Entdeckungsreisende der Mann mit dem Fisch in der Hand. Er gibt sich Mühe, dem Blick des Entdeckungsreisenden standzuhalten und die heiß/kalten Schauer zu beherrschen, die seine Knie durchfahren und seine Ellenbogen zucken lassen. Dennoch ist er sichtlich überrascht, den Entdeckungsreisenden erstmals von nahem zu sehen. Er hatte einen älteren Mann erwartet – mindestens vierzig. Schließlich war der Bursche ja eine Berühmtheit, hatte Afrika bereist und war lebend zurückgekommen, hatte Bücher geschrieben, war mit der Creme de la crème auf du und du. Und doch konnte er nicht viel älter als Ned selber sein.

Mungo schiebt sich eine Locke aus der Stirn, er

schwitzt kaum, obwohl die Hitze wie ein Hammer ist. «Nur nicht so förmlich, mein Freund», sagt er, und Ned lockert sich. «Alexander und ich haben schon geglaubt, auf dieser Insel gebe es keinen, der je aus der Krankenstation rausgekommen ist.»

«Nun ja, Sir», beginnt Ned, wobei er all seine Bildung zusammenkratzt, «der Herr hat uns eben mit Gesundheit gesegnet, und wir sehen uns verpflichtet, unser Möglichstes zu tun, es Ihm zu danken, indem wir dafür sorgen, daß all jene weniger Glücklichen wenigstens ein anständiges Begräbnis erhalten.»

Mungo und Zander wechseln einen Blick wie zwei Männer beim Pferdehändler, denen gerade ein so lächerlich niedriger Preis genannt wurde, daß es ihnen in den Handflächen juckt.

«Jawohl, Sir, Billy und ich sind jetzt seit drei Stunden dabei, diese vier Pechvögel zu beerdigen. Der Herr rief sie gestern zu sich – es war die Erregung über Eure Ankunft, Sir.»

«Aha – ihr zwei wißt also, weswegen mein Schwager und ich nach Goree gekommen sind?»

Boyles, der bisher mit offenem Mund herumgestanden hat, begreift allmählich. «Na klar tun wir das wissen», salbadert er, und ein dümmlich-triefendes Grinsen spaltet sein Gesicht in zwei Hälften. «Das is wegen die großartiche, glorreiche Expiddision, was Sie vorham, nich? Wo den Ruhm mehren tut vom Könich Georg und der Königin und all die stolze Mitbürger vons Gute Alte England, habbich recht?»

Der Entdeckungsreisende hat schon den Hut abgenommen, um den im Futter verborgenen Notizblockhervorzuziehen. Er strahlt wie ein Held. «Demnach vermute ich», sagt er, den Stift über dem Papier gezückt, «daß ihr zwei gerne mit uns kommen möchtet, oder?»

Über den Rubikon

Durch die zähe, lastende Luft der Tropen – die schon jetzt schwanger von Feuchtigkeit ist – dringt an diesem Morgen das fröhliche Jauchzen von Männern, die sich unsagbar glücklich, ja vom Schicksal begünstigt schätzen. Es ist der Jubel der Erlesenen, der wenigen Auserwählten, der Glückspilze, die gerade die Schönheitskönigin geküßt und den ersten Preis gewonnen haben; es ist der Jubel von Siegern. «Hurra!» rufen sie. «Hipp-hipp-hurra!» Zu diesen Jubelrufen gesellt sich noch ein Klang, der an das statische Rauschen des Himmels gemahnt – metallisch, blechern, kratzend –, der Klang von gepeinigten, gemarterten Musikinstrumenten. Die Quelle dieser sekundären Kakophonie ist die Regimentskapelle, die aus sechs Hörnern, zwei Trompeten und einer Gambe besteht. Dicht vor dem Haupttor plaziert, schludert sich die Kapelle durch «Rule Britannia» und die Bourrée aus der «Königlichen Feuerwerksmusik». Der Anlaß ist bedeutsam. Rang um Rang stehen rotbejackte Soldaten stramm, sogar der Major hat geruht, einmal früh aufzustehen und seinen Schecken satteln zu lassen, die Musiker dröhnen los wie eine Synode der Erzengel: Mungo Parks zweite Expedition macht sich auf den Weg.

Die fünfunddreißig Männer, die der Entdeckungsreisende zu seiner Begleitung bestimmt hat, stolzieren wie Pfaue durch das Tor, sie krähen ihr Glück heraus und wirken sogar fast schneidig in den neuen Uniformen, die zu diesem Anlaß ausgegeben wurden. Und warum sollten sie nicht krähen? Sie entkommen einem Höllenpfuhl, einem Sarg, dem Schlund von Pestilenz und Tod, und sind unterwegs auf eine Spritztour, die sie ein bißchen durch die Gegend und dann zurück nach England bringen wird, als freie Männer und noch dazu als Helden. Der Rest der Garnison kann solche Heiterkeit nicht aufbringen. Die 325 Häftlinge, die Mungo zurückläßt (in der Zwischenzeit sind acht weitere gestorben) jubeln zwar auch, aber nur der Form halber. Sie sind deprimiert, neidisch, furchtbar enttäuscht. Manche wenden sich ab und brechen in Tränen aus. Andere schluchzen es offen heraus oder schneuzen sich in Hemdsärmel und schwärzliche Lumpen.

Der Entdeckungsreisende, ganz vorn an der Spitze, geht vor Zuversicht und Optimismus beinahe über. Er hat fünfunddreißig gute Leute rekrutiert, starke, beherzte und aufrechte Männer – ganz zu schweigen von ihrem Eifer und dem echten Schrot und Korn. Er hat seine Esel, die Regierung hinter sich, Zander an seiner Seite, und die Kapelle spielt auf. Wie könnte das größte Abenteuer seines Lebens günstiger beginnen?

Er grinst, grinst, bis ihm die Lippen aufspringen, salutiert die ganze Zeit vor der Menge und denkt dabei: Jetzt geht's los, nach so langer Zeit geht es endlich los. Jetzt gibt es kein Umkehren mehr, nichts kann ihn noch aufhalten. Er wird den Niger erforschen und die Herzen und Seelen der ganzen Welt erobern. Nichts anderes als die Unsterblichkeit erwartet ihn.

Eine Viertelstunde später, wieder an Bord der *Crescent* und eingeklemmt zwischen seinen hüteschwenkenden Leuten und der schreienden Eselsherde, zieht er seine Liste hervor und ruft kurz die Mannschaft auf. Die soliden keltischen und angelsächsischen Namen gehen ihm von der Zunge wie zäher Sirup, und ihre Antworten kommen zakkig und enthusiastisch zurück, eine Stimme hoch und quietschend, die andere heiser und tonlos, die nächste im tiefsten Baß. Insgesamt sind es fünfundvierzig: er selbst, Zander, Georgie Scott und Leutnant Martyn, die vier Zimmerleute, zwei von der *Eugenia* abgeworbene Matrosen, die die Boote auf dem Niger steuern sollen, und dann die fünfunddreißig tapferen Männer, die er der Gamison entlockt hat. Bei diesen kann er noch nicht recht die Namen mit Gesichtern zusammenbringen, nur einige erkennt er, unter anderem Jemmie Bird, Jonas Watkins, Ned Rise und Billy Boyles. Abgesehen von Martyn sind es fast alles einfache Gefreite. Die Ausnahme ist Feldwebel M'Keal, ein außerordentlicher Mensch, tapfer und bewährt und mit dreißig Jahren reicher Erfahrung im aktiven Dienst. Nach dem Händedruck und einem Blick in seine Augen wußte Mungo sofort, daß dies ein echter Mann war – seine militärische Karriere war da unwesentlich. Unwesentlich, daß er zwölfmal Obergefreiter und neunmal Feldwebel gewesen war und auch weiter gekommen wäre, wenn ihn seine unselige Freundschaft mit der Flasche nicht immer wieder degradiert hätte. Der Mann war von echtem Schrot und Korn. Jeder Idiot konnte das sehen.

Mungo wirft einen Blick auf den Tumult am Ufer, als die *Crescent* ablegt. Die ganze Garnison hat Freudentränen in den Augen. Die Kapelle dröhnt, der Major schwenkt ein weißes Taschentuch, die Segel blähen sich im Wind. Mungo hebt die geballten Fäuste zum Gruß, ein ruhmvoller Augenblick, und die Brise packt das Schiff und läßt das Ufer zurückweichen.

Auf der Fahrt den Gambia aufwärts nach Pisania lehnt Ned Rise gemütlich an einer Kiste mit Tauschwaren, zündet sich eine Cigarette an und starrt hinaus auf die braunen Wellen des Flusses, die Vogelschwärme, die gewaltigen Krallen der Zypressen, die am Ufer paradieren wie geköpfte Sphinxe. Es geht ihm besser, von seinem Kampf mit der Ruhr erholt er sich bereits, er jubiliert über sein Glück und die Aussicht, innerhalb eines Jahres zurück in England zu sein. Den Entdeckungsreisenden findet er ganz in Ordnung. Ein bißchen schwülstig und zugeknöpft vielleicht, aber doch einer, mit dem man umgehen kann ... ja, mit dem läßt sich ohne Frage umgehen. Ned schließt die Augen und stellt sich die Themse vor, klares, kerniges Blau im Sonnenschein, der Entdeckungsreisende neben ihm am Bug der *Crescent*, die Docks gerammelt voll mit begeisterten Menschen und leichten Mädchen, die Zukunft gesichert. *Ned*, sagt der Entdeckungsreisende, zu ihm gewandt, *du bist mir auf dieser Expedition von unschätzbarem Wert gewesen, wirklich. Ohne dich hätte ich es nicht geschafft*. Er ergreift Neds Hand, ein sanfter Heiligenschein umzittert sie beide. *Nenne deinen Lohn, alter Junge – nenne ihn, und er ist dein.*

Er erwacht geruhsam, eine ungewisse Zeitspanne ist verflossen – eine Minute? eine Stunde? –, das Geschnatter der Flußschwalben und Wiedehopfe erklingt am nahen Ufer, von irgendwoher tönt das irre Lachen von Boyles und Bird, beide stockbesoffen. Er reibt sich die Augen, mustert die erhaben an der Reling vorbeiziehenden Baumwipfel und spürt allmählich, ganz vage und stufenweise, daß nicht alles so ist, wie es sein sollte. Deutlichstes Anzeichen: der Schatten, der sich vor ihm auftürmt, grobschlächtig, regungslos, unzweifelhaft ein Mensch.

Ned blinzelt hinauf, kurzfristig geblendet kann er das Gesicht der Silhouette nicht erkennen. «Jonas?» probiert er. «Billy?»

Es kommt keine Antwort. Der Unbekannte steht nur da und starrt auf ihn herab, während Ned die Augen abschirmt und sich bemüht, die Sonnenflecken und Schattenbilder wegzublinzeln. Was er sieht, ist keineswegs beruhigend: ein kantiges Kinn und trübe Schweinsäuglein, Klumpen von struppigem Haargefilz, dazwischen fleckenweise nackte Kopfhaut, das zerfurchte Gesicht und die feisten Ohren eines geborenen Strohschädels – und das alles aufgesetzt auf eine bedrohliche Masse von Knochen, Sehnen und rippenbrechenden Muskeln. Der Gesamteindruck ruft irgendwie unerfreuliche Assoziationen wach – schmerzvolle Assoziationen –, und Ned steht gerade dicht davor, einen intuitiven Sprung in die dunkle, trübselige Vergangenheit zu vollziehen, als der Unbekannte sein Schweigen bricht.

«Na, also verdammich, wenn das mal nich Ned Rise is.»

Im selben Moment, mag es noch so unerklärlich und unmöglich sein, dreitausend Meilen und sieben lange Jahre entfernt, weiß Ned, daß es Smirke ist, der da vor ihm steht. Und geht instinktiv in Deckung. «Mein Name ist Rose, mein Bester, Edward Hilary Rose.»

Der Wirt läßt sich auf die Knie herab, das stopplige, verschwitzte Gesicht voller Erstaunen wie das eines Kindes. «Aber – das kann doch nich sein. Der Teufel schneid mir die Finger ab, wenn ich dich nich wegen Mord hab hängen sehn ...»

Ned zieht die Beine unter den Körper und winkelt ganz langsam den Arm an, vermeidet jede plötzliche Bewegung.

«Aber klar biste's, ganz klar – hier, da is ja noch das Zeichen vom Henker», krächzt Smirke, während er Ned Bier- und Zwiebelduft ins Gesicht atmet und mit einem fetten Finger auf den offenen Hemdkragen zeigt.

«Nein, mein Freund», sagt Ned, der jetzt zentimeterweise seitwärts davonrutscht, «du meinst einen anderen. Ich bin Berufssoldat. Geboren und aufgewachsen in Cornwall, bin noch nie im Leben in London gewesen ...

«London? Hat wer was von London gesagt?» Auf einmal liegt Smirkes Hand an Neds Kehle, der starke, knotige Unterarm rafft ihn auf wie ein Lumpenbündel. Der Kneipenwirt hält ihn einen langen, unangenehmen Moment lang in der Luft – die Augen zu Schlitzen verengt, das grobknochige Gesicht vor Wut und Haß verzerrt –, bevor er ihn gegen einen Kistenstapel schleudert. «Dann zeig doch mal deine Giftgriffel – na was is, Neddy?»

Ned schiebt die Hand tief in die Taschen, doch der kräftige, verschwitzte Smirke packt ihn am Gelenk und reißt die Hand nach oben gegen eine Kiste mit Lorgnons, wo er die Finger auf den rohen Kiefernbrettern spreizt. Die verstümmelten Endglieder sind stumme, unbestreitbare Zeugen.

Smirke sagt nichts, nur sein Atem geht im Brustton der Zufriedenheit, eine Art Grunzkaskade. Er sieht Ned in die Augen, so nahe, daß sich ihre Nasen berühren, sein Atem beschleunigt sich jetzt, als ginge er so etwas wie einem Orgasmus entgegen. «Mein Ruin biste gewesen, Ned Rise», schnarrt er, seine Stimme ist tonlos wie die eines Schwachsinnigen, «un jetz tu dir meine Geschichte anhörn.»

Ned wird gegen die Kisten geklemmt, so dicht an Smirke gepreßt, daß die beiden wie Verliebte wirken, während der dicke Wirt ihm Flüche ins Gesicht spuckt und eine wirre, zwanghafte Geschichte von Kummer und Leid hervorsprudelt. «Du kleiner Scheißer», keucht er so leise, daß es fast ein Kosename sein könnte. «Du schleimiger Dreckskerl. Du stinkender Wichser, du schwuler Kotzbrocken. Ich bin mal 'n ehrbarer Mann gewesen», brüllt er jetzt, «Eigentümer vonner ehrbaren Gaststätte – un jetz sieh mich an!» Ned sieht ihn an – es bleibt ihm wenig Wahl – und denkt nur daran, den Klauen dieses Irren zu entfliehen, ihn über die Reling zu locken und in die stinkende Brühe zu schleudern. Aber keine Chance. Smirke packt noch fester zu und redet weiter.

Die «Wühlmaus» hat er vor fast sechs Jahren verloren – ja, verloren, nachdem der Betrieb drei Generationen lang in der Familie gewesen war. Und alles nur wegen der Demütigung und dem Vertrauensverlust, den er infolge des Zockerzimmer-Skandals erlitten hatte. Die Kundschaft war ausgeblieben. Die besseren Gäste begannen, Speis und Trank anderswo einzunehmen, und Smirke sah sich gezwungen, das Inventar zu versteigern, um die Rechnungen zahlen zu können. Die endgültige Schließung war bald unvermeidlich, und ein Jahr darauf war er auf der Straße, ein gebrochener Mann. Etwa zu dieser Zeit traf er Mendoza. Kann ich dir mit ein, zwei Pfund aushelfen, alter Freund? fragte Mendoza und zupfte eine Banknote aus einem fetten Bündel. Wie üblich war der Ex-Preisboxer modisch gekleidet und wirkte wohlhabend wie ein Prinz, auch wenn er seit Jahren nicht mehr gekämpft hatte. Bißchen Pech gehabt, was, Smirke? sagte er grinsend. Komm mich doch mal besuchen, ich verschaff dir 'n Job. Zwei Nächte darauf stieg Smirke durch ein Fenster im zweiten Stock des Hauses von Lady Tuppenham, während Mendoza unten Schmiere stand. Als Smirke zwanzig Minuten später rückwärts die Leiter hinunterkletterte, die Hände voller Diebesbeute und einen Sack mit Tafelsilber über der Schulter, wurde ihm die Leiter vom Nachtwächter gehalten. In kürzester Zeit saß Smirke in Newgate, und dort verurteilte man ihn zum Schiffsgefängnis von Portsmouth. Als der Entdeckungsreisende dort Zimmerleute anheuern kam, trat Smirke, der in der «Wühlmaus» hie und da ein bißchen gebastelt und renoviert hatte, sofort vor und bot seine Dienste an. Und nun ist er hier. In diesem Pestloch. «Und alles nur wegen dir, Ned Rise!» kreischt er unvermittelt. «Als ich dir da am Henkerstrick hab baumeln sehn, da hab ich mir gedacht, das is noch viel zu milde für den, viel zu milde. Ich wollt diesen Weichling mit der schwarzen Kapuze da zur Seite stoßen un es selber besorgen, den Strick doppelt fest zurren un dir würgen, bis du gewünscht hättest, du wärst nie geboren!»

In seiner Verzweiflung, den Atem des Verrückten im Gesicht und seine Hände an der Kehle, entscheidet sich Ned für den Ellenbogenstoß in die Rippen, gefolgt von einem raschen Tritt mit dem Knie in die Eier. Eins, zwei: uff-uff. Es nützt nichts. Smirke beugt sich über ihn, bricht ihm fast das Kreuz, dreht ihm den Hals um, methodisch wie ein Fleischer beim Erdrosseln einer Weihnachtsgans. Ned versucht zu schreien, aber seine Luftröhre ist zugeschnürt, er hat keinen Atem übrig, also begnügt er sich mit blindem, hoffnungslosem Armgefuchtel, während das Leben aus ihm heraus strömt wie Wasser im Ausguß.

Gerettet wird er von Leutnant Martyn.

«He da!» schreit der Leutnant. «Ihr zwei!» Und dann knallt sein Paradestab auf den Schädel des Gastwirts nieder; das Geräusch erinnert an platzende Kastanien im Feuer.

Smirke erschlafft in Neds Armen, die große, feuchte Masse des Mannes lastet auf ihm wie ein Ungetüm und drückt ihn auf die Planken nieder, während Martyn Kommandos brüllt und seine Pfeife trillern läßt. Jetzt nähern sich donnernd Schritte auf dem Deck, und Ned Rise beginnt, seine Lage neu zu überdenken, wobei er sich mit leisem Bedauern an seinen Strohsack drüben auf Goree erinnert; er denkt jetzt, daß es womöglich ein Fehler war, daß sich die Sache, von nahem betrachtet, doch nicht ganz so rosig darstellt wie erwartet.

Enttäuschung in Pisania

Die erste Enttäuschung ist noch gering – die Folge eines kleineren Mißgeschicks, unvorhersehbar, unvermeidlich –, trotzdem hat sie etwas von einem bösen Omen an sich, etwas Deprimierendes, weil es einfach abgeschmackt und häßlich ist, wenn ein so historisches Abenteuer auf diese Weise beginnt. Schlimmer noch aber ist, daß sie den ersten Toten fordert.

Leland Cahill hatte, wie die meisten der Rekruten aus der Garnison, mächtig dem Rum zugesprochen, um seine Rettung aus dem sicheren Verderben von Goree zu feiern, einen Schluck auf den Erfolg der Expedition, einen auf den ehrenhaften Mungo Park, einen auf den Mut seiner Gefährten und auf alles mögliche andere, was ihm so einfiel. Cahill war ein pickelnarbiger Achtzehnjähriger von harmlosem, einnehmendem Wesen, wegen Kirchenschändung, öffentlichen Urinierens und Diebstahls von Wollbekleidung aus den Spannrahmen einer Weberei zu lebenslänglicher Haft verurteilt. Nüchtern war er wenig mehr als wertlos; im Rausch aber brachte er nicht mehr zustande als ein schieläugiger Katatoniker im Bethlehem-Irrenhaus. Als die *Crescent* vor Pisania Anker warf, bekam er dennoch – zusammen mit Mitchell Mewshaw – den Befehl zum Sichern des Fallreeps.

Da der Fluß zu dieser Jahreszeit wenig Wasser führte, mußte der Kapitän etwa 120 Meter vom Ufer entfernt vor Anker gehen. Zum Glück hatte Mungo für diesen Fall Vorkehrungen getroffen und im voraus ein Floß in Pisania angefordert, das die Mannschaft, Packtiere und Ausrüstung vom Schiff an Land bringen sollte. Das Floß wartete bereits, als sie die letzte Flußbiegung nahmen und die Nebengebäude der Faktorei in Sicht kamen.

Nach einstimmiger Ansicht der Offiziere sollten die Esel – deren Gestank auf so engem Raum und bei der Hitze unerträglich war – als erstes evakuiert werden. Als wären sie sich ihres Privilegs bewußt, wurden die Esel immer lebhafter, als die beiden geschmeidigen Neger aus Pisania das Floß längsseits des Schiffs steuerten. Leider bemerkten Cahill und Mewshaw, die sich über einer Flasche Gin dreckige Witze erzählten, die Stimmungsänderung der Tiere nicht. Als das Floß vertäut war, traten sie nur ein paar Schritte zurück, banden die Stricke fest und schoben das hölzerne Fallreep über die Bordwand in Stellung. Das war ein Fehler. Sobald das Fallreep in die Höhe ging, begannen die Esel voller Ungeduld über das Gedränge und das Schwanken des Schiffs zu stampfen und zu schnauben; als es das Floß berührte, brach die Stampede los: in einem Chaos aus donnernden Hufen, infernalischem Schreien und wildem Getrampel raste die graue Masse über die Reling und die schmale Laufplanke hinunter. Achtzehn Esel platschten sofort ins Wasser. Die übrigen schafften es bis auf das Floß – völlig durcheinander und mit rollenden Augen –, wo sie sich verbissen balgten, um dem Druck der Nachkommenden standzuhalten. Dies jagte den Negern zwangsläufig Angst ein, und das Floß kenterte. Insgesamt verlor man sechs Esel. Was den Gefreiten Leland Cahill angeht, so sah man ihn zuletzt der Länge nach auf die schräge Rampe des Fallreeps stürzen, wo einhundertachtzehn Hufe nacheinander ihre Abdrücke auf ihm hinterließen.

Die zweite Enttäuschung ist weniger faßlich, mehr als die erste ist sie geistig-moralischer Natur. Eher eine Enttäuschung im buchstäblichen Wortsinn – mehr das Scheitern einer Erwartung als eine abrupte tragische Wende der Ereignisse.

Sobald der Entdeckungsreisende Mannschaften und Esel wieder geordnet und einen Trupp angewiesen hatte, mit Dreggankern nach Cahills Leiche zu suchen, dachte er als erstes an Dr. Laidley. Es waren nun fast acht Jahre vergangen. Und doch – dachte er an Afrika, dachte er immer an Laidley. Der alte Mann hatte ihn für jene erste Mission ausgerüstet und beraten – hatte ihm Mandingo beigebracht, nützliche Tips über Eingeborenenbräuche gegeben und ihn mit Johnson bekannt gemacht. Als Mungo so gut wie ausgezehrt von seinem ersten Waffengang mit dem Dschungelfieber flachgelegen hatte, war Laidley sein Pfleger gewesen, hatte ihm Tasse um Tasse des scharfen reinigenden Kräutertees gebracht und aus John Donne, Milton und Shakespeare vorgelesen, mit einer Stimme so gelassen und sicher wie die Bank von England. Er hatte dem Entdeckungsreisenden beim Aufbruch als letzter nachgewinkt und ihm bei seiner Rückkehr als erster gratuliert – und er war der erste Weiße gewesen, der die historischen Neuigkeiten über den Niger erfuhr. Er war der ruhende Pol in einem Chaos aus Farben, Dialekten, Tätowierungen und Nasenringen gewesen, einziger Fixpunkt in einem ständig zerfließenden Bild von bizarren Begierden, Bedürfnissen und Praktiken. Er war Mungos Mentor.

Der Entdeckungsreisende bahnte sich einen Weg durch

das Gewirr der Schilfhütten – jede mit kläffendem Hund und nackten Kindern im Eingang – und ging die staubige Straße zu des Doktors ausladender Residenz / Festung / Faktorei hinauf; dabei grinste er in der Vorfreude, den Doktor wiederzusehen, ihm die Hand zu drücken und Zander vorzustellen, ihm vom phänomenalen Erfolg seines Buches und der Wirkung seiner Entdeckung auf die Kartographen Europas zu berichten. Er sah ihn schon vor sich: die von Natur stets geröteten Wangen, die weiße Tonsur, den eifrig nickenden Kopf, den nachdenklichen Seitenblick des alten Mannes, der in seinem Schaukelstuhl aus Rohr sitzen und sich all die Nachrichten aus England anhören würde, bevor er zu einem Wirbelwind der Gastfreundlichkeit explodierte. «Jajaja», würde er väterlich und franklinesk sagen und dabei im Zimmer herumflitzen, bis seine Rockschöße flatterten, «aber hier haben Sie erstmal etwas Palmwein, ein wenig Ziegenkäse, einen Teller Kuskus. Oder wie wär's mit einem Steak? Zigarre? Brandy?» Mungo würde ihm ein Exemplar seiner *Reisen* signieren, sie würden hinten auf der Veranda sitzen und sich mit Kennermiene in ein Palaver über das Land vertiefen, in einen Strom der Worte wie ein mildes Bad, das den Belag seiner siebenjährigen Abwesenheit abspülen, jenes halbvergessene Wissen über Meteorologie und Geographie, Thronfolgen und Stammesgrenzen von neuem beschwören würde. Um die Wahrheit zu sagen, hatte der Entdeckungsreisende einen Auffrischungskurs auch dringend nötig.

All das ging ihm durch den Kopf, als er mit Zander die vertrauten, roh behauenen Stufen der Veranda emporstieg, doch dazu drängte sich ihm auch eine bange Frage auf: Weshalb war der alte Mann nicht schon bei ihrer Landung am Ufer gewesen? War er nicht gesund? Oder draußen im Busch?

Die Antwort erwartete ihn direkt hinter der Tür in Person des langhaarigen, unrasierten D. K. Crump, des früheren Assistenten und zeitweiligen Nachfolgers von Dr. Laidley. Crump lümmelte in einem Korbstuhl, vor sich auf dem Schreibtisch eine Flasche Gin, in der Hand einen qualmenden Joint mit *mutokuane*. Ein rotes Gittermuster durchzog seine Augen. Neben ihm stand eine schwarze Frau in einem gestreiften Hemdchen, die Lider vor Ekstase oder im Rausch halbgeschlossen, und bewegte träge einen Fächer, während Crump, der die Hand durch das Armloch ihres Kleides gesteckt hatte, ihr die Brüste betatschte, als wären sie Kartoffeln in einem Sack.

Es dauerte eine Weile, bis die Augen des Entdeckungsreisenden sich an all das gewöhnt hatten. Die Faktorei war düster und riesig, vollgestopft mit Tauschwaren. Er sah Messer, Musketen, Pulverfässer, Tuchballen, Spiegel, Ballonflaschen voll Wein und Brandy, Schachteln mit Nägeln, Äxte, Sägen, Stehaufmännchen und Zuckerbonbons fässerweise. Und dahinter den Berg der einheimischen Produkte, die dafür angenommen worden waren – Stoßzähne, Häute und Füße von Elefanten, formlose Klumpen aus Bienenwachs, Vogelfedern jeglicher Farbe und Form, Körbe mit Pfefferkörnern und Erdnüssen, riesige, knorrige Ebenholzstücke, schlaff herumhängende Pelze von Leoparden, Löwen und Zebras. Es wirkte wie die Nachwehen irgendeiner Naturkatastrophe, die Überbleibsel eines Hochwassers, Treibholz und Strandgut, zu einem staubigen Haufen aufgeschichtet, der sich im Zwielicht des Lagerhauses verlor. Der Entdeckungsreisende nahm diesen Eindruck auf und wandte sich dann wieder dem Mann mit dem nackten Oberkörper und den sehnigen Bizepsmuskeln zu, der dem Ganzen vorzustehen schien.

«Ich bin Mungo Park», sagte er höflich, «und das ist Alexander Anderson, mein zweiter Offizier. Ist Dr. Laidley da?»

Der Mann sah ihn lange an, teilnahmslos wie eine Eidechse auf einem Stein. Er zog an seinem Joint und lachte dann auf, knapp und abrupt wie das kurze Kläffen eines Hundes. Mungo scharrte nervös mit den Füßen. Crump knetete der Schwarzen den Busen. Zander machte einen Schritt nach vorn. «Hören Sie mal», sagte er. «Sie werden doch eine einfache Frage verstehen – wissen Sie, wo sich der Verwalter der Faktorei befindet oder nicht?»

Crumps Augen waren wasserblau, gefühllos bis ins Innerste. Er legte den Joint auf den Schreibtischrand und nahm einen Schluck Gin. Dann lachte er von neuem. «Ha!» stieß er schließlich hervor. «Der alte Penner is abgekratzt, ungefähr vor'm Monat oder so.»

Ihm Einzelheiten abzuquetschen war wie das Herausziehen von Splittern aus wundem Fleisch. Aber nach zehn Minuten geduldigen Fragens konnten die beiden geographischen Missionare eruieren, daß Laidleys Tod die Folge eines Unfalls gewesen war. Der Doktor, der offenbar gerade von einer ausgedehnten Sammeltour aus dem Landesinneren zurückgekehrt war, auf der er den Angriff eines mißgelaunten Löwen, den Biß einer schwarzen Mamba und einen Überfall der Fulah überlebt hatte, war in den Hof hinausgeschlendert, um seine Rosen zu inspizieren, dort von einer Honigbiene ins rechte Nasenloch gestochen worden und binnen zwanzig Minuten, nach Atem ringend, gestorben. Crump – Dirk Crump, ein Londoner Gauner und Tunichtgut, der die Handelsgesellschaft überzeugt hatte, er sei genau der Richtige für den Job – war einen Monat zuvor angekommen, um Laidleys früheren Assistenten zu ersetzen, der dem Klima zum Opfer gefallen war. Er hatte das Begräbnis überwacht («'n paar nackige Neger ham da inner Erde rumgebuddelt»), einige Worte über dem Hügel aus gelbem Lehm gesprochen, der den guten Doktor verschlungen hatte, und seine Vorgesetzten in London über die geänderten Voraussetzungen in der Faktorei informiert. Es würde vier Monate dauern, bis die Neuigkeit in den Büros der West-Afrikanischen Gesellschaft eintraf, und weitere sechs oder sieben, bis darauf reagiert werden konnte. Bis dahin war Crump der Chef.

Der Entdeckungsreisende verlor den Mut. Also kein Wiedersehen, keine Gastfreundschaft, kein beruhigender Schwatz über die Verhältnisse in der Umgegend. Nur dieser degenerierte Grinser, diese Hyäne, die ihre Füße auf den Schreibtisch des Doktors pflanzte. Mungo wandte sich zum Gehen.

«Hallo, Herr Forscher, hamse nich was vergessen?» schnarrte Crump. Seine Augen glitzerten. Eine seltsame Erregung hatte ihn ergriffen – er war jetzt aufgestanden und schwankte vor und zurück wie eine Schlange kurz vor dem Zuschlagen.

Der Entdeckungsreisende blieb in der Tür stehen. «Ja?»

«Das Floß. Das blöde Floß, das Sie bestellt ham. Denken wohl, die wachsen hier auf den Bäumen?» Crump fing an, über seinen eigenen Witz zu lachen – ein kranker, jaulender Ton.

«Was ist damit?»

«Na, wir tun dafür Bezahlung erwarten, klar? Die West-Afrikanische Hannelsgesellschaft gibt niemand Kredit nich. Was mich angeht, mein Bester, da gib's kein Unterschied zwischen Ihnen und den Hottentotten da draußen.» Crump stand jetzt dicht vor ihm, die Hände unter den Oberarmmuskeln verschränkt. «Also tu was rausrücken, Bursche.»

Mungo seufzte. «Schon gut, ich stelle Ihnen einen Wechsel auf das Kolonialministerium aus ...»

«Nee nee, Freundchen – alle Transaktionen in bar. Meine Jungs – und da draußen könnense 'n paar von ihnen sehn ...»

Der Entdeckungsreisende sah hinaus. Etwa acht bedrohlich bemalte Wilde mit Speeren, Musketen und langen Säbeln lungerten auf der Veranda herum und sahen aus, als hätten sie jahrelang keinen guten Witz mehr gehört.

«... wie gesagt also, meine Jungs hier ham sich den Arsch abgeschuftet für euer komisches Floß, einschließlich drei Tage Überstunden zu fünfzich Prozent extra, und die tun ihm gerechten Lohn erwarten, wenn Se verstehn, was ich mein'.»

«Also gut», sagte Mungo, ganz Geschäftsmann. «Was sind wir Ihnen schuldig?»

«Fünfhunnert Guineas.»

Dem Entdeckungsreisenden verschlug es die Sprache. «Fünfhundert ...?»

«Soviel zahlen wir nicht», stieß Zander hervor.

Das Grüppchen stand vor der Tür, und Zanders Worte wurden vom feuchten Schwamm der Luft aufgesaugt, als hätte er sie nie gesagt. Es war heiß, und der Entdeckungsreisende spürte, wie ihm der Schweiß über die Schläfen rann und seine Mundwinkel salzig werden ließ. Plötzlich knurrte einer der bemalten Männer, und alles wandte sich ihm zu. Er war schwarz-weiß geschminkt, die Farbe zersplitterte sein Gesicht, riffelte es wie ein Xylophon. Er wies mit dem Finger auf die Ölpalme am anderen Ende der Lichtung. Ein kleiner Seidenaffe hockte in einer der Mulden, knabberte an irgend etwas und langte hin und wieder über die Schulter, um den noch kleineren Affen zu lausen, der sich an seinen Rücken klammerte. Langsam und bedächtig, ohne jegliches Gefühl oder die geringste Anteilnahme, hob der Xylophon-Mann seine Muskete und drückte den Abzug, nagelte für einen einzigen, qualvollen Augenblick, in dem das Fortschreiten der Zeit innehielt, beide Tiere an den Baum, bevor sie wie Lumpen zu Boden fielen.

Mungo zückte die Börse.

Die letzte Enttäuschung wurmt lediglich – und gibt zu denken. Dennoch ist sie im Grunde viel beunruhigender als die vorigen, eher ein Tritt in den Bauch, eine Sache, die in den

Träumen spukt und einem die Gedärme zusammenschnürt.

Nach dem Zusammenstoß mit Crump besprach sich Mungo kurz mit seinen Offizieren und beschloß, Pisania am nächsten Morgen zu verlassen. Der neue Verwalter war zweifellos feindselig, seine Handlanger eine potentielle Gefahr. Es lag kein Vorteil darin, noch länger in Pisania zu verweilen, und mit jedem Tag rückte die Regenzeit näher. Der einzige wesentliche Punkt, der noch zu tun blieb – das Anheuern von etwa zwanzig Schwarzen als Träger, Führer und Dolmetscher –, würde nicht mehr als zwei Stunden erfordern. Der Entdeckungsreisende war sich da sicher. Aus jahrelanger Erfahrung wußte er nur zu gut, wie sich materielle Gier in Eingeborenenherzen entfachen ließ. Jedem, der bereit war, ihn ins Landesinnere zu begleiten, würde er einen halben Ballen scharlachroten Tuches und dazu den Gegenwert eines erstklassigen Sklaven anbieten. Er brauchte nur das Gerücht auszustreuen, schon würden eifrige Freiwillige sein Zelt überrennen, ganze Horden von ihnen; sie würden drauflosschnattern wie Terminspekulanten, sich vordrängen, in die Hände spucken und sie dem weißen Mann drücken wollen, um den Handel zu besiegeln. So könnte er sich in aller Ruhe seine Leute aussuchen.

Doch irgend etwas lief dabei schief.

Obwohl er sein Angebot kurz nach Mittag verkündet hatte, kam die Dämmerung, ohne daß jemand Interesse zeigte. Hatte der Häuptling die Nachricht für sich behalten, in der Hoffnung, alle offenen Stellen mit Verwandten zu besetzen? Hatte der Entdeckungsreisende, dessen Mandingo zugegebenermaßen etwas eingerostet war, sich nicht deutlich genug ausgedrückt? Gegen acht begann er, sich Sorgen zu machen. Ohne Schwarze zum Antreiben der Esel und zum Schleppen von Waren und Ausrüstung würde diese Last auf die Soldaten fallen, die genug mit sich selbst zu tun hatten, wenn der Regen erst einmal einsetzte.

Schlimmer noch: er hätte dann niemanden, der mit fernen Stämmen kommunizieren oder auch nur den richtigen Weg weisen könnte. «Nein», sagte der Entdeckungsreisende schließlich zu seinem Schwager, als sie beim Licht der Öllampe in seinem Zelt saßen, «es gibt keine andere Möglichkeit. Wir brauchen dringend Schwarze, und wenn wir innen doppelten Lohn, ein Grundstück in den Cotswold Hills und die Unterhosen des Königs als Draufgabe anbieten müssen.»

Draußen hing dicker Rauch von den Feuern seiner Leute in der Luft. Relativ unberührt von Nichtigkeiten wie dem Schicksal von Leland Cahill oder Dr. Laidley, dem Marktpreis für Flöße und der Verfügbarkeit von schwarzen Trägern, widmeten sich die Männer statt dessen emsig den momentanen Aufgaben: sie grillten Hähnchen, leerten Kalebassen voll *sulu*-Bier und machten die einheimischen Frauen mit Geschlechtskrankheiten bekannt. Der Entdekkungsreisende hörte ihre gedämpften Flüche in den Büschen, als er die dunkle Slumsiedlung auf seinem Weg zur Hütte des Häuptling durchquerte. Vom Fluß her drang ganz leise, aber unverwechselbar das unheimliche Heulen und Pfeifen der im Schlamm kopulierenden Krokodile herauf.

Der Häuptling, ein sehniger Bursche mittleren Alters, der einen Filzhut und ein französisches Batisthemd mit abgeschnittenen Ärmeln trug, saß gerade beim Abendessen, als der Entdeckungsreisende aus dem Schatten in den unsteten Lichtkreis des Lagerfeuers trat. Der Häuptling hieß Damman Jumma.

Seine Hütte, ein Triumph zeitgenössischer Lehm-und-Flechtwerk-Architektur, hatte eine gemeinsame Wand mit den Palisaden rings um die Faktorei, und der Schein des Feuers erhellte die oberen Enden der spitzen Pfähle, so daß sie wie eine Reihe angefeilter Eckzähne glühten. Mehrere abgerindete und gebleichte Baumstämme waren rund um das Feuer vor der Hütte arrangiert. Damman Jummas Ehefrauen, Kinder, Cousins, Onkels und Hunde saßen bequem auf und vor diesen Stämmen, als wären es alles Sofas und Sessel, plauderten und scherzten, löffelten Schalen mit heißem Kuskus und mampften große Stücke Pökelfleisch aus den Vorräten des Entdeckungsreisenden. Als Mungo erschien, verstummte alles.

«Beste Grüße», sagte Mungo, dem der Mandingo-Dialekt bleischwer über die Zunge ging. Keine Antwort. Der Entdeckungsreisende knöpfte seine Jacke zu und wieder auf, fuhr sich mit der Zunge über die Lippen und machte einen Ansatz zur Konversation. «Schmeckt euch das Pökelfleisch?»

Eine fette Frau mit langgezogenen, verknoteten Ohrläppchen sah zu ihm auf, das Gesicht fettverschmiert. Magere Kinder, mißtrauisch blickende Hunde und grauhaarige alte Männer starrten ihn dermaßen unverwandt an, daß er fast glaubte, sie erwarteten von ihm, jetzt zu tanzen, zu jonglieren oder sonst was. Damman Jumma sagte nichts, sondern blickte den Entdeckungsreisenden an und ließ dabei die Augen hin und herrollen, bis sie aussahen wie hartgekochte Eier.

Mungo räusperte sich. «Ah, Damman, hm, also warum ich vorbeigekommen bin, äh, ich wollte fragen, du weißt schon, äh, ob du das herumerzählt hast, äh, mit der Expedition und den Spitzenlöhnen, die ich zahle.»

Der Häuptling schob sich eine Scheibe Pökelfleisch in die Backe und begann geräuschvoll zu kauen. Alles beobachtete ihn schweigend. Er brauchte ein paar Minuten, um das gummiartige Fleisch zu zerteilen, hinunterzuschlukken und sich die Kehle mit einem langen Schluck aus der Kalebasse zu befeuchten. Als er den Entdeckungsreisenden wieder ansah, schüttelte er den Kopf. *«Babarram wo dodoto»*, sagte er. «Keiner will mit.»

Der Entdeckungsreisende faßte es nicht. «Was soll das

heißen, keiner will mit? Ich biete einen halben Ballen rotes Baumwolltuch, direkt aus Birmingham, und den Preis eines erstklassigen Sklaven. Das ist doch mehr, als ihr in zwei Jahren verdienen könnt, wenn ihr rumsitzt und Kisten schleppt für Doktor – ich meine, für Mr. Crump.»

Alle Blicke ruhten auf dem Häuptling. Der hebelte gerade nur mit Hilfe seiner Zähne und eines Holzsplitters mühsam den Korken aus einer Flasche Château Latour, die Mungo aus seinem eigenen Privatvorrat gespendet hatte. Damman Jumma spuckte den Korken aus und nahm einen tiefen Schluck, ehe er die Flasche an seine Lieblingsfrau weitergab. «Hör mal», sagte er endlich auf Umgangs-Mandingo, «du kannst bieten, was du willst, bis du schwarz wirst, und keiner wird mitkommen. Die Leute hier sagen, daß du *kokoro kea* bist, ein gefährliches Risiko. Und damit hat sich's.»

Erschüttert kehrte der Entdeckungsreisende in sein Zelt zurück, um sich mit Zander zu besprechen. Sie beschlossen, jedem gesunden Mann, der die Expedition begleiten wollte, anderthalb Ballen Tuch, eine Kiste «Whitbread's»-Bier und den Gegenwert von zwei erstklassigen Sklaven zu bieten. Am nächsten Morgen mieteten sie für die Außenwerbung einen *jilli kea*, der ihr Angebot in jedem Dorf innerhalb eines Acht-Meilen-Radius herumträllern sollte. Keine Reaktion. Zwei Tage wartete der Entdekkungsreisende noch. Am Morgen des dritten Tages rief er Zander, Martyn und Scott zu sich und sagte, die Männer müßten das Gepäck eben selbst schleppen. Esel wurden beladen, die Truppen inspiziert und verpflegt, dann brach die Expedition zum Niger auf.

Der Auszug aus Pisania, bei dem die überladenen Esel bereits bockten und scheuten, wurde von den Dorfbewohnern mit großen Augen verfolgt; manche schüttelten den Kopf, andere umklammerten ihre *saphis* und kritzelten im Sand. Die Einheimischen zeigten eine verbissene und sprachlose Faszination, wie sie vielleicht die frühen Christen in der Löwengrube empfangen haben mochte oder wie man sie im Mittelalter den barfüßigen Kindern entgegengebracht hatte, die scharenweise durch Europa zogen, um die Ungläubigen aus dem Heiligen Land zu vertreiben. Beim Zusehen hatten sie Gebete auf den Lippen und eine düstere Vorahnung der menschlichen Sterblichkeit im Herzen. Feierlich wie Priester sahen sie zu, wie die wahnsinnigen, stinkenden weißen Männer mit den wilden Blicken ihre Esel durchs Tor trieben und sich auf den langen, gewundenen Weg ins Nirgendwo machten.

Unter Schmerzen

Ailie beißt die Zähne zusammen, ihr Atem ist ein gepreßtes Hecheln. Durch ein zitterndes rosa Delirium aus Schmerz hindurch denkt sie über Themen wie Endzeit und Anbeginn nach, über Kindheit, Jugend und Alter, über Knospung und Jungfernzeugung, über Bäume und Sonnenschein, leibliche Nahrung, Verwesung. Ihr Geist ist auf einmal angeregt und philosophisch, als säße sie am Schreibtisch über Büchern von John Locke, Galilei oder der Offenbarung des Johannes, dabei liegt sie flach und ist dicht davor, die wüstesten Schimpfwörter herauszubrüllen, die sie kennt. Mittlerweile haben die Vögel wieder eingesetzt, und die Fenster schimmern schon langsam im Morgengrauen. Sie beißt sich auf den Finger. In ihr ist etwas Lebendiges, Ungestümes, das ihre Knochen auseinanderpreßt und sich hinauskämpfen will.

Es ist ihr viertes, und immer noch könnte sie vor Schmerzen zucken und sich winden wie eine Spinne auf einem brennenden Holzscheit. *Unter Schmerzen sollst du Kinder gebären*, denkt sie, und dann voller Bitterkeit: *Und dein Verlangen soll nach deinem Manne sein, er aber soll über dich herrschen*. Von irgendwoher, wie durch einen Schleier und aus großer Ferne, kommt Dr. Dinwoodies Stimme, tröstlich und sanft. Dann die gemurmelte Antwort von Mary Ogilvie, dem Hausmädchen, und das Klappern von Löffel und Tasse. In dieser einfachen, heimeligen Musik liegt etwas, das Normalität und Befreiung verheißt, etwas Katalytisches. Auf einmal spürt sie, wie es losgeht: Ablauf und Vorgang sind ihr nun gänzlich vertraut, natürlich und automatisch, der Schmerz ist lahmgelegt, Herz und Lunge und Muskeln fallen in einen gemeinsamen Rhythmus, sind jetzt in athletischem Eifer gespannt, pressen dem Sieg entgegen, dem Zielband, dem Entscheidungstor. Da. Sie kann den Kopf zwischen ihren Schenkeln spüren. Dinwoodies Finger, der Zug an den Schultern, und dann der letzte, läuternde Schub zur Erlösung. Es kommt wie eine Explosion, mit einem schmatzenden, schlürfenden Ton, als wäre das Ganze der Höhepunkt einer gewaltigen Darmentleerung. Sie atmet tief ein. Es ist heraus.

Ausgelaugt sinkt sie auf das Kissen zurück und schließt die Augen. Sie hört das schnipp-schnipp der Schere des Arztes, einen klatschenden Wasserschwall, das schreiende Neugeborene. Unten hört sie ihren Vater seinen Famulus schelten, irgend etwas über Breiumschläge und Senfpflaster. Dann, direkt neben ihr, Dinwoodies Stimme, ehrfurchtsvoll säuselnd. «Es ist ein Junge, Ailie. Ein prächtiger kleiner Bursche, lebhaft wie sein Vater.»

Und jetzt liegt es in ihren Armen, rot und naß, riecht nach verborgenen Geheimnissen und dem dumpfen Duft der Gebärmutter. Ihr ist es egal. Junge oder Mädchen, Kind oder Monstrum, ihr ist alles egal. Was macht es schon aus? denkt sie, einen kupfernen, bitteren Geschmack in der Kehle. Ihr Mann hat sie im Stich gelassen. Müde und einsam hat sie einem Waisenkind das Leben geschenkt.

Worauf man sich verlassen kann

Sie bekommt Besuch, die Leute gehen ein und aus, Grinser und Glückwünscher. So ein süßer Kleiner. Kille-kille. Hallo und tschüß. Bei alledem sitzt sie an ihr Kissen gelehnt wie eine leidende Heilige und findet es seltsam, einfach seltsam, die Zielscheibe von soviel Mitleid und Bewunderung zu sein, einfach seltsam, wieder in ihrem Mädchenzimmer zu sein, wieder in dem Bett zu liegen, in dem sie fünfundzwanzig lange Jahre allein geschlafen hat. Seltsam, wieder allein zu sein.

Fast von Anfang an war klar gewesen, daß es in Fowlshiels nicht gutgehen würde. Den Umzug zu ihrer Schwiegermutter hatte Ailie als stille Kritik empfunden, als Mungos Art, ihr mitzuteilen, daß sie in Peebles versagt hätte. Da sie gewohnt war, ihren Haushalt selbst zu führen und alle Entscheidungen unabhängig zu fällen, ob es darum ging, wie der Kräutergarten zu bepflanzen war oder wie oft der Hund entwurmt werden mußte, geriet sie unweigerlich in Konflikt mit ihrer Schwiegermutter. Alles wurde noch schlimmer, als Mungo sie verließ. Es schien fast, als gebe die alte Frau ihr die Schuld an Mungos unbesonnenem, unverantwortlichem Entschluß, als wäre es sonnenklar, daß Ailie als Heimstatt versagt und ihren Mann in die Wildnis voller Kannibalen und raubgieriger Bestien vertrieben hatte. In der Küche, auf der Veranda, am Brunnen, überall fühlte Ailie die tadelnden Blicke der Schwiegermutter auf sich, und bei jeder der hundert kleinen Haushaltsaktivitäten des Tages brodelte in ihr eine wachsende Wut auf ihren Mann und die unerträgliche Situation, in die er sie gebracht hatte. Ein Monat zog sich dahin, dann noch einer. Ailie war schwanger, abgekämpft, die Kinder rannten in der engen Hütte herum wie die Räuber und Gendarmen, ihre Schwiegermutter zog sich hinter eine Mauer aus eisigem, herrischem Schweigen zurück. Als ihr Vater sie fragte, ob sie zu ihm nach Selkirk ziehen wolle, ließ Ailie sich nicht zweimal auffordern.

Nun ist sie also wieder zu Hause. Zu Hause, um ihr Kind zur Welt zu bringen und ihre Wunden zu lecken, zu Hause, um die Kleinen unter dem schützenden Dach ihres Vaters aufzuziehen. Jetzt, da das Baby schläft, ihr Vater Krankenbesuche macht, die Kinder auf Besuch in Fowlshiels sind, bis sie wieder zu Kräften kommt, herrscht flüsternde Stille im Haus. Ja, sie ist zwar zu Hause, weg von der Unruhe bei ihrer Schwiegermutter, aber die Stunden hängen träge auf dem Zifferblatt der Uhr, und die Fenster sind ewig nur grau verhangen. Sie langweilt sich. Ist niedergeschlagen und besorgt. Sie versucht, einen Artikel über die geschlechtslose Fortpflanzung beim Süßwasserpolypen zu lesen. Sie fängt einen Brief an Mungo an, zerreißt ihn dann mutlos. Wozu soll das gut sein? Er bekommt ihn ja doch nie. Schließlich steht sie auf – mühevoll, ganz langsam –, um sich im Spiegel zu betrachten. Und erschrickt bei dem, was sie sieht: eine Frau von dreißig, klein gebaut, mit zierlichen Zügen, verfilztem Haar und einem verletzten, zornigen Ausdruck, der sich ihrem Gesicht unauslöschlich aufgeprägt hat. Eine Frau, deren Kinn sich entschlossen vorschiebt und deren Blicke schneiden wie Messer, grimmig und unversöhnlich.

Die Tage schleppen sich dahin. Katlin Gibbie, mit sechsundzwanzig schon eine fette Matrone, kommt zu Besuch, ihre zappligen, grabschenden Kinder im Schlepptau. Betty Deatcher kommt vorbei und Hochwürden MacNibbit. Der halbe Ort, so scheint es. Und alle bringen Geschenke mit: etwas fürs Baby, einen Blumenstrauß, einen Laib Brot, eine Tasse Brühe. Aber Zander ist nicht da. Und Mungo auch nicht.

Der Gedanke an sie genügt, und schon liegt in ihrem Bauch eine hohle Angst, die wie Hungerqualen schmerzt. Sie versucht, sich an ihre Gesichter zu erinnern – an den

Gatten und den Bruder , sieht aber nur den grinsenden Sidi Bubi, der sich die Lippen leckt, einen Knochen im Nasenflügel. Als sie nach dem Bild auf dem Nachttisch greift, gehen ihr plötzlich böse Phantasien durch den Kopf, lange verdrängte Bilder sprießen aus dem feuchten Boden ihres Unbewußten empor wie Pilze – Bilder, die Mungo in der Stille ihres Betts beschworen hatte, wenn die Dunkelheit über ihnen hing wie ein Löschblatt und seine Stimme drängte, immer weiter drängte, bis auch sie jede Furche in Dassouds Gesicht sah, die Fährte der Löwen und Hyänen ebenfalls roch, den rettenden Schlamm in eingetrockneten Wasserläufen in der eigenen brennenden Kehle schmeckte. Ob sie wohl in Schwierigkeiten waren? Krank? Verletzt? Irgend etwas kribbelt in ihren Finger- und Zehenspitzen, umspielt die Peripherie ihres bewußten Denkens, etwas Vages und Unstetes, etwas wie eine Vorahnung. Aber nein, sie ist einfach überdreht, das ist alles. Bloß eine morbide Einbildung, natürlich werden sie durchkommen, was kann denn schon passieren mit einer ganzen Einheit von bewaffneten Soldaten zu ihrem Schutz?

Abrupt und schrill attackiert die Türklingel die Stille wie ein Schrei. Wieder Bewegung im Flur. Murmelnde Stimmen, Schritte auf der Treppe. Sie will niemanden sehen. Nicht in dieser Verfassung. Marys Klopfen. «Wer ist da?»

«Sie haben Besuch, Ma'am.»

«Schick sie weg, ich bin müde.»

Schlurfen im Korridor, hartnäckiges Flüstern.

«Er sagt, er kommt extra von weit her, Ma'am – den ganzen Weg von Edinburgh.»

Edinburgh? Wer –?

Im selben Augenblick geht die Tür auf und Mary schlüpft mit schuldbewußter Miene herein, dahinter der Besucher. Ein großer Mann, so groß wie der Türrahmen, das Haar über die Ohren zurückgekämmt und zu einem

Knoten gebunden, Seidenstrümpfe, Schnallenschuhe – ist es denn die Möglichkeit?

«Ailie, ich ...», stammelt er und tritt dann mit einem Paket in der Hand herein. «Ich will dir gratulieren.»

«Georgie Gleg?» Ihr fehlen die Worte. Im ersten Impuls will sie sich die Decke über den Kopf ziehen, so stark sind Schuldbewußtsein und Erniedrigung. Als sie sein Gesicht das letztemal gesehen hat, war es an jenem grauen Dezembermorgen vor sieben Wintern, am Morgen, an dem sie getraut werden sollten.

Unaufgefordert zieht Gleg einen Stuhl ans Bett und läßt sich mit einem Knacken seines knochigen Knies hineinfallen. «Ich war oben in Galashiels», sagt er zur Erklärung, «um meine Mutter und den Stiefvater zu besuchen, da habe ich die gute Nachricht gehört – das ist jetzt dein viertes?»

Ailie nickt.

«... also mußte ich einfach vorbeikommen und – meine Aufwartung machen.»

Was kann sie sagen? Hier ist der Mann, den sie gedemütigt hat, der Mann, den sie schlimmer behandelt hat als jeden Sklaven, hier sitzt er vor ihr, dreht ein grellbunt eingewickeltes Päckchen in der Hand und sieht sie an, als wäre das Ganze ihm zum Vorwurf zu machen. Sie spürt plötzlich, wie sie ihm eine Welle der Sympathie entgegenbringt. «Möchtest du vielleicht eine Tasse Tee?»

An diesem ersten Tag bleibt Gleg drei Stunden lang. Leert eine Tasse Tee nach der anderen, als nähme er an einer Art Wettbewerb teil, schlägt die dürren, schlaksigen Beine ständig von einer Seite zur anderen übereinander. Er erzählt, wie es ihm ergangen ist, und lauscht mitfühlend ihren Hoffnungen und Ängsten. «Was – was damals zwischen uns passiert ist», sagt er schließlich, und sie kann ihm nicht in die Augen sehen dabei, «war für mich eigentlich sehr gut, weißt du? Ich bin fortgegangen und habe versucht, etwas aus mir zu machen. Edinburgh war eine Auster, die nur geknackt werden mußte, und mit meines Onkels Hilfe habe ich sie auch geknackt, Ailie – in diesen sieben Jahren und vier Monaten hab ich's soweit gebracht, wie es in meinem Beruf nur geht.»

Allerdings. Als Bester bei der Zulassungsprüfung an der Universität von Edinburgh studierte er Medizin unter dem zweiten Alexander Monro. Von dem besessenen Wunsch angetrieben, sich in irgendeinem abstrakten Sinne zu bewähren, widmete sich Gleg sklavisch dem Studium, brillierte in den Fächern Anatomie, Körpersäfte und Materia medica, opferte seine Freizeit und alle sozialen Kontakte dem Lesen von Aufsätzen und Büchern und hortete Pennies, um sich die feinsten Chirurgenbestecke aus Frankreich leisten zu können. Er lebte zurückgezogen wie ein Rabbiner, wie ein Mönch. Er zitierte wörtlich aus Boerhaave und Morgagni, verbesserte Monros Punktionsverfahren, schrieb Abhandlungen über Milz und Mandibula, und für seine Doktorarbeit lieferte er eine umfassende Beschreibung des analen Schließmuskels. Zwei Jahre später wurde er zum Professor der Anatomie bestellt und eröffnete gleichzeitig eine kleine Privatpraxis in einer Seitengasse der Canongate High Road. Bald fuhr er eine Kutsche und kleidete sich nach der neuesten Londoner Mode. Er fand sogar die Zeit, sich auf Fuchsjagden und beim Golf hervorzutun und eine Artikelserie in der Zeitschrift der Philosophischen Gesellschaft zu publizieren.

All dies enthüllt er ganz allmählich im Verlauf des Nachmittags, während er an einem Stück Würfelzucker lutscht und mit den geometrisch eckigen Ellenbogen herumfuchtelt, als wären es federlose Flügel. Schließlich erreicht er das Ende seines Berichts, und es wird still im Zimmer. Ailie hat sich die Haare gebürstet. Das Baby liegt schlafend neben ihr, ruhig wie ein Porträt. Ailie räuspert sich. «Und deine Frau?» fragt sie.

Gleg senkt den Blick. «Ich habe nie geheiratet.»

Während der kommenden zwei Wochen besucht Gleg sie täglich. Ailie ist froh über seine Gesellschaft. Gleg amüsiert sie – er ist immer wieder zum Lachen –, aber da ist noch etwas anderes. Anfangs weiß sie nicht genau, was es ist, doch in einer plötzlichen Erleuchtung wird es ihr klar: Dankbarkeit. Dankbarkeit dafür, daß er sie verehrt. Immer noch. Nach all den Jahren und allem, was geschehen ist, verehrt er sie. Und gerade jetzt kann sie ein bißchen Verehrung brauchen. Sie war am Boden zerstört, tief verletzt durch Mungos Abweisung, fühlte sich wertlos, unattraktiv, eine Frau, die ihren Mann nicht halten konnte. Und dann kommt da Gleg des Weges, fast wie ein Pilger, der sich dem Schrein nähert. In seinen Blicken liest sie, daß sie eine Göttin ist. Daß er ihr Bild während der langen einsamen Jahre immer auf dem Nachttisch stehen hatte. Daß er ihr Sklave war, ist und immer sein wird. Natürlich hat sie ein wenig Schuldgefühle, weil sie ihn so um den Finger wickelt, ihn bei sich empfängt seine Geschenke und Aufmerksamkeiten entgegennimmt. Aber sie ist gelangweilt und einsam, und es tut ihr gut. Was ist schon Schlimmes daran?

«Hör mal», sagt er eines Tages gegen Ende seines Urlaubs in Galashiels, «ich weiß, lwas du durchmachst, aber ich bin sicher, es wird alles wieder gut werden ... ich meine, er ist ein feiner Kerl, dein Mungo, und genau wie er damals zu dir zurückgekommen ist, so kommt er bestimmt auch diesmal wieder – ich weiß, daß er zurückkommt.» Die ganze Zeit schon hält Gleg ein Buch in der Hand, ein Abschiedsgeschenk, *La Vie Réduite* von Pierre Menard. Er ringt mit seinen Gefühlen, die Worte bleiben ihm im Hals stecken, als wollte er gleichzeitig sprechen und trockene Salzmandeln schlucken. «Was ich sagen will, ist – äh ...»

Ailie wird verlegen. Plötzlich fällt ihr sein Gesichtsausdruck an jenem schicksalhaften Morgen vor ihrer Schlafzimmertür ein. Sie will vom Stuhl aufstehen, aber er ergreift ihren Arm.

«... wenn irgend etwas passieren sollte, weißt du, und du Hilfe brauchst – Geld, seelischen Beistand, oder sonstwas –, kannst du dich immer an mich wenden, weil ich – ich ...»

Sie ist gerührt. Wer wäre das nicht? «Das ist sehr lieb von dir, Georgie.»

«Du kannst dich auf mich verlassen», sagt er.

ÖFFENTLICHKEITSARBEIT Niemand weiß so ganz genau, wieviel ein Esel tragen kann.

Hundert Pfund? Zweihundert? Drei? Ein halbes Dutzend Säcke mit Reis? Drei Fässer Schießpulver und eine Kiste Spiegel mit Walnußrahmen im Queen-Anne-Stil? Eine Rolle Taft im Durchmesser einer Riesen-Sequoia? Keine Frage, das Biest ist ein Lasttier, es ist zum Schleppen geboren, genau wie ein Moskito zum Blutsaugen. Aber weshalb ist das Vieh dann so mißgelaunt, so widerborstig und aufsässig?

Sogar die Eseltreiber der Foulani hätten über diesen hier den Kopf geschüttelt. Und aus dem Trupp hat ganz bestimmt keiner auch nur die leiseste Ahnung von den feineren Nuancen der Eselsnatur. Am allerwenigsten Ned Rise. Was soll er als geborener Stadtmensch schon von unpaarhufigen Vierbeinern wissen? Oder von wulstlippigen Mohren, wenn wir schon dabei sind? Oder von Temperaturen um die 45 Grad, die einem das Hirn im Schädel backen wie die Fleischfüllung in einer Pastete?

Sehr wohl weiß er aber, daß die Expedition ein Trümmerhaufen ist. Jetzt schon. Sieben Tagesmärsche hinter Pisania, und das Durcheinander ist vollkommen: nörgelnde Soldaten, stibitzende Neger, und die Esel brechen unter der Last der mit Schrot gefüllten Tragkörbe zusammen. Ned hatte von Anfang an seine Zweifel. Es fing damit an, daß sie 500 Pfund Reis in Pisania zurücklassen mußten, weil die Esel es nicht schafften. Fünfhundert Pfund. Nahrungsmittel. Aber natürlich wurde der letzte Schnickschnack an Tauschwaren mitgeschleppt – Nachtmützen aus rotem Flanell, Glasperlen und Glitzersteine, indischer Taft, bunte Murmeln, Leinenservietten und französisches Kristall – und Dutzende Säcke voll winziger weißer Muscheln. All das wurde den Eseln aufgeladen, die kaum noch stehen konnten. Und dann war da das merkwürdige kleine Problem mit den Führern und Trägern: kein einziger Hottentotte, ob blind, lahm oder bettelarm, wollte mit ihnen gehen. Nicht für allen Glitzertand dieser Welt. Wer also muß wohl die zusätzliche Ladung schleppen und die Esel antreiben? Erraten. Nimmt man dann noch dazu, daß der Große Weiße Held ungefähr soviel Ahnung vom richtigen Weg hat wie Jemmie Bird, dann ist es kein Wunder, wenn die Leute ständig irgendwo nachhinken, Blasen an den Füßen und vollgestunken im eigenen Schweiß, und lauthals doppelte Rumrationen und Rindfleisch zum Abendbrot fordern.

So geht es, seitdem sie Pisania verlassen haben. Man bricht im Morgengrauen auf, feilscht mit plattnasigen Vetteln über das Wasser an diesem und jenem Brunnen, belädt die bockenden, bissigen Esel, und dann hinkt die Karawane los, die Hitze kommt wie ein Faustschlag ins Gesicht, tänzelt wie ein Preisboxer um einen herum und landet bei jedem Schritt einen Treffer. Laufen bis zum Umfallen, dann aufstehen und weiter laufen. Bei Sonnenuntergang werden die Zelte vor den Toren von irgendeinem Scheiß-Nest aus Lehmrutenhütten aufgeschlagen und ein rußgeschwärzter Kessel mit Reis wird gekocht. Wenn man Glück hat, feilscht der weiße Held mit den Negern im Ort und kommt mit einer ausgemergelten Ziege oder ein paar senilen Hühnern an. Und dann, ehe man sich's versieht, steht die Sonne wieder am Himmel und der Marsch geht weiter.

Ned ist bei alledem hauptsächlich für Esel Nr. 11 zuständig. Die Nummer ist dem Tier rot auf die Flanke gemalt und steht noch einmal auf der doppelten Ladung Operngläser und Messer aus Birmingham-Stahl, die ihm auf den Rücken geschnallt ist. Über staubtrockene Ebenen und durch welke Dschungel, die von beißenden und stechenden Insekten nur so wimmeln, Hohlwege hinab und Abhänge hinauf, durch die glühenden, sengenden Straßen verwahrloster kleiner Hüttendörfer – Sami, Jindey, Kutacunda, Tabajan –, bis zum Hals in Flußschlamm watend, voll Schweiß und rotem Staub, dabei noch etwas schwindlig von seinem Kampf mit der Ruhr, und immer ein wachsames Auge auf Smirke geheftet, so wankt Ned Rise hinter Esel Nr. 11 her, folgt ihm auf Schritt und Tritt, als wäre er chirurgisch mit ihm verbunden, als wäre er ein säugendes Kalb und dieses große, haarige, schlappohrige Biest sein Muttertier. Er schleppt sich dahin, die Hand auf der Eselsflanke, nahe der Ohnmacht vor Hitze, Gestank und Erschöpfung, weicht Eselsdreck aus und schlägt nach den Fliegen. Hin und wieder sieht er durch einen Schleier aus Schweiß einen der Offiziere auf einem prächtigen arabischen Hengst vorbeireiten, die Uniform frisch gebügelt, eine Feldflasche an den Lippen.

An diesem Tag – dem siebenten des Marsches – sieht es so aus, als gäbe es mal eine Abwechslung. Gegen vier verbreitet sich das Gerücht über die ganze Karawane: sie kämen bald in eine größere Stadt, nach Medina, der Hauptstadt von Woulli. Eintausend Hütten, flüstert jemand. Frauen, Bier und Fleisch. Park wolle ihnen einen ganzen Tag Rast gönnen. Obwohl die Kolonne weit auseinandergezogen ist, spürt Ned die Wirkung des Gerüchts auf die Männer. Ihr Gang wird sofort beschwingter, die Eselsgerten fallen in schöner Regelmäßigkeit herab, weiter vorne lacht jemand. Davon beflügelt, beginnt Ned auch seinen Esel wie besessen anzutreiben, begierig die Knochen bald im Schatten einer Lehmhütte auszuruhen, die Schuhe auszuziehen und vielleicht eine nette kleine Negerin zu finden, die ihm Füße und Bauch massiert.

Der Pfad windet sich gerade durch einen Hain aus Dornbüschen und Feigen. Er ist trocken, zundertrocken, das Holz ist morsch, über allem liegt eine dünne Patina von Staub. Hinter den Sträuchern husten Löwen, Antilopen huschen zwischen den Bäumen hindurch wie fallendes Laub. Als Ned um eine Biegung kommt, sieht er weiter vorne Boyles, der seinem Esel lustlos auf die Flanke klatscht und bummelt wie ein Schulschwänzer. «He, Billy!» ruft er. «Wart mal 'ne Minute, ja?»

Boyles dreht sich halb um, blinzelt in die stechende Sonne und fuchtelt mit der Hand in der Luft herum. «Neddy, hallo!» schreit er und verschwindet im Gebüsch wie ein sich entleerender Luftballon, während sein Esel – Nr. 13 – in der Hoffnung, etwas Genießbares zu finden, an den harten lanzenförmigen Blättern nagt. Als Ned herankommt, streckt Boyles ein dünnes Ärmchen heraus, um ihm eine Feldflasche mit verdünntem Rum zu reichen. «Haste gehört, Neddy?» sagt er. «Der Hurentreiber tut uns zwei Tage Rast in Medea gönnen. Fünftausend Hütten. Kaltes Wasser, wo aus Quellen vonner Erde raussprudeln tut. Und soviel *sulu*-Bier gib's da, die kippen's sogar in die Tränken fürs Vieh rein, damit ihre Ziegen und Ochsen noch fetter werden.»

Sulu ist das einzige Wort in Boyles' Lexikon der Landessprache. Doch in jedem Dorf auf dem Wege – und wenn es nur aus drei oder vier baufälligen, ausgebleichten Hütten besteht – macht er erfolgreich Gebrauch davon, wiederholt die Laute pausenlos in allen Variationen von Stimmhöhe, Klangfarbe und Betonung, wobei er die ganze Zeit pantomimisch einen kleinen Zechersketch darstellt, vom ersten Schluck über den Schwips bis zu Vollrausch und Kollaps. Schwarze Gesichter umlagern ihn. Fleischige rosa Lippen brechen in Grinsen aus, Zähne blitzen in der Sonne. Der Weiße ist ein fahrender Zirkus, ein Clown, ein Hanswurst. *Kakamamei kea*, sagen sie lachend. Er ist verrückt. Nicht lange, und jemand taucht mit einer Kalebasse Bier oder Met oder Palmwein auf. Boyles setzt sie an, leert die Hälfte mit einem einzigen Schluck, dann wackelt er mit den Knien und läßt die Augen rollen. Das Publikum johlt. Bald bringt man eine zweite Kalebasse, dann eine dritte. Einer zupft die *simbing*, ein anderer schlägt einen Rhythmus auf der *tabala*, die Frauen beginnen einen schlurfenden Tanz, und Boyles bedient sich beim Alkohol. Ganz egal, wo sie gerade sind, wie eine vom Wind zerzauste Pappel schafft es Billy Boyles immer, stramm zu bleiben.

Angespornt von großen Erwartungen und wachsender Hoffnung, gelingt es Rise und Boyles im Laufe der nächsten beiden Stunden, einen nach dem anderen langsam zu überholen, bis sie fast die Spitze der Kolonne erreicht haben. Direkt vor ihnen schlendert Feldwebel M'Keal wie um die Hälfte verjüngt neben seinem Esel her, sturzbetrunken natürlich, und gröhlt unverständliche Bruchstücke irgendwelcher Regimentslieder. Vor M'Keal gehen noch zwei eifrige Streber – sehn aus wie Purvey und, ist es die Möglichkeit? – ja, Shaddy Walters, der Koch. Nacken an Nacken, die Gerten dreschen wie Metronome auf die Hinterteile ihrer jeweiligen Esel, sie keuchen, ächzen und sabbern, existieren nur für die Verheißung Medina, für jenes obskure Objekt der Begierde, das wie eine Traumvision hinter dem Hügel dort vorne wartet. Und weit voraus, auf halbem Wege zum Gipfel des hohen, rötlich karstigen Hangs, traben Park und Scott auf ihren Rössern dahin, und die lieblichen, perlenden Melodien aus Scotts Klarinette hängen wie eine Einladung in der Luft.

Ned und Billy legen Tempo zu, hungern der Rast entgegen. *Zackzack*, kommt das Echo der Gerten. *Klappa-klapp*, antworten die Eselshufe. Einen langen, gemächlichen Abhang hinunter und hinein in ein Becken aus Grün, denn der Weg geht mitten durch bebaute Felder, die durch in die Erde gerammte Pfähle abgeteilt sind. Es sind frühe

Früchte, Tropfen für Tropfen vom wertvollen Naß durstiger Brunnen genährt, keimende Blätter drücken sich an den Boden und warten darauf, im peitschenden Regen des Monsuns aufzugehen – reihenweise sprießen Erdnüsse, Yams und Hirse, flankiert von stillen Maisfeldern. Auf einmal ist sie da, eine ganze Verschwörung von Wasser, Chlorophyll und Zellulose, die sich aufrecht und grasgrün im Sonnenlicht erhebt, nach all den meilenweiten vergilbten Grassteppen und ausgetrockneten Wäldern ein tröstlicher, lindernder Anblick wie eine kalte Kompresse auf den Augen. Boyles strahlt seinen Gefährten an. «Ganz nett, Neddy, was? Fast wie –» Er wollte sagen: «Fast wie zu Hause», doch bekommt er keine Gelegenheit, sein Gefühl in Worte zu fassen, denn Packtier Nr. 13, das auf seine ureigene eselige Weise vielleicht ebenso wehmütig und ästhetisch eingenommen ist wie er selbst, verläßt plötzlich die Straße und rast schnurstracks in das grüne Nirwana vor seinen schmerzenden Augen hinein. Dieser Ausbruch entgeht Neds Esel keineswegs, und er fängt sofort an, wie von Hornissen gepiesackt nach hinten auszuschlagen und herumzutänzeln. Im nächsten Augenblick bockt das Tier, wirft Operngläser und Messer ab und rast dem ersten mit einem freudigen Schrei hinterher.

«He!» brüllt Ned. «Komm sofort wieder her!»

«Hee da!» ruft auch Boyles.

Aber umsonst. Die Esel sind schon zweihundert Meter entfernt, bis zum Widerrist im Gemüse, das sie ebenso gedanken- und gewissenlos abweiden wie Milchkühe eine Weide im Frühling.

Im Nu ist Mungo da. Wie auch etwa dreihundert Bauern aus Medina mit Hacken, Mistgabeln und Speeren. Es entsteht ein Tumult aus Stimmen, hysterischem Geschrei und vehementen Kommandos, ein Gewirr wirbelnder Füße. Der Entdeckungsreisende ist mittendrin, schlägt mit der Reitpeitsche auf die ausbrechenden Esel ein, dabei zertrampelt er Reihe um Reihe der sorgsam genährten, unersetzlichen und lebensbewahrenden Schößlinge. Ned und Billy setzen sich ebenfalls ein, schlagen wie wild die breiten Blätter beiseite, rufen hilflos die Esel zurück, wollen alledem ein Ende machen, ihre Schuld tilgen, die Zeit zurückdrehen auf das geruhsame Elend, das sie noch vor fünf Minuten erlitten haben.

Doch der Bann ist gebrochen, der Schaden angerichtet. Der Insektenschwarm der Bauern stürzt sich auf den ersten Esel, überschwemmt das unselige Tier mit einem Hagel von Hackenhieben und blutrünstigen Lanzen. Wie Mörderbienen, Heuschrecken, Soldatenameisen knacken sie die Packkisten auf, raufen um die Tauschwaren, zerren dem Esel die Glieder aus den Gelenken, reißen ihm die Haut herunter und zerlegen ihn auf der Stelle – schon blikken sie im Gruppenwahn auf und suchen die übrigen Übeltäter, egal ob Huftier oder Mensch. Mit dem zweiten Esel machen sie kurzen Prozeß, schon sprießt auf dem Fell ein Lanzendickicht wie bei einem Stachelschwein, dann wenden sie sich dem Pferd des Entdeckungsreisenden zu. Er ist dreißig Meter entfernt und brüllt Besänftigendes auf Mandingo («Vergebt uns, denn wir wissen nicht, was wir tun – «Nennt euren Preis» – «Sieht nach Regen aus ...»), während sein Pferd scharrt und wiehert. Die erzielte Reaktion ist enttäuschend: ein Hagel von Steinen, Speeren und Hacken prasselt rings um ihn nieder.

Musketen und Bajonette schwingend, sind inzwischen mehrere Soldaten von der Straße herbeigeeilt. M'Keal stößt Drohungen und rassistische Flüche aus, und jetzt kommt Martyn mit gezogenem Säbel den Hügel herabgestürmt, sein Pferd hat schon Schaum vor dem Maul. Ned gelingt es, auf die Straße zurückzukriechen, wo Walters und Purvey mit den übrigen einen schützenden Kreis gebildet haben, Boyles aber wird von zwei erzürnten kleinen Schwarzen in ausgebeulten Shorts und weißen Kapotthüten attackiert und zu Boden gerissen. «Nicht schießen!» schreit Mungo, dessen Pferd das verwüstete Feld nun verläßt, mit Maisblüten und -blättern behangen, als wäre es für ein Hochzeitsspalier dekoriert.

Zum Schluß steht es unentschieden. Die aufmarschierte Truppe des Königlichen Afrika-Corps auf der einen Seite, die zornigen Bauern auf der anderen. Mungos Leute weichen nicht zurück, machen aber besorgte Mienen. Die Schwarzen johlen und bewerfen sie mit Erdklumpen. Ein Mann schwenkt eine blutige Eselskeule wie eine Waffe, andere probieren rote Flanellhauben auf, die sie aus Boyles' Gepäck konfisziert haben. Der Rest gestikuliert mit Speeren und Hacken und emporgereckten Mittelfingern. «Am Arsch, weißer Mann!» brüllt jemand auf Mandingo, und der Ruf wird von der Menge aufgenommen: Kampflied, Slogan, Versprechen und Programm zugleich.

Mungo sitzt auf seinem Pferd und blickt über die Masse der schwarzen Köpfe hinweg, auf die heranschwärmende Verstärkung aus den Stadttoren. Er weiß auch nicht recht, aber irgendwie hätten die Beziehungen zu den Einheimischen einen besseren Einstieg haben sollen. Ja, etwas ist hier schiefgelaufen – ganz eindeutig –, denkt er, während er zusieht, wie die Menschenmenge wie eine Eiterbeule anschwillt, die Neuankömmlinge in den Schmähruf einfallen und der bleiche Fleck von Boyles' Gesicht in der schwarzen Masse untertaucht wie eine Feder im Tintenfaß.

Requiem für einen Säufer

«Tja, Zander, das war ja wohl der schlagende Beweis, was? – wir brauchen dringend einen Dolmetscher. Damit alles wenigstens etwas glatter abläuft. So ein Mißgeschick wie das mit dem Maisfeld können wir uns jedenfalls nicht noch einmal leisten.» Versonnen pafft Mungo an seiner Pfeife. «Üble Sache war das», sagt er nach einer Weile. «Einen Moment lang dachte ich, es würde zur offenen Schlacht ausarten.»

Zanders Augen sind rotgerändert. Er wirkt ausgelaugt, physisch und auch emotional. «Aber was die mit ihm gemacht haben – barbarisch ist noch milde gesagt. Das war, das war ...»

«Sind eben Wilde, Zander. Da führt kein Weg dran vorbei.» Der Entdeckungsreisende beugt sich über eine Landkarte, die sinkende Sonne taucht die Zeltwand in Rosa, neben ihm im Staub wird ein Teller Linsen mit Pökelfleisch kalt. «Deshalb müssen wir einen verläßlichen Schwarzen finden, der diese Leute und ihre Sitten kennt, der weiß, zu welchem Dorf diese Straße führt und wer jener Häuptling ist. Ich würde sagen, versuchen wir's mal in Dindiku, Johnsons altem Dorf. Da kennen sie mich. Vielleicht treffen wir sogar einen seiner Verwandten – einen Cousin oder Neffen oder so –, der bereit ist, mit uns zu kommen.»

Zander starrt auf seine verkrampften Hände. Das Essen hat er nicht angerührt. «Ich weiß nicht. Ich weiß nicht.»

Die Karawane lagert in Barraconda, fünf Meilen hinter Medina. Sogar für westafrikanische Verhältnisse ist Barraconda ein reichlich mieses Nest. Knapp fünfzig Hütten, die sich hinter einem Wall aus Pfählen und Dornenranken zusammenkauern, rundherum eine graslose, strauchlose, baumlose Fläche mit den zweigeteilten Hufabdrücken von Hammeln und Ziegen, Unmassen blutsaugender Fliegen und keinerlei Wasser. Die Barracondaner haben offenbar schon von dem Vorfall in Medina gehört, sich in ihren Hütten verbarrikadiert und ihre Brunnen bis zum Grund leergeschöpft. Für die Soldaten ist es die Hölle. Nichts zum Kochen, nichts für die Esel, kein einziger Tropfen, um auch nur die Lippen zu benetzen. Schlimmer noch: es ist ihnen in Medina obendrein ein Urlaub mit *sulu*-Bier und leichten Mädchen entgangen.

Aber niemand beklagt sich. Nicht nach der ernüchternden Konfrontation des gestrigen Tages und dem ekelerregenden Schrecken von heute früh.

Bezeichnenderweise hatte sich die Lage im Maisfeld am Vorabend vom Unguten zum Schlimmsten entwickelt. Die Reihen der Bauern waren blitzschnell von ganzen Kompanien wütender, tobender Frauen verstärkt worden, die ausgemergelte Kinder hochhielten und über die harten Zeiten und den Niedergang des Glaubens zeterten, von staubtrokkener Erde, kahlgefegten Scheunen und leeren Mägen. Krüppel schleppten sich an die Spitze des Gewühls, wo sie den Weißen ihre Krücken entgegenschwenkten, während einheimische Rednertalente Bambusplattformen aufstellten und begannen, mit schrillen Meckerlauten Gott und die Welt anzuprangern. Und über alledem das gräßliche, unheilschwangere Geheul der Hunde im Ort.

Die Kombination war für Mungos beherzte Männer zuviel: sie wurden nervös. M'Keal bramabasierte, Martyn war dicht davor, acht bis neun magere Bauern mit dem Säbel aufzuspießen. Die Esel witterten Eselsblut und schielten aus großen, platten Augen auf die Kadaver ihrer einstigen Gefährten; sie wichen zurück, die Ohren flach angelegt, eine Stampede stand dicht bevor. Scott rettete die Situation. Er dirigierte sein Pferd herum, ritt holpernd und stolpernd zu dem belagerten Entdeckungsreisenden hinüber und schlug vor, man möge sich hinter den Hügel zurückziehen und später nach Boyles sehen.

Unter den Umständen blieb Mungo kaum etwas anderes übrig. Mit überschnappender Stimme gab er den Befehl, und die Männer traten unter einem Hagel von Stöcken und Steinen den Rückzug an.

Sie verbrachten eine elende Nacht, ohne Wasser und Reis, mit knurrenden Mägen; die Wachen waren schreckhaft, Hyänen stahlen sich ins Camp, nervten die Esel und ließen drei Sack Salzfleisch und M'Keals Lederhut mitgehen. Um halb zwölf sandte Whulliri Jatta, der König von Woulli, einen Emissär, um über Schadenersatz und die Bezahlung des Privilegs zu verhandeln, sein Reich zu durchqueren. Der Unterhändler war ein pfiffiger Bursche von etwa fünfundvierzig, in Löwenfellen und mit einer Nachtmütze aus rotem Flanell. Er schlenderte in Mungos Zelt, als wäre es sein eigenes, setzte sich hin und weigerte sich, den Mund aufzutun, ehe man ihm nicht 2200 Kauris, drei Meter scharlachrotes Tuch, achtzehn Leinenservietten, sechs Messer, eine Schere und einen Spiegel überreicht hatte. Bis zum Hals in Geschenken, lächelte der Unterhändler dann. «Ich sein Sadu Jatta», begann er, «dritte Sohn von Whulliri, und ich bin sprechen die Oxfurt-Englisch.» Sichtlich zufrieden damit, nahm er sein Schweigen wieder auf und bröselte *mutokuane*-Blätter in seine aus einem Makischädel gefertigte rituelle Pfeife.

Mungo, Zander, Martyn und Scott sahen ihn gespannt an. Er starrte ungerührt zurück, so entspannt und gelöst, als säße er im eigenen Schlafzimmer. Schließlich räusperte sich Mungo, entschuldigte sich wortreich für den Schaden am Maisfeld und fragte, was Sadus Vater wohl als Kompensation ansehen würde.

Sadu lauschte dem Rezitativ des Entdeckungsreisenden aufmerksam und nickte ab und zu weise. Doch als Mungo fertig war, glotzte ihn der Prinz nur verständnislos an und fragte: «Fatta?»

Der Entdeckungsreisende wiederholte alles auf Mandingo, und Sadus Züge erhellten sich mit freudigem Begreifen. Er nickte heftig und setzte dann ein breites Grinsen auf. «Meine Fatta wollen», sagte er, «alles.»

Nach sechs Stunden waren die Verhandlungen abgeschlossen. Whulliri würde ein Drittel des gesamten Ambras und aller Korallen erhalten, dazu 40000 Kauris, dreißig Meter Taft, eine versilberte Geflügelschere und Scotts

Schottenmütze; im Gegenzug sah man den Flurschaden als beglichen an und gestattete der Karawane, Woulli von Grenze zu Grenze zu durchqueren. Von Boyles war keine Rede. Der Entdeckungsreisende erbot sich, ihn für weitere 40000 Kauris und ein Porträt von König Georg III. loszukaufen. Sadu winkte ab. «Nix möglich», sagte er mit liebenswürdigem Lächeln. Und dann auf Mandingo: «Ihr könnt ihn bei Tagesanbruch holen kommen.»

Der Sinn seiner Rede erhellte sich zwei Stunden später, als einer der Wachtposten von den ersten Sonnenstrahlen geweckt wurde und etwas von der Mauer neben dem Haupttor der Stadt baumeln sah. Etwas Weißes auf rotem Lehm. Flink drehte der Mann an seinem Fernrohr, starrte volle fünfzehn Sekunden hindurch und ließ es schließlich mit einem entsetzten Schrei fallen. «Mein Gott!» keuchte er. «Hauptmann Park! Leutnant!»

Es war Ned Rise, der Billy dann herunterschnitt.

Die Tore der schweigenden Stadt waren fest verschlossen. Hinter sich die Formation der Soldaten mit angelegten Musketen, näherten sich Ned und Jemmie Bird den bedrohlichen Wällen. Eine Reihe starrer schwarzer Gesichter sah ihnen von oben zu. Zwei am Himmel schwebende Geier machten sich gemächlich in weiten Spiralen an den Abstieg. Irgendwo begann ein Hund zu bellen.

Boyles baumelte an einem Fuß auf halber Höhe der Mauer, die Arme hingen schlaff herunter. Auf seinem Gesicht lag ein blödes Grinsen, als wäre das Ganze der krönende Höhepunkt irgendeiner mächtig ausgefeilten Nummer, mit der er sich einen Drink verschaffen wollte. Aber für ihn gab es keine Drinks mehr: er war tot. Ned sah die lange purpurrote Wunde, die sich von den Rippen abwärts zog und in den Falten von Billys Hose verschwand. Aufgeschlitzt hatten sie ihn. Aufgeschlitzt und wieder gefüllt, wie ein Rebhuhn. Mit Sand.

Jemmie Bird machte Ned eine Räuberleiter und schob ihn die Mauer hinauf. Ned klammerte sich an den harten Lehm wie eine Katze, seine Finger krallten nach Halt, während er das Becken gegen die Wand preßte und ganz langsam weiterkletterte. Die Sonne war wie ein Rasiermesserhieb quer über die Augen. Das dumpfe, träge Summen der Fliegenschwärme dröhnte in seinen Ohren. In der Stille und der Hitze, unter dem Himmel, der bis an die Ränder des tiefen schwarzen Alls zurückgewichen war und all das Furchtbare und die Leere mit einem trügerischen blauen Schleier zudeckte, machte Ned eine Verwandlung durch. Er spürte es mit jedem Zentimeter, den er höherkam, mit jeder Fuge und Vertiefung, die seine Finger und Zehen fanden, es nahm von ihm Besitz, dieses neue Gefühl für sich selbst und das unbarmherzige, bittere Universum, als wäre die Mauer ein Orakel, ein Gral, ein strahlender Quell kosmischer Realität. Er dachte an Billy: armer plattköpfiger Tropf, armer unschuldiger Kerl, gerade du. Er dachte an Fanny, an Barrenboyne, an seine eigene trostlose Kindheit, die noch eine Wonne gewesen war gegen das, was er jetzt mitmachte, hier in diesem Moment, da er eine rauhe, schmerzende Felswand am Ende der Welt emporkroch, umgeben von Wilden und Verbrechern und Mondkälbern, da er sein Leben riskierte, um den verstümmelten Leichnam des einzigen Freundes zu bergen, den er je gehabt hatte. Jederzeit konnte einer der Schwarzen einen Stein oder Speer herunterwerfen. Sie konnten ihn an der Mauer festnageln wie eine Küchenschabe. Aus den Toren geströmt kommen und sie alle abschlachten. Na wunderbar. Sollten sie doch. Ihm wäre es nur recht.

Stück für Stück geht es weiter, jetzt fünf Meter über dem Boden. Billys im Todeskrampf gekrümmte Fingerspitzen streichen ihm übers Gesicht, dann packt er den steifen, kalten Unterarm seines Freundes und zieht sich höher, noch höher, das unheimliche, starre Grinsen, Schmeißfliegen kriechen dem Toten aus Mund und Nasenlöchern. Wem hatte Billy je ein Leid getan? Und überhaupt, wem hatte denn er, Ned Rise, je ein Leid getan? Wer nahm da die Wertung vor? Und was machte es schon aus? Ned streckte sich und hackte in voller Wut auf den Strick ein. Ich hab das nicht verdient, ich hab das nicht verdient, ich hab das nicht – wiederholte er immer wieder wie im Gebet. Er wollte sterben, er wollte leben. Dann wurde es ihm klar, plötzlich und abrupt, in einer blitzartigen Erkenntnis – er hatte eine Mission auf Erden. Fast konnte er die Trompeten der Erzengel, das Rascheln alter Pergamentrollen hören. Ned Rise, erwählt in schimmerndem Strahlenkranz. Er hatte eine Mission, und zwar diese: Smirke eliminieren, Park einwickeln und die Führung der Expedition übernehmen. Andernfalls waren sie alle verloren. Wie Billy.

Zischend riß der Strick, und Boyles' Leiche fiel, plötzlich befreit, wie eine Rinderhälfte zu Boden. Die schwarzen Gesichter verschwanden von der Mauerkrone. Staub wirbelte auf. Ned rührte keinen Muskel, hing nur reglos unter der bösartigen Sonne, der Gestank von Tod und Hoffnungslosigkeit in der Luft, sein Körper schleimig vor Schweiß, klebrig wie ein halbfertiges aus dem Mutterleib gerissenes Wesen. So hing er dort, ein Mann mit einem Ziel, ein Mann, der kratzen und beißen, manipulieren und manövrieren würde – ein Mann, der überleben würde.

Alias Isaaco

Die Straße nach Dindiku ist lang, staubig und trocken. Sie führt die Expedition einen ausgetretenen Pfad entlang, durch Woulli, Tenda und Sadadou, über die regenhungrigen Flüsse Nerico und Falemé, durch Gegenden, wo man um Weiße inzwischen kein Aufhebens mehr macht, in gewaltige Gebiete, wo sie nicht mehr als ein Gerücht sind, Dämonen zum Erschrecken von Kindern und zum Einschüchtern widerspenstiger Sklaven. Wenn sie in dieses oder jenes Dorf getorkelt kommen, fußlahm und müde, die Zungen schwer vor Staub, die Augenlider zu sonnengedörrtem Blinzeln arretiert, wissen Mungo und seine geographischen Missionare nie, was sie erwartet. Werden die Einwohner auf dem Absatz kehrtmachen und davonrennen, als hätten sie den Teufel persönlich gesehen? Werden sie den Blick abwenden und ihren Geschäften nachgehen, als bemerkten sie gar nicht, daß ihr Dorfplatz mit vor Durst rasenden Eseln und zerlumpten weißen Sonderlingen bevölkert ist, die gerade von einem anderen Planeten gelandet sind? Werden sie automatisch nach Speer und Köcher greifen? Oder werden sie sie mit einem Huhn oder einer Ziege empfangen, die Frauen groß und barbusig und nach Palmöl duftend, die Männer gelassen und milde wie Landpfarrer und Gutsherren? Jedes Dorf ist ein Code. Manchmal kann ihn der Entdeckungsreisende knacken, manchmal auch nicht.

Immerhin ist es ihm gelungen, eine Neuauflage des Vorfalls, in dem er Boyles, zwei Esel und ein halbes Vermögen an Tauschgütern und Kauris verloren hat, zu vermeiden. Mit ein bißchen Diplomatie im voraus – wobei hauptsächlich *Dutis* mit Geschenken und Komplimenten überhäuft und die Männer und Tiere hart an der Kandare gehalten wurden – konnte er unterwegs sogar Wasser und Proviant erstehen und hie und da die ausgelaugten Esel austauschen. Auch mit dem Wetter hat er Glück – bisher halten sich die Regenwolken zurück, und seine Leute scheinen relativ gesund. Wenn sie auch pausenlos nörgeln und meckern. Sie wollen umkehren, zurück nach Goree, sie haben genug von dem ewigen Reis, sie wollen dreifache Rum-Rationen, sofortige Entlassung, Gefahrenzulage. Die Füße tun ihnen weh, die Hitze ist nicht auszuhalten, die Kehlen sind trokken, Hirne brutzeln, Mägen knurren, sie haben Ohrenschmerzen, Kopfschmerzen und Zahnschmerzen, morgens ist ihnen schwindlig und sie wollen nicht aufstehen. Inzwischen bereut der Entdeckungsreisende so manche Wahl seiner Mannschaft – vor allem Bird und M'Keal, die beide seit dem Abmarsch aus Goree pausenlos blau sind.

Doch mag er auch von den meisten enttäuscht sein, so ist Ned Rise jedenfalls ein Geschenk des Himmels. Nüchtern und fleißig, hat neben dem eigenen auch die Esel seiner Gefährten im Auge, ist immer bereit zur Teilnahme an einem Spähtrupp, zum Palaver mit Eingeborenen, zum Zeltaufschlagen, Holzhacken, Wasserholen. Er gehört zu der Sorte Männer, die den Mut haben, unerwartet Verantwortung zu übernehmen, wenn etwas schiefgeht und die übrigen umherirren und die Hände ringen wie Schulmädchen oder bei einer Flasche Rum Zuflucht suchen; er ist von der Sorte, die sich nie geschlagen gibt, ein harter Typ, der Afrika erobern will, statt die Waffen zu strecken und sich auffressen zu lassen. All das hat er, und außerdem einen Kopf auf den Schultern. Er kann lesen, schreiben und rechnen, und ein wenig klassische Bildung hat er auch. Er hat schon genug Mandingo aufgeschnappt, um beim Kontakt mit den Einheimischen zu helfen, wenn er in den langwierigen Verhandlungen über Wegezölle, Zutrittsrechte, Routen und Entfernungen, Gastgeschenke, Unterpfänder und freche Erpressungen mit dabei sitzt. Schneid hat er auch, gar kein Zweifel – das hat man daran gesehen, wie er diese Mauer in Medina raufgeklettert ist. Wirklich, wenn alle so wären wie Ned Rise, dann könnte Mungo ruhig schlafen.

Infolge von Widrigkeiten verschiedener Art – zusammenbrechende Esel, Drückeberger, die sich verirren und einen halben Tag lang in die falsche Richtung gehen – ist die Expedition weit hinter dem Terminplan zurück. Bei all den Aufenthalten und Rückschlägen haben sie fast einen Monat bis nach Dindiku gebraucht, dem Tor zur unwegsamen Öde der Jallonka-Wildnis. Als sie sich dem Dorf nähern – ein Muster aus Schatten und Licht auf einem dicht bewaldeten Hügel –, wird der Entdeckungsreisende zunehmend nervös. Immer wieder erhebt er sich in den Steigbügeln, fixiert die fernen Hütten und Silos in höchster und ausschließlicher Konzentration, als hätte er Angst, sie würden verschwinden, sobald er wegsähe. Sein Herz pocht gegen die Rippen. Abergläubisch drückt er sich heimlich die Daumen und spricht leise ein kurzes Gebet.

Sie sind in einer Sackgasse, das ist ihm klar. Bis jetzt hatten sie noch Glück – sind ohne Führer vorangekommen konnten wie durch ein Wunder weitere Konflikte mit den Eingeborenen vermeiden –, doch von hier an wird es anders sein. Falls sie in Dindiku keinen Führer anheuern können, ist alles vorbei. Denn Mungo hat sich für eine neue Strecke entschieden – entlang des Konkadu-Gebirges –, statt nordwärts in die fanatischen Reiche von Kaarta und Ludamar zu ziehen oder die Südroute durch die Jallonka-Wildnis zu riskieren. Bis jetzt haben sie immerhin vertraute Pfade beschritten, obwohl es schon fast acht Jahre her ist und ihm eine ganze Reihe von Navigationsfehlern unterlaufen sind. Aber direkt nach Osten in die Berge zu gehen ... Mungo will gar nicht daran denken.

Abrupt dreht er sich im Sattel um und ruft Zander zu: «Ich reite schon mal vor. Übernimm du das Kommando und führ die Leute zu dem Dorf da in dem Tal.»

Dindiku. Es ist genau so, wie er es in Erinnerung hat. Bestellte Äcker dicht neben tiefen, düsteren Wäldern, schattige Bäume erheben sich wie Sonnenschirme über die sauberen Strohhütten mit den kegelförmigen Dächern und den Ringmauern aus hartem Lehm. Wilde Begonien und Farne entlang der Straße, von roter und weißer Winde überwucherte Baumstämme, ein Schwarzkehlchen massiert die Schatten mit fließenden, ausgehaltenen Noten und raschen, knappen Trillern. Und der süße Klang von Wasser, ein Rieseln und Rauschen, von einer der seltenen wundersamen Quellen, die die Trockenzeit überdauern. Ist das Hibiskus, was er da riecht?

Der erste Mensch, den Mungo trifft, ist ein Junge von etwa elf Jahren, etwas dicklich, gekleidet in eine Mini-Toga und mit einem verteufelt vertrauten Gesichtsausdruck. Kann es denn sein? «He, Junge!» ruft er, aber trotz seiner Tendenz zum endomorphen Exzeß verschwindet das Kind mit der erstaunlichen Behendigkeit eines Zwergböckchens im Busch. Sonderbar, denkt der Entdeckungsreisende. Hab das Kerlchen wohl erschreckt. Er denkt nicht mehr daran, als er weiter ins Dorf hineinreitet.

Wenig später steigt er inmitten eines Kreises von nackten Kindern und Frauen mit breiten Hintern in einem staubigen Hof vom Pferd, der mit Palmblättern und Holzspänen übersät ist. Er grinst. Verteilt Glasperlen und Süßigkeiten. «Kennt ihr mich noch?» fragt er in bestem Mandingo. «Mungo Park? Den Entdeckungsreisenden?»

Falls sie ihn noch kennen, zeigen sie es jedenfalls nicht. Sie umringen ihn nur mit ausgestreckten Händen, an die vierzig sind es schon. Geduldig, mit einem Grinsen und einem Diener für jede Matrone und enthusiastisch jedem Kind den Kopf tätschelnd, teilt er noch eine Runde Perlenketten und Dauerlutscher aus. Nach etwa zehn Minuten ist seine Wundertüte ziemlich leer und die Frauen haben ihm bereits den Rücken gekehrt, kichern und plappern unter sich, tauschen Granathalsbänder gegen Korallenteile, rennen in ihre Hütten, um die Wirkung der neuen Schmuckstücke auf einem alten Kleid zu probieren. Der letzte Kunde, bemerkt Mungo überrascht, ist der fette Kleine, dem er zu Anfang begegnet ist. Die kurzen Wurstfinger schnellen vor, umschließen den Lutscher und stecken ihn flink in einen vom Handgelenk baumelnden *saphi*, wobei der Junge schon wegzuckt, als wollte er einem Schlag ausweichen. «Warte», bringt Mungo hervor und packt ihn am Arm. «*Kontong dentegi* – wie heißt du, mein Sohn?»

Der Junge starrt zu Boden. Mungo faßt es kaum, wie sehr er Johnson ähnelt, bis hin zum Schnitt und der Struktur seines Haars, zur Form der Ohren, dem Schmollmund und dem spöttischen Blick des geborenen Clowns. «Oyo», sagt der Junge schließlich. «Wusaba Oyo.»

Oyo. Der Name läßt das Blut des Entdeckungsreisenden pulsieren. «Und wo ist dein Vater?»

Der Junge zeigt auf eine Hütte am Ende des Platzes – natürlich, denkt der Entdeckungsreisende wie in einem Déjà-vu – das ist Johnsons Hütte. Genau wie damals. Die saubere halbhohe Mauer aus Lehm, der steile Kegel des Palmendaches wie ein Chinesenhut, und dahinter die abgezäunten Gassen des Frauentrakts mit den kleineren Kegeldächern, wie lauter Miniatur-Vulkane. Wie in Trance wankt Mungo auf Johnsons Hütte zu, Erinnerungen strömen auf ihn ein, etwas ist ihm in der Kehle steckengeblieben.

Davor sitzt eine Frau, eine Sklavin, sie stampft Hirse mit einem Mörser, groß wie ein Kricketschläger. Neben ihr liegt im Staub ausgestreckt ein Hund von der Farbe reifer Bananen, dessen Barthaare sich bei jedem schläfrigen Atemzug leise heben und senken. Der Entdeckungsreisende hält inne, um die reichhaltigen, sinnlichen Details der Szene aufzunehmen – die Bilder und Geräusche, und vor allem die Gerüche, isoliert und deutlich wahrnehmbar: wilder Honig, blühende Blumen, Maisbrei mit Schibutter, Fisch und Öl und brennendes Holz. Bunte Togas hängen naß über einer Hanfleine, ein Graupapagei hockt lässig auf einem T-Balken neben der Tür. Und da drüben im Schatten der Bambuspalme – ist das nicht Johnsons jüngste Frau? Genau. Die, der er vor acht Jahren die traurige Botschaft überbracht hat, sie konnte damals kaum fünfzehn gewesen sein. Er erinnert sich noch: sie hatte sich einfach umgedreht und war in der Hütte verschwunden, ohne jede sichtbare Gefühlsregung und dann hatte sie in ihrem Kummer und Unverständnis alle im Dorf die ganze Nacht mit herzzerreißendem Schluchzen wachgehalten. Und hier ist sie nun, kaum einen Tag älter, und sitzt im Schatten ihres Webstuhls. «Amuta?» flüstert der Entdeckungsreisende.

Sie dreht sich zu ihm um, ihre Miene verändert sich nicht im geringsten. Im Wald sirren die Zikaden. Zwei Nashornvögel klappern und krächzen auf den Ästen über ihr. «Wir haben dich schon erwartet», sagt sie, und es klingt nicht wie ein Gruß, eher wie ein Abschied. Ihre Stimme ist müde und resigniert, es liegt Geben und Nehmen zugleich darin. Mungo fühlt sich als Eindringling, als Verbrecher, Überbringer von Hiobsbotschaften und Vernichter der Ernten.

Plötzlich ist sie auf den Beinen und macht ihm ein Zeichen, ihr zu folgen. An der Hüttentür bleibt sie stehen, traurig und schön, das Haar zu dichten Maisfeldzöpfen gebunden, ihre Augen wie reife Oliven. «Geh hinein», murmelt sie und winkt ihn heran.

Drinnen ist es kühl und dunkel, ein Trichter aus milchigem Licht dringt durch den Rauchabzug im Dach herein. Der Boden ist sauber gefegt, die gestampfte Erde glatt wie Fliesen. In der Mitte der Hütte ist ein Steinkreis mit ein paar der zusammengezwirbelten, langsam brennenden Lianen, wie sie die Mandingo als Nachtlampen verwenden. Links steht ein Riesen-Doppelbett, dessen Bambusrahmen mit straff gespanntem Ochsenleder bezogen ist. Dazu diverse Korbstühle und eine Sitzbank, vom Mittelpfosten hängen *saphis* und Kalebassen, einige Tongefäße sind in der Ecke gruppiert. Wie man sich eine Eingeborenenhütte eben so vorstellt.

Was diese hier jedoch unterscheidet, außergewöhnlich und besonders macht, von allen anderen Hütten Afrikas abhebt, was sie zu Johnsons Hütte macht, ist das Bücherregal, das in dem fahlen Licht des Rauchabzugs gebadet ist, so daß es fast gespenstisch, wie eine Illusion wirkt: das Bücherregal, eine ordentliche Zimmermannsarbeit aus Bambus und Hanfstricken, enthält Shakespeares Gesammelte Werke, alle Bände in Quartformat und ledergebunden. Der Anblick überlastet irgendwie den Drüsenhaushalt des Entdeckungsreisenden, und ihm ist zum Heulen zumute, ein tiefer Schmerz brennt ihm in Kehle und Brust. Wahllos nimmt er einen der Bände heraus – *Othello* – und liest:

Entbehrt die Tugend Reiz und Schönheit nicht,
Ist Euer Eidam minder schwarz als licht.

Der gute alte Johnson, denkt er und schüttelt langsam und bedächtig den Kopf, als wöge der auf einmal hundert Kilo.

Er stellt das Buch zurück und erkennt dann Johnsons Schreibtisch – im Grunde nicht mehr als ein dünnes Brett –, der vor einem ins Stroh geschnittenen viereckigen Klappfenster steht. Papyrusstücke, ein Tonkrug mit Federkielen und ein Faß mit Indigo-Tinte: das Rüstzeug des Berufs. *Sie wären erstaunt über die Macht des geschriebenen Wortes, Mr. Park*, würde er sagen, wenn er jetzt da wäre, würde grinsend herbeischlendern und irgendwas für den Kochtopf mitbringen. Müßig streicht der Entdeckungsreisende über das Tintenfaß, berührt einen scharfen Federkiel mit der Zungenspitze. In seiner Versonnenheit nimmt er nur vage wahr, daß Amuta ihn alleingelassen hat, ist viel zu tief in Erinnerungen versunken, um länger über ihren seltsamen Gruß nachzudenken («Wir haben dich schon erwartet.» Wer ist wir?) und bemerkt gar nichts außer dem kummervollen Gefühl beim Betasten von Johnsons Artefakten und beim Wiedererwecken der Vergangenheit.

Er dreht sich um und zuckt fast zusammen, als er die Gestalt in der Tür sieht: im Gegenlicht, das Gesicht im Schatten, zu klein und zu breit für Amuta. Ein Mann. Der

Fremde tritt vor, ziemlich behende für einen so untersetzten Burschen, das botanische Wuchern seines Kraushaars ist eine Silhouette im Licht der Tür, und einen wahnwitzigen Moment lang – Sinnestäuschung – glaubt der Entdekkungsreisende, er hat Johnson selbst vor sich, der dem Grab entstiegen ist.

«E ning somo, merhaba», sagt Mungo den traditionellen Gruß.

Die Stimme, die ihm antwortet, klingt so gespenstisch vertraut, daß es ihm eiskalt über die Kopfhaut läuft und seine Kehle trocken wird. *«E ning somo, merhaba Park.»*

Unheimlich. Stimmlage, Klangfarbe, Betonung. Aber bei einem so kleinen Dorf und all dieser Inzucht, die es da gibt, ist ja alles möglich. Der Entdeckungsreisende räuspert sich. «Bist ... bist du verwandt mit John – ich meine, mit Katunga Oyo?»

Schwarz im Schatten und schwarz im Licht, tritt die Gestalt zielsicher vor, bis sie vom goldenen Schein aus dem Rauchabzug umflort ist, schlagartig beleuchtet und wirklich geworden, der Hauptdarsteller aus den Kulissen, den brausender Applaus empfängt. Jetzt redet er plötzlich englisch «Verwandt? Nö, das würd ich nicht grad sagen.»

Mungo kommt näher, umklammert immer noch die Schreibfeder, sein Blut rast, Adrenalin durchtost ihn, und all die Stimmen der Vernunft, all die sonoren Schullehrer und Afrika-Gesellschafter und pedantischen Wissenschaftler im heilen und hellen Großbritannien, sie rufen *nein, nein, nein*. Aber doch. Ja, ja, ja: er ist es. Johnson. Johnson leibhaftig.

Der Entdeckungsreisende reagiert rein instinktiv – er wirft sich dem fetten kleinen Mann mit all der Leidenschaft eines Internatsschülers, der nach Hause kommt, an die Brust. «Johnson!» ruft er und klopft dem Schwarzen dabei mit aller Kraft auf den Rücken, preßt die fleischigen Schultern in einer gewaltigen Umarmung zusammen.

«Warum hast du nicht geschrieben, du hättest doch zumindest ... aber du weißt ja nicht, wie froh ich bin, dich wiederzusehen, alter Junge, wie gut das ... Aber erzähl erstmal», er tritt einen Schritt zurück, «wie bist du überhaupt, ich meine, ich dachte ...?»

Während der ganzen Szene bleibt der Mandingo stocksteif, gibt sich keine Mühe, die Umarmung des Entdekkungsreisenden zu erwidern oder auch nur die rudimentärsten sozialen Signale zu geben – weder lächelt er noch streckt er die Hand aus. Er wirkt so ungerührt, so teilnahmslos, daß der Entdeckungsreisende kurz zu zweifeln beginnt. Könnte es ein Zwillingsbruder sein? Ein Cousin ersten Grades? Aber nein: es ist Johnson. Unverwechselbar. Über sechzig inzwischen, sieht aber zwanzig Jahre jünger aus, graue Strähnen im Haar, und fetter als je zuvor ist er. Da ist die goldene Stiftnadel im Nasenflügel, und da, die gespielte Würde in seiner Miene, ein Ausdruck, der besagen will: Du hast mir ziemlich das Fell gezaust, mein Freund, aber ich will weiter kein Aufhebens drum machen, wenn du 'ne Kalebasse Palmwein rausrückst, und vielleicht noch 'ne Lammkeule, damit der Kuskus besser schmeckt. Diesen Ausdruck hat er tausendmal gesehen. Natürlich ist es Johnson.

«Johnson», sagt der Entdeckungsreisende scharf und ungeduldig, als wollte er jemanden aus tiefem Schlaf wekken, «Johnson – erkennst du mich etwa nicht?»

Der Schwarze sieht ihm direkt in die Augen. «Ich heiße Isaaco.»

«Isaaco? Was soll das heißen? Johnson – ich bin's, Mungo.» In diesem Augenblick wird dem Entdeckungsreisenden klar, was anders ist, das fehlende Element in der Komposition von Johnson, die sich so dauerhaft seinem Gedächtnis eingeprägt hat: die Toga. Dürrbeinig und schmerbäuchig, trägt sein ehemaliger Führer nichts als ein Stück Leinen – makellos rein wie die Serviette eines Gekken – lose um die Lenden gewickelt. Darüber – und das ist ein Schock – ziehen quer über den großen, harten Ballon seines Bauches wie Nähte zwei schartig horizontale Narben: eine umschließt zangenförmig den Brustkorb wie ein hoch taillierter Gürtel, die zweite macht seinen Nabel unkenntlich und biegt dann in scharfem Winkel abwärts unter die Falten des Lendenschurzes, um außen am Oberschenkel wieder aufzutauchen, rosa und häßlich. Die gezahnten, ausgefransten Narben könnten mit einer monströsen Zickzack-Schere geschnitten sein.

Eine Woge von Mitleid und Abscheu überspült den Entdeckungsreisenden, und er streckt unsicher und tröstend einen Finger aus, wie um die Spur der oberen Narbe zu glätten. «Ich – ich hatte doch keine Ahnung. Ich hätte alles getan, das weißt du.»

Der Mandingo fixiert den Rauchabzug.

«Johnson ...»

Der Blick senkt sich, ohne jeden Anflug eines Lächelns, das Kinn ist stur vorgereckt. «Ich heiße Isaaco.»

Erstausgaben

Johnson / Isaaco sitzt auf einem Ochsenleder-Stuhl. Er trägt eine Toga in Karminrot und Indigoblau, die mit lüsternen gelben Augenpaaren übersät ist, und hat den Lotossitz eingenommen. Eine Mütze, wie sie britische Matrosen aufhaben, krönt seinen Kopf. Sie ist aus Seide und mit geflochtenen Goldfäden verziert. Ihm zur Seite sitzen Amuta und eine fettsteißige Zwölfjährige mit gestreiftem Unterhemd. Hinter ihm hat sich, in exakter Formation wie Bowlingkegel, eine Schar von Gefolgsleuten und Sklaven aufgestellt. Johnson, der Weise, Weitgereiste und *saphi*-Schreiberling, ist ein wohlhabender Mann geworden.

Auf der anderen Seite des Feuers, auf der Erde, sitzen Mungo, Zander, Scott, Martyn – und Ned Rise. Die Überbleibsel eines Festmahls – das Gerippe eines Lamms, Pisangblätter, leere Kalebassen und Yamschalen – liegen ringsum verstreut. Insekten und Amphibien zirpen im Dunkel des umliegenden Urwalds, ein vielstimmiges, elektrisches Strömen, dann bringt sie eine höhere Lebensform mit plötzlichem trostlosem Geheul zum Verstummen. Das Feuer züngelt.

«Also, John- äh, Isaaco», sagt Mungo, so herzlich wie ein Investment-Vertreter mit einem dicken Aktenordner im Schoß, «womit könnte man dich denn nun überreden, uns als Führer und Dolmetscher zu begleiten?» Der Entdeckungsreisende hebt eine Tasse Hûna-Tee zum Mund. «Nenn ruhig deinen Preis.»

Johnson rülpst leise in die hohle Hand. «Wissen Sie», beginnt er, entweder einen zusammenhanglosen Gedanken oder eine Standpauke – der Entdeckungsreisende weiß es nicht genau, «wenn einer sich in ’ner üblen Lage befindet, sagen wir mal: zwischen zwei Krokodilkiefern eingeklemmt wie’n Kotelett ...» (hier hält er inne, um Mungos gequälten Widerspruch mit einem Wink abzutun) dann hat er zwei Möglichkeiten, so wie ich das sehe. Von seinem Freund und Arbeitgeber abgeschrieben wie ein ausgelatschter Schuh und gänzlich auf sich selbst gestellt, kann er nur untergehn oder strampeln. Ich meine, entweder aufgeben und sich mit dem Schicksal abfinden, bald als ein Haufen Krokodilkacke zu enden, oder er benutzt sein Köpfchen, klar? Also vielleicht ist er da unten in dem brodelnden Schlamm, blinde Maden und Egel und sonstwas schnüffeln schon gierig an ihm rum, das alte Kroko freut sich schon auf einen saftigen Happen Fleisch, und vielleicht nimmt er dann seine beiden Daumen – so!» – dabei rammt er die gereckten Daumen im Feuerschein heftig nach oben, «und vielleicht schiebt er sie tief genug in die alten lidlosen Augen rein, seine Daumen wie Dolche, bis ins Innerste von dem winzigen Echsenhirn, und reißt sie dann wieder raus, als ob er Äpfel vom Baum pflückt. Na? Was für'n Krokodil würde nach sowas wohl noch zupacken?»

Keiner weiß so recht etwas zu sagen. Mungo ist rot vor Scham und Schuldgefühlen und Niedergeschlagenheit, für die anderen ist die Anspielung auf das Krokodil zu rätselhaft – nichts als exzentrisches Gequassel, das wirre Kauderwelsch eines alten schwarzen Buschmanns. Daß Isaaco englisch spricht, ist schon erstaunlich genug – wer hätte gedacht, so tief im Landesinneren etwas anderes als Larifari zu hören? Vor allem Ned Rise geht das sehr nahe. Irgend etwas im Benehmen dieses alten Wilden ruft eine böse, tief begrabene Vergangenheit wach, die jetzt an die Oberfläche seines Bewußtseins treibt, wie verwesendes Holz, das in einem gemächlichen Fluß vom Strudel emporgerülpst wird. Dieser Bauch, diese Augen, diese Stimme. Sie erinnern ihn an einen Tag vor vielen Jahren, als er am Serpentine Lake stand und zusah, wie seine Zukunft auf dem Rasen verblutete. Sie erinnern ihn an Barrenboyne. Sie lassen ihn an Rache denken. Aber nein. Das war ja absurd. Einen Londoner Dandy – den ersten Neger, den er je gesehen hatte – sollte es hierher, ins Arschloch vom Nirgendwo verschlagen haben? Nein. Diese Schwarzen sehen eben alle gleich aus, das ist alles. Oder doch nicht?

«Johnson», sagt der Entdeckungsreisende, korrigiert sich aber sofort – «Entschuldige: *Isaaco*. Passiert ist passiert. Aber diesmal brauchen wir nichts zu fürchten, weder Krokodile noch Mauren – wir haben eine bewaffnete Schutztruppe dabei.»

Ohne mit der Wimper zu zucken, fährt ihn Johnson an: «Und Sie glauben, eine Handvoll Männer wird Mansong oder Ali einschüchtern? Von Tiggitty Sego gar nicht zu reden. Glauben Sie, die werden ruhig zusehen, wie eine ganze Kompanie Weißer über ihre Grenzen stürmt und die Bevölkerung beleidigt? Hah! Bewaffnete Schutztruppe.

Mansong kann dreitausend Mann gegen jeden von euch aufbieten.»

Mungo starrt in seinen Becher, als enthielte er irgendeine faszinierende Spezies der Tierwelt. Er hat keine Antwort.

«Und was ist mit Dassoud? Was passiert, wenn der Typ Wind davon kriegt, daß Sie schon wieder durch Bambarra schleichen?»

Scott und Zander werfen sich seit geraumer Zeit sorgenvolle Blicke zu. Martyn hockt ungerührt dabei und stochert mit seinem Messer in den Speiseresten herum. «Tu's für unsere schöne Zeit damals, Johnson», fleht Mungo. «Aus Freundschaft. Für alles, was wir zusammen durchgemacht haben.»

Johnsons Miene wird anscheinend milder. Nachdenklich nimmt er einen langen Schluck Tee, dann schiebt er sich die Mütze nach hinten und schürzt die Lippen, wie um ein Grinsen zu verbergen. «Das wird Sie 'ne Stange kosten», sagt er schließlich. «Ich will Milton, Dryden und Pope. Ledergebunden, die Titel in Blattgold.»

Es dauert eine Weile, bis es durchdringt. Der Entdeckungsreisende sitzt mit zuckendem Mund da, dann springt er so abrupt auf, daß zwei von Johnsons ältlichen Begleitern zusammenfahren und ein Hund kläffend in den Busch davonrennt. «Du meinst, du kommst also mit?»

Jeder Zoll ein Kavalier, erhebt sich Johnson mit einem Seufzer und streckt die Hand aus. Amuta und die Zwölfjährige ziehen von irgendwo Kalebassen mit Palmwein hervor und gehen fleißig daran, ordentliche Schlucke davon in die gewölbten Handflächen von Schwarzen wie Weißen auszuschenken. Alles grinst. Die verängstigten Gefolgsleute haben sich der Gruppe wieder angeschlossen, und die Insekten und Amphibien zirpen schon wieder in rauhen, festlichen Tönen.

Johnson packt den Entdeckungsreisenden am Handgelenk und zieht ihn näher an sich heran. «Eins noch», sagt er mit leiser, vertraulicher Stimme, «den Pope will ich handsigniert, ja?»

Der Anfang allen Leids (plitsch-platsch)

Zu dieser Jahreszeit, der öden, sengend heißen, unbarmherzigen, wenn die Brunnen trocken, die Bäume verdorrt und die Scheunen leer sind, wenn die Savanne wie eine frisch rasierte Wange daliegt und die Staubteufelchen einem im Gesicht herumtanzen, wenn man Dreck schluckt, bis die Zunge schwer davon wird und schwarze Tränen fließen, zu dieser Jahreszeit betet man um Regen. Ob Mandingo, Serawoulli, Fulah, Maure, Maniana oder Ibo, alles betet um Regen. In jedem schmachtenden Dorf schürzt der Zauberheiler die Lippen, eine ernste Sache, und streut Rattenembryos auf den Feldern aus oder schüttet eimerweise Fötenblut über die rissigen, ausgebleichten Antlitze geschnitzter Götzen. Hunde bekommen kein Futter, Ziegen reißen ihre Haltepflöcke heraus und machen sich über Bambus, Korbgeflecht und Strohdächer her. Die Dorfbewohner schnallen die Gürtel enger, brühen sich eine Paste aus dem gelben Pulver der Nitta-Schote auf und heben den Blick erwartungsvoll zum Himmel. Bei Sonnenuntergang, wenn der Mond ein blutunterlaufenes Auge am Horizont ist, versammeln sich die Frauen, um sich nackt auszuziehen und Pflüge durch die hartverkrusteten Äcker zu zerren, während der Niederschlagskundige des Dorfes in schrillem, jammervollem Falsett seinen Regengesang intoniert:

Himmel, platze, laß dein Wasser fließen,
Borongay!
Melone, schwelle, spuck die Kerne aus,
Borongay!

Hey-hey, hey-hey,
Borongay!

Da er in den Zyklus hineingeboren ist, steht Johnson damit ebenso im Einklang wie die Schafe auf der Weide und die hechelnden Schakale im Busch. Dieses Jahr jedoch hofft er um des Entdeckungsreisenden willen, daß der Regen noch ein klein wenig ausbleibe – zumindest bis sie die Berge überquert haben. Natürlich wird es sowieso schlimm werden, sobald die Wolken erstmal losplatzen, aber hier oben, wo sie sich behutsam an scharfzackigen Karen und jähen Abgründen von 25 bis 100 Meter Tiefe vorbeitasten, wäre Regen eine Katastrophe. Gar keine Frage. Ein totales Schlamassel. Daher hat Johnson, wie immer ein Muster an Vorsicht und Voraussicht, einen hochwirksamen Anti-Regen-Fetisch zusammengemixt: die abgeworfenen Schuppen einer kleinen Düneneidechse, eine mittelgroße Portion Kamelkutteln, eine Prise Schwefel und sechs Zeilen aus Miltons *L'Allegro*.

Jetzt reitet Johnson an der Spitze der Karawane, der *saphi* hängt ihm an einer Schnur um den Hals, direkt hinter ihm folgen vier seiner Diener auf Eseln. Er beginnt gerade an der Kraft seines Zaubers zu zweifeln. Das hat einen einfachen Grund: er riecht Regen in der Luft, einen Duft so schwer und unverwechselbar wie die Dunstaura, die am Morgen über einem See schwebt. Er schnüffelt noch zweimal, um ganz sicher zu gehen, dann reißt er sein Pferd herum und reitet auf der Suche nach dem Entdeckungsreisenden die Kolonne ab. Er findet ihn am Fuß eines Schotterhangs, über einen halbtoten Esel gebeugt. Der Esel liegt auf der Seite, er ringt nach Luft, strampelt mit den Vorderbeinen. Säcke mit Nägeln, zwei große Baumsägen, ein zusammengerolltes Segel und Fässer voll Pech und Kalfaterwerg liegen im stachligen gelben Gras neben dem sterbenden Tier verstreut, als hätte man sie aus großer Höhe fallengelassen. «Na, komm schon, Einundzwanzig!» ermuntert es der Entdeckungsreisende. «Komm schon, altes Mädchen. Steh auf. Du schaffst es.» Hinter ihm, schafsköpfig, arrogant und dumm zugleich, steht der massige rothaarige Zimmermann namens Smirke, dessen Nase und Backen von der Sonne zu glänzenden, matschigen Erdbeeren verbrannt sind.

«Mr. Park», ruft Johnson scharf und drängend, «ich muß mal kurz mit Ihnen reden.»

Der Entdeckungsreisende richtet sich auf, klopft die Hände ab wie ein Bäcker das Kuchenmehl und lächelt seinen Dolmetscher an. «Aber natürlich ... Isaaco. Was haben wir denn auf dem Herzen, alter Junge?»

«Unter vier Augen, Mr. Park, wenn es recht ist.»

Smirke blickt jäh auf; ob er vor Wut oder wegen der grellen Sonne so verkniffen ist, weiß Johnson auch nicht genau. Der Esel stöhnt wie eine Großmutter auf dem Sterbebett.

«Sie machen hier weiter, Smirke, ja?» sagt der Entdekkungsreisende, schwingt sich in den Sattel und setzt sein Pferd mit einer lässigen Drehung des Handgelenks in Bewegung.

Sie trotten davon, Johnsons seidenweiche Bauchfalten wackeln unter der Toga, und der Entdeckungsreisende wendet sich ihm kameradschaftlich und erwartungsvoll zu. «Also?»

«Tja, also es geht nämlich darum, Mr. Park –»

«Nenn mich doch Mungo, alter Junge.»

«Mr. Park, ich glaube, in weniger als einer Stunde gibt's ein ganz teuflisch böses Gewitter, und ich würde sagen, Sie erteilen auf der Stelle die Order zum Lagermachen, oder die Hälfte dieser weißen Knaben da wird heute nacht Galle kotzen.»

Der Entdeckungsreisende reckt den Hals, um den Himmel zu begutachten. Er sieht ein tiefes, durchscheinendes

Blau von Horizont zu Horizont, kein Wölkchen in Sicht. Die Hitze ist so stark, daß sie ihn geradezu vom Pferd reißt und in der Schwebe hält, wie eine Aschenflocke, die in der Wärmeströmung über einem Ofen treibt. «Du machst wohl Witze?»

«Kein Witz. Ich kann das riechen. Dauert keine Stunde mehr.»

«Aber es ist doch keine Wolke am Himmel.»

«Hören Sie, Mr. Park. Ich hab weder Zeit noch Energie, mit Ihnen zu debattieren. In diesem Moment errichten meine Jungs auf dem Hügel dort einen Unterschlupf, hinter dem Granitfelsen da oben, der wie eine Sanddüne aussieht. Und wenn Sie Hirn im Kopf haben, machen Sie's genauso.»

Der Entdeckungsreisende zieht eine unsichere, verlegene Grimasse, als hätte man ihm einen Witz erzählt, den er nicht ganz versteht. «Mach dich nicht lächerlich, Johnson – Isaaco – oder wie du nun gerne genannt werden willst. Es ist halb zehn Uhr vormittags. Wir haben einen ganzen Tagesmarsch vor uns. Wenn du denkst, ich halte die Männer an und lasse sie ein Lager aufschlagen, bloß weil du so ein Gefühl hast, es könnte vielleicht regnen, dann hast du dich aber geschnitten.»

Johnson hat seinen Gaul schon abdrehen lassen. Er schaut noch kurz über die Schulter, fixiert den Entdekkungsreisenden mit müdem, resigniertem Blick, wie ein Lehrer einen Schüler, der eben zum drittenmal fünfundzwanzig minus zehn gerechnet und achtzehn herausbekommen hat. «Weißt du was, Mungo – du bist immer noch genauso eine Knalltüte wie vor acht Jahren.»

Eine Dreiviertelstunde später hat der Himmel die Farbe von geöltem Stahl und der Wind pfeift mit Stärke 10 dahin, wirbelt Staubwolken auf, die alle nah und fern verfinstern. Blitze zerreißen die wirbelnden Wolkenschleier, und fauchende Windhosen entwurzeln stattliche Bäume wie Selleriestengel. Und dann geht der Regen los. Braust herab wie die Niagarafälle, es prasselt und gießt wie eine Sintflut, geht auf die Ebene nieder und füllt die Täler, beugt Bäume und Büsche, fetzt das Laub weg, läßt Staub aufspritzen, fegt über die nackten Felshänge der Berge wie die Salven eines Zerstörers. Augenblicklich sind alle Kisten und Packballen klatschnaß, die Männer triefen wie mit Eimern überschüttet, an den Eseln rinnt es herab wie aus Dachrinnen. Brodelnd und braun von tonnenweise gelöstem Staub kommt das Wasser den Hügel herab auf sie zu, ein Bach, ein Fluß, ein Strom, der Regen prallt von dem harten Boden ab und stürzt mit einem schrecklich schlürfenden Ton bergab.

Das erste Opfer ist Shaddy Walters. Als der Wind aufkommt, plötzlich und mit Macht, arbeitet sich der Chefkoch der Expedition gerade über eine rauhe rötliche Granitplatte, die riesengroß und bucklig ist wie der Rücken eines Wals. Gleich links von ihm ein siebzig Meter tiefer Abgrund; zur Rechten erhebt sich eine jähe Wand noch einmal vierzig Meter. Nahezu sofort reißt es ihm den breitkrempigen Strohhut vom Kopf, der über die Wand davonschießt, als wäre er ein Wattebausch, und der Staub peitscht ihm in die Augen wie eine neunschwänzige Katze. Unter dem Klappern von Töpfen und Pfannen sinkt sein Esel wiehernd auf die Hinterbeine. Der Druck läßt einen Reissack platzen, und die harten Körner stieben dem Koch wie Schrotkugeln ins Gesicht, werden von einer kräftigen Bö in die Troposphäre emporgefegt und Hunderte von Meilen weiter nördlich im kahlen Wüstenboden ausgesät. Shaddy Walters bekommt es mit der Angst. Hektisch zerrt er seinen Esel am Zügel, als Mungo auf seinem Pferd vorbeidonnert und irgend etwas in den sausenden Wind brüllt. Der Esel ist in heller Panik, seine Augen rollen wild im Kreis, seine Hinterbeine rutschen auf den Abgrund zu, der Schwanz peitscht ins Nirgendwo.

«Jeder für sich selbst!» kreischt Jemmie Bird, der jetzt vorbeihastet, rutschend auf allen vieren vorwärtskrabbelt – über den Granitbuckel hinweg nach oben, in den Schutz einiger kahler Krüppelbäume auf dem Plateau. Mit elektrisierendem Geklapper fliegt plötzlich einer der großen Regiments-Kochtöpfe quer über den Eselsrücken, löst sich vom Haltestrick, prallt von der Felswand ab und poltert klirrend die Schlucht hinab, es dröhnt und dröhnt und dröhnt immer leiser, wie ein Schlagzeugbecken, das vom Gipfel des Ben Nevis herunterfällt. Die Idee, sowie Jemmie den Esel im Stich zu lassen, drängt sich dem Koch geradezu auf, doch er schiebt sie beiseite. Shaddy Walters mag ein Ekel sein, auf jeden Fall ist er ein sturer Bock. Ein Mann, der ungerührt wochenlang dreimal täglich Reis mit Zwiebeln auftischt. Der den schwarzen Tee so lange wieder aufkocht, bis er wie rostiges Kanonenrohr schmeckt. Der einen widerspenstigen Esel bis zum Sankt-Nimmerleins-Tag am Zügel festhält.

Und genau das tut er auch. Zwei Minuten später schlägt der Regen los wie eine Ohrfeige, verwandelt das schmale Sims in eine Schlittschuhbahn, und Shaddy stürzt samt Esel Nr. 27 dem ewigen Frieden entgegen, verängstigt und verbissen ineinander verkeilt trudeln sie auf die Geröllhalde tief unten zu wie gigantische Hagelkörner. Falls sie aufschreien, dünne sterbliche Stimmchen in der heulenden Leere, hört sie jedenfalls keiner.

Der Regen hat vor wenigen Minuten eingesetzt, und schon sind von den einundvierzig Überlebenden, Mungo nicht mitgezählt, achtunddreißig am Boden und übergeben sich. Gelbfieber, Ruhr, Ausschlag, Schüttelfrost, schwarzer Auswurf. Der Entdeckungsreisende sieht das nicht zum erstenmal. Die Männer krallen ihre Bäuche, als hätten sie eine Ladung Schrot in den Unterleib bekommen, und wanken auf das kleine Dornengestrüpp zu, über das Mungo in hektischer Eile eine Art Dach aus Segeltuch zu legen versucht, um Schießpulver, Reis und die rostanfälligen Musketen zu schützen. Manche haben es geschafft, ihre Esel festzuhalten, andere nicht. Fast alle brechen keuchend und zitternd auf dem kleinen, von Regenpfützen und Erbrochenem bedeckten Stück ebenen Bodens zusammen, das der Entdeckungsreisende halbwegs hat überdachen können. Einer von ihnen, der achtzehnjährige Cecil Sparks, weint. Das Geräusch geht beinahe unter in der Kakophonie aus knallendem Segeltuch, dem Donnern des Wolkenbruchs und dem magenzerfetzenden Stöhnen und Würgen, aber zu hören ist es dennoch: ein Winseln in den kurzen Pausen, ein Schluchzen aus voller Kehle, der Klang von Hoffnungslosigkeit, von Scheitern, Selbstmitleid und Zunichtewerden.

Dummulafong

«Hab Sie ja gewarnt.» Johnson spottet nicht, sagt es nur klipp und klar, ohne jeden Beiklang, sagt es einfach, wie es ist. Er liegt auf einem luxuriösen, mit Ochsenleder bespannten Lehnstuhl à la Madame Récamier, trägt Tarbusch und einen roten Seidenumhang, die Füße in ein Leopardenfell gehüllt. Sein Lager, eine halbe Meile von dem des Entdeckungsreisenden entfernt, liegt hinter einem monolithischen Felsklotz versteckt, nur nach Norden hin offen. Obwohl der Regen die ganze Nacht nicht aufgehört hat, mit solch erbarmungsloser Härte niedergeprasselt ist, daß der Entdeckungsreisende schon überlegt hat, sein Schiff gleich hier zu bauen und sich so zum Niger tragen zu lassen, ist Johnsons Zelt doch so trokken wie Benaum im Februar. Der Boden ist mit Akazienlaub ausgelegt, um jede hereinkriechende Nässe aufzusaugen, die Zeltwände sind mit eben solchen Zweigen verstärkt. Ein lustiges Feuerchen leckt an den Keulen von einem halben Dutzend Jagdvögeln – Rebhühner? –, als Mungo eintritt, bis auf die Haut durchnäßt, und Johnson seinen Kommentar abläßt.

Der Entdeckungsreisende läßt schamrot und bußfertig den Kopf hängen. Der triefende Überzieher zerrt verloren an ihm und macht seine Schultern rund. «Ich werde dich nie wieder in Zweifel ziehen», bringt er hervor.

Johnson füllt seine Pfeife mit einer Prise Virginia-Tabak und stopft sie behutsam mit dem Daumen. «Kopf hoch, Mr. Park – irgendwann mußte es ja kommen. Der Regen, meine ich.» Er macht eine Geste zum Feuer hin. «Setzen Sie sich und trocknen Sie erstmal wieder, nehmen Sie 'n Bissen Kükenfleisch und 'ne Tasse heißen Tee, dann erzählen Sie mir, was los war.» Ein Fingerschnipsen, und einer der Diener tritt aus dem Schatten hervor, um dem Entdeckungsreisenden ein Stück Geflügel zu servieren, und reicht ihm dazu eine Yamwurzel frisch vom Rost, goldbraun und triefend von süßlichem Saft. Dunkel und aromatisch zischt der würzige Tee aus dem Schnabel einer silbernen Kanne. «Also», sagt Johnson wie ein Lebemann, der in seinem Club zu Abend ißt und einen unbedeutenden Einsatz beim Kartenspiel oder Pferderennen erwähnt, «wie viele haben Sie denn verloren?»

Mungo starrt auf das Essen in seinem Schoß. Der Tribut der letzten vierundzwanzig Stunden war hoch. Zu hoch. Und schuld daran ist nur er selbst. Der erste war Cecil Sparks, das arme Kind – irgendein Krampfanfall hat ihn kurz vor Morgengrauen erwischt. Etwa fünf Minuten lang wand er am sich Boden wie ein Fisch auf dem Kai, dann biß er sich die vordere Zungenhälfte ab, sperrte den Mund weit auf und starb. Als es hell war, meldete Martyn, Shaddy Walters sei am Fuß der Steilwand gefunden worden, vom Kadaver seines Esels zerquetscht und teilweise von wilden Tieren abgenagt. Die Kochtöpfe, zerbeult aber verwendbar, sowie fünfzig Pfund aufgequollener Reis konnten geborgen werden. H. Hinton – den Vornamen erfuhr der Entdeckungsreisende nie – war samt Esel verschollen.

Nach einer Weile hebt Mungo den Kopf und fixiert einen dunklen Fleck dicht über Johnsons Schulter. «Drei», krächzt er, so elend, als hätte er sie alle selbst hinuntergestoßen.

«Hey, ist doch nicht das Ende der Welt, Mr. Park. Dann haben Sie ja immer noch, Moment mal, vierzig Mann übrig?»

«Neunundddreißig, mich nicht mitgezählt. Dich auch nicht.»

«Dann haben Sie's beim letztenmal wohl mit Null geschafft, oder was?»

Mungo senkt den Blick, dann fällt er unbeherrscht – der Duft macht ihn wahnsinnig – über einen triefenden Geflügelschenkel her.

«So wie ich das sehe», sagt Johnson und stößt Rauchringe aus, «dürfte der Regen gegen drei Uhr nachlassen. Wahrscheinlich pieselt sich's noch eine Weile aus, aber mit etwas Glück können wir's bis zum Abend nach Bountonkuran schaffen, Regen hin, Regen her. Das ist bloß ein ödes Loch, aber der *Duti* ist kein Unhold oder so, und wenn Sie ein bißchen was springen lassen – sagen wir mal etwa fünftausend Kauris –, dann besorgt er Ihnen vielleicht ein paar trockene Hütten, wo die Leute sich wieder aufrappeln können. Was halten Sie davon?»

Schwermütig, die Lippen glänzend vor Fett, nickt der Entdeckungsreisende bedächtig. «Du bist der Boß», sagt er.

Bountonkuran ist ein unauffälliges Nest am Wegesrand, das unter den Gegebenheiten aber zum Lebensretter wird. Für 6500 Kaurimuscheln kann der Entdeckungsreisende drei undichte Baracken voller Ungeziefer mieten und Proviant für zwei Tage – Milch, Mais und Hirse – für Mensch und Tier erstehen. Weitere 65 Kauris und drei Knöpfe seines Überziehers bewegen einen rüstigen, achtzigjährigen

Holzfäller dazu, seine zwei Esel zu verkaufen und sich zur Ruhe zu setzen. Die schlechte Nachricht ist, daß keinerlei Fleisch zu bekommen ist – egal, zu welchem Preis –, und daß der Regen mit neuer Wucht losgebrochen ist, was die geplagte Expedition dazu zwingt, den Aufenthalt auf drei triste Tage und Nächte auszudehnen. Die Soldaten wälzen sich – zwar feucht, aber immerhin nicht pitschnaß – verschnupft auf dem Lehmboden der Miethütten herum, kratzen sich, hüllen sich in schimmlige Decken und stecken die rotzüberkrusteten Blechbecher in einen bodenlosen Topf mit der Brühe, die Jemmie Bird, der neue Koch, aus Pökelfleisch, Reis und einer Handvoll wildem Gemüse aus der Umgegend zusammengebraut hat. Es schmeckt genau wie Meerwasser, wie etwas, mit dem man acht Faden tief gurgeln würde, aber wenigstens wärmt es die Innereien. Draußen prasselt der Regen mit unablässiger Intensität herab. So etwas hat noch keiner je erlebt, weder M'Keal noch Mungo noch Johnson. Selbst die Matrosen der *Eugenia* – von denen einer vor Jahren mal einen Taifun vor den Marquesas-Inseln überstanden hat – müssen zugeben, daß dieser Regen den Vogel abschießt.

Das Wetter macht dem Entdeckungsreisenden Sorgen. Es sind weniger akute Probleme wie unwegsame Straßen, ansteigende Flüsse und rutschige Abhänge, die ihm zu schaffen machen, als die Langzeitwirkungen der feuchten Luft auf die Gesundheit der Männer. Er weiß nur zu gut, wie verderblich das Klima sein kann, wie die fauligen Dünste von Sümpfen, überschwemmten Flußtälern und trüben Tümpeln im Handumdrehen die Lebenskräfte unterminieren, wie eine Unzahl mysteriöser Krankheiten den Menschen in wenigen Tagen vom Muskelprotz zum Totenschädel verwandeln können. Sogar er, der seit langem dagegen abgehärtet ist, fühlt sich neuerdings nicht recht wohl. Und wenn selbst er es spürt, was ist dann mit Vogelscheuchen wie Bird oder Schwindsüchtigen wie Watkins? Soll er sie etwa an den Niger tragen? Und wenn ja, wer treibt dann die Esel und schleppt das Gepäck? Noch schlimmer: Wer wird die Mauren in Schach halten?

In der zweiten Nacht des erzwungenen Aufenthalts in Bountonkuran kauert er im Kommandozelt, das sie unter dem siebartigen Dach einer der Hütten aufgeschlagen haben, und vertraut seine Sorgen Zander an.

Anfangs antwortet sein Schwager nicht. Sitzt nur mit einem Buch im Schoß da und starrt mit leerem Blick auf die kalte Zeltwand. Der Entdeckungsreisende erschrickt darüber, wie ausgemergelt und erschöpft Zander aussieht, die Haut straff wie eine Maske über die Backenknochen gezogen, die fiebrigen Augen haben sich in die dunklen Winkel der Höhlen zurückgezogen, als wollten sie sich verstecken. «Zander», spricht Mungo ihn beunruhigt an, «bist du in Ordnung?»

Zander seufzt. «Hab wohl ein bißchen Fieber. Dünner Stuhl und so. Wenn ich zu hastig aufstehe, wird mir schwindlig, so als hätte ich zuviel getrunken. Nichts Schlimmes.» Der Entdeckungsreisende starrt ihn mit offenem Mund an, ein allmählich aufkommendes Entsetzen verzerrt seine Züge. Zander klappt das Buch zu. «Was hattest du gerade gesagt?»

«Bist du dir sicher?»

«Worüber?»

«Daß du in Ordnung bist? Keine Halsschmerzen, Erbrechen, Kribbeln in den Fingerspitzen?»

Zanders Lachen ist kraftlos und endet in Husten. «Vielleicht bin ich ein Knirps», sagt er, immer noch hustend, «aber ich bin auch zäh. Schließlich», so setzt er zu einem Witz an, «komm ich ja aus guter Familie.»

Der Entdeckungsreisende versucht ein Lächeln, bringt aber nur ein schiefes Grinsen zustande.

«Mach dir keine Sorgen um mich», sagt Zander, dessen Stimme sich beim letzten Wort überschlägt, um ein Husten zu unterdrücken. «– bloß eine Erkältung, sonst nichts. Also: erzähl mal, was du für Probleme hast. Na los, sag schon.»

Vorerst etwas beruhigt, doch mit einer neuen Sorge auf der Liste, berichtet Mungo von seinen Befürchtungen und Ungewißheiten, gesteht seine Selbstzweifel, wie er es nur vor Ailie hätte tun können, die schreckliche Last, zu der die Führung geworden ist, die Leben in seiner Hand wie Sandkörner im Stundenglas.

Zanders Trost ist leer, mechanisch. «Du hast es schon einmal geschafft», seufzt er, «du schaffst es auch ein zweitesmal.»

«Aber ich hab ja gar nicht ... begreifst du nicht? Vor acht Jahren war ich doch nur für mich selbst verantwortlich. Wenn ich's nicht geschafft hätte, dann wär das eben Pech gewesen. Aber jetzt habe ich neununddreißig Seelen am Hals, ganz zu schweigen von den Pferden und Eseln und dem Proviant und der Ausrüstung im Wert von vielen tausend Pfund. Mein ganzer Ruf steht auf dem Spiel.» Er hat sich erhoben und geht auf und ab. Plötzlich wirbelt er herum und sagt, brüllt beinahe: «Und die Männer – wenn die es nun nicht schaffen? Was ist, wenn das Klima sie packt und ihren Willen abtötet – was ist, wenn sie nicht mehr weiterkönnen?»

Das ist keine rhetorische Frage.

Als die Zeit gekommen ist, sich aufzuraffen und wieder loszumarschieren – unter tiefhängenden Wolken und einem so diffusen Licht, daß selbst die Vögel im unklaren sind, ob sie zwitschern sollen oder nicht –, verweigern tatsächlich drei Männer den Gehorsam. Vielmehr bringen sie ihn nicht auf. Sind nicht einmal imstande, aufrecht zu stehen. Rome, Cartwright und Bloore. Martyn hat sich sogar zu einigen Stockschlägen auf die nackten Fußsohlen der Drückeberger hinreißen lassen, aber ohne Erfolg.

«Sir!» bellt er den Entdeckungsreisenden an, der gerade an den Satteltaschen eines der Leitesel hantiert und das Gepäck festzurrt. «Drei der Männer verweigern den klaren Befehl zum Aufstehen, Sir!» Martyn läßt die Hacken knallen und salutiert zackig.

Wollen nicht aufstehen? Verflucht. So etwas hat er befürchtet. Von Martyns säbelrasselnder Stimme ins martialische Bewußtsein zurückgeholt, strafft sich der Entdekkungsreisende und marschiert direkt zu der Hütte hinüber, in der die Drückeberger liegen. Die meisten Esel sind schon beladen, und die Männer stehen ungeduldig und mit roten Augen im Nieselregen herum und spucken eklige Schleimklumpen auf die schlammige Erde. Steifbeinig betritt Mungo die Hütte, er ist aufgebracht und bereit, all seine Frustration in einem heftigen Ausbruch abzulassen. Die Worte liegen ihm auf den Lippen – «Wie könnt ihr es wagen, ihr Simulanten!» –, aber der Anblick der Männer hält ihn zurück – ihr Anblick, und auch ihr Geruch.

Die drei liegen zusammengekauert in einer Ecke der Hütte, zu erschöpft, um die Augen zu öffnen oder wenigstens die brodelnden Moskitoschwärme zu verscheuchen, die beim Einsetzen des Regens aus dem Nichts erschienen sind und einem Gesicht und Hände und den sonnenverbrannten Hals schwärzen wie Schmutzflecken. Cartwright, in einer Pfütze Erbrochenem die Wange flach auf den Boden gepreßt, scheint zu schlafen; der alte Rome brabbelt leise vor sich hin, und Bloore liegt auf dem Rücken und starrt an die Decke wie ein Katatoniker. Der Gestank ist schlimmer als in jedem Lazarett ... es ist der unangenehme Geruch von schwer gestörten Körperfunktionen, durch Krankheit aus dem Lot gebracht, aber auch von etwas anderem, etwas ganz Irdischem, Wesentlichem: dem tristen Hauch der Sterblichkeit.

«Fragen Sie sie mal, ob sie aufstehn wollen, na los»,

höhnt Martyn an der Tür. Und fügt in einer Art Kläffen hinzu: «Sir!»

Mungo kniet sich neben Bloore und wedelt mit der Hand über dessen Gesicht, um die sich labenden Insekten wegzuscheuchen. Die Lider des Mannes zucken nicht einmal. «Bloore», sagt der Entdeckungsreisende mit gedämpfter Stimme, «können Sie gehen?»

Der alte Rome, ein Fünfzigjähriger, der angeblich bei Saratoga gegen die Yankees gekämpft hat, hat die ganze Zeit leise vor sich hingebrabbelt. Jetzt hebt er die Stimme wie in höchster Verzweiflung, als versuche er, eine unsichtbare Gottheit zu besänftigen, den Herrn der Hirngespinste, den Lieben Gott des Limericks: «Ich kannte mal eine, die war wie aus Holz», beginnt er; seine Stimme wird mit dem Rollen der Silben immer kräftiger, bis er laut brüllt. «Und auf ihre Herkunft ganz furchtbar stolz. / Ich tat sie besteigen, / Um ihr zu zeigen, / Daß ... daß ...»

«Bloore!» ruft der Entdeckungsreisende, der schreien muß, um den Wahnsinnigen zu übertönen. «Soll ich eine Tragbahre für Sie machen lassen?» Der sieche Man starrt zur Decke hinauf, sein Atem pfeift durch die Nasenlöcher.

«Daß ... daß ...», gröhlt der alte Rome.

Der Entdeckungsreisende nimmt Bloores schwielige Hand. «Kann ich irgend etwas für Sie tun?»

Endlich wendet Bloore sein unrasiertes Gesicht und die irren Augen dem Entdeckungsreisenden zu. An seinem Hals spannt sich eine Sehne, als der Kopf sich zur Seite dreht; kein anderer Muskel regt sich. Er sieht aus, als verflüssige er sich, als sickere er langsam in die Erde. Der Entdeckungsreisende spürt den Atem des Kranken im Gesicht, gespenstisch, wie faulendes Fleisch. Bloores Lippen zucken ein wenig.

«Ja?» sagt Mungo und beugt sich tiefer herab. «Ja?»

«Daß nicht jede Gans unbedingt quakt!» brüllt der alte Rome triumphierend.

Bloore keucht. Seine Stimme ist das Rascheln einer Feder im Sturm. «Sie ham ja wohl schon genuch getan für uns, Herr Erforscher», krächzt er. «Jetzt gebense endlich Ruhe und tunse uns in Frieden varecken lassen.»

So geht es weiter. Der Regen fällt stetig, mühsam kämpft man sich voran, die Verschleißerscheinungen sind unerbittlich. Soldat Roger McMillan und Matrose Wm. Ashton ertrinken, als bei der Überquerung des tosenden Bafing ein Eingeborenenkanu kentert; Zimmermann J. Bowden bleibt zurück und wird von Dieben ausgeraubt und ermordet; Christopher Baron wird von wilden Hunden zerrissen, als er ins Unterholz kotzen geht. Täglich brechen Männer am Wegesrand zusammen, Esel gehen verloren, Ausrüstung verschwindet im Busch oder wird von Schwarzen geklaut.

Das ist das Allerschlimmste: die Dieberei. Mit allem anderen könnte Mungo sich abfinden – der Mensch im Kampf mit der Natur und so weiter-, doch diese unaufhörlichen Attacken der Eingeborenen – gerade jener Leute, die am meisten vom Handel mit England profitieren würden ... es ist zum Verzweifeln, zum Händeringen. Statt dem jeweils nächsten Dorf erleichtert entgegenzugehen, als einem Ort der Ruhe und Erholung, fürchtet der Entdeckungsreisende mittlerweile jede Annäherung an bewohntes Gebiet. Es hat sich herumgesprochen: die Karawane ist *dummulafong*, leichte Beute. Landauf, landab, von Dougikotta bis nach Kandy, jagt wie auf schnellen Flügeln das Gerücht: ein Zug von Weißen ist auf dem Weg – Männer, die völlig entkräftet sind, kaum noch eine Waffe halten und ihre Esel antreiben können, deren Ladung aus Perlen und Gold und so exotischen, wundersamen Dingen besteht, daß es in der Sprache der Mandingo gar keine Wörter dafür gibt.

Also stürzen sich die Schwarzen auf sie wie die Fliegen, wie Schakale, wie Hyänen. Diesen blassen, kotzenden, nach Scheiße stinkenden Weißen etwas zu klauen, wird für sie geradezu eine Ehrensache, sowie man auf der amerikanischen Prärie seine Feinde vom gegnerischen Stamm möglichst geschickt überlistet) oder in der Sierra Morena aufrecht und reglos einem wutschnaubenden, heranstürmenden Stier die Stirn bietet. Sie sind allgegenwärtig, gnadenlos. Als Mungo einmal kurz absteigt, um einem Soldaten zu helfen, dessen Esel bis zur Schnauze im Schlamm steckt, dreht er sich zu seinem Pferd um und sieht, wie ein Schwarzer sich wie ein Windhund mit seinen Satteltaschen davonmacht. Ein andermal tauchen zwei spindeldürre alte Männer aus einem Gebüsch vor ihm auf, und als er warnend die Muskete hebt, hüpft der eine auf ihn zu und entreißt ihm die Waffe, während der andere ihm den Mantel von den Schultern zieht. Und all das im stiebenden Regen.

«Gibt nur einen Weg, damit Schluß zu machen», sagt Johnson, der auf seinem Pferd durch ein Nebelfeld trottet, «und zwar alle Diebe ohne Warnung abknallen. Glauben Sie mir, Mr. Park: ich kenn diese Leute.» Die nahen Bäume sind mit grauem Dunst verhangen; weiter weg verschwinden sie in den Eingeweiden der Wolken. Blätter tropfen, sonderbare Kreaturen schreien im Wald, Frösche besteigen einander und quaken dazu ein Lied. «Das hier ist Afrika, Mann», sagt Johnson und wiederholt damit etwas, das er vor langer Zeit einmal sagte, während der alte Ebo dem Entdeckungsreisenden in die Handfläche starrte und der Himmel aufplatzte, von Pol zu Pol einen gigantischen Riß bekam. «Hier gilt eben das Gesetz des Dschungels. Wer hier schwach ist, der kriegt eins auf die Birne und steht ohne Hosen da.»

Der Befehl wird unter den Männern ausgegeben: Verdächtige ohne Anruf erschießen.

Die direkte Konsequenz der harten Linie des Entdeckungsreisenden ist, daß Martyn und M'Keal, die zwei selbsternannten Wachhunde der Vorhut, voller Enthusiasmus zwei ältliche Frauen umlegen, die ihnen auf der Straße entgegenhumpeln und auf dem Kopf eine zerbrechliche Ladung von Eiern in großen, geschlungenen Schlangenbeschwörer-Körben balancieren. Mungo inspiziert die hingestreckten Leichen, sie spreizen Arme und Beine ab, haben runde Einschußlöcher in Brust und Augen, ihr Blut mischt sich mit auslaufendem Eiweiß und Eigelb, bis das Ganze protoplasmisch und zeitlos aussieht, eine fundamentale Gallerte des Lebens, die brodelnd an die Oberfläche eines vorsintflutlichen Sumpfs steigt. «Begrabt sie!» sagt er.

Zehn Minuten danach führt er sein Pferd durch ein Labyrinth aus gigantischen Findlingen, die aus dem Boden ragen wie tote Elefanten, da bemerkt er plötzlich einen Tumult weiter vorn. Einer seiner Männer ... sieht aus wie Ned Rise ... kämpft dort mit zwei Schwarzen. Mungo beugt sich vor und galoppiert durch die schmale Schneise zwischen den Felsen, wobei er «Haltet den Dieb!» schreit, als befände er sich auf einer belebten Kreuzung in London oder Edinburgh. Die Schwarzen, deren nackte Haut im Regen glänzt, blicken kurz auf, schätzen eiskalt seine Entfernung ab und wenden sich dann wieder ihrem Vorhaben zu. Der eine vollführt einen Ringeltanz mit Rise, hält mit beiden Händen dessen Muskete gepackt und reißt sie hin und her wie eine Baumsäge, während sein Partner methodisch auf die lederumwickelten Packbündel auf Neds Esel einhackt. Als der Entdeckungsreisende den Schauplatz endlich erreicht, sprintet der erste Dieb mit Neds Hut davon, der zweite verschwindet gerade mit fünfzig Pfund Reis im Gestrüpp. Ned umklammert immer noch seine Muskete und liegt rücklings im Schlamm, ist seiner eigenen Masse und dem unverhofften Loslassen des Diebes zum Opfer gefallen.

Fluchend richtet Mungo die eigene Waffe auf den ersten Mann. «Nimm das!» schreit er und drückt den Abzug.

Nichts geschieht. Der Dieb bleibt abrupt stehen, die Hände lässig aufgestützt, keine fünfzig Meter weit weg. Und dann beginnt er unverschämterweise mit den Hüften zu wackeln und sein Becken ruckartig vorzuschieben, spöttisch, obszön, verächtlich.

Mungo wirft seine Muskete zornig fort (sicher das Pulver naßgeworden, zum Teufel) und nimmt dafür die von Ned. Doch der Dieb ist verschwunden, wie ein Kaninchen in seinen Bau. Der Entdeckungsreisende steht kurz vor einem Wutausbruch, die vielen Frustrationen machen ihn rasend, und was von seiner Fassung noch übrig ist, fühlt sich an wie eine brennende, offene Wunde, da fährt er auf Neds Ruf herum. Er traut seinen Augen kaum. Irgend so ein Dreckskerl von Neger erklettert gerade sein Pferd, das er vor nicht einmal dreißig Sekunden bei dem Hohlweg zurückgelassen hat. Das geht nun zu weit. Zitternd vor gerechtem Zorn hebt er ruckartig die Muskete an die Schulter, zielt genau und drückt ab. WOMM! Eine Rauchwolke, ein schriller, spitzer Schrei und Neds aufgeregter Ruf: «Sie haben ihn erwischt!»

Richtig, da liegt er, niedergestreckt wie ein flügellahmes Rebhuhn. Mungo läßt die Waffe fallen und fängt dann an zu rennen, als er sieht, wie der kleine Gauner sich aus dem nassen Gras erhebt und zwischen die Felsen davonhinkt, sein Bein blutet stark, in der Hand hat er einen kleinen, blinkenden Gegenstand. «Ihm nach!» brüllt er, von Jagdlust gepackt. Im nächsten Moment sitzt er im Sattel und stiebt dem Verwundeten hinterher, seine alarmierten Offiziere – Johnson, Martyn und Scott – sind ihm dicht auf den Fersen. Sie kommen gerade rechtzeitig um eine Biegung, um den Dieb in einem Dickicht weiter vorn verschwinden zu sehen. Gleich darauf sind sie ebenfalls dort: aber wo ist er jetzt?

«Komm raus da, du Schweinepriester!» schreit Martyn.

Die Pferde brechen durch das Unterholz, zertrampeln

junge Bäume, werfen sich verwirrt hin und her. «Wo ist der nur hin?» ruft Scott beinahe wiehernd, den Blick auf den Boden geheftet wie bei einer Fuchsjagd.

Der Mißerfolg bringt alle zum Kochen. Männer brüllen herum, die Pferde schnauben und keuchen, Verstärkung eilt zu Fuß herbei. Doch wiederum scheint ihnen der Dieb wie durch Zauber entwischt zu sein. Der Entdeckungsreisende sieht Johnson achselzuckend an, aber der beachtet ihn gar nicht – er sitzt nur auf seinem Pferd und deutet wortlos mit einem Stock auf den Affenbrotbaum über ihnen. Dort oben, wie ein gehetztes Tier, hockt der Dieb, kauert etwa zehn Meter hoch auf einem knotigen Ast. Zitternd legt er den Kopf schief und läßt dann den Gegenstand fallen, den seine Faust umschlossen hielt. Einer der Männer hebt ihn auf. Es ist ein in Kork gefaßter Kompaß, der Kompaß, den Ailie Mungo zum Abschied gegeben hatte. Damit du immer den Heimweg zu mir findest, hatte sie gesagt.

«Schießen Sie, Mr. Park!» Johnsons Stimme.

Martyn, dessen Blut in Wallung ist, macht einen Refrain daraus: «Schießen Sie! Schießen Sie!»

Ganz langsam, zentimeterweise, hebt der Entdekkungsreisende die Pistole, bis er über den Lauf hinweg den erbärmlichen kleinen Kerl anstarrt, der da oben im Baum bibbert. Der Augenblick dehnt sich ewig lange aus, der Jäger und seine Beute, Gewinner und Verlierer. Klein und ausgehungert, mit nasser, fast violetter Haut, glotzt ihn der Dieb aus hoffnungslosen Augen an, aus Augen, die schon erloschen sind, über denen eine milchige Trübe liegt, wie bei geschlachteten Kälbern oder überfahrenen Hunden. Der Oberschenkel des Mannes ist kaum stärker als Mungos Unterarm. Auf der Innenseite, dicht unter dem Bauch, ist das Fleisch zerfetzt, als wäre er in eine Maschine geraten, und an den Wundrändern kleben Haarbüschel und Erde und feuchte Blätter. Der Regen spielt eine Klagemelodie im Laub der Bäume.

«Schießen Sie!»

Der Entdeckungsreisende denkt an Sir Joseph Banks, an sein Buch, an London und den Trubel der Berühmtheit, an Ailie, die Kinder, die Sonne auf dem Yarrow.

Was tue ich da? denkt er. Was in Gottes Namen tue ich nur?

Dann drückt er ab.

Böses Erwachen für Smirke

Der Knall ist entsetzlich laut, eindrucksvoll hallt er von den regennassen Felsen wider wie Dynamit in einem Konzertsaal, wie das wilde Grollen eines Berges, der zum Vulkan wird. Es folgt ein jämmerlicher Schrei, dann ein, zwei, drei weitere donnernde Gewehrschüsse. Ned Rise, allein in dem schmalen Hohlweg, denkt an strammstehende Soldaten, knatternde Banner, zeremonielle Salven, von denen die Füße erzittern, den Gruß an eine neue Epoche. Er lauscht diesen Schüssen mit einer Mischung aus Ekel und Erleichterung. Ekel beim Gedanken an den armen Tropf, der seine Klauerei so teuer bezahlte, Erleichterung darüber, daß der Große Weiße Held endlich zur Vernunft gekommen ist. Es stand nämlich schlimm, sehr schlimm. So wie die Männer vom Fieber und Durchfall kaum noch gehen konnten, der Regen sie ständig steckenbleiben ließ und die Kanaken ihnen das Hemd vom Leib stahlen, sah es schon so aus, als bekäme keiner mehr den Niger je zu Gesicht – weder Park noch der Leutnant, schon gar nicht die halbe Portion von Schwager. Und wo bliebe dann Ned Rise, der Überlebenskünstler? Auf einem Haufen mit den anderen, von den Eingeborenen ausgeplündert, über sich die kreisenden Geier. Sofern Park sich nicht zusammenreißt und ein bißchen die Muskeln spielen läßt. Die Schüsse sind ein guter Anfang.

Ned ist die ganze Zeit still geblieben, hat dem sich entfernenden Geschrei nachgehorcht und auf das Echo des Gnadenschusses gewartet. Nun geht er zu seinem Esel zurück, zieht den Sattel nach und befestigt die Riemen an den diversen Säcken und Kisten, die das Tier auf dem Rücken trägt. Der Regen ist stärker geworden, wenn das noch möglich ist. Als er sich nach der praktisch nutzlos gewordenen Muskete bückt, die Mungo in den Dreck geworfen hat, bemerkt er aus dem Augenwinkel eine Bewegung in der Schneise vor sich. Die nächsten Diebe? Wilde Tiere mit Appetit auf Eselskotelett – oder Menschenfleisch? Instinktiv greift Ned nach seinem Messer.

Da ist es wieder. Ein Huschen im Unterholz. «He!» ruft Ned und kratzt sich nervös an der Henkersnarbe unter dem Kragen. Der Pfad senkt sich hier in eine Lichtung – ein einsamer, massiger Affenbrotbaum, ein paar junge Schößlinge, Savannengras, wilde Blumen, dicke Klumpen von Dorngestrüpp – und führt dann in eine steinige Klamm, die wiederum von gigantischen Findlingen gesäumt ist. Auf Neds Ruf hin stockt die Bewegung. Irgend etwas ist dort hinten, gar kein Zweifel, und um nichts in der Welt will sich Ned näher heranwagen. Er wird einfach warten, bis die anderen kommen, denkt er gerade, da beginnen die Dornranken plötzlich mächtig zu schwanken, als versuchte ein großes Tier sie zu entwurzeln.

Ned reißt der Geduldsfaden; er hebt einen Stein auf, schleudert ihn ins Gebüsch und vernimmt überrascht das leise, unverwechselbare Klatschen von Stein auf Fleisch, einen Ton, den er als Junge beim Zielschießen auf Tauben zu erkennen gelernt hat. Im nächsten Moment teilen zwei schwarze Hände das Laub, und ein verärgertes Gesicht kommt zum Vorschein – aber was für eins! So schwarz und wild wie das eines Gorillas. Nein: noch schwärzer und wilder, denn es ist das Gesicht eines Menschen. Die Augen funkeln aus Höhlen, die mit Ocker rotgelb gefärbt sind, tiefe senkrechte Narben zerfurchen Stirn und Wangen wie schreckliche Wunden, das Haar ist zu einem Knoten nach hinten gebunden, und eine Kette aus Kobraköpfen baumelt dem Mann um den Hals, als wollte er warnen: Ich bin giftig und werde nicht zögern zuzubeißen. Gegen diesen Burschen sind die Taschendiebe aus der Gegend kleine Kinder – sogar die wilde Meute in Pisania würde vor dem erblassen. Ohne viel Hoffnung hebt Ned die triefende Muskete, das Messer hat er unter den Arm geklemmt, als Notlösung.

Es passiert gar nichts. Lange Zeit starren Ned und der wilde Mann einander über eine Entfernung von knapp zwanzig Metern an, der Regen peitscht auf sie nieder, und Ned tut sein Bestes, tapfer und selbstbewußt zu wirken. Dann, ganz plötzlich und unerklärlich, fängt der Wilde an zu grinsen. Eine wüste, feuchte, obszöne Grimasse, die breiten Lippen weit aufgerissen, zu Messern gefeilte Zähne. Und dann ist er weg. Schwupp. Wie ein degenerierter Kobold.

An diesem Abend lagern sie im Freien, der Regen pladdert auf die Zelte wie Eingeborenentrommeln. Imposante Blitze zucken am Himmel, man hört die hohlen, gespenstischen Schreie der durch die Nacht ziehenden Tiere. Gegen zwei wird das kleine Feuer der Wache von einem plötzlichen Wolkenbruch gelöscht, und ein Rudel Hyänen – fliehendes Kinn, die Ohren eng angelegt – schleicht sich ins Lager und zerreißt einen Packesel.

Am nächsten Abend lagern sie wieder im Freien, und wieder regnet es. Ebenso am folgenden Abend, und am Abend darauf. Wenn Ned richtig mitgezählt hat, ist es Mitte Juli, einen Monat nach dem Zeitpunkt, an dem sie laut dem Großen Weißen Helden längst auf dem Niger schippern wollten. Zwei Wochen noch, erzählt er ihnen. Nur noch hundertfünfzig, hundertsechzig Meilen. Gebt euer Bestes, Männer, so beschwatzt er sie.

Pah. Euer Bestes. Am Morgen hat Ned zugesehen, wie

Jonas Watkins sich die Lungen rausgehustet hat und dann mit dem Gesicht nach vorn in der blutigen Brühe zusammengebrochen ist. Sie brachten ihn nochmal auf die Beine, aber er torkelte nur umher und fiel gleich wieder hin. Sein Gesicht war voller roter und weißer Flecken, und seine Augen waren wie Milch. Park schlenderte vorbei und fragte ihn, ob er weitergehen könne. Jonas konnte keine Antwort geben. Nach einer Weile saß der Große Weiße Held wieder auf und wies Jemmy Bird an, Watkins etwas Pökelfleisch und Munition dazulassen. Kommen Sie nach, wenn es Ihnen besser geht, sagte Park. Noch so ein Witz. Sah man die Expedition als einen Mann, der eine Glatze bekam, dann war der arme Jonas nur ein weiteres Haar, das im Waschbecken landete. Echt wütend wird Ned allerdings bei dem klapprigen Schwächling von Leutnant – diesem Schwager. Der wird natürlich auf einer Trage mitgeschleppt, als wäre er vom Königshaus oder so, während man Jonas am Wegesrand für die Geier liegenläßt. Was glaubt denn Park, wem er damit was vormacht?

Ned beißt die Zähne zusammen – und gibt sein Bestes. Der Monat geht vorbei. Sie erklimmen Hügel, durchqueren Ebenen, passieren reihenweise völlig identische, nach Scheiße stinkende Dörfer. Seltsame Vögel fliegen ihnen ins Gesicht, Fleischfresser stürzen sich als rotbraune Schemen auf die Esel, Herden von riesigen, flinken Viechern mit gestreiftem Fell und gekrümmten Hörnern suchen beim Klang ihrer Stimmen das Weite. Sie ernähren sich von Honigdachsen und Buschratten, durchschwimmen mit Blutegeln, Bilharzia und Guineawürmern verseuchte Teiche. Die ganze Welt stinkt nach Kompost und schleichender Fäulnis.

Im Verlauf zweier elender Tage durchwaten sie drei regengepeitschte Flüsse: den Wonda, den Kinyako und den Ba-Li. Jeder Strom donnert dahin wie ein zorniger Gott, starrt vor entwurzelten Bäumen und Bergen von treibendem Gestrüpp, birgt Schlingen, Schlangen und Krokodile, die brausenden Wellen sind kackbraun. Beim ersten – oder war's doch der zweite? – wurde Jimmy M'Inelli, ein angenehmer Bursche, der mit einer Hand besser ein Kartenspiel mischte als die meisten Leute mit zweien Messer und Gabel handhaben können, von einem Krokodil weggeputzt wie ein Käsesandwich. Ned stand direkt neben ihm, bis zur Hüfte im Wasser und kaum drei Meter vom Ufer entfernt, als das Vieh auf den armen Kerl zustürzte wie ein Baumstamm, der eine Holzrutsche hinabfegt, auf entsetzlich mechanische Art das Maul aufklappte und gleich wieder in der braunen Soße versank. Eben noch brüllte er M'Inelli zu, er solle nach seiner Hand greifen, und in der nächsten Sekunde waren da nur noch ein paar Kringel auf der Wasseroberfläche. Ned zögerte keinen Moment. Er wurde zum Akrobaten, zum Adler. Als er in die Höhe schoß, staunte er selbst über seine Kräfte, dann lag er auf der Uferböschung, pitschnaß und zitternd, schnaufte nach Atem wie eine Dampfmaschine. Seine Gedanken rasten. Er sah Billys Gesicht, das von Shaddy Walters, von Jonas, von M'Inelli. Die Angst packte ihn im Zangengriff: Irgendwie, mit Gewalt oder List, mußte er Park umpolen.

Eines Nachts, vor den Toren eines Dorfs namens Bangassi, kauert Ned neben dem Wachfeuer, trocknet sein Hemd an einer Stange und dudelt verträumt auf Scotts Klarinette. (Eine Bemerkung zur Klarinette: der Entdeckungsreisende hatte gemeint, ein wenig Musik wäre doch eine gute Idee, süße Melodien, um die einheimischen Neger zu besänftigen und den Nachzüglern der Karawane ein Zeichen zu geben, sie heimzuleiten wie verirrte Schafe. Als er feststellte, daß Scott vor Mattigkeit kaum stehen, geschweige denn einen Triller blasen oder eine Viertelnote aushalten konnte, bat er um Freiwillige. Alles murrte. Es meldete sich Ned, immer erpicht auf eine Chance, sich beliebt zu machen.) Die Nacht ist dumpfig, ein leichtes Nieseln schwebt herab wie der Atem gefallener Engel. Jemmie Bird, der als Zweiter Wache hat, schläft tief und fest zu Neds Füßen; die anderen wimmern und schnarchen in ihren modrigen Zelten.

Es ist unnatürlich still. So still, daß Ned die einzelnen Tröpfchen zu hören meint, wie sie durch den Nebel niedersegeln. Gerade hat er eine bewegende Darbietung seines altbewährten Paradestücks, *Greensleeves*, geliefert – der letzte traurige Ton hängt noch kristallen in der Luft –, da schreckt ihn ein leises, hartnäckiges Zischeln auf; es wiederholt sich ständig und kommt von irgendwo neben den Zelten. Er dreht den Kopf, sieht angestrengt hin: Ruft ihn da jemand?

Das Licht des Feuers ist unstet, es nimmt zu und ab wie das träge Klatschen von Wellen gegen einen Pier, aber doch, ja, da drüben ist jemand, hinter dem Kommandozelt. Er steht auf und macht behutsam und neugierig ein paar Schritte darauf zu. Aber Moment mal. Es könnte ja Smirke sein, der Dreckskerl, der ihm dort auflauert. Er stellt die Füße nebeneinander und beugt sich vor, sucht die Schatten ab. «Hallo?» ruft er und rechnet halb damit, daß ihn einer der Jungs unter Gelächter anspringt ... andererseits sind alle viel zu geplättet, um Spielchen zu treiben – sie müssen sich ihre Energie fürs Sterben aufsparen. Er will gerade noch einmal rufen, da begreift er alles, als er es plötzlich sieht – dieses Gesicht – dasselbe, das ihn vor vierzehn Tagen aus den Dornranken angestarrt hat. Aber nein, da sind ja zwei, nein, drei. Und wieder dieser Ton, eine Art *sssst*, rufen sie etwa nach ihm?

«Jemmie!» flüstert er und tritt seinen schlafenden Gefährten in die Seite.

«Ma!» fährt Jemmie abrupt hoch. «Mama!»

Als Ned wieder aufblickt, sind die Gesichter verschwunden; Jemmie Bird reibt sich die Augen und murmelt ununterbrochen etwas von einem «wüsten Traum»: «Hab geglaubt, ich wär zu Hause in Wapping und hätt an die Titten von meine Mammi gesaugt – das war 'n Schreck, sag ich dir.» Eine Zeitlang herrscht nachdenkliches Schweigen, die Flammen züngeln in die Luft, dann lacht Bird laut auf – «Ha!» –, als hätte er gerade einen guten Witz über sich selbst gemacht; sein Kopf sinkt schon wieder auf die Brust, und der erste einer anschwellenden Serie von Schnarchtönen raspelt in seiner Kehle.

Bibbernd legt Ned das Instrument weg und packt seine Muskete. Er will gerade in das Dunkel losgehen und sich seinen Dämonen stellen, da legt sich ihm auf einmal eine Hand auf die Schulter, und er wirbelt in Panik herum, doch dort sieht er nur den verblüfften Serenummo, einen der Diener des Nigger-Dolmetschers. Aber wo ist der bloß hergekommen?

E ning somo, merhaba, sagt der Sklave.

Ned erwidert den Gruß. Er und Serenummo haben sich ein wenig angefreundet, rauchen hie und da eine Pfeife miteinander und plaudern ein bißchen auf Mandingo – Ned, um seine Sprachkenntnisse zu verbessern, und Serenummo, um den Weißen mit den Katzenaugen über die Wunder von Enga-lond und das Große Salzmeer auszufragen. Jetzt aber packt Ned den Sklaven am Ellenbogen, bevor der sich noch ans Feuer setzen kann. «Du, hast du vor einer Minute da drüben irgendwas gesehen?»

Serenummo ist groß und ziemlich muskulös, an seinen Armen treten die Venen hervor wie Würgerlianen an einem Baumstamm. Sein Gesicht ist wach und wißbegierig, und wenn er spricht, ist es ein wahrer Wortschwall, wobei er sich zur Bekräftigung am rechten Ohr zupft. Wie fast alle Mandingo hat er nur einen vagen Begriff des eigenen Alters, aber Ned schätzt den Mann auf etwa fünfunddreißig. «Was gesehen?» echot Serenummo nur.

«Ja, Gesichter. Ich bin mir aber nicht mal ganz sicher, ob ich sie wirklich gesehen habe.»

Der Schwarze läßt sich neben dem Feuer nieder und zieht eine Kalebasse aus den Falten seiner Toga. Er winkt kurz mit der zugekorkten Flasche, um Ned einen Schluck anzubieten.

«Wilde», sagt Ned, der die Kalebasse ignoriert. «Nackt und bemalt, mit angefeilten Zähnen. Ich glaube, sie verfolgen uns.»

«Ach so», sagt Serenummo, «du meinst die Maniana.»

«Maniana?»

Der Schwarze nickt. «Kein Grund zum Fürchten. Die hoffen bloß darauf, ein kleines Geschäft mit dir zu machen.»

Ned spürt den Zweifel und die Angst bis ins Mark. Geschäft? Was für Geschäfte ließen sich mit diesen verrückten Monstern wohl abschließen? Erdrosseln und Abstechen? Vergewaltigung, Folter und Verstümmelung? Bis jetzt ist er wie ein streunender Kater immer auf allen vieren gelandet – ob nun als Fischer, Impresario, auferstandener Heiland, Grabräuber oder Zuchthäusler –, aber dieser Afrika-Blödsinn macht ihn vollkommen ratlos. Alles ist so scheußlich und unzivilisiert – manchmal wünscht er, wieder in London zu sein und dort Osprey, Banks und dem Henker davonzurennen. Von denen wurde man wenigstens nicht aufgeschlitzt und mit Sand gefüllt. Ehe er weiß, was er tut, schreit er: «Wieso kommt ihr denn nicht raus da und zeigt euch, ihr Feiglinge? Warum versteckt ihr euch in den Büschen wie eine Horde angepinselter Teufel?»

«Ist nicht ihr Stil», sagt Serenummo, nimmt einen Schluck aus der Kalebasse und mustert Neds Miene. «Weißt du, kaum ein Stamm macht Geschäfte mit denen, deshalb haben sie eine natürliche Scheu. Was sie wollen, das ist ... naja, sie sind scharf drauf, ihre Mitmenschen zu verspeisen: Herz, Nierchen und Hirn. Wir nennen sie die Maniana.»

«Kannibalen», flüstert Ned in seiner Muttersprache.

Serenummo hält nun einen Vortrag, zerrt an seinem Ohrläppchen, seine Augen funkeln: die Unterbrechung bemerkt er kaum. «Sie leben weit drüben im Osten am Joliba. Wenn sie Krieg führen, sammeln sie die Toten und Verwundeten ein und verzehren sie. In Friedenszeiten schickt ihr König manchmal Trupps aus, die einsame Reisende auf dem Weg überfallen, und wenn das nicht gelingt, kaufen sie eben ein paar Sklaven für den Kochtopf.»

Ned hockt zusammengekauert neben dem Schwarzen, gebannt und verängstigt zugleich, wie ein Kind, das einem Märchen von Hexen und Kobolden lauscht. Er kann nicht anders, er muß an all die Männer denken, die sie auf dem Weg zurückgelassen haben, an die Versprengten, die jetzt da draußen umhertappen. In der Nacht.

«Natürlich würde keiner wirklich Handel mit denen treiben», fügt Serenummo mit nervösem Lächeln hinzu, «ich meine, ihnen Sklaven verkaufen. Das wäre zu grausam», flüstert er und wirft Ned einen Seitenblick zu, «viel zu grausam. Ein schlimmeres Schicksal als der Tod.»

In diesem Moment ertönt plötzlich lautes Getöse aus der absoluten Öde der Nacht, dicht gefolgt von einem deftigen Fluch, einem Grollen und Zähneknirschen, dem Klappern von Eselhufen. «Verdammich, wenn ich mir jetz nich grad das Bein angehaun hab. Gottverdammich. Verfluchtsollersein, dieser Scheißer von Park und die Fotze vonner Nutte, die'n hat nuckeln lassen.» Smirkes Stimme.

Serenummo erhebt sich rasch, tippt Ned zum Abschied kurz an und huscht zum Zelt seines Herrn hinüber, als der Lärm näherkommt. Kurz darauf torkelt Smirke in den Lichtkreis des Feuers, neben ihm vier hohlwangige Nachzügler, deren Augen von Fieber und Furcht ganz klein geworden sind. Die Flanken ihrer Esel sind mit Blut betupft, die Nüstern weiß von Schaum. «Meine Herrn» schnauft einer von ihnen, als er vor dem Feuer zusammenbricht. «Wir sind fast lebendig aufgefressen worden da draußen!» Ned erkennt ihn: es ist Frair, ein klapperdürrer Bursche, der ständig nörgelt, er ist wirklich einsame Spitze im Jammern.

«Ham nich mehr weiter gekonnt», fügt ein anderer hinzu, der kaum stehen kann. «Also tun wir Rast machen unter so'm großen schwarzen Baum, und kaum is die Sonne weg, schleichen sich so Wolfsviecher ran – Scheiße, Mann, die ham schon an meine Füße geschnüffelt.»

Smirke läßt sich krachend neben Frair nieder und funkelt Ned an, als wäre der persönlich verantwortlich für all ihre Lebensgefahren, während die anderen – ausgepumpt und benommen wie die Überlebenden eines Schiffbruchs – sich zu den Zelten schleppen, die Esel im Schlepptau. Wortlos beugt sich Smirke über den Topf mit Reis und Zwiebeln, den Ned für die Nachzügler aufgestellt hat. Er frißt mit den Händen, kaut geräuschvoll, grunzt und rülpst dabei, schlürft den schleimigen Pamp von den Fingern wie ein großer hennaroter Löwe, der sich die Tatzen schleckt. Hinter ihm duckt sich Frair, ein schmalgesichtiger kleiner Schakal, der die Überbleibsel aufsammelt.

Smirke ist magerer geworden, Krankheit und Erschöpfung haben seine Masse reduziert. Sein kupferrotes Haar ist ihm größtenteils ausgefallen, und wo seine Haut nicht verbrannt ist, hat sie die Farbe von Talg. Er ist immer noch groß, kräftig und dumm – und somit gefährlich –, hat aber Ned in letzter Zeit kaum Probleme gemacht. Ned, dem Park wohlwollend leichtere Lasten auferlegt, geht normalerweise an der Spitze der Kolonne, während Smirke, der einen Extra-Esel und zwei Drittel der Zimmermanns-Werkzeuge zu bewahren hat, stets die Nachhut bildet. Und nach einem Zehn-Stunden-Marsch im Regen hat wohl auch Smirke keine Energie mehr, alte Rechnungen zu begleichen.

Und das ist gut so – denn für Ned ist die Zeit gekommen, die eigenen zu begleichen. Vergessen ist, daß Smirke ihn mit Freuden verprügelt, ihm das sauer verdiente Ersparte gestohlen und den Traum mit Fanny zunichte gemacht hat. Vergessen ist sein Meineid vor vielen Jahren, der Ned an den Galgen liefern sollte. All das hat keine Bedeutung mehr. Wichtig ist nur, daß dieser Wahnsinnige hier sitzt und auf seine Chance lauert. Also: sterben oder sterben lassen. Es war kaum drei Wochen her, sie hatten an einem düsteren, feuchten Morgen die Esel gesattelt, da war Smirke ohne Anlaß über ihn hergefallen. Offenbar war ihm sein Leinengurt beim Straffen gerissen und damit auch ein Geduldsfaden. Schwerfällig trat er im Zorn nach dem Esel, schmiß den nutzlosen Gurt weg und warf sich dann auf Ned. Die brutale Attacke kam in der klaren Absicht, zu überrumpeln und zu töten. Ohne Warnung schlug er Ned voll ins untere Rückgrat, stieß ihn in eine flache, nach Urin stinkende Pfütze und drückte sein Gesicht hinein. Hätten sich nicht sofort Park und Martin eingemischt, Ned wäre glatt ertrunken. So bekam er nur einen guten Schluck Flüssigkeit in die Lunge und trug eine schwere Prellung davon, die ihn tagelang krumm gehen ließ. Der rasende, wutschnaubende Smirke mußte wie ein Heuballen verschnürt und auf einen Esel gebunden werden. «Dafür bring ich dich um, Rise!» stieß er wieder und wieder hervor, bis ihm jemand eine alte Socke in den Mund steckte.

Jetzt mustert Ned den wie ein sabberndes Vieh über dem Essen hockenden Smirke, seine vor Erschöpfung und Malaria-Auszehrung fast erloschenen Schweinsäuglein, und da hat er eine Inspiration. Er hält den Atem an, bis Smirke und Frair unisono schnarchen – sie liegen vor dem Feuer ausgestreckt wie Hunde nach der Hetzjagd –, dann sieht er nach, wie weit Jemmie Bird noch wach ist. Bird bekommt von der Welt nichts mehr mit. Mit pochendem Herzen und trockener Kehle prüft Ned die Zündpfanne seiner

Muskete und steckt Jemmies Pistole in den Gürtel. Dann schleicht er auf Zehenspitzen vom Lagerfeuer weg, verschmilzt allmählich mit den Schatten hinter den Zelten. «Sssst!» ruft er. Keine Antwort. Er versucht es noch einmal. Immer noch nichts. Und dann kommt, dünn wie ein Hauch, der Ruf zurück.

Da sind die Maniana, Fragmente der Finsternis. Er kann sie riechen – Schweiß und Fett und den Moschusgeruch wilder Tiere –, einen Geruch, der so stechend und durchdringend ist, daß er zusammenzuckt, einen Geruch, der uralte Erinnerungen der Spezies aufwühlt, Atavismus und Zeichenfunktion zugleich. Dann sieht er sie, sieht ihr Grinsen, die Zähne hängen in der dunklen Leere wie losgelöst von Kiefern und Gesichtern. Als sie nähertreten, weicht er etwas zum Feuer zurück, die Muskete auf die blinkende Zahnreihe gerichtet, die ihm am nächsten ist.

Sie kommen aus den Schatten gehuscht wie aus einem Teich, die Dunkelheit saugt von hinten an ihnen. Es sind fünf, jung und hager und wild dreinblickend. Der Geruch dreht ihm den Magen um. Er winkt sie heran, und der vorderste Wilde, der mit der Halskette aus Kobraköpfen, kommt näher. Ned deutet auf den schlafenden Smirke. «Kleines Geschäft?» fragt er auf Mandingo. Der Kannibale taxiert den großen, sonnenverbrannten Mann auf dem Boden, dann wirft er Ned einen Blick zu. Seine Zähne scheinen zu mahlen, und er unterdrückt mit Mühe ein Zittern der Vorfreude. Plötzlich liegt in seinem Gesicht eine Frage, ein Flehen, und er hält drei Finger hoch.

Anfangs ist Ned verwirrt ... doch dann begreift er. Der Maniana fragt, ob alle drei zu verkaufen sind – Bird und Frair ebenso wie Smirke. Einer der anderen ist jetzt vorgetreten, schmächtig und ausgehungert, er mustert die Schlafenden wie eine Hausfrau Hähnchen am Geflügelstand. Nein, winkt Ned heftig ab, und er hebt nur einen Finger in die Höhe, bevor er nochmals auf Smirke zeigt. Der Anführer wirkt leicht enttäuscht, sein wölfisches Grinsen zuckt kurz, doch dann sagt der andere etwas, knapp und tonlos, und beide nicken heftig mit dem Kopf, wie Aasvögel, die auf einen Kadaver einhacken: abgemacht.

Ned sieht aus dem Dunkel zu, wie die fünf den schlummernden Smirke schweigend mit Hanfstricken fesseln, ihn wie eine Mumie einwickeln. Als sie ihn dingfest haben, schlägt der mit dem Kobrakopf-Halsband Smirke in das breite, schnurrbärtige Gesicht, um ihn hellwach zu machen, gleichzeitig stopft er die rosa Knospe des sich öffnenden Mundes mit einem Knebel aus Baumwolle und Bienenwachs. Smirke spannt sich gegen die Fesseln, als sie ihn wegschleifen, verschnürt wie ein Schwein zum Schlachten, eine Kette von wüsten Protesten und Hilfeschreien bleibt tief in seiner Kehle stecken. «Mmmmmmmmmmmmm», stöhnt er, «mmmmmmmmmmmmm», als nähme er gerade zu einem Abendessen bei Kerzenschein Platz.

Hingerissen kommt Ned immer näher, verhängnisvoll angezogen wie eine Motte vom Licht, bis er sich ruckartig zusammenreißt – wenn er nicht aufpaßt, endet er zusammen mit Smirke im Topf. Auf einmal wirbelt Kobrakopf herum, sein eines Auge zuckt, die Lippen sind zu einem geilen, ruchlosen Grinsen verzogen, dem Grinsen zwischen Verschwörer und seinem Kumpan. Ned schreckt zurück, als der Wilde die Hand ausstreckt. Aus dieser Nähe ist der Geruch des Mannes unerträglich: Ned möchte sich die Kleider herunterreißen, laut brüllend durch den Wald rennen, Blut schlürfen. Der Maniana hat etwas in der Hand, einen schwarzen Lederbeutel, klein und glatt wie eine Birne. Nimm, bedeutet er ihm, indem er ihm zunickt und den Arm ausstreckt. Ratlos greift Ned nach dem weichen schwarzen Sack, dann wird ihm mit einem Schwall trunkener Freude klar, daß dies sein Lohn ist – Judas Ischariot –, und er lacht tief im Innern, als er den Beutel in die

Tasche schiebt. Er fühlt sich böse, machtvoll, erregt. Ein Partner der Dämonen und Teufel und Wesen der Nacht.

Er tritt auf Smirke zu und sieht ihm direkt in die Augen. Der schwere Mann liegt da wie ein Baby mit Bart, sein Mund kämpft mit dem Knebel, er reckt den Hals, die Arme sind dicht an den Körper gezogen, wie in frische Leinenwindeln gewickelt. Sehnen wölben sich an seinem Kiefer, in seinem Hals bläht sich nutzlos der Atem. Und diese Augen: sie zucken wild von Gesicht zu Gesicht, starr und voller Entsetzen, bis sie sich mit einem Blick von Zorn und Haß und restloser Hoffnungslosigkeit auf Ned heften. Ned antwortet mit einem Zwinkern, hebt die Hand und wackelt mit zwei Fingern wie eine alte Jungfer, die ihre Busenfreundin im Hafen verabschiedet. Und dann, als die Sonne über den Hügeln aufsteigt, heben sich seine Mundwinkel zu einem spöttischen Lächeln.

Aus dem Tagebuch des Entdeckungsreisenden

Bambakou am Niger

19. August 1805

Endlich, nach all dem Drangsal und Leid, sind wir am Ziel: ich danke dem Herrn, der mich unter Seinem Schutzschirm geleitet und mich leben ließ, um den Kopf ein zweites Mal im Niger zu benetzen und wiederum dem süßen Schwirren seiner Musik zu lauschen, das an meinem Ohre vorüber rauscht. Was für ein glorreicher Strom, wie er übergeht vor der kostbaren Last des Monsuns, schwarz mit Schlick, weit und majestätisch wie kein Fluß dieser Welt – selbst hier an seinem obersten Laufe.

Die eine Lection, die uns dieser mühsame Marsch gelehrt, ist die Folgende: Daß es einer Partie von Europäern mit Handelswaaren gelingen möchte, ins Innere

des Kontinents vorzudringen und hierbei ein Geringstes an Zusammenstößen, Dieberey und der Einheimischen Widerwillen auf sich zu ziehen und nicht mehr denn drei oder vier aus fünfzig Mann zu verlieren, so man hierzu die rechten Vorkehrungen trifft und die Widrigkeiten des Klimas in Betracht zieht. Wir hingegen erreichten das Ziel mit sechs braven Burschen von echtem Schrot und Korn aus den Reihen der Soldaten von Goree – Martyn, M'Keal, Bird, Rise, Frair und Bolton – und einem tüchtigen Zimmermannsgesellen, der den gesammten Weg mit mir von Portsmouth gekommen, einem Joshua Seed, der jedoch gegenwärtig delirirt. Zum Unglück verloren wir den kräftigen Smirke vor etlichen Tagen an des Nachts umherstreifende Raubwesen, und Mr. Scott, der sich ein wenig unpäßlich gefühlt, sah sich zum Zurückbleiben in Koumikoumi genöthigt – einem malerischen Bergdörflein kaum vierzig Meilen entfernt –, bis daß er wieder genug bei Kräften wäre, uns nachzureisen.

Johnson – vielmehr Isaaco, wie er sich nunmehr zu nennen beliebt – erwies sich auf dieser Expedition gleich wertvoll wie auf der Ersten. Treu ergeben, kenntnißreich, bescheiden und klug, so hat dieser wahrhaft Afrikanische Mann von Bildung, der einst Baumwolle in den Carolinas gepflückt und den häuslichen Bedürfnissen des Sir Reginald Durfeys dienlich gewesen, sich mit Herz und Seele dem Ausdehnen der Grenzen des geographischen Wissens verschrieben, den Annehmlichkeiten von Heim und Familie entsagt, um uns beim Vorantreiben einer Schneise vom Gambia zum Niger behülflich zu sein. Gerade am heutigen Morgen erschien er vor meinem Zelte mit dem bescheidenen, doch höchst staatsklugen Vorschlag, wir mögen eine Botschaft an Mansong von Bambarra vorausschicken, des Inhaltes, daß wir sein Reich betreten und seinen

Segen für unser Vorhaben erbäten. «Famose Idee!» rief ich und entsandte ohne Verzug zwei von Johnsons schwarzen Bediensteten nach Segou, die Geschenke für Mansong und seinen Sohn Da mit sich führten, nebst einem Briefe, in dem unsre Absicht dieses nochmaligen Besuches in seinem Lande dargelegt. Es ist meine innige Hoffnung, daß dieser freigiebige Potentat uns mit den Schiffen zum Vorantreiben unsres Unternehmens versorge, da ohne die Zimmerleute das Anfertigen eines eignen Fahrzeuges gar heikel werden mag.

Indessen entschied ich – wiederum auf Johnsons Rat –, auf dem Flusse an Segou vorbei zu der Stadt Sansanding zu gelangen (befördert von einem seltsamen Volke, das sich den Unterhalt mit dem Transporte von Handelsgütern und Passagieren in Einbäumen verdient, ganz wie die Gondolieren von Venedig), wo wir uns unsrer Tauschwaaren entledigen könnten, um uns sodann auf der H.M.S. JOLIBA in Richtung unbekannter Gefilde einzuschiffen. Hier stimme ich mit meinem getreuen Dragoman wohl überein, daß die Etiquette uns gebietet, Segou zu vermeiden, um uns nicht nochmals der gar mildthätigen und wahrhaft Christlichen Barmherzigkeit des Mansong aufzunöthigen, der doch schon unsrer ersten Expedition derart viel Sorge getragen. Obzwar Sansanding als vornehmlich maurische Siedlung gilt, sollten wir dortselbst doch einen bessren Preis für unsre Waaren erzielen, und in jedem Falle dürften wir längst auf den weiten Fluten des Niger dahintreiben, wenn der angeborne Fanatismus und die blinden Vorurtheile der Mauren uns irgend ein Leid zufügen können. Einmal an Bord, habe ich vor, keinerlei Verkehr mit einheimischen Stämmen zu haben, für den Fall, daß diese sich als feindlich erweisen, zumal wir dem Flusse nordwärts ins Herz des Maurenreiches folgen werden. Hernach wird kein Handel mehr getrieben, bis daß wir die offene See erreichen. Mit Gottes Willen wird die Fahrt so geruhsam sein, als sie sich derzeit darstellt. Von dem teuflischen Dassoud habe ich einstweilen nichts gehört. Sicherlich hat er seit Langem den Preis für seine Sünden bezahlt.

O geheimnißvoller, legendenschwangerer Fluß des Goldes! Wie schön ist es, wieder Deinem Zauber zu erliegen, die breiten Ausmaße Deiner brodelnden Fluten zu überschauen, einen langen, kühlen Zug Deiner Gesundheit und Stärkung zu trinken! Alexander Anderson, mein geliebter Schwager und Zweiter Offizier, scheint ebenfalls gar herzerquickt bei seinem Anblick. Dieser mutige Schotte, trotz seines Kampfes gegen die Wirkungen des Klimas und die gewaltigen Strapazen unsres Marsches, ist mir durch Dick und Dünn beigestanden, ein großer Trost und ein Beispiel. Sein Fieber scheint um Etliches gelindert, und die heilsamen Wasser des Niger haben derartige Farbe in seine bleichen Wangen gefördert, daß es mir sogleich summende Herde und den kühlen, sanften Schneefall des Grenzlandes in Erinnerung ruft. Ich hoffe inständig auf seine baldige und vollständige Gesundung, und ebenso darauf, daß Mr. Scott sich noch innerhalb dieser Woche wieder zu uns gesellt. Sodann werden wir, mit neuen Kräften an Geist und Körper, aufbrechen, den Niger zu erobern.

Oh, alles ist so anders

Er war der geborene Träumer. Ein geborener Dummkopf, hätte sein Vater gesagt, ein brabbelnder Idiot, ein ungehobelter Bengel, zu nichts nütze, als Whiskyflaschen zu leeren und eine Gabel zum Mund zu führen. Mit sechs auf eine auswärtige Schule geschickt, zog er sich nach innen zurück, verschlang Mythologien und Reiseberichte, ein Einsiedler, der von der harten physischen Welt des Internats in die tröstlichen Seiten eines Buches oder auf einen Spaziergang in der Abgeschiedenheit überwucherter Waldwege und einsamer Kirchhöfe entfloh. Wenn er in den Ferien heimkam, durchwanderte er die Hügel um Selkirk, ein Fremder für die Bauernsöhne, die ihn auf der Straße ignorierten, hinter seinem Rücken aber einen Snob nannten. Sein einziger Gefährte war seine Schwester.

Er war ein schmächtiger, unsportlicher Junge, und dann war er plötzlich ein Mann. Die Verwandlung bemerkte er kaum. Sie verlief so rhythmisch und unauffällig wie der Wechsel der Jahreszeiten, ergrünendes Gras, fallendes Laub, Schnee, Regen und Sonne, Internat, Oberschule, Universität. Von dem Tag, da seine Mutter fortging, bis zum Hochschulabschluß in Edinburgh war sein Dasein abgezirkelt, der Weg klar vorgezeichnet, das Tempo geruhsam, und er hatte keinerlei Grund, sich zu fragen, was er mit seinem Leben anfangen wolle – in der kühlen Gewißheit des Unerfahrenen war ihm jedenfalls klar, daß es etwas Sensationelles sein werde.

Wieder daheim unter des Vaters Dach, das Diplom in der Hand, war Alexander Anderson jedoch in Verlegenheit. Zum erstenmal im Leben konnte er eine freie Entscheidung treffen – davonlaufen, wohin ihn die Beine trugen; tun, was er wollte. Die Last der Verantwortung war erdrückend. Horaz, Catull, die *Physiologie* des Aristoteles – was nützten sie alle ihm jetzt? Trotz des Drängens seines

Vaters behagte ihm die Medizin gar nicht – allzu schäbig, ja widerwärtig war sie. Eine juristische Laufbahn einschlagen oder die Priesterrobe anlegen, wie so viele seiner Schulkameraden, wollte er auch nicht. Er spielte kurz mit dem Gedanken, sich einen Namen als Dichter zu machen – der großartige Southey, der wagemutige Burns, der erstaunliche Anderson –, doch gab er ihn auf, nachdem er ein halbes Dutzend Notizhefte mit düsterem, wehleidigem Kitsch im Stil von Henry MacKenzies *Mann von Gefühl* gefüllt und mit Gleichmut und Nüchternheit festgestellt hatte, daß er keinen Funken Talent besaß. Ais nächstes kam er aufs Militär – die prächtigen roten Jacken Trommeln und Querpfeifen, die Franzosen in die Knie zwingen und all das – aber nein, dort endeten ja die ganzen Sportskanonen, auf dem Schlachtfeld, mit eingeschlagenen Schädeln –, und wie konnte denn er, einsdreiundsechzig groß und siebenundfünfzig Kilo schwer, sich mit denen messen?

Also blieb er in Selkirk, machte lustlos mit seinem Vater Hausbesuche, von ziellosem Sehnen durchdrungen, gebeugt wie ein schneebedeckter Frühjahrstrieb von der Last der Wertelosigkeit und der Selbstverachtung, er ernährte und kleidete sich recht gut aus den Zinsen seines bescheidenen Treuhandkontos, er schlug die Zeit mit Trinken tot und träumte, immer träumte er.

Dann kam Mungo vom Niger zurück, schillernd, heldenhaft, vor Erfolg riesengroß, und auf einmal zweifelte Zander nicht mehr am Sinn seines Lebens. Eine zweite Expedition würde folgen, und er würde daran teilnehmen. Gab es eine wagemutigere Aufgabe? Nelson und selbst Napoleon traten dagegen in den Schatten. Der Kitzel, dem Unbekannten die Stirn zu bieten, das köstliche Risiko, die berauschende Erregung des Sieges über die Natur: es war zu schön, um wahr zu sein. Wie hatte er in den vergangenen Jahren je etwas anderes in Betracht ziehen können?

Natürlich, dachte er, natürlich, das war es; die Idee wuchs in ihm wie eine zähe Kletterranke, wie Efeu breitete sie sich aus, bis sie alle Spalten und Ritzen seines Ichs ertastet und ausgefüllt hatte. Er würde Sümpfe durchwaten, Pfade durch Nesseln und Gestrüpp schlagen, für seinen Schwager den Kundschafter machen, klein und flink und behende, all die tief verborgenen Geheimnisse des Schwarzen Kontinents erforschen. Es war eine Offenbarung. Alexander Anderson, Entdeckungsreisender. Genau dafür hatte er sich aufgehoben.

Daß er auf seine Chance sieben Jahre würde warten müssen, ahnte er allerdings nicht.

Sieben lange, quälende Jahre, die an ihm zehrten wie eine unbegrenzte Gefängnisstrafe, keine Begnadigung wegen guter Führung. Er vergeudete die Zeit mit Trinken, Reiten, einer Liebelei hie und da. Er ging auf die Jagd, rauchte Zigarren, begann zur Verbesserung der Kondition mit dem Boxen. Und er war ständig bei Mungo. Ließ ihn die Geschichten wieder und wieder erzählen, bis er sie Wort für Wort nachbeten konnte, bis sie durch seine Gedanken geisterten wie alte Legenden. Er pfuschte in dem einzigen Beruf herum, den er gelernt hatte – Wundarzt –, aber nur um sich von seiner Besessenheit ein wenig abzulenken. Nachts und an den öden grauen Nachmittagen verschlang er jedes Buch, das er über Afrika und Forschertum in die Finger bekam. Er las John Moore und James Bruce und Leo Africanus; von den *Reisen* seines Schwagers verschliß er drei Exemplare, denn er trug immer eines bei sich, brabbelte über den eselsohrigen Seiten, zitierte verdutzten Patienten und strohdummen Bauern daraus, als wäre es eine heilige Schrift. Dann nahm Mungo ihn eines Nachmittags beiseite und sagte, er solle sich bereit halten. Er schwebte im Himmel. Als drei Monate später der Absturz kam, versank er in Verzweiflung. Ein Jahr verging – das längste und trostloseste seines Lebens –, bis Mungo ihn wieder aufstörte. Diesmal war es kein falscher Alarm. Wie in Trance packte er seine Koffer, all seine Hoffnungen und Träume wurden wahr, all die Jahre des Wartens waren vorbei. Er fuhr nach Afrika.

Der Regen schlägt jetzt auf die Zeltwand ein wie eine biblische Heimsuchung, seine Gedärme werden zu Eis und sein Gesicht brennt wie Feuer. Er liegt rücklings auf einer schweißdurchnäßten Trage zwischen zwei brüchigen Kisten, während in der Ferne ein Rabe krächzt und ihm schwarze Käfer die Beine hochkriechen und ins Gesicht schwirren. Er stirbt. Er ist ausgelaugt, ausgezehrt, wiegt gerade noch fünfundvierzig Kilo, und er kann nicht – will nicht – mehr weiter. Beschämend genug, daß er sich von beinahe ebenso erschöpften Männern hat tragen lassen – tragen lassen wie eine Frau oder ein Kind. Mungo hat ihn mit Kalomel vollgestopft, ihn zur Ader gelassen, ihm Schlangen und Zwergantilopen geschossen und augenlose weiße Maden, groß wie der Unterarm eines Mannes, aufgestöbert, damit er frisches Fleisch bekam. Alles umsonst. Er stirbt. Und ist froh darüber.

Plötzlich geht die Zeltklappe auf und Mungo schlüpft herein. Seine Augen sind tiefe, unruhige Teiche, wund vor Zweifeln und Besorgnis, sein Gesicht so hager und gelb wie ein kaputter Fußball. Ein Tropfen Wasser hängt ihm an der Nasenspitze. «Na, wie fühlst du dich?» fragt er.

Zander will die Last, die er darstellt, dem Entdeckungsreisenden von der Schulter nehmen, will ihn anlügen und sagen: *Es geht schon – mach dir mal keine Sorgen um mich.* Aber er kann nicht. Als er den Mund öffnet, um die Worte zu entlassen, kommt nichts heraus, kein Ton.

Mungo hört auch gar nicht auf eine Antwort. Er geht weiter, dreht ihm den Rücken zu und wirft den triefenden Überzieher ab, dann sinkt er auf eine Kiste neben dem Bett. Der Gestank von Schwefel liegt kurz in der Luft, als er eine Talgkerze entzündet, dann raschelt er mit Papier. Gleich darauf schreibt er, fast in rasender Not, in sein Tagebuch, als könne das Niederschreiben von Worten Schicksalsschläge abwenden oder den Toten Leben einhauchen.

Draußen beugt sich das regennasse Dorf Bambakou dem Ansturm der Sintflut: Tamarinden, Mahagoni, Feigen, grellbunte tropische Vögel sind Farbtupfen vor einer massiven Wand von Grün. Hinter den naßglänzenden Hütten und dem dichten Böschungswald straft der Niger seine Ufer, peitscht die Erde bis auf die metamorphen Knochen, artikuliert klatschend und schlürfend seine Autorität, indem er die Regenfälle wie ein bodenloses Loch aufsaugt. Noch im Bett kann Zander ihn hören, den Regen, der im fernen Hügelland niedergeht und nun in einem pulsierenden Gewirr aus braunen Tentakeln am Zelt vorüberrauscht, dahinrast, anprallt und aufwirbelt, bis er endlich durchbricht und sich dem Strom für den weiten, unerbittlichen Sturmlauf zum Meer anschließt.

«Es ist ein Jammer», sagt Mungo über die Schulter zu ihm. «Die vielen Verluste, meine ich. Wenn ich die Sache noch einmal beginnen könnte, würde ich England nicht verlassen, ehe ich nicht felsenfest überzeugt wäre, daß die Regenzeit hier vorbei ist.» Er macht eine Pause, der Federkiel kratzt währenddessen weiter drauflos. «Das Klima war schuld daran – ganz ohne Zweifel. Wir Schotten und Engländer sind eben nicht dafür geschaffen, diese faulige Luft auszuhalten, diese dauernde Nässe, diese ...» Er knallt die Feder bin und preßt die Finger auf die Augen. Mit dem Rücken zu Zander setzt er noch einmal an, seine Stimme stockt vor Schmerz und Enttäuschung, eine neue schlechte Nachricht klemmt wie Knorpel in seinen Zähnen. «Ich kann's dir ruhig gleich sagen», stöhnt er und dreht sich abrupt um. «Scott ist tot. Er –» Der Entdekkungsreisende blickt seinen Schwager an und wendet sich dann wieder ab, als schäme er sich, ihm in die Augen zu sehen. «Er ist vor zwei Tagen dem Fieber erlegen. Der *Duti* hat es mir soeben durch einen Kurier ausgerichtet.»

Zander gibt keine Antwort. Er hat Mühe, die Augen offenzuhalten, und er bekommt nicht genug Luft. Es ist wie damals, als er zum erstenmal in der Schule Fußball gespielt hat und plötzlich am Boden lag, alle Sinne durcheinander und außer Puste.

Eine Stille kommt auf, schleppend und stumpf, untermalt vom Hintergrundrauschen des Regens und dem donnernden Niger. «Zander?» sagt Mungo. Und dann, fast wie ein Anpfiff: «Zander!»

Im Nu ist er da, setzt durch den Raum und packt das Handgelenk seines Schwagers, wie um ihn davon abzuhalten, über den Rand eines Abgrunds zu entgleiten. Der Puls ist kaum zu spüren, schwach und unregelmäßig wie das Ticken einer kaputten Taschenuhr. In Panik schlingt der Entdeckungsreisende die Arme um ihn – ein Bündel Reisig in einem schlaffen Sack – und bringt ein essiggetränktes Tuch vor die Nase seines Schwagers. Zanders Lider flattern zweimal, die Iris ist nach oben gekehrt, als starre er in sich hinein. Auf seiner Kehle erscheint ein roter Striemen, und eine fahle Blässe ist auf sein Gesicht gekrochen.

Im Sterben ähnelt er Ailie.

Das Ende des Lateins

Die Spanier kennen nur ein Verb, *esperar*, um sowohl Warten wie Hoffen auszudrücken. So ist es auch im Englischen: kein Warten ohne Erwartung. Man wartet auf den Frühling, einen Sitzplatz, den Tod.

> **warten** reglos oder inaktiv oder hoffend verharren, bis etwas Erwartetes eintritt.

Ailie wartet. Harrt reglos in Selkirk, im Haus ihres Vaters, reglos und hoffend – auf was? Auf den Brief, der besagt, sie möge nicht mehr warten, sie werde Gatten und Bruder nie wiedersehen? Oder auf das hastig gekritzelte Schreiben, das die Nachricht von Mungos Wiederauftauchen an der Küste Afrikas bringt, am Leben und wohlauf und noch am selben Tage an Bord gehend, zum tausendstenmal der große Held? Weder, noch. Oder beides. Inzwischen macht es kaum einen Unterschied. Sie ist mit ihrem Latein am Ende. Ihr ganzes Leben lang hat sie auf Mungo gewartet – daß er von der Universität, aus Djakarta, Afrika oder London heimkam. Sie kann nicht länger warten. Wirklich, ganz ehrlich, lieber wüßte sie mit Sicherheit, sie wären tot – er und Zander, alle beide –, als dieses Niemandsland der Anspannung zu ertragen, diese Agonie des Lebens für einen anderen, der anderswo existiert, jeden Atemzug, Tag für Tag, in der morbiden Vorstellung von Ereignissen zu tun, die an einem so fernen Ort stattfinden, daß er ebensogut ein Mythos sein könnte.

Drei Briefe hat sie bekommen. Einen von Zander aus Goree und zwei von Mungo, geschrieben auf den Kapverdischen Inseln beziehungsweise in Pisania. Der Brief aus Pisania kam letzte Woche. Flach wie ein Dolch lag er in der Hand des Briefträgers, und sein Anblick, scharfkantig und weiß, riß ihr fast das Herz heraus. Sie steckte den Umschlag in die Einkaufstasche und eilte in nervösem Laufschritt davon, das Blut summte ihr in den Ohren. Benommen trat sie durch das Gartentor, die Treppenstufen hallten mit hundertfachem flüsterndem Knirschen und Ächzen unter ihren Schritten wider, und dann war sie allein in ihrem Zimmer. Lange Zeit saß sie reglos auf dem Bettrand und studierte die vertraute Handschrift, die quer über das Kuvert gekrakelt war, widerstand dem Impuls, das Ding ins Feuer zu schmeißen. Eine Viertelstunde verstrich. Dann schlitzte sie den Umschlag, ruhig und bedacht wie ein Steuerbeamter, mit einem Brieföffner auf und zog das gefaltete Blatt heraus.

Der Brief sagte ihr gar nichts.

Wie sein Vorgänger war er voller Prahlerei und Eigenlob, leeres Gerede von kräftigen Eseln und Männern von Schrot und Korn. Er würde den Niger aufs Kreuz legen, er, Mungo, ihn von Anfang bis Ende mit dem Zollstock abmessen und kartographieren und dann rechtzeitig nach Hause kommen, um in aller Ruhe die Weihnachtsgans anzuschneiden. Am Schluß noch ein paar kurze Worte der Sorge um sie und die Kinder. Er hoffe, das Baby sei gesund und glücklich und ein Junge. Der Brief war am 29. April datiert: vor nahezu fünf Monaten.

Sie wartet auf den nächsten. Sie wartet auf Mungos Rückkehr zu ihr. Sie wartet darauf, daß ihr Leben wieder weitergeht. Einstweilen aber hat sie ja die Kinder. Thomas, das Jahrhundertkind, ist fünf; Archibald, der im April geboren wurde, ist von der Mutterbrust zu Apfelmus und Haferbrei übergegangen. Zusammen mit Mungo junior und der kleinen Elizabeth erzeugen sie ein quengeliges Dauergeräusch, das sie entweder mit seiner Gegenständlichkeit und Direktheit tröstet oder zum Wahnsinn treibt, je nach Stimmung. Das Mikroskop hat sie seit dem Frühling nicht angerührt. Sie langweilt sich. Es ist das alte Lied.

Mit einer Ausnahme: Georgie Gleg. Er war den Sommer über in Galashiels, nahm sich Urlaub von der Uni und seiner Praxis. Jeden Tag besuchte er sie mit kleinen Geschenken in Selkirk: mit einem Blumenstrauß, einer Schachtel Pralinen, einem dreibändigen Roman. Er lud sie auf Spazierfahrten in seiner Kutsche ein, nahm sie zum Abendessen mit nach Galashiels auf den Familiensitz, oder was davon übriggeblieben war. Er unterhielt sie. Riß sie aus den Grübeleien, lenkte sie vom Warten ab, von den magenzerfetzenden Ängsten, die sie tagsüber betrübten und des Nachts heimsuchten.

Im Ort runzelte man die Stirn. Ihr Vater ermahnte sie. Schließlich sei sie eine verheiratete Frau, noch dazu die Gattin eines Heiligen und Helden. Sie wußte das, und ihr Gewissen nagte an ihr. Aber ebenso deutlich spürte sie, daß sie Mungo nichts mehr schuldig war, da er sie getäuscht und betrogen hatte, und sie würde tun, was ihr Spaß machte, pfeif auf den Anstand. Außerdem zeigten die Unternehmungen mit Georgie ja nur ihr Bedürfnis nach Gesellschaft. Dieselben Fischfrauen, die so gern über sie die Nase rümpften, keuchten und grunzten am Samstagabend in den Büschen hinterm Wirtshaus wie brünstige Säue. Nein: sie konnten ihr alle den Buckel runterrutschen. Die hatten ja keine Ahnung, was sie durchmachte, keine Ahnung, wie es war, mit seinem Latein am Ende zu sein.

Der Brief

Segou. Ein regnerischer Nachmittag Mitte September 1805. Vor den weißgetünchten Mauern von Mansongs Residenz hockt eine Schlange von Bittstellern und wartet auf die Erlaubnis zum Eintreten, um dem Potentaten ihre Huldigung zu erweisen. Es ist eine bunt zusammengewürfelte Menge: Stammesvertreter aus dem Westen in klatschnassen Sarongs und schlaffen Federkronen, mürrisch dreinblickende Mauren halten in Antilopenleder gewickelte Salzblöcke, zerlumpte alte Männer kauern neben erbärmlichen Ziegen, Ochsen und Affen. Da sitzen Aussätzige und junge Rangen, Sänger, Bettler und Sklaven. Und dann die Frauen: breitschultrige zänkische Dorfweiber mit Stoffballen, Weidenkörben, Singvögeln in Käfigen und diversen angeleinten Katzen, uralte Vetteln, die Körbe mit Tamarindenfrüchten vor die welken Brüste pressen, barfüßige Mädchen, schön und gut entwickelt, in Indigogewändern und mit kupfernen Armbändern, wie Paradiesvögel zur Inspektion aufgereiht.

Am Ende der Schlange, mit wehen Füßen und bis auf die

Haut durchnäßt, stehen die traurigen Gestalten von Serenummo und Dosita Sanu, Diener von Isaaco dem Schreiber und Emissäre des *tobaubo* Park. Ihre Esel sind schwer beladen mit seltenen, erlesenen Geschenken für Mansong und seinen Sohn Da. Die Geschenke reichen vom rein Praktischen (silberne Terrinen, doppelläufige Flinten und Fässer mit Schießpulver) über Genießerisches (ein Kasten «Whitbread's»-Bier und eine Blutwurst) zum Kuriosen (sechs Paar Samthandschuhe, ein Kneifer mit Goldkettchen und eine Spieldose die die ersten acht Takte der Arie «Ombra mai fu» aus *Xerxes* leiert). Wichtiger noch, die beiden demütigen Gesandten tragen einen Brief des Entdeckungsreisenden an den Potentaten, einen unter stärkster Geheimhaltung geschriebenen und beförderten Brief, drei Blatt Papier, die der Entdeckungsreisende offenbar für wertvoller als Gold hielt, so mächtig wie einen *saphi*.

Dieser Brief. Er sei *nur* in die Hand von Mansong selbst abzuliefern, hatte der Entdeckungsreisende verlangt, dabei waren seine Pupillen zu Stecknadelköpfen wildester Intensität verengt; unter keinen Umständen sei der Inhalt Dritten zu enthüllen – nicht Wokoko, nicht den baumlangen Kerls der Prätorianergarde, besonders aber nicht den maurischen Händlern auf dem Bazar, und *ganz* besonders nicht Dassoud oder einem seiner Schergen. Ein seltsamer, fast mystischer Blick hatte in den Augen des weißen Mannes gelegen, als er ihnen den Brief übergeben und seine Anweisungen zum siebenundfünfzigsten Mal wiederholt hatte. Serenummo wird den Blick nie vergessen. Der *tobaubo* hatte ausgesehen wie ein Stammeszauberer, der hoch oben auf einem Baum oder einer Felszinne hockt, die Arme weit gespreizt, und sich für den Sprung in den Glauben stählt. Oder ins Vergessen.

Bambakou am Flusse Joliba
10. September 1805

An Mansong den Erhabenen, Entleiber des Elefanten und Zähmer des Zebras, Mansa von Bambarra, Wabu, M'butta-butta, etc.

EURE KÖNIGLICHE HOHEIT:
Ich bin jener Weiße, der vor neun Jahren nach Bambarra kam. Sodann kam ich nach Segou und erbat Eure Erlaubnis, gen Osten weiterzureisen; nicht nur gestattete mir Eure Hoheit dies, sondern machtet Ihr mir zudem das großherzige Geschenk von fünfzig Tausend Kauris, um Proviant auf dem Wege zu erstehen. Durch diesen Edelmut ist der Name Mansong im Lande der Weißen hoch geachtet und verehrt. Demzufolge hat mich der Herrscher jenes Landes als seinen Botschafter des guten Willens wiederum nach Bambarra gesandt, und so Eure Hoheit geneigt ist, mir nochmals Gehör zu schenken, will ich Euch gerne meine Beweggründe für die Rückkehr in Euer schönes Land darlegen.

Denn, wie Eure Hoheit wohl weiß, sind die Weißen ein Handelsvolk, und all die werthvollen Waaren, welche die Mauren nach Segou tragen, sind von ihm gefertigt. Nehmt eine gute Flinte – wer hat sie gebaut? Die Weißen. Nehmt feines Scharlachtuch oder Taffet, Halsbänder oder Schießpulver, wer hat sie gemacht? Die Weißen. Wir verkaufen diese Sachen den Mauren, und diese bringen sie nach Timbuktu, wo sie sich einen höheren Preis bezahlen lassen. Hernach verkaufen sie die Händler von Timbuktu noch teurer an Euch. Nun wünscht der Herrscher des weißen Volkes einen Weg aufzufinden, auf dem wir Euch unsere Waaren unmittelbar zufuhren und sie Euch somit viel wohlfeiler abgeben können, als Ihr sie heute ersteht. Wenn Mansong mir die Durchreise gestattet, so will ich zu diesem Behufe den Joliba bis zu dem Orte hinabfahren, wo er seine Fluthen mit dem Salzwasser vermischt; und soferne nicht Felsen oder andere Hindernisse die Schiffahrt verbieten, werden die Schiffe des weißen Mannes nach Segou kommen und dort Handel treiben, wenn Mansong es erlaubt.

Mungo Park

P.S.: Ich hoffe und vertraue darauf, daß Eure Majestät den Inhalt dieses Schreibens Niemandem als Euren eigenen Rathgebern anvertraue; denn erfahren die Mauren von meinem Plan, so halten sie mich unfehlbar auf, eh ich das Meer erreiche.

Nach zwei endlosen Stunden im Regen nehmen Mungo Parks Gesandte zackig Haltung an, als das riesige Tor sich quietschend in den Angeln dreht und ein kleiner, dicklicher Mann in scharlachroter Toga herauskommt, um langsam die Parade abzuschreiten. Hin und wieder hält er an, um eine Frage an triefende Häuptlinge zu richten oder mit kichernden Kokotten zu scherzen. Mansongs Botschafter wird von zwei Riesen in Federschmuck und Lendenschurz begleitet, die widerliche, flachköpfige Speere, Köcher mit vergifteten Pfeilen und große, messerscharfe Bogen tragen, deren Zugkraft ausreicht, einen Elefanten an einen Baum zu fesseln. *«Kokoro killi schirukka»*, wispert Dosita und senkt den Blick. «Wilde aus dem Osten.»

Serenummo weicht einen Schritt zurück, als der Botschafter vor ihm stehenbleibt. Pfiffig mustert der fette Bursche die auf die müden Esel geschnallten Bündel, dann sieht er Serenummo direkt an. «Ihr seid von den weißen Männern geschickt, was? Folgt dem Befehl der Dämonen, wie?» Serenummo nickt. Die Riesen starren ins Laub der Bäume, als betrachteten sie irgendein vergeistigtes Schauspiel jenseits des Horizonts bloßer Erdlinge. «Folgt mir!» schnappt der Botschafter.

Man führt sie in einen zentralen Hof, in den Schatten einer weitläufigen Holz-Lehm-Konstruktion, einer Art in einzelne Gebäude geteiltes Langhaus, von denen manche hübsch und symmetrisch und mit Steindächern versehen, andere völlig windschief sind, wie um die gesamte Bandbreite der Möglichkeiten der Geometrie anzudeuten. Dort steht auch die uralte Eselsfeige, die über dem Platz thront wie ein Schutzgott. «Wartet hier!» befiehlt der Botschafter und bedeutet dabei zwei geduckten Dienern, die Esel zur Inspektion abzuführen. Dann taucht er in einen schmalen Gang ein, der sich scheinbar wie ein Mund vor ihm auftut, und läßt Serenummo und Dosita im schlammigen Hof unter den wachsamen Blicken der zwei Riesen zurück. Sie kommen von weit her, sie sind hungrig, durstig, müde und durchnäßt. Niemand bietet ihnen zu essen oder zu trinken an. Niemand lädt sie ein, sich irgendwo hinzusetzen oder auch nur unterzustellen.

Nach einer halben Stunde erscheint der Botschafter an der Öffnung eines düsteren, gewundenen Ganges am anderen Ende des Platzes. Er winkt sie mit dem Zeigefinger herbei, dreht sich um und klappert in seinen Sandalen davon. Sie müssen sich sputen, um Schritt zu halten, wenden sich nach rechts und links, nach Osten, Westen, Süden und Norden, durchqueren endlose Zimmerfluchten, Höfe, Korridore, Pferche und Ställe, geleitet vom roten Schein der Toga des fetten Mannes, als entwirrten sie Faden um Faden die Geheimnisse eines Labyrinths. Endlich treten sie in einen dunklen Raum mit Lehmwänden, der nur von einem Kohlenrost erhellt ist und nach Schweiß und Räucherwerk riecht.

Auf Geheiß des Botschafters sinken sie auf die Knie, tupfen unterwürfig die Stirn auf den Erdboden. Als Serenummo wieder aufblickt, wird ihm klar, daß sie hier tatsächlich im Thronsaal sind, in der Gegenwart des Potentaten selbst. Mansong sitzt auf seinem vergoldeten Schemel, gewaltig wie eine Statue im Park. Er trägt eine schmutzige Perücke und aus silbernen Löffeln gebastelte Ohrringe. Neben ihm ist sein Sohn Da, eine Miniaturausgabe des Königs; zu seinen Füßen ein weißer Hund. Wokoko, Geisterbeschwörer und oberster Berater, sitzt Mansong zur Rechten, gekleidet in seine Hyänenfelle und Straußenfedern, und in den Schatten dräuen die riesigen, breiten Gestalten der Leibwächter. Überraschend allerdings ist die Anwesenheit von zwei Mauren. Einem Einäugigen, der an einer Pfeife zieht, und seinem Gefährten, einem großgewachsenen Mann, hart wie Fels, mit schwarzen, messianischen Augen und einer gestrichelten Narbe quer über das Nasenbein. Weshalb zog Mansong Mauren zu einer Ratssitzung bei?

«Mansong der Erhabene befindet eure Geschenke für angemessen», verkündet der Botschafter. «Habt ihr eine Nachricht für den König?»

Serenummo steht langsam auf und schnürt seinen *saphi* auf, um den Brief herauszunehmen. Dann aber zögert er, weil ihm Mungos Befehl einfällt. Er spürt die Blicke der Mauren auf sich.

«Nun?» bellt der Botschafter. «Mansong wartet.»

Serenummo fummelt in dem Beutel und zieht den Brief heraus. Mit einer Verbeugung tritt er vor, um ihn dem König zu überreichen, da ist der lange Maure plötzlich auf den Beinen, schnell wie ein Raubtier. Die königliche Hand ist ausgestreckt der Brief erhoben und dargeboten, als der Maure einschreitet. «Den nehme ich», knurrt er auf arabisch, fegt die offene Hand von Mansong dem Mächtigen beiseite wie einen aufdringlichen Bettler, schnappt sich den Brief aus der Luft und schiebt ihn mit zornigem, verächtlichem Blick in die Falten seiner *jubbah.*

Keiner, auch nicht der grimmigste Wächter, sagt ein Wort.

Dassouds Geschichte, Teil II

Als ebenso stolzer wie hitziger Edelmann, als Repräsentant einer Kultur, die den *tabala*-klopfenden, an ihren Ziegen nuckelnden Mauren um Lichtjahre voraus war, als Mann, der das Mittelmeer geschaut und die Sahara durchstreift hatte, war Dassoud mit seiner Rolle als Scherge und menschlicher Schakal nicht lange zufrieden. Die zweite Geige zu spielen, mochte für einen Jüngeren ausreichen, einen unbeschwerten, unerfahrenen Mann, doch mit reiferem Alter erwartete sich Dassoud allmählich ein größeres Stück des Kuchens. Anfangs hatte er sich damit begnügt, doch bald ärgerte ihn seine untergeordnete Stellung. Er verübelte Ali dessen Autorität, begehrte dessen Privilegien, kritisierte dessen Taktik auf dem Schlachtfeld wie bei Friedensverhandlungen. Der echte Grund seiner Unzufriedenheit, tut man der Wahrheit Genüge, war jedoch Fatima. Mit zunehmendem Alter nahm auch ihre Leibesfülle zu. Sie erblühte, stopfte Kuskus und Kümmelkekse in sich hinein, zwanzig Mahlzeiten am Tag, erwachte des Nachts, um sich Milch und Honig bringen zu lassen. Als sie Ende zwanzig war, hatte die Königin weitere sechsunddreißig Kilo zugenommen. Mit gut vier Zentnern war sie unwiderstehlich. Dassoud entschloß sich zum Zuschlagen.

Er überrumpelte Ali in der Nacht, sowie Ali sechzehn Jahre zuvor seinen eigenen Vorgänger überrumpelt hatte. Den nubischen Wächter auszuschalten und Ali den Kopf vom Körper zu trennen, war kinderleicht und dauerte keine Minute – viel kniffliger war es gewesen, Ali überhaupt aufzuspüren. Der Emir, den die Logik unweigerlich die Nacht erwarten ließ, da der Thronräuber mit Krummsäbel oder Garrotte Benaum durchstreifen würde, hatte sich angewöhnt, möglichst spät schlafen zu gehen und niemandem – absolut niemandem – vorher mitzuteilen, wessen Zelt er mit seiner ruhenden Gegenwart auszeichnen werde. Einmal schlüpfte er aus Mohammed Gumsous Zelt, am nächsten Morgen aus Mahmud Ismails. Diese Praxis der Zeltpolonaise wurde schon so lange geübt, daß das Volk des Emirs es als ebenso natürlichen Teil des Tagesbeginns ansah, wie den Geruch der qualmenden Kochfeuer.

Zwei Wochen lang hatte Dassoud diskret jedes Zelt aufgesucht, aus dem der Emir des Morgens aufgetaucht war, und die Diener beobachtet, die Alis Bettzeug bündelten, seine Teppiche zusammenrollten und seine Wasserpfeife abtransportierten. Die Diener wechselten täglich, nur eine Zofe – eine alte Frau, an der die *jubbah* herabhing wie ein Leichentuch – war fast jeden Tag da, um nachher sauberzumachen. Dassoud nahm sie beiseite und drohte ihr: Verrate Ali, oder ich zerquetsch dich wie einen Mistkäfer. Sie war eine verkrümmte Dornenstrauchwurzel, ihre Haut fast bleich, ein Auge milchigweiß wie ein Spermaklumpen. Ein schwarz angelaufener Ring blitzte auf ihrer Lippe, als sie den Kopf lachend zurückwarf. «Klar verrate ich ihn», zischte sie. «Mit Vergnügen.»

Später, nachdem er Alis Kopf auf einen Pfahl mitten im Lager gepflanzt hatte, ging Dassoud zu seiner Königin, das Blut an seinen Händen war noch feucht.

Mit Fatimas Unterstützung gelang es Dassoud, sich eine breite Machtbasis zu schaffen. Daß sie Alis Witwe war, verlieh ihm in den Augen der Mauren von Ludamar Rechtmäßigkeit; als Schwager von Bu Khalum wurde er blutsverwandt mit dem Stamm der Al-Mu'ta von Jafnu. Das war ein Anfang, und Dassoud machte daraus das Beste. Wo Ali sich mit Rapprochements begnügt hatte, war Dassoud auf aktive Allianz aus; hatte Ali seine Grenzen vor Übergriffen verteidigt, suchte Dassoud diese auszudehnen. Er gab sich große Mühe, Bu Khalum zum ergebenen Vasallen zu machen, dann zog er zu den wilden Stämmen der Il-Braken und der Trasart im Nordwesten und forderte deren Anführer zum Zweikampf heraus. Unbarmherzig und mechanisch machte er einen nach dem anderen fertig.

Innerhalb eines Jahres hatte Dassoud den Befehl über eine Streitmacht von etwa fünfzehnhundert Reitern; zweihundert unter ihnen wählte er aus, um in seiner Elite-Kavallerie zu dienen. Es waren die besten Kämpfer, die die Wüste kannte. Aus Jafnu und Ludamar und Masina, von den Stämmen Il-Braken und Trasart und Af-Mu'ta traten sie vor Dassouds Zelt an, grausame und geschickte, flinke und behende Athleten, Meisterschützen und hervorragende Reiter. Mit Dassoud, dem Höllenwesen, dem schwarzen *shaitan* an der Spitze, durchstreiften sie den westlichen Sahel der Länge und der Breite, von Gedumah bis Timbuktu, zerstampften die Erde und terrorisierten die Fulah, Mandingo und Wolof gleichermaßen. Selbst der mächtige Mansong duckte sich vor ihnen.

Dassoud war zufrieden. Er war Emir von Ludamar, Gatte und Gebieter von Fatima, Kommandant einer Privatarmee und oberster Schlichter der Wüstenvölker. Er hatte seine Träume erfüllt, seine Ambitionen verwirklicht. Was wollte man mehr? Recht bald entstand bei ihm eine bequeme Routine von Aggression und Erpressung, Raubzügen nach Osten, Westen und Süden, Raubzügen zur Befriedung widerspenstiger Dörfer, zum Erwerb von Sklaven oder Vieh. Raubzügen um des reinen Vergnügens willen. Es war ein schönes Leben. Er war zufrieden.

So zog er sich bis zu jenem trägen Nachmittag in Fatimas Zelt zurück, badete im reichen Ferment ihres Fleisches, leise Musik spielte dazu, die grelle Sonne und die Schreie des Schlachtfelds waren eine ferne Erinnerung. An jenem Nachmittag wurde diese Idylle von der Nachricht erschüttert, daß weiße Männer – *Nazarini* – in den Sahel zurückgekommen waren. Die Botschaft brachte Ahmed, der einäugige *Bushrin*; er trat respektvoll vor das Zelt und rief leise, aber dringlich nach ihm. Fast im selben Moment schlug Dassoud mit wutverzerrtem Gesicht die Eingangsklappe auf, eine Waffe in der Hand. Ahmed konnte kaum Luft schnappen. Weiße Männer, eine Armee von ihnen, seien soeben in Bambakou nach Bambarra eingedrungen, keuchte er. Sie hätten Feuerwaffen, sie brächten Schwarze um, nähmen Sklaven, plünderten die ganze Gegend.

Die Neuigkeit traf Dassoud wie der boshafte Huftritt eines Kamels. Er war wie betäubt, bis sich seine Überraschung in Wut verwandelte. Weiße: *Nazarini*. Er haßte sie bis ins Innerste seiner Seele, haßte sie so, wie er noch nie zuvor gehaßt hatte. Der einzige Weiße, den er je gesehen hatte – diese winselnde Ratte von Entdeckungsreisendem mit den Katzenaugen –, war ihm entkommen. Hatte ihn ausgetrickst. Überlistet. Der einzige Kampf, den Dassoud jemals verloren hatte, und die Erinnerung daran war eine schwärende Wunde, immer noch so feucht und offen wie an dem Tag, da sie ihm geschlagen worden war. Er biß die Zähne zusammen bei dem Gedanken an diese Erniedrigung; daran, wie er mit leeren Händen und zerfetzten Kleidern ins Lager geritten war und, obwohl keiner ein Wort zu sagen wagte, tausend Blicke ihm gezeigt hatten, was alle dachten. Und dann war da noch Fatima – sie hatte diesen Bastard gehätschelt, stundenlang mit ihm herumgesessen und seinem Kauderwelsch gelauscht, als wäre er ein *marabut* oder ein Weiser oder sowas, während er, Dassoud, der Sohn eines Berbersultans und Schrecken der Schlachtfelder, gar nichts mehr gewesen war. Selbst jetzt, so viele Jahre danach, erfüllte ihn die Erinnerung noch mit Wut und Haß. Er wandte sich dem nächstliegenden Opfer zu – Ahmeds Kamel – und schlug es mit einem einzigen Hieb der geballten Faust bewußtlos. Dann sprang er aufs Pferd und donnerte in Richtung Segou davon.

Zwei Wochen später war er der glücklichste Mann der Welt, trunken vor Freude. Von allen *Nazarini* auf Erden war es ausgerechnet Mungo Park, der sich da in Reichweite des langen Arms des Emirs begeben hatte. Und dieser Brief. Er lachte beim Gedanken daran, wie das Schreiben inzwischen unter den Stämmen des Nordens die Runde machte, wo es sie zu blinder, irrationaler Rage aufstachelte und jene tödliche, unbarmherzige, blutrünstige Wut entfachte, wie es keine Schandtat gegen ihre Religion oder ihr Vieh – nicht einmal gegen ihre Frauen und Kinder – so leicht geschafft hätte: die *Nazarini* wollten ihnen an die Brieftasche! Besser hätte es gar nicht kommen können. Ihm war es egal, wie groß die Armee des Weißen war – er, Dassoud, die Geißel des Sahel, würde noch vor Monatsende fünfzehnhundert wutentbrannte Reiter hinter sich haben.

Und dann wollte er Mungo Park in Sansanding ein zweitesmal empfangen.

Sansanding

Die Nacht ist voller Gesichter, grimassierender, lüsterner Gesichter von nackten Wilden mit Haaren wie züngelnde Schlangen, stieren Blicken und angefeilten Zähnen. Sie umzingeln ihn, ihre Schneidezähne schließen sich zischend, es ertönt ein wilder Schrei, Speere und Steine und vergiftete Pfeile regnen herab, das Schlürfen der Strömung, das Tosen der felsigen Stromschnellen ... und dann wacht er unter dem feinen Gewebe des Moskitonetzes und dem Glitzern der Sterne schwitzend auf. Der Entdeckungsreisende ist in Sansanding, er fällt immer wieder ins Delirium, seit zwei Wochen, einem Monat – wer weiß das? Irgendwann war da der Tod von Zander – ja, damit fing es an – und der Brief an Mansong. Seitdem kann er Wirklichkeit und Truggebilde nur unscharf unterscheiden, weiß nicht mehr, was in den Gedanken und Erinnerungen anderer entstanden und was in seinem eigenen Kopf geschehen ist. Da war etwas mit Jemmie Bird, etwas Schlimmes, ein Streit mit Johnson, eine Zeit des Treibens, des

Schwimmens, offenbar auf dem Fluß, und dann die wirbelnden Düfte und Farben des Marktplatzes von Sansanding und das lange Warten auf Mansongs Kanu. Ja, jetzt läßt das Fieber nach, und allmählich fällt ihm alles wieder ein.

Wände stürzten zusammen und Vulkane brachen aus in der Nacht, als Zander starb. Der Himmel riß entzwei, die Erde flog hin und her wie ein durchgehendes Kutschengespann, hob und senkte sich, so daß der Entdeckungsreisende auf die Knie fiel und sich ihm der Magen umdrehte. Er erbrach sich, ihm tränten die Augen, ein Sturzbach von Reis, Tamarinden, halbverdautem Fisch und bitterer gelber Galle ergoß sich aus seinem Mund, während Zander dort auf der Trage lag, tot. Mungo fluchte. Zerbiß sich die Zunge. Trommelte mit den Fäusten auf den Lehmboden. Als die Erde endlich wieder zur Ruhe kam, stellte er fest, daß er nicht aufstehen konnte, daß keine Kraft mehr in seinen Armen war, seine Beine abgestorben – er war ein Lachs aus dem Ozean, der sich wie toll den Yarrow stromaufwärts warf, getrieben von einer uralten, unnachgiebigen Macht, der glitzernd und Sprung um Sprung weiterhetzte, nur um in einer seichten Pfütze auf Grund zu laufen, mit dem Rükken über der Wasseroberfläche, der Schwanz kraftlos zukkend. Er war am Ende.

Die Nacht ging weiter. Ein Ruf ertönte wie der eines Ziegenmelkers, das Geräusch rauschender Flügel. Warum mußte er zum Niger vordringen? fragte er sich. Warum setzte er Leben aufs Spiel, warum verspielte er es? Wer war er denn, er, Mungo Park, daß er einen schmalbrüstigen kleinen Stubenhocker wie Zander hinaus ins gefletschte Gebiß der Wildnis zerrte? Seine Frau mit vier Kindern im Stich ließ? Sechsunddreißig Männer in ihr Verderben führte und einen armseligen alten Neger ins Jenseits beförderte, als wäre er nichts als ein Insekt oder eine Kröte?

Was war aus ihm geworden? Der Antwort wollte er sich nicht stellen. Nicht jetzt. Überhaupt nicht. Im Morgengrauen raffte er sich auf und entkorkte ein Faß mit Rum.

Er war drei Tage lang betrunken. Total besoffen. Johnson übernahm währenddessen das Kommando, arrangierte Zanders Begräbnis, stellte die Ausrüstung für die Fahrt nach Sansanding zusammen, schickte Serenummo und Dosita Sanu mit dem Brief für Mansong los. Als Mungo endlich zu sich kam, lag er ausgestreckt in einer Piroge: wie ein Wikinger auf dem Weg nach Walhalla. Es war Nacht, sternlos und schwarz wie das Nichts. Er hörte das Klatschen der Paddel, leises Stimmengemurmel. Er hörte das Heulen und Summen und Brabbeln von Nachtwesen, einen Klang, der immer stärker anschwoll, bis er so laut und undifferenziert war wie das Tosen schwerer Brandung, und dann sah er Gestalten in der Nacht, Gesichter und Farben, Tiere mit Adlerköpfen und Schlangenschwänzen, und er wußte, das Fieber hatte ihn gepackt. Während des Überlandmarsches hatte es ihn wundersamerweise verschont, doch jetzt, nach dem Besäufnis und der Nacht auf dem feuchten Boden, hatte es ihn mit Macht eingeholt. Abrupt setzte er sich in der Finsternis auf. «Zander!» schrie er. «Johnson!»

Eine warme Hand legte sich auf seine Brust. «Alles in Ordnung, Mr. Park. Ein kleiner Fieberanfall, das ist alles. Sie sind jetzt auf dem Fluß. Haben Sie gehört?»

Er hatte es gehört. Aber er konnte ja nicht einfach so liegenbleiben – schließlich war er der Leiter dieser Expedition. Er mußte aufstehen und seinen Männern vorangehen, die Kanus lenken, die Landungen überwachen, sich Namen für alle hervorstechenden geographischen Charakteristika ausdenken. Landkarten waren zu zeichnen, ganze Regionen zu vermessen, Pflanzenproben zu pflücken und zu trocknen.

Die Hand lag auf seiner Brust wie eine schwere Last.

Sie drückte ihn nieder, fest und überzeugend. «Bleiben Sie liegen, Mr. Park – es ist alles unter Kontrolle», flüsterte Johnson. «Morgen früh sind wir in Sansanding.»

Was? Flach auf dem Rücken in Sansanding ankommen? Niemals. Fieber hin, Fieber her, Zander hin, Zander her, er mußte aufstehen und seine Leute anführen. Wie ein erbostes Kind schlug er die Hand weg und kam inmitten eines Tumults von Schreien an Bug und Heck schwankend auf die Beine. Irgendwo über sich hörte er einen Vogel erschreckt aufkrächzen, dann begann das Kanu auf einmal gefährlich zu schlingern, nach links, nach rechts, wieder nach links, und er flog kopfüber in die Tintensuppe der Nacht und in die kalte, feste Umklammerung des Niger.

Rufe und Flüche ertönten, mal auf englisch, mal im Somoni-Dialekt der Fährleute. Das Kanu, in dem Mungo gelegen hatte, war 7,60 m lang. Geladen hatte es Gepäckbündel, und an Bord waren zwei Somoni, Johnson, Ned Rise und Jemmie Bird gewesen. Als es kenterte, flogen Passagiere und Fährleute gleichermaßen in den Fluß. Jemmie, der sich an die Kochtöpfe gebunden hatte, schwamm kurz obenauf, solange die großen Eisenkessel ihn hielten; Sekunden später kippten sie um, füllten sieh mit Wasser, und er ging unter wie ein Stein. Ned war es währenddessen gelungen, den Entdeckungsreisenden am Hemdkragen zu packen und mit ihm auf die noch dichtere Schwärze des Ufers zuzupaddeln. Johnson hatte bei seinem wilden Herumgezappel per Zufall das Kanu erwischt und sich daran geklammert. während die völlig durchweichten Somoni versuchten, es ans Ufer zu ziehen.

Eine Stunde später war alles Geschichte. Die anderen Boote hatten Fackeln herbeigebracht und die treibenden Paddel eingesammelt. Das gekenterte Kanu war an die Küste gezogen und umgedreht worden, man hatte den Entdekkungsreisenden und Ned Rise mit Hilfe von Schreien und Pfiffen gefunden und die Ladung geborgen, die fest mit dem Kanurumpf vertäut gewesen war. Die Feuchtigkeit hatte zwei Fässer mit Schießpulver ruiniert, ein Sack Reis war geplatzt. Was Jemmie Bird anging, so war auch er Geschichte.

In Sansanding war der Entdeckungsreisende mal bei Bewußtsein, mal im Delirium. Entgegen Johnsons Rat hatte er einen Marktstand errichtet – die Moslems scharten sich darum wie knurrende und kläffende Hunde, sie brüllten etwas über Ungläubige, weiße Dämonen und Dumpingpreise – und fast seine ganzen restlichen Perlen, Taftballen und Spielsachen veräußert. Von den Einnahmen wurde Proviant für die große Fahrt flußabwärts bis zum Ozean eingekauft. In der dunklen Hütte des Entdeckungsreisenden wuchs der Berg der Nahrungsmittel stetig an: *guerbas* mit Bier und Kalebassen mit Palmwein, Hühner in Weidenkörben, Schnüre mit Zwiebeln, Stockfisch, Eier, Yamwurzeln, Hirse und Mais. Unter dem Kissen ragten getrocknete Feigenbündel hervor, große Klumpen Ziegenkäse hingen von den Deckenbalken und stanken wie die ungewaschenen Socken eines ganzen Regiments. Etwas an dem Geruch klärte Mungos Gedanken, und als er eines Morgens in diesem Gestank erwachte, schüttelte er das Fieber lange genug ab, um Mansong einen zweiten Brief zu schreiben, in dem er seine Hilfe in Form eines seetüchtigen Bootes erbat. Die Antwort des freigebigen Herrschers war mehrdeutig. Der König sieht euer Unternehmen mit Wohlgefallen, sagte der Bote, und er wird euch als fremde Gäste auf seinem ganzen Hoheitsgebiet von Westen bis Osten beschützen. Doch müßt ihr erst das alljährliche Opferfest für Chakalla abwarten, ehe er etwas für euch tun kann. Wartet, wiederholte der Bote, und Mansong wird dafür sorgen, daß man sich um euch kümmert.

Mungo wartete.

Die Tage fielen aufeinander, einer auf den nächsten,

wie Dominosteine. Es war Oktober geworden, die Regenfälle ließen nun langsam nach. Vergeudete Zeit. Schließlich, nach wiederholten Versuchen, Mansong die Dringlichkeit seiner Bitte klarzumachen, beschloß der Entdekkungsreisende, auf eigene Faust zu handeln; er schickte Johnson und Ned Rise flußabwärts, um das größte Kanu zu erstehen, das sie finden konnten. Aber anscheinend wollte ihnen niemand ein Fahrzeug zum Verlassen des Landes verkaufen, solange Mansong nicht selbst die Erlaubnis dazu gab. Johnson schwenkte klickende Säcke mit Kauris – eine märchenhafte Summe –, doch die Fährleute senkten nur die Köpfe und sahen weg.

Für den Entdeckungsreisenden war die Lage verzwickt. Sollte er auf Mansongs Wohlgefallen warten, während der Wasserspiegel sank und die islamischen Händler weiter gegen ihn agitierten? Sollte er die Bestechung überbieten? Die Somoni anheuern, ihn nach Djenné zu bringen, und dort nochmals sein Glück versuchen? Schwimmend davonkommen? Leider brachte die ganze Anspannung das Fieber zurück, und er quasselte zwei Tage lang wirres Zeug, über das Dekolleté der Baronesse und den Mops von Lady Banks, seinen starken Bizeps und seine Treffsicherheit beim Torschuß, und darüber, wie der Name Park in der Geschichte fortleben werde, berühmter als jeder andere. Als er wieder zu sich kam, nahm er eine so große Dosis Kalomel, daß er tagelang weder essen noch schlafen konnte. Gerade in dieser wilden, wirbelnden Phase von erweiterten Sinnen und intensiver Reizung kam er auf die Idee, zum ursprünglichen Plan zurückzukehren und selbst ein Fahrzeug zu konstruieren, trotz der offenkundigen Beschränkungen durch das Fehlen von Material und gelernten Handwerkern.

Von diesem Gedanken durchdrungen, sprang er auf wie ein Mastiff und ging zu dem Zelt, wo der einzige überlebende Zimmermann im Delirium lag. «Joshua Seed», sagte er dröhnend wie ein Gott, «erhebe dich vom Krankenlager und bau mir ein Boot!»

Der sieche Mann streckte die knochigen Hände aus, und Mungo half ihm vom Feldbett hoch. Im Gefängnis von Portsmouth hatte Seed den Entdeckungsreisenden durch seine von der Arbeit gestählte Statur und seine klaren Augen beeindruckt. Jetzt sah er aus wie ein alter Herr mit Verdauungsbeschwerden und bewegte sich auch so. Mit hängenden Schultern, gelbverfärbten Augen und eingefallenen Wangen schlurfte Seed aus dem Zelt in die grelle Sonne, die dem Regen gefolgt war. Er atmete tief ein, richtete sich auf, humpelte entschlossen zu dem Haufen aus Nägeln, rostigen Sägen, Hämmern, Beilen und Meißeln, die den Marsch überstanden hatten, und fing an, auf die herumliegenden Holzstücke einzuschlagen.

Er arbeitete den ganzen Nachmittag, wobei er mehrfach neues Holz verlangte. Der Entdeckungsreisende war hocherfreut. Er kehrte in sein Zelt zurück, fütterte die Hühner, schrieb Tagebuch und spuckte auf den Boden. Als er um sechs herauskam, um nachzusehen, wie Seed vorankäme, bemerkte er mit Erstaunen, daß der Zimmermann mit seinem Hämmern und Sägen, dem sorgfältigen Ausmessen, Hobeln und Einpassen eine beträchtliche Menge neugieriger Eingeborener angezogen hatte. Mungo bahnte sich einen Weg durch die Menge, wobei er sich hütete, auf Eingeborenenfüße zu trampeln, und wollte Seed gerade etwas Joviales zurufen – etwa «Na, wie geht's voran, alter Junge?» –, als er abrupt stehenblieb und ungläubig den Atem anhielt. Seed arbeitete tatsächlich ganz munter, pfiff dabei, als wären ihm Sorgen völlig fremd, schliff hier eine Ecke ab, putzte dort einen Splitter weg. Er arbeitete, aber er baute kein Boot. Er baute einen Sarg.

Bei Sonnenuntergang war es mit Seed vorbei. Der Entdeckungsreisende schob den Ex-Zimmermann in seinen Sarg, bezahlte zwei Kafir-Mandingos dafür, ein Loch zu graben, und beerdigte ihn ohne Zeremoniell. Bootsmäßig sahen die Dinge äußerst schlecht aus. Doch in diesem Moment – im selben Moment, als Mungo die erste Schaufel Erde auf das Grab warf – stolzierte Ned Rise ins Lager, vor sich die schwarzglänzenden, wasserbefleckten Rümpfe zweier schnittiger Eingeborenenkähne, die in der Luft zu schweben schienen wie ein Geschenk der Götter. Dann hoben die acht schwarzen Träger die großen Einbäume keuchend von den Schultern und setzten sie so behutsam ab, als wären sie aus Pappe. Der Entdeckungsreisende war in Ekstase. Er umarmte Ned wie einen totgeglaubten Sohn, klopfte ihm mit beiden Händen die Schultern und erstickte ihn mit Lob und Versprechungen von Medaillen, Orden, Auszeichnungen und finanzieller Freigebigkeit bei ihrer Rückkehr nach England. Dann sah er sich die Kähne näher an.

Sie waren durch und durch verfault, alle beide. Schlamm, Wasserpflanzen und sterbende Elritzen hingen an den Rümpfen, und ein gigantisches Loch zierte das Dollbord des kleineren Boots, Zeugnis einer historischen Konfrontation mit einem erzürnten Flußpferd. Unter dem Strich sahen beide Boote so aus, als wären sie irgendwann in der Zeit von Karl I. gebaut und seither zum Vermodern liegengelassen worden. Das Kalomel regte Mungos Speicheldrüsen an, seine Unterlippe fiel herab, und er begann zu sabbern. «Was soll denn das, Ned?» brachte er hervor, unfähig, seine Enttäuschung im Zaum zu halten. «Jeder Idiot sieht doch, daß das total wertlose Wracks sind!»

Ned grinste. Er hatte die Kähne unter einem Haufen Treibholz am Ortsrand gefunden. Sie waren halb versunken, vollgesogen und am Verrotten. Keiner erhob Anspruch auf sie. Er hatte sie aus dem Fluß gezerrt und nach genauer Begutachtung befunden, sie seien den Versuch wert. Für fünfzig Kauris pro Stück konnte er acht herumlungernde Einheimische dazu anheuern, die Dinger auf ihren breiten, flachen Köpfen zu balancieren und ins Lager zu schleppen. «Vielleicht kriegen wir sie wieder hin», sagte er schließlich. Der Entdeckungsreisende zweifelte. «Nein, ehrlich», sagte Ned. «Sehen Sie mal» – er beugte sich über den schlüpfrigen grünen Rumpf des größeren Bootes – «das Vorderteil von dem hier ist gar nicht so übel ... und das andere da mit dem Gebißabdruck, da sieht doch das Heck noch ganz ordentlich aus, oder?»

Der Entdeckungsreisende sah hin. Er war berauscht und nervös von dem geschmacklosen weißen Pulver, das er genommen hatte, um sich dem Fieber zu entreißen. Versuchsweise hob er ein Bein, um an den Rumpf des kleineren Boots zu treten. Er ging in die Knie und fuhr mit der Hand über das Holz wie ein Möbelschätzer. Dann blickte er blinzelnd zu Ned auf. «Du meinst ... wir könnten aus den zweien eins machen?»

Ned hob eine Hand an die Stirn und knallte die Hacken zusammen. «Hervorragende Idee, Käpt'n.»

Am 15. November war die *H.M.S. Joliba* unter britischer Flagge voll beladen und bereit zum Auslaufen. In einem Monat war es dem zunehmend genesenden Entdeckungsreisenden mit Unterstützung von Ned Rise, Fred Frair und Abraham Bolton gelungen, ein halbwegs taugliches Boot zusammenzubauen, 12,20 m lang und 1,80 m breit, mit flachem Kiel und nur 30 cm Tiefgang bei voller Ladung (M'Keal und Martyn verweigerten die Mithilfe, da sie meinten, sie seien als Militärs – «Männer des Schwertes» – angeworben worden, nicht als Arbeiter). Ein rostiger Spieß ragte aus dem Bug der *Joliba* hervor wie der ausgestreckte Arm eines Rugbyspielers, und ein Baldachin aus gebogenen Ästen und einer Doppellage gegerbtem Ochsenleder spannte sich über die halbe Länge des Kahns. Das Dach würde Schatten und Schutz bieten, und das Leder war undurchdringlich für all die Geschosse und Pfeile, die

Mungo bei seiner Fahrt auf dem mächtigen Niger in unbekannte, aber wohl zweifellos feindselige Stammesreiche im Osten auf sich ziehen mochte.

Zusätzlich traf der Entdeckungsreisende auch gewisse Offensivmaßnahmen, indem er das Schutzdach in gewissen Abständen mit kleinen Fenstern versehen ließ, so daß man bei Bedarf aus der Deckung feuern konnte, und jeder der ihm verbliebenen Soldaten wurde mit fünfzehn neuen Charleville Musketen ausgerüstet, die Tag und Nacht geladen, gespannt und zündfertig zu sein hatten. Diesmal – würde niemand Mungo Park aufhalten – weder Maure noch Maniana, und auch keine sonstigen unangenehmen Zeitgenossen, die sie unterwegs treffen mochten. Nein, bei der ersten Expedition hatte vielleicht der Grundsatz gegolten, die andere Wange auch noch hinzuhalten, jetzt aber lautete die Parole *Guerra cominciata, inferno scatenato*: Hat der Krieg begonnen, ist die Hölle entfesselt.

Etwa zu diesem Zeitpunkt, als das Boot kalfatert, verschalkt und mit Proviant beladen war und der Entdekkungsreisende seine Geschäfte in Sansanding zum Abschluß brachte, entzweite er sich mit Johnson.

Ein Funken Verstand

«Das Ganze gefällt mir nicht», hatte Johnson bei ihrer Ankunft in Sansanding gesagt. «Wollen Sie es wirklich durchziehen?» hatte er gefragt, als das Schiff langsam Gestalt annahm. Und als die *Joliba* endlich zur Abfahrt bereit war, hatte er den Entdeckungsreisenden beiseite genommen und ihm gesagt: «Sie sind ja verrückt.»

Am Abend vor dem Lichten der Anker trat er in Mungos Zelt und verkündete, daß er umkehren wolle. «Jetzt ist es soweit», sagte er. «Ich seh dich heute zum letztenmal. Hören wir auf mit dem Gequatsche, Mungo. Schluß mit Isaaco, Schluß mit Mr. Park. Du redest mit Johnson – deinem alten Freund und Gefährten, deinem Ratgeber –, und ich sage dir, du solltest es dir nochmal überlegen, du solltest nicht losfahren.»

Der Entdeckungsreisende saß hinter seinem provisorischen Schreibpult inmitten eines Durcheinanders von angefangenen Briefen, Tagebuch-Eintragungen und groben Kartenskizzen. Abgesehen von der Unordnung auf dem Pult war das Innere des Zelts mit rigoroser Präzision eingerichtet. In der Ecke, gepackt und bereit, lag der Tornister mit Mungos persönlicher Habe; daneben, in Lederfutteralen geschützt, der Sextant, die Thermometer und die getrockneten Stengel, Blätter und Schößlinge, die er zur Bestimmung nach England mitzunehmen plante. Die Lebensmittel waren schon alle säuberlich im Kiel der *Joliba* gestapelt, nur ein leiser Duft nach Ziegenkäse und Hühnerkot zeugte noch von ihrem kürzlich erfolgten Abtransport. Sogar der Boden war blitzblank gefegt.

Ein Augenblick verging – acht hämmernde Herzschläge. Johnsons mahnende Worte hingen im Raum wie die Erinnerung an einen Verstorbenen, während der Entdeckungsreisende der nur in der Unterwäsche dasaß, durch ein Nadelöhr blinzelte und mit der Zungenspitze einen Faden anfeuchtete. Er sah nicht einmal auf.

«Ich meine es ernst, Alter», sagte Johnson. «Ich gehe mit Serenummo und Dosita und den beiden Dembas nach Dindiku zurück – und zwar morgen. Und wenn du einen Funken Verstand hast – nur bin ich mir inzwischen ziemlich sicher, daß das nicht der Fall ist –, dann kommst du mit.»

Mungo bemühte sich, einen fünfzehn Zentimeter langen Riß im Hosenboden seines nankingseidenen Beinkleids zu vernähen, aber er zitterte dermaßen, daß er den Zwirn nicht einfädeln konnte. Es war frustrierend. Schlimm genug, daß er ständig herumrennen mußte, um das Boot zu beladen und die Männer einzustimmen, ohne dabei zu wissen, ob er einem Triumph oder einer Niederlage entgegenfahren werde, aber diese verfluchte Näherei war wirklich das Letzte. Entnervt knallte er die Nadel hin und funkelte Johnson an. «Jetzt hör mal zu», sagte er mit rauher, schroffer Stimme, «wenn du mich hier in letzter Minute unter Druck setzen willst, dann wird daraus nichts. Die ganze Zeit sagst du immer bloß nein, und ich kann dir sagen, es stinkt mir langsam. Also pack dein Zeug und steig ins Boot. Punktum. Ende der Debatte.»

Johnson schüttelte langsam den Kopf. Er wirkte wesentlich älter als noch vor wenigen Monaten in Dindiku, erschöpft und ausgelaugt. Sein Doppelkinn war verschwunden, und der gewaltige Wulst seines Bauches schien geschrumpft zu sein. Mit immer weißerem Haar und immer steiferen Gliedern sah er jetzt wirklich wie ein Zweiundsechszigjähriger aus. «Du brauchst mich gar nicht», sagte er, «du hast ja Amadi Fatoumi.»

Das stimmte. Johnson selbst war nie weiter östlich als Sansanding gewesen, wußte also denkbar wenig über Geographie, Völker oder Sprachen des unteren Nigerlaufs Bescheid. Und Mungo hatte einen neuen Führer engagiert – einen fahrenden Händler namens Amadi Fatoumi, der schon bis Kong, Badou, Gotto und Cape Coast Castle im Süden und Timbuktu, Haussa, Maniana und Bornou im Osten gekommen war. Trotzdem, der Gedanke, ohne Johnson weiterzufahren, war unerträglich. Mungo erschauerte bis ins Mark, die Angst kroch ihm bis in die Fußsohlen. Ohne Johnson war er völlig auf sich gestellt. «Also gut», sagte er und erhob sich von seinem Pult. «Ich erhöhe deinen Lohn, schicke dir kistenweise Bücher, Gemälde – alles, was du willst.»

«Nein», sagte Johnson, immer noch mit demselben müden, resignierten Kopfschütteln. «Du wirst mir gar nichts mehr schicken, Mungo. Wenn du mit dem Kahn da morgen ablegst, wirst du England lebendig nie wiedersehen.»

«Blödsinn!» schrie Mungo und schlug mit der Faust gegen den Zeltmast, daß das Segeltuch zitterte und wackelte.

«Kehr um!» flüsterte Johnson. «Mir zuliebe. Deiner Frau und den Kindern zuliebe. Kehr jetzt um, bevor es zu spät ist.»

Der Entdeckungsreisende wanderte in der Unterwäsche auf und ab und fuchtelte mit den Armen wie ein großer Wasservogel, der aus einem Sumpf auffliegen will. «Du weißt genau, daß ich das nicht machen kann, alter Junge.» Er versuchte, seine Stimme zu beherrschen. «Ich hab ein Vermögen ausgegeben – alles Geld von der Regiernng – und neunzig Prozent meiner Begleiter verloren. Georgie Scott ist tot, Zander auch. Und da erwartest du, daß ich den Schwanz einziehe und umkehre? Wie könnte ich Sir Joseph gegenübertreten? Camden? Oder selbst Ailie? Nein, das ist unmöglich. Ich muß einfach weitermachen.»

«Hey», sagte Johnson ganz leise und ruhig, als spräche er mit Amuta, «scheiß auf dein Ego, vergiß deinen Stolz. Du hast einen Fehler gemacht, gesteh's dir doch ein. Mitten im Monsun lauter Elendsgestalten mit viel zuviel Gepäck hierherzuschleppen – ja, was erwartest du denn? Kehr um. Kehr jetzt um und rüste eine neue Expedition aus. Du bist noch jung. Du kannst es schaffen.»

Selbstzweifel waren Mungo neu – etwas, das im Verlauf dieser zweiten Reise wie eine Wucherung, ein bösartiges Gewächs an ihm hochgekrochen war. Selbstzweifel und Schuldgefühle. Jedes Wort aus Johnsons Mund traf ihn mit der ganzen Macht seiner eigenen Vorbehalte, jedes Wort stach wie eine Nadel. Doch stur war er auch. Er warf den Kopf zurück. «Bei Tagesanbruch legen wir ab.»

«Ich werde nicht dabeisein», sagte Johnson. Es war eine einfache Feststellung. Er hielt dem Blick des Entdeckungsreisenden stand, griff in die Toga und zog eine silberne Pistole hervor: schmal und mit langem Lauf, darauf eingraviert die Initialen des einzigen Mannes, den er je getötet hatte, ein Engländer wie dieser hier, mit blondem Haar und rotem Gesicht. «Nimm sie», sagte er mit kratziger, kaum noch hörbarer Stimme. «Mir hat sie Glück gebracht.»

Von einem dünnen Strahl des Nachmittagslichts beschienen, blitzte die Waffe in Mungos Hand auf, als wohne ihr eine geheime Kraft inne, als wäre sie ein magisches Zauberding, das Blitze schleudern und Pech und Schwefel spucken könne. Verwirrt steckte er sie in den Gürtel, suchte nach Worten. «Johnson», begann er, «du meinst also, ich kann nichts mehr ...»

Der ältere Mann unterbrach ihn. «Nimm dich in acht vor Amadi Fatoumi», sagte er. «Der gefällt mir nicht. Und mir gefällt auch nicht, was ich über ihn so gehört habe.»

In diesen letzten Tagen der Ungewißheit und Sorge war der Entdeckungsreisende launisch wie ein Apriltag geworden. Eben noch war er gerührt gewesen; jetzt, bei der Erwähnung von Amadis Namen, stieg plötzlich brennende Wut in ihm auf und brachte ihn zum Beben. «Ach, und wieso denn?» blaffte er. «Bloß weil er nicht alt und fett ist, soll er nichts wert sein? Weil er keine goldene Nadel in der Nase hat, kann man ihm nicht trauen?»

Johnson blickte ihm nur in die Augen, kalt und beharrlich. Er hatte nur gemeint, Amadi Fatoumi sei in seinen Augen ungefähr so vertrauenswürdig wie eine Kobra mit Zahnschmerzen, und Mungo kein Menschenkenner. Fatoumi war tatsächlich Händler – er verkaufte Flinten und Drogen und Rum aus Westindien an die Stämme im Landesinneren und ließ sich dafür Sklaven geben. Er war Mandingo – aus Kasson –, doch sein Haupt war völlig kahlgeschoren, und er trug einen öligen schwarzen Bart, der nach Maurenart seitlich bis auf die Schultern fiel. In seinen Augen lag eine unergründliche Schwärze – Pupille und Iris waren kaum zu unterscheiden –, und er besaß die Angewohnheit, sich beim Sprechen die Hände zu reiben und den Kopf zu senken.

Er war eines Nachmittags mit Martyn und M'Keal aufgetaucht. Sie hatten ihn auf dem Markt aufgestöbert – oder vielmehr er sie. Wie üblich waren sie betrunken gewesen, von *sulu*-Bier und einem klaren Schnaps, der aus Tomberong-Beeren destilliert und bei den Eingeborenen als *fou* bekannt war, als er sich grinsend an sie herangemacht hatte. Amadi konnte auf englisch etwa fünfundzwanzig Wörter – unter anderem *Drecksau* und *töten* und *Hure* –, und er unterhielt Leutnant wie Feldwebel eine halbe Stunde lang damit, spielte den Narren, bis er sie dann in eine Seitengasse lockte, wo er ihnen die Dienste zweier fügsamer Frauen und einen Klumpen schwarzes Haschisch zugänglich machte. «Sir», hatte Martyn ein paar Stunden später zu dem Entdeckungsreisenden gesagt, «ein prächtiger Bursche ist das.» Amadi stand in Sandalen und *jubbah* zwischen dem ermatteten Martyn und dem wild dreinblickenden M'Keal. Er ergriff die Hand des Entdeckungsreisenden und schüttelte sie heftig. «Viel erfreut», murmelte er. Eine halbe Stunde später war er Mitglied der Expedition: für dreifachen Lohn und das Versprechen, daß ein Viertel aller beim Eintreffen in Haussa-Land noch übriggebliebenen Waren ihm gehörten.

Für Johnson war der Mann offensichtlich ein Verräter und Betrüger, höchstwahrscheinlich ein Mörder, ganz bestimmt aber ein Helfershelfer der Mauren. Aber was er auch sagte, Mungo winkte immer ab. «Du bist eifersüchtig, sonst nichts», sagte er, «weil Amadi Fatoumi halb so alt ist und doppelt soviel weiß wie du. Er spricht Maniana, Haussa, Tuareg und Arabisch, und in Timbuktu war er auch schon.»

Jetzt, da es fünf vor zwölf war und der Entdeckungsreisende mit puterrotem Gesicht vor ihm stand, als wäre er bereit zu einer Rauferei um Leben oder Tod, hielt es Johnson für sinnlos, seine Ansicht weiter vorzutragen, auf Erkundigungen hinzuweisen, die zutage gebracht hatten, daß

Amadi als Sklave beim Stamm der Il-Braken aufgewachsen war, beim Ringewerfen einen Mann erstochen und drei Viertel aller Kaufleute in Sansanding betrogen hatte. Nein, Mungo war halb weg vor Schuldgefühlen und Angst und Unsicherheit und klammerte sich an Amadi Fatoumi und dessen angebliche Kenntnisse, so wie er sich in rauher See an eine Rettungsboje geklammert hätte. Diskutieren war zwecklos; Johnson konnte nur bitten. «Geh nicht!» sagte er.

Mungo sah aus, als bekäme er gleich einen Anfall. «Warum denn nicht, zum Teufel?» brüllte er.

Johnson nahm seinen Arm, aber Mungo riß sich los und drehte ihm den Rücken zu. «Also gut», sagte Johnson. «Ich bitte dich umzukehren, weil ich dich Sturschädel gern habe, weil du nicht zurückkommen wirst. Erinnerst du dich an Ebo?»

Mungo wirbelte herum wie von der Tarantel gestochen. In seiner Miene lagen Schmerz und Bestürzung, schieres Entsetzen.

«Erinnerst du dich?» wiederholte Johnson. «Und was war mit der blinden Alten – damals in Silla –, die den Weißengeruch an dir herausgeschnüffelt und dein Haar abgetastet hat? Erinnerst du dich, was sie dir gesagt hat?»

Er erinnerte sich daran. Johnson sah es ihm an. Die Alte war still geworden, hatte ihm die toten Augen zugewandt und den Namen eines fernen Ortes gemurmelt, einen Namen, der über ihre Lippen glitt wie der geheime Name des Teufels, eine fremdartige, barbarische Beschwörungs-Formel *Boussa. Nimm dich in acht vor Boussa*, hatte sie gekrächzt. *Nimm dich in acht.*

Mungos Gesicht war blutleer. Lange Zeit sah er Johnson reglos an, die Arme hatte er erhoben wie in einer Art rituellem Zweikampf. Endlich bewegten sich seine Lippen stumm, als ob er betete.

«Geh nicht!» sagte Johnson nochmals, und das brach

den Zauber. Mungos Gesicht verzog sich, wurde zur häßlichen Maske. Rasch und gewaltsam packte er Johnsons Toga, die Faust raffte den Stoff bis zum Kinn des Schwarzen und zwang seinen Kopf nach hinten. «Verräter!» schrie er. «Du dreckiger Abschaum. Der Böse bist du hier, du bist es, der mich unterminieren will – nicht Amadi Fatoumi.» Dann warf er den alten Mann mit einem einzigen explosiven Stoß seines Arms in den Schmutz. «Raus!» kreischte er, seine Stimme schrill vor Wut. «Raus hier, Nigger!»

Johnson verzog keine Miene. Er raffte sich auf, klopfte die Toga ab und entfernte sich aus Mungos Leben. Für immer.

Bon voyage

Irgendwo kräht ein Hahn, und ein Muezzin jodelt das Morgengebet. Man hört das Kratzen und Schurren von Sandalen draußen vor dem Zelt wo die Dorfweiber Dung fürs Frühstücksfeuer aufsammeln und Vogelgezwitscher aus dem wilden Buschgewirr am Flußufer. Schon jetzt, mit dem ersten Lichtstrahl, setzt eine erbarmungslose, sengende Hitze ein, und die blasige Luft ergießt sich über den Entdeckungsreisenden wie Schlacke. Mit müdem, resigniertem Schnaufen erhebt er sich aus den verschwitzten Laken und den schädelzerfetzenden Träumen, torkelt hinaus und uriniert an eine Mauer aus gebranntem Lehm. Über Nacht kam ein Wetterumschwung, eine neue Jahreszeit hat begonnen: kurz nach Mitternacht wechselte der Wind auf Norden, der Harmattan begann sein heißes Pfeifen aus der Großen Wüste und brachte ein Gefühl der Entkräftung und Depression mit sich, das auf Mungo lastet wie eine bleierne Decke. Halbwach steht er da, den Pimmel in der Hand, und kommt sich ausgelaugt und verkatert vor, obwohl er seit Wochen keinen Tropfen angerührt hat.

Ein dunkler Fleck entsteht auf der hellen Mauer, wird

zum geflügelten Drachen, zu einem Hirschkopf, und er betrachtet ihn in dumpfer Faszination, bis er plötzlich eine Bewegung in seinem Rücken wahrnimmt, gedämpftes Füßescharren und Geräuspere. Als er mit der trägen Geistesabwesenheit eines Schlafwandlers den Kopf wendet, stellt er fest, daß die Überreste seiner Armee in loser Formation hinter ihm angetreten sind, ihre zerlumpten Uniformen schimmern im fahlen Licht. Martyn und M'Keal, Ned Rise, Fred Frair und Abraham Bolton. Die Taschen vor sich, die Musketen geschultert. Dahinter Amadi Fatoumi mit seinen drei schurkisch wirkenden Sklaven, wie Mauren in *jubbah* und *tagilmust* gekleidet. Immer noch über die Schulter blickend, sieht er, daß alle neun ihn schweigend und respektvoll anstarren, als wäre das Pinkeln in Unterhosen gegen eine Mauer dem Weihen einer Hostie oder der Verwandlung von Wasser in Wein vergleichbar.

«Sir!» bellt Martyn und bricht damit das Schweigen. «Die Besatzung der *Joliba* meldet sich wie befohlen zum Dienst.»

Natürlich. Es ist ja der Morgen ihrer Abfahrt, der Morgen, an dem sie ihr Schicksal in den Wind hängen – oder vielmehr ins Wasser. Ja, beim Aufwachen war es ihm fast entfallen, die Luft war so schwer und drückend, das Fieber kroch schon wieder an ihm herauf: ja, natürlich. Das große Abenteuer fängt wieder an!

«Sehr gut, Leutnant», krächzt Mungo, knöpft sich zu und dreht sich zu seinen Leuten um. «Brecht das Zelt ab, verstaut meine Sachen und macht alles zum Ablegen fertig.» Etwas schwach auf den Beinen und mit verschwiemelten Augen mustert er die hoffnungsvoll-ängstlichen Gesichter der Männer und möchte ihnen gern sagen, daß alles gutgehen wird, daß der Niger nicht mitten in der Wüste eintrocknet oder in den Tschadsee mündet, daß es von jetzt ab eine glatte Sache ist. Aber er kann nicht. Alles Hoffen und Beten, alle Ahnungen und Mutmaßungen geben ihm doch keine Gewißheit, daß er sie nicht in den nassen Tod am gottverlassenen Nabel dieses gottverlassenen Kontinents führt. Er kann nur noch, als Inspiration und Trost, einen überflüssigen Befehl hinzufügen: «Und beeilt euch gefälligst!»

Ohne das Wissen des Entdeckungsreisenden, von Führern oder Mannschaft hallen die Hügel vor Sansanding in diesem Moment vom Donnern trappelnder Hufe wider: der Harmattan ist nicht das einzige, was von Norden herbeistürmt. Nein: Dassoud, die Geißel des Sahel, ist auf dem Weg in die Stadt, hinter sich 1200 Reiter mit stechenden Augen, die auf ein Gefecht mit der weißen Armee nur so brennen. Es ist seine Absicht, die *Nazarini* in Stücke zu hacken – ganz egal, wie viele und wie gut bewaffnet sie sind – und Mungo Parks auf die Speerspitze gepfählten Kopf seiner Dame, Fatima von Jafnu, als Geschenk darzubringen.

Dassouds Feldzug, so wird man bemerken, ist etwa zweieinhalb Monate hinter dem Zeitplan zurück. Er hatte den Entdeckungsreisenden ja noch im Frühherbst eliminieren wollen, doch als September, Oktober und Anfang November saumselig ins Land gingen, mußte er feststellen, daß er doch nicht ganz die Geißel war, als die er sich sah. Die Wurzel des Übels lag in zerstörerischem Gezänk zwischen den diversen Stämmen unter seinem Befehl. Sie mochten fuchsteufelswild über den Brief des Entdekkungsreisenden und die darin ausgedrückte Absicht sein, zeigten sich aber dennoch nicht recht gewillt zur Einheit unter Dassouds Banner – oder überhaupt unter irgendeinem Banner. Der Zeitpunkt war schlicht ungünstig gewählt.

Zuerst war eine Blutfehde zwischen den Trasart und den Al-Mu'ta von Jafnu ausgebrochen. Mubarak von den Trasart hatte drei von Bu Khalums Leibeigenen wegen

Wasserdiebstahls aus einem seiner Brunnen exekutiert; zur Vergeltung stahl sich Bu Khalum höchstpersönlich ins Lager der Trasart, pißte in Mubaraks Haferbrei und machte sich mit dessen bestem Pferd aus dem Staub, für das er Lösegeld forderte. Das Lösegeld wurde anstandslos bezahlt, und Bu Khalum sandte das Pferd zurück – in acht Stücken, säuberlich einzeln in Ziegenleder verpackt. Inzwischen hatte Mahmud Bari von den Il-Braken die durch Dassouds Hand erlittene Züchtigung vergessen und weigerte sich, an der *dschihad* gegen die *Nazarini* teilzunehmen, wenn er sie nicht selbst anführen durfte. Der entnervte Dassoud war gezwungen, zwei kostbare Wochen damit zu vergeuden, nach Gedumah zu reiten, Mahmud Bari wie eine Bockwurst aufzuschlitzen und die drohende Rebellion niederzuwerfen. Und als wäre das noch nicht genug, wählten die Fulah eben diesen Moment für einen Überraschungsangriff auf Jafnu.

Dassoud hatte jede dieser Herausforderungen mit der ihm eigenen Kürze und Würze erledigt, dabei aber kostbare Zeit verloren. Jede Ablenkung machte ihn rasend vor Wut, brachte sie ihn doch von seinem Ziel ab. Jeder kleine Ärger – ob es nun die Notwendigkeit war, rasch irgendwo dreihundert Männer, Frauen und Kinder der Fulah niederzumetzeln, oder die Tatsache, daß seine Ziege zu weich gekocht und sein Kuskus zu pampig war – erboste ihn derart, daß er meinte, ihm platze der Schädel, und er schrieb es alles dem Entdeckungsreisenden zu. Das Ausradieren der *Nazarini* wurde ihm zur gärenden Zwangsvorstellung, einer fixen Idee, die Tag und Nacht in seiner Seele brodelte, einem Feuer, das mit jedem Hindernis, das sich ihm in den Weg stellte, nur umso heißer loderte. Jetzt aber, nach zweieinhalb Monaten ärgerlicher Aufenthalte, war Dassoud voll in Fahrt, donnerte durch die Straßen von Sansanding wie ein besessener Dämon.

Bläßhühner sind auf dem Fluß, und Regenpfeifer. Die Wasserfläche wogt und brodelt von den letzten wütenden Güssen des Monsuns, und einige wenige schlanke Kanus der Eingeborenen gleiten auf ihr dahin wie der Wind durch übriggebliebene Fetzen des Morgennebels. «Sind alle drin?» ruft Mungo und fühlt sich wie als Junge auf dem Yarrow, als er mit Ned Rise durch die Strömung watet, die Schultern an den Rumpf der *H. M. S. Joliba* gedrückt. Und dann, fröhlich wie ein Bräutigam beim Ausbringen eines Trinkspruchs, läßt er eine Kalebasse mit *fou* am Bug zerschellen und gibt die Order zum Ablegen.

Martyn, der mit dem Bart und den vom Suff gezeichneten Augen doppelt so alt wie neunzehn aussieht, steht an der Ruderpinne; die anderen, auch Amadi Fatoumi und seine drei Gefolgsleute, lümmeln herum, die Paddel liegen in einem wirren Haufen. Da der Fluß so viel Wasser führt, sollte das Fortkommen kein Problem sein: obwohl sie voll beladen ist, ist die *Joliba* leicht wie ein Zweiglein und wendig wie ein Matrosentraum.

Als die Strömung das lange Boot erfaßt und herumwirft, hüpft Ned Rise behende an Bord, nur Mungo wartet noch, übertreibt ein wenig, das Wasser steht ihm schon bis zur Brust, und er schiebt unnützerweise immer noch an. In diesem Moment hallt der erste Schuß übers Wasser. Erschrocken und verwirrt blickt der Entdeckungsreisende zuerst zu Martyn – der Leutnant reißt den Mund weit auf, als wollte er eine Apfelsine oder ein Ei verschlingen –, dann über die Schulter auf die staubige Straße zum Flußufer. Was er sieht, läßt ihn erstarren: ein Wirklichkeit gewordener Alptraum. Mit hoch erhobenen Waffen und flatternden *jubbahs* rast dort eine unüberschaubare Heerschar von Mauren auf sie zu, ihre schweißglänzenden Pferde trampeln in wilder Stampede heran.

Auch den übrigen ist dies keineswegs entgangen. Hatten sie eben noch herumgedöst wie degenerierte Kronprinzen, stürzen sie nun plötzlich wie die Wahnsinnigen zu den Paddeln, während der Entdeckungsreisende, dessen Füße noch im Kielwasser baumeln, an Bord klettert. Angeregt durch die düstere Aussicht des nahen Todes kann man auf einmal rasch und konzentriert handeln – sogar M'Keal, der aalglatte Fatoumi und der fragile Frair rudern drauflos, als ginge es um einen Platz im Oxford-Achter. Auch Mungo ist jetzt entflammt. In dem Tumult findet er kein Paddel, und so beugt er sich übers Wasser und fängt an, mit den hohlen Händen darauf einzudreschen, wie um die Wogen zu teilen oder eine Höhle im Naß zu graben. «Legt euch ins Zeug!» schreit Ned neben ihm, und die *Joliba* gewinnt langsam Fahrt.

Sie sind keine hundert Meter vom Ufer weg, als der erste Maure sich ins Wasser wirft, ein großer Bursche in Schwarz, der auf die Nüstern seines Rosses eindrischt und arabische Obszönitäten kreischt. Sekunden später wimmelt der Fluß von Mauren, Hunderten davon, sie feuern vereinzelt aus Musketen, werfen Lanzen und brüllen ihren Kriegsruf. Mungo peitscht wie wild das Wasser, riskiert aber einen Blick zurück auf seine Erzfeinde, ihre Pferde schwimmen wie Seehunde, Augen glühen und Nasenlöcher weiten sich blutrünstig, Waffen blitzen rot auf im vollen, saftigen Morgenlicht. Und dann verläßt ihn schlagartig alle Kraft im Arm. Den vordersten Mauren – sechzig Meter entfernt, dessen Pferd fast vor Anstrengung explodiert –, kennt er. Er kennt diese wuchtigen Schultern, die die Nähte der *jubbah* spannen, er kennt diese Augen, diese Narbe, den irrwitzigen Blick und die haßerfüllte Maske ...

Dassoud hebt die Pistole, sein Pferd strampelt vergebens, die *Joliba* treibt davon. Verzweifelt zielt er über den Lauf und feuert, nur ein weiteres Rauchwölkchen in dem Durcheinander aus wirbelnden *jubbahs*, klappernden Speeren, Schreien und Staubwolken am Ufer hinter ihm. Qualm und Staub sind so dicht und der Lärm so infernalisch, daß der Entdeckungsreisende gar nicht sicher ist, ob der Maure geschossen hat, als da urplötzlich etwas Warmes, Nasses auf seinem Arm ist und eine schwere Last von oben auf ihn drückt. Im Umdrehen sieht er in das verzerrte Gesicht Abraham Boltons, der ihm gerade das fehlende Paddel hatte bringen wollen. Jetzt, mit ausgeschossenem rechtem Auge, torkelt der Soldat über ihm, fuchtelt mit dem Paddel herum und kämpft um sein Gleichgewicht. Mungos Reaktion kommt instinktiv: er senkt die Schulter, und Bolton, der arme Tropf, wankt an ihm vorbei direkt in den Fluß, wie ein Sack voller Steine, der von einer Brücke geworfen wird.

Als Mungo aufblickt, starrt er über eine stetig schwindende Wasserfläche hinweg in Dassouds Augen, der Maure kommt näher, ist nun schon so dicht, daß das krampfhafte Keuchen seines Reittiers an der Lunge des Entdeckungsreisenden zerrt und er selbst kaum noch Luft bekommt. Vage – wie in einem Traum – greift Mungo nach Boltons Paddel, doch die Augen des Mauren nageln ihn wie Enterhaken fest, und er spürt, wie seine Kehle sich zuschnürt, er muß beinahe in Tränen ausbrechen über all diese Ungerechtigkeit. Wie hypnotisiert denkt er weder an die neunzig geladenen Musketen unter dem Lederdach noch an die silberne Pistole, die in seinem Gürtel steckt. Er denkt nur an das Scheitern, an die Gemeinheit und den Tod.

Dann aber dringt die Stimme von Ned Rise durch das Chaos, muskulös und anspornend – «Rudert, Jungs! Rudert!» –, und das Gemälde zerfließt. Dassoud fällt zurück, und die *Joliba* wird davongerissen, weit hinaus in den reinigenden Strom, weit weg von Blut und Schrecken und den grausam grabschenden Fingern der Gefangenschaft, weit hinaus auf den breiten Rücken des Niger. Wie ein versteinerter Bittsteller kniet Mungo, unfähig zum Denken oder zu einer Bewegung, und sieht seinen ärgsten Feind in die Ferne zurückweichen, bis der schwarze Punkt seines Kopfes im Rhythmus der Wellen versinkt.

Doch still fliesst der Niger

Sie ist wie eine Reise durch den Körper, diese Penetration des Flusses, wie eine Fahrt durch Venen und Arterien und riesige tropfende Organe, wie das Erforschen der Herzkammern oder die Suche nach der ungreifbaren Seele. Erde, Urwald, Himmel, Wasser: im Fluß pocht der Puls des Lebens. Mungo spürt ihn – beständig und durchdringend wie das Ticken einer himmlischen Uhr –, spürt ihn an den sengenden, windstillen Tagen und in den pechschwarzen Nächten, die an den Rand des Nichts zurückweichen. Auch Ned Rise spürt ihn, sogar M'Keal. Eine Macht. Ein Geheimnis. Ein Gefühl der Vereinigung mit dem Ewigen, das einen Mantel über die Welt wirft, alles zum Verstummen bringt: die langhalsigen Reiher, die Flußpferde, Zikaden, Krokodile, Bläßhühner, Eisvögel und Schnepfen, die großen silbrigen Fische, die lautlos hoch aus dem Wasser schnellen und wieder hineingleiten. Es ist fast, als stünden sie unter einem Zauber, der Entdeckungsreisende und seine Mannschaft, als ströme ihr Blut in harmonischer Einheit mit dem Fluß, der sie von aller Schuld und den Schrecken und Entbehrungen des Überlandmarsches reinwäscht. Sanft und eindringlich zieht sie der Strom mit seiner ganz eigenen Kraft und Logik durch diese ersten stillen Wochen.

Dann jedoch erwacht die Crew eines Morgens unter einem Himmel von der Farbe getrockneten Blutes, und es ist, als hätten sie plötzlich das Gehör wiedergefunden. Geräusche dröhnen auf sie ein, unerträglich, vom Quietschen des Ruders bis zum Knattern des Ochsenleders in dem grausam heißen Wind, der sich offenbar über Nacht an sie herangepirscht hat. Große Gänse- und Ohrengeier kreisen über ihnen, die Männer können das Sausen der Schwingen hören. Flußpferde prusten wie krachende Kanonen, und Krokodile blaffen wie Hunde. Mit einem Mal schreit das ganze Universum auf sie ein.

Mungo rollt sich aus dem feuchten Laken, das Getöse läßt ihn zusammenzucken, und er stellt erschrocken fest, daß sie nicht mehr zwischen den endlosen verworrenen Hainen aus überhängenden Bäumen und klammernden Lianen entlangtreiben, die sich seit der Abfahrt von Sansanding an beiden Flußufern aufgetürmt haben. Verblüfft dreht er sich im Kreis, dann zieht er sein Fernrohr hervor und blickt sich noch einmal um. Er sieht kein bißchen Grün über dem Wasser, keinerlei Vegetation, ja gar kein Ufer mehr. Dann begreift er: sie müssen über Nacht den Dibbie-See erreicht haben, das gewaltige Binnenmeer, das sich angeblich von Djenné bis Kabara erstreckt. Er späht auf die bewegte Wasserfläche und freut sich über seine Erkenntnis. Immens und uferlos klatscht der See an die Planken zu seinen Füßen, der heiße Wind peitscht das Wasser zu schäumend braunen Wogen auf.

Der Entdeckungsreisende konsultiert seinen Kompaß. Sie haben nord-nordöstlichen Kurs. Auf Timbuktu – und die Große Wüste zu. Er schluckt heftig und hofft, daß alles stimmt, was ihm die alte Djanna-Geo und Amadi erzählt haben, nämlich daß der Fluß sich danach tatsächlich nach Süden wendet. Doch beim Blick auf die beharrliche Kompaßnadel überfällt ihn der Zweifel. Hatten Rennell und die anderen etwa doch recht? Geht dem Fluß wirklich mitten in der Sahara die Puste aus? Donnert er einem bodenlosen Loch in der Erde entgegen? Verdunstet er im Tschadsee?

Durch diese Grübeleien beunuhigt, geht Mungo nach vorn, wo Amadi Fatoumi und seine Leute sich aufhalten. Die vier Männer hocken dort mit gespreizten Beinen, schnippen geschnitzte Knochenplättchen gegen die konkave Bootswand und teilen einander je nach Ergebnis große Haufen von Kauris zu. Beim Herannahen des Entdeckungsreisenden gießt Amadi mit förmlicher Geste einen dünnen Strom schwarzen Tees in eine fingerhutgroße Tasse, die er ihm nickend und lächelnd hinhält.

«Tja», sagt Mungo und schwankt mit der Dünung, «da sind wir wohl auf dem Dibbie, was?» Im Bug liegt Fred Frair zusammengekauert, fixiert ihn kurz mit leerem Blick und starrt dann wieder düster auf den See hinaus. Amadi sieht zu dem Entdeckungsreisenden auf, als hätte er ihn nicht gehört.

«Ich sagte: Dibbie, oder?» Plötzlich merkt der Entdekkungsreisende, daß er brüllt. Er kann ja auch gar nicht anders, bei all dem Krach. Irgendwo vom Heck her hört man ein nervenzerfetzendes Klappern von Besteck, unter dem Baldachin ertönt M'Keals Schnarchen im Vollrausch, dazu das Kreischen ferner Möwen, das Summen der Mücken – alles so laut, als wäre es hundertfach verstärkt. Gereizt bückt er sich zu seinem Führer. «Was hat bloß dieser verfluchte Lärm zu bedeuten?»

Amadi wirkt überrascht. Er zeigt auf den Himmel. «Wind», sagt er. «Sehr trocken.» Als Antwort auf die nächste Frage des Entdeckungsreisenden – eine rhetorische: Fließt der Niger hinter Timbuktu nach Süden, und ist Amadi sich da auch ganz sicher? – deutet er nur nochmals mit dem Finger, diesmal allerdings auf einen Punkt steuerbords voraus.

Es muß hier gesagt werden, daß die Attacke in Sansanding – da sie ausgerechnet von seinem Erzfeind angeführt war – den Entdeckungsreisenden ziemlich erschüttert hat. Seither ist er nervös, sein Magen macht ihm zu schaffen, ein mysteriöser Ausschlag ist auf seinem Unterleib und zwischen den Zehen aufgebrochen. Wie bei einem Hypochonder, der einen Tumor in der Achsel mit fatalistischem Vergnügen entdeckt, hat dies seinen schlimmsten Verdacht bestätigt sie sind wirklich da draußen, lauern hinter jedem Baum, verbergen sich in der erbärmlichsten Hütte, liegen im Hinterhalt, genau wie er es immer erwartet hat. Infolgedessen war er entschlossen, mehr als je zuvor und mit einer Ausschließlichkeit, die an eine fixe Idee grenzt, jeglichem menschlichen Kontakt aus dem Wege zu gehen. Trotz des Protests seiner Besatzung hat er die Städte Silla und Djenné gemieden, als wären sie von Dämonen und Basilisken bewohnt, ging beide Male kurz vor den Hütten am äußersten Ortsrand vor Anker und trieb erst im Schutz der Dunkelheit vorbei. Seine Leute witterten dort frischen Proviant – Milch, Brot, Obst und Gemüse –, er jedoch wollte davon nichts wissen. Nein, er wollte nicht einmal am allerkleinsten Eingeborenenkaff mitten im Busch ankern, wollte keine Pause einlegen, um Bier oder Fleisch zu kaufen, für fünf kostbare Minuten wieder festen Boden unter den Füßen zu spüren. Pausen wollte er gar keine mehr machen.

Deshalb flößt ihm dieser Punkt am Horizont, dieser schwarze Fleck, dieses Nichts in der Ferne schlicht Entsetzen ein. Hier draußen, mitten auf diesem ozeanartigen See, kann das nur eins bedeuten: Menschen. Wilde, fanatische, mordgierige Mauren. Sein erster Schrei wird von schokkiertem Ableugnen der Situation erstickt, das ihm in der Kehle steckenbleibt wie ein Schleimklumpen. Dann aber ruft er die Losung, wie ein Wachtposten, der in einer kalten schwarzen Nacht überrumpelt worden ist: «Zu den Waffen! Ein Angriff!»

Die Besatzung reagiert sofort. Amadi und seine Leute springen von ihren Kauri-Stapeln auf, und Fred Frair, der eben noch dahindämmerte, kommt auf die Beine, als hätte ihm jemand heiße Suppe in den Schoß gekippt. Martyn ist augenblicklich zur Stelle, und auch M'Keal, in Stiefeln und Unterhose, flucht schon herum. «Mauren!» schreit Mungo und hebt im selben Moment das Teleskop ans Auge, als

Fred Frair, noch elektrisiert vom ersten Ruf zu den Waffen, jaulend wie ein Hund an ihm vorbeirennt. Wissenschaftlich betrachtet, ist das Ergebnis eine einfache Abfolge von Aktion und Reaktion, Kraft und Gegenkraft: er stößt an den Ellenbogen des Entdeckungsreisenden, und das Fernrohr fliegt in hohem Bogen davon, um sofort in der braunen Brühe zu ihren Füßen zu versinken.

Macht nichts. Es braucht keine Vergrößerung, um zu sehen, daß jener Klecks am Horizont eine Gruppe feindlicher Mauren ist. Mit von Panik erstarrten Gesichtern machen sich die Männer daran, ihren Anführer beim Wort zu nehmen. Martyn und M'Keal teilen schon die Musketen aus – fünfundzwanzig, dreißig, fünfunddreißig – und Frair flitzt hin und her mit Pulverfässern, Ladestöcken und Propfen für den Fall, daß man nachladen muß. Nur Ned Rise an der Ruderpinne wirkt gelassen. Mit Sextant und Kompaß und dem provisorischen Segel, das er über Nacht gesetzt hat, steuert er die *Joliba* durch die nachlassende Strömung, die ihn nach Timbuktu, Haussa und noch weiter, nach London führt.

Der Entdeckungsreisende hat am Bug Posten bezogen, reglos verharrend wie ein Vorstehhund. Er trieft vor Schweiß, kneift die Augen zusammen, bis seine Gesichtsmuskulatur ins Zucken kommt, und starrt auf den Horizont, als könne er ihn mit der schieren Kraft der visuellen Konzentration in Brand setzen. Ein ewig langer Moment verstreicht, und noch einer. Und dann, in blitzartiger düsterer Offenbarung, wird ihm bewußt, daß dort draußen am Rand der Wasserwelt eine schreckliche Zellteilung stattfindet: *nicht ein Punkt, sondern drei*! Drei schlanke, flinke Eingeborenenkanus, bis an die Wasserlinie vollgestopft mit blutgierigen Mauren! «Drei Stück sind's», sagt Martyn hinter ihm, und seine Stimme ist kalt wie ein Skalpell.

Ja. Blutrünstige Mauren. Wilde. Tiere. Er kann sie

schon sehen – oder?-, den in der Sonne blinkenden Kopfputz. Plötzlich ergreift ihn eine Gelassenheit, das Gefühl, das man Soldaten in der Hitze der Schlacht zuschreibt. Fest entschlossen und fatalistisch hebt er die Muskete an die Schulter und zielt über den sich verjüngenden Lauf hinweg. «Klar zum Feuern!» zischt er.

Zwanzig Minuten steht er so da, ein Salon-Schauspieler in einem *Tableau vivant*. Die drei Kanus kommen in Formation näher und näher, in einem Winkel, der unweigerlich den Kurs der *Joliba* kreuzen muß. Er kann sie nun recht deutlich sehen, die schwarzen Kähne im Relief vor der großen Sonnenkugel, die sich wie ein müdes altes Ungeheuer hinter ihnen aus dem See erhebt. Als sie in Schußweite kommen, gibt er den Befehl zum Feuern.

Die erste Salve wirft mit wuchtigem Klatschen das vordere Kanu um. Ferne Arme fuchteln durch die Luft, man hört wirre Rufe, Schmerzensschreie. Acht Musketen krachen, fliegen zu Boden und werden durch acht neue ersetzt. Wieder ein Krachen, ein Aufblitzen, und das zweite Kanu wird im Wasser zerschmettert. In dem Rauch und Gegenlicht erkennt der Entdeckungsreisende die Passagiere kaum, aber Mauren sind es bestimmt – in *jubbahs* und Pluderhosen-, was macht es da, daß sie schwarze Gesichter haben und die Schreie aus Frauen- und Kinderkehlen kommen?

Nach der zweiten Salve hüpfen die Insassen des letzten Boots ins Wasser und überlassen ihr Gefährt seinem Schicksal. Nun beginnt die Besatzung – auch Amadi Fatoumi und seine Schwarzen – mit planlosem Schießen, sie feuern blindlings auf jeden formlosen Kopf im Glitzern der Sonne auf dem Wasser, drücken beim geringsten Zeichen eines platschenden Schwimmers ab. Im Rausch zielt der Entdeckungsreisende auf eine dunkle Gestalt, die sich an ein gekentertes Kanu klammert, da packt ihn jemand am Arm, als er den Abzug drückt. Er wirbelt herum und sieht

Ned Rise. Flinten knallen und donnern, Qualm steht über der *Joliba* wie eine tiefhängende Gewitterwolke. «Lassen Sie das Feuer einstellen», ruft Ned. «Es ist ein Irrtum – sehen Sie das nicht?»

Es ist, als ob Mungo aus einem Traum erwacht. Er läßt die Muskete sinken und mustert die Reihe seiner Leute, schockiert von der Verwandlung, die in ihren Gesichtern vorgegangen ist. Sogar der schwächliche Frair sieht aus wie ein rasendes Raubtier, sein Mund ist verzerrt, die Zähne gebleckt. Amadis Augen sind glasig, seine Zungenspitze ragt aus dem Mundwinkel, und seine Sklaven blicken verzuckt drein wie Bauernlümmel an einer Schießbude. Und die Berufsmilitärs – Martyn und M'Keal – sind in ihrem Element. Hierfür sind sie geboren und ausgebildet, dies ist der Moment, für den sie die Bajonette geschärft und die Musketen geölt haben. Ihre Gesichter sind rauchgeschwärzt, sie zielen, feuern und greifen nach der nächsten Waffe, in einer einzigen fließenden Bewegung, gnadenlos und unversöhnlich wie Maschinen. Bestürzt folgt Mungos Blick der Linie von Martyns Flinte, vorbei an den sinkenden Kanus dorthin, wo der Kopf einer Frau aus dem Wasser ragt. Eine Frau? – nein, das geht doch nicht. Aber es geht, und es ist eine. Eine Frau, ihre *jubbah* breitet sich über die Wogen, kupferne Ohrringe blinken in der Sonne, eine Frau, die unter Mühen gleichzeitig sich selbst und ihr Baby über Wasser hält. «Feuer einstellen!» brüllt Mungo. «Aufhören!»

Doch das Kommando bleibt unbeachtet. Noch eine Viertelstunde lang hallen erregte Rufe und das wahnwitzige Knallen der Flintenschüsse über den Dibbie, bis die Kanus zersplittert, die Musketen leer sind und alles still wird, bis auf das Klatschen der Wellen, den Höllenatem des Windes und die leise platzenden, zerfließenden Blutklumpen, die nun aufsteigen und die trübe schäumende Oberfläche verdunkeln.

Zwei Tage danach – die endlose Leere des Sees liegt hinter ihnen und sie treiben wieder in der Fahrrinne des Flusses – wird die Besatzung der *Joliba* Zeuge einer großen Dummheit von Fred Frair. Von einer Vielzahl unspezifischer Leiden, eitriger Infektionen und mysteriöser Tropenkrankheiten befallen, siecht Frair seit Tagen dumpf und deprimiert dahin, sein ausgezehrter Leib preßt sich eng an die Planken, als wollte er jeden Augenblick in dem glatten schwarzen Holz verschwinden wie ein Insekt. Niemand sieht ihn gerne so, aber was können sie schon tun? M'Keal, der alte Haudegen, dessen Bart schlohweiß auf dem pflaumenroten Gesicht wuchert, wacht stundenlang neben ihm und bietet ihm hin und wieder einen Schluck Rum oder Palmwein zum Kurieren all seiner Leiden an. Martyn, der nun schon vierzig Gefährten hat abkratzen sehen, ist ungerührt. Pfeifend hockt er unter dem Baldachin, wo er die Musketen putzt und nachlädt. Ned hat den schmächtigen Kerl nie besonders leiden können – er war ein Kumpel von Smirke – und ist ohnehin viel zu beschäftigt, den Entdeckungsreisenden, den Kompaß, die Karten und das Ruder im Auge zu behalten, als sich um ihn zu sorgen. Und Mungo, der über die Möglichkeit des Scheiterns und die boshaften Wesenszüge und Gewohnheiten des Sahelmauren nachgrübelt, hat für keinen von ihnen Zeit. Trotzdem wünscht niemand Frair Böses – jeder wäre froh über seine Genesung. Schließlich: wenn er stürbe, wer käme wohl als nächster dran?

An diesem Nachmittag – irgendwann Mitte Dezember 1805 – treibt sie die Strömung auf einer riesigen, weiten Wasserfläche unter der brennendheißen Äquatorsonne entlang, in den Bäumen singen laut die Vögel, Insekten summen in Ohren, Augen und Nasen, als Frair plötzlich hochfährt und wie ein Trunkenbold im Delirium tremens loskreischt. Er hält das nicht mehr aus, brüllt er. Die Hitze, das Fieber, den Gestank nach Tod. Amadi und seine Leute sehen weg, M'Keal beugt sich über den tobenden Soldaten und versucht, ihn zu beruhigen. Aber vergebens.

So viele Schrecken hat er durchgemacht, im Gefängnis, auf Goree, auf dem Marsch, so viele Krankheiten nagen an ihm, aber was Frair schließlich den Rest gibt, ist, daß er von dem Guineawurm *Dracunculus medinensis* befallen ist. Schmerzhaft, ekelerregend, aber normalerweise keine große Sache. Der Entdeckungsreisende selbst quält sich gerade durch seine zweite Infektion, und Martyn hat sich erst vor zwei Wochen so ein Vieh aus dem Bein gezogen. Für Frair jedoch ist der Gedanke an das blinde Wesen – diesen Wurm, der da in ihm lebt und gedeiht, sein Fleisch auffrißt, ihm ins Blut pißt und kackt – einfach unerträglich.

Am Vortag war ein Furunkel in seiner linken Kniekehle aufgeplatzt; Mungo machte ihm mit einer Überdosis *fou* etwas Mut, um dann die Wunde zu reinigen und zu behandeln. In der feuchten Knospe der offenen Wunde, blaß wie Bauchfleisch, ringelte sich das hintere Ende eines weiblichen Guineawurms und tat dort, was die Natur von ihm erwartete: anschwellen, gebären und ausstoßen von Millionen winziger Larven ins Fruchtwasser des Eiters. Mungo hielt den sichtbaren Teil des Parasiten behutsam fest und wand ihn um ein Stöckchen; dann bückte er sich, um sich die Hände im Fluß zu waschen. Und das war's auch schon: er hatte getan, was er konnte, um Frairs mißlichen Zustand zu lindern. Weder entfernen noch töten konnte er den Wurm, dessen etwa ein Meter langer Körper tief im Bindegewebe von Frairs Unterschenkel eingebettet war, eng zusammengerollt wie Garn auf einer Spule. Ganz langsam, Stück für Stück, mußte man ihn herausziehen, indem man ihn auf das Holz aufrollte, drei bis fünf Zentimeter pro Tag. Falls er aber riß und im Bein abstarb, würde er unwiederbringlich dort verfaulen, und die Gangräne würde Frair umbringen.

In seinem Elend, seinem Ekel und seiner Angst begeht Frair die große Dummheit, daß er das kleine Hölzchen, das an seinem Knie befestigt ist, abreißt und damit den Wurm durchtrennt. Einen Moment lang reagiert niemand, und der Lärm, der ihnen seit dem Dibbie-See um die Ohren schlägt, tost durch die Stille. Endlich stößt M'Keal einen Pfiff aus – scharf und kurz, wie nach einem Hund oder in Bewunderung eines erfolgreichen Anglers –, und Amadi spuckt sich in die Hände, was angeblich Glück bringt. Mungo, der von Frairs Ausbruch überrascht wurde, steht nur über ihm und sieht in die Wunde, die wie ein offener Mund glänzt. Dann schüttelt er den Kopf und wendet sich ab.

Ein Anhalten, um ihn zu begraben, kommt natürlich nicht in Frage. Am Weihnachtstag (oder so ungefähr; der Entdeckungsreisende hat bei dem chaotischen Gewirr seiner Aufzeichnungen das genaue Datum aus den Augen verloren) wird Frair, von oben bis unten mit Fliegen übersät, offiziell für tot erklärt. Als Hauptmann und Leiter der Expedition murmelt Mungo ein paar Worte über der Leiche, ehe er sie den gelben Fluten des Niger übergibt, den Tigerbarschen, Schildkröten und Krokodilen.

Als Mungo in dieser Nacht im Mondschein seine Uhr aufklappt, stellt er fest, daß sie unerklärlicherweise stehengeblieben ist. Das deutsche Fabrikat mit dem silbernen, eingravierten Gehäuse ist ein Geschenk von Ailies Vater aus einer anderen Zeit, einem anderen Leben, als der junge Entdeckungsreisende zum erstenmal seine Taschen packte und nach Hinterindien aufbrach, übersprudelnd vor Hoffnung und Ehrgeiz. Jetzt, auf der sausenden Fahrt über das dunkle Wasser, scheint ihm diese Zeit so fern wie die Ära der Dinosaurier. Er klatscht die Uhr in seine Handfläche, hält sie sich ans Ohr. Roh und höhnisch heult ihn der unsichtbare Urwald mit Tausenden von Stimmen an. Mungo blickt zum Himmel auf, zu den ziehenden Sternen und den

Planeten auf ihren Umlaufbahnen, und läßt den verstummten Zeitmesser in die flache schwarze Suppe des Flusses fallen.

Die Zonen der Unterwelt

Die Tage flitzen vorüber, straff gespannt wie Armbrustsehnen an den langen, verdorrten Nachmittagen, und wieder gelockert im kurzen Bogen der Abende, wenn die Sonne niederstürzt und der Nebel aufstiebt. Das Neujahr kommt und geht, undokumentiert unter einer Decke der Gleichförmigkeit und im Gestank der Verwesung. Still und unaufhaltsam gleitet die *Joliba* an verlassenen Dörfern vorbei, an Sandbänken, dicht besetzt mit sonnenbadenden Reptilien, an Vogelschwärmen so zahlreich, daß ihre Federn alle Kissen Europas füllen könnten. Der Fluß ist immer gleich, niemals gleich.

In Kabara, dem Hafen von Timbuktu, verkalkuliert sich der Entdeckungsreisende. Am Vortag hat er zu früh ankern lassen, und statt so anzukommen, daß er sich an diesem bedrohlichsten aller Hindernisse im Schutze der Nacht vorbeidrücken kann, zieht sein Boot also plötzlich im grellen Licht des frühen Vormittags an den überfüllten Ufern und den dicht befahrenen Wasserstraßen vorbei. Als die Stadt nach einer Flußbiegung in Sicht kommt, ist Mungos erste Reaktion, seinen Augen nicht zu trauen. Nur eine Sinnestäuschung, weiter nichts. Ein Trugbild der überstrapazierten Nerven, erzeugt von Fieber und Angst. Aber es ist ganz unbestreitbar Kabara: die engen Reihen der Lehmhütten, die offenen Lagerhäuser, Schwärme von Kanus, die dort vorn auf der Wasserfläche wimmeln wie ein schwarzer Film. Abrupt wendet er sich an Amadi und fängt an, ihn in schlechtem Arabisch zu schelten, schrill wie eine alte Matrone, die ihren Mops ausschimpft. Der Führer zuckt bloß die Achseln.

Mungo weiß nur eines: Sie müssen Kabara unter allen Umständen meiden. Timbuktu ist der Angelpunkt des maurischen Handels, die Drehscheibe zwischen Sahara, Sahel und Sudan. Wenn ihm irgendwo Widerstand droht, dann hier. Angewidert dreht er Amadi den Rücken und beordert seine Leute an die Paddel; er nimmt Ned Rise die Ruderpinne ab und reißt das Boot um 180 Grad herum. «Legt euch ins Zeug!» befiehlt er mit zusammengebissenen Zähnen, und langsam, mühsam beginnt die überladene *Joliba*, flußaufwärts zu kriechen. Nach einer Stunde jedoch ist Kabara immer noch in Sicht, die Männer sind ausgelaugt, und trotz aller Anstrengungen bleibt das Boot lediglich auf gleicher Höhe, ein Hindernis im Strom. Als erster sieht M'Keal die Nutzlosigkeit des Unterfangens. «Zum Teufel, Käpt'n» ruft er Mungo am Ruder über die Schulter zu, «solln wir uns etwa hier einen abbrechen, bis der Erzengel Gabriel in die Posaune stoßen tut oder was?» Der alte Soldat keucht die Worte mit Mühe hervor, seine Hände zittern am Paddel, er glüht im eigenen Saft wie ein Spanferkel am Spieß. Mungo überlegt kurz, dann verhärtet er sich wie damals auf dem Dibbie-See, wirft das Ruder voll herum, und die *Joliba* schwingt zurück in Richtung Kabara. «Macht euch bereit, alle Schiffe zurückzuschlagen, die sich auf unter fünfzig Meter nähern!» zischt er. Blaubart hätte es nicht besser sagen können.

Diesmal stoßen tatsächlich Kanus hervor, um sie abzufangen. Lange, windhundartige Einbäume voller zorniger Muselmanen, die alle vorhaben, die *Nazarini* zu Ehren Allahs zu enthaupten und zu zerstückeln, sich für den Fehlschlag in Sansanding und das Gemetzel auf dem Dibbie zu rächen, ihr angeborenes, verbrieftes Handelsmonopol zu behaupten und diese käsigen Ungläubigen zu bestrafen, die das Recht, ihre Grenzen zu überschreiten, weder erbeten noch bezahlt haben. Die vor Zorn rasenden Mauren füllen achtzehn Kanus mit ihren Bärten, Zähnen und Speeren.

Was den Mauren jedoch fehlt, ist die Feuerkraft. Obwohl ihre Kanus, geschickt gelenkt von Steuermännern der Somoni und der am Fluß siedelnden Soorka, ausschwärmen und die *Joliba* aus allen Richtungen angreifen, gelingt es ihnen nicht einmal annähernd, auf Speerwurfweite heranzukommen. Mungo und seine Jungs, jeder mit fünfzehn einschüssigen Musketen bewaffnet, knallen drauflos wie eine ganze Armee, schicken einen donnernden Hagel von Blei übers Wasser, der den Mauren das Fleisch von den Knochen fetzt und *jubbahs* in durchlöcherte Leichentücher verwandelt. Mit Flüchen in den Bärten räumen die Mauren das Feld, und die *Joliba* jagt unangefochten weiter flußabwärts.

Eine Woche später stellt der Entdeckungsreisende fest, daß sie, obwohl sie Timbuktu passiert haben, weiterhin nordwärts treiben – in die Wüste hinein. Die Ufervegetation, sonst immer üppig, dünnt ganz allmählich aus, und hinter den Bäumen sind kahle, trockene Hügel zu sehen, bewachsen nur mit vereinzelten Wolfsmilchgewächsen, Wüstenrosen und Disteln. Die Hitze ist erdrückend, lastend, alles verschlingend. Vor ihr gibt es kein Entrinnen. Unter dem Baldachin, abgespannt wie überlebende Bauchschußopfer von Austerlitz, spielen Martyn und M'Keal Karten, dösen, schlürfen *fou* aus einer Kalebasse und tauchen gelegentlich eine Hand in den Fluß, um Hemd und Gesicht mit lauwarmem Wasser zu benetzen. Ned Rise hat einen Sonnenschirm über der Ruderpinne aufgebaut, und Amadi kauert mit seinen Leuten, bis auf Lendenschurze entkleidet, im Schatten des Lederdaches; sie werfen weiter Knochenplättchen und zählen ihre Kauris. Kein Gedanke an ein Bad. Nicht, wenn Krokodile – manche davon halb so lang wie das Boot – am Ufer hocken wie Zuschauer bei einer Parade, und Flußpferde das Wasser zu Schaum schlagen und ihre Gereiztheit oder ihren Spieltrieb oder sonst etwas donnernd, schlürfend, klatschend zur Schau stellen.

Die Sonne geht auf und unter, Zeit wird weder gemessen noch aufgezeichnet, Tage reihen sich aneinander, bis wieder eine Woche vorbei ist, und immer noch trägt der Fluß sie nordwärts. Bier und Obst und Butter und Brot sind ausgegangen, und die Männer meckern über die Diät aus Pökelfleisch, Reis, Yam und Zwiebeln. Vierzigmal am Tag sieht Mungo auf seinen Kompaß. Er macht sich Sorgen. Ned Rise auch. Ned befragt den Entdeckungsreisenden, der befragt Amadi, der zuckt die Achseln. Die Spannung ist mörderisch. Ganz zu schweigen von der Hitze, der Langweile, der hoffnungslosen, verlorenen Klaustrophobie von Männern, die ewig auf See sind. So muß sich Columbus gefühlt haben, als er sich am Rand der Welt entlangtastete.

An einem Ort, den Amadi Gouroumo nennt, nehmen sieben blitzschnelle Kanus ihre Verfolgung auf, und die Besatzung, mittlerweile alle in kurzen Hosen wie Amadi und seine Sklaven, reißen sich lange genug aus ihrer Lethargie, um ein paar unglückliche Eingeborene abzuknallen und den übrigen eine Heidenangst einzujagen. In Anbetracht der Gleichförmigkeit der Tage, der Eintönigkeit ist die Abwechslung fast willkommen, es macht beinahe Spaß. Was gibt es sonst schon zu tun, außer herumzuliegen und zu brutzeln wie Speck in der Pfanne? Außerdem: den einen oder anderen Neger umzunieten, trainiert doch die Reflexe, stabilisiert die Hand und schärft das Auge für den Tag, an dem es mal echten Arger gibt. Und sie legen es ja wirklich nicht auf einen Kampf an. Nein, diese nackten Kannibalen stürzen auf sie los wie Krokodile, richtig geil auf eine Chance sich einen Weißen für den Kochtopf zu schnappen. Nach all dem schwarzen Gekröse, was die sonst fressen, würde es ihnen wohl wie Kalbfleisch vorkommen.

Dem Entdeckungsreisenden gefällt das nicht. Es waren Neger, die sie in Gouroumo angegriffen halben, und mit Negern sucht er keinen Streit. Aber sie lassen ihm ja kaum eine Wahl. Ob die Mauren sie angestiftet haben oder ob sie erzürnt sind, weil er in der Frage von Geschenken oder Genehmigungen das Protokoll verletzt hat, ist ihm unklar. Er weiß nur, daß sie zum Angriff übergehen wie ein Preisboxer, der aus seiner Ecke herausstürzt, kriegerisch und entschlossen, er weiß nur, daß sie ihn aufhalten wollen. Und falls er anhielte, wäre er ihnen ausgeliefert. Er stellt sich vor, wie sie die Ladung plündern, in sein Gesicht atmen, ihn mit dicken, rissigen Zeigefingern in die Brust pieken, während sie die ganze Zeit in irgendeiner verwaschenen Höhlenbewohner-Sprache daherquasseln, die wie Blähsucht auf einem Scheunenhof klingt, wie quiekende Schweine und furzende Kühe. Sie könnten ihm Nahrung und Waffen abpressen, ihn berauben, seine Notizen verbrennen, ihn den Mauren ausliefern. Der Gedanke daran legt in seinem Hirn einen Schalter um, Fall erledigt. Mögen Neger dabei sterben, er wird nicht anhalten, komme Hölle oder Hochwasser. Zum Teufel mit den Konsequenzen.

Leider kommen die Konsequenzen rascher als erwartet, und zwar in Form von Kanus – etwa sechzig – kurz hinter einem Ort namens Gotoijege. Es ist Spätnachmittag, zwei Tage nach dem Vorfall in Gouroumo, und die *Joliba* tastet sich knapp an einer jähen Felswand vorbei, die in den Fluß hineinragt wie ein gekrümmter Ellenbogen. Alles ist still, benommen von der Hitze. Die Männer dösen, Hitzewellen wabern über die karge Landzunge, ein einsamer Geier schwebt reglos in der Aufwindströmung über ihnen. Ganz langsam, wie ein treibendes Blatt oder Holzstück, arbeitet sich die *Joliba* um die Felszacke herum ins offene Fahrwasser dahinter. An diesem Punkt bemerkt der Entdeckungsreisende das erste Anzeichen dafür, daß nicht alles in Ordnung ist: irgend etwas ist da drüben, verborgen im tiefen Schatten der vorspringenden Felsen. Eine halbe Sekunde später, vielmehr eine halbe Sekunde zu spät, wird ihm alles klar.

Es ist ein Hinterhalt.

Massen von Kanus drängen sich in der Bucht, es erinnert an einen Treibholzverhau. Weiter vorn, über den Fluß verteilt wie eine Steinzeit-Armada, warten noch zwanzig Kanus in der Strömung. Hunderte von zornigen schwarzen Gesichtern, mit lauter unheilvollen Mustern bemalt. Kräftige schwarze Arme an den Paddeln, Gitterwerke aus hervortretenden Venen und gespannten Muskeln, Bogen und Köcher im festen Griff entschlossener schwarzer Hände, die todbringenden dünnen Schäfte spitzer Lanzen. Kein Zweifel: es hat sich herumgesprochen. Jemand hat diesen Leuten gesteckt, daß Weiße auf dem Fluß sind, seltsame bleiche, gespenstische Wesen, die dort Amok laufen, Gemetzel veranstalten, Stammesbrüder entlang der ganzen Uferlinie morden und sich weigern, Wegezölle und Tribute zu zahlen oder sich wenigstens auf die Knie zu werfen vor den Machthabern, den Himmlischen und Gotterwählten, um die Erlaubnis zum Passieren von Stammesland zu erflehen. Weiße Männer, die einfach bestraft werden müssen.

Plötzlich, mit einem Brüllen, das alle Schneebretter der Alpen abgehen lassen könnte, bricht das statische Bild in Gewalt aus. Wo eben noch nur Sonne und Stille und das mähliche Dösen des treibenden Bootes war, ist jetzt eine wutentbrannte, tobende feindliche Menschenmenge an beiden Ufern des Flusses. Die Landzunge hinter ihnen wirkt wie ein aufgewühlter Ameisenhaufen, wimmelt von aufgestachelten nackten Wilden, die Drohungen und Beschimpfungen brüllen und mit Saustechern herumfuchteln. Scharen von Frauen sind dort aus dem Nichts aufgetaucht, mit schweren Knochen und dicken Hintern, zerfetzen die Luft mit gellenden Orgelschreien und den Schlägen großer, dröhnender Kesselpauken, als würden sie auf glücklose

Entdeckungsreisende eindreschen. Hunderte von Männern und Knaben rennen an den Uferrand, um Speere und Steine und brennende Fackeln zu werfen, sie decken das Boot mit Giftpfeilen und primitiven Eisenmessern ein. Nun treten auch die Kanus in Aktion, gleiten flink wie Schatten an der *Joliba* vorbei, große schwarze Athleten an den Paddeln, dahinter geduckte bemalte Krieger, die ihre Speere breitmachen und ihre pulsierenden Muskeln lokkern. Und allesamt – Männer, Frauen, Kinder, Ruderer, Muskelprotze, Bogenschützen, Speerwerfer und Anführer gleichermaßen – gröhlen sie wie Fleischer auf einer Drei-Tage-Sauftour

Es ist schrecklich. Furchteinflößend. Überwältigend.

Ob dies das Ende ist? denkt der Entdeckungsreisende dessen innere Organe sich wie Igel zusammenrollen, während Martyn nach der Muskete greift und Ned Rise die Ruderpinne voll nach rechts wirft, um das Boot in spitzem Winkel von der Bucht wegzusteuern. Pfeile regnen mit dumpfem Geprassel auf das Lederdach, ein Stein ritzt Martyns Backe. Ihnen stehen fünfhundert aufgebrachte Wilde gegenüber, und weitere zweihundert flitzen in schnellen, flachen Kanus auf sie zu. Sie sind total überrumpelt worden, und es sieht übel aus, es sieht aus, als hätten sie schon verloren, bevor es überhaupt anfängt.

Doch jetzt beginnt sich das Chaos wieder zu ordnen: Neds Kurs verschafft ihnen eine Atempause, der herrliche Gestank von Schießpulver brennt ihnen in den Nasen, und ehe man sich's versieht, legen sich alle mächtig ins Zeug. Sie schnappen sich ihre Waffen wie die wahren beherzten Kämpfer, die sie ja sind, bis ins letzte Grübchen am Kinn von echtem Schrot und Korn erfüllt, und ballern drauflos wie die Weltmeister, wie Mörder. Sobald das Boot aus der Pfeilschußweite kommt, ist es ein Kinderspiel. Ein Schützenfest. Wie Entenjagen in den Cotswold Hills. In gedämpfter Wut feuern sie auf ihre Widersacher, mit dem

Ohne-Pardon, der absolut schonungslosen Besessenheit, die sie auch auf dem Dibbie-See ergriffen hat; sie feuern, bis die gesamte Flottille zerstört ist, und dann wenden sie sich der Linie der Einbäume zu, die ihnen flußabwärts den Weg blockiert.

Die Schwarzen halten die Stellung. Hundert Meter vor ihnen schwenkt Ned die *Joliba* breitseits, die Männer treten an wie ein Erschießungskommando – Mungo, Amadi und die Sklaven an einem Ende, Martyn, M'Keal und Ned am anderen – und schicken Salve um Salve in die Reihen der Schwarzen, während sie ihnen langsam entgegentreiben. Einer ihrer Gegner sieht mit seinen Straußenfedern und Korallenketten aus wie ein Häuptling oder vielleicht der König. Er steht aufrecht im Bug des vordersten Kanus, die eine Hand umfaßt ein Zepter, die andere ist gebieterische feierlich erhoben, in einer Gebärde, die besagt: Legt eure Waffen nieder und laßt alle Hoffnung fahren, streckt die Waffen und ergebt euch im Angesicht der königlichen Allmacht und unserer deutlichen Überzahl. Als Martyn ihn mit einem einzigen Schuß umlegt, scheint das dem Widerstand das Rückgrat zu brechen. Im nächsten Moment wirft Ned die *Joliba* wieder herum, rammt das letzte Kanu, das ihnen noch den Weg versperrt, und das war's. Leichtes Spiel.

Der einzige Verwundete ist M'Keal. In der Hitze des Gefechts hat ihn eine Muskete getroffen – ja, eine Muskete. Sah nach einem Mauren aus, er saß im Bug einer der Pirogen – «ein Riesenkerl, ganz in Schwarz». Die Kugel trennte ihm die obere Hälfte des linken Ohrs ab und kürzte seine eisgrauen Haare um ein paar Zentimeter. Eine harmlose Wunde, in jeder Hinsicht. Als er jedoch getroffen wurde, klinkte etwas in ihm aus. Er drehte völlig durch. Bekam Schaum vor den Mund wie ein tollwütiger Hund, verfaßte ein neues Buch mit rassistischen Schimpfwörtern, trampelte und stammelte und schüttelte die Faust.

Dann begann er, unter pausenlosem Gequassel, die erstaunten Schwarzen übers Wasser hinweg mit Gegenständen zu bewerfen. Zuerst warf er mit Musketen, sechs oder acht Stück insgesamt, dann ein Fäßchen mit Pulver. Rings um ihn tobte die Schlacht; keiner bemerkte etwas. Er stemmte einen Sack Reis über Bord, einen Kavalleriesäbel, den Sextanten. Diese bekackten Eingeborenenwichser, denen würde er's zeigen. Als nächstes war eine Kiste mit Munition dran, dann der Seesack des Entdeckungsreisenden: samt Kompaß, Notizen, angefangenen Briefen an Ailie und so weiter. Fluchend und grollend trommelte sich der rotgesichtige alte Soldat auf die Brust und schleuderte seine Schuhe, seine Unterwäsche, seinen Panamahut, die Teekanne, ein Faß Pökelfleisch und einen Kasten mit verfaulenden Yamwurzeln in die Gegend. Als die Gefahr gebannt war und sie ihn endlich bändigen konnten, hatte der sehnige Veteran der Westindien-Feldzüge die Ladung um die Hälfte erleichtert und jeder weiteren Messung von Längen- oder Breitengrad sowie allen Fragen über die Lage des magnetischen Pols ein Ende bereitet.

Es schien kaum etwas auszumachen.

Ohne Chronometer, Kompaß und Sextant blicken die geographischen Missionare auf der *H. M. S. Joliba* zur Sonne auf und wissen, daß es Mittag ist, immerdar, und daß sie nach Norden treiben, in die Wüste, in die sengende Hitze, direkt in den Schlund des Mysteriums. Ihr Haar strotzt vor Fett und Staub und bedeckt ihre Schultern, die Bärte reichen ihnen bis zu den Hüften. Die stolzen roten Uniformen hängen längst in Fetzen – zu Lendenschurzen degeneriert – und die einst so blitzenden Stiefel sind in Stücke zerfallen. Ungewaschen, undiszipliniert, unterernährt, mit mageren Rippen und trüben Augen, fleckiger, sonnenversengter Haut und Blasen auf den nackten Füßen, könnten sie die letzten Überbleibsel eines uralten Stammes sein, der zu neuen Ufern emigriert, irgendwelche Höhlenmenschen, die Dreck und Abfall und rohes Fleisch fressen. Nur Amadi und seine drei Sklaven bleiben unverändert. Wachsam und munter sitzen sie unter ihren breitkrempigen Hüten und werfen Knochenplättchen. Das sind keine Menschen des 19. Jahrhunderts, sie gehören dem Jahrtausend an, ihr Gang und Blick und ihre flinken, klugen Hände sind ein Urbild von Europa und der ganzen geschriebenen Geschichte. Sie wissen einfach, daß der Fluß die Richtung ändern wird. Sie wissen, daß Landkarten und Hosen und Pökelfleisch irrelevant und die weißen Männer Dummköpfe sind. Sie sind geduldig. Sie sind zufrieden. Sie halten die Augen offen.

Währenddessen treibt das große schwarze Kanu mit dem Strom. Tagsüber blendet die grelle Sonne auf dem Wasser, die ganze Welt steht in Flammen, weißglühend, auch die Hügel erfaßt der Brand. Nachts hallt das Ufer von gespenstischen Echos wider – ersticktem Gebrüll, Schrekkensschreien, dem unirdischen Kichern der Hyänen –, und im Wasser brodeln fürchterliche Explosionen, fremdartige, riesenhafte Untiere treiben dort in den Tiefen ihre Kapriolen und strecken ihre großen schuppigen Schwänze in die Luft, um die Unachtsamen einzufangen.

Eines Nachts, im Licht eines so hellen Mondes, daß er die Wasseroberfläche einfärbt und einen kühlen, diffusen Schein auf Bäume, Sträucher und chaotische Felsblöcke wirft, werden sie von markerschütternden Schreien und Knurrtönen irgendwo weiter vorn aufgeweckt. Urtümlich, mißtönend, Schauererregend, der Lärm einer blutgierigen Horde, von wild knurrenden, schnappenden Mäulern, das Geräusch von Wölfen, die sich eine Beute streitig machen. Aber das ist nicht alles: man ahnt noch etwas anderes, etwas weitaus Schauderhafteres. Beim Näherkommen wird es ihnen allmählich klar: es sind menschliche Stimmen, die da in dem Getöse aufschreien.

Jetzt sind alle wach – sogar M'Keal – und starren in die

Finsternis, vor Entsetzen wie angewurzelt. Der Klang von zerfetzendem Fleisch, knackenden Knochen, verstümmelte Hilferufe: sie martern die Nerven wie Salz und Brennesseln, so unerträglich und unzulässig wie der Gedanke an den eigenen gräßlichen Tod. Ned wendet sich ab, dem Entdeckungsreisenden dreht sich der Magen um. Sie sehen nichts. Eine bange Minute verstreicht, dann noch eine, die Nacht ist erfüllt von dämonischem Knurren und gepreßtem, atemlosem Wehklagen, als hätten sie, die armen Sünder, irgendeine unsichtbare Grenze überschritten und trieben nun die langen Strudel der Zuflüsse von Acheron und Lethe hinab. Auf einmal ruft einer der Männer: «Da! Am rechten Ufer, direkt vor uns!»

Der Mond bewölkt sich, alles wird unklar und körperlos, zugleich da und nicht da. Dann kommt Bewegung und Leben in die Schatten, und das Knurren schwillt in einem wilden Crescendo an, das in einen einzigen Atemzug und eine plötzliche Explosion von Licht ausläuft: eine Fackel erhellt die Dunkelheit. Unstet und flackernd beleuchtet sie die schwarzen, buckligen Gestalten von Hunderten geifernder. zähnefletschender Dämonen: Hyänen. Klauen und Schultern und aufgerissene schwarze Mäuler – Hyänen, Kindesmörder, Leichenfledderer, die an der eigenen Spucke würgen. Gegen sie kämpft ein einzelner Mann – vielleicht ein fahrender Händler-, er steht vor dem ausgeweideten Kadaver seines Kamels, schwingt die Fackel wie ein Erzengel sein Schwert, während hinter ihm eine Frau und ein Kind kauern, in den Strudel eines bösen Traums gerissen.

Tief geduckt kommen die Grabräuber näher, wimmeln über den Kadaver wie Fische bei der Fütterung, reißen sich grauglänzende Darmschlingen heraus, andere huschen aus dem Schatten hervor, drängen in die Schlachtlinie, ihre Augen glitzern vor Gier und einem Hunger, den keine Nahrungsmenge jemals stillen kann. Der Mann weicht zurück, geht im Kreis, während die Frau das Kind an sich drückt, als wäre es schon in Stücke gerissen, und mit einem Stück Feuerholz herumfuchtelt. Eine kurze Zeitlang wirkt der Kampf ausgewogen. Dann jedoch, in einem abrupten, unwiederbringlichen Augenblick, geht die Fackel aus, und die brodelnde Woge von Schnauzen und Mähnen wirft sich auf sie, die gebrochenen Schreie verlieren sich bereits im anschwellenden Lärm des streitlustigen Knurrens und der aneinanderschlagenden Kiefer.

Die *Joliba* treibt weiter, vorbei an knirschenden Zähnen und krachenden Knochen, nach Norden, der Unterwelt entgegen.

Tierisches Verlangen

Die Stimme von Hochwürden MacNibbit ist körperlos und hat eine tiefe, sichere, liebliche Ausstrahlung, die Macht und Verheißung durch das Kirchenschiff fluten läßt, der Stachel der Vorahnung und der Balsam der Tröstung liegt darin. «Und ob ich schon wanderte im finstern Tal», poltert er, wobei er den großen struppigen Kopf schüttelt; seine fleischigen Wangen schwabbeln, und ein mahnendes Tremolo stiehlt sich in seine Stimme, um zu unterstreichen, wie düster und hoffnungslos alles sein kann ... aber Ailie hört ihm nicht zu. Sieht auch gar nicht hin. Ihr Kopf ist gesenkt wie zum Gebet, ihre Gedanken sind jedoch woanders. Genau genommen sind sie bei Georgie Gleg – und bei der Reise, dem Ausflug, dem *Abenteuer*, auf das sie sich einlassen will. Noch heute nachmittag. Alles ist vorbereitet, ihre Taschen sind gepackt. Sie kann an nichts anderes mehr denken.

Georgie hat sie eingeladen, ihn auf eine sechswöchige Tour durch die Highlands zu begleiten, eine Reise nach Fife, Angus, Aberdeen, Banff und Moray, deren Höhepunkt eine Woche im Avis House bei Drummadrochit sein würde, in Sichtweite von Urquhart Castle und einem der tiefen, brodelnden Lochs, das jedes Schulmädchen aus Liedern und Legenden so gut kannte, dem allergrößten überhaupt: Loch Ness. Avis House, der alte Familiensitz der Hochland-Glegs, wurde gegenwärtig von Georgies Cousine zweiten Grades bewohnt. Fiona Gleg, eine alte Jungfer von Anfang fünfzig, war vor kurzem in Edinburgh gewesen, wo Georgie sie wegen Periproktitis und Gicht behandelt hatte; zum Dank hatte sie ihn eingeladen, sie zu besuchen und «die Wunder vom großen alten Loch Ness zu schauen». Georgie dachte sofort an Ailie. So eine Reise würde ihr bestimmt Spaß machen, würde ihr erlauben, ausnahmsweise einmal etwas für sich selbst zu tun, ihr eine Zeitlang die Bürde der geduldigen Gattin, Mutter und Hausfrau von den Schultern nehmen. Es wäre genau das richtige für sie.

Allerdings. Nie im Leben ist sie weiter gereist als bis Edinburgh, und auch da war sie bloß zweimal. Sie war nie in London, auf dem Festland, nicht einmal in Glasgow ist sie gewesen. Mungo packt einfach seine Sachen, nimmt ihren Bruder am Arm und stromert um die halbe Welt. So oft er will. Und sie hockt mit den Kindern zu Hause wie das Aschenbrödel. Also gut, hier ist ihre Chance, und der Himmel weiß, sie wird sie nutzen.

Natürlich wird alles ganz gesittet zugehen. Sowohl Georgies Mutter als auch Betty Deatcher sind als Anstandsdamen dabei, und sie hat beschlossen, auch ihren fünfjährigen Sohn mitzunehmen. Es wird kein Getändel geben, nichts Skandalumwittertes. Trotzdem ist ihr Vater strikt gegen diese Reise. Er sieht darin einen Affront gegen ihren Mann, Anstandsdamen hin oder her. «Und was ist, wenn er nun heimkommt, während du fort bist, Mädel – was soll ich ihm dann bloß sagen?» hatte der alte Mann gefragt, ganz heiser vor Wut und mit scharfem, anklagendem Unterton.

«Sag ihm, ich bin in der zweiten Aprilwoche wieder zurück.»

«Aber Ailie, das kannst du dem Jungen nicht antun – er ist doch dein Mann!» In der persönlichen Heiligenhierarchie ihres Vaters rangierte Mungo ganz oben neben Sankt Columban und dem Schönen Prinzen Charlie.

Ihre Augen weiteten sich, bis sie zornige grüne Seen waren, kalt und glitzernd wie der Firth of Forth, und ihre Stimme bebte in mühsamer Beherrschung. «Er hat's mir ja auch angetan.»

Nun sitzt sie neben ihrem Vater auf der langen harten Bank, ihr Atem geht rauh und rechtschaffen, die Kinder zappeln, und sie kann nur an Befreiung, an Flucht denken – daran, wie sie MacNibbits Pech und Schwefel den Rücken kehren und in Georgies Kutsche steigen wird. Durch das Buntglas über ihr flutet die Sonne strahlend und hell wie Blut, und es scheint in demselben raschen, atemlosen Rhythmus zu pulsieren, der in ihren Venen pocht. Die Highlands! Inverness! Loch Ness! Sie kann sich kaum beherrschen, will am liebsten aufspringen und durch den Raum tanzen, ihr Glück hinausschreien. Plötzlich dringen die Worte des Pfarrers an ihr Ohr, sie klingen erfrischend, belebend, ein tiefer Atemzug in der Lunge einer Ertrinkenden. «Gutes», ruft er voll Ehrfurcht und Entzücken, das schöne Wort schmilzt auf seiner Zunge wie ein dicker Klumpen Butter, «Gutes und Barmherzigkeit werden mir folgen mein Leben lang ...»

Ailie sieht auf, als gälte die Verheißung nur ihr allein, als wäre sie ein Segen zum Abschied, ein Zeichen, daß sie die rechte Wahl getroffen hat. Die Predigt ist zu Ende, die Gemeinde rutscht auf den Banken hin und her. Sie muß einfach grinsen. Amen, denkt sie. Amen.

Georgies Kalesche bringt sie bis nach Leitli, wo sie die Fähre nach Kinghorn und dann die Postkutsche nehmen. Sie arbeiten sich die Ostküste hinauf, durch Cupar, St. Andrews, Ellen, Fochabers und Cawdor, machen an Schenken und Landgasthäusern Halt zu Erfrischungen, lassen sich am Wegesrand Zeit für Kuriositäten, wie zum Beispiel Dunbuy Rock und Gordon's Castle. Entzückt preßt Ailie das Gesicht ans Fenster, sieht hinaus auf die sturmgepeitschte Küste mit den Krüppelfichten, den kleinen Tannen und den Haufen runder Findlinge. Thomas, das Jahrhundertkind, ist fast sechs. Er hängt quengelnd am Ärmel seiner Mutter, das Schwanken und Schaukeln der Kutsche behagt ihm gar nicht, und er unterbricht Georgies delirierenden Monolog immer wieder mit urtümlichen Schreien und sonoren Furzen. Er sieht haargenau wie sein Vater aus, bis in die letzte Einzelheit. Mrs. Quaggus, die Trauer trägt («Der arme Tyrone: sein Herz hat schlappgemacht, als er eines Abends mit Erzbischof Oughten eine Portion Weincreme wegputzen wollte – es war nämlich so eine Art Wette mit Einsatz; dabei hätte Tyrone doch glatt gewonnen, weil der Erzbischof kaum mehr als sechs oder sieben Glas vertragen hätte, und mein seliger Gatte war schon beim zwölften – dem *zwölften* –, als ihn der Herr zu sich rief ...» [ein Seufzer] «Er hätte wohl besser einen Erzbischof nicht zum Spiel verleiten sollen»), sitzt am anderen Fenster, steif wie ein Hutständer. Von Zeit zu Zeit badet sie ihren Sohn in einem Blick glühenden Mutterstolzes, als wäre er ein wahrer Molière an Scharfsinn, der reinste Hippokrates an Verstand und Können. Betty, inzwischen Ende Zwanzig, immer noch ledig und mit einer Nase wie ein Gartengerät, gibt sich große Mühe, huldvoll auf Georgies pausenlosen Wortschwall einzugehen, während Georgie seinerseits schon durch Ailies Anwesenheit so aufgedreht ist, daß er auf dem ganzen langen Weg von Selkirk nach Drumnadrochit den Mund einfach nicht halten kann, auch wenn er mit Zwiebeln und Haferplätzchen vollgestopft ist.

In Inverness übernachten sie in «Mackenzie's Inn», wie vor ihnen Boswell und Dr. Johnson, und Ailie ist derart aufgeregt, daß sie weder die roh gezimmerten Möbel, die vertrockneten Fliegen in den Ecken noch den zähen Ledergeschmack des Hammelkleins bemerkt. Wichtig ist ihr nur, daß Loch Ness, der sagenhafte See, keine drei Meilen mehr entfernt ist. Sie deckt ihren Sohn gut zu, reißt dann die Fenster weit auf und sieht hinaus auf die Bäume im Zwielicht, der scharfe, feuchte Duft des nahen Wassers steigt ihr schon in die Nase. Sie hört den fernen Ruf des Eistauchers, und dann schlüpft der Mond aus dem Griff der Äste. Voller Flecken und Muster, genau derselbe Mond, der über Selkirk scheint, doch hier sieht er irgendwie anders aus, als wäre er neu erschaffen, als wäre er etwas Magisches, ein Zeichen am Himmel. Sie schläft wie eine narkotisierte Prinzessin.

Am Morgen nehmen sie die Straße nach Drumnadrochit, die sich durch Birken- und Kiefernhaine schlängelt, unter ihnen erstreckt sich das Loch wie ein großer, glitzernder Meeresarm. Ailie weidet die Augen daran, und ein seltsames Gefühl der Erfüllung, die Gewißheit des richtigen Tuns, überkommt sie. Endlich unternimmt sie ihre eigene Expedition, geht sie selbst ein bißchen auf Entdekkung. Bei dem Gedanken muß sie lachen – die Frau des Entdeckungsreisenden auf Entdeckungsreise –, und Mrs. Quaggus hebt die Augenbrauen, als würde sie den Scherz auch gern verstehen. Ailie kann sich an keinen glücklicheren Augenblick erinnern.

In Avis House begrüßt sie die überschwengliche und nach Konversation lechzende Fiona Gleg, eine rothaarige Frau in bauschigem Wollpullover, die das Personal beiseiteschiebt, um sie einen nach dem anderen zu umarmen, gleich auf der Eingangstreppe. Sie können kaum Atem holen, da läßt sie schon eine Kaskade von Fragen, Ansichten, Bemerkungen und Vermutungen los, die die ganze Bandbreite von Onkel Silas' Ekzem, dem schauderhaften Essen bei «Mackenzie's», dem Baustil von Cawdor Castle – so ein Kitsch, was? – bis hin zu dem enttäuschend kleinen Dunbuy Rock und der merkwürdigen Augenfarbe des kleinen Thomas umfassen. Im holzgetäfelten Vestibül huschen Diener mit Koffern, Taschen und Hutschachteln hin und her, und Cousine Fiona schenkt Ailie ein breites, feuchtes, mütterliches Lächeln. «Mrs. Park», rollt sie (es klingt, als sagte sie Mrs. *Paddock*), «ich hab schon so viel von Ihnen gehört – der junge Arzt hier redet ja von nix anderem mehr –, und ich möchte Ihnen sagen, wie ich mich freue, wirklich, und ich heiße Sie in Avis House ganz herzlich willkommen.»

Die rothaarige Frau hat ihre Hand ergriffen. Georgie Gleg, der berühmte Professor und Doktor der Medizin, tritt von einem Fuß auf den anderen und blickt auf seine Schuhe. «Und natürlich habe ich das Buch Ihres Mannes riesig gerne gelesen», setzt Fiona hinzu.

In den nächsten Tagen ist Avis House vom Summen, Brummen und Glucksen vielfältiger Aktivitäten erfüllt, als hätte es jemand auf einen großen Wagen gesetzt und ins Rollen gebracht. Alle Türen stehen weit offen, die überladenen Tische ächzen, und jede zum Gehen fähige, moralisch einwandfreie, halbwegs vernunftbegabte Seele ist zu einem Besuch eingeladen worden. Männer in Kilts und Frauen in karierten Tüchern kommen zum Tee, zum Abendessen, zum Kartenspiel oder zum Ringewerfen. Pfarrer Soundso, Doktor Dingsbums, Ehrenwerte Herren und ein paar Lords. Ailie kann sich die Gesichter kaum merken. Im Wohnzimmer die Macdonalds, die Dinsdales auf dem Rasen, grinsende Camerons möchten den Arzt aus Edinburgh und die Frau des bekannten Entdeckungsreisenden begrüßen, nüchtern dreinblickende Ramsays wollen gern über *Das Leben der Kirchenväter* von William Cave und Samuel Ogdens *Predigten* diskutieren. Abends feiert man mit gewaltigen Krügen Punsch und Süßmost und flaschenweise Portwein, man schmaust Hammel, Hering, Schneehuhn-

Frikassee, Rindfleischklopse, schaumig geschlagene Milch und Zungenpastete und widmet sich dann dem Gespräch und dem Tabak, es gibt Musik, Tanz und Gesellschaftsspiele. Als wäre Weihnachten, Martinstag oder Erntedankfest. Das ganze Land scheint in den Ferien zu sein.

Ailie kann gar nicht genug davon bekommen. Sie fühlt sich wie ein sechzehnjähriges Mädchen, leichtfüßig, witzig, attraktiv, bewundert. Zum erstenmal seit Jahren steht sie wieder im Mittelpunkt, ob sie nun mit einem jungen Draufgänger in Kilt und Argyle-Kniestrümpfen übers Tanzparkett schwoft, mit den Damen über Mode oder mit einem schielenden Landarzt über Pferde und Hunde schwatzt. Trotz ihrer sonderbaren Stellung – Georgie hat sie den Laufpaß gegeben und Mungo geheiratet – könnte sie sich gar nicht entspannter und auch nicht herzlicher willkommen fühlen. Anfangs hatte sie ja gedacht, Fionas Anspielung auf Mungo sei eine subtile Spitze gewesen – und der Herrgott wußte, wieviel Recht Georgies Cousine und seine Mutter und überhaupt sein ganzer Glan darauf hätten, ihr böse zu sein –, aber jetzt ist sie sicher, daß die Bemerkung ohne jeden Hintersinn, nur zum Ankurbeln der Unterhaltung gedacht war. Tatsächlich geben Fiona und Mrs. Quaggus sich sogar alle erdenkliche Mühe, eine Beziehung zwischen ihr und Georgie zu fördern. Sie haben ihr Thomas abgenommen und beschäftigen ihn mit gälischen Volksliedern und Sagen über Gnome und Kobolde und das Ungeheuer in den Tiefen des Loch, stopfen ihn mit Kuchen voll und lassen ihn auf den Wiesen herumtollen. Desgleichen mit Betty. Nicht einmal eine Stunde nach ihrer Ankunft kam ein ausnehmend freundlicher junger Geistlicher zum Tee, der ihr seitdem nicht mehr von der Seite gewichen ist. Das Ganze ist äußerst sonderbar. Es ist fast, als ob die zwei älteren Frauen die Ehestifterinnen spielten, als wäre Ailie wirklich sechzehn, frei und ungebunden die erwählte Partnerin für den mustergültigen Sohn und braven Cousin. Entweder das ... oder eine Witwe.

Eine Witwe. Der Gedanke kommt ihr, kalt und heimtückisch, als sie sich eines Nachmittags zum Tee ankleidet, und sie erstarrt einen Moment lang. Denken sie denn wirklich –? Sie ist eine verheiratete Frau und vierfache Mutter ... ihr Mann ist für eine Weile weg. Beruflich. Wie ein Anwalt, der einen Prozeß außerhalb hat, oder ein Landrichter bei den Assisen. Und dann, als hätte man plötzlich ein nasses Tuch über sie geworfen, wird ihr klar, wie es in Wahrheit ist. Mungo ist irgendwo weit weg, er leidet, ist vielleicht verletzt von Krankheit zerrüttet, von gräßlich grinsenden Schwarzen und heulenden Untieren belagert, und sie rennt hier herum, als gäbe es ihn gar nicht, wie ein Schulmädchen oder – wie eine Witwe. Witwe. Die beiden bösen Silben prallen in ihrem Kopf hin und her, unerträglich, unannehmbar: Ailie Anderson Park, Witwe des Verstorbenen Großen Entdeckungsreisenden.

Das ist es. Darum geht es bei dem Ganzen also, deshalb überstürzen sich die alte Quaggus und die einfältige Fiona in Freundlichkeiten. Sie haben Mungo schon begraben, und jetzt klopfen sie sie – wie ein Stück Fleisch – für Georgie weich. Eine Zeitlang sitzt sie reglos und starrt auf die Schuhe in ihrem Schoß, gedemütigt, verängstigt, wütend auf die intriganten Weiber, wütend auch auf Georgie. Doch dann springt sie vom Bett auf und knallt den Schuh an die Wand, so beleidigt und verletzt und ärgerlich wie nie zuvor. Georgie ist ja nicht schuld – er ist ein Heiliger, ein Erlöser gewesen-, und Mrs. Quaggus und Fiona auch nicht. Es ist Mungo – Mungo ist der Schuldige. Wäre sie denn hier oben am Loch Ness, wenn er sie nicht verlassen hätte? Würde sie einen anderen Mann auch nur anschauen, hätte er nicht sein Ehegelübde gebrochen? Nein. Ob tot oder lebendig, er hat sie zur Witwe gemacht, zur Einzelhaft verbannt. Also hat er es sich selbst eingebrockt. Keine Frage.

Und sie will verdammt sein, wenn sie zu Hause herumsitzt und auf ihn wartet, bis sie graue Haare hat.

Zehn Minuten später sitzt sie vor einer Tasse Tee und lacht sich über irgendeinen dummen Witz von Georgie halb kaputt. Ihr Sohn, der kaum über den Tischrand sehen kann, blickt sie erstaunt mit Mungos Augen an, und das Lachen bleibt ihr in der Kehle stecken. Es entsteht ein kurzes, peinliches Schweigen, in dem Betty, ihr Priester, Fiona und diverse Macdonalds und Ramsays verlegen in ihre Tassen starren, bis Mrs. Quaggus eine Hand ausstreckt und den Jungen kitzelt, so daß er lachend in sich zusammensinkt.

Lächelnd tippt Fiona mit dem Löffel an den Tellerrand. «Ahem», räuspert sie sich und fährt sich durchs Haar. «Darf ich mal was sagen in diesem ganzen Frohsinn? Also, Ailie, ich dachte, Sie und Georgie könnten doch morgen zu einem meiner Pächter rausfahren – ein bißchen was vom malerischen Leben im Hochland schnuppern. Sehr idyllisch, das sag ich Ihnen.

«Ja, machen wir das doch.» Georgie begegnet ihrem Blick, sieht dann aber weg.

«Wir werden uns mit dem größten Vergnügen um den jungen Mann kümmern», fügt Mrs. Quaggus hinzu.

«Zur Sicherheit.» Fiona lächelt immer noch, ihre Lippen geben die Zähne frei.

Auf der Heide lastet der Himmel schwer auf den beiden. Die Hügel sind wolkenverhangen, Dunst steigt aus den Tälern auf. Wo man eben noch Blumen, Farne, frischgrüne Büsche sah, ist nur noch ein tiefhängendes Nebelband, das aufwärts wabert, um Himmel und Erde zu vereinen. Ailie und Gleg reiten auf zwei kastanienbraunen Pferden voran, und Thomas – er hatte so lange herumgetobt, bis Ailie sich erweichen ließ und erlaubte, daß er mitkam – bildet die Nachhut auf einem Pony, das von Cousine Fionas Verwalter, Rorie Macphoon, geführt wird. Auf einer Anhöhe halten sie an, um einen einsamen Collie zu beobachten, der seine Herde behutsam den Hügel hinuntertreibt, die weißen Pfoten blitzen da und dort kurz auf, während er in einer Nebelbank umherflitzt, um Nachzügler aufzustöbern. Direkt vor ihnen steht ein großes, breitschädliges Mutterschaf und späht über die Schulter wie eine ängstliche Großmutter; dabei reißt es hastig Gras und riesige Büschel Heidekraut ab, bevor der Hund es erwischt. Georgie, der in selten guter Form ist, zitiert aus Macbeth: *«Jucken spür ich in der Hand/ Etwas Böses ist im Land»*, und der alte Rorie lacht sich halb tot darüber.

Es ist merklich dunkler geworden, und ein feiner Nieselregen verdichtet die Luft, als sie die kleine Hütte am Hang erreichen. Idyllisch, denkt Ailie, ja wirklich, und dann ruft sie Thomas zu, schnell herzukommen und sich das anzusehen. Der Junge ist ganz hingerissen, verzückt von dieser romantischen Szene, die wie aus dem Bilderbuch wirkt. Die Hütte aus Torf hat eine rohe, ungehobelte Tür, und aus der vorderen Wand ist ein Viereck herausgehauen, das als Fenster dient. Durch den Hof plätschert ein Bächlein, es klingt nach gurgelnden Fischen und Wassermännern, kahle schwarze Kiefernstämme ragen aus der dampfenden Atmosphäre auf wie riesige Bohnenstangen, und ein angenehm unheimliches Stimmengeschnatter vermengt sich mit dem Qualm, der aus dem Schornstein steigt. Georgie klopft an die Tür, die Reitpeitsche in der Hand.

Gleich darauf geht die Tür auf, und ein verdutzt dreinblickender alter Mann steckt den Kopf heraus. Er glotzt Georgie an, als käme er von einem fremden Planeten, legt das zerfurchte Gesicht schief und kneift ein Auge zu, um ihn besser sehen zu können. Georgie hat die Hand ausgestreckt, herzlich und herablassend zugleich. «Gleg», sagt er. «Georgie Gleg. Wir kamen gerade hier vorbei und wollten Sie kurz besuchen.»

Falls der Alte ihn verstanden hat, so hat es jedenfalls keine Wirkung, außer daß er den Kopf zur anderen Schulter neigt, als betrachtete er ein Schiff mit Schlagseite oder legt sich eine unsichtbare Violine an. Seine Lippen sind schmal, die Augen wie geschlossene Fensterläden. Langsam und zögernd, wie jemand, der auf ein Klopfen öffnet und draußen niemanden vorfindet, will er die Tür wieder schließen. Rorie Macphoon ist bisher im Hintergrund geblieben um die Ponyzügel zu halten; als er nun vortritt, macht das Gesicht des alten Häuslers eine Verwandlung durch: sah er eben noch verwirrt oder einfach nur beschränkt aus, so geht jetzt eine ganze Serie menschlicher Emotionen über seine Züge. Ailie sieht, wie das anfängliche Begreifen einem härteren Ausdruck weicht, einem Ausdruck von Ärger und Groll, der seinerseits dem verschlagenen Glitzern der Habsucht Platz macht und schließlich zu einer Art Armesündermiene von kriecherischer Ergebenheit wird. Georgie Gleg, der Mediziner aus Edinburgh, drückt dem Alten eine halbe Crown in die Hand, und sie betreten die Hütte.

Drinnen starrt sie eine riesenhafte gescheckte Katze vor dem Ofen an, ihre Augen haben die Farbe von Cheddar-Käse. Reglos, als wäre sie aus Wachs, döst daneben eine alte Frau auf einem Stuhl, der aus einem Baumstumpf geschnitzt ist. Eine quer über zwei Stapel Pflastersteine gelegte Eichenholzbohle dient als Bank, und an der hinteren Wand steht direkt auf dem Boden ein schiefes, dick mit Heidekraut gepolstertes Bettgestell. Sonst hat der Raum keine Möbel. Im fahlen Schein des Herdes und dem schwachen grauen Licht des Fensters erkennt Ailie schäbiges Inventar: in der Ecke eine Krücke und eine rostige Hacke, auf dem Boden gebündelte Gerstengarben, einen Haufen Torf, Zwiebeln an einer Schnur, einen hölzernen Waschzuber. Ein Vorhang aus Weidenruten trennt ein niedriges, höhlenartiges Hinterzimmer ab, aus dem beißender Uringestank und gelegentlich ein abgehacktes Ziegenmeckern dringt. Traurig, denkt Ailie. Jämmerlich. Eher heruntergekommen als idyllisch. Verlegen tritt sie von einem Fuß auf den anderen, lauscht dem Wasserlassen der Ziegen und fragt sich, warum in aller Welt Fiona sie wohl zu diesem miesen Loch geschickt hat.

«Naja», sagt Georgie dröhnend. Er wärmt sich die Hände über dem Torffeuer und spricht den alten Mann an: «Ihr wohnt also hier, was?»

Überrascht nickt der Häusler und geht einen Schritt zurück. Die Truthahnlappen unter seinem Hals haben zu beben begonnen, und nun versucht Rorie eine Art Erklärung, die mit der mehrmals wiederholten Wendung «Mr. Gleg» beginnt und von vielen *Ähs* und *Hms* durchsetzt ist – dabei scharrt er unsicher mit den Füßen und zupft sich an der Hose –, als sich auf einmal ein dissonanter Wortschwall über sie ergießt. Die alte Frau, bucklig und verkrüppelt und auf einem Auge blind, ist zum Leben erwacht und hält ihnen einen Vortrag auf gälisch, der Muttersprache der Hochländer. Und ein Vortrag ist es wirklich – sie redet und redet, aufgedreht wie eine mechanische Puppe, ihr gesundes Auge hüpft in der Höhle herum, und sie hält ein richtiges Referat, bei dem jedes einzelne Wort absolut unverständlich ist. Irgendwann nach gut fünf Minuten, endet sie mit einem schrillen, wilden Lachen, das wie Wind in der Regenrinne klingt und in einem Hustenanfall verebbt.

«Was hat sie gesagt?» fragt Georgie, an Macphoon gewandt.

Thomas, den die ganze Szene eingeschüchtert hat – das Zwielicht, der Gestank, die vage Bedrohlichkeit , klammert sich an den Rock seiner Mutter, und Ailie muß sich zusammenreißen, um nicht zu lachen. Welch ein Gedanke: Fiona findet das *idyllisch*?

Rorie dreht seinen Hut in der Hand, zaghaft wie ein

Sünder an der Himmelspforte, räuspert sich und senkt den Blick. «Sie meint, sie ist die glücklichste Frau der Welt.»

Das ist zuviel. Sie kann sich nicht mehr beherrschen. Plötzlich verliert Ailie die Kontrolle über sich und platzt vor Lachen; es beginnt mit einem halb unterdrückten Glucksen und baut sich zu Serien von luftraubenden Keuchern auf. Nickend und grinsend nimmt die alte Hausfrau eine Prise Schnupftabak und lacht mit, hysterisch, spitz und jaulend, ein Lachen wie Messer, die am Schleifstein kratzen. «Die glücklichste ...», ächzt Ailie, hält sich dabei den Bauch und bringt die Worte nicht heraus.

Und dann schnattert die Alte weiter – ihre Stimme ist schartig und heiser – in dieser seltsamen, melodischen Sprache, die etwas unsagbar Altes und Exotisches an sich hat, in dieser Ur-Sprache, die man in Mesopotamien oder Luxor oder auf den zerfallenden Bögen eines vergilbten Pergaments erwarten würde. Als sie verstummt, sieht Ailie Macphoon erwartungsvoll grinsend an. «Na? Was hat sie diesmal erzählt – noch so eine Weisheit?»

Rorie zieht abermals das gleiche Ritual durch – scharrt mit den Füßen, zupft sich an der Hosennaht, dreht den Hut in der Hand herum-, und dann sieht er Ailie direkt in die Augen. «Sie sagt, sie hat ihren Mann an ihrer Seite, und das sei ja wohl das Beste, was sich eine Frau wünschen könne.»

Die einzelnen Worte treffen sie wie Hammerschläge, lauter Pfähle, die ihr das Herz durchbohren. Der alte Mann nickt und lächelt dazu – die obszöne, feuchtlippige Parodie eines Lächelns, das seine gelben Zähne und die abgestorbene weiße Zungenspitze entblößt. Und seine Frau, die alte Vettel, keckert wie eine überdrehte Uhr und kämpft sich aus dem Stuhl heraus. Ailie fühlt sich wie eine Gefangene in einem Traum, fühlt sich, als hätte jemand ihr einen bösen Streich gespielt, fühlt den stinkenden Atem des Universums in ihr Gesicht pfeifen, und sie hat Angst. Das Grinsen ist ihr vergangen.

Georgie, der spürt, daß etwas schiefgelaufen ist, nimmt ihren Arm und führt sie zur Tür, dabei nickt er dem Mann zu und drückt ihm noch eine Münze in die Hand. Beunruhigt klammert sich Thomas an seine Mutter, als wollte sie ihm jemand entreißen. Rorie ist rot angelaufen und konzentriert sich auf sein Schuhwerk. Erschüttert, wütend und verwirrt tritt Ailie hinaus in die triefnasse graue Luft und schöpft tief Atem; sie fragt sich, was eigentlich los ist und warum sie der harmlose Scherz eines alten Weibes so aus der Fassung bringen konnte.

Auf einmal zerrt etwas an ihrem Ellenbogen. Sie dreht sich um. Die alte Frau, über ihre Krücke gebeugt wie ein wandelndes Fragezeichen, sieht sie, mit der hellwachen, verschlagenen Miene eines Raubvogels an. Das trübe Licht ist blendend grell. Irgend etwas stimmt mit der Lippe der Vettel nicht, eine Narbe, als ob ... als ob sie einmal durchbohrt war, wie die von Bubi. Ailie zuckt instinktiv zurück, und die Hand der Alten schießt vor, um Thomas den Kopf zu tätscheln, ihm die Wange zu streicheln, und die gebrochene, heisere Stimme hat das letzte Wort.

Ailies Gesicht brennt wie Feuer. Sie blickt zu Rorie, der in der Tür steht, hinter seiner Schulter erscheint der kugelrunde weiße Kopf des alten Mannes.

Der Verwalter befeuchtet sich die Fingerspitzen und streicht die Kappe auf seinem Kopf glatt. «Sie hatte auch einmal einen Jungen wie ihn, sagt sie. Er ist ihr weggerannt.» Man sieht keine Bäume, keine Büsche mehr, es ist dunkel geworden, der unsichtbare See tief unten in der Schlucht brüllt mit tausend Stimmen. Die Alte steht schwankend auf die Krücke gestützt, sie rollt mit den Augen und reibt sich die weißen Barthaare auf dem Kinn. «Sie sagt, Sie sollen gut auf ihn aufpassen.»

Auf dem gewundenen Weg durch den sich verfinsternden Wald, beim Quietschen der Sättel und im stillen Nebel, der Knie und Ellenbogen umschlingt, hören sie noch lange den messerscharfen Ton im Gelächter der Alten, das die Nacht zerschneidet.

Der letzte Tag ihres Urlaubs in Avis House dämmert herauf wie eine verfrühte Vorahnung des Julis, heiter und wolkenlos, die Luft ist schwer von langsam herankriechender Hitze, als hätten die Jahreszeiten irgendwie gewechselt, als wäre die Erdachse abrupt ein Stück weiter gerutscht, die Sonne lodert auf wie ein Reisigbündel, das man auf glühende Kohlen wirft. Ailie ist schon in aller Frühe auf, wie berauscht von der Textur der Luft, dem Duft der Osterglocken und dem Summen der Bienen. Als sie so am Fenster steht und über Loch Ness blickt, kann sie eine leise Wehmut nicht unterdrücken, etwas in ihr sträubt sich gegen den Gedanken an die Abreise, an die Rückkehr zur Langeweile des gewöhnlichen Lebens. Natürlich vermißt sie ihren Vater und die Kinder, und ein bißchen sogar die geruhsame Häuslichkeit des Alltags von Selkirk – sie ist nur noch nicht ganz bereit für die Heimkehr. Das hier ist Abenteuer, das ist Leben, danach hat sie sich schon immer gesehnt. Zu Hause hat sie nur ihre Pflicht gegenüber dem Gatten, den Kindern, dem Vater, und ihre Rolle als ewige Ehefrau des abwesenden Heiligen und Märtyrers.

Auf dem Rasen sitzen Spatzen und Stare. Über dem See schwebt ein Goldadler in der hohen dünnen Luft und schimmert in der Morgensonne. Sie will weg, und sie will bleiben. Will ihre Kinder wiedersehen, und gleichzeitig will sie weiterreisen, auf die Hebriden, in die Arktis, durch ganz Rußland und bis nach Tibet. In diesem Moment ist sie so dicht wie noch nie daran, ihren Mann zu verstehen: das Abenteuer, die Unberechenbarkeit, der Kitzel beim Entlanghetzen der Kombinationen aller Möglichkeiten, die Klarheit im Tun und Erleben – wie kann der Anblick der immer gleichen Hofecke, der immer gleichen schwarzen Stute, der immer gleichen vier Wände je an das herankommen. Es ist der 6. April. Mungo ist nun seit anderthalb Jahren weg. Heute ist ihr Tag, ganz allein ihr Tag.

Beim Frühstück stößt Fiona die Fenster auf, und Vogelgezwitscher, goldenes Licht, eine frühe Eintagsfliegenbrut strömen herein. Tim Dinsdale ist da, Donald McDonald, ein halbes Dutzend Ramsays mit Büßermiene, Ewan Murchinson, Sir Adolphus Beattie, Miss Mary Ogilvie, Betty mit ihrem Pfarrer, Mrs. Quaggus, Fiona und Georgie. Jeder – sogar Reelaiah Ramsay – scheint vergnügt zu lächeln; alles redet über einen Ausritt oder einen Spaziergang, ein Picknick oder ein Spielchen Krockett. Das einzige Thema von allgemeinem Interesse ist das Wetter. «Na, das ist doch wirklich mal ein toller Tag», sagt Mrs. Quaggus beim Buttern ihrer Haferkuchen. «Prachtwetter», bemerkt Sir Adolphus, «wirklich erste Klasse.» Tim Dinsdale meint, so warm war es im April seit '81 nicht mehr, dem Jahr, wo es im Juli geschneit hat. «Einfach ein Segen, ja wirklich», seufzt Fiona. Ailie ist ganz ihrer Meinung.

Danach setzt sich Georgie auf der Veranda neben sie. In seinem schlichten braunen Anzug, dem Seidenhemd und den Reitstiefeln sieht er beinahe elegant aus, wie er den langen Körper streckt, den Kopf zurücklegt und die Beine lässig, selbstbewußt übereinander schlägt, er drückt zugleich Wohlstand und Bescheidenheit damit aus. Er hat immer noch Segelohren, seine Handgelenke ragen hartnäckig aus den Jackettärmeln hervor, die Nase wirkt wie etwas, das man auf dem Schlachtfeld vor sich herträgt – aber hat das noch eine Bedeutung? Sind das nicht Dinge, die einem Kind auffallen würden?

Georgie rutscht auf dem Stuhl herum. «Tja, Ailie», sagt er nach einer Weile, «heute ist dein letzter Tag. Möchtest du ein bißchen auf dem See herumfahren?»

«Im Ruderboot?»

Er nickt.

Fiona marschiert mit Thomas durchs Wohnzimmer, sie

trommeln auf Kochtöpfen herum und singen aus voller Kehle «Haytin foam, foam eri», Betty und ihr Pfarrer spazieren Arm in Arm im Garten herum, und Mrs. Quaggus ist von Ramsays umgeben und schwingt bei ihrer sechsten Tasse Tee Lobreden auf den verstorbenen Gatten.

Georgie studiert Ailies Gesicht von der Seite. Sie dreht sich um und sieht ihm in die Augen. «Nichts täte ich lieber.»

Wie es so mit den seitwärts aus den Dollen ragenden Riemen an der Mündung des Divach Burn am Ufer liegt, könnte das Ruderboot der Überrest eines Phantasie-Lebewesens sein, ein gigantisches angespültes Insekt oder das hohle Außenskelett einer prähistorischen Krabbe; allerdings hat Fiona es rot anstreichen lassen – damit man es gut sieht – und auf den merkwürdigen Namen *Wassergeist* getauft. Das Boot ruht dort im Unterholz, ein Zeichen der Zivilisation, während Vögel im Schilf umherflitzen und Mücken über dem Wasser spielen. Georgie hüpft von einem Bein aufs andere, um sich die Stiefel auszuziehen, zerrt den Kahn in das whiskyfarbene Wasser und geleitet Ailie galant ins Heck. Dann hebt er den Picknickkorb hinein (drei Flaschen Wein, Räucherlachs, Zunge, Käse, Brot, Radieschen und leinene Mundtücher), gibt dem Boot einen einigermaßen athletischen Schwung, und die Fahrt geht los.

Kaum ein Lüftchen regt sich, und die Hitze – es müssen mindestens fünfundzwanzig Grad sein – schmilzt über ihnen wie Butter. Ailie legt Hut und Halstuch ab, öffnet den Kragen und sieht zu, wie der Schilfgürtel in der Ferne verschwindet und der große, verfallene Turm von Urquhart Castle zu ihrer Rechten näherkommt. Es ist phantastisch. Der Tag, die Gegend, die Begleitung. Sie kommt sich mädchenhaft und einfältig vor, das Blut in ihren Adern fließt schwerelos. Georgie stemmt sich in die Riemen. Sie möchte ihn am liebsten in die Nase zwicken.

«Sollen wir näher an die Ruinen heranfahren und sie uns von hier unten ansehen?» keucht er, indem er das Boot zu der Landzunge mit dem Schloß dreht. Er blickt sie an, sitzt einen Meter vor ihr. Seine Beine berühren die ihren.

«Ja», sagt sie lachend, alles ist lustig, alles perfekt. Schon jetzt ist sie trunken, dabei haben sie den Wein noch gar nicht entkorkt. «Ja», wiederholt sie, und dann kommt genauso rasch ihr «Nein». Georgie, gehorsam wie ein Akkergaul, hört auf zu rudern. «Ich meine, das Schloß haben wir doch schon gesehen. Fahren wir doch hinaus auf die Mitte des Sees, ganz weit weg vom Ufer, so ein richtiges Abenteuer. Wir können doch einfach dort treiben, den ganzen Tag.»

Er grinst ein breites, freudiges Pferdegrinsen. Nichts täte er lieber, als mit ihr auf Loch Ness herumzufahren – wohin sie will, mit ihr dahintreiben, bis die Sonne sinkt. Er legt sich mit Macht in die Riemen und verschlingt das Festmahl ihrer Blicke.

Der Kahn reitet auf den Wellen hinaus, der Klang der Ruderschläge ist wie ein Glockenspiel im Wind, und Ailie wirft mit geschlossenen Augen den Kopf zurück, fühlt sich wie die Heldin in einer mittelalterlichen Romanze, wie Una oder die schöne Isolde. Und Georgie ist der schwitzende Held, da ist das Schloß und hier die bedrängte Edelfrau: jetzt fehlt nur noch ein Drache. Sie lacht laut auf bei dem Gedanken, und Georgie lacht mit, sein Grinsen ist so breit wie der Horizont.

Eine Stunde später treiben sie im weichen Schoß des Sees, genau in der Mitte, zwischen Ufer und Ufer, das Boot hebt und senkt sich leise mit dem fast unmerklichen Atem der großen, stillen Wasserfläche. Die Sonne strahlt herab wie Eiderdaunen, weich und verschwenderisch. Georgies Jackett hängt über der Bugbank, sein Hemd steht bis zur Taille offen; Ailie hat Schuhe und Strümpfe ausgezogen und läßt die Füße im Wasser baumeln wie ein Mädchen vom Lande. Aufschnitt und Brot und Radieschen liegen verstreut auf dem makellos weißen Viereck des Leinentuchs, zwei leere Weinflaschen liegen auf den Planken und kullern langsam mit der Dünung des Sees bin und her. Ailie und Georgie lachen über die alten Zeiten.

«Also, diese Gedichte, die du mir damals geschrieben hast! Die Morgenröt' deiner Wangen / die schäumenden Wogen deiner Brüste ... die waren alle so, so lächerlich.» Sie verschluckt sich beim Lachen, ringt nach Atem, der Mechanismus hat sich verselbständigt, ihr Lachen kommt wie ein Schluckauf.

Georgie lacht auch. Er war wirklich lächerlich. Gibt er ja zu.

«Und, und – wie du immer Blockflöte gespielt hast und, und gesungen hast –» Ihr Gesicht ist von Wein und Blut gerötet, in ihrem Hinterkopf pocht es, so sehr muß sie lachen.

«Ich geb's ja zu», lacht Georgie. «Ich war einfach unmöglich, mit Pickeln im Gesicht, ein mondsüchtiger kleiner Junge.» Auf einmal lacht er nicht mehr. «Aber ich hab's ernst gemeint, Ailie. Ich habe dich damals geliebt, und ich liebe dich auch heute.»

Es ist, als hätte jemand plötzlich den Vorhang fallen lassen, den Text geändert. Eben noch hat sie gelacht, ganz die, die das Geschehen bestimmt, der Scherz ging auf Georgies Kosten; jetzt sitzt sie angespannt und reglos da. Seine Worte bohren in ihr wie Finger in Lehm, erweichen sie, lassen ihr Blut pulsieren wie einen Trommelmarsch. Hör auf, denkt sie, hör auf. Und dann: mach weiter, mach weiter.

Jetzt ist er auf den Knien, zwischen ihren Beinen, seine hageren, knochigen Hände fahren hastig über ihre Schenkel, als wäre sie ertrunken und er versuchte, sie wiederzubeleben. «Von Anfang an», sagt er, «ich schwör's dir ...», aber sie legt ihm die Hand auf den Mund, umfaßt seinen Kopf, streichelt das knorplige, gelbliche Schauspiel seiner

Ohren. Die Sonne, der Wein, die Romantik des Sees, das verfallene Schloß, *anderthalb Jahre Enthaltsamkeit*: sie steht in Flammen.

Ehrfürchtig, anbetend, ohne jedes Zeichen von Unbeholfenheit oder Unsicherheit drückt er sich an sie, ein wahrer Anbeter, und die geheime Zeremonie nimmt ihren Lauf so glatt und angemessen, als wäre sie einstudiert. Ihre Röcke, die Unterwäsche, die Knöpfe seiner Hose. Und Ailie: ihr Denken hat ausgesetzt, sie ist ein Geschöpf des Gefühls, der elektrischen Spannung, des Streichelns und Streichens und Liebkosens, ihre Augen sind geschlossen, der Rhythmus hält sie gefangen, das Boot schwankt leicht, ihre Hände umschlingen Georgies Schultern, ihr Gesicht ist in seinem, seine Zunge ...

Sie schlägt die Augen auf, schließt sie, öffnet sie wieder. Hinter seiner Schulter: Was ist das? Durch sein Haar, durch die eckige Geographie seiner Ohren hindurch. Sie ist im Delirium. Im Delirium. Er bewegt sich in ihr, aber ihre Augen sind offen, sie reckt den Hals. Es beugt sich über das Boot, bäumt sich auf, glitschig und muskulös und naß – unmöglich, das kann nicht sein –, am Ende hat es ein Gesicht mit Schlangenaugen, sein Schatten fällt auf ihre geröteten Wangen wie ein rascher, schmerzhafter Schlag.

Nein. Das kann nicht sein.

Sie schließt die Augen und hält sich ganz fest – als hinge ihr Leben daran.

Wassermusik (Reprise)

Es ist irgendwann Anfang April – der fünfte? der sechste? – er ist sich da nicht mehr sicher. Die Zeit ist unwesentlich geworden. Es gibt nur noch die Sonne und das unerbittliche Drängen des Flusses, die lange Abwärtsfahrt zur Wiederauferstehung. Aber wiederauferstehen wird er, da ist er ganz sicher. Vergessen sind Hoffnungslosigkeit, Sinnfragen, Selbstzweifel. Die Karten liegen auf dem Tisch, und es sind alles Asse: der Niger hat einen Schwenk nach Süden gemacht. Genau wie er gehofft und gebetet hatte, genau wie Amadi es prophezeit hatte. Seit zwei Monaten treiben sie nun südwärts, und es ist, als wären sie mit Zuversicht geimpft worden. Südwärts. Zum Atlantik. Zu ihrer Ehrenrettung. Dem Ruhm entgegen.

Nichts weiter als eine Flußbiegung. Aber sie hat Wunder bei jedermann bewirkt. Ned Rise hält die Ruderpinne viel lockerer, Martyn wird gesprächig und lächelt sogar bisweilen, und M'Keal zeigt – trotz seines immer noch getrübten Geistes – Anzeichen der Genesung. Und warum auch nicht? Sie sind wie zum Tode verurteilte Häftlinge, deren Strafe plötzlich umgewandelt wird. Vor zwei Monaten waren sie dem Untergang geweiht; jetzt sind sie frei und auf dem Heimweg. Sie müssen nur noch ein bißchen länger aushalten – und wer weiß, mehr als einen Monat, oder nur eine Woche, kann es nicht dauern –, um dann in London einen Empfang für Helden, vielleicht sogar eine Leibrente der Regierung zu bekommen. Ehe sie sich's versehen, werden sie Bier und Bowle trinken, die Puppen tanzen lassen, sich an Fleisch und Kartoffeln, riesigen Laiben von Cheshire-Käse und Bergen von schartigen Austern laben. O ja: sie sind auf dem Heimweg.

Natürlich gab es in den letzten Monaten nicht nur eitel Lieder und Frohsinn. Auch nachdem der Fluß sich nach Süden wandte, erwartete sie Schrecken auf Schrecken, gab eine Krise der nächsten die Hand. Feindselige Stämme scharten sich an den Ufern – die Jouli, die Ulotrichi, die Songhai und die Mahinga –, und regelmäßig stießen Kanuschwadronen hervor, um ihnen den Weg abzuschneiden. Eines Morgens erwachten sie und sahen eine ganze Armee von Tuareg – nahe Verwandte der Mauren – von einer Klippe auf sie herabstarren. Es waren wohl an die dreitausend Mann, alle auf Kamelen, ihre indigoblauen *jubbahs* knatterten im Wind, ihre Bärte sträubten sich, zweischneidige Schwerter blitzten in der Sonne. Keiner von ihnen bewegte sich. Kein einziger. Als wären sie in Stein gehauen. Und dennoch war diese stumme Menge etwas Fürchterliches, Gräßliches, Unerträgliches – was taten sie dort oben, was wollten sie? Ein andermal, nach einem Scharmützel mit einer Flottille von Eingeborenenkanus, gelang es zwei schwarzen Fanatikern in dem Durcheinander, die *Joliba* zu entern, und sie waren gerade dabei, dem Entdeckungsreisenden seinen blonden Schädel abzuhacken, als Martyn herumwirbelte und sie mit einem Hagel von Säbelhieben erledigte. Noch Tage später befingerte Mungo seinen Hals so behutsam wie jemand, der rohe Eier in einen Korb legt.

Das weitaus unangenehmste Ereignis des Südabschnitts ihrer Reise war jedoch die Fahnenflucht von Amadi Fatoumi. Man hatte ja vereinbart, daß Amadi beim Eintreffen in Yaour im Haussa-Land von allen Pflichten entbunden wäre. Dort sollte er den restlichen Lohn in Musketen, Schießpulver und Handelswaren empfangen (die erste Hälfte, in Kauris, hatte er in Sansanding erhalten) und dafür einen Führer vom Stamm der Haussa anheuern, der die Expedition auf dem restlichen Weg begleiten sollte. Schön. So war es vereinbart. Keinem gefiel es – und wenn sie nun keinen neuen Führer fänden? Wie sollten sie Amadi in Yaour an Land bringen, ohne sich einem Angriff auszusetzen? – aber damit mußte man sich abfinden. Daß er gehen würde, war klar, aber die Art seines Abgangs überraschte sie denn doch.

Vor vier Wochen waren Amadi und seine Sklaven eines Abends gemeinsam aufgestanden, hatten Knochenplättchen, Kauris, Teekannen und Pfeifen eingesammelt und waren zum Heck gegangen. wo Mungo und Ned Rise standen und Erinnerungen über die Bond Street und die Drury Lane austauschten. Amadi sprach Mandingo. In drei Tagen seien sie in Yaour, sagte er, aber heute abend müßten sie vor

Anker gehen, weil bald ein paar gefährliche Stromschnellen kämen. Er würde sie am nächsten Morgen durch die Stromschnellen lotsen und dann die Vorbereitungen zur Landung in Yaour treffen. Ob er wohl inzwischen schon einmal die Sachen begutachten könne, die ihm der Entdekkungsreisende als Bezahlung zu geben gedenke.

Die Sklaven musterten Mungos Gesicht, als wäre er eßbar. Er wollte nicht wahrhaben, daß Amadi ihn verlassen würde, wollte nicht mit ihm verhandeln. Es kam ihm sogar die Idee, den Vertrag zu brechen, dem Führer die Pistole an den Kopf zu setzen und ihn zum Mitkommen zu zwingen. Aber nein, das ging nicht. Seine Beziehungen zu den Eingeborenen – soweit er überhaupt welche hatte – waren immer von gegenseitigem Vertrauen geprägt gewesen. Amadi hatte seinen Teil des Abkommens erfüllt, und Mungo würde auch zu seinem stehen. «Na gut», sagte er schweren Herzens. «Wir lassen dich ungern ziehen, aber da kann man wohl nichts machen.» Er sah Amadi hoffnungsvoll an, doch dessen Miene war unterzeichnet, zugeklebt, abgeschickt. «Tja. Also, es schadet ja nichts, wenn ihr euch schon mal aussucht, was ihr nehmen wollt – aber denk dran: du hast versprochen, uns einen neuen Führer zu besorgen, wenn wir in Yaour sind. Klar?»

Amadi machte eine gehorsame Gebärde und schlüpfte dann unter den Baldachin, seine Sklaven wie Schatten hinterher, um durchzusehen, was nach M'Keals Anfall in Gotoijege noch alles übriggeblieben war. Lange Zeit hörte der Entdeckungsreisende sie über diesen oder jenen Gegenstand murmeln, erstaunte Pfiffe ausstoßen, in einem leisen, geflüsterten Dialekt debattieren, den er nicht verstand. Nach etwa einer Stunde ließ Mungo Ned den Anker auswerfen, und Amadi zog sich mit seinen Leuten zu dem gewohnten Platz am Bug zurück. Als es dunkel wurde, wickelten sich die Sklaven in ihre *jubbahs* und schliefen ein, nur Amadi blieb sitzen, reglos wie ein Toter, seine Blicke fixierten das Ufer, die Glut seiner Pfeife war wie ein Leuchtturm in der hereinbrechenden Nacht.

Am Morgen war er weg.

Zuerst glaubte es Mungo gar nicht. Er erwachte im Nebel, zum Zwitschern der Vögel, zu M'Keals Schnarchen, und tastete sich nach vorn, um Teewasser über dem Kohlenrost heißzumachen, den sie dort errichtet hatten. Aber irgend etwas stimmte nicht. Der Bug war leer, die eingerollten schwarzen Gestalten, die viereinhalb Monate dort gelegen hatten, bis sie zu einem Teil des Schiffs geworden waren – Verwerfungen im Holz, menschliche Anker, zusammengelegte Segel –, waren weg. Verschwunden. Als wäre jemand mit dem Radiergummi an ein vertrautes Bild gegangen. Es war beunruhigend. Zutiefst beunruhigend. In Panik weckte Mungo seine Männer und machte eine hastige Bestandsaufnahme.

Drei Viertel der Musketen waren geklaut. Pulverfässer, Kugeln, jeder Fetzen Baumwolle, das Kleinzeug und die Kinkerlitzchen – so ziemlich das einzige, was sie dagelassen hatten, war die Klarinette, die Ned von Scott geerbt hatte. Martyn tobte. «Diese verfluchten Plattköpfe, diese schwarzen Niggerkanakenräuber. Sind davongeschwommen mit dem ganzen Zeug, was?»

So war es. Krokodile oder nicht. Und nun waren die Männer der *Joliba* ohne Führer, ohne Tauschwaren und nahezu wehrlos mit dem dezimierten Arsenal und einer um die Hälfte verminderten Besatzung. Es sah schlimm aus, aber lange nicht so schlimm wie fünf Minuten später. Da nämlich sollte eine sorgsam vorbereitete Attacke losbrechen, eine Attacke, bei der zähnefletschende Maniana-Kannibalen und durch Sabotage unbrauchbar gemachte Waffen eine Rolle spielten (Amadi hatte in allen Musketen, die er nicht mitnehmen konnte, das Pulver naß gemacht und ganz offensichtlich irgendeinen schändlichen Pakt mit den Maniana geschlossen). Später dachte Mungo an den Vorfall zurück, und ihm wurde klar, daß der Führer das Ganze wohl von Anfang an geplant hatte, mit den Ghoulen die ganze Zeit über in Verbindung gestanden und sie so mitleidlos verkauft hatte, wie man Ziegen oder Hühner auf dem Markt verscherbelt. Eiskalt war Amadi gewesen. Böse. Er hatte ihnen das Messer in den Rücken gerannt.

Zum Glück hatte Ned Rise aber die Geistesgegenwart besessen, beim ersten gastronomischen Heulen der Feinschmecker im Busch die Ankerleine zu kappen, so daß die *Joliba* – samt der nassen Musketen – aus der Gefahrenzone treiben konnte, gerade in dem Moment, da die ockerbemalten Wilden mit ihren Bratspießen und Tranchiermessern aus dem Wald gestürmt kamen.

Und da sind sie also – ohne Führer, ohne Kauris, ohne Waren, ohne Anker, ihre Kleider in Fetzen, von Krankheiten, Sonnenbrand und Schmalhans dem Küchenmeister gezeichnet. Der Strom trägt sie, wohin er will, der Wasserpegel fällt mit der Fortdauer der Trockenzeit, Sandbänke lekken nach ihnen wie gierige Zungen, bucklige weiße Felsen ragen aus der matten Strömung wie kahlgefressene Rippen, die Milben, Fliegen, Zecken, Flöhe und Moskitos beißen und stechen sie, und der Gestank von toten Fischen und freigelegtem Schlamm ist so faulig und drückend, daß man kaum atmen kann – da sind sie, quietschvergnügt und in Feierlaune, auf dem Weg nach Süden. Vielleicht hat Amadis Niedertracht auch ihr Gutes gehabt, überlegt der Entdeckungsreisende, während er seine Pfeife entzündet und auf die glitzernde Weite des Flusses hinausstarrt. Er hat sie zusammengeschweißt wie kein anderes Ereignis das gekonnt hätte – vier tapfere, niemals aufgebende Briten, die dieser schlüpfrigen, verräterischen Welt von Mohren, Kannibalen und hinterhältigen, doppelzüngigen Negerlakaien vereint die Stirn bieten. Und es ist ihnen gelungen. Sie haben es geschafft. Amadis Verrat war der Tropfen, der das Faß nicht überlaufen ließ, es nicht einmal zum Erzittern brachte. Sie können mit allem fertigwerden, das wissen sie nun. Regen, Seuchen, totalen Krieg, Heimtücke, den Verlust von Freunden, Brüdern und Kampfgenossen, die marternde Ungewißheit der Flußfahrt nordwärts in die Wüste – das alles haben sie hinter sich. Der Rest ist gar nichts, ein Kinderspiel.

Genau zu diesem Zeitpunkt streicht der erste Schatten über das Gesicht des Entdeckungsreisenden – umspielt die Peripherie seines Bewußtseins wie ein Insekt, das über einem Teller Pudding kreist, drängt sich aber doch nicht ganz hinein. Seine Gedanken haben den assoziativen Sprung von *Kurs nach Süden* über *Kinderspiel* bis *London, Ruhm, Selkirk* und *Ailie* vollzogen, und er kratzt sich nachdenklich am Knöchel, denn an diesem letzten Fundstück seiner Phantasie bleibt er hängen. Ailie. Er fragt sich, was sie wohl macht, ob sie gelangweilt, verärgert, enttäuscht ist. Enttäuscht wäre sie mit vollem Recht, das gibt er ja zu. Jetzt ist er schon zwanzig Monate fort, und wie viele es noch werden, das weiß der Himmel allein. Die Ärmste. Er sieht sie vor sich, wie sie nach ihm schmachtet, den Briefträger belauert, immer wieder in seinen *Reisen* liest, bis die Seiten auseinanderfallen. Naja, er wird es wiedergutmachen. Ganz bestimmt. Sie kann mit nach London kommen, wenn er das neue Buch schreibt – das Zander gewidmet sein wird, und ihr natürlich auch –, und sie kann alles haben, was sie will: eine Kutsche, Schmuck, Kleider, Diener, Mikroskope ... Nun huscht der zweite, dann der dritte und vierte Schatten über sein Gesicht, und im Reflex hebt er den Blick zum Himmel.

Ned hat sie schon gesehen. Geier. Acht, zehn, zwölf sind es schon, und weitere stoßen hinzu. Weit verteilt wie fliegendes Laub stehen sie dort oben still in der Luft, mit reglosen, stummen Schwingen gleiten, schweben, kreisen sie über dem Boot, als formten sie ein gewaltiges Mobile.

Es ist eine Versammlung, eine Synode der Aasfresser. Schwarze Schwingen vor weißen Körpern, Augen wie Klauen, so warten dort gewöhnliche Schmutzgeier unter großen königlichen Gänsegeiern mit einer Flügelspannweite von 2,30 m, und darüber kratzen die noch größeren nubischen Ohrengeier am Dach der Welt wie Überbleibsel des Reptilienzeitalters. Und nun kommen ihnen Schwärme von Krähen und Gleitaaren und große, schlaksige Marabus mit Schnäbeln wie Fleischermesser an die Seite geflitzt, wie Schiffshalterfische einem Rudel Haie, wie fliegende Hyänen. Binnen zehn Minuten verdunkeln sie den Himmel, kreisen schweigend über ihnen, Dutzende über Dutzende brennender gelber Augen starren gespannt auf den vor Hitze wabernden Baldachin und den ausgehöhlten Rumpf der *Joliba* hinab.

Ned beobachtet sie mit gerecktem Hals. Und Martyn, steif und formell wie immer, wenn auch in Lumpen gehüllt und von Insektenstichen übersät, ist aus seinem Schlupfwinkel unter dem Baldachin hervorgekommen, schirmt seine Augen ab und starrt mit ernstem Blick zu den reglosen schwarzen Gestalten empor, zu den starren Flügeln und den scharfen Schnäbeln. Sogar der besoffene M'Keal, der nach dem Verlust seines Ohrs und vor Hitze, Fieber, Monotonie und allem Möglichen immer noch halb verrückt ist, steht wie angewurzelt da, beglotzt den Himmel wie ein Hinterwäldler ein Zirkuszelt. Die Schatten huschen über ihnen, verfinstern die Sonne. Ned ist nicht wohl dabei. Was immer das bedeutet, es kann nichts Gutes sein. Er knirscht mit den Zähnen und spuckt angeekelt in den Fluß. Seit Yaour hatte sich alles wieder ganz rosig angelassen. Das Wasser bot keine Hindernisse, niemand lauerte am Ufer, und der Strom trägt sie, soweit er das aus dem Beobachten von Sonne, Mond und Sternen feststellen kann, geradewegs nach Süden. Es ist ein Jammer, daß nun so etwas passieren muß und alles verdirbt. Echt ein Jammer.

Die letzten drei Wochen etwa waren wirklich friedlich und wohltuend gewesen, das stetige Plätschern des Flusses wie der Puls des Mutterschoßes, zeitlos, einlullend, beruhigend. Widersinnigerweise wünscht er sich mittlerweile, es möge immer so weitergehen. London. Was ist ihm denn schon London? Ein Ort, an dem er gehetzt, verfolgt, mißhandelt und zum Tode verurteilt wurde. Er hat dort keine Familie, keine Freunde, nichts als Feinde – lauter Ospreys, Mendozas, Banks. Billy ist tot, Fanny eine Erinnerung. Was soll's? Auch wenn die übrigen von nichts anderem reden, verliert Ned langsam jedes Interesse an der Heimkehr – warum soll er sich was vormachen? Medaillen, Belohnungen: alles ein Witz. Es wird das alte Lied sein. Schmerz und Leid, Verlust und Entbehrung. Würde der große, berühmte Mungo Park ihn auf den Straßen Londons denn auch nur eines Blickes würdigen?

Heimatlos, vaterlos, ohne Aussicht und Hoffnung, sieht Ned inzwischen diesen trostlosen, stinkenden, bleischweren Kontinent in einem neuen Licht, als einen Ort, wo Dinge anfangen, nicht nur enden. Alles, was er in den letzten zwei Jahren durchgemacht hat, all die Hitze, all den Gestank, all die Krankheiten, die ganze Not und Fremdheit – es muß ein Zweck darin liegen, ein verborgener Sinn, ein Bindeglied seines Lebens. Schon überlegt er, vielleicht gar nicht nach London zurückzukehren, wenn sie die Küste erreichen. Er könnte als Händler umherziehen, oder sich ein wenig ausruhen und sich dann wieder ins Landesinnere vorkämpfen, seine eigenen Entdeckungen machen, nach dem suchen, was ihm bisher zu finden erspart blieb ...

Natürlich ist das Ganze nichts als Wunschdenken, eine Träumerei, mystisch und kaum faßlich. Das Wichtigste – unter dem Strich – ist immer noch das Überleben. Seinen Posten an der Ruderpinne gibt er nicht auf, und mit dem Entdeckungsreisenden ringt er weiter um die Macht über sein Schicksal, obwohl der Kampf noch ebenso versteckt und subtil geführt wird wie am Anfang, von jenem sengendheißen Tag an, als sich über einem offenen Grab auf Goree sein Weg erstmals mit dem des blonden Helden kreuzte. Nein, er hat keinen Zentimeter preisgegeben und doch ist die Streitfrage nun fast begraben. Sind es die Sonne, die Nachwehen des Fiebers, die einschläfernde Gemütsruhe der letzten drei Wochen – jedenfalls ist Ned etwas milder zu seinem Arbeitgeber und Reisegefährten geworden. Er ist jetzt sicher, daß er überleben wird, daß das Schlimmste vorüber ist, daß dieser wahnwitzige Esel von Entdeckungsreisendem nicht mehr allzu viel tun kann, was ihn gefährden könnte – und diese Gewißheit erweicht seine Abwehrhaltung im Verhältnis zu dem Mann. Außerdem verläßt sich Mungo so bedingungslos auf ihn, daß er ihm inzwischen alles anvertraut, genau wie Ned es sich damals auf Goree erträumt hat; es mag wenig wert sein, aber er ist wirklich Mungos rechte Hand geworden – hat Martyn, Johnson, Amadi und alle anderen ausgestochen und ist dem Großen Weißen Helden nun ebenso nahe wie vorher dieser Knirps von Schwager.

Sie haben sich oft unterhalten, von Mann zu Mann. In stillen Nächten, bei Nebel auf dem Wasser, mit einundvierzig Toten und dem Äquatormond auf ihren Schultern wie eine unnachgiebige Last. Mungo hat ihm sein Herz ausgeschüttet, von seiner Ehe, den Kindern, dem Trennungsschmerz, seinem Ehrgeiz erzählt. Wie im Selbstgespräch redete er einmal stundenlang, und dann wandte er sich aus heiterem Himmel plötzlich an Ned und fragte ihn, wie er seine Fingerglieder verloren oder die Narbe am Hals bekommen habe – «Weißt du», sagte er, «es sieht fast aus wie die Spur eines Stricks.» Mit offener, freimütiger Miene und festem Blick gab Ned Lügen darauf zurück. «Das war in 'ner Fleischerei. Beim Steak-Hacken.» Oder, mit einem tastenden Griff an die vernarbte Kehle: «Ach, das da? Nicht so wild. Bin als Kind mal in 'nem Eisenzaun steckengeblieben. Da war ich erst fünf oder sechs. Sie mußten den Schmied holen, um mich zu befreien.»

Nein, sich ins Vertrauen des Entdeckungsreisenden einzuschleichen war kein Problem gewesen. Der Mann war leichte Beute, ein ichbezogener Narr. Hätte Ned nicht schon vor vielen Monaten die Zügel in die Hand genommen, wären sie längst alle tot. Trotzdem, er nimmt es dem Mann nicht übel. Eigentlich ist er auf seine Weise ja ganz in Ordnung – immerhin hat er ein Ziel vor Augen. Von sich kann Ned das nicht behaupten. Mochte Mungo Park eingebildet, rasend vor Ehrgeiz, egoistisch, blind, inkompetent und einfältig sein – zumindest hat sein Leben einen Brennpunkt, einen Sinn. Das ist die tiefe Wahrheit, die Ned in den letzten drei Wochen des Dahintreibens unter der Sonne aus dem Erz freigelegt hat: jeder Mensch muß einen Sinn, ein seinem Leben zugrundeliegendes Prinzip haben. M'Keal hat das Saufen, Martyn seine Waffen und das Blutvergießen, Park setzt seine närrische Haut aufs Spiel, um die Landkarten neu zeichnen und seinen Namen in die Geschichtsbücher eingehen zu lassen. Und wie ist es bei ihm, bei Ned Rise? Überleben allein ist nicht genug. Überleben kann auch ein Hund, ein Floh. Es muß doch noch etwas anderes geben.

Aber diese Vögel da. Sie bewölken das Bild, sie komplizieren die Dinge. Auf einmal knallt hinter ihm ein Schuß, und er wirbelt überrascht herum. Es war Martyn, er steht fast über ihm, in der einen Hand eine rauchende Muskete, die andere ist zur Faust geballt. Fast im selben Moment klatscht ein Geier auf das Deck. Mit einem abstehenden Flügel kommt der Vogel benommen und blutend auf die Beine und hebt den blitzenden Schnabel zu einem Zischen. Der Leutnant grinst. Im Näherkommen schwingt er den Schaft seiner Flinte wie ein Henkersbeil, und M'Keal feuert ihn an. Der Vogel hüpft ein-, zweimal in die Höhe wie ein Hahn, der einem Fuhrwerk ausweicht, dann erwischt ihn Martyn quer über den Rücken. Knochen brechen, die Klauen krallen sich reflexartig in die Planken des Kanus, und Martyn schlägt noch einmal zu. Es entsteht eine kurze Stille, der Vogel liegt reglos da, und dann schnappt sich M'Keal den Kadaver – Gefieder, Blut und Exkremente wirbeln herum – und hebt ihn sich vors Kinn. «Seht mal!» kräht er, «seht mal her: mir sind Federn gewachsen.»

Niemand sieht hin. Etwas viel Fesselnderes als ein Schwarm Aasvögel läßt sie wie gebannt aufhorchen. Ein fernes, dumpfes Brausen, der Klang von weiß schäumendem Wasser, das auf Felsen prallt, der Klang von Wellen und Brandung und Springflut. Stromschnellen. Mungo wirft einen Blick auf die rohe Kartenskizze, die Amadi ihm in eine blanke Stelle des Rumpfs gekratzt hat, und sieht dann mit stumpfer, hilfloser Miene zu Ned auf, mit der Miene eines gefesselten Gefangenen in den Händen seiner Feinde. Seine Stimme ist leise, kaum hörbar bei dem näherkommenden Brausen – ein Wort, geflüstert: «Boussa.»

Es nimmt immer mehr zu, das Getöse, umschließt sie von allen Seiten, donnert mit hohler, kehliger Resonanz, explodiert in abrupten, schallenden Klatschtönen, bis es ihnen vorkommt, als würden sie in eine Seeschlacht hineingeworfen. Binnen weniger Minuten hat sich der Fluß nach vorn geneigt, er reckt seinen Hals, wird immer schmaler, während die steilen Uferhänge plötzlich schiefstehen, aus der Senkrechten purzeln, sich in wahnwitzigem Winkel aufbäumen. Die Wasserrinne vor ihnen brodelt weiß, große Felszungen zischen unter ihnen dahin wie Knochen unter der Haut. Und beinahe unmerklich schält sich nun ein neues Geräusch aus dem verworrenen Tosen, ein schlürfender, saugender Klang, als würde eine unermeßliche Wassermenge – ein See, ein Meer – einen Abgrund hinabgerissen.

Es bleibt keine Zeit, dagegen anzukämpfen. Kein Gedanke, sich ans Ufer zu retten, keine Chance zum Kneifen. Die einzige Hoffnung besteht darin, alles Bewegliche – Flinten, Pulverfässer, Proviant – festzubinden und mit dem Strom zu schwimmen. Der Fluß wird nun mit jeder Sekunde rauher, zerrt aus allen Richtungen an ihnen, schleudert das Boot wie ein Hölzchen hin und her, holt es herum, als wäre es steuerlos. Ned wirft die Ruderpinne nach links und rechts, sieht aber gar nicht über den Bug hinweg, also ist das schwache Stöckchen in seiner Hand nahezu nutzlos; Mungo krabbelt indessen fieberhaft übers Deck, zurrt Gegenstände an den Dollborden fest, murmelt vor sich hin, brüllt Kommandos, die ungehört verhallen. Martyn, der harte, unerschütterliche Zwanzigjährige, der Blutvergießer, wirkt verschreckt, und M'Keal – Hanswurst, Trunkenbold, Wahnsinniger – hat den toten Geier weggeworfen und sich statt dessen lieber an die nächste Baldachinstrebe gebunden. Hoch oben kreisen die Geier – sicher, gelassen und geduldig wie ein Schwarm monströser Schnaken, wie Harpyien, die dort Wache halten.

«Die Paddel!» schreit Mungo. «An die Paddel, Männer!» Die Männer ignorieren ihn, das Ufer wird immer steiler, der Niger bockt und stampft wie ein wütendes Tier. Sie halten sich fest, die Gischt spritzt, der pausenlose Krach des Wassers beim Aufschlag auf die Felsen verschlingt sie fast, der Fluß trudelt schwindelerregend dahin, Baumstümpfe und Geröllbrocken schürfen wie Klauen am Bootskiel entlang. Und jetzt – in einem rasenden, nebelhaften Schleier – macht das Lehmufer auf einmal Felswänden Platz, jähen Abhängen, von geologischer Akne überzogen, oben rauh wie Sandpapier, unten so glatt wie der gläserne Berg im Märchen. Das Kanu fliegt nach rechts, vorbei an einem Felsblock, groß wie ein Atoll, schwenkt dann links herum, verfehlt knapp zwei ausgewaschene Steinsäulen, und dort, da vorne – was ist das? Das glitzernde Licht, der Schaum und der Nebel, das Brausen – es kann alles mögliche sein, von ein paar leichten Stromschnellen bis zum zweiten Niagarafall. «Festhalten!» schreit jemand, und alle beißen die Zähne zusammen, stählen sich für einen rasenden Flug in die Ewigkeit.

Doch abermals täuscht der Niger ihre Erwartungen: weder von Stromschnellen noch Wasserfällen rührt das Brausen her. Sechshundert Meter vor ihnen scheint der Fluß gänzlich aufzuhören, abgeschnitten von einer monolithischen Felsmauer, die sich quer über den Horizont erstreckt wie ein gefällter Riese. Die Ufer weichen zurück, die Strömung wird geringfügig langsamer, und dann sehen sie die Passage – ein schmaler Kanal öffnet sich wie ein Mund in der Mitte der Mauer. Bei dem Anblick überläuft es den Entdeckungsreisenden kalt – es wird sie hineinreißen wie Ratten in eine Kloake, gegen die Felsen schleudern und alle ertränken ... aber nein, Moment mal ... der Tunnel ist ja mindestens zehn Meter hoch, fünfzehn! Ein plötzlicher Schwindel der Erregung ergreift ihn: Gerettet, wieder einmal gerettet! «Sieh mal!» ruft er Ned zu, «es ist so hoch wie die Durchfahrt unter der London Bridge – das schaffen wir leicht!» Ja, natürlich. Und ist da nicht Licht am Ende der Passage?

Tatsächlich. Wirklich hat das hohe Bogengewölbe des Tunnels, ausgewaschen im Laufe von Äonen, ohne weiteres Platz für die *Joliba* – übrigens auch für ein doppelt so großes Schiff. Doch es tritt hier noch ein Faktor hinzu, ein wichtiger, womöglich entscheidender Faktor, den der Entdeckungsreisende in Betracht zu ziehen noch keine Gelegenheit hatte. Und zwar: Was auf diese Entfernung wie ein exotisches Gewächs wirkt, das die Felswand vor ihnen verdunkelt – es könnte dichtes Gestrüpp sein oder Haare, die auf dem Rückgrat eines mesozoischen Urtiers sprießen, Algenklumpen wie Hautlappen –, ist in Wirklichkeit etwas ganz anderes, etwas Beseeltes, Denkendes, Feindliches.

«Aber Moment mal!» Martyn steht jetzt am Bug, späht auf den herankommenden Monolithen wie ein Ausguck im Krähennest. «Das ist doch ... da sind ja Menschen auf dem Felsen!»

Menschen, allerdings. Mungo sieht sie, M'Keal sieht sie, und Ned – voller Verzagen: neues Leben, neue Ziele, pah! – Es läuft wie immer genau nach der alten «Rise-Regel» –, Ned sieht sie auch. Während der Fluß sie näher bringt, wird alles klar, klar wie ein Schuldspruch, klar wie ein Todesurteil. Auf dem Felsen ist eine Armee aufmarschiert – so dicht, daß die einzelnen Krieger an manchen Stellen zu festen schwarzen Massen gerinnen, wie Teerklumpen –, eine Armee so groß wie Napoleons oder die des Zaren, ein endloser Strom, als wäre halb London in schwarzer Bemalung mit Lanzen und Bogen und gehämmerten Messern angetreten. Die Afrikaner wußten die ganze Zeit, daß dieser Moment unweigerlich kommen muß, die ganze Zeit haben sie die Enttäuschungen geschluckt, ihre zertrampelten Zehen gepflegt, ihren schwer verletzten Stolz verwunden, in der Gewißheit, daß zum Schluß doch noch die Stunde der Rache kommen werde. Schach und matt.

Der Fluß schiebt sie, unwiderstehlich. Paddel sind nutzlos dagegen, der Anker ist weg. So sicher wie die Schwerkraft ihren Zug ausübt und Planeten um die Sonne kreisen, zieht es sie in diesen grimmigen, steinernen Mund dort vorn, es zieht sie – wie Eisenfeilspäne zum Magneten – auf die Lanzen ihrer Feinde, in fataler Appetenz. Nun sieht der Entdeckungsreisende sie ganz deutlich – die Tuareg-Armee, die von der Klippe auf sie herabgestarrt hat, die Haussa-Stammeskrieger in *jubbah* und Turban, ein Kontingent der Maniana, ockerfarbene Gliedmaßen und angefeilte Zähne. Da – das sind die Soorka, und dort die namenlosen Wilden von Gotoijege, die brennen darauf, ihren König zu rächen. Jedes nicht beachtete Vorrecht, jede schroffe Abweisung, jede zugefügte Wunde, jeder vergossene Blutstropfen ist nun zurückgekehrt, sie heimzusuchen. Es ist ein Tag der traurigen Ironien. Noch während er hilflos zusieht, wie sein eigener Tod wie ein Theaterstück inszeniert wird, sieht Mungo die ausgebleichte Hochwassermarke einer zweiten Passage, die ideal um die Felsmauer herumführt, breit und ohne Hindernisse, aber knochentrocken – schiffbar nur in der Monsunzeit.

Wie ein Traum, dieser Augenblick vor dem Tod. Ruhm, Ehre, Frau, Familie, Ehrgeiz – alle sind gleich belanglos. Er ist ein Dickhorn-Schafbock in den Klauen eines Raubtiers, so benommen, daß er keinen Schmerz mehr spürt, seine Eingeweide ergießen sich ins Gras, die Augen werden glasig, das Krachen und Sabbern der mahlenden Kiefer ist wie ein Klagelied. Er blickt sich um, entrückt abwesend. Martyn fummelt an den Waffen herum, Rise ist an der nutzlosen Ruderpinne erstarrt, M'Keal bekreuzigt sich. Hundert Meter noch, das Wasser schlürft und brodelt. Was kann er schon tun? Einen von tausend erschießen? Noch jemandem das Leben nehmen? Nein. Da bleibt er lieber sitzen und wartet auf den Wald von Speeren, die schartigen Steine, die Kessel mit siedendem Öl.

Doch dann läßt ihn etwas hochfahren, etwas wie Ärger, Wut, ein maßloser Zorn, der von Adrenalin und Haß gespeist wird: in der riesigen Menge, in dem Dickicht von Waffen und Gliedmaßen und huschenden Körpern erkennt er plötzlich, blitzartig, ein einzelnes Gesicht. Das Gesicht des einen Menschen, dem allein er im ganzen endlosen Universum etwas entgegenbringt, das einem reinen Gefühl nahekommt, für den er abgrundtiefen, unbarmherzigen gnadenlosen Haß empfindet, jenes einen Menschen, der seine Pläne durchkreuzt und ihm den Weg verbaut hat wie ein Vetter des Teufels, vernunftlos, eiskalt und tödlich, jenes einen Mannes, den er in der Wiege erdrosselt hätte, wäre ihm die Gelegenheit gegeben worden: *Dassoud*. Die beiden zischenden Silben bleiben ihm im Hals stecken, schlagen ihm ins Gesicht, und auf einmal ist Mungo auf den Beinen, schwankt mit dem Boot, fährt in die grellbunten Fetzen seines Hemds und packt den glatten Elfenbeingriff seiner Geheimwaffe, seines letzten Nothelfers, der schimmernden silbernen Pistole, die ihm Johnson mit dem Abschiedssegen in die Hand gedrückt hatte.

Er hat sie aufgehoben, dicht am Körper, während der langen Monate. Der Schatz des Hamsterers, tief im Hüftriemen seines zerlumpten Lendenschurzes versteckt, in den Falten des albernen bunten Hemds verborgen, das er sich aus den Resten eines Union Jack gemacht hat. Wäre es zum Schlimmsten gekommen für den Fall, daß der Fluß unter seinen Füßen verdunstete oder die Mauren ihn in die Hände bekommen sollten, hatte er geplant, ihn auf sich zu richten. Eine Kugel, eine einzige nur. Die Gaumenhöhle, die weiche Stelle am Ohr. Jetzt aber, in einem vom Himmel arrangierten Augenblick, sieht er, wofür diese Kugel gedacht ist, er versteht, warum sie aus der Erde gegraben, eingeschmolzen, gegossen und gehärtet wurde, er begreift, warum Johnson – das Salz der Erde – ihm die Pistole aufgedrängt hat. In drei Minuten wird er tot sein. Und Dassoud auch.

Fünfundsiebzig Meter. Fünfzig. Der Mob schreit jetzt, rosa Münder wie Wunden in den dunklen, öligen Gesichtern. Zehntausend Lungen stoßen schallend ein Brüllen aus, das für einen Sekundenbruchteil das unirdische Getöse des Flusses übertönt, um fast im selben Moment noch zur stummen Gebärde abzuflauen.

Dassoud ist da und lauert, er hockt nicht über dem Tunnelbogen wie die anderen, sondern klammert sich auf einem Sims in Wasserhöhe fest, ganz vorn, ein einziger Mann, der dem Kanu am nächsten ist. Zwischen seinen Zähnen klemmt ein Messer, die Hände heben eine Muskete. Der *tagilmust* schlottert ihm um den Hals, als hätte er sein Gesicht absichtlich für diesen Anlaß entblößt; ein schmales, triumphierendes Lächeln liegt auf seinen Lippen, seine Augen sind eine Feuersbrunst, die Brücken hinter sich hat er abgebrochen. Für diesen Moment hat er alles geopfert – seine Elitekavallerie, seine Hegemonie über die Wüstenstämme, das weiche, fruchtbare Fleisch in Fatimas Schoß. Viereinhalb Monate lang – seit seinem Mißerfolg in Sansanding – hat er sich wie ein Besessener verausgabt. Pferde verreckten unter ihm, seine Haut schlug Blasen und seine Kehle verdorrte, nur um diesen Moment zu erreichen. Er hat das Land der Kaffern heimgesucht, seltsame schnatternde Wesen getötet und ihr rohes Fleisch beim Weiterreiten ausgelutscht – keine Zeit für Rastpausen –, die Stammeshäuptlinge mit der Nachricht von den weißen Männern, den *Nazarini*, aufgestachelt, er hat gewacht, gegessen, geatmet nur für diesen Moment, diesen Ort, für Boussa.

Fünfundzwanzig Meter. Martyn feuert eine Muskete in das Gesichtermeer, die Lanzen sind wie ein Wald auf Wanderschaft, M'Keal liegt am Boden, die Felsblöcke kippen auf ihren Hebelpunkten. Mungo langt in sein Hemd und reißt die Pistole in einer fließenden, glänzenden Bewegung heraus, die Waffe blitzt wie ein frisch geschliffenes Schwert. Er richtet sie auf Dassoud, beide Arme ganz ruhig, aber das Boot schwankt, genaues Zielen ist schwierig, alles wirbelt noch näher heran, das Brausen ... ein Stein streift seine Wange, irgendwo hinter ihm brüllt Märtyn durch den Donner in seinem privaten Todesschmerz auf ...

Im Heck des Kanus sitzt, ungläubig und wie gelähmt, Ned Rise und schwankt zwischen zwei Alternativen: Soll er den Sprung in die reißende Strömung riskieren oder abwarten, bis er totgequetscht, wie ein Insekt am Boden zermalmt wird? Er atmet schwer, die Augen zerfließen in seinem Kopf, und er klammert sich aus alter Gewohnheit an die Ruderpinne, zögert den Moment hinaus, starrt zu den dicht gedrängten schwarzen Gesichtern empor, und er sieht glasklar wieder den Henker vor sich. Spring! brüllt er sich an. Spring! Aber er kann nicht, das Wasser ist wie die Zähne eines Sägeblatts, mit wahnwitzig dröhnendem Ingrimm hackt und schnappt es nach den Felsen ... und dann schlagen die ersten Pfeile in das Kanu, M'Keal wird getroffen, wieder und wieder getroffen, sein Mund öffnet sich zu einem stummen Schrei, das Blut bricht hervor wie eine Überraschung ... und immer noch bleibt Ned sitzen. Millisekunden verstreichen, das Boot rollt und schwankt: Ned Rise, der ehemalige Klarinettist, Nichtsnutz, Galgenvogel und Afrikaforscher, ein toter Mann. Fieber und Panik schütteln ihn, er sieht in den Schlund der Bestie, jeder seiner Muskeln erstarrt.

Und dann sieht er Mungo am Bug stehen. Mungo, der in einem Hagel von Speeren, Pfeilen und Steinen etwas aus seinem Hemd zieht. Etwas Langes, Schlankes mit silbernem Lauf, etwas aus einem fernen Alptraum: eine Duellpistole. In seinem Hirn klicken Relais. Barrenboyne. Johnson. Sein verpatztes Leben. Und dann, wie in Trance, springt er auf, weicht den Speeren und Pfeilen aus und stürzt zum Bug hin, voller Wut, Wut, Wut, er kämpft sich mitten ins Getümmel.

Fünfzehn Meter noch. Das Boot neigt sich stark vornüber und hebt sich dann ganz aus dem Wasser, hängt für einen schwindelerregenden ewigen Moment in der Luft, und jetzt ist Mungo bereit, ein leichtes Ziel, Dassouds Gesicht groß wie ein Wagenrad – doch plötzlich wird seine Hand gepackt, die Pistole seinem Griff entwunden. Ned Rise ist da, triefnaß, wahnsinnig, von Lanzen gestreift, und er krallt nach der Pistole, als wäre sie der Schlüssel zum Universum, der heilige Gral, der Deus ex machina, der ihn aus dem todgeweihten Kanu fortheben und in Sicherheit schleppen könnte. «Gib sie mir!» kreischt Mungo durch das brüllende, zornige Brausen des Flusses hindurch, verzweifelt, nur ein Sekundenbruchteil Zeit bleibt noch. Er packt die Pistole, Ned entringt sie ihm wieder, das Boot trudelt auf den Tunnel zu, rings um ihre Ohren stürzt die Welt ein ... «Barrenboyne!» schreit Ned, als wäre es ein Schlachtruf, seine Züge verzerren sich, nasses Haar klebt auf seinem Gesicht. Zehn Meter, jetzt fünf, alle Hoffnung des Entdeckungsreisenden ist auf dieses silberne Rohr geheftet, auf ein Stückchen Blei. «Gib sie mir!»

«Nicht zu fassen!» brüllt Ned. «Unglaublich! Ein schlechter Scherz, das ist ein schlechter Scherz!»

«Iiih!» rufen die Geier und stoßen herab. «Iiih-hiiih!»

«Was?» Der Entdeckungsreisende schreit – gröhlt geradezu, denn ein feuchter Wind heult in düsteren, atemlosen Seufzern durch den Tunnel. «Was?»

Und dann gehen sie über Bord.

Es ist ein Gefühl, wie ins Maul eines Hurrikans zu springen, wie der Tanz mit einer Lawine. Im Nu werden sie begraben, unter unzähligen krachenden Tonnen von Wasser, selbst die Felsen erzittern unter dem wuchtigen Ansturm. Dassouds Schuß geht weit daneben, die *Joliba* kentert und wird im nächsten Augenblick an der Felswand zu Splittern zermalmt; Martyn und M'Keal werden, beide längst tot, kurz durch die Luft gewirbelt und dann in den Schlund des Tunnels gesogen, als hätten sie nie existiert.

Oben auf den Felsen jubeln zehntausend Stimmen ihren Triumph und ihren Sieg hinaus. Barfuß, nackt, mit von rituellen Narben und Farbstriemen entstellten Gesichtern, schwarzen Gesichtern, schwarzen Körpern, umarmen sich die Stammesleute, Todfeinde küssen einander ab, liegen sich tanzend in den Armen. Der Siegesruf brandet hoch, wieder und wieder, und die Freudenfeuer lodern bis tief in die Nacht.

Und der Niger, der Niger fließt weiter, vorbei am Tumult von Boussa, vorbei an Baro und Lokoja, durch sanfte Hügel und baumlose Ebenen, er tänzelt über die Untiefen wie Finger auf einer Klaviatur, bewegt das Schilfrohr in seltsam überirdischer Musik und fließt weiter dahin, den ganzen Weg bis zum Meer.

Coda

Beunruhigende Gerüchte begannen gegen Ende des Jahres 1806 an die Küste zu sickern, Gerüchte von Mungo Parks Ableben und der Auflösung seiner Expedition. Im Januar 1807 erreichten sie England, und kurz darauf – wie vom Wind getragene Mikroben – breiteten sie sich in Schottland aus. Ailie stellte sich diesen Gerüchten – auch dem letzten wilden Wörtchen, weigerte sich aber, sie zu glauben. Mungo tot? Es war unmöglich. Ein Irrtum, das war alles, damit endete es eben, wenn man dem verantwortungslosen Geplapper dieser schwarzen Eingeborenen dieser gräßlichen kleinen Bubis mit den entstellten Gesichtern und verrotteten Zähnen auch nur den geringsten Glauben schenkte: Was wußten die schon von der Courage und Zähigkeit ihres Mannes? Schließlich war er ja beim erstenmal auch fast drei Jahre weg gewesen, und niemand – nicht einmal ihr Vater und Zander – hatte damals geglaubt, daß er noch am Leben war. Nein. Die Gerüchte waren ohne Grundlage, lachhaft.

Doch als 1807 zu 1808 wurde und immer noch keine definitive Nachricht von Gatte oder Bruder kam, begann sie nach Gerüchten zu hungern, nach Gerüchten, die bekräftigen würden, was sie so inbrünstig glaubte; irgendwie, irgendwo war Mungo noch dort draußen. Das Kolonialministerium trat 1810 über den Gouverneur von Senegal, Oberstleutnant Maxwell, mit dem Buschführer Isaaco in Verbindung und beauftragte ihn, die Umstände um das Verschwinden des Entdeckungsreisenden zu erhellen. Anderthalb Jahre später tauchte der ältliche Mandingo wieder aus dem Busch auf, in der Hand ein arabisch verfaßtes Schriftstück: es war das Tagebuch des Amadi Fatoumi. Die Weißen, so schrieb Fatoumi, seien in Boussa umgekommen, obschon er alles Erdenkliche dagegen getan habe. Mungo Park sei tot. Ertrunken, als die *H.M.S. Joliba* bei einem Eingeborenenangriff in den Stromschnellen gekentert sei.

Ailie erkannte das Dokument nicht an. Es sei eine Lüge. Mungo sei noch am Leben – ganz bestimmt –, und Zander auch. Ihr Vater versuchte, sie zu überzeugen: «Die Wahrheit ist traurig, Mädel, aber du mußt dich mit ihr abfinden. Du bist jetzt Witwe, und so ungern ich's sage, auch dein Bruder ist dir genommen worden.» Seine Worte zeigten keinerlei Wirkung. All das hatte sie schon einmal gehört – vor fünfzehn langen Jahren, als die ganze Welt ihre Bierkrüge vollweinte um den «tapfren jungen Schotten, vom Schatten des Dunklen Kontinents verschluckt», als Freunde und Verwandte bei ihr aufmarschierten, um ihr den Rücken zu tätscheln, und ihr eigener Vater sie zu einer Heirat trieb, die sie nicht wollte. Und diesmal war es genau das gleiche. Scharenweise standen sie bei jedem neuen Gerücht wie die Krähen vor ihrer Tür. Betty Deatcher mit tränennassen Augen, Hochwürden MacNibbit mit einem Gesicht wie ein Grabstein. Du Ärmste, sagten sie und beobachteten sie lüstern, mit so etwas wie Hunger in den Blicken. Können wir denn gar nichts für dich tun?

Kurz nach der Veröffentlichung von Amadi Fatoumis Tagebuch schrieb ihr Georgie Gleg aus Edinburgh. Sein Brief war lang und ausführlich – an die dreißig Seiten voller perfekt geformter Buchstaben und mit genau abgezirkelten Rändern –, er bot ihr Trost, Hoffnung, Geld, eine Schulter zum Ausweinen, einen Heiratsantrag. Sie sandte nie eine Antwort. Statt dessen sammelte sie alle Erinnerungen an Mungos erste Reise – den zerknautschten Zylinder, die Ebenholzfigur, deren Bauch und Beine so grausam verzerrt waren, die drei Ausgaben seiner *Reisen* – und errichtete daraus in einer Ecke des Wohnzimmers eine Art Schrein. Fünf Stühle wurden rings um das Schaustück aufgestellt, und sie verbrachte lange Stunden damit, auf dem einen oder anderen zu sitzen, zu ihren Füßen die Kinder, denen sie laut aus den *Reisen* oder Mungos Briefen vorlas, oder sie starrte nur ins Leere, hoffte, betete, wartete auf das nächste Gerücht.

O ja, neue Gerüchte gab es. Immer wieder. Sechs Jahre nach dem Ereignis und mehr als acht Monate, seitdem das Kolonialministerium den Fall offiziell für beendet erklärt hatte. Wie von einer geheimnisvollen, unzähmbaren Macht angezogen fanden sie den weiten Weg an Ailies Ohren. Von der Bucht von Benin bis zu den Antillen und Carolina, von Badagri bis zu den Kanaren, bis Lissabon, Gravesend, London und Edinburgh hielt sich hartnäckig das Gerücht: Im Innern Afrikas leben weiße Männer.

Wenn auch kein Europäer dies je erfahren sollte, lag in jenen Berichten doch ein Körnchen Wahrheit. Wenn sie irrten, so war es ein quantitativer, nicht aber ein qualitativer Irrtum – nicht weiße *Männer* lebten im tiefsten Afrika, wohl aber ein einzelner weißer *Mann*. Ein Überlebenskünstler. Ein der Öffentlichkeit gänzlich Unbekannter, eine Art Paria, ein Mann, der in Armut geboren war und der das Wunder der Wiederauferstehung erlebt hatte.

Etwa sechsunddreißig Stunden nach der Katastrophe von Boussa öffnete Ned Rise die Augen und sah zum drittenmal in seinem Leben das Nirwana. Diesmal jedoch war das Paradies weder eine feuchte, nach Fisch stinkende Baracke am Themseufer noch ein Seziersaal in der Newgate Street ... es war heller, viel heller, es strahlte mit der Intensität der Tropensonne. Das letzte, woran er sich erinnerte, war das grinsende, gebleckte Gesicht des eigenen Todes, die auf ihn zurasende Felswand, der nach Blut heulende Mob, sein Ringen mit Park ...

Und was jetzt? Ihm fehlte die Orientierung. Der ganze Körper tat ihm weh. Alle seine Gelenke brannten wie Feuer, seine Kniescheiben fühlten sich an wie zerschmettert, ein dumpfer, unerbittlicher Schmerz stach in seinem unteren Rückgrat. Hätte er den Willen aufgebracht, sich aufzusetzen und eine Bestandsaufnahme zu machen, wäre ihm aufgefallen, daß er so nackt und unbeschwert war wie am Tag der Geburt, denn den Strohhut und das zerfetzte Lendentuch hatte der Strom davongespült und die silberne Duellpistole lag für immer im Schlamm des Nigerbetts begraben. Doch es gelang ihm nicht. Reglos blieb er liegen, und die Sonne bedeckte seinen Rücken wie eine flammende Decke.

Seine Sicht trübte sich und wurde wieder klar. In seinen Schläfen pochte es. Er lag in einem Haufen Schutt – Laub, Äste, Holz- und Knochensplitter – zwischen buckligen, weichen, vom Wasser geglätteten Felsblöcken, Findlingen, die in der Landschaft verstreut lagen wie die Eier vorsintflutlicher Monster. Die Luft war heiß und still wie der Atem eines schlafenden Drachen, kein Laut, keine Regung, bis sie plötzlich – brutaler Kontrast – mit dem scharrenden, harten Rasseln schlagender Flügel explodierte. Ned blickte in das unvermeidliche, schiefgelegte Gesicht eines Aasvogels, eines Geiers: die Krallen gespreizt, die Flügel ausgebreitet wie ein Baldachin. Kühn und kampflustig zischte ihn der große häßliche Grabräuber an und machte probeweise einen Schritt nach vorn. Jetzt fängt das schon wieder an, dachte Ned.

Dann aber hüpfte der Vogel zurück, drehte den platten Hals besorgt herum und torkelte aus Neds Gesichtsfeld. Irgend etwas hatte ihn verscheucht. Hyäne? Löwe? Maniana? Ned konnte sich kaum aufraffen, darüber nachzudenken. Er starrte auf die glatt polierte Oberfläche des Felsens vor sich, ein Rinnsal Wasser spülte ihm über Beine und Unterleib, das Klatschen von Flügeln hallte in der Stille wider. Dann trat ein neuer Klang hinzu, rauh und melodisch, nicht nur ein Vogelzwitschern, keine von schabenden Zweigen oder lautmalerischen Bächlein erzeugte Illusion – es war der Klang von Musik, der Klang von Zivilisation- und Menschenwerk. War er doch gestorben? War dies das Leben nach dem Tode – das Fegefeuer –, ein dampfender, stinkender, bodenloser Ort, wo Teufel und Engel sich um seine Seele stritten? Er schloß die Augen. Vielleicht schlief er auch ein.

Die Musik spielte weiter – Flöten, so schien es, drei oder vier, ihre Melodien verwoben wie Ranken. Er war besänftigt, getröstet. Als er sich endlich erhob, stand die Sonne tief am Himmel; nur die gerundeten Spitzen der Felsen wurden noch beleuchtet, überzogen von rosafarbenem Glühen, als wären die Eier nun reif zum Schlüpfen. Die Musik hatte plötzlich aufgehört. Er blickte sich um und sah keinerlei Anzeichen der Stromschnellen von Boussa, keine Musikanten, kein Zeichen von Leben. Nichts als glatte Findlinge, die bis zum Horizont gesät waren wie Melonen oder Strandbälle oder große, unbehaarte Köpfe, und hinter ihm war der Fluß. Hatte er sich die Flöten nur eingebildet?

Schlotternd und unter Schmerzen, die ihm wie Nadeln durch Hände und Füße fuhren, richtete er sich auf und brach fast gleich darauf am nächstgelegenen Felsen zusammen. Er war mitgenommen, geschafft, übel zugerichtet. Prellungen zeichneten sein Schlüsselbein, und seine Beine, Hinterbacken und Rippen waren mit so vielen verfärbten Schrammen übersät, daß er aussah wie ein Clown im gescheckten Kostüm. Er hatte einiges über sich ergehen lassen müssen. Aber er lebte und atmete, und soweit er feststellen konnte, war nichts gebrochen. Beinahe nachträglich wurde ihm klar, daß er Hunger hatte.

Dann – gar kein Zweifel – bewegte sich etwas. Da hinten, in dem Wirrwarr der Felsen. Und dann wieder: zukkende Ellenbogen, eingezogene Schultern. «Hallo?» rief Ned. Keine Antwort. Er versuchte es nochmals – auf Mandingo, Soorka und arabisch. Es folgte langes Schweigen, und dann, wie zur Erwiderung, erklang von neuem die Musik. Ned war nicht blöd, lehnte sich an den Felsen und bemühte sich um eine anerkennende Miene. Wenig später begann er, im Takt mit den unsichtbaren Musikanten zu klatschen, während irgendwo links eine Trommel den Rhythmus aufnahm, stetig und sonor, pulsierend wie ein Herzschlag.

Schüchtern, scheu wie Rehe wagten sie sich vor. Ein Kopf hier, ein Torso da: Versteckspiel. Dann faßten sie mehr Mut, und er sah, daß die Felsen voll von ihnen waren: kleine Menschen, nicht größer als Kinder, die nun hervorkamen und ihn aus friedfertigen dunkelbraunen Augen anstarrten. Sie waren nackt, diese Menschen, ihre Gliedmaßen fasrige Bündel, die Unterleiber geschwollen wie die rundlichen Spitzbäuche von Säuglingen. Und sie waren nicht schwarz – nicht richtig –, sie hatten eher die Farbe von Eicheln oder Haselnüssen.

Ned wartete. Er zählte jetzt achtzehn von ihnen, darunter zwei Kinder. Die Musikanten – vier grauhaarige, plattfüßige Knirpse mit Nasenflöten – bliesen immer weiter, und der verborgene Trommler bearbeitete seine Feile. Der ganze Trupp wiegte sich im Rhythmus, und trotz des nagenden Pochens in seinem Ellenbogen klatschte Ned weiter mit. Nun geschah es, daß einer der Männer sich von den anderen löste und auf ihn zukam, seine Füße schlurften, Kopf und Schultern schwangen im eindringlichen Pulsieren der Musik. Er hielt einen winzigen Flitzbogen an die Brust gedrückt – vom Aussehen her eher ein Spielzeug , und um die Schulter schlang sich ein Köcher. Seine Brustwarzen waren dunkle Rosetten, gezeichnet von irgendeinem längst vergangenen Unglück – Feuer? Krieg? Initiationsritus? –, Schlüsselbeine und Rippen traten hervor, sein

Schamhaar war wie ein weißes Drahtknäuel, aus dem der runzlige graue Penis baumelte wie eine Ordensspange. Eine Aureole aus eisgrauem Haar stand kreisförmig von seinem Kopf ab, und seine Kiefer wichen tief in die zahnlose Mundhöhle hinein: er hätte der erste Mensch auf Erden sein können, unser aller Vater. Ned studierte sein Gesicht und versuchte zu ergründen, welche Reaktion angemessen wäre, doch der Ausdruck des Patriarchen war nicht zu entschlüsseln.

Sie begannen nun zu singen, alle zusammen, ein bizarres, schrilles Heulen, das von Schnalzen und Grunzen durchsetzt war. Zum erstenmal ängstigte sich Ned ein wenig – vielleicht waren sie ja doch nicht ganz so harmlos. Und dann sah er es. In der Hand des Alten glitzerte etwas: ein Messer? eine Flinte? War dies das Ende? War er dafür errettet worden? Doch plötzlich wurde ihm klar, was jenes glänzende, lichtschimmernde Objekt war, und er wußte, warum sie es ihm entgegenhielten, er wußte, was er zu tun hatte und wie er überleben würde. Auf einmal konnte er in die Zukunft blicken. Er war kein Verfemter, kein Verbrecher, kein Waisenkind – er war ein Messias.

Der Alte reichte ihm die Klarinette. Sie war immer noch feucht von dem Wasserbad, aber die Filzkissen waren sauber, die Klappen unbeschädigt. Dumpf hämmerte die Trommel, schrill pfiffen die Flöten. Er hob sie an die Lippen – sie lächelten nun, scharten sich um ihn wie frühreife Kinder –, er hob sie an die Lippen und spielte.

Die Jahre schälten sich wie Zwiebelhäutchen, Schicht legte sich auf Schicht. Beau Brummell fiel in Ungnade und floh nach Calais, De Quincey aß Opium, Sir Joseph Banks und Georg III. gaben den Geist auf. Aufstände entflammten in Manchester, Portugal und Griechenland. Beethoven wurde taub, Napoleon ging unter und kam wieder hoch und ging wieder unter, Sir Walter Scott traf im Hopfen-Skandal von 1826 der Bankrott, Federhüte wurden wieder modern, und der Faltensaum war der letzte Schrei. Der Niger blieb ein Geheimnis.

Krieg und Frieden, die Häuser von Habsburg und Hannover, dekolletierte Mieder und Baumwollchemisetten, der Fall eines Kaiserreichs, die Restauration einer Dynastie, Metternich, Byron, Beethoven, Keats – das alles ging an Ailie vorbei. Ebensogut hätte sie in einer anderen Welt leben können. Seit jenem Moment, da sie Georgie Gleg erlegen war und ihre Höllenvision an der Brust von Loch Ness gehabt hatte, war sie eine andere Frau. Diese Vision – war es eine Vision gewesen? – war als Warnung, als scharfer Tadel gekommen. Sie war zu weit gegangen. Neidisch und verbittert, in ihrer Auflehnung gegen die schreckliche Leere des Lebens einer Marketenderin, hatte sie Mungo den Rücken gekehrt, gerade als er sie brauchte. Sie war eine Ehebrecherin, eine Abtrünnige, sie war eine Sünderin.

Sie verbrachte den Rest ihres Lebens damit, das wiedergutzumachen. Als sie nach Selkirk heimkam, stellte sie den Schrein im Wohnzimmer auf, versammelte ihre Kinder um sich und impfte ihnen die Legende jenes Vaters ein, den sie kaum kannten. Er war ein Held, sagte sie ihnen, einer der großartigsten Männer, die je in Schottland gelebt hatten, ein Mann, der den Gefahren so selbstverständlich trotzte, wie gewöhnliche Leute ihr Frühstück aßen. Aber wo war er? fragten sie. In Afrika, gab sie zur Antwort. Wann kommt er wieder nach Hause? Bald, sagte sie.

Dies war ihre Buße. Der Schrein, die Legende, die Last des Alleinerziehens der Kinder. Aus Edinburgh kamen Geschenke für sie: Kämme, Kleider, Parfum, Spielzeug für die Kinder. Sie sandte sie ungebraucht zurück. Gleg schickte ihr Brief um Brief. Sie beantwortete nie einen. Und als er an ihre Tür klopfte – die Verletztheit und das Unverständnis waren tief in sein Gesicht geprägt –, wies ihn das Dienstmädchen ab. Was habe ich getan? schrie er zu ihrem Fenster hinauf, wieder und wieder. Was habe ich getan? schrie er, bis ihr Vater ihm drohte, den Gendarmen zu rufen.

Die Kinder wurden größer. Ailies Vater starb. Sie saß stundenlang am Fenster und blickte auf die Hügel hinaus, wartend, hoffend. Und immer wenn ihre Laune am düstersten war, wenn sie tief im Herzen wußte, daß sie weder Mungo noch Zander jemals wiedersehen würde, gerade dann flüsterte ein neues Gerücht ihr ins Ohr, tauchte irgendein Kaufmann in Edinburgh auf und erzählte eine Geschichte, die er von einem Faktoreiverwalter am Gambia hatte, der sie von einem eingeborenen Sklavenhändler hatte, der sie von einem Mandingo-Priester hatte: es gebe einen Weißen im Sahel, der dort demütig und bescheiden wie ein Schwarzer lebe. Und dann begann alles wieder von neuem. Er war dort unten, sie wußte es.

Inzwischen waren da die Kinder. Thomas, das Jahrhundertkind, war ihr sowohl Segen wie Fluch. Wie sein Vater war er körperlich früh entwickelt, ein Athlet, mit vierzehn schon der beste Fußballer in ganz Selkirkshire. Groß, mit breiten Schultern, mächtigem Brustkasten und sandfarbenem Haar war er das Ebenbild von Mungo. Sie sah ihn an, und die Vergangenheit kehrte zurück, um sie zu verfolgen wie ein trauriges, unaussprechliches Wesen, das den Tiefen eines kalten, finsteren Hochland-Sees entstieg. Mungo junior und Archie glichen ihrem Vater auch – vor allem in dem leicht schielenden Blick –, Thomas aber war eine exakte Kopie, sein genaues Abbild, die Gußform. Und noch mehr als seine Geschwister pflegte er die Legende seines Vaters, brütete über den Büchern und Landkarten in der Bibliothek des Entdeckungsreisenden, sagte die Litanei der Gerüchte vor sich hin, bis die Worte glasklar erschienen.

Im Jahre 1827 war Ailie Anfang fünfzig, eine kleingewachsene Frau, vorzeitig gealtert, verhärmt durch die vielen fruchtlosen Stunden und die Sinnlosigkeit ihres Lebens: es war nun zweiundzwanzig Jahre her, daß sie ihren

Mann zum letztenmal gesehen hatte. ihre Tochter hatte geheiratet, Archie war zur Armee gegangen, Mungo junior war seiner Wanderlust erlegen – in Indien am Fieber gestorben, wo er mit seinem Regiment stationiert gewesen war. Thomas blieb unverheiratet. Er lebte weiter in Selkirk, nahe bei seiner Mutter, und teilte mit ihr die Bürde des verschwundenen Vaters, hegte mit ihr die Hoffnung, daß er eines Tages zurückkehren würde, grauhaarig und triumphierend, aus den windgepeitschten Hügeln, aus den Dünen und den Dschungeln.

An einem kalten, klaren Morgen im Frühherbst reiste er ab. Er hatte seine Pläne heimlich gemacht, denn er sah keinen Grund, die Mutter zu ängstigen. Als sie sein Verschwinden bemerkte, wußte sie genau, was passiert war: Gatte, Bruder, Sohn. Er schrieb ihr aus Akkra, von der Goldküste. Es sei alles ganz einfach, er habe es sich genau überlegt. Er werde allein reisen, wie sein Vater damals auf der ersten Expedition, leben wie die Eingeborenen, sich nordwärts durch das Land der Aschanti und lbo durchschlagen und bei Boussa auf den Niger stoßen. Der Harmattan wehe von Norden. Die Umstände seien ideal. Sobald er einen Führer anheuern könne, wolle er aufbrechen.

Lange betrachtete sie das Siegel des Briefs, ehe sie ihn öffnete. Es gab kaum einen Grund, ihn zu lesen: Sie wußte, was darin stand, hätte ihn selbst schreiben können. Sie war dreiundfünfzig. Mrs. Mungo Park. Es war beinahe komisch.

Sie saß lange Zeit beim Fenster, der Brief lag schwer in ihrer Hand, ein fahles, fremdartiges Licht bleichte die Sträucher, die Dächer, die Bäume, bis auch aus den fernen Hügeln alle Farbe und Helligkeit gewichen war. Auf dem Regal hinter ihr saß, ölig und schwarz, die Ebenholzfigur: trächtig, obszön – noch so ein Gegenstand.

Es kamen keine Briefe mehr.

90 Jahre Rowohlt

Heinrich Maria Ledig-Rowohlt hatte eine Schwäche für Bücher, «die sich ohne Mühe so weglesen». So fanden sich in seinem Verlag neben den zahlreichen literarischen Entdeckungen auch Perlen der vergnüglichen und entspannten, aber auch der gefühlvollen Lektüre. Kein Wunder, daß die Leser seinem Spürsinn vertrauten und so manchem dieser Werke zu Bestseller-Ehren verhalfen. Ausgewählte Taschenbücher zum Jubiläum:

Paul Auster
Die NewYork-Trilogie *Roman*
(rororo 22501)

T. Coraghessan Boyle
Wassermusik *Roman*
(rororo 22505)

Simone de Beauvoir
Memoiren einer Tochter aus gutem Hause
(rororo 22507)

Wolfgang Borchert
Das Gesamtwerk
(rororo 22509)

Rita Mae Brown
Jacke wie Hose *Roman*
(rororo 22513)

Hans Fallada
Kleiner Mann – was nun?
Roman
(rororo 22510)

Peter Høeg
Fräulein Smillas Gespür für Schnee *Roman*
(rororo 22502)

Elke Heidenreich
Kolonien der Liebe
Erzählungen
(rororo 22514)

rororo Literatur

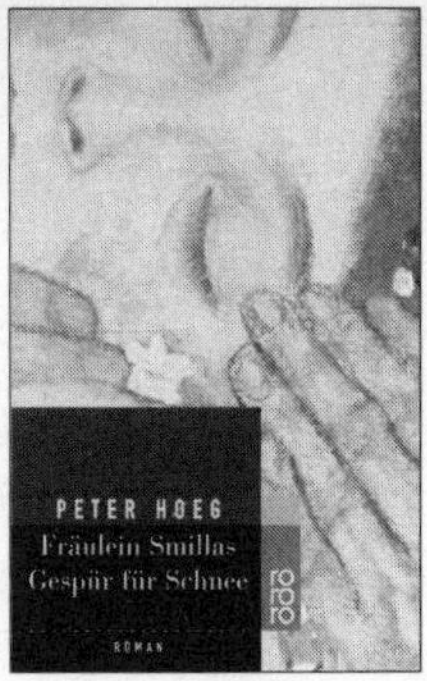

John Irving
Garp und wie er die Welt sah
Roman
(rororo 22504)

Klaus Mann
Mephisto *Roman*
(rororo 22512)

Harry Mulisch
Die Entdeckung des Himmels
Roman
(rororo 22503)

Robert Musil
Die Verwirrung des Zöglings Törleß
(rororo 22511)

Rosamunde Pilcher
September *Roman*
(rororo 22515)

Jean-Paul Sartre
Der Ekel *Roman*
(rororo 22508)

Carola Stern
Der Text meines Herzens *Das Leben der Rahel Varnhagen*
(rororo 22506)

Romane und Erzählungen

Julian Barnes
Flauberts Papagei *Roman*
(rororo 22133)
«Dieses Buch gehört zur Gattung der Glücksfälle.» *Süddeutsche Zeitung*

Denis Belloc
Suzanne *Roman*
(rororo 13797)
«Suzanne» ist die Geschichte von Bellocs Mutter: Das Schicksal eines Armeleutekinds in schlechten Zeiten. «Denis Belloc ist der Shootingstar der französischen Literatur.» *Tempo*

Andre Dubus
Sie leben jetzt in Texas *Short Stories*
(rororo 13925)
«Seine Geschichten sind bewegend und tief empfunden.» *John Irving*

Michael Frayn
Sonnenlandung *Roman*
(rororo 13920)
«Spritziges, fesselndes, zum Nachdenken anregendes Lesefutter. Kaum ein Roman macht so viel Spaß wie dieser.» *The Times*

Peter Høeg
Der Plan von der Abschaffung des Dunkels *Roman*
(rororo 13790)
«Eine ungeheuer spannende Geschichte.» *Die Zeit*
Fräulein Smillas Gespür für Schnee *Roman*
(rororo 13599)
Fräulein Smilla verfolgt die Spuren eines Mörders bis ins Eismeer Grönlands. «Eine aberwitzige Verbindung von Thriller und hoher Literatur.» *Der Spiegel*

rororo Literatur

Stewart O'Nan
Engel im Schnee *Roman*
(rororo 22363)
«Stewart O'Nans spannendes Erzählwerk ist zum Heulen traurig und voller Schönheit, seine Sprache genau und von bestechendem Charme. Die literarische Szene ist um einen exzellenten Erzähler reicher geworden.» *Der Spiegel*

Daniel Douglas Wissmann
Dillingers Luftschiff *Roman*
(rororo 13923)
«Dillingers Luftschiff» ist eine romantische Liebesgeschichte und zugleich eine verrückte Komödie voll schrägem Witz, unbekümmert um die Grenzen zwischen Literatur und Unterhaltung.

Tobias Wolff
Das Blaue vom Himmel *Roman einer Jugend in Amerika*
(rororo 22254)
«Wunderbar komisch – zugleich tieftraurig und auf sehr subltile Weise moralisch.» *Newsweek*